Né en 1956, Jean-Marie Gourio écrit pour différents journaux comme *Charlie Hebdo* et *Hara-Kiri*, dont il est rédacteur en chef adjoint. À la télévision, il est scénariste pour de célèbres émissions d'humour comme *Merci Bernard*, *Palace*, *Les Guignols de l'Info* et *Les Nuls*. À la radio, il participe au Tribunal des Flagrants Délires, sur France Inter.

Publiées depuis 1987, ses *Brèves de comptoir* connaissent un grand succès et ont reçu deux fois le Grand Prix de l'Humour noir. Elles sont adaptées au théâtre (Grand Prix de l'Académie française du jeune théâtre 2000) et au cinéma par Jean-Michel Ribes.

Jean-Marie Gourio

LE GRAND CAFÉ DES BRÈVES DE COMPTOIR

Robert Laffont

TEXTE INTÉGRAL

ISBN 978-2-7578-4581-3
(ISBN 978-2-221-11527-5, 1ʳᵉ publication)

© Éditions Robert Laffont, S.A., Paris, 2013

Ce livre est un hommage à Raymond Queneau.
Ce livre est un salut à Robert Giraud.
Ce livre est un toast porté à Jean-Michel Ribes.

Les gens flottent au-dessus des comptoirs et je m'applique depuis trente ans à mettre en gouttes rondes leurs milliers de mots, à faire pleuvoir ce nuage chaud sur des pages de bouquins.

Jean-Marie Gourio

FOLIE DES MOTS
AU GRAND CAFÉ
DES BRÈVES DE COMPTOIR

Un livre en forme de petit bistrot. Un livre monde. Avec dedans une folie de mots. On pourrait définir ce tome 3 des *Nouvelles Brèves de comptoir* comme ça. Un cube de papier qui ferait office de café. Un café fou. Un bistrot de papier ! *Le Grand Café des Brèves !* Petit bloc doux et léger incroyablement bruyant et bavard ! A vocation de faire sentir ce fleuve ininterrompu de mots qui coulent dans les cafés chaque jour de chaque semaine de chaque mois de toute la vie ! Les gens dans les cafés parlent et parlent encore. Ils font un son constant qui semble vouloir recouvrir d'une couche uniforme et chaude de mots tous les lieux habités.

Quand les buveurs causent, bien plantés, accoudés, collés les uns aux autres, du réchauffement climatique, du chat de la vieille, de l'Irak, des élections bidon, du mariage homosexuel, quand la voix du causeur s'emporte jusqu'à l'autre bout du bar, pour bien frapper tous les tympans à coups de baguette, alors là, ça vole bien, ça part dans tous les sens, c'est coloré. Dans tous les villages qui survivent encore, toutes les villes, dans tous les quartiers où encore ça bouge, folie que cet océan de phrases qui fait depuis le matin sa marée haute et qui sans souci de l'heure des marées n'en finit pas de monter ! Perpétuelle équinoxe !

Milliard de milliards de mots, de brèves, pour raconter les choses petites et grandes de la vie. Pour raconter tout et rien. Le tout et le rien, c'est l'huile et le vinaigre de la grande salade ! Tout réinventer. Tout redessiner. Faire de la vie un leurre géant. Dire. Mentir. Démolir. Être joli ou sacré dégueulasse. Reconstruire. Déconner. Fantasmer. Rager. Se venger. Laisser filer. Lâcher prise. À tort, de toute façon on s'en fout, on a raison ! C'est comme ça qu'on voit la vie et surtout comme ça qu'on ne la voit pas. Trop de réel ? Pas de souci ! Refaisons la sculpture à notre pogne ! Le livre monde grouille de milliers de voix. Il s'ouvre et se referme comme un bar. « Aux Brèves » clignote sur la façade du livre, en néon rouge.

Nouveau bistrot qui vient d'ouvrir, et ça n'est pas légion ! (Il y avait 500 000 cafés au début du XXe siècle. Il en restait 200 000 dans les années 1960. Seulement 63 000 en 2000. 35 568 en 2009. 20 000 communes rurales sont aujourd'hui privées de café.) On sort du bar en livre. On tire la porte en papier. On rerentre. On revient s'accouder au milieu des bavards. Ils sont toujours là, à causer. Mal cachés. Pas lassés. À lancer des fleurs ou des saloperies. On repart. On revient. Cube de papier grouillant de monde ! Petit bar qui tient dans le creux des mains. Café ami toujours ouvert pour éclairer les longues sales nuits d'insomnies. Ils sont là les clients accoudés, ils s'engueulent. Pour rien. Pour la couleur des yeux des truites. Pour la date de naissance de Jésus, il paraît qu'elle a changé, le Pape l'a dit ! Ils lancent les mots minuscules du quotidien. Les « ça va », les « ta gueule », les « salut ! ». Les heures qui passent. La pluie qui tombe. Les feuilles glissantes sur les trottoirs. Le vent. Les guerres. Les Brèves Monde cherchent à restituer ce brouhaha incessant, intarissable fontaine, cette masse énorme de mots, d'infos, d'intox, d'incertitudes, d'imperfections, d'instinct de mort, d'instinct de vie, d'insolence, d'indolence, d'enfance des vieilles vignes, dont on ne peut jamais venir à bout ! Avec, comme dans la vie, l'effet de saturation. J'en ai marre, je me barre ! dit le client qui est déjà là depuis le matin. Et bien sûr le lendemain il reviendra frais comme l'œuf pour une nouvelle journée frapadingue à causer en buvant dans la toupie. Formidable sensation de trop-plein qui raconte mieux que tout ce qu'est une longue et bonne journée de bar. Une semaine. Une vie de comptoir ! Ces Brèves se veulent petite machine à écouter. Objet surréaliste. Elles en ont la prétention. Être une boîte qui n'est pas de nuit mais de papier, qu'on ouvre et referme pour la rendre bruyante ou silencieuse à souhait. Qu'on lise dans l'ordre habituel de la lecture ou qu'on feuillette au petit bonheur, dedans ça parle, ça dit tout et son contraire sans se fatiguer jamais. Tout et son contraire, c'est la gueule du mot réfléchie dans la glace, comme le buveur cassé qui se fixe dans le miroir face au comptoir et ne se reconnaît pas, se reconnaît, reboit, ne se reconnaît plus. Il est lui et puis tout d'un coup, son contraire. Les Brèves bougent. Les murs bougent. Les mains bougent. Tout bouge et donne le tournis. Peut-être est-ce cette incroyable liberté de parole qui fait tanguer d'un pied sur l'autre. C'est trop joli, il faut bien le reconnaître, de pouvoir dire tout ce qu'on veut, quand on veut, comme on veut, en buvant un coup, dire tout ce que l'on croit, ce qu'on imagine, ce qu'on invente, ce que l'on aime et ce qu'on déteste.

La petite monnaie du langage. La vaisselle de poche des mots !

Tout ce qui nous passe par la tête. Les trains. Les vélos. Les pédés. Les tourterelles. Un lapin, suivi de la grosse Alice, qui n'est pas des Merveilles mais patronne du Balto. Dire des jolies choses et des saloperies, de courts poèmes si légers en trois mots et des grosses conneries. Jouer avec le temps. Jouer avec les mots. Il n'y a pas d'autre endroit que le comptoir du bar capable d'un exploit pareil. Sénats troglodytes ouverts à tous dans les murs de la ville où l'on peut laisser filer sa langue, quitte à être un peu con. « Qui ne l'est pas ? » lancera le patron au client qui lui répondra : « On n'est pas les pires ! » en sifflant son godet d'un coup du poignet. « C'est rien d'être con, on a qu'une vie ! » redira le patron, qui a toujours raison.

« Faut pas se gêner ! » lancera Arletty, qui traîne toujours son fantôme jamais loin des comptoirs, ombre grise, fine silhouette, qui glisse entre les bouteilles et le mur décrépi.

Alors, à sa mémoire, nous ne nous gênerons pas.

Glissons-nous entre les bouteilles et le mur !

Pour écouter ce client qui parle de « la drogue dans le lait maternel qui oblige les bébés à aimer les mères », ou cet autre bonhomme dans un autre bar, un autre jour, qui aime, comme il le susurre, verre en main, « l'humidité de la pensée ». Ou bien encore, ce très joli « C'est Flaubert qui a inventé les idées reçues ». Puits sans fond ! Matière inépuisable. Comme disent les grands-mères, mais où vont-ils chercher tout ça ? Juste là, dans l'air lourd, rosé parfois du soleil qui entre, agité des poussières, minéralisé comme une eau.

Dans *La Vie mode d'emploi*, Georges Perec ambitionnait de montrer au lecteur tout, tout, tout ce qui se trouvait dans tous les appartements d'un même immeuble, après en avoir fait sauter la façade, les murs, décrit les meubles et les tableaux accrochés ainsi que les photos encadrées et les livres, les papiers dans les tiroirs des commodes, les carrelages et les tapis, les contrats, les lettres, les testaments et les bibelots, tout, dans un incroyable et méthodique ratissage avec mission de raconter nos vies. J'aurais adoré tout entendre de ce que disent les gens, un laps de temps donné, de midi à midi dix, allez, mettons jusqu'au quart ! à tous les comptoirs de tous les cafés, une sorte de « Comptoir mode d'emploi ». Cette nouvelle livraison des *Brèves de comptoir* en restera j'espère comme une ébauche.

Un livre dont on ne peut venir à bout. Un livre sans fin ! Un livre monde. Entrez dans le Grand Café des Brèves, accoudez-vous au bar et écoutez !

« Le dernier qui entre referme la porte ! Je paie pas le mazout pour chauffer la rue ! »

Jean-Marie Gourio

Elle porte bien son nom la zone euro, on va tous finir zonards !

Printemps, été, automne, hiver, ça n'a jamais changé depuis ma naissance.

J'aime bien le matin, la rue sent le pain.

– *T'ouvres tard ce matin.*
– *Tu me fais chier tôt ce matin.*

Rien change jamais sur terre, même les changements, on les a déjà vus.

– *J'ai jamais vu une sécheresse où il pleut autant.*
– *Y'a qu'en Afrique où la sécheresse pleut pas.*

Un homme cloué sur une croix en bois, si c'était l'emblème de l'islam, je sais pas ce qu'on dirait !

Des fois je regarde une chaise et j'ai l'impression que c'est la chaise qui me regarde, ça vous fait ça aussi ?

Carpe diem ne vaut pas le goujon.

La vie du facteur, elle tient sur le timbre.

Qu'on vote ou pas, ça change quoi ? De toute façon, ils sont élus.

– Ah oui j'ai bien dormi... j'ai rêvé que je travaillais... je suis bien réveillé... maintenant je vais travailler.
– Vous ? travailler ? en rêve !

Il tue quelqu'un et il s'excuse, alors moi je dis, trop tard ! Il fallait s'excuser avant !

À force de parler à tort et à travers, le contraire finit que c'est du pareil au même.

L'eau bénite, vous la laissez dans le verre, le béni s'en va pas comme les bulles du Perrier.

Moi, je remettrais la peine de mort, que pour les hommes politiques, puisque c'est eux qui doivent montrer l'exemple.

L'Allemagne, c'est un pays, la Grèce, c'est une région.

– On a pas besoin de toujours tout savoir.
– Rien que l'ADN, on s'en passait très bien jusqu'à maintenant.

Sur les tempêtes solaires, y'a pas beaucoup de navigateurs.

L'an 2000 n'aura duré qu'un an, finalement.

– *Le corps humain, c'est un monde vivant.*
– *Ça dépend qui.*
– *Tous les corps.*
– *Suivez mon regard.*
– *Ah... le chat qui dort.*

J'ai soif, soif, comme si j'étais un sucre.

Se marier avec Dieu, c'est bien, y'a pas de vaisselle.

– *À mon époque, on portait des surnoms comme Tétine ou Globule, ou Caca d'Oie.*
– *Avec vous, c'était toujours mieux avant.*

On met des amendes pour les faux Vuitton et on dit rien pour les faux seins !

La vie, la mort, ça fait que deux plats.

Tous les docteurs, c'est des docteurs en rien, de toute façon, les microbes, on les voit pas.

En Allemagne, c'est des Turcs, en Italie, c'est des Arabes, en France, c'est des Arabes aussi, je vois pas pourquoi on veut faire l'Europe ?

Une bonne psychologie, ça a pas de prix.

– *Il a des jambes en carbone et il court plus vite que ceux qui ont des jambes normales.*
– *Les jambes, c'est de la viande, ça a aucune chance contre le carbone, c'est comme un avion en viande, ça volera pas.*
– *On peut pas parler avec vous.*
– *Pourtant, j'ai une langue en viande.*

Elle est pas grosse Martine Aubry, elle est enflée.

C'est mieux de dormir en rêvant que dormir en faisant rien.

Ma grand-mère, même quand elle restait silencieuse, c'était bien raconté.

Le mariage homosexuel, ils vont klaxonner dix fois plus.

Des intelligences supérieures sur une autre planète, si y'en avait, ça se saurait.

Ça ne me dérange pas la buée sur les lunettes, ça fait onirique.

Si on t'enterre vivant, les asticots qui viennent, normalement, ils repartent.

— *Vous parlez jamais ?*
— *Je vis seule.*
— *Ici, vous êtes pas seule, vous pouvez parler si vous voulez.*
— *À qui ?*
— *À nous.*
— *Je parle pas aux cons.*

Les Suites de Bach, ça suit quoi ?

J'ai cru qu'ils avaient mis les lumières dehors, alors que c'était le soleil.

Faut pas trop rire, ça fait un gros trou dans la figure.

Une femme président de la République, ça sera pas pire qu'Henri IV avec sa poule au pot.

Elles sont habillées ras là les gamines, comment vous voulez que les profs les violent pas, c'est ça aussi...

S'endormir au volant, c'est comme mourir dans son lit.

— *Tous les trous qu'on a dans le corps, ça devient sexuel.*
— *Pas l'oreille.*
— *Beu beu que si pareil y'en a qui le font dans l'oreille, il faudrait un trou dans le corps qui soit un piège avec un frelon au fond.*

C'est à cause des Arabes que dans la crèche, on a enlevé le cochon.

Moi, je parle pas beaucoup, je parle que en attendant qu'on me resserve.

La faim dans le monde, c'est quand même plus pratique que nourrir tout le monde.

La culture populaire, c'est quand tous les cons connaissent Mozart.

— *Atchoum !*
— *À vos souhaits.*
— *Atchoum !*
— *À vos souhaits !*
— *Atchoum !*
— *À vos souhaits !*
— *Je suis comme le cyclope, j'ai trois trous de nez.*

Le vrai verre à pied, il a deux pieds.

Faut pas picoler pendant les grandes marées, ça descend loin au fond, et ça remonte loin dehors.

Nord, sud, est, ouest, et pareil pour le retour.

La fourmi passe à l'ombre comme un ancien drakkar...

— *Pisser debout, dans le métro !*
— *C'est la misère.*
— *Ils pissent debout, et tout le reste du temps ils sont couchés ! Quand on a le courage de se lever pour pisser, on cherche du travail !*
— *On en voit, ils ont la colique, ils sont couchés dedans.*
— *Bon, là, d'accord, vous marquez un point, c'est la misère.*

J'ai jamais entendu dire ça, moi, que chez Pierre et Marie Curie, on mangeait bien.

Les fourmis, elles se lèvent au moins à cinq heures du matin.

— *Deux grammes dans le sang, il a tué toute sa famille.*
— *Buvez ! Éliminez !*

Y'avait le facteur qui traversait la rue, et derrière y'avait un pigeon et derrière encore un chat et encore derrière, un moineau, des fois, on croit rêver.

Son bébé, il a que cinq jours, comme si c'étaient des petits chats.

— *Vous l'avez lu, Zazie dans le métro ?*
— *Za qui dans le quoi ?*

La perle et l'huître, c'est la belle et la bête.

— *On le voit plus votre mari.*
— *Hervé ? Il est marié à son potager, il mourra là-bas, on l'enterrera dans la mariée.*

On m'a volé mon vélo, c'est comme si j'avais perdu un membre de ma famille.

Tout l'argent est parti au sida, résultat, on a le retour de la varicelle.

Ça devrait être classé monument historique la coquille d'escargot.

Le Vendéen de Vendée peut très bien s'entendre avec l'Alsacien d'Alsace, mais après, chacun chez soi.

La barrière de la langue, pour l'allemand, elle est en fer, pour l'italien, elle est en thuyas.

Elle veut tout le temps qu'on aille manger chez elle mais elle sort pas de la cuisine, et après quand on s'en va elle pleure en disant qu'elle nous a pas vus, et qu'il faut qu'on revienne la voir, qu'elle est toute seule, qu'elle sort jamais, ah moi je vous jure, une mère qui habite au septième, je souhaite ça à personne.

Je mets toujours pareil moi sur les cartes postales, beau temps, pas pressé de rentrer.

– *Et mon kir, il vient à vélo ?*
– *Et un kirocipède ! un !*

Ceux qui abandonnent leur chien, je supprimerais les allocations familiales !

C'est drôle vous savez de faire partie de la population des gens qui vivent sous les toits.

Le jour, la nuit, le jour, la nuit, et ça vous suffit ?

On se met sur le balcon pour regarder les étoiles filantes mais il paraît qu'elles n'ont pas le droit de survoler Paris.

Moi, les gens, je les connais rien qu'à leur façon de marcher sous la pluie.

J'aimerais bien écrire un livre, mais j'ai pas d'idée.

Quand on a raté sa vie, c'est raté, on peut pas la revivre, alors qu'on peut retourner à la mer parce que la première fois, il a plu.

Les roses blanches, c'est beau, mais c'est tachiflore.

Je donnais des conférences sur les hannetons et puis j'ai tout arrêté quand mon mari est mort... depuis, je vois plus de hannetons... j'aurais dû continuer les conférences... même si j'ai plus mon mari, peut-être que j'aurais encore les hannetons...

Vous savez, la mort, ça va, ça vient.

Avec les nouveaux médicaments, le microbe peut quasiment plus se cacher.

– *Y'a plus de thons rouges !*
– *Y'a plus de Peaux-Rouges !*
– *Y'a plus de vin rouge !*

La nuit, quand je dors, le bébé de la voisine pleure, je crois que c'est moi qui pleure qui suis le bébé.

– *T'as une sale gueule.*
– *Tu t'y connais, en gueule ?*

C'est les Noirs qui ont voté pour que le président des États-Unis soit noir, en Chine, le président américain serait jaune.

Faut que t'aimes rire si t'es une dent de devant...

Les livres, moi je préfère attendre qu'ils fassent un film de cinéma et que ça passe à la télé.

Les femmes voilées, ça fait Ali Baba.

La dernière montre à tic-tac que j'ai entendue, c'est quand mon père est mort dans son fauteuil.

C'est normal de voir le foie sur une radio des poumons ?

Zéro gramme d'alcool dans le sang, c'est même plus la peine de picoler si c'est pour pas boire.

Souvent, le vieux qui a retrouvé son âme d'enfant refait des cacas de bébé.

– *Les anciens Égyptiens verraient la pyramide du Louvre, ils verraient bien qu'on voit à travers.*
– *Ils sont pas si cons.*

La banquise, c'est que de la fanfreluche !

– *Les horreurs de la guerre, ça fait froid dans le dos.*
– *Moi c'est le ski à la télé qui me fait froid aux pieds.*

La région Rhône-Alpes ? Où c'est qu'ils sont allés voir qu'il y a le Rhône dans les Alpes ?!

Avec l'alzheimer, la cervelle devient toute marron, comme dans le crabe.

Moi je bois toujours l'apéritif avec les gens par leur prénom !

Un chien qui parle anglais, c'est bien, comme ça, vous pouvez parler anglais avec votre chien.

– *Les Américains n'iront plus sur la Lune, c'est trop cher.*
– *Ils iront ailleurs.*
– *En Irak, c'est le même prix.*

Le plus gros papillon, c'est un papillon de nuit, comme une assiette, le matin tu trouves ça sur la table de la cuisine, c'est comme si t'avais pas débarrassé.

Le problème de maintenant, c'est qu'on peut pas réparer les voitures, une panne et faut la jeter, alors que si ça se trouve c'était un tout petit bout de plastique de rien du tout à changer, et elle était comme neuve.

Ça sera pas la peine d'aller chez le coiffeur avec la voiture électrique, vous allez voir, les cheveux qui se dressent.

La Chine, elle est millénaire, et ils nous vendent des chaussettes qui durent même pas une journée !

On en retrouve des bouteilles de pinard au bord de la route après le Tour de France, comme pendant la guerre, quand c'étaient les Allemands qui passaient.

Le cancer du fumeur, j'arrive à comprendre, mais la tumeur du cerveau, ça n'est lié à rien.

– *Tiens-toi droit !*
– *Je me tiens droit.*
– *T'as le dos en ventre.*

Les épaules, c'est un beau piédestal pour poser la tête.

« Les Français parlent aux Français », tu pourrais plus le faire aujourd'hui avec tous les Arabes.

Jésus aura jamais vu la neige.

– *La Vache et le Prisonnier*, le film, c'est l'Europe agricole, la vache qui est avec un prisonnier.
– *Hein ?*
– *C'est l'Europe agricole, la vache.*
– *Bon, moi j'y vais.*

Dans les pâtés de maisons, on voit bien la cuisine des autres.

– Tintin au Tibet, *je l'ai lu cent mille fois.*
– *Moi aux cabinets, j'aime pas y rester longtemps.*

Ma mère m'a dit que quand j'ai commencé à avoir de l'âge mental, je marchais déjà.

Du nudisme en Bretagne, la pluie, le vent à force sur la bite, ça vous fait du harcèlement sexuel.

– *Tu lui dis, qu'est-ce que tu bois ? Y te répond, même chose !*
– *C'est de la réflexologie.*

Les éléphants sont protégés et après, ils pleurent qu'ils crèvent de faim.

Pour le papillon de nuit, toutes les fleurs sont noires, toute la nuit à butiner des fleurs noires, le matin, faut le voir pendu à la fenêtre le papillon de nuit.

Le tiers monde, d'accord, mais vous verriez dans notre bâtiment, le tiers étage...

Brassens, Hitler, il y a moustache et moustache.

Ségolène Royal, on dirait un biscuit breton.

Le livre de poche, tu l'as plus dans la poche, tu l'as dans l'iPhone que t'as dans la poche.

Ça sert à rien qu'il pleuve en Afrique, y'a rien qui pousse.

– *Bégonias, Surfinias, Pétunias, Cosmos, Œillets d'Inde, Dahlias, Géraniums, Verveine.*
– *Vous verriez son jardin, c'est la forêt vierge.*

Avec le portable, on peut te suivre à la trace, mais le mieux pour savoir où t'es, c'est la carte postale.

Ils ont qu'à pas construire des bistrots au bord de la route si ils veulent pas qu'on roule dessus !

Moi, je suis cigale et fourmi, je chante et je bouffe du sucre.

Il a un beau rire votre mari, on dirait de la tôle.

On avait un chat qui riait, on l'appelait Riton, mon mari faisait courir comme ça ses doigts sur la table et le chat riait, pourtant, ils sont pas marrants ses doigts, enfin, quand je dis qu'il riait, il soufflait, vous l'auriez vu rire c'est pareil que si il soufflait, y'a des gens qui rient, on dirait qu'ils pleurent, après il lui griffait le bras tellement il riait, il est mort, ce chat, on a roulé dessus en reculant avec la voiture, il dormait dessous, l'été dernier, ça l'a pas fait rire ce coup-là, bon, vous en remettez un et j'y vais, j'ai pas encore acheté la viande.

J'aime bien les histoires avec des animaux, même si ils sont écrasés.

– *Tu les sers pas les Anglais en terrasse ?*
– *Je fais pas de vente à distance.*

Le biceps, j'en ai, mais le quadriceps, je suis pas un mousquetaire quand même.

Quand je suis née, j'étais tellement maigre, on voyait tous mes os dans la transparence d'une main.

Moi quand j'ai bu je conduis bien, j'ai pas d'accident, le problème c'est si un mec bourré me rentre dedans.

Le parti socialiste, le chef, c'était un violeur, la chef de maintenant, c'est une alcoolique, la chef d'avant, c'était une folle, eh ben...

Qu'ils viennent me chercher dans la montagne, les impôts, quand je suis un oiseau !

– *Plus t'as bu, plus t'es con !*
– *Ah bon ? moi, je trouve pas.*

De quatre ans à cent ans
Ici on saoule les gens !

C'est facile de lapider en Iran, y'a des cailloux partout.

– *Si y'a plus d'abeilles, l'homme va disparaître.*
– *Y'aura plus de piqûres surtout.*

Le terrorisme, un homme pour tuer cent soldats, la guerre normale, cent soldats pour tuer un homme.

– *Il m'a ramené douze œufs phénomènes.*
– *?*
– *Tous cassés.*

Ils en mettent partout de la musique, hier, c'était Aznavour à Monoprix, au rayon viande.

L'Euro, ça n'a jamais marché.

– *J'ai la vue qui me déforme tout.*
– *Trois euros.*
– *J'avais lu, un cinquante.*
– *Trois euros.*
– *C'est la vue.*
– *Vous avez la vue qui voit à moitié prix.*

Camembert ? je suis une enfant du pays.

Ça fait pas de mal de tuer un lapin en arrachant l'œil, c'est comme si on vous attrapait par le poignet.

Votre assiette avec Lady Di, ne la passez pas à la machine, sinon, Lady Di s'en va.

Au Moyen Âge, j'ai pas vu un seul Noir moi.

– *Ta gueule !*
– *Alors ça, ça m'étonnerait.*

Le genre humain ? ça fait longtemps qu'on dit plus ça !

– Tu parles comme un poète.
– Et pourquoi pas ?
– Tu bois un coup ?
– Et pourquoi pas ?

Mon père il avait le couteau dans la poche pour saucissonner sur le chantier, y'a plus de boulot, il a plus de couteau, on fume plus j'ai plus de briquet, dans les poches on aura plus rien bientôt que les mains pour se pendre.

Maintenant qu'on fait du vélo, je regrette un peu les balades à bicyclette.

– Deux kirs.
– Vous attendez quelqu'un ?
– Non, c'est que pour moi.
– Vous faites ce que vous voulez.
– J'ai rien fait.
– Justement.

– Monsieur ! On est la table là-bas qui boit du rosé, vous l'avez pas vu le petit le gosse qui était avec nous ?!
– Vous inquiétez pas madame, il est dans le trampoline.

Tous les gens que j'aime, c'est ma maman mes chiens.

Plat du jour ? « Pot-au-feu revisité » ? On va faire la queue comme à Versailles ?

Il n'y a rien qui cloche.

– *Quel âge que j'ai ?*
– *Qui ?*
– *Moi.*
– *Vous ?*
– *Quel âge vous me donnez ?*
– *L'âge, ça se donne pas.*

C'est pas la peine qu'elle ait une tête comme ça si c'est sans boire.

– *Pourquoi c'est toujours des Noirs qui vendent les portefeuilles sur les marchés ?*
– *Ça... demandez aux socialistes...*

Qui c'est qui a écrit Tarzan ? Personne sait, et qui c'est qui a écrit Proust ?

Tous les feuilletons télé qui se passent à l'hôpital, ça occupe ceux qui sont en prison, et tous les feuilletons de prisonniers, ça occupe ceux de l'hôpital.

Le choléra tue les plus faibles mais de toute façon, ils seraient morts d'autre chose.

– *Les favelas, ça veut dire, les haricots.*
– *Cité des haricots.*
– *C'est ça.*

C'est quand le train s'arrête qu'on voit bien que la campagne ça bouge pas.

Vous en connaissez, vous, des économistes connus ?

C'est ça la politesse, quand tu commences une chose, tu la finis !

– Je suis rouge ?
– Non.
– Sois sincère, j'ai pas envie de passer pour un
pochetron.
– Les joues roses... mais ça fait bonne santé !

Leur Printemps arabe, ils ont beaucoup de morts et
pas beaucoup de muguet.

– Il faut pas que je boive du Ricard, sinon je suis con.
– T'inquiète pas, ça fait ça à tout le monde.

Un vers de mirliton, c'est un ver qui habite dans
un mirliton.

– L'Humour, c'est la politesse du désespoir, c'est
ce qu'on dit.
– Et ta connerie du désespoir, elle va bien ?!

Les seuls qui me souhaitent mon anniversaire à moi, c'est les années.

– Le matin, je suis toujours de bonne humeur.
– Y vous en faut pas beaucoup.

La tête du bébé qui sort, c'est quasiment comme
pondre un œuf.

– Ils m'ont trouvé avec 2 grammes 88, j'avais
seize ans.
– C'est énorme.
– Surtout pour une fille.

Toute une cacophonie dans la tête !

– *Il s'est fait rouler dessus par le tracteur parce qu'il dormait dans le champ, à la fête du stock-car en deux chevaux, c'était à côté de Quimperlé je me souviens.*

– *Moi, une fois, la voiture dans le grillage du tennis, je me suis réveillé le lendemain, j'avais rien... heureusement... heureusement j'avais rien... on se fait mal des fois mais comme on est mou, ça fait pas mal.*

– *Mais bon, il a roulé que sur les pieds.*

Y'a un Bon Dieu des fois.

– *Regarde ta sœur !*
– *Où ?*
– *Qu'elle traverse sans regarder !*
– *Elle va au pain.*
– *Va la chercher que je l'engueule !*

– *La piperade ou la ratatouille ?*
– *La piperade.*
– *J'avais compris que vous parliez de ratatouille.*
– *Ah non ! c'est la piperade.*
– *La piperade, alors là je comprends... je comprenais pas.*
– *Je vous regardais, je le voyais dans votre œil que vous parliez de ratatouille et moi de piperade.*
– *On risquait pas de se comprendre alors...*
– *Il y a des gens, vous leur parlez ratatouille ou piperade, on voit bien que ce sont des gens qui ne connaissent pas... ils ont pas leur œil comme vous avez fait.*
– *Je réfléchissais parce que je me demandais.*
– *C'est la piperade.*
– *Avec le plus de tomate.*
– *Mais non ! le poivron !*
– *C'est pas ce qu'on avait dit ?*
– *Qu'est-ce qu'on avait dit ?*

Le corps, des fois, c'est bizarre.

Lui mon chéri il mange une chips il prend cinq kilos.

– *Ah oui !*
– *Comme vous dites.*

Il faut pas oublier de se souvenir.

Faut pas être bruyant surtout.

Faut pas rougir quand on dit que t'es beau.

Faut pas faire chier le monde.

– *J'aime pas parler avec elle.*
– *T'es pas obligé... tu l'écoutes pas et puis c'est tout.*
– *Elle arrête pas de me parler !*
– *Alors là, j'ai pas de solution.*

L'hémorroïde, c'est un truc que tu peux pas dire.

– *Le combat de chiens, c'est quand même pas pareil que le combat de coqs.*
– *Y'a pas les plumes.*

Tu restes tout seul avec ton hémorroïde.

C'est astucieux, ce refuge en montagne pour les montagnards égarés... non ?

C'est Sisyphe ou Sylphide, le machin du truc du mythe ?

– *La neige, c'est un fait d'hiver.*
– *Pardon ?*
– *La neige l'été, c'est un fait divers.*
– *Hein ?*
– *La neige l'hiver, c'est un fait d'Hiver.*
– *Ahhhhh.... ouuuuu... d'accord...*
– *J'adore ça, moi, les mots...*
– *Ahhhhhhhh... moi les blagues, je comprends rien.*
– *Il y a les mots croisés et le mot, croisé.*
– *Les morts croisés ?*
– *Les mots croisés.*
– *Moi les blagues, je comprends rien.*

Eh ben...

Il est super intelligent, on comprend jamais rien.

– *Quatre verres renversés dans la matinée.*
– *Alors ça, c'est du fait divers.*

Allez ouste !

– *Jamais boire le matin !*
– *Vous faites quoi ?*
– *Je reste chez moi.*

En avant mauvaise troupe !

– *Un plus un, des fois ça fait quatre.*
– *C'est ce que vous avez bu.*

Haut de plafond ce matin.

Moi j'ai peur de marcher à côté d'un cheval avec sa tête qui est là-haut.

– *C'est quoi le Cocktail Anniversaire ?*
– *Un cocktail si c'est votre anniversaire.*
– *Oui j'ai compris, mais sinon c'est quoi ?*
– *?*

Encore un chieur...

– *Pas de nouvelles, bonnes nouvelles...*
– *Pas de courrier, pas de courrier.*

– *Démangeaison, un m ou deux m ?*
– *Ça dépend où ?*

L'alcool, c'est rien par rapport à la drogue, et même la drogue, on est pas sûr.

On est mieux quand y'a pas les enfants.

Je me rappelle plus de rien, on a parlé picole toute la journée.

– *Un violoniste peut pas jouer Mozart dehors parce qu'il fait trop froid pour les doigts.*
– *Ça dépend où.*
– *Nulle part, tu verras, demande.*

– *Sa caravane, c'est sa maison avec des roues.*
– *Et des shorts.*

– *C'est bien de connaître des gens.*
– *Houlà ! j'ai connu tellement de gens que maintenant plus personne veut me parler.*

– *Pourquoi ce nom-là ?*
– *Parce que c'est ouvert de huit heures du matin à huit heures du soir, Huit à Huit.*
– *Ah c'est ça le nom...*
– *Comme Pastis 51, parce que tu bois 51 pastis.*

J'avais une grosse mouche sur le bras, je suis pas de la viande tout de même !

Je serais bourré rien qu'à le regarder boire lui.

Je vis ma vie, point barre.

– *Le terrien boit, mais le marin aussi.*
– *Le paysan ?*
– *Le terrien... y compris le cultivateur... même l'éleveur d'escargots.*

Tout ce qui est plante exotique, il faut arroser à l'eau chaude.

Je téléphone même pas que je vais pas au boulot parce qu'il va me faire venir en m'embobinant le nouveau.

Mal à la guibolle, mais mal à la guibolle !

– *Attention ! Tu files un mauvais... machin.*
– *Coton.*

Il ne faut pas inciter les gens à boire, ils boivent déjà assez, ah oui, c'est mieux d'interdire la publicité, moi je suis d'accord, et de toute façon, les produits, on les connaît.

Tu viens et tu restes pas ? Alors c'est pas la peine de venir.

– Je sais pas qui c'est qui gueulait sur la place hier soir, mais quel bordel !
– C'est rien, c'est un jeune qui fêtait son anniversaire.

Je suis contre la religion du barbecue.

– On boit beaucoup en France.
– Pas plus qu'en Bretagne.

Il faut pas prendre pour égérie une connasse, jamais !

Y'a l'alcoolique qui boit tous les jours et celui qui en boit un et qui peut plus s'arrêter mais qui boit pas tous les jours, c'est la différence, mais celui qui en boit cinquante quand il peut pas s'arrêter boit pas tous les jours alors que l'autre boit tous les jours, il peut pas s'arrêter, vous voyez ? Moi j'en bois un de temps en temps mais faut pas que j'en boive trop parce que après le lendemain je le paye, je suis obligé de reboire alors que certains boivent tous les jours sans pouvoir s'empêcher mais ils sont en forme même en étant alcooliques ils ont pas mal partout et le cafard, l'alcoolisme, je sais pas si c'est une maladie, c'est une forme à mon avis, qui a deux formes différentes qu'on reconnaît quand on boit, vous voyez ? Moi mon père buvait mais le pire qui boit, c'est mon frère, alors lui, on peut plus l'arrêter, pire que les autres formes.

On avait tellement bu que même le jour de ta mort, tu t'en souviens.

– Jules Renard, ça fait pas pareil comme nom que Renard Jules.
– Oui, mais c'est quand même pas le contraire.

Les voitures de sport, c'est pas du sport, t'es en bagnole.

Le réel est stupide !

– Les gens veulent des gosses et ils en font.
– À la limite, c'était mieux avant, quand on avait des gosses qu'on voulait pas.
– Ils étaient mieux élevés, en tout cas.

Au moins, quand je suis au bistrot, tout le monde sait où je suis.

Un blanc sec, j'ai pas droit au sucré !

L'actualité brûlante, elle brûle pas longtemps.

Les femmes voilées, elles se voilent pas à la maison, c'est pour dehors, comme au camping.

Ça sert à rien de changer l'âge de la retraite, la retraite, c'est dans la tête.

Proust, on s'en souvient surtout parce que personne le lit.

– On se plaint, mais y'a plus malheureux que nous.
– Oh mais ils se plaignent aussi, vous inquiétez
pas.

Le bronzage, on arrive déjà pas à le garder, alors je vois pas comment on garderait la jeunesse.

Il est pas mort Jacques Chancel ? Comment il fait ?

Pour pas mourir, il faut faire du vélo.

Y'a que pour choisir les abricots que je fais confiance au physique.

On meurt de faim mais on crève de soif, c'est pire.

La haie de thuyas, ça coupe bien du monde.

Le français, c'est pas tellement répandu comme langue, en Espagne, c'est déjà fini.

– Strauss-Kahn il est maître du monde au FMI et il viole une Noire !
– Les maîtres du monde ont toujours violé les Noirs.

Quand c'est marqué en anglais sur la boîte, je lis pas, je suis pas Champollion !

Il faudrait tout repenser.

Entre être au FMI et être au RMI, y'a pas qu'une lettre qui change.

Moi déjà diriger rien que le RMI, ça me suffirait.

Space Cow-Boy, tu entres plus ici !

Un congé parental pour s'occuper des gosses, j'en veux pas, les congés je fous rien.

Le travail à temps partiel, t'as plus le temps de travailler.

Un père moderne, il va s'occuper plus de son gosse et une mère moderne elle va s'en occuper moins, je vois pas où est le progrès...

– *Johnny Hallyday, il a plus beaucoup de gardes du corps.*
– *Il a plus tellement de corps.*

C'est con Achille pour un talon.

– *T'es bourré ? T'es pas bourré ?*
– *Je suis au milieu du gué.*

Des fois je crois que c'est le chat, c'est un merle, des fois je crois que c'est un oiseau, c'est un oiseau, moi je suis comme ça.

Les informations, maintenant, plus rien n'est prouvé.

On en a trop vu des femmes à poil, c'est les femmes en pull qui font bander.

Même quand je dors je continue à vivre.

Toi ton défaut, c'est que tu réfléchis.

Ça date de quelle époque le vinaigre dans la salade ?

L'heure pour moi c'est pas du temps, c'est pour aller bosser.

Si les juifs on les reconnaissait rien qu'en leur regardant le nez, c'était pas la peine de leur mettre une étoile jaune pour qu'on les reconnaisse dans ce cas.

C'était en plus.

Je veux pas une formation, je veux un boulot, j'ai déjà une forme et j'ai pas de travail !

La logique, j'y suis, j'y reste.

Faut jamais dire « Regardez pas ! j'ai pas fait ma vaisselle », c'est là qu'ils voient que la vaisselle est pas faite sinon ils auraient pas vu.

Tout le monde est tous pareils à quelques exceptions près de certains peuples.

Comment tu fais pour avoir soif toute la journée alors qu'il pleut ?

Vous me mettez sur une île déserte, je mange quand même avec des couverts.

Elle sert à rien, si c'est de la croissance molle.

On est des vaches à lait élevées par l'audiovisuel, mais oui.

Je dis un caca asiatique parce qu'il est jaune mais sinon c'est un caca normal, c'est un épagneul breton.

Toute l'année c'est les soldes, on trouve quasiment plus un habit cher.

– *Y'a plus d'ascenseur social.*
– *L'ascenseur, c'est pour les fainéants !*

Il est fatigué de naissance.

– *Quand je suis malheureux, tout le monde s'en fout.*
– *Sois heureux, et fous-nous la paix !*
– *Quand je suis heureux, c'est encore pire, tout le monde me fait chier.*

La prison guérira jamais personne, déjà que l'hôpital, ça marche pas toujours.

De A à Z, c'est de l'alphabet, c'est pas de la hiérarchie.

Parlez-moi d'amour...
Redites-moi des choses tendres...

Je vois pas pourquoi on aurait une vie après la mort alors que pendant la vie tu peux même pas fumer une cigarette sans choper le cancer !

– Mon mari, vous le connaissez mon mari ?
– Trop !
– Eh bien hier, il est pas rentré.

Léonard de Vinci, il a fait plein de trucs mais il a pas tout fait non plus, faut pas exagérer.

Le travail, c'est une maladie, d'ailleurs, y'a une médecine pour ça.

Mon mari, depuis qu'il ne boit plus, il se met un litre de vinaigre sur les filets d'harengs.

– Faut pas regarder un chien en face, il croit que tu l'attaques.
– Avec mes yeux ? Je regarde rien en face.

Combien on en a des sens ? cinq ? six ? Le poulpe, quatorze !

Le pastis, on le prend en apéritif, mais on peut le prendre aussi en dessert.

– T'es saoulant quand tu parles toi !
– Bon, je vais me saouler en silence.

Je vais prendre un coup de rouge, pour mon scorbut.

Faut pas péter devant un aveugle, c'est multiplié par dix.

Nous, à la maison, on a plus peur de la fin du mois que de la fin du monde.

Si tu comptes, sur terre, y'a plus de femmes que de Chinois.

Comment vous voulez que les paysans s'en sortent avec seulement quatre saisons ?

Je suis chiant quand je suis saoul, parce que sinon, je suis timide.

J'adore l'anchois, j'adore l'agneau, la vie m'a gâtée.

On nous prend pour des imbéciles, les miraculés de Haïti, ils étaient même pas morts !

Un bébé, c'est à température ambiante, faut pas le mettre au frigo.

Ça sert à quoi les cheveux qui poussent ?

Il parle tout le temps parce qu'il sait pas écouter.

Ma femme, elle pourrait être femme de marin, ça fait deux fois qu'elle me fait de la morue.

Je suis pas raciste, mais faut pas qu'un Arabe me fasse chier.

– *Le fonctionnement du corps humain, on l'apprend à l'école.*
– *Moi, je l'ai appris au boulot.*

Ça coûte moins cher de se saouler quand on tient pas l'alcool.

Napoléon est mort à Sainte-Hélène, mais vous êtes trop jeune pour vous en souvenir.

Les rillettes, c'est Giono ou c'est Pagnol ?

Moi j'aime pas écouter.

La burqa, si ça se trouve, en dessous, elles sont à poil.

Optic ! deueueueueueueueueueueueueueu mille !

La tige se nourrit du bulbe, comme l'ado qui fait chier sa mère.

C'est trop frustrant les radis si vous ouvrez le frigo, vous êtes en panne de beurre !

Le Louvre, c'est une valeur sûre, sinon le musée Rodin, t'as personne qui visite.

– *Vous allez visiter le château ?*
– *Non, il fait pas beau, c'est du quotidien ordinaire, on va acheter des chips.*

C'est quand le fou a tué plein de Noirs en Norvège que j'ai su qu'il y avait des Noirs là-bas.

– *Mal se garer, c'est un tout petit rien !*
– *Ils nous mettent des amendes sur tous les petits riens.*

Si c'est un choix pas imposé par le mari, la burqa, c'est bien, elle s'habille comme elle veut la femme, c'est sa liberté, si vous croyez que moi je m'habille comme je veux avec mon mari, mets pas ci mets pas ça, surtout l'été, mets pas celle-là, t'as l'air d'un sac...

Dans le Périgord, ils ont des tracteurs qui roulent à la graisse de canard, mais on a pas tous de la graisse de canard à la maison.

Une étoile qui clignote, ça fait exactement comme un ovni quand t'es con.

– *En Corse, t'as la montagne et la mer.*
– *Et les Corses.*

C'est en étant trop puriste qu'on mange plus rien.

C'est en forgeant qu'on devient forgeron... C'est en volant qu'on devient voleron... C'est en torchant qu'on devient torchon...

– *La petite fille était dans la cuisine, elle va caresser le chien qui était dans son panier, il l'attaque au visage, il lui a arraché la moitié de la figure, ils l'ont piqué.*
– *C'est la gosse qu'y faut piquer, qu'est-ce qu'elle va faire chier le clébard dans son panier !*

Les mines de charbon, c'est de la carie.

– *J'en ai eu une ruche un jour, les abeilles elles sont jamais rentrées dedans.*
– *Faut les mettre.*
– *Et où je vais trouver des abeilles moi ?*

Martine Aubry, elle me fait penser à quelqu'un, mais je sais pas qui.

– Un canard dans un réacteur de Boeing, ça fait pire qu'une bombe.
– J'en bouffe pas de ça.

La casquette Ricard, le bob Ricard, le tee-shirt Ricard, je crois même que t'avais l'écharpe Ricard et les lunettes Ricard... si je me souviens bien.

Je sais pas quoi faire à manger pour ce soir...

– La Bourse, elle est encore tombée.
– Ça repousse pas !

Vous ne connaissez pas Jean Rochefort ? Le monsieur qui fait du cheval... C'est un comédien avec une moustache... Le monsieur d'Amaguiz... Eh bien, il a mal au dos comme vous.

On a beaucoup moins de voisins dans une grande ville que dans un petit village.

Vous avez du courrier ? Vous avez de la chance... moi la poste, elle m'écrit jamais.

Les secrets d'alcôve et les bruits de couloir, faut déjà une grande maison.

Si vous saviez tout l'argent que Coluche a gagné avec ses Restos du cœur, si vous saviez !

48

« Blabla », ça se dit toujours, bien sûr, c'est un mot qui n'a pas disparu, même « blabli-blabla » continue d'être usité.

C'est dommage de faire de la flûte avec une bouche à trompette.

Je vous l'avais dit que l'Europe ça marcherait pas, je vous l'avais dit !

Les comédiens sont dessinés par ordinateur, vous n'en avez plus besoin de la grande glace avec la coiffeuse.

Même si le noir est blanc, on le reconnaît quand même à sa forme.

J'ai décidé de m'en foutre !

– *Ils remettent des loups dans les Alpes et après quand y'en a trop ils les tuent !*
– *On fait pareil pour les gens.*

Le randonneur égaré en montagne c'est souvent quelqu'un qui a envie qu'on s'occupe de lui.

La moitié de Balzac, c'est écrit pour l'argent.

– *Elle a pris trente kilos !*
– *C'est une grossesse graisseuse.*

Je peux plus dormir dans un lit à force de dormir dans le camion, il me faudrait un camion dans le lit.

Le boudin ne donne pas une haleine de vampire.

Les fourmis elles envoient des ondes avec les antennes, pour dire où est le sucre.

Je suis réveillée par les oiseaux, y'en a tellement, des fois je me demande si c'est pas un chien qui aboie.

— Les gosses de maintenant ils auront plus tard le souvenir du premier portable comme nous c'était les patins à roulettes.
— Qu'est-ce que j'ai pu m'arracher les genoux !
— Ça sera pas les mêmes souvenirs... mais ça sera des souvenirs quand même.
— La bouteille de Cointreau pour faire la lampe de chevet.
— La coquille Saint-Jacques, vous vous rappelez, on faisait un cendrier avec.
— Ils feront pas des cendriers avec les portables.
— Ni des lampes de chevet !

Mon père a toujours lu aux cabinets, ma mère, je sais pas, ma mère en parlait pas.

Je me saoule rien qu'en me mettant au soleil comme un grain de raisin.

Pas moyen de trouver un joli rideau de douche sur aucun marché.

Le bébé à quatre pattes, c'est pas en regardant son père vautré dans le fauteuil qu'il va copier la marche debout !

Si tu crois que t'es le seul sur terre !

Moi, je pourrais pas coucher avec une ancienne fiancée à Johnny Hallyday, par respect pour lui.

La démoustication ! tout le pognon qui part là-dedans ! il va dans la poche à qui ? aux démousti-queurs ! c'est pas difficile non plus d'enmoustiquer et de repasser derrière pour prendre l'argent de la démoustication ! t'enmoustiques et tu démoustiques ! c'est énorme, c'est les budgets de l'Europe la démous-tication, le seul truc bien à la limite, tu prends l'argent de l'Europe avec des moustiques d'ici, sauf si les mecs qui démoustiquent te remettent des moustiques qui sont pas d'ici, t'as intérêt à démoustiquer vite si tu veux pas te choper la maladie du sommeil !

Le journal de 20 heures sera toujours sur la une, comme Soir 3 sera toujours sur la trois.

Moi, je bois jamais seul, sinon je boirais tout le temps.

— *Un rouge, deux rouges, et toi aussi ? un rouge ? alors quatre rouges.*
— *C'est l'engrenage sanguinaire !*

La télé a fait du mal au bar, en plus sous la télé t'avais un minibar.

Promenons-nous dans les bois ! Tant que le loup n'y est pas !

Un comptoir avec plein de monde et en plus la terrasse avec plein de monde, c'est un bon indicateur de la qualité du milieu !

Polyhandicapé, ça sent le roussi.

– Ici y'a plus rien qui se passe, même le temps passe pas, y'a que les années qui passent, je vous sers quoi monsieur ?
– Une bière.
– Pfu... j'en ai plus, faut que j'aille dans ma cuisine.

Miaou...

Tic... Tac...

Les jeunes s'en vont et quand ils reviennent, ils sont vieux, je serais jamais partie d'ici que j'aurais peur de m'éloigner en voyant ça... j'aurais pas été une grande navigatrice... hi hi... hi hi !

Miaou...

Tac...Tic...

Vous en avez des ovnis dans la région ?

Des élections, y'en a trop en France.

Ségolène Royal ou Martine Aubry, moi, les femmes, je sais pas les choisir.

Que du cidre, je m'étais fait une signature ornementale dans le slip.

La vie, la mort, la vie, la mort, c'est du copier-coller.

Il vaut mieux avoir les yeux rouges quand tu picoles que les yeux bleus qui sont plus fragiles.

Liberté, égalité, fraternité, c'est marqué sur la mairie, sur la poste, c'est déjà plus marqué pareil.

Tu t'enlèves un os pour poignarder une hôtesse, c'est pas détectable à l'aéroport, si t'es chirurgien terroriste.

Dans le plateau de fruits de mer, le seul truc normal, c'est le plateau.

Je me mange les pieds, je passe à la télé, après comment je rentre ?

Personne a jamais dit que le *Mercure de France* était nationaliste parce qu'il y a le mot France !

Si tu te fais chier au boulot, tu te feras chier en vacances, il faut se faire chier nulle part pour pas s'emmerder partout.

Trois congélateurs à la maison ? Vous aimez le froid !

Le poisson a pas besoin de boire, il mange mouillé.

– Tu veux un café ?
– Pourquoi ? Je m'endors pas.

Ils foutent de la graisse de canard dans le moteur des tracteurs et ça marche, alors nous aussi on peut boire de l'essence et ça saoule.

« Le Médiator »... pour tuer des gens, c'est pas la peine de donner un nom pareil à un médicament.

On avait des nageoires, on a des mains, je vois pas ce qu'on pourrait avoir après.

Je ne me souviens jamais de mes rêves, sauf des fois, et encore, c'est pas du rêve, c'est du réveil.

– J'ai bien dormi, j'ai bien fait pipi, j'ai bien fait caca...
– Tu vas pas nous faire la revue de presse !

– C'est « quel jour il est » qu'on dit ou c'est « quel jour on est » ?
– Quel jour de quoi ?
– Qu'on dit.
– De ?
– De quel jour on est ?
– J'ai pas l'heure.

Elle a son fœtus en stage de formation depuis deux mois.

La corrida n'est pas une torture pour l'animal, d'ailleurs à la fin on peut en manger.

Le lierre grimpant, le lierre rampant, chez l'homme aussi on a le grimpant et le rampant.

Il boit dans l'élite européenne !

Ils ont découvert une nouvelle étoile, il faudrait en découvrir au moins cinq de plus pour que ça se voie.

– *Il bouffe tout le temps !*
– *Un gros ventre comme ça, ça serait dommage de pas s'en servir.*

– *L'Euro Millions, c'est une chance sur cent millions de gagner.*
– *Moi je dis, une chance sur deux, tu gagnes ou tu perds.*
– *C'est les cons qui disent ça.*
– *T'as gagné toi ?! Alors me parle pas comme ça !*

J'adore le sport, et les tribunes en particulier.

Une aiguille de sagesse dans une botte de cons !

Une minute, c'est soixante secondes, même si il y a une tolérance, ça sera jamais beaucoup plus que soixante-trois, soixante-quatre secondes en marge d'erreur.

– *J'aimerais changer de vie.*
– *Si tu changes de vie, lave-toi aussi les cheveux.*

Soupe au lait, c'est rare, et chabrot, ça se fait plus.

– *Les pattes de poulet, c'est un défaut si c'est l'homme qui a des pattes de poulet... ou la femme...*
– *La femme, c'est le cou de poulet... et les pattes d'oie.*

Conduite sous l'empire alcoolique, c'est pas la pre-mière fois que je suis empereur.

La capucine, c'est toujours du court terme.

Il regardait les prévisions météo à dix jours et le lendemain il est mort.

C'est moi qui vous le dis !

La première fois que j'ai vu la mer, je l'avais déjà vue, alors ça m'a rien fait.

Je conduis sans permis... ils ont qu'à me le rendre, si ils veulent que je conduise avec...

Des fois le samedi on se croirait dimanche, et le lundi on se croirait dimanche, c'est rare que le dimanche on se croirait lundi, ou lundi on se croirait samedi, des fois le vendredi on se croirait samedi ou samedi on se croirait dimanche mais jamais jeudi on se croirait mardi, pratiquement jamais...

Ils sont pas tellement gros les trous de nez par rapport à tout ce qu'il y a à sentir.

Vous savez, moi, les gens me parlent dans la rue, j'ai pas besoin de venir ici pour ça.

Mon meilleur souvenir de bain de mer c'était dans une mare.

C'est l'oxygène qui permet la réaction corporelle des fibres.

La plage de Biarritz, vous pouvez rester habillé, elle est dans la ville.

– *Déjà que je suis bien con de rentrer, en plus elle arrête pas de me faire chier dans la cuisine ! Des petites vannes, des conneries...*
– *Quand on est enfermé avec un chien dans une cuisine, faut jamais le faire chier.*

Ça fait longtemps qu'on a pas eu un entre-deux-guerres aussi long.

– *T'as pas lu* Les Pensées *de Flaubert ?*
– *Tout ce qui est pensées, je m'en fous, je préfère les romans.*

Le corps nu, c'est récent.

Laissez passer l'apprivoiseur de boîtes de sardines !

Il ramasse le caca de son chien sur le trottoir, il le jette dans la haie, imaginez qu'il y ait un oiseau !

Le serpent, il est tout le temps au soleil et il a pas le cancer de la peau, lui c'est à l'ombre qu'il a le cancer de l'ombre, pas nous.

Le plus court chemin de Patrick à Jules, c'est six demis.

La Maison de la radio, c'est la « maison ronde », parce qu'elle est ronde, mais pas loin t'as la tour Eiffel qui est pointue, on l'appelle pas la tour pointue, la maison ronde c'était Malraux avec de Gaulle qui était fou qui a dit, c'est rond, c'est la maison ronde.

C'est pas érotique la figue, moins que la fraise des bois.

Zola c'est un grand pain sur la table, alors que Perec, c'est des miettes partout dans la maison.

Je grince comme un volet.

On s'en va ou on reste ?! Moi en tout cas je reste pas ici toute la journée, je m'assoie.

Tout a été dit sur le corps de la femme en 1847.

La malédiction des Monaco c'est juste de l'autre côté de la Terre y'a l'île de Pâques, pile en dessous.

C'était la nuit des étoiles hier soir, je me suis fait trois bouteilles à étoiles.

C'est joli les étoiles filantes, mais moi celles qui bougent pas, ça me suffit.

Si j'ai un verre devant moi ça me fixe, j'arrive à plus bouger, comme si je suis devant la télé.

Dans le lapin tout est chaud, ça fait les grillades et le manteau.

C'est moi qui vous remercie.

Je vais aller prendre de l'argent au Crédit agricole tant qu'il y en a.

Vu la vitesse de la lumière, quand ça passe dans l'ombre, on devrait entendre la vitesse qui freine.

J'y vais plus dans cette charcuterie, c'est les escrocs de l'œuf en gelée !

– *Tout fait sens.*
– *Non, tout ne fait pas sens.*

Bashung, c'est pareil.

– *Leur bébé, il pleure toute la nuit, je le tuerais !*
– *Ils le feront.*

Regarde par terre ! regarde ! regarde par terre la souris regarde !

Je vois pas pourquoi c'est toujours la guerre qui fait gagner de l'argent, et la paix qui en dépense.

J'ai dormi tordue sur le canapé, j'ai la nuque j'en ai plus.

Nain, c'est pas un défaut, mais si le nain c'est un connard, c'est pire que si c'est un connard de taille normale comme nous.

Une fois par an il faut que le médecin soit malade, pour se rappeler ce que c'est.

– *Tous les hommes sur la Terre ont des histoires différentes...*
– *Louis XIV, Louis XV, Louis XVI...*
– *T'es con toi !*
– *Louis XVII, Louis XVIII...*

Des milliards de milliards de milliards qui disparaissent à la Bourse, en plus tous ces milliards, c'est notre argent à vous et moi.

Pourtant d'habitude, les Nicole, elles sont pas comme ça.

J'ai pas beaucoup d'argent à la banque, si je retire tout, je le mets dans ma poche et elle est pas pleine.

Dieu, le diable, si ça se trouve, c'est encore un troisième qu'on connaît pas qui fait tout.

À Paris, aujourd'hui, il faut être milliardaire si tu veux aller faire caca au fond de ton jardin.

On est des hommes, on veut des beignets !

Y'a quasiment plus de cabinets téléphoniques à cause des portables, mais les WC publics ? pourquoi y'en a plus ? on fait pas pipi dans les portables !

La résurrection de Jésus, on saura sans doute jamais la vérité.

Avec tous les poils qu'il avait, on aurait pu retrouver un poil de barbe sur le saint suaire pour faire l'ADN.

Il en met autant à côté qu'il en met dans sa bouche !

– Il est passé Optic 2000 ?
– Même pas deux minutes.

Tu lui nettoies son déambulateur sinon il va glisser.

Le cinéma parlant était marchant, c'est en devenant parlant que les acteurs se sont assis pour parler.

– Ça devient pas haut, ça pousse en large, ça bouche pas la lumière, on a mis ça devant la fenêtre à la place de la boule qui fait des branches rouges qui perd pas ses feuilles.
– Si on laisse faire, elles ont plus de lumière que nous.

Demandez, vous verrez.

L'Himalaya, tu montes, tu montes, c'est un puits sans fond.

Le bébé de Sarkozy ? Je lui donne pas une minute avant de devenir un con !

Si tu le prends en jerrican, c'est pas le même prix qu'à la pompe.

Ils nous en auront fait gober des couleuvres avec leur vache à lait à la pompe.

La guerre en Libye, c'est pas parce que ça passe à la télé que c'est vrai.

Je me fais tellement chier à rien foutre, c'est plus fatigant qu'un travail de force.

Un jour ou l'autre, on aura le retour du réel.

– *Tu le vois l'intermarché Les Mousquetaires en face de Gédimat, à côté de Couleurs Fleurs, Point P si tu préfères, tu le vois Point P, en face Point P t'as Michelin, juste à côté Michelin t'as Total, là où on prend de l'essence, 1,30 le 95 sans plomb, tu vois, plus loin t'as un réparateur toutes marques et une laverie automatique de bagnoles, c'est là que je lave ma voiture, à côté de Vedeistein, après les outils Woolf si tu préfères.*
– *Avant Butagaz ?*
– *Après... oui, avant, si t'arrives par l'autre côté, par les carrelages je sais plus quoi.*
– *Juste après si tu viens de la nationale, si t'arrives de l'autoroute, c'est de l'autre côté...*
– *Entre Butagaz et Toyota en arrivant de la nationale, si tu préfères... c'est là que je la lave, c'est du lavage sous pression, c'est pas les rouleaux, les rouleaux, ça raye.*
– *Ça dépend ta peinture...*

Le racisme, ils ont qu'à pas écouter non plus.

Creuse !

Un bébé de trois kilos, y'a déjà un kilo qui revient à l'État.

Je te dis, creuse !

Encore heureux qu'on a les trottoirs, on marcherait où ?

– *Je perds la tête.*
– *T'en retrouveras une.*

Moins j'en dis, moins j'en pense.

Moi je suis pas inquiet pour l'homme, n'importe quoi qu'y se passe, il y a toujours des survivants.

Je m'en fous de la marque du vélo, c'est moi qui pédale.

Tous les sports, t'es dehors, sauf la natation où t'es dans l'eau.

Ce qui est grave avec la crise mondiale, c'est qu'elle est partout.

Le filet d'harengs pour moi c'est pas du poisson, c'est du filet.

Le roastbeef, c'est pratique à manger, y'a pas les os du poulet.

L'Amazonie, c'est le poumon de la planète, elle en a qu'un.

Je suis pas sexe, moi, c'est la bouffe, tu me présentes une femme, je la bouffe.

– Vous parlez combien de langues ?
– Français.
– Vous êtes pas anglais ?
– Jamais, je suis français.
– Je croyais que vous étiez anglais qui parle fran-
çais, à cause de votre pantalon.

Pan ! ça veut bien dire ce que ça veut dire.

Et d'ailleurs, c'était pas Reims, c'était Chartres, la
grosse église.

Plus c'est de la grande cuisine, plus faut une petite
bouche.

La java, le tango, le rock, le rap, le reggae, et après
t'as quoi ? C'est pas infini non plus.

Quand vous habitez sous des hirondelles, c'est
même plus la peine de vous laver les cheveux.

Si la poste elle ferme, si le café il ferme, on est pas
près de lire son courrier au bistrot !

La djellaba, y'a la tête ou pas ?

L'ouvrier est fait pour être photo-graphié en noir et blanc.

– Ho ! tu rêves que tu bois ?!
– Non.
– Alors bois.

Les mathématiques ne sont pas une science exacte, on arrête pas de se gourer.

Le regard satirique, en bas, vous avez les pieds de bouc.

— *La mort, il y a ceux qui s'en vont et ceux qui restent.*
— *Les vacances, c'est pareil.*

Il n'y a pas torture d'animaux quand c'est une course d'escargots.

Le sucre, y'a quoi dedans ?

Chacun a sa logique.

La culture, je connais plein de gens qui n'en ont pas, et des fois, ça vaut mieux.

Vous entendriez les bêtises qu'ils disent quand ils sont à table chez eux, c'est de la radio réalité.

— *Je travaille, alors je bois moins.*
— *Pareil !*
— *Moins !*
— *Tu bois pareil ! En plus t'as plus le permis et t'as pas de boulot.*
— *C'est pour ça que je bois un coup.*
— *Pareil.*
— *Oui mais j'ai pas de boulot.*
— *Et t'as plus de permis.*
— *Le permis, c'est pas l'alcool, c'est les gendarmes.*

Faut se les fader, les ostrogoths...

Vous vous rappelez « La séquence du spectateur ? », c'était que des bouts.

Les bactéries, c'est pas les dernières à voyager.

Un éléphant à Paris, avec des Chinois qui regardent, franchement, on sait plus où on est !

Le vin, le pain, le saucisson, le ciel, ça c'est la clique !

J'aime pas l'après-midi.

Au restaurant, tu parles de ce que tu manges, c'est pas au cinéma que tu vas parler du film.

Moi, Sarkozy, je connais un mec, il l'a vu.

L'euthanasie, on te la fait pendant le sommeil ou pendant que t'as mal ?

Même si c'est bête, tant pis, je le dis comme je le pense.

Ça fait peur un peu tout ce qu'on boit... oh !

Un gouvernement qui laisse les sans-abri mourir de froid dans la rue, c'est comme si il tire sur la foule.

Je suis un pilier de comptoir avec modération.

– *Y'aura toujours des morts pendant une révolution.*
– *On fait pas d'omelette sans casser des poules.*

Au cinéma, tout ce qu'on imagine est toujours mieux que ce qu'on voit.

– *Un mois ça dure le ramadan !*
– *La Noël et le jour de l'an et après la galette des rois, c'est pas loin de ça.*

La Soupline, c'est le seul parfum que je porte.

– *Deux mille quarante, deux mille cinquante, je serai plus de ce monde.*
– *T'en sais rien... avec les progrès de la science...*
– *En deux mille cinquante, t'en auras plus beaucoup des scientifiques qui seront de ce monde.*

J'ai un endettement minipharaonique, je dois quatre kirs.

Y'a un coup à boire entre les tournées ?

Si Napoléon était encore vivant, il se retournerait dans sa tombe.

Je sais pas ce que j'ai fait hier soir, j'ai la bite toute bleue.

– *Pour avoir mal aux fesses, il faut s'asseoir par terre, parce que dans les maisons, tout est mou.*
– *Celui qui a mal aux fesses chez lui c'est qu'il est tombé par terre.*
– *C'est sûr.*

L'alcoolisme, c'est de la boulimie, en fait.

Le téléphone sans fil, résultat, tout ce qu'on dit y'a plus de fil !

Moi je préférais le téléphone avec le fil, on le voyait, il était posé sur le buffet.

C'est pas facile pour les jeunes de respecter un drapeau qui a que trois couleurs.

Les moines, ils avaient pas d'échafaudages pour construire au Moyen Âge, ils restaient collés au mur avec leurs pieds sales.

– *On est partis une semaine, on est revenus, il était mort.*
– *Même un poisson, ça ne se délaisse pas, madame !*

La tenue des bonne sœurs, c'est quasiment comme les Arabes voilées sauf que tu leur vois la tronche et les lunettes.

Les balades dans le Vaucluse, ça c'est quelque chose !

Un tueur fou qui en tue plus que dix, c'est un mec qui fait de la politique.

La vraie lutte gréco-romaine, c'était un Grec contre un Romain.

Vous m'arrêtez si je débloque...

Mozart... Vinci... Shakespeare !... Michel-Ange... Einstein... ça fait cinq génies en tout, c'est pas beaucoup depuis le temps.

La mode, c'est éphémère, le slip, je le porte pas deux jours.

Les cartes postales, je préfère quand c'est des paysages, j'aime pas quand c'est des charcuteries de pays.

Les gens veulent manger de la viande mais ils veulent pas savoir qu'on tue l'animal, le veau, c'est pas un veau, c'est du veau... pareil... les gens ils font des gosses et ils sont surpris que c'est des enfants...

La sardine grillée que tu fais dehors, c'est une sorte de merguez grillée.

La Bretagne, je connais, on picole en pull marin.

Moi, je suis pas difficile, j'aime rien.

Le sud de l'Espagne et le nord du Portugal, c'est kif-kif.

– Les trous de nez, c'est les narines, le trou du cul, l'anus, pourquoi c'est pas l'anus du nez et les narines du cul ?
– Tu nous fatigues !

Les champions de natation, il faut une drôle de mentalité pour être en slip à la télé.

Le cinéma en plein air, je sais pas comment ils éteignent.

C'est un danger public, il boit quatre litres avec un deux-roues.

À dix kilomètres du milieu du désert, c'est un autre milieu du désert, il n'y a que ça dans le désert, des milieux, en France, à dix kilomètres du milieu de la France, ça n'a rien à voir, c'est presque une autre France que vous aurez à dix kilomètres du milieu, et c'est même pas sûr qu'il y ait un vrai milieu de la France, à cause de la France qui a une pointe en forme de Bretagne.

DSK, il pourrait même pas vider un poulet, avec ses pulsions.

Le patron de bistrot est pas responsable si un client bourré fait des conneries, ou alors il faut enfermer aussi la vigne !

Dans les quartiers, les bébés renaissent à la maison comme avant, de toute façon, la femme enceinte peut pas descendre, l'ascenseur marche plus.

J'ai été fille unique mais pas longtemps, parce que après, j'ai eu huit frères et sœurs.

Les vieux, la caisse du chat, tout ça pour moi, c'est du Jacques Brel, Brassens, c'est les singes qui se branlent.

Les gens me regardent parce je suis une fille, tout simplement.

À mon époque, on disait pas « à mon époque », on disait, « du temps de mon père »...

La vie, je suis tombé dedans quand j'étais petit.

— *De métier, je suis coiffeuse.*
— *Où ?*
— *À Quimper.*
— *Houlà ! y'a du vent là-bas.*

En Italie, les gens s'assoient dans la boucherie pour parler, c'est comme chez le coiffeur, mais avec la viande.

Il s'est passé quoi en 79 ?

Une femme peut très bien faire tourner une exploitation agricole, c'est pas parce que c'est une femme que vous aurez des capucines au cul des vaches !

— *Mon père s'est pendu, il était dans le bâtiment.*
— *Moi le mien, un paysan, il s'est donné un coup de fusil.*
— *Moi le mien, il s'est suicidé à l'alcool, un ancien d'Indo.*
— *Eh ben...*
— *Bon...*
— *On boit un coup ?*

C'est pas parce que le monde change qu'il faut changer la forme des fraises.

J'y vais plus dans ce café... je buvais trop... je viens ici... y'a moins de gens qui boivent trop...

Je me sens très proche de votre chat.

J'ai pas une tête à chapeau, par contre, j'ai des pieds à chaussures.

Moi au cinéma je ferme les yeux, c'est en écoutant le dialogue que je sais si l'image est belle.

– *Vous étiez dans la marine marchande ?*
– *Trente ans !*
– *Comme vous buvez un café, on peut pas deviner.*

Un mot sur deux, ça suffit pour comprendre.

Le liseron, c'est pas prétentieux, ça s'entortille, c'est des grosses fleurs, avec une forme comme des instruments de musique, c'est magnifique comme des trompettes de mur.

De la mélancolie sur une tranche de pain...

Y'avait un loir dans mon plafond, je crois qu'il m'a quitté.

La meilleure boule de cristal pour savoir s'il est encore amoureux, c'est l'œil...

Les Martiens viendraient sur terre, pour eux, c'est ici qu'on serait une autre planète.

– *La mairie, s'il vous plaît ?*
– *En face la poste !*
– *Et la boulangerie ?*
– *En face la mairie à côté de la poste.*
– *Et pour le journal ?*
– *À la poste en face la mairie.*
– *Et l'essence ?*
– *Devant la boulangerie en face la mairie à côté de la poste là où ils vendent le journal.*
– *C'est pratique ici finalement.*
– *Ici notre village, c'est une minisupérette.*

Un vélo, ça ne se loue pas, un vélo, c'est personnel.

Vous qui êtes de Paris, qu'est-ce qui se passe à la Bourse là-bas ?

Celui qui disait qu'il avait qu'une vache, il en avait quarante, aujourd'hui, celui qui vous dit qu'il a quarante vaches, c'est faux, il en a qu'une, les vaches, elles ont quitté la bouche.

Les hautes falaises, c'est le bord de la tarte.

Aujourd'hui, y'a même des contrôles pour les pigeons voyageurs.

Des cafés avant y'en avait sept dans le village, tous pleins, aujourd'hui y'a plus que celui-là, même pas plein, y'en a eu ici une sacrée hémorragie des comptoirs.

Un Anglais qui parle anglais dans un café français, c'est limite, moi je trouve.

Tout l'argent qui disparaît de la Bourse, il va bien quelque part ? La souris elle est dans le ventre du chat, ou bien ?

New York, partout ça se croise comme ça, comme mes deux doigts.

Dans les mosquées, c'est un bon-homme là-haut qui fait la cloche.

Les toilettes au fond du jardin, ça éloigne le caca des assiettes.

Les radiations nucléaires, c'est invisible, comme des milliards de guêpes qu'on ne voit pas.

Le quart monde... si seulement c'était vrai qu'on avait le quart du monde...

– *Vous allez bien ?*
– *Impeccable.*
– *En vacances ?*
– *Arrêt maladie.*
– *Teudieu ! il a quoi ?*
– *Les reins.*
– *Des cailloux ?*
– *On sait pas.*
– *Teudieu ! et à part ça, il va bien ?*
– *Impeccable.*
– *En vacances quand même.*
– *Je me force à marcher.*
– *Mais là vous êtes bien debout au café, c'est une marche.*
– *Je marche depuis ce matin.*
– *Teudieu ! bon apéro.*

74

Un chien qui mord, vous le tuez, mais ça sert à rien si les autres chiens sont pas mis au courant.

Ma mère, une fois par an elle avait son bouquet de roses, le reste de l'année, c'était les fleurs du tablier.

Le tournesol OGM ne tourne plus avec le soleil, il a sa montre.

Les drogués qui se piquent, c'est terrible ! Moi, même un grand vin, j'aurais trop peur de la piqûre.

Le dalaï-lama, j'aime pas quand il rigole avec ses petits yeux plissés comme au Crédit agricole.

La grosse tomate farcie, on dirait une voiture qui est rentrée dans un camion.

Tout ne se farcit pas.

La tomate farcie a une tête à ça.

Il est faux cul comme tout ce dalaï.

Les scientifiques, ils font des élevages de poulets sans plumes, ils feraient mieux de faire des porcheries qui puent pas.

Douze enfants, dans une famille de quatorze, au final, ça vous fait que deux parents.

Elle a pas besoin du pouce, elle travaille à la poste.

Le bébé sur les genoux du grand-père, c'est comme une plante qui est filmée en accéléré.

Mourir pendant son sommeil, ça doit faire un drôle de rêve.

Prier debout, on est plus près du ciel que prier à genoux.

À la campagne on meurt, on sait que vous êtes au cimetière, alors qu'à la ville, on croit que vous avez déménagé.

C'est l'ascenseur de la tour Eiffel qu'il faut mettre dans les quartiers, il est jamais cassé.

Un panier de champignons peut tuer une famille encore mieux que l'autoroute.

Moi j'ai connu l'époque où on pissait derrière l'église, monsieur !

Il ne faut pas arroser une vigne et pareil pour le vin.

– *Je suis tout rouge en buvant que du blanc.*
– *Bois du rouge.*

Un chêne, ce qu'il a vu à sa naissance et ce qu'il voit à sa vieillesse, il a le temps de rien reconnaître.

C'est l'homme qui se prend les réflexions alors que l'odeur des pieds c'est une bactérie.

Mes poules, que des top models !

– *J'ai jamais vu un cimetière aussi bien fleuri.*
– *C'est pas notre faute, on a eu quatre enterrements dans la semaine.*

76

L'hiver, pour trouver une fenêtre allumée, faut faire de l'astronomie.

La famine, ça sera le riz, après si ça va mieux ça sera les frites, après si le pays est trop riche ça sera la salade qui sera conseillée.

Vous ne voyez plus de lumière allumée dans la cuisine toute la journée, ça veut dire que vous n'avez plus de vieilles personnes...

Moi, ce que j'en dis, j'en sais rien.

Pour ceux qui dorment par terre dans la rue, la terre, elle est pas tellement ronde.

Ils se blanchissent, bientôt les Noirs seront blancs ! et pour les retrouver...

C'est moi qui vous le dis, et encore, c'est pas sûr...

Une équipe de rugby bien soudée, faut que ça fasse la tête d'ail.

Deux kilomètres de chute libre, la goutte de pluie, elle a le temps de revoir sa vie !

La terre et la pluie s'entendent bien question odeur.

Le foie gras que vous mangez maintenant, c'est Israël ! les escargots que vous trouvez en Bourgogne aujourd'hui, ça vient d'Israël ! tout ce qui est produit français comme les cuisses de grenouilles, c'est Israël ! la galantine avec les pistaches, ils sont devenus numéro un mondial et même je crois pour le pain d'épice c'est eux, mais là, il faudrait vérifier, je ne voudrais pas vous dire une bêtise...

La fraise espagnole va tuer toutes les autres fraises, c'est de la fraise de corrida.

Quand c'est pour la peine de mort, le mot peine est inapproprié, pour la peine de prison alors là oui, la tristesse dure longtemps, l'horreur de mort et la peine de prison, oui... oui... enfin, je crois...

Vous la verriez la gamine comment elle regarde sa crêpe au sucre, ça lui fait du sucre aux yeux.

– *Il est con, mais il a un bon fond.*
– *J'ai pas de sonar.*

Le rat des villes, le rat des champs, ajoutez le rat des banlieues.

L'homme invisible, si tu l'entends, ça lui sert à rien.

Casser une glace, sept ans de malheur, tuer un glacier, quinze ans.

– *On a mangé sur le port et après, la promenade en bateau, ça a été la cerise sur le gâteau.*
– *Le bulot sur le plateau.*

Si on était heureux sur terre, ça se saurait !

Même si on ne revient pas aux anciens francs, on passera aux nouveaux euros.

Le pastis est un apéritif à sang froid qui se réchauffe au soleil !

Le chien d'aveugle, c'est parce que l'aveugle a pas de femme, sinon il aurait pas de chien.

C'est pas normal qu'un mec comme François Hollande maigrisse de vingt kilos pour devenir président, ou alors, il a le cancer, comme Mitterrand.

Un bon exemple de fromage, c'est le camembert.

Rintintin, il est enterré dans un cimetière pour chiens, mais on aurait presque pu le mettre dans un cimetière pour hommes.

Dieu, c'est une femme, il veut tout le temps qu'on soit ses enfants, un homme s'en foutrait.

Cette cicatrice, c'est une relique, c'est un coup de fourchette que ma mère m'a mis dans le bras quand j'étais petit.

La chaleur, ça donne pas envie de bosser, et le froid, ça donne pas envie de travailler.

Il faut quatre-vingts ans pour que la peau du bébé devienne de l'épluchure.

Non, c'est pas moi, j'ai jamais louché.

– *Elle fait quoi comme études ?*
– *Elle veut faire biologie marine.*
– *C'est quoi ?*
– *L'étude de ce qui vit dans la mer.*
– *Poissonnière.*

La carotte est un reptile.

C'est ça le hic.

On peut pas se comprendre, entre ceux qui aiment l'herbe et ceux qui aiment le gazon.

Femme, ça veut dire fémur.

Le rôle de la femme ? Ma mère, elle avait pas de rôle ! Mon père, il avait pas de rôle ! À part nous mettre des tartes, et ma mère nous mettre des tartes !... C'était le même rôle d'ailleurs...

À force de nous remettre toujours le passé devant, on aura le présent derrière.

– *La morale, je me la fous au cul !*
– *Justement, c'est là qu'elle est.*

Dieu donne la vie, il la reprend, la même mentalité que ma sœur.

Chez lui, le tire-bouchon, c'est un doigt en plus.

– *C'est la femme qui donne la vie.*
– *Plus maintenant !*

Carla Bruni, c'est pareil, elle est enceinte à l'Élysée avec nos impôts.

Les cérémonies vaudou, c'était libre, mais maintenant, c'est très encadré par la gendarmerie de là-bas.

Jamais tu verras un Chinois tout seul, c'est minimum par trente-quarante qu'ils sont.

Les poules, c'est matriarcal.

C'est émouvant la mer, quand tu penses au nombre de gens qui se sont noyés.

L'Arc de triomphe, ils l'ont construit sur les Champs-Élysées parce que c'est touristique.

J'ai confondu vitesse et le fossé...

Je bois le matin pour oublier que j'ai bu la veille.

J'ai besoin de personne pour être tout seul !

L'Arc de triomphe, c'est le triomphe de quoi ?

Les poumons, le cœur, les reins, le foie, le cerveau, ça fait sept continents, le corps humain.

Fumer sur le trottoir, c'est dégueulasse, y'en a qui y dorment...

J'suis pas croyant, pas pratiquant, j'passe même pas devant !

– Il faudrait travailler cent mille ans en gagnant le SMIC pour faire un tas de billets qui va de la Terre à la Lune.
– Moi mon tas, il va même pas de la Terre à la banque.

Une vieille qui se fait opérer des os après cent ans, pour le chirurgien, c'est des fouilles archéologiques.

Ça ne me fait rien le décalage horaire, moi, midi, c'est midi, à Tokyo si c'est midi, c'est midi, à Bali c'est midi, c'est midi, moi tant que j'ai ma montre, je la regarde, l'aiguille est sur midi, c'est midi, si c'est midi, je mange, et si c'est minuit, je dors, minuit c'est minuit, moi au pôle Nord, minuit, je me balade pas dans les rues, je dors.

La toile cirée dans la cuisine a disparu en même temps que la femme qui cire.

Il n'y a plus que les plantes grimpantes qui veulent travailler aujourd'hui !

Bling !

Il a pas commencé à boire qu'il nous fait le bêtisier !

Quinze jours d'absence, ça de poussière ! C'est là qu'on voit qu'on vieillit.

Tu laisses traîner ton ADN, après, n'importe quel fou qui passe peut te cloner.

— *Un verre d'eau ?*
— *Chiche !*

Pizza Rapid 2000, en 2011, elle a eu le temps de refroidir.

– Et après, je déglace au vinaigre de framboises...
– Ooooooh... vous racontez bien...

Je sais pas ce que je lui ai dit, mon chat me parle plus.

C'est sûr, l'oxygène est dans l'air du temps.

Les banlieues, moi je leur fous direct la bombe atomique, et je reconstruis des pavillons.

La musique à fond dans la voiture, vous n'entendez même pas si vous avez un accident.

– L'oreille, c'est un entonnoir.
– Comme la bouche.

La banane flambée est le fruit qui s'immole par excellence...

Je comprends jamais rien à ce qu'il dit, lui.

– Les top models, après ça a été la mode des footballeurs, les hommes politiques, aujourd'hui c'est les cuisiniers, vous y passerez un jour, vous, les jardiniers...
– Moi la télé, ça me plaît pas... je sais pas quoi dire.
– Vous parlerez de vos fleurs !
– C'est vrai que là, il y a à dire...

C'est idiot de télécharger cinq cents titres pour avoir une petite chanson qui trotte dans ta tête.

Moi j'aime bien les jeunes, je m'ennuierais si tout le monde était mort.

Je suis le maître de l'illusion ! Je picole et j'ai pas de sous !

T'as ton nez Label rouge...

L'espace, il en faudrait moins qui sert à rien dans le ciel et plus à la maison.

Ma femme, je l'ai connue à la soirée sangria, la gosse on l'a faite à la Saint-Cochon, le premier clash on l'a eu à la fête du boudin et elle m'a quittée à la fête des escargots.

La plus grande passion des Anglais, c'est parler entre eux.

Aller se faire assassiner en Argentine, moi j'aurais pas idée.

Le Sud-Est asiatique... en France, je sais où il est, c'est Cannes, mais là-bas...

Un temps pour tout... tout le temps pour rien... t'attends pour tout... et tu fais rien...

Les princes de la nuit finissent tous rois des cons !

C'est dommage de naître heureux et de mourir triste...

L'adolescence, faut pas que ça dépasse trois accidents de scooter et quatre cuites à mort.

– *Internet, c'est l'avenir.*
– *L'avenir de quoi ?*
– *Du commerce ! même acheter des chaussures...*
– *Je viens d'en acheter au magasin, je vais pas recommencer.*

Je hais les centres-villes ! les ronds-points et les centres-villes, je me pends.

On dirait un berger de bouteilles vides, quand il est assis dans son pré à picoler.

Avec sa maladie il avait maigri, au moins trente kilos, on le reconnaissait plus, lui il aimait bien manger, c'était un bon vivant, maigre il était, maigre, et avec le traitement je sais pas, il a grossi, il était tout gonflé, tout ballonné, tout gros le visage avec les joues comme ça comme des ballons, tout mal partout, avec des grosses mains, il pouvait pas plier ses doigts le pauvre, et d'un coup il a remaigri tout plein, il a perdu trente, quarante kilos, je sais pas, c'était plus lui, ah non c'était plus lui, un cadavre c'était, la mort des fois avec nous elle joue au yoyo...

C'est rare d'en voir du mordoré.

Ce que t'auras pas dans le livre numérique, c'est le ticket de métro pour faire marque-page.

Quand tout le public rigole en même temps, ça en fait des dents qui sortent !

- *Le principe de réalité, tu connais ou pas ?!*
- *Si pour toi la réalité est un principe, alors là !*
- *Tu connais ou pas ?!*

Le nuage, c'est pas son problème si il pleut sur un champ ou sur une route.

Deux trois grogs bien chauds, ça y est, j'ai le cerveau qui fait la montgolfière.

La disparition des dinosaures, c'est déjà arrivé une fois, et ça recommencera !

On utiliserait tous la même savonnette, dans le métro, ça ferait moins disparate.

Chez le Japonais aisé, la chasse d'eau, c'est de l'eau chaude.

Kouchner, Jack Lang, DSK, je leur donnerais pas ma gosse à garder à tous ceux-là !

Péter dans la soie, chier dans des chiottes en or, le riche aime son anus !

Fabius, il aura toujours le sang contaminé sur les mains, Pasqua de chez Ricard, c'est rien à côté comme gamelle...

Un bord de verre sale, je ne comprends pas ça à notre époque !

Si on compare au sport, pour l'ouvrier c'est le ballon de rouge, pour le riche c'est la raquette de gin.

– *Le meurtrier, il lui reste toujours de la peau de sa victime sous ses ongles.*
– *Le boucher, vous avez vu ses mains ? Toujours impeccables.*

Stop ! juste un dé à coudre...

La Bretagne fait faire une avancée spectaculaire à la France !

En France, il nous reste que les grands cuisiniers, et Aznavour.

Qui c'est le con qui raconte partout que hier j'étais saoul ?! Je suis même pas venu ici !

L'autre con là, tu sais, le mec du cinéma, chabada-bada, il est encore vivant lui ? le mec du film, avec les acteurs qui tournent, merde, comment il s'appelle déjà ? mais si ! chabababababa truc machin ! mais si tu connais ! tout le monde connaît ! tout le monde l'a vu ce film de merde.

La peau de l'orange a plus de goût que le reste de l'orange, un peu comme la terre.

C'est toujours la même casserole d'eau qui bout à la maison, c'est les nouilles vues du ciel.

Les grands-parents, les parents, les enfants, si t'as ça autour d'un gâteau, t'as réglé tous les problèmes.

Les pommes de terre qui dorment sous la terre, tu peux t'asseoir à côté sans rien dire, tu sais qu'elles sont là.

L'euthanasie, tu baisses lentement la flamme de la brûlure à la veilleuse que t'éteins.

– Il collectionne toutes les petites maquettes de la guerre, les chars, les avions, les petits camions, les soldats...
– Quand on sait tous les morts...
– Faut pas trop lui dire, il collectionnerait tous les petits os !

La mort, au début, elle est froide, mais après elle est bonne...

La chirurgie devrait pas servir pour l'esthétique, c'est comme si tu fais une chimio pour avoir de beaux yeux !

Il est pas difficile le cancer, il mange de tout.

Tuer quelqu'un juste avant qu'il meure, tu cueilles avant que ça tombe.

Le chat qui a inventé le Miaou des chats, ça devait être un génie chez les chats.

Un kir, point barre.

La Sainte Vierge et Marie c'est la même ? Première nouvelle...

Moi je me gare plus, je laisse le camion au milieu de la route et je me gare plus, je paye pareil l'amende que si je me gare mal, alors quitte à me garer mal, je me gare plus, alors là comme ça franchement je suis mal garé, je suis pas garé du tout ! Moi quand on me cherche, on me trouve, il est où cet enculé de la police municipale ? Alors ça vient ce demi !

Le premier chat qui a enterré sa crotte, c'était en Égypte et c'était dans le sable.

Les cubistes, j'ai vu, y'a des ronds.

Le vieillissement de la population, c'est un signe de bonne santé, par rapport à des pays où tout le monde meurt à sept ans.

— *Dans le cerveau, t'as deux hémisphères.*
— *Le nord et le sud.*
— *Mais non, ça a rien à voir !*

La gravitation universelle, ça te dit quelque chose ou pas ?!

— *Si tu caches ton œil avec ta main, tu vois bien avec l'autre ? Tu vois quoi ?*
— *Toi.*
— *Tu me vois bien ? Tu me vois pas flou ?*
— *Non.*
— *Y'a pas une tache au milieu ?*
— *C'est quoi la tache ?*
— *La dégénérescence maculaire... tu vois une tache au centre.*
— *Oui... c'est ta moustache.*

Sarkozy, il fait du vélo, mais c'est pas quelqu'un à aimer le vent dans la figure.

En violon, c'est Stradivarius, en poêle, c'est Godin.

C'est pas maintenant que je suis à la retraite que je vais commencer à regarder l'heure.

Je suis raisonnable, je ne bois jamais plus que l'ivresse.

C'est l'auberge espagnole, je chie ce que j'apporte.

L'écrevisse américaine, c'est un nom, elle monte pas à cheval.

— *Y'en a encore des otages français dans le monde ?*
— *Si c'est pas des journalistes, t'en entendras pas parler.*

La famine, c'est facile à guérir, suffit de manger.

Se laver les dents le matin, ça sert à rien, je mange pas la nuit, quand je me réveille, elles sont propres mes dents.

— *Mourir de faim, ça fait pas mal, t'es faible, tu t'endors.*
— *Bouffer trop, c'est douloureux, ça, je sais.*

Moi je regarde pas dans l'assiette des autres, même si elle est vide !

J'achète toujours français quand je peux, même le whisky, je prends du Ricard.

Ces petits Noirs qui meurent, ils ont le cœur tout mou, c'est l'estomac qui bat.

Le jour de la braderie, c'est le panier de crabes.

– *Pour une personne âgée, c'est dangereux de changer une ampoule.*
– *Changer une ampoule, ils se cassent la gueule, tu leur mets une bougie, ils foutent le feu, ils font chier les vieux !*
– *Tu verras quand tu seras vieux...*
– *Moi, je me mets une bougie et je fous le feu !*

La tour de Babel, à la limite, y'a de la place, mais un bâtiment de trois étages de Babel...

... et les caves de Babel, monsieur !

On rigole, mais c'est pas rigolo.

Après Hiroshima, j'aurais pas installé des centrales nucléaires partout, j'aurais fait des petits feux de bois.

Quand il va mettre ses bouteilles vides au container, tu verrais comment il est sérieux, on dirait un mec qui ramène des livres à la bibliothèque.

Des gens, y'en a trop, et les bêtes, c'est pas mieux !

Une fleur, même si c'est pas beau, c'est quand même beau... Le seul truc, faut pas que ça pue.

Augmenter les impôts des plus riches, va les chercher, ils sont tout le temps dans les avions.

– *Premier arrivé, dernier servi... ne m'oubliez pas !*
– *Je ne vous oublie pas monsieur, mais j'ai du monde !*
– *Et nous, on est pas du monde ? Aujourd'hui, le comptoir, c'est l'oublié.*

Depardieu, c'est le premier homme préhistorique du cinéma français.

Neuf mois de préventive dans le ventre de ma mère, et après, prison ferme à vie.

François Hollande, il maigrit en pleine crise, alors qu'en pleine crise, tout le monde veut grossir.

Moi dans une mer d'huile je pisse du vinaigre !

On se calme !

Je vais te délocaliser toi !

Les Américains, c'est tous des obèses, ils ont des cercueils à seize poignées.

– *Ils mettent du café par-dessus la drogue pour cacher l'odeur de la drogue.*
– *Faut pas tomber sur un chien qui aime le café.*

La sieste, c'est un art de vivre, mais c'est surtout un art de dormir.

Le déjeuner sur l'herbe, de Manet, à la loupe, on voit les fourmis.

– Une dent de dinosaure dans le sable.
– En plastique ?
– Oui, en plastique.

J'ai jamais joué à pile ou face depuis que c'est l'euro.

Entrée, plat, dessert pour mon mari, la petite, que une entrée, moi que le dessert que j'ai partagé avec la petite, ah mais nous les agapes, c'est fini !

Tu trouves du pétrole sur Mars, tu brûles tout pour le retour.

Quelqu'un allergique aux poils de chat, c'est quelqu'un qui sera allergique à tout !

Le pétrole, on dépend des Arabes, mais le solaire on dépend aussi et même plus.

Pi 3-14-116, et après tu multiplies et c'est bon.

– Sa femme est bien.
– Oui, mais lui, Bill Clinton, c'est une tête de linotte.

Des traces de vie sur Mars ? tant qu'ils auront pas trouvé une chaussure...

– Pourquoi vous écoutez pas quand je vous parle ?!
– Je vous regarde, c'est déjà bien pour ce que vous dites.

Cuisiner toute la journée, vingt à table !... la vaisselle, ça fait souffler... c'est Jules César après la bataille...

Un gros paysan avec des grosses mains, c'est plus une grosse morille qu'un petit gorille.

« La liberté des uns commence là où les autres font pas chier le monde » ou quelque chose comme ça, la définition...

Ma femme rit avec ses copines et moi je rigole avec mes potes.

Je n'achète que sur les marchés, parce qu'un légume, ça doit rester dehors.

J'y suis tout le temps au Café de la mairie, je pourrais être maire.

La fenêtre voit pas, si y'a pas quelqu'un pour regarder.

Avec mon potager, je suis tranquille, je n'ai jamais eu la concurrence du potager espagnol.

Pour déguster, je ferme les yeux, je vois mieux ce que je mange.

Je fais tourner le lave-vaisselle la nuit, c'est moins cher en électricité, et ça nous berce.

Là où ils ont fait beaucoup de progrès, c'est le bruit du moteur du frigo.

– *Le vrai Parisien monte jamais sur la tour Eiffel.*
– *L'anchois visite pas Collioure !*

Moi je préfère une dictature, parce que c'est pas de la politique.

L'air de la mer, y'a certains poumons qui n'aiment pas ça.

Vous pouvez dire du mal de tout, mais pas de Huysmans !

La culture de masse, il vaut mieux y aller le mardi, il y a moins de monde.

Le musée du pain, le musée du vin, le musée du cochon, c'est des musées qui veulent dire quelque chose.

Au Louvre, oui oui, vous avez un café, en bas, sous la pyramide, vous pouvez boire un verre sans être obligé de visiter, si si, c'est très bien fait.

Bon ben, à plus !

« Meilleur ouvrier de France », c'est facile, y'a plus d'ouvriers.

Y'a pas que du sang dans le boudin ! houlàlà ! y'a pas que du sang !

Tu lui coupes les couilles, il garde sa voix d'enfant, mais si tu lui recouds ses couilles au castrat, je sais pas si ça lui refait sa grosse voix.

Un verre de vin à table, pas plus, je bois comme le chat qui dort.

Tapie a jamais payé d'impôts, il a des photos de Sarkozy à poil.

Véridique !

– *On l'entend rire à cent mètres !*
– *C'est son premier jour... Quand il l'aura tout bu son RMI, vous verrez comme on l'entendra pleurer.*
– *Pourquoi on lui donne le RMI si c'est que pour boire ?*
– *Il achète du pain aussi.*
– *Il a des gosses ?*
– *Faut lui demander.*
– *C'est quoi son petit nom ?*
– *Martin.*
– *Martin ? Ça existe encore des Martin ? qui vous l'a dit ?*
– *Sa sœur.*
– *Il a une sœur ?*
– *Vous la connaissez, elle travaille à la poste.*
– *Ah bon ?... Je comprends pas pourquoi on lui donne le RMI alors qu'ils ont de l'argent dans la famille.*

Au fond de la mer, c'est des amphores, au fond des lacs, ça sera des bouteilles de blanc.

Le mètre étalon, c'est un mètre qui raccourcit pas à l'humidité, c'est le vrai mètre, si jamais on a plus le mètre pile et qu'on veut resavoir exactement la longueur pile du mètre, c'est l'étalon, c'est fait en matière qui se tord pas.

La hauteur du comptoir est classée par l'Unesco.

Le plus haut sommet suisse, c'est le lac Léman.

– L'écoute pas, c'est un pingouin !
– Un pingouin, moi ? Marsouin, va !

Salut les pintades !

Le rouge, treize degrés, un euro soixante-dix, c'est bien ou pas ?

On a bu notre pain blanc...

– Trente-cinq ans j'ai fait le métier.
– Ah quand même...
– Pas de ce côté, de l'autre côté, j'étais barman, j'ai soixante-dix ans.
– Ça se voit pas.
– J'en ai vu des choses... Y'en a là-dedans... Je continue à venir... Sinon je suis chez moi à parler au poisson rouge... Trente-cinq ans de métier, à l'époque ! on avait pas la pompe à bière ! Tout à la main.

Quand j'étais routier, j'en ai lu des panneaux, y'a pas un écrivain qui peut écrire autant de panneaux.

– Après manger, il faut attendre deux heures avant de se baigner,
– Et moi, j'attends une heure avant de marcher.

Pardon jeune homme ! ça ne vous dérange pas de laisser un peu de place à ceux qui arrivent ? Il vous faut tout le comptoir pour vous ?!

Remy, fais pas chier !

La piqûre pour la peine de mort, on peut la demander dans la fesse ?

Ségolène Royal, elle pense qu'à elle, si vous demandez à ses gosses, ils vous le diront...

Comme neige au soleil, la rosée à l'ombre.

Rien qu'écouter la musique de cette publicité pour l'assurance, j'ai des frissons sur les bras.

La bouche, le cul, une fenêtre en haut, une fenêtre en bas, la lumière traverse l'appartement.

– J'aime pas quand vous êtes triste.
– Je suis pas triste, je suis saoul.

Il y a beaucoup plus d'hommes morts sous terre que d'hommes vivants dessus, on passe la journée à marcher sur les tombes.

Le marin aime pas la mer, il aime le bateau.

C'est pratique un bar à la maison, ça met les bouteilles à disposition.

Dans un nain, t'as tous les organes, c'est une façon formidable d'optimiser les espaces.

Je vais te faire marquer fou !

Le bronzage, c'est la peau qui se fait de l'ombre pour se protéger.

Attention, avec un verre ébréché, tu peux choper le tétanos !

Dans ce village, un petit pin avait poussé sur le toit de l'église, je vous parle de ça, j'étais petit.

Une roteuse ! Mon père commandait ça, une roteuse, il est mort maintenant, moi je commande un demi, j'ai pas sa force de caractère, je pourrais avoir un demi avec pas trop de mousse s'il vous plaît ? Une roteuse, si mon fils commande une roteuse comme son grand-père, j'aurai pas trop raté ma vie, il rentre dans le bâtiment... Une roteuse... Merci mademoiselle... Faut le dire, ça... Il avait des mains comme ça... des battoirs... À la vôtre...

Le film que je préfère avec Marlon Brando, c'est celui où il est en tee-shirt.

La France aux Français, à la limite, je préférerais les États-Unis aux Français.

Je l'aime pas le nouveau pape, il s'écoute parler.

Strauss-Kahn, le viol, Fabius, le sang contaminé, ils vont bien s'entendre ces deux-là !

La Noël, ça se fait l'hiver, parce que l'été, y'a pas d'huîtres.

À la maison, je m'assoie, y'a qu'au bistrot que je reste debout.

– *C'est possible de revenir en arrière et de pas avoir un demi mais un blanc et lui pas un café mais un rosé ?*
– *Vous me faites chier les mecs !*
– *C'est férié aujourd'hui ?*
– *T'as qu'à bosser, tu sauras !*

Je picole et j'aime bien les fleurs, j'ai la bouche de mon père et les yeux de ma mère.

Tous les incendies de forêts qu'on a l'été ! Le solaire est plus dangereux que le nucléaire !

Ça fait longtemps que les profs sont plus des enseignants.

– *Rater l'avion, c'est pire que rater le train.*
– *Rater le bateau, tu le vois partir.*
– *Et rater le train, tu le vois partir aussi.*
– *Rater l'avion, tu le vois qui s'envole.*
– *Rater le train, tu peux courir après, pas l'avion, le bateau, tu vas pas nager après.*
– *Courir après le train, ça, c'est chiant.*
– *Et rater le bus, tu cours après.*
– *Des fois, le bus s'arrête.*
– *Le train s'arrête pas !*
– *L'avion continue de voler, il se repose pas.*
– *Rater le bus, c'est bien.*
– *C'est le mieux.*

Là où il fait le plus frais pendant la canicule, c'est à Carrefour.

– *Lever de soleil, 6 h 54, coucher de soleil, 20 h 52 !*
– *C'est militaire, comme système.*

On aurait du mercure dans les veines, on grandirait quand il fait chaud, on rapetisserait quand il fait froid, à moins cinq, on dépasserait pas des chaussures.

Il a été opéré de l'estomac et de l'intestin, il est moins bien équipé que sa cuisine.

Jamais les paysans s'asseyaient dans l'herbe, toujours ils trouvaient un caillou.

Les poux, ça fait la petite école, mais ça passe jamais en sixième.

Sarkozy mange du chocolat, normalement, en France, on est élu en mangeant du boudin.

Elle s'est fait avorter, pour pas avoir un Bélier.

J'ai des poules, des canards, des dindes, des pintades, des oies, il est très people mon poulailler.

Dans les implants mammaires, c'est le même produit que dans les ampoules des pieds.

Des contemporains, je n'en ai plus, je suis né en 22.

– Il a été opéré de la gorge, ils lui ont mis un petit aspirateur pour boire.
– Moi ici j'ai pas de verre handicapé !

Si tu veux lui acheter un poulet cuit sur le marché, il faut le réserver à l'avance, non mais c'est quoi ce délire, il se prend pour La Redoute !

En hélicoptère dans les nuages, t'en fais des blancs en neige !

Quand je lis, je mange du chocolat, un carré, une page, faut pas que je lise plus d'une tablette par jour.

J'étais gros quand j'étais petit, en cours de musique, on jouait de la flûte à bec, moi, on m'appelait « flûte à groin »...

Faut pas pleurer comme ça...

Ça va passer...

Quel âge vous avez ?

Y'a les grands courants marins, mais la sole, elle prend les sentiers.

– Destination fraîcheur !
– Y'a déjà quelqu'un.

Y'a que Jésus sur la croix qui a le droit de rentrer dans les églises en short.

– Vous avez l'heure ?
– J'aime pas trop qu'on m'épluche avec des questions.

Si je fais semblant de m'envoler, c'est pas pour moi, c'est pour faire rire le gosse, je l'ai un week-end sur deux.

Ça klaxonne ! ça klaxonne ! ça klaxonne ! C'est ça, l'Inde.

– Vous l'avez vu Paul ?
– Paul ?
– Oui, Paul.
– Paul ?
– Popaul.
– Ah ! Popaul ! Soyez précis, un peu.

Je mange pas la cuisse, je préfère le blanc, je mange pas les muscles qui servent.

Je resterais bien là toute ma vie.

Les lunettes de soleil, mes couilles ! Comme si avec les lunettes de vue on voyait pas le soleil !

L'arbre, il est bien content au-dessus, mais en dessous, il fait la gueule.

Tu meurs au soleil, tout le monde croit que tu te bronzes.

– *Vous avez fait la sieste ?*
– *Non, je me suis mise au soleil avec le livre de recettes et j'ai appris toutes les sauces.*

Jamais j'ai pensé à regarder les jambes de Piaf.

Le tombeau de Napoléon, je m'en fous, pour moi, il est mort, c'est fini !

Si je me fais assassiner à la maison, ça sera facile pour l'enquête, j'ai un bol avec mon prénom.

– *La femme de ménage, elle a menti sur le pognon qu'elle avait sur son compte, c'est pour ça que Strauss-Kahn a été libéré.*
– *Ça veut dire qu'on peut violer les menteuses, alors...*

Je suis crevé mais c'est de la bonne fatigue, j'ai rien foutu.

Faut que j'arrête de manger, faut que je maigrisse, je pète, je vois des petits points blancs.

Y'a un casse-croûte quand on donne son sperme ?

Je mangeais mon gâteau sur le banc, entourée d'une bande de moineaux, eh bien, je ne faisais pas la fière !

L'été ici, le libraire, il vend plus de crème solaire que de livres.

Les mouettes ne voient pas les couleurs, la mer et les champs labourés, on peut confondre.

– À midi, entre un livre et une pizza, tout le monde prend la pizza !

– Je parle l'après-midi.

– L'après-midi, entre un livre et une glace, tout le monde prend la glace !

Avec vos deux jambes dans le plâtre et un pigeon sur la tête, on vous prendrait pour une statue.

Faut pas plaisanter avec les articulations.

Des livres géniaux, en tout, y'en a pas vingt, des opéras géniaux, pareil, des tableaux géniaux, pareil, des poèmes, pas plus de vingt, des grands plats de cuisine, pareil, t'as pas plus de vingt recettes géniales, des comédiens géniaux dans l'histoire du cinéma, pas plus de vingt, des cinéastes géniaux, pareil, des architectes, pareil, alors la Fnac, ça fait marrer.

Lire sous un arbre, c'est pas très poli pour l'arbre.

Le livre que moi j'emporte sur une île déserte, le plus gros qui existe, pour le feu.

Les gens du voyage, faut pas qu'ils boivent trop, déjà qu'ils ont la maison qui bouge.

C'est fini la sueur de l'ouvrier, dans les bureaux maintenant c'est la robe qui colle aux fesses.

La Grèce et ses multiples facettes, on a pas eu le temps de les voir toutes.

La pelle à gâteau, c'est pas vraiment une pelle, faut pas un maçon pour servir.

Tchernobyl, c'est des branques, t'as encore des zones interdites pour une petite fuite, alors qu'à Hiroshima, t'as des restaurants partout.

Internet illimité s'arrêtera comme le buffet de hors-d'œuvre avec le vin à volonté d'une époque s'est arrêté, vous verrez.

Tomber dans les pommes, c'est un malaise comme un autre.

Il est jeune le curé, il se met la messe à fond dans la voiture.

Un mec qui te dit « Tu veux ma photo ? », c'est vraiment la banlieue ancienne école.

Bernard, c'est la vinaigrette à la salade, sa spécialité.

Le serpent qui se mord la langue, il s'en rappelle !

En Corrèze, dès qu'il y a un rayon de soleil, on sort dehors, vous faites ça en Lorraine ?

Il faut essayer dans la vie d'être de l'eau qui sent la pluie.

Le voyage vers Mars, la première nuit, tu dors sur la Lune.

Moi, quand je serai milliardaire, je me garerai n'importe où.

C'est un puzzle, de reconstituer le cochon à partir des grillades.

Il faut attendre le mois de septembre pour que les gens relisent au Luxembourg, sinon ça bronze.

Je suis né juste deux jours avant que ma mère sorte de la maternité, à deux jours près, je naissais dehors...

– Tu t'es pris un coup de poing dans la gueule ?!
– Vitrine en cours !

La rentrée littéraire, c'est surtout la rentrée des imprimeurs.

On le reconnaîtrait partout le drapeau français si y'avait la tour Eiffel dessus.

Les pieds dans une bassine, il te la vide ! Il boit comme une plante qui a soif.

La navette spatiale, t'as le pilote qui conduit et le copilote qui dit par où il faut passer.

Plus t'as des paraboles sur le balcon, plus c'est des gens qui aiment pas la France.

La Joconde, elle craquelle, à cause du sourire qui tire sur la peinture.

Pas le droit de boire du café, pas le droit de fumer, pas d'alcool, pas de gras, et pas le droit d'en parler, ça me fait monter la tension.

La vache, c'est une mère, quand elle fait son veau, elle espère qu'il sera avocat.

Quand ça va être un cuistot noir qui va violer Christine Lagarde du FMI, il aura du mal à s'en sortir, le mec.

Il a voulu se suicider, il fait ce qu'il veut, c'est un choix de vie.

Si l'homme disparaît de la planète, il restera toujours des Noirs, ils ont l'habitude de disparaître.

Toute la famille assise autour de la table le dimanche, on dirait des naufragés autour d'une planche.

Je suis bouglionesque !

Mon père m'a tellement fait chier, j'ai peur de mourir et de retomber sur lui.

Des systèmes, t'as quoi ? Le solaire et le métrique, et après ?

L'été, je me mets au bout du comptoir plein nord et je regarde là-bas dehors la terrasse ensoleillée plein sud en buvant tranquillement mon demi, l'hiver, je me mets au bout du comptoir plein sud avec le soleil dans le dos et je regarde vers le nord en buvant du vin.

C'était bien hier, on s'est bien marrés de rigolade.

On a toujours défendu la biodiversité, à boire tous ces apéritifs différents à base de plantes.

Moi j'aime bien tout.

Vous avez fait quoi hier soir ? Mon mari est rentré sur la pointe des pieds avec un sourire idiot.

Vous prenez quelqu'un qui est comme chez lui dans la jungle, dans Paris, il se perd.

J'ai pas besoin d'un désert pour tourner en rond, je tourne en rond n'importe où.

Un mariage blanc avec une Noire ? Faudra m'expliquer.

Le vieux calva est tueur de lipides.

... si si si si si !...

Si je le dis !

Le permis à points ! Les ronds-points ! La vie à points ! Ça va suffire là !

Faut que je bouffe ! faut que je bouffe !

Depardieu, il se marierait avec Marilyn Monroe parce qu'elle a du bon pâté de tête dans le frigo.

Toute la journée pieds nus, c'est un état d'esprit des pieds.

De la calligraphie chinoise peinte dans l'assiette, tu sais pas si ça se mange ou si ça se lit.

– Ils enlèvent des enfants de cinq ans pour leur voler les reins !
– En plus, ils ont pas des gros reins.

– T'es bien garé ou t'es mal garé ?
– Je sais pas.

La peinture à l'eau, tu peux en boire.

Ça fait une sensation de liberté de péter un petit coup et que personne a entendu.

Le QI, ça veut rien dire, ça change tout le temps.

– La salade parisienne est une salade d'aujourd'hui.
– La crêpe au sucre, c'est une crêpe d'hier.
– La bière, c'est aujourd'hui.
– Et le vin c'est hier.
– L'œuf mayonnaise, c'est encore aujourd'hui.
– Le museau vinaigrette, c'est hier.
– La pizza, c'est tout le temps.
– Comme l'anchois !

J'ai rien découvert quand je suis allé à Clermont-Ferrand.

– Une chanson triste, je pleure.
– Parce que t'as bu.
– Oui, évidemment.

Respiration, transpiration, pour moi, c'est pas un sport.

Moi, c'est fini, je lui prête plus de pognon à Tentacule !

– *Lui, un jour, il va prendre mon poing au cul !*
– *C'est mon pied au cul qu'on dit.*

Il me court sur le haricot le Sarkozy !

– *Je suis un vieux schnock ? Dis-moi si je suis un vieux schnock ?*
– *Ça va.*
– *Je suis un vieux schnock ?*
– *Non, j'ai dit non.*
– *Tu le penses ?*
– *Oui.*
– *Tu mens.*
– *Non.*
– *Toi t'es un vieux schnock.*
– *Tu me fais chier René !*

La connerie, c'est pas plus con que le reste.

J'adore ma vieille Cocotte-Minute, si je pouvais partir sur le mont Blanc avec, je le ferais.

Moi faut pas que je réfléchisse trop, je m'énerve.

Le beaujolais nouveau, il a toujours goût de banane, la banane, elle a jamais goût de beaujolais nouveau.

La physique, c'est le verre, et la chimie, c'est ce que tu mets dedans... en gros.

– Combien ça a sonné la cloche de l'église pour l'heure ?
– T'inquiète pas, la cloche, elle va répéter.

Dechavanne m'a beaucoup déçue quand il a voulu faire les Grosses Têtes...

– Ta gueule !
– D'abord, j'ai pas une gueule, j'ai une bouche.

T'as à boire et à manger dans le sang humain.

Les préservatifs au goût fraise, faut prendre la fraise française, pas la fraise espagnole !

Depuis que je me suis brûlé le bout, j'ai la langue supraconductrice.

Un beau livre, c'est une maison qui a pas besoin de toit.

Douze fois le nombre douze est une douzaine de douzes !

– Dernier avertissement et je te vire.
– On vire pas un mec du bistrot, on le vire du boulot !

Arachide, c'est un grand mot pour dire cacahouètes.

Qu'elle s'en aille de chez nous l'Europe !

Moi j'aime pas ça visiter les Catacombes, je préfère qu'on aille manger.

Ouvrez les écoles, vous fermerez les prisons !
Fermez les prisons, vous remplirez les bistrots !

– T'as pris le vent dans les voiles ?
– J'ai plus de voiles...

Les ongles noirs pleins de terre, le bas du pantalon plein de bouts d'herbe, les cantonniers, c'étaient des archives vivantes.

Vacances, travail, vacances, travail, c'est un cycle infernal ça !

Je suis plus assez costaud maintenant pour une soirée sangria.

Les vaches devraient être des légumes avec toute l'herbe qu'elles mangent.

Do, *ré*, *mi*, *fa*, *sol*, *la*, *si*, *do*, c'est les huit doigts de la main de la musique.

Moi je suis un papillon de nuit de comptoir, je pars pas du bistrot tant qu'il y a de la lumière.

Je trouve que les Arabes revendiquent leur origine de façon malhonnête en insistant.

Il faudrait un catholicisme islamique, la foi chrétienne avec le fanatisme musulman.

La mer avance, la côte recule, mais la montagne aussi des fois elle avance, vous vous retrouvez avec un rocher dans le jardin.

Le pastis, c'est comme l'huile d'olive, c'est la même cuisine.

Vous avez tout l'amour du monde dans ses yeux, et encore aujourd'hui on se rend moins compte, il est à moitié aveugle à cause du sucre.

Les footballeurs qui portent le maillot de l'équipe de France et qui gagnent des milliards pourraient dire merci aux bonnes femmes qui les fabriquent pour deux balles par mois !

La rose, c'est la femme du rosier.

Les prisons « nouvelle génération », c'est pour enfermer les nouvelles générations.

Personne a le même caca, c'est une empreinte digitale.

La Terre est pas tellement grande avec seulement quatre coins du monde.

Le grand tilleul de la place, je l'ai toujours connu, depuis que je suis petit, je montais dedans, combien de fois je me suis écorché les genoux sur les grosses branches, je gravais des cœurs au couteau, la sève coulait, ça faisait des petites boules, les abeilles venaient manger ça, je saignais des genoux, il saignait de l'écorce, on était frères de sève.

Celui qui garde les vaches, au moins, il a gardé quelque chose.

J'étais en culotte dans la cuisine et je donnais des coups de torchon à un petit loir accroché au radiateur, vous voyez le tableau ?

La nationalité, ça sert pour faire les papiers, sinon on s'en fout.

– Des milliards de milliards de dollars qui s'évaporent !
– L'air qu'on respire, c'est oxygène, gaz carbonique et pognon évaporé.

Même si tu bénis la mer, les poissons sont laïques.

Les plantes de location, elles sont tout le temps sur les routes.

C'est débile de mettre une puce électronique aux chèvres, le loup bouffe la chèvre, il est immatriculé « chèvre ».

Quand tu vois tout ce qu'on mange pendant la pause repas, c'est plus une pause.

Mes grandes oreilles, c'est pas pour écouter, c'est pour faire joli.

C'est à la petite école le thorax et l'abdomen, après, c'est le ventre et les nichons.

Le mieux à faire pendant un repas de famille, c'est bouffer la famille !

– *Il est dans la boulange ?... Il pue l'essence...*
– *Il a fait le plein pour livrer le pain.*

Mon beau-frère, il conduit pas, il regarde la route en essayant de pas avoir d'accident.

Le lion, c'est le roi des animaux, jamais on dit que la lionne, c'est la reine.

– *Le big-bang, c'est une météorite qui a percuté le Soleil et ça a donné la Terre.*
– *Le big-bang, on sait pas.*
– *Moi je sais.*

Boulanger, tu sens le pain, menuisier, tu sens le bois, secrétaire, tu sens le patron.

Si c'est pour faire un aller-retour, c'est pas la peine d'y aller !

– *Je lui donne du sang séché et de la corne torréfiée.*
– *C'est Dracula, votre rosier.*

La meilleure prévention pour tout, c'est de pas faire d'enfant.

Un, bois ! vaut mieux que deux, tu boiras !

Avant, la jeunesse elle était plus jeune, et la vieillesse elle était plus vieille.

Toutes les heures, la cloche elle sonne, avec l'islam, comment tu veux savoir l'heure ?

C'est l'eau calcaire qui fait ça, j'ai les oreilles en coquillages.

La danse de la pluie, c'est pas avec ça que tu vas emballer des gonzesses.

Un Arabe au Ritz, on lui demande pas ses papiers, on lui présente la note.

La Terre vieillit depuis des milliards d'années, la France, ça commence à peine.

Un chat perdu, ça allait chez la concierge, y'a plus de concierges, il va à la SPA.

L'Olympia, c'est pas mythique, tu loues la salle, t'y passes, y'a même une voiture qui est passée à l'Olympia.

De dimanche à dimanche, t'as qu'un lundi et t'as deux dimanches, comment t'expliques ?

— *Redis ce que t'as dit hier en arrivant ?*
— *Je sais plus.*
— *En arrivant t'as dit un truc.*
— *Bonjour.*
— *Mais non ! après.*
— *Hier ?*
— *En arrivant, t'as parlé d'un truc.*
— *Les pâtes à l'ail ?*
— *C'est ça !*
— *C'est super bon les pâtes à l'ail !*
— *C'est ça.*
— *Pourquoi tu me parles de ça ?*
— *Parce que on parlait des pâtes à l'ail avec Jipé et on se demandait pourquoi on parlait de ça tout d'un coup, et on s'est souvenus que t'en avais parlé hier en arrivant, c'est pour ça qu'on en parlait.*

Y'en a pas beaucoup qui travaillent...

DSK, il faudrait lui faire pareil qu'à la femme de l'hôtel, il faudrait lui faire faire des ménages toute sa vie.

Je préfère m'ennuyer à la pêche que me faire chier à la maison !

J'ai une bonne mémoire visuelle, je me rappelle tout ce que je mange.

Jacques Brel, les dents pourries, Jean Ferrat, les dents pourries, Léo Ferré, les dents pourries, les chanteurs d'avant n'avaient pas du tout la même hygiène que les jeunes de maintenant.

Le ketchup, franchement, c'est hurluberlu.

Normalement la concurrence fait baisser les prix, mais quand c'est les religions, ça les fait monter.

Les jeunes se remarient parce qu'ils ne savent pas où dormir.

L'élévation spirituelle, les mecs redescendent forcément, ou alors ils restent là-haut et pour la bouffe ils se font livrer.

Tu sais, au fond, les générations, ça ne veut rien dire.

Il faut vingt-quatre heures avant que l'organisme ait éliminé tout l'alcool qu'on a bu, personne a le temps d'attendre.

Elle les a tellement fait chier avec les boucheries chevalines que t'as plus un boucher chevalin qui aime Brigitte Bardot.

Le corps humain, t'as pas une vis, pas un clou, tout est chevillé.

Le coiffeur à Belle-Île, c'est pas la peine qu'il ouvre quand c'est tempête.

Toutes les robes qu'il a le Pape, c'est une heure à enlever pour faire caca.

– *Le seuil de pauvreté ?*
– *Juste avant la pauvreté, comme le seuil de la maison, juste avant de rentrer dans la maison, t'es sur le seuil.*
– *Là où y'a le paillasson.*
– *Exact.*
– *Je suis sur le paillasson de la pauvreté.*
– *Exact.*

C'est gentil pour les autres une dame de cent ans en pleine forme.

La vie en rose ? Je suis pas pédé !

Des fois, on se demande si on rêve pas.

Tu te souviens le vin, le Préfontaine ? Mon père y disait, Préfontaine, jamais je ne boirai de ton eau ! C'était un poète dans son genre, dans son genre je dis, attention ! Tu lui aurais dit à mon père que c'était un poète, tu prenais un coup de plombs de 12 dans le cul ! j'y suis, j'y reste ! Il gueulait à travers la porte, quand il était aux cabinets.

Si on continue à creuser comme ça, la terre va pas rester ronde longtemps.

– *Caracoler, y'a combien de L ?*
– *Pour bien caracoler, il faut vingt L.*

Tiens ! Jeannot ! prends mon pain ! Moi de toute façon je rentre pas tout de suite, j'aurai le temps d'y retourner en prendre un autre ! Si ! Prends mon pain ! Prends-le ! J'ai pas la gale ! Vas-y Jeannot ! Prends mon pain ! Mais non, garde tes sous, tu paieras un coup demain !

« Un coup demain » et « Un coup de main », c'est le même monde... Tu me donnes un coup de main et on boit un coup demain !

Je suis un lexique vivant.

Son garage, tous les outils qu'il a, une machinerie digne du père Tullier ! T'as pas connu le père Tullier ? Il fabriquait des pinces à linge.

Neuf mois enceinte, il manquait que trois mois en fait pour être enceinte un an.

– *Au feu ! au feu !*
– *Pisse-lui sur la moustache ! Bien fait pour ta gueule ! Je t'ai dit qu'on fume pas dans le bar !*

Il a eu une greffe du foie, en plus, il se teint les cheveux.

– *La fleur de jardin se prostitue, elle écarte les pétales et montre son cul pour qu'on l'arrose...*
– *T'es bien poète aujourd'hui.*
– *On a bu la prune chez Éric.*

Ne me faites pas les trublions !

Le pianiste de bar, il a ses verres alignés sur le piano devant son nez, pour lui, c'est qu'un comptoir qui fait de la musique.

Ricard grenadine, c'est la tomate, Ricard menthe, c'est le perroquet, Ricard fraise, ça serait quoi, à ton avis ? Un clown ?

– *Un café de campagne qui vend trois coups de rouge et qui a la TVA à 5,5, c'est pas pareil que le Fouquet's ou le Ritz qui a la TVA à 5,5, Sarkozy a pas fait la TVA à 5,5 pour Martine, il l'a fait pour ses potes du Fouquet's !*
– *Tout t'énerve, toi.*
– *Oui, tout m'énerve !*

On retrouve plus de bouteilles de vodka vides que de capotes sur la plage avec les jeunes de maintenant...

– *Écoute bien ce que je vais te dire ! écoute bien !... écoute bien... rot !*
– *Pauvre con.*

Le trou des oreilles de chaque côté et au milieu t'as le cerveau, comme deux trouées dans les bois et au milieu t'as Versailles.

... on a bu la prune chez Éric.

Jean d'Ormesson, c'est du champagne, je le regarde lui qui pétille, ses livres je m'en fous, je lis pas son étiquette.

Pas le droit de fumer dans un bistrot désert ? Ben merde ! Pour moi un lieu public où y'a personne n'est pas un lieu public.

Le bonheur, l'alcool, ils nous font tout avec modération.

T'es triste ou c'est moi ?

... le vague à l'âme avec un bateau dessus...

La tour Eiffel, j'aurais mis des liserons, des glycines, des vignes vierges et des capucines grimpantes, avec le jardinier tout là-haut qui picole en regardant le ciel.

C'est l'escargot qui a inventé l'abri de jardin.

— J'aurais bien aimé être un végétal, qui ne bouge pas.
— Tu sais, t'en es pas loin.

C'est les médias qui ont provoqué l'alzheimer à force de nous bombarder de milliards d'informations qui servent à rien.

Moi les singes ça me gêne, c'est vraiment trop proche de l'homme, ça se voit qu'on a été des singes quand le singe te regarde, moi ça me plaît pas d'avoir été un singe, les bébés singes, on a été ça, dans les arbres, moi ça me plaît pas, je dis pas que je les aime pas, je dis pas que je suis supérieur au singe, mais moi, un singe, ça me plaît pas, ils mangent des fruits, on mange des fruits, ça s'arrête là, je serais même le premier à leur donner des fruits, mais c'est gênant, le singe, quand il épluche une banane, on dirait nous, on épluche pareil et on la mange pareil, les mêmes yeux que des singes quand on mange une banane, et moi ça me gêne, de ressembler à un singe quand je mange une banane ou que le singe ressemble à un homme quand il mange sa banane, trop proche de l'homme, trop proche, un éléphant qui mange une banane, franchement, je m'en fous pas mal, mais le singe, trop proche, c'est trop nous, trop nous...

On devrait faire l'apéritif livré à domicile, comme ils font avec la pizza.

Le bec de l'oiseau, il a sa bouche dans le nez.

Si tu veux un film avec des bons dialogues, il faut que les acteurs aient le temps de parler aussi.

... c'est le b.a.ba.

Martine Aubry, elle est de Lille, François Hollande, il est de Corrèze, y'en a pas un qui est vraiment cent pour cent français.

L'idée du siècle, c'est de vendre la vue.

Huit mille euros le mètre carré à Paris, un mètre sur un mètre, une fourmi, c'est un centimètre sur un centimètre pour habiter, il lui faut quatre-vingts euros à la fourmi pour son centimètre...

Paris, c'est fini.
... même pour les fourmis.

Si t'aimes boire une bière après le match, faut pas faire du golf.

Manger à midi, ça oblige à avoir faim vers onze heures.

Les curés ont construit le Mont-Saint-Michel sans savoir qu'ils inventaient le gâteau de mariage.

– *Il est timide, alors il boit, mais après il est très con.*
– *C'est pas grave, si ça lui fait du bien.*

L'aigle, il voit un mulot à vingt kilomètres, si tu lui mets un livre sous le nez, je sais pas ce qu'il voit !

– *Trois heures de train, Marseille, c'est la banlieue de Paris.*
– *Non, c'est Paris qui est la banlieue de Marseille.*

Les abeilles, elles sont une seule à manger par fleur, c'est pas la cantine.

Elle a gagné au Loto la reine de la ruche qui est sur le toit de l'Opéra.

Adjani, elle est comme la lotte, elle grossit que de la tête.

Le demi c'est le galop et le galopin c'est le trot.

On parle toujours du dernier souffle du mort, c'est quoi le dernier regard ?

C'est les bagnoles qui ont pris la Bastille !

Quand je pleure, j'ai pas de larmes qui coulent, j'ai mes paupières qui boivent.

La lumière intérieure, si c'est pour éclairer ce qu'il y a dedans, vaut mieux pas.

– *T'as maigri.*
– *C'est la mort de mon chien qui m'a fait coupe-faim.*

Il est passé, Glace pilée ?

– *Martine Aubry, c'est une grosse connasse, pire que Nadine Morano, l'autre connasse de Morano, et la grosse qui s'occupait de la Santé un moment, l'autre grosse connasse, comment elle s'appelle cette grosse connasse ?*
– *Je ne sais pas, et de toute façon, moi, jamais je ne parle politique au café.*
– *Et l'autre grosse connasse, la députée, la blonde, la connasse...*
– *Je ne sais pas, je vous ai dit, je ne sais pas.*
– *La grosse connasse... et Pécresse, la connasse que c'est, cette connasse.*
– *Bon écoutez monsieur, ça suffit, pas de politique.*
– *La connasse.*

Ségolène Royal sera jamais élue, elle rigole tout le temps comme une idiote.

– *Jamais aucun politique passe au tribunal ! jamais ! Moi, j'ai eu trois retraits de permis pour deux grammes quarante, j'y suis toujours allé au tribunal !*
– *Oui mais toi, t'es honnête.*

Un prof pour trente élèves, t'en tues la moitié, ça te fait déjà plus qu'un prof pour quinze.

Comment tu veux que les viticulteurs vendent leur vin si on a pas le droit d'en boire à profusion ?

– *Je connais aucune fourmi qui est morte de faim.*
– *Tu parles comme un Chinois.*

J'ai le même humour que Alain Souchon.

– *Y'a un chat qui s'est fait taper par une bagnole encore à la sortie du bled.*
– *Non non, c'est Yves qui a acheté un nounours à la broc pour son gamin et comme il est rentré en moto caramélisé il s'est planté dans le fossé après le virage et le nounours il a giclé mais comme y'avait les bleus pas loin il s'est barré vite avec la bécane et il a laissé le nounours sur la route.*
– *Ah ! c'est ça... il est bien éventré le nounours.*
– *Bien sûr ! Tout le monde roule dessus ! Y'en a pas un qui s'est arrêté pour lui ramasser son nounours.*

C'est avec Terraillon la balance que je maigrissais.

Il est presque rien tombé, on passait en bagnole entre les gouttes.

– *Comment tu pouvais savoir que la Terre est plate alors que l'horizon il est rond.*
– *C'est le contraire.*
– *Oui... c'est pareil.*

Je demanderai la permission à personne si je veux mourir assis sous un tilleul !

– *Mon père avait trois prénoms, Pierre, Yves et René.*
– *Monsieur Je-sais-tout !*

La croûte c'est pour faire beau mais c'est la mie qui sent bon.

C'est quoi cette année comme tendance cinéma-tesque vous qui travaillez à la télé ?

Il arrive, toujours il dit bonjour, il s'en va, toujours il dit au revoir, on dirait les robots japonais, vous savez, les petits robots, les Japonais ils se les mettent chez eux pour dire bonjour et au revoir, tellement ils se font chier.

– *C'est votre chien qui pue comme ça ?*
– *Il a ses effluves.*

C'est un cirque qui passait dans le village quand j'étais petit qui m'a fait voir ma première crotte d'hip-popotame.

Je sais que je vais mourir, et pourtant, j'aime pas perdre.

Avec la gastro, tu deviens vite un ermite.

– *Tu joues ou tu dors ?*
– *C'est quoi ?*
– *642 à fond.*
– *642... Y'a une expression comme ça qui dit, à la 6-4-2, faire un truc à la 6-4-2.*
– *Bon, tu joues oui ou merde ! J'aime pas quand tu parles pendant qu'on joue.*
– *Errare humanum est.*
– *Tu joues !*
– *On est pas là pour se faire engueuler... on est là pour voir le défilé... J'irai cracher sur vos tombes... Un autre qui est bien aussi, c'est les 1 275 âmes de Jim Thompson.*
– *T'es vraiment fatigant.*
– *Là est la question !*

Y'a des jours, je parle même plus à mon chien.

L'euro, ça vaut rien, tu peux même pas te payer un café avec un euro.

L'affaire Outreau, ça m'est arrivé quand on disait que je baisais mes vaches.

– *Quatre pastis pour les trois mousquetaires qui sont deux !*
– *Deux doubles !*

Les gens sont cons.

La statue de la Liberté, c'est une statue qui a été fabriquée par des Français et à Laguiole même si tu veux savoir !

La morale, c'est pas à l'école que ça s'apprend, c'est à table à la maison.

– *Sarkozy, il est pas de lui le gosse de sa femme, il est d'un garde républicain.*
– *Lady Di, elle se tapait tous les soldats qui passaient.*
– *C'est les mêmes femmes.*

C'est normal d'être illuminé dans un pays où t'as quarante-cinquante degrés au soleil.

– *J'ai jamais gagné, mais j'ai jamais perdu !*
– *À la belote, c'est pas possible.*

Ils font la guerre sainte alors que nous on fait même plus le service militaire.

– *Aucun banquier qui a fait la crise est allé en prison !*
– *C'est eux qui les construisent.*

Quand tu regardes la carte du monde, l'Europe, c'est bien placé.

La pauvreté est un paradis fiscal puisqu'on paye pas d'impôts.

– *On a donné quatre millions d'euros à Tapie ! Avec ça tu sauves des millions d'Africains de la famine, lui, il va se payer trois footballeurs !*
– *Africains.*
– *Oui mais même.*

On va passer des Restos du cœur à la soupe populaire !

– *Si on nous réduit la paye, on peut pas consommer, si on peut pas consommer, les autres peuvent pas produire et ils perdent leur travail, alors ils peuvent plus consommer puisqu'ils ont plus de boulot, alors les autres gars perdent aussi leur travail vu que plus personne achète rien.*
– *Tu me fous le cafard quand t'expliques comme ça.*
– *C'est comme ça.*
– *Tu me fous le cafard.*
– *C'est comme ça.*

Quand tu fais du vélo, tu bouffes deux fois plus, c'est pas bon pour la planète.

– *Rimbaud, Verlaine, Baudelaire, je les confonds tout le temps.*
– *Je sais pas comment tu fais, les trois sont vraiment pas confondibles.*

Je peux boire ce que je veux, j'ai le foie d'un enfant de cinq ans.

Les attentats du 11 Septembre, à force de voir dix mille fois les mêmes images à la télé, moi j'y crois plus.

Une tournée mondiale avec une guitare électrique, tu arrêtes pas de changer de voltage.

Fils de pauvre, et père de pauvre moi-même !

Si les attentats du 11 Septembre, ils les avaient été faits le 13, on aurait pas fini d'entendre parler du chiffre 13.

– C'est les trente-cinq heures qui nous ont foutu dans la merde.

– T'as jamais bossé !

– Pour faire que trente-cinq heures ? Je préfère encore rien faire !

– T'as jamais rien foutu.

– C'est les cons qui font trente-cinq heures !

Paris, c'est trop au nord, une bonne capitale, faut que ça soit au milieu du pays.

Franchement, vous me connaissez pas, je suis têtue comme une moule.

Cent quarante millions au Loto, si tu veux acheter *La Joconde* et la tour Eiffel, t'as même pas assez.

Les poules, elles se parlent, mais nous, on les comprend pas.

Les hémorroïdes, elles frappent toujours au même endroit, alors pourquoi pas la foudre ?

Le papillon, ses ailes, c'est comme si il a des grandes oreilles.

Les paroles s'envolent, et les écrits, on se rappelle plus.

– Pousse ton coude !

– Je peux pas, il est vissé.

DSK, c'est quasiment le seul violeur de renommée internationale.

Des organes, on en a trop.

Le musée du Mur à Berlin, t'as des bouts de mur, le musée du fromage à Gruyère, t'as des bouts de gruyère.

Un seul Ricard dans le chauffeur, c'est un bouchon d'essence dans le camion.

Les grands trapézistes mettent pas de filet en dessous, une grande équipe de foot devrait pas avoir de gardien de but.

Depuis Stéphanie de Monaco, toutes les Stéphanie, c'est des connasses.

Une civilisation chasse l'autre, même des fois, t'en as deux qui en chassent deux.

Ça nous rajeunit pas le Noilly Prat.

Le 11 Septembre, il fallait s'y attendre, tous les mois de septembre, il se passe un truc.

Les jeunes, est-ce qu'ils savent encore que le vin ça vient de la vigne ?

– *Les tours jumelles, ça se serait passé à Dijon, les Américains s'en foutraient pas mal !*
– *Moi j'ai pas de famille à Dijon.*

132

*— Le vendredi, c'était le jour du poisson, ça existe
encore le jour du poisson ? Et le dimanche, c'était le
jour du Seigneur, ça existe encore le jour du Seigneur ?*

— Tu peux pas comparer.

C'est pas un défaut la peau grasse, ça fait imper-
méable.

La peinture ça se craquelle, la musique, ça bouge
pas.

*— La vache ! On s'en est mis... T'es rentré com-
ment ?*

*— À pied je crois... J'ai pas les yeux en face des
trous...*

— Moi c'est les pieds que j'ai pas au bout des jambes...

Quand on se balade, il parle, en marchant à reculons, comme les coquilles Saint-Jacques.

Je veux bien m'en passer de la viande si à la place
on me fait bouffer des légumes qui saignent.

*— Des milliards de milliards de dollars, à force, ça
veut plus rien dire.*

*— Qu'ils nous les donnent ! Pour nous, ça veut dire
quelque chose !*

Tu bois, tu te torches le cul, le bras, il a juste la
taille pour faire les deux, c'est Léonard de Vinci qui
a découvert ça, il a fait un dessin sur la bonne taille
des bras et des jambes, ça tient dans un rond et dans
un carré, le bonhomme, il a les bras en croix, il boit,
il se torche, ça se plie juste au milieu.

Je suis d'accord sur rien avec le général de Gaulle !

Te laisse pas séduire par la chienne, tout ce qu'elle veut, c'est un sucre !

Si j'aurais su, j'aurais pas bu !

Les goûts et les couleurs, moi j'ai un goût, j'aime qu'une couleur.

— *Tu fais la gueule ?*
— *Non, j'ai rien bu.*

Quand tu bandes, la bite se remplit de sang, c'est un bout de boudin pas cuit, en fait.

— *La sexualité, ça commence quand tu suces le sein de ta mère.*
— *T'aurais dit ça à ma mère quand je tétais, tu te prenais une tarte !*

Facebook, c'est des chiottes publiques !

C'est pas la peine qu'elle ait huit yeux si c'est pour faire sa toile derrière la télé.

Ils autoriseront la drogue comme ils ont autorisé l'alcool, avec modération.

On a toute l'histoire de la Terre qui est en nous, l'histoire de l'humanité en fait, c'est autobiographique.

Je suis pas alcoolique, je picole, c'est différent.

Tu vis quatre-vingts ans, tu meurs, tu redeviens un bébé dans la mort, un enfant mort, un adolescent mort, un adulte mort, un vieillard mort, à la fin de la mort tu meurs dans la mort, tu redeviens un bébé vivant, et c'est reparti pour un tour...

Ma merde aux enchères !

Si t'es pas capable de nourrir ton gosse, t'en fais pas ! ou alors t'en fais deux, et tu nourris le premier en lui faisant bouffer le deuxième, c'est pas pire que laisser mourir les deux, enfin moi je dis ça, ils font ce qu'ils veulent, je suis pas Dieu.

On vit à Paris, on habite en banlieue.

Le verre à moitié vide, le verre à moitié plein, moi ça me gêne pas, je bois les deux.

Y'a plus d'industrie, la pêche est morte, l'agriculture se casse la gueule, on a plus qu'à picoler en regardant tomber la pluie.

Quand la bouteille de Ricard est pleine, la dose devrait être moins chère que quand la bouteille est à moitié vide, si on fait le même système que pour le pétrole.

La France, ça existe plus, c'est qu'un pays touristique, on vit avec le pognon des gros cons qui mangent des glaces !

On va tous crever ou quoi ?

Les îles Caïmans, pour bouffer notre pognon, elles portent bien leur nom !

– La main droite, elle est toujours à droite, la main gauche, elle est toujours à gauche, alors que l'est des fois il est à droite, des fois il est à gauche, et le nord il est devant et des fois il est derrière par rapport à la main droite...
– On a compris !

Sollers, c'est pas un écrivain, c'est un mec qui travaille dans les bureaux.

Ils ont rasé les jardins ouvriers pour construire des parkings où c'est des ouvriers qui se garent !

À part le suicide, y'a quoi d'autre si on veut mourir ?

Y'a une rentrée scolaire en Allemagne ?

Tout est une arme, tu peux détourner un 747 avec un épluche-légumes.

– Il faut remettre l'homme au cœur du système.
– Mais merde ! foutez-lui la paix à l'homme !

– Crois-en ma vieille expérience.
– Toi ?! t'as jamais rien foutu !

Le Français restera toujours un paysan, même en train, il ne lit pas, il regarde par la fenêtre.

Tu soulevais un gros caillou, t'avais une écrevisse, tu regardais sous une voiture, t'avais un chat qui dort, je te parle de ça, y'a cinquante ans...

Ce qui manque à la France d'aujourd'hui, c'est des grands-mères comme avant.

La Terre et la Lune, c'est des planètes jumelles, sauf qu'elles sont pas habillées pareil.

C'est pas la peine d'élever les enfants si c'est pour en faire des enfants d'élevage.

Vous démarrez tôt, les mecs !

La philosophie de comptoir, allez à l'épicerie, vous verrez, c'est pareil.

Une heure c'est soixante minutes, un jour c'est vingt-quatre heures, un mois c'est trente jours, un an c'est douze mois, pourquoi une vie on sait pas combien ça dure ?

C'est bien fichu, le rond.

Renvoyé du lycée Pablo-Neruda, renvoyé encore du lycée Gustave-Doré, plus tard expulsé de la cité Baudelaire, on te reloge cité Balzac et t'es expulsé encore pour finir à Pablo-Picasso, c'est une vraie vie d'artiste !

Avec la raie des fesses tu t'assois sur une règle en bois ça te fait la croix au cul.

Si tout le monde à l'école a son ordinateur je vois pas comment les mômes vont arriver à faire des tâches...

T'as pas intérêt à manger de la purée devant un chien d'avalanche.

C'est grâce à la capote qu'on a la bite bio.

Une vaisselle qui se casse pas c'est quand tu manges le jambon dans le papier.

Il ne faut pas me parler quand j'ai pas mes lunettes.

J'ai attrapé une cuite, la barque a coulé sur le bord et j'ai ramené mon chien, c'est une drôle de pêche miraculeuse...

Les banques, pendant la guerre, ils étaient avec Hitler, pas étonnant que ça soient encore eux qui nous foutent à la rue !

On travaille pas, on conduit pas, on boit un verre de temps en temps, on fait beaucoup moins de mal à la société que certains qui travaillent, qui conduisent, et qui boivent pas.

J'ai peut-être mauvaise haleine mais je dis pas du mal des gens !

Quand je me mets trop sur le côté au cinéma, j'ai l'impression que dans le film, tout le monde est de dos.

Un vieux cheval qui a rendu des services et qu'ils veulent envoyer à l'abattoir, j'aime pas ça, je le prends à la maison et à la limite je le bouffe moi.

Tu vas sur la Lune, et tu sautes en parachute pour revenir.

Mon grand-père, le plus grand espace qu'il aimait le plus, sa petite chaise dans son petit jardin.

Quand tu bois un grand vin, c'est comme une danse, il faut bien comprendre le vin quand tu bois parce que sinon, c'est comme si tu marches sur les pieds de ton partenaire.

Le bûcheron, il boit autant que l'arbre.

Ça fait au moins dix mille ans minimum que je suis pas allé boire un coup à la Civette.

Le bing-bang, c'est du subito presto !

Qui c'est qui en mange encore du clafoutis dans les quartiers de Grenoble ?

– *Elle est pas claire Anne Sinclair dans l'affaire Strauss-Kahn, à mon avis, elle aime ça que son mari viole les autres femmes, elle aime pas les femmes, il les rabaisse pour elle, et elle, elle lui sert de rabatteuse, à mon avis j'ai dit, à mon avis, c'est pas prouvé.*
– *C'est des histoires de journalistes tout ça.*

Les tableaux des peintres, les miroirs, les étagères pleines de livres, ça va sur les murs, on peut dire merci aux maçons...

Fidèle au poste !

L'ordinateur éteint continue à penser, c'est ça que j'aime pas.

La vallée du Rhône, et pourtant, le Rhône n'est pas une vallée.

DSK, avec le temps, on oubliera, même les plus grands violeurs, on en parle pas tous les jours.

L'islam, c'est un croissant, je sais pas si tu vois le niveau des mecs !

Le Cantal, en Amérique, il est grand comme la France.

L'eau propre, ça sent rien, alors pourquoi ils nous font des savons propres qui puent ? Normalement, le propre sent rien... le propre qui sent la rose, déjà c'est du sale.

T'es allé à la plage ou c'est un coup de soleil de comptoir ?

Avec le temps ! avec le temps va tout s'en va ! même les plus chouettes souvenirs ! et même hier et l'année dernière !

Moi j'aime pas Léo Ferré, j'aimais pas ses cheveux.

Je me suis mis en hospitalisation libre au Café de la poste.

La télé, ça rentre dans la maison, comme une guêpe par la fenêtre ouverte, et ça pique tout le monde.

La prison la Santé c'est la prison la Maladie qu'il faudrait comme nom pour la prison !

Je bande plus, le chat qui attrape les souris, il est mort.

Une femme sera toujours plus optimiste que son mari.

— *La taille de la mémoire, dans le cerveau, c'est petit, la taille d'une pièce d'un euro.*
— *Ça fait un dollar quarante, pour le cerveau des Américains.*

— *Combien un homme ça fait de mètres carrés ?*
— *J'ai même pas calculé.*

— *J'ai une chanson qui me trotte dans la tête.*
— *Tu te la gardes !*

Avec une chanson qui trotte dans la tête, tout ce que tu penses, ça chante.

— *Jack Lang, c'est lui qui se tapait des gosses ?*
— *C'est des histoires de journalistes tout ça.*

– Namur, je te parle de Namur, tu connais Namur ?
Namur ! c'est connu Namur, je te parle de Namur,
Namur, tu connais ? Tu me parles de Bruges, c'est pas
Bruges, c'est Namur, ça te dit quelque chose quand
même Namur, c'est connu Namur, tu connais pas
Namur ?
– J'ai rien dit moi.
– C'est pas toi ?
– Moi j'arrive.

De l'imagination, j'en ai que pour ce qui m'intéresse.

On aime bien les amours de jeunesse parce que c'est la jeunesse de l'amour mais les amours de vieillesse c'est bien aussi, c'est la vieillesse de l'amour.

De nos jours, un assassin a aucune chance si il perd ses cheveux.

Le bois, c'est fait en quoi ?

Si j'hérite de ma mère, son dernier souffle ira pas à moi, il ira au drap.

C'est lui qui réclame son manger à midi pile, c'est l'Einstein des minous mon chat.

Le moment où ça commence à s'agiter dans le magasin de luminaires, c'est quand la nuit tombe.

Dans les frigos de la morgue, un cadavre, une bouteille de rosé, un cadavre, une bouteille de rosé.

La fraîcheur du poisson, on la voit dans son œil, pareil que la fraîcheur du pêcheur.

C'est le vent qui fait tourner la Terre en se prenant dans les arbres.

Le veau, il naît, on l'engraisse, on le tue, on le découpe en morceaux, on le met chez le boucher, je le fais cuire, et lui, il finit pas sa viande !

Churchill fumait le cigare, de Gaulle fumait la cigarette, même physiquement on s'en souvient.

Le seul truc qu'on a le droit de manger chez la femme, c'est le lait.

– *Le kilo de petits pois, c'est vendu avec la cosse, une fois écossés, c'est pas la même chose !*
– *Une mariée, une fois que vous avez enlevé les voitures qui klaxonnent et la robe...*

– *Pendant la retraite de Russie, ils ouvraient le ventre du cheval pour se cacher dedans tellement ils avaient froid.*
– *Après, pour repartir avec...*

– *Boire, c'est un échappatoire.*
– *Eh ben ! vous vous êtes pas échappés loin !*

Le pinson reste un animal sauvage.

Un plateau de fruits de mer pour une personne, et l'autre en face, elle mangeait un œuf mayonnaise, j'avais jamais vu ça.

On est sept milliards sur terre, mais pas partout.

Avant c'était les hérissons qu'on écrasait, maintenant c'est les blaireaux, des années c'est des crapauds, plein de crapauds, une année on a eu les limaces, les routes couvertes de limaces, les grosses oranges, énormes, ça glisse à force, c'est dangereux, quand vous avez mille limaces sur la route, à la campagne, faut savoir écraser.

Mon pied, c'est pas un débarcadère !

La crotte de pigeon, c'est acide, on pouvait faire parler un résistant rien qu'avec de la crotte de pigeon dans les yeux.

— Le monde est petit.
— Ça dépend où vous allez.

Une pièce montée de décès, t'aurais un petit mort en plastique couché là-haut sur le gâteau.

Les Chinois sculptent des noyaux de pêche sur des grains de riz, si si... si... si si.

Je te le dis, je l'ai vu !

On devrait remercier les gitans, c'est les seuls qui réclament pas de logement.

— Les marchés, on a l'impression que tout le monde s'aime bien, quand je vous ai croisée tout à l'heure, vous m'avez dit bonjour, vous m'avez fait un sourire, ça vaut de l'or, on se croise et on se reconnaît, quand on attend pour être servi, personne ne râle, même des fois on peut goûter les cerises ou ils vous donnent une rondelle de saucisson.
— Oui vous avez raison, j'ai bon caractère, parce que en plus j'étais furieuse, je revenais de chez l'autre voleur !

Plus aucun marin peut rêver de découvrir un continent.

Comment tu vas les faire tes mots croisés sur le journal numérique ?

L'huître, dehors elle est vieille, mais dedans elle se sent jeune.

Dormir la bouche ouverte, ça refroidissait l'armure, à l'époque des templiers.

C'est pas la même vitesse du son quand tu cries « À table ! » si c'est des frites ou si c'est des épinards.

Ils prient dans la rue, mais si vous leur donnez une mosquée, après la prière, ils ressortent dans la rue.

C'était pas la peine d'avoir un alphabet d'un million de lettres pour dire, Vive Mao ! vive Mao !

Un deux pièces, c'est un couple avec un enfant, un trois pièces, c'est un couple avec deux enfants, ça fait juste le bon nombre de bras et de jambes.

C'est beau la Grèce, mais c'est beau ! La mer bleue, le ciel bleu, les maisons blanches, les cailloux, les petites barques, on a vu un scaphandrier, c'est une île, on dirait un aquarium.

— *Grand-mère sait faire un bon café ! Tu t'en souviens de cette pub ?*
— *Bien sûr, je suis pas débile.*

Quand c'est beau, c'est déjà bon.

– *C'est qui ton Français préféré ?*
– *Moi.*

Les cercueils sont des bêtes carnivores qui sortent de terre pour nous bouffer !

Ils font travailler les prisonniers, moi j'ai jamais fait une connerie, j'ai pas de boulot !

La race française ? Entre les Bretons, les Auvergnats, les Corses, les Alsaciens, t'en as pas qu'une de race en France.

– *Vous passez du café directement au pastis ?*
– *C'est un nouveau départ.*

Si on enlève tous les mots anglais de la langue française, on pourra même plus dire laverie.

Déboire, c'est bien français comme mot.

La réunification allemande, y'a qu'eux qui pouvaient le faire.

L'*Encyclopédie universelle*, c'est mille volumes, moi je l'ai tout dans mon iPhone, si je veux.

C'est quoi qui nous sépare des singes ?

Sa grand-mère, elle raconte bien comment c'était avant dans le pays, quand elle parle, on dirait des images d'archives.

Le sous-marin nucléaire, tu peux leur faire croire ce que tu veux aux marins, y'a pas de fenêtres.

Le passage à l'âge adulte, c'est un passage étroit où faut pas baisser la tête, voyez ?

J'ai jamais vu un horizon plat de ma vie.

– *Quand les griffes elles rentrent et elles sortent, c'est quoi ?*
– *Rétractile.*
– *Vous buvez comme ça, avec la langue comme ça, rétractile.*

Je vais pas leur jouer de la flûte pour les faire sortir ! C'est pas des najas, mes escargots.

Les cordes vocales, elles sont cachées au fond, mais c'est elles qui parlent pendant que la langue elle boit.

C'est bien faux cul, une corde vocale.

T'as déjà mis tes phares de recul ?!

Vert, orange, rouge, noir... y'a plus de couleurs pour Bison futé que pour le drapeau français.

Moi je m'en suis toujours sorti en faisant boire les copains.

Ségolène Royal, elle pense qu'à elle, c'est une ancienne autiste.

Les laboratoires ils nous font apparaître des nouvelles maladies pour vendre des nouveaux traitements les mecs les prennent... ils deviennent malades ils font les cons les mecs ils vont en prison il faut construire des nouvelles prisons !... avec des nouveaux gardiens... qui prennent des nouveaux produits et qui deviennent fous eux aussi tout le monde pète les plombs... on finit tous à la rue ! on va être tous à la rue... va falloir faire des nouvelles rues... avec des nouveaux terrassiers... qui vont arriver en bateaux pourris des pays où tout le monde est fou ! on les foutra en prison les nouveaux mecs dans des prisons avec des nouveaux produits pour pas qu'ils hurlent la nuit ! on est passés tout près de la cinquième guerre mondiale !

Je me fais chier comme je respire.

J'ai eu la chance de tomber du toit quand j'étais petit, pour ça j'ai une pension et je vais pas bosser aux ateliers de merde comme les autres cons.

Le boulot, c'est un peu comme si c'était mon bureau, je suis obligé d'y aller.

Tu sais où c'est la Russie ? C'est par là, alors tu dégages !

Les gens n'aiment pas le temps.

La plage non fumeur, ça empêche pas de pisser dans l'eau.

Un moustique fera pas des gosses avec une mouche, par exemple...

La girafe marche encore plus debout que l'homme.

— *Dans les vrais bars d'avant, la place de quelqu'un au comptoir, c'était sacré.*
— *Souvent maintenant, ils posent des tartes.*

La plus belle parole révolutionnaire que je connais, c'est pas, vive la liberté ! c'est, qu'est-ce que tu bois, mon petit pote ?

La vache et le prisonnier, c'était une actrice connue aussi.

Si vous voulez voir la Terre qui tourne, levez-vous tôt le matin.

— *Les femmes, à une époque, c'étaient vraiment des esclaves à la maison.*
— *Des esclaves avec du rouge à lèvres, j'ai jamais vu ça moi !*

— *Je t'aime, un peu, beaucoup, à la folie, passionnément...*
— *C'est la pâquerette.*
— *Le beurre et les canons, c'était quoi comme fleur qu'on se mettait sous le menton ?*
— *La petite fleur jaune ? je sais plus... avec le temps, on oublie tout ça...*
— *Les fleurs et les pains, ça reste... le pain parisien... le bâtard... bon... j'y vais au pain ce coup-ci.*
— *Je vais rechercher pour la petite fleur.*
— *La jaune.*

À force qu'ils raccourcissent la couverture sociale, moi j'ai les pieds qui dépassent.

– Parler, il en reste toujours quelque chose.
– Pas toujours.

Si vous n'avez pas la vocation, ne vous lancez pas dans le fromage !

Nos grands-parents ne l'avaient pas le doseur.

Le tourisme sexuel, vous avez du monde même si il pleut.

Lui, je l'écoute plus, il entend pas.

L'intestin, c'est une vis sans fin.

Le Mont-Blanc, c'est la fondue, l'Everest, ça doit être une sorte de fondue aussi moins connue.

Le cœur, c'est un muscle, mais c'est pas lui qui porte.

Un pommier qui fait pas de pommes, c'est qu'il a peur des vaches.

Je fais une seule chose à la maison, c'est la vinaigrette de la salade.

– J'ai ma plante qui meurt.
– Comment vous voyez ça ?
– Elle dessèche.
– Normalement, c'est en buvant trop qu'on meurt.

L'opération du cerveau, ils ouvrent plus le crâne, ils passent par un œil.

Ça fait cent ans que j'ai pas vu un radis du jardin.

Obama, il est fatigué, il a déjà des cheveux blancs, les Noirs, c'est pas du marbre.

C'est des papillons qui viennent en France et qui tuent nos arbres, qu'ils restent chez eux les papillons bulgares.

Le jaune, c'est pas sale comme couleur, par rapport au bleu.

Un homme, ça reste un homme, même si il a une secrétaire.

La crépinette de pieds de porc, va expliquer ça à des Anglais !

Tout ce qu'on fait avec la bite, à la limite, en plus on pourrait bouffer avec.

J'ai ouvert un cabinet pas loin, je dépiste le cancer en deux minutes si vous voulez.

Maraîchers, nous voilà !

– *Après dix verres de rosé, j'ai l'alzheimer.*
– *C'est rien, vous êtes jeune.*

Y'a une époque, Paris, c'était la campagne, d'ailleurs, y'a encore de la terre en dessous.

Le bébé, c'est un nuage qui pleut pas encore.

— *Tous ceux qui ont marché sur la Lune, ils sont devenus alcooliques.*
— *C'est pas la peine de marcher sur la Lune pour faire ça.*

On chope moins de maladies quand on chie que quand on en bouffe, maintenant.

Une fleur à moitié morte, je ne l'achève pas.

C'est quand le mur de Berlin est tombé que l'Europe a commencé à nous foutre dans la merde.

Les mouches, c'est plein de maladies, ça fait des asticots qui ont pas de bras.

L'alcool dans le sang, c'est dangereux si t'as un vaisseau qui pète, sinon, c'est bien canalisé.

L'homme est sorti de l'eau, c'est pour ça qu'on va tout le temps à la mer.

Le fils, ceinture noire au judo, le père, ceinture rouge au bistrot.

Le karaté, tu mets des coups de poing dans la gueule, mais avec la force mentale.

Un bock, c'est débile, c'est la même chose en plus petit.

Le Costa Rica, ça rigole pas, on met un truc dans ton verre, tu te réveilles le lendemain matin, t'as plus de reins.

Le pouvoir rend fou, c'est pour ça que souvent les chefs d'État pelotent les nichons.

Le mieux pour l'Europe, ça serait qu'on refasse une guerre comme avant.

Les plus grands chirurgiens, c'était avant l'anesthésie, maintenant, c'est des branleurs.

– *C'est quoi le produit qui sent bon dans vos toilettes ?*
– *Pinèdes, c'est le goût français.*

La pire pollution de la mer, c'est le sel.

C'est une maladie française, le rond-point.

– *Ils obligent à faire des toilettes handicapés partout.*
– *Ah ça, aller aux cabinets, ils arrivent à le faire.*

C'est pas le même sport, le football, y faut un stade, le Tour de France, y faut un pays.

– *À la limite, je préfère une grosse merde à la télé qu'un bon livre.*
– *Mon mari, il est exactement comme vous.*
– *Pour le vin pareil, je préfère plein de pichets qu'un grand vin où y'en a pas beaucoup.*
– *Mon mari, il est exactement comme vous.*

E = mc², c'est pas vérifiable.

On choisit pas sa famille, mais tous les autres connards, on les choisit.

– *On respire bien à la montagne.*
– *Moi, la respiration, c'est pas une obsession.*

Avant de naître on était vivant mais sous une autre forme, moi, j'étais ma mère.

– *Je peux vous immuniser contre tous les venins.*
– *Non, ça va, en Espagne, j'y vais plus.*

C'est moderne ou c'est ancien ça comme métier, producteur d'œufs ?

– *Vendre des vélos à Bergerac, vous me direz, pourquoi pas ?*
– *J'ai rien dit.*

L'aveugle entend mieux que le pas aveugle, c'est ce qu'on dit, mais on en dit tellement sur les handicapés ! que l'aveugle a le bout des doigts plus sensibles pour le toucher, qu'il a un meilleur odorat puisque ça lui sert à se diriger ! Si on écoute les gens, c'est l'aveugle qui voit le mieux ! si c'est si bien que ça de pas voir, pourquoi vous êtes pas aveugle vous ?

La rentrée littéraire, c'est le beaujolais nouveau de la littérature.

... c'est mon avis...

... de toute façon, tout le monde s'en fout de mon avis...

– *On ne le voit plus beaucoup le chanteur aveugle qui chantait en riant, vous vous souvenez ?*
– *On a une naine célèbre, c'est déjà bien... oui, je me souviens, il était gai comme un connard.*

Un beau manteau de fourrure, les écologistes vous jettent des œufs dessus, les lâches, c'est facile ! sur une fourrure morte !

La coquille d'œuf est une sorte de fourrure pareil.

Vous, je vous ai pas sonnée !

– *Toute la journée, ils boivent de l'alcool dans la cour de récréation.*
– *Et le bistrot en face du lycée, ils ont pas un seul jeune.*

L'histoire de la littérature, citez-moi deux dates.

– *Le réchauffement climatique fait gonfler la mer, c'est pour ça que le niveau monte, chaque goutte d'eau de mer devient grosse comme deux gouttes d'eau de mer, ce qui fait qu'avec une mer, vous aurez deux mers.*
– *Pour le prix d'une !*

Un écrivain, faut attendre que le monde change autour du livre pour savoir si il était un écrivain, comme une table de ferme.

La jeunesse devient célèbre quand elle meurt.

Tout le monde veut mourir et personne veut vivre.

C'est doux, ou pas ?

– *Vous en lisez des livres ?*
– *Une fois un... le début... je sais plus le titre...*
j'étais malade... un été au lit... j'étais tout petit... je
sais plus ce que ça racontait... une histoire de je sais
plus quoi... la couverture en carton dur où on
mâchouille le coin, vous voyez le genre ?

– *Chrysanthème, combien d'm ?*
– *Vous avez de ces questions, vous...*

Je veux être égorgé.

– *Les femmes, elles veulent travailler, et en plus,*
elles veulent être payées pareil que les hommes !
– *Mais oui, c'est ça le problème, elles savent pas*
ce qu'elles veulent.

Tout refaire des travaux partout pour des accès aux
handicapés, ça donne du travail aux valides.

– *J'ai pris un coup de poing.*
– *Tout le monde.*

Il est abonné à l'atome, le Japonais.

Si tu as fait des années de guerre, que en plus après
tu travailles à EDF et que tu as l'avantage d'avoir eu
une maladie grave tu vas prendre ta retraite plus tôt...

– *Le mariage homosexuel, admettons, mais la nuit*
de noces dans l'Auberge... je ne suis pas sûre que ça
plaise aux autres clients... mais bon... il faut
s'adapter... on est au vingtième siècle.
– *Vingt et unième.*
– *Eh ben... on dirait pas.*

La femme moderne se parfume parce qu'elle a pas le temps de se laver.

Le saucisson, ça a un début et une fin, le couscous, ça a pas de début.

Je lis au lit pour m'endormir et comme je m'endors tout de suite je lis jamais.

Christophe Colomb pareil, c'est en Amérique que ça a commencé pour lui.

Nous, on mange jamais deux fois la même chose.

Moi, je l'aime bien le réel, quand même.

Même si il pleut beaucoup, l'air sera jamais aussi propre que si tu laves par terre.

Les taches sales, c'est les taches de gras, toutes les autres taches, c'est des taches propres.

L'an 2000 aura duré qu'un an, en fait.

C'est moi qui fabrique le pain à la maison, comme il est pas bon, on en mange moins.

Moi, je suis saoul depuis la naissance de mon fils qui vient d'avoir vingt ans.

Il faut toujours un but dans la vie, moi, aujourd'hui, je vais aux myrtilles.

C'est pas normal de respirer l'oxygène qui sort des arbres et boire le lait qui sort des vaches.

C'est dans les oreilles que le sang se réchauffe, quand on passe au soleil.

Plus on leur met du nucléaire au Japon, plus ça grouille.

Je vais jamais au spectacle, j'ai horreur d'applaudir.

L'homme descend du singe, et pas tellement vite en plus.

Le réchauffement climatique, c'est déjà arrivé, pendant la glaciation.

La fraternité, ça marche que si on est pas nombreux.

Le paysan qui se fait enterrer, ça le change pas de d'habitude.

Le choléra, tu te vides par le haut, tu te vides par le bas, on dirait du Claude François !

– *C'est vous qu'on appelle Geneviève ?*
– *Ben oui ! ça se voit non ?*

Le protocole de Kyoto caduc à Cancún... eh ben...

Le comédien au cinéma, c'est « moteur » et « coupez », pareil qu'une bagnole.

Toujours malade au lit, et son lit jamais malade.

Une serveuse qui louche, ça saoule le client.

Les gens du voyage, faut qu'ils voyagent, faut pas qu'ils se garent.

Gaz de France, pareil, ça vient d'Algérie.

Le soleil, ça vieillit la peau, dommage que l'ombre, ça la rajeunit pas.

— *Tu bois un coup ?*
— *Pas le temps.*
— *Eh ben, y'en a qui ont rien à foutre !*

C'est pas normal que Jésus qui est Dieu il apparaisse sur terre après sa mère.

Espèce de toi !

Quand je regarde des vieilles photos de moi, je peux vous dire que les vieilles photos vieillissent encore plus vite que moi.

— *Ça y est, il pleut.*
— *Certainement pas, à la météo, ils ont dit demain.*

On est pas en guerre, on a juste des soldats qui meurent.

Le travail de deuil ? Moi pendant le deuil je fous rien, je suis pas fossoyeur.

On fait pas des truites à l'huile parce que le brevet est déposé pour la sardine.

En France, soit on picole, soit on se fait chier.

Je supporte pas les gens qui m'énervent.

– *Loin des yeux, loin du cœur !*
– *Loin des yeux, loin du nez.*

Au zoo, même l'été, il faut toujours quelqu'un.

Plus on réfléchit, plus on devient con, souvent, ça fait ça.

La Shoah, c'est devenu un film, mais y'a pas de pièce.

Dans la cerise, à la place du noyau, t'aurais une fraise des bois.

La tétine, ça se tète, mais aussi, ça se mange.

– *On rigole quand on picole !*
– *C'est pas terrible ton slogan.*
– *T'as qu'à trouver mieux !*
– *On rigole bien quand on se marre.*
– *C'est pas terrible non plus ton slogan.*
– *T'as qu'à trouver mieux !*

La femme, quand elle a un bébé, elle a du lait, quand elle a pas de bébé, elle a pas de lait, elle pourrait avoir du lait aussi quand c'est le bébé d'un autre !

Le troisième âge, c'est la vieillesse, le septième âge, tu retrouves même plus les os.

Tu ne révolutionneras pas le petit salé aux lentilles.

Regarde comment elle traverse cette connasse !

Rien pousse en Afrique, partout là-bas, c'est de la terre à talus.

Les radios libres, ça a changé quoi ? Moi j'écoutais ça, j'étais pas plus libre pour autant ! Même une fois j'écoutais ça dans la voiture et j'ai été contrôlé par les flics à Bercy je me souviens, avec un gramme vingt ! On m'a sauté mon permis, ça a rien changé pour moi cette radio ! Sauf que le mec dans la radio lui il avait encore son permis, et il était payé pour ça ! Non non, moi je vous dis que les radios libres, les pistes cyclables, tout, c'est des amuse-cons.

La rage de vaincre, à la Poste, on a jamais eu ça.

Le GIGN, y'a pas de quoi être fier, ils se mettent à dix sur un vieux enfermé dans une ferme avec un fusil !

Je suis né à Montargis et j'habite Malakoff, c'est pas difficile.

Le vote, ça devrait être dédommagé, moi je viens en bagnole, qui c'est qui me paye l'essence ? Le président ?

Pour se suicider sur son lieu de travail, faut déjà avoir un boulot.

Ils prient au milieu de la rue en bloquant tout, moi je gare mal le camion, je me prends une prune ! Faudrait que je dise que mon camion il prie au milieu de la rue pour pas qu'on m'emmerde ! Je vais aller me garer en Islam dans la mosquée moi ! Vous allez voir comment ils vont me couper les mains et brûler le camion !

Depuis des décennies, le Ricard caracole en tête.

Une Odile qui téléphone à un standard de la radio pour poser une question, c'est toujours une connasse.

– *Même les manèges avec la fusée, la soucoupe volante, le cheval, l'éléphant, la diligence, le cochon, ils ont pas le droit de monter dans le cochon.*
– *C'est du bois.*
– *Même.*

Il a des gros trous de nez, c'est un spécialiste des banques, on le voit dans toutes les émissions de télé, je vois pas comment un mec avec des gros trous de nez comme ça peut se faire inviter partout à la télé.

Ce ciel bleu... on dirait une publicité pour la bonne humeur...

Le sanglier, c'est du cochon avec l'adrénaline.

– *La biscotte aussi elle fait partie de l'agroalimentaire.*
– *Ça se voit pas.*

Un petit blanc à court terme, à moyen terme la bouteille, à long terme, un carton.

– *Ils mangent pas de charcuterie, ils boivent pas de vin, l'islam deviendrait la religion la plus forte en France si ils acceptaient de manger de tout.*
– *Et boire de tout.*
– *L'islam, en Auvergne, il va pas se faire une grosse place.*
– *Dans le Beaujolais...*
– *Ils mangent des grattons et ils boivent un verre de vin, ils nous plient.*
– *Si ils deviennent normaux...*
– *On est foutus.*

Les footballeurs, après le match, ils rentrent en Porsche, les rugbymen, ils vont manger le cassoulet et ils rentrent en brouette.

Si on te greffe le foie de quelqu'un, tu vas boire pareil que lui, c'est obligé, c'est le foie qui envoie les ordres, si on te greffe le cœur, tu vas aimer les mêmes choses que le donneur, et le cerveau greffé, tu vas changer de banque.

On peut s'en passer du nucléaire, pas de l'eau au robinet.

Si on est obligés de voter pour un président, c'est que t'en as pas un qui a les couilles de prendre le pouvoir sans nous faire chier d'aller aux urnes !

Si l'euro ça marche pas, on a qu'à mettre le franc pour tout le monde.

La Terre tourne autour du Soleil, ou si c'est le Soleil qui tourne autour de la Terre, ça change quoi pour un gardien de parking ?

Les éclairs, c'est toujours un Z qu'ils font, ils connaissent qu'une lettre.

Du kir, du Ricard, de la bière, du vin blanc, du vin rouge, des calvas, on a bu que des mille-feuilles.

C'est pas normal qu'au comptoir ça sente le Ricard et le parfum, et en terrasse le chocolat et le tabac.

Surfer sur le web ? pour aller où ?

Moi du Ricard, j'en bois que quand j'ai faim.

L'opinion publique, c'est la justice dans les pissotières !

– *C'est quelle heure ?*
– *Onze heures moins le quart.*
– *Quel jour on est ?*
– *Mardi.*
– *Mardi ?*
– *Me demande pas le mois, je sais pas.*

C'est pas la peine d'être un grand avocat si c'est pour défendre un innocent !

C'est le passé qui change, mais le présent, c'est quasiment toujours le même.

Je comprends pas notre époque... Il est pas en français pour moi le XXIe siècle.

Vigipirate, c'est Arabecorsaire que ça veut dire.

Le vaccin, on t'inocule de la maladie qui dort, faut pas boire des cafés derrière, sinon ça réveille tout.

À vingt ans, t'accouches d'un bébé, à quarante ans, t'accouches d'un mongolien, à soixante ans, t'accouches d'un cœur en plastique.

– *C'est quoi que tu bois ?*
– *Du pic-pic.*
– *C'est quoi le pic-pic ?*
– *Du picaillon ?*
– *C'est quoi le picaillon ?*
– *Le picaillon, c'est du bulli.*
– *Du bulli ?*
– *Champitos.*
– *Champagne ?*
– *Pét.*
– *C'est quoi le pet ?*
– *Péteux.*
– *Péteux.*
– *Pétillant.*
– *C'est du pétillant ?*
– *Un pétillant.*
– *Je vais prendre ça alors... s'il vous plaît, un pétillant !*
– *C'est quoi ça un pétillant ?*
– *Comme lui, je veux.*
– *Ah, un pèteux ! un pèt ! vous êtes pas d'ici vous !*
– *Oui, un pèt.*
– *Un pèt ! Un !*
– *Eh ben...*
– *Un pèt, c'est un pèt, comment on peut savoir sinon...*

Un arbre que tu coupes, il meurt pas sur le coup, même les planches elles restent vivantes encore longtemps.

T'as des chalets en bois où les racines elles repoussent en dessous.

Un Rom qui bouge pas, c'est un Mor.

L'attentat du 11 Septembre, si c'est pas vrai, c'est bien filmé en tout cas.

J'ai pas la science diffuse !

Maintenant, c'est les riches qui vont au travail en vélo.

– Moi, je vis au jour le jour.
– Au jour le jour ? C'est déjà beaucoup ! moi je trouve.

J'aimerais bien pas tout savoir.

Un verre de vin, ça accompagne bien le repas, ça prend bien la main à l'assiette.

C'est con de mettre les ampoules au plafond alors que c'est par terre qu'on marche.

À la télé, déjà que je regarde pas le foot, c'est pas pour regarder les livres !

Un philosophe qui parle à la télé, si en plus il rentre à vélo, tu peux être sûr qu'il fait chier sa femme.

À partir de neuf heures le soir, tous les films devraient être en noir et blanc.

Y'en a plein des conneries de la télé qui doivent rester dissoutes dans le jus de l'œil.

Quand t'écris un livre, tu joues au stade, quand tu lis, c'est comme si tu regardes le foot à la télé.

Pourquoi y'a que le 1 qui est droit, et à partir du 2, les formes, c'est un vrai bordel.

Si tu veux faire baisser la démographie en Chine, dis-leur que l'embryon pilé est aphrodisiaque.

Chaque fois que je marche sur la patte du chien, ça me replonge en enfance, à cause de mon père.

Rien n'est pressé à qui sait attendre... ou quelque chose comme ça...

Un enfant a besoin d'un père et d'une mère, un garçon avec deux mères il va devenir pédé et une fille avec deux pères elle va devenir gouine, ils ont fait des expériences, deux rats avec un petit rat, le petit rat, c'est quasiment une souris qu'il est, et deux souris avec une souris, la souris elle devient un rat, c'est des laboratoires en Californie qui font ça, c'est les plus touchés par le dérèglement.

Je les reconnais les filles qui travaillent à Carrefour, elles ont des gros genoux.

– *C'est quoi que vous vouliez ?*
– *Un blanc.*
– *Je vous ai mis un rouge...*
– *Pas grave... j'ai la glotte daltonienne.*

Un chanteur d'opéra a pas le droit de chanter dans un avion à cause de la décompression.

La Ville lumière, c'est Marseille, Paris, c'est la Ville lampadaire.

La musculation, si vous l'arrêtez, tout le muscle devient du gras, ça vous fait dans les pectoraux comme le pot-au-feu qui fige.

Un bébé à la carte, tout le monde veut l'as !

À force de regarder dans un microscope, ça vous fait grossir l'œil.

Ma fiancée, c'est mon cadre privilégié.

Le rosé s'est beaucoup amélioré, d'ailleurs une preuve simple, on en boit tout le temps.

Faut jamais se poser de questions.

Quelqu'un qui souffre, on devrait avoir le droit de le tuer, même si il veut pas, c'est pas normal de vouloir vivre en souffrant, c'est des malades mentaux.

Je me lave à la gare, je bois mon coup ici, j'habite dans le bois, ni vu ni connu...

Tu manges une olive, tu bois quinze Ricard, c'est David contre Goliath.

Elle serait en bronze la Joconde, si elle était de Rodin.

– Des millions de fourmis, y'en a pas une qui couche dehors ! Des milliers d'abeilles, y'en a pas une qui couche dehors ! Des milliards de termites, y'en a pas une qui couche dehors ! Y'a que nous qu'on a des SDF !

– On est cons comme des mouches, les mouches ça couche dehors.

C'est des peintres qui peignaient la nuit, le pointillisme, c'est pour pas faire de bruit avec le pinceau.

– Ta gueule !
– Si je veux.

Aux chiottes, je pense qu'à moi.

– Putain... j'ai la tête dans le cul !
– Alors tais-toi ! Quand on a la tête dans le cul, on ouvre pas la bouche.

Gris, frais, et parfois pluvieux... eh ben... ils se sont pas foulés...

Servir, c'est une belle mission, pour une serveuse.

Il en faudra des verres si tu sers ton pays !

Les mecs qui vieillissent plaquent leur femme pour se mettre avec une plus jeune, moi je serais une jeune, je me mettrais pas avec un mec qui avant moi était avec une vieille.

J'ai pété, mais c'est ironique.

Quand tu vois la France, l'Espagne, l'Italie, même l'océan Atlantique à gauche de la France, ça s'emboîte exactement comme un puzzle.

Strauss-Kahn, c'est un porc, tu lui mets une femme devant lui, il saute dessus, tu lui mets des pâtes à la truffe, il saute dessus !

Son chien, dans le quartier, il a chié tous azimuts.

Je suis né dans la maison en face, j'ai toujours habité là, si je suis rattrapé par mon passé, il a que la rue à traverser.

Beethoven, on le reconnaît bien à sa musique.

Déjà qu'avec la démocratie ils sont tous pourris, alors avec la dictature !

Pour regarder du théâtre à la télé, il faut vivre à la campagne.

Les clowns voient pas la vie comme nous, ils ont la pupille qui gondole.

Ils sont tous habillés en orange les prisonniers à Guantánamo, c'est un peu loufoque comme prison.

La burqa, c'est un moyen de se faire encore plus remarquer que si tu marches à poil dans la rue.

La peine de mort aux États-Unis, tu manges un dernier hamburger, et ils te tuent.

La télé, quand y'a personne, c'est du rien, la radio, quand ça parle pas, c'est du silence.

La Martinique, tout le monde vit dans l'eau.

Moi quand j'ai été baptisé catholique, j'étais bouddhiste, mais personne pouvait savoir que j'étais réincarné, j'étais bébé.

Dans le crabe, y'a que les mains qui se bouffent.

Juste avant de mourir il faut lire plein plein plein de livres, comme ça quand tu meurs t'as beaucoup plus de chances de ressusciter, puisque tu as plus de mots dans ta tête que de la viande.

Je suis pas alcoolique, j'ai une forme de boulimie liquide.

Ils sont tellement faux culs à la télé, quand tu les regardes devant toi dans le poste, c'est comme si tu les avais dans ton dos.

C'est en Auvergne que les gens se lavent le moins, je dis pas ça pour dire du mal, au contraire.

Les mouches ont pas de boussole, elles se posent au hasard.

L'automne, je me sens mou, j'ai l'impression que c'est moi les feuilles.

Les chiens, il sont pas tellement différents de nous mais d'un autre côté, il sont pas tout à fait pareils.

Les femmes voilées, c'est moins grave que les curés pédophiles.

L'attentat des Twin Towers, c'était pour voler l'or qui était dans la banque en dessous.

À quoi ça sert de limiter la vitesse sur la route si personne respecte ?

À Paris, vous avez des rues, nous ici, on a que des routes.

Je vois pas pourquoi ils nous obligent à fumer sur le trottoir qui est un lieu beaucoup plus public que le comptoir ?

La chair de crabe est de la famille de la mie de pain.

J'ai pas de parents, je suis né en candidat libre.

La grotte de Lascaux, c'est beaucoup plus moderne que le musée du Louvre, quand tu vois ce qui est accroché sur le mur par rapport à ce que les autres ils ont peint sur les cailloux.

La grotte de Lascaux, ça fait presque penser à un musée allemand sans les fioritures.

Moi, pour moi le travail, c'est plus une occupation qu'un boulot.

On est tous des êtres humains.

La France, aux États-Unis, ils savent même pas que ça existe.

Y'a des gens qui vieillissent pas, ils ont des cailloux dans le sablier.

Si t'es peintre, tu peux manger que de la salade, mais si t'es sculpteur, faut manger de la viande.

Rodin, fallait voir les entrecôtes.

La poule, c'est le plus vieux fossile vivant.

Jamais tu verras un coq debout derrière une poule pour assister à la ponte !

Le chien est plus indépendant que le chat, le chien chie dans la rue alors que le chat fait dans sa caisse.

Le bout du monde, c'est pas plus un bout que le début.

Le monde peut pas avoir un bout puisqu'il est pas en pointe.

La Joconde, c'est une nature morte, par rapport aux fleurs de Van Gogh qui sont des portraits.

Si je bois pas, j'ai pas envie de boire, c'est quand j'ai bu que j'ai soif.

Même si l'eau-de-vie vaut rien, rien vaut l'eau-de-vie !

Quand t'es incinéré, tu peux pas te retourner dans tes cendres.

C'est pratique la banane à mettre dans le cartable, c'est un fruit qui a un protège-cahier.

Faut pas sauter en parachute quand l'air il est plat, tu tombes direct en bas.

– *L'ascenseur de notre immeuble, faut pas monter à plus de trois cents kilos.*
– *Et c'est où que vous vous pesez ?*

Si tu parles une langue depuis que tu es tout petit, la bouche elle prend la forme, la bouche des Allemands est pas pareille que la bouche des Espagnols qui parlent espagnol, les Chinois, ils ont une toute petite bouche, à force de parler le chinois.

Le dépassement de soi, comme moi j'avance à deux à l'heure, faut que je me klaxonne.

Dans les pays du nord, ils boivent des alcools blancs parce qu'il fait nuit tout le temps.

Il faut servir le Ricard et mettre le glaçon après, sinon on peut pas vérifier la bonne dose, le glaçon avant le Ricard, c'est illégal !

Tu pues ! t'es con ! va chercher ta pitance ailleurs !

Le vrai racisme, c'est contre les Noirs, les Arabes, les Juifs, contre les Grecs ça sera pas vraiment du vrai racisme, ça sera du racisme moyen.

La moitié du cerveau, c'est que des plis.

Un jour de vingt-quatre heures, moi ça me fait quatre jours.

 — Le café, ça énerve encore plus que le vin blanc.
 — Un blanc avec une tartine !

Anne Sinclair, elle aurait été bien en femme de Fourniret.

Le médecin généraliste, il s'occupe depuis la bouche jusqu'au trou du cul, en dessous, c'est un orthopédiste.

Si t'as l'alzheimer, tu te noies, tu vois rien qui défile.

Ma grand-mère, elle était folle, parce que dans les camps de concentration, elle a été charcutée par un chirurgien psychiatrique.

C'est le passé qui pousse pour faire avancer le temps, comme du vent arrière.

La meilleure enfance heureuse, c'est les petits chats.

Si les chanteurs d'opéra étaient assis comme les spectateurs, ils chanteraient moins longtemps.

L'escargot, il est homme et femme en même temps parce qu'il y a pas de place pour deux dans la coquille.

Quand la Lune elle sera habitée, on va en voir passer des sacs à dos.

Tout le monde veut se barrer ailleurs mais ceux d'ailleurs ils se barrent ailleurs alors faut se barrer où ?

Ailleurs, c'est les mêmes cons qu'ici.

Le café qui ferme dans le bled, faut prendre la voiture pour aller boire ailleurs, c'est quasiment non-assistance à personne en danger.

– *Moi, c'est La Picole ! mais on m'appelle Jean.*
– *Ah bon ? d'habitude c'est le contraire.*

Je suis né prématuré, je voulais pas rester dans le ventre de ma mère à attendre comme un con le bon vouloir de madame la reine qu'elle accouche ! putain... j'aurais dû me tirer une balle dans la tête quand j'étais dans le ventre de ma mère, ça aurait fait deux morts !

– *Toute la semaine je mange à la cantine, y'a que le week-end où je mange à la maison.*

– *Je te signale qu'il est deux heures et t'es encore à l'apéro.*

– *Oui, mais pour une fois que je bouffe pas à la cantine.*

Quand on est petit, on joue sur l'herbe, quand on est grand, on veut de la pelouse.

Tu sais pourquoi c'est un coin qui se bouche quand ça bouche un coin ?

– *Tu parles, tu parles, t'écoutes jamais.*
– *Pas du tout, moi j'écoute avec la bouche.*

L'autruche, elle est limitée à un seul œuf, comme les Chinois.

Avec le prix des transports, ça va coûter trop cher de faire pousser des haricots verts en Chine pour les faire venir en France, on achètera des haricots verts qui poussent en France, les Chinois font déjà ça, ils naissent en France plutôt que prendre l'avion pour venir.

Un avion sur la tour Eiffel, t'auras presque pas de morts, y'a pas de bureaux.

La moutarde de Dijon fabriquée en Slovaquie, toute notre âme, elle s'en va.

Le singe a des poils sur la tête, on est devenus des hommes quand on a eu les cheveux.

Les fleurs elles ont des couleurs pour attirer les abeilles, ma mère elle avait un beau chapeau rouge, c'est un apiculteur qui est venu.

– Bon ben salut les gars moi je vais bosser.
– Lui, j'y crois jamais à ses mots de la fin.

Ça continue en Afrique les civilisations antiques.

Bravo le veau !

C'est tellement compliqué les papiers pour demander l'asile politique que tu deviens fou, ça porte bien son nom.

Le violon, c'est pas des cordes, quand t'entends le bruit que ça fait.

T'as pas de Noirs champions du lancer du poids, ils aiment courir, ils aiment pas soulever.

Des Noirs, rien qu'en Afrique, t'en as de toutes les couleurs.

– Je parle que quand je suis saoul.
– Et en plus tu dis que des conneries.
– Bon, alors je me tais.
– Pas mieux, t'as le silence con.

Le Noir, c'est plus une mentalité qu'une couleur.

La bombe humaine ! c'est toi elle t'appartient ! tu la portes bien serrée ! autour de tes reins !

178

– La bombe atomique, c'est la bombe d'Hiroshima, même si tu la lances sur New York, ça sera pas la bombe de New York, ça sera la bombe d'Hiroshima sur New York.

– La bombe atomique, c'est la bombe atomique, faut appeler un chat un chat.

Plus les appartements sont petits, plus on grossit, va comprendre.

Moi quand je suis au bistrot, c'est comme si je suis sur mon balcon.

– C'est pas des conneries ce que je te dis.
– Tu dis ce que tu veux.
– C'est pas des conneries, je te dis.
– Même, tu dis ce que tu veux.
– Tu me crois pas ?
– Mais si, je les crois tes conneries.
– C'est pas des conneries !
– Mais je te crois !
– Même qu'il l'ont encore dit à la télé ce matin que ça a commencé les vendanges à Banyuls, alors ?
– Quoi ?
– Je dis des conneries moi ?
– Je t'écoute plus.
– T'aimes pas quand j'ai raison.
– Si ça te fait plaisir.
– C'est pas des conneries, ils l'ont dit ce matin à la télé !
– C'est ça...
– À Télématin.
– Eh ben, eux et les vendanges...
– Si !
– Le vieux, là, celui qui a étranglé l'autre.
– Oui.
– Tu parles, ils sortent pas de Paris ces cons.

Hier, c'est pas encore figé dans le passé, faut un mois dans le passé avant de plus rien pouvoir changer.

Le globule rouge qui traverse le cœur, c'est la visite de Notre-Dame.

C'est une tribu, ils se mettent la bite dans du tuyau d'arrosage et ils vont chercher l'eau à la rivière avec un seau, faut être con aussi.

— *Je souhaite à personne de vivre ce que j'ai vécu.*
— *Moi c'est le contraire, je souhaite à tout le monde de vivre les merdes que j'ai vécues et que moi, je les vis pas !*

C'est comme le veau élevé sous la mère d'arroser la vigne avec du vin.

— *Va pas me dire que tu l'as déjà bu celui que je viens de te servir !*
— *J'ai rien dit.*

Sur la tombe à Théo, ils ont mis, Théodule... c'est quoi c't'embrouille ?

Moi je dis ce que je pense, et ce que je pense pas, je me le garde.

Cot-cot, ça doit vouloir dire genre, coin-coin.

Pareil.

— *Moi j'ai ma famille, c'est mon noyau, toi t'as pas de famille.*
— *Moi j'ai mes potes, c'est mes pépins, toi t'as pas de potes.*

La Slovaquie, c'est dans l'Europe ! C'est même pas un pays qui est dans le monde et on se le traîne dans l'Europe !

Nous faut qu'on sorte fumer sur le trottoir, et un mec qui a la tuberculose, il a le droit de tousser tranquillement au comptoir !

On a pas la meilleure médecine en France, mais on a pas non plus les plus belles maladies.

Sitôt le matin j'attends le soir, sitôt le soir j'attends le lendemain, sitôt le lendemain j'attends le surlendemain, comme ça depuis l'âge de seize ans, j'en ai soixante-dix, là vous me voyez j'attends midi, revenez dans l'après-midi, vous me verrez ici pareil, même endroit, j'attendrai le soir, si vous pouvez pas venir cet après-midi revenez demain, je serai là, j'attendrai après-demain.

Les molaires, c'est fait pour broyer, mais moi je connais très peu de personnes qui broient à table.

L'espérance de vie, si c'est une vie de merde, c'est pas une espérance !

Un mec au bistrot, il est comme un poisson dans l'eau, alors qu'un poisson dans l'eau, il est pas comme un mec au bistrot.

Tu nous remettras la même chose qu'on compare !

Les pauvres, ils ont tous les dents pourries, c'est bien la preuve qu'ils mangent.

On a pas de caries que en buvant, non !

Les oiseaux d'Orly volent pas plus vite que les autres oiseaux.

Il ne faut pas généraliser.

Dans Astérix, celui qui manque, c'est Décapsulix.

Je suis né vieux d'une mère vieille, jamais on ouvrait les rideaux.

Une femme présidente de la République, on s'en fout, de toute façon aujourd'hui c'est les banquiers qui décident.

L'œuf, c'est un mot qui a bien la forme de ce qu'il dit, rillettes, faut deviner.

– *T'as vu ça, la prof de maths qui s'est immolée dans le lycée ?*
– *S'immoler, ça fait plus prof de sciences nat.*

Pour les hommes ça va les poils au cul, pour les femmes, les plumes, c'est plus joli.

– *On a nos jambes deux fois plus longues que l'enfance et en courant après on la rattrape jamais.*
– *Faudrait couper les jambes des gosses pour pas vieillir !*

Avec moi, ça marcherait la société ! Je créerai des emplois moi ! Comme ça y'aurait pas de chômage !

– *Tu bois quoi ?*
– *Faut pas que je picole.*
– *J'ai pas dit ça, tu bois quelque chose ?*
– *Juste un coup alors, un blanc.*
– *Deux blancs ! Moi pareil, faut pas que je picole, je bois juste un coup, hier on a fini ici à boire des coups, ça allait.*
– *Boire des canons moi ça me va, mais pas la picole, je tiens plus.*
– *Picoler, c'est con.*
– *Trop picoler.*
– *Oui, trop picoler, c'est con, picoler des fois ça se passe bien.*
– *Tu rebois un coup ?*
– *Dernier.*

Si les cheveux, c'étaient des graminées, ça se replanterait tout seul sur la tête.

– *L'âme elle monte au ciel, il reste même pas un bout de viande dessus.*
– *Les nouilles pareil, l'eau qui bout, la vapeur monte et t'as pas une nouille qui monte avec.*

Les primaires socialistes, moi je vote pas pour les primates !

– *Si vous voulez vous battre, c'est dehors !*
– *Y pleut.*

L'Euromillions, t'as une chance sur cent cinquante millions, c'est comme si au tiercé tu fais courir dix millions de chevaux.

Le légume le mieux isolé du froid, c'est l'artichaut.

Son museau vinaigrette à Alain, il est digne d'un conte de fées.

Comment ils la font tenir la moelle quand c'est une greffe ?

Le café doit pas être à moins de quatre cents mètres du lycée, pour que les jeunes marchent.

Ça sert à rien de créer des emplois si personne travaille !

Martine Aubry elle est grosse, François Hollande il est maigre, c'est ça la politique maintenant.

– *On a failli voter pour un violeur !*
– *On l'a peut-être déjà fait.*

– *À l'époque, on vivait mieux.*
– *Mon grand-père, à trente ans, il avait plus de dents !*
– *Je vois pas le rapport.*
– *T'aurais vu l'hygiène !*
– *N'empêche, on vivait mieux.*
– *Avec toutes les maladies qui y'avait !*
– *Maintenant on est malade pour un oui pour un non on est chez le docteur.*
– *On crevait de la tuberculose à Paris !*
– *La France, c'est pas Paris.*
– *À la campagne, c'était pire !*
– *Avec toi, j'aurai jamais raison.*
– *Un gosse sur deux mourait à la naissance.*
– *Si un gosse sur deux mourait à la naissance, en France, on serait moitié moins de population, alors qu'elle a doublé, tu vois... à l'époque, on vivait mieux.*

La plus vicieuse, c'est Anne Sinclair, elle doit filmer son mari avec son portable quand il viole les femmes.

J'aime pas le marronnier, on dirait que ça lui fait plaisir de perdre ses feuilles.

La Vierge, quand elle apparaît pas, elle fait quoi de ses journées ? Elle lit ?

Il est encore au gouvernement, le ministre qui se tape des gosses ?

Sur l'échographie on voit tout à travers, la bonne femme elle est enceinte comme une goutte d'eau.

On est trop nombreux sur terre, sauf le dimanche après-midi.

Dieu, il est plus souvent dans l'espace que sur la Terre, c'est quasiment un extraterrestre.

— *Si y'a de la vie que sur la Terre, tout le reste qui nous entoure, c'est de la mort, quand on regarde le ciel la nuit et les étoiles, on regarde la mort en fait.*
— *Bon, tu le bois ton demi qu'on y aille.*
— *Les astronomes, toute leur vie, ils observent la mort au télescope.*
— *Tu le finis ton godet !*
— *Moi je me buterais si j'étais astronome.*
— *Bon... c'est moi qui conduis.*

Si ça se trouve, Jésus, il a pris la place d'un autre Dieu qui se préparait à venir sur terre en le faisant buter par des Corses.

Les primaires socialistes, c'est encore les hommes politiques qui passent en premier !

Un jour, on marchera tous à pied si ça continue.

Maintenant, si tu veux devenir une vedette de la télé, faut te faire violer par DSK.

– *Sous l'empire de l'alcool, je suis un empereur !*
– *C'est ça... il va rentrer à sa maison Jules César.*

Le vin, c'est pas de l'alcool, c'est pas moi qui le dis, c'est Depardieu.

L'assurance vie, faut mourir, c'est ça le système ?

Bientôt, ils vont nous faire porter l'étoile du fumeur !

– *Mozart, il avait un petit crâne.*
– *On a pas besoin d'un gros crâne pour le violon.*

C'est un violeur DSK, mais en plus, il a une bosse dans le dos.

– *Les chirurgiens m'ont dit que je suis morte pendant une minute.*
– *Et maintenant, ça va mieux ?*

C'est pas moi qui dirai le contraire quand tu dis pareil.

186

Ils entraînent des chiens à vous dépister le côlon, si si, je l'ai vu dans une émission médicale.

— *Ils vendent un tiers de lentilles du Puy en plus avec l'AOS.*
— *Un tiers de lentilles en plus, ça fait pas des tonnes non plus.*

On arrive même pas à bien se chauffer au fuel, c'est pas pour réchauffer la planète !

L'homme y est pour rien, la disparition des dinosaures, on était même pas là.

— *On le verra pas nous le premier homme sur Mars.*
— *Vous savez, ça sera pareil que le premier homme sur la Lune, avec les scaphandres, on reconnaît même pas la tête.*

— *DSK, il lui faut la camisole chimique.*
— *Et Sarkozy, la camisole normale.*

À force, je ne sais plus quoi penser.

Le permis à points, les mecs s'en foutent, moi chaque connerie, je leur enlève un pneu.

C'est la première fois qu'on a un violeur aussi connu que DSK, dans la rue, tout le monde sait que c'est un violeur, il rentre dans une pharmacie s'acheter des capotes, tout de suite, la bonne femme elle téléphone aux flics.

Ça sert à rien d'apprendre à lire, dans la vie y'a plus rien à lire, tout est en petits dessins.

– *Les chiens qui recherchent la drogue, si ils en trouvent pas, ils sont en manque.*
– *Moi le mien, si je viens pas au café, il retourne tout dans la maison.*

Les pharaons, c'étaient des Arabes ? Ah bon, ils font pas tellement arabes, je trouve, même les pyramides, ça fait pas tellement arabe, y'a que le désert qui fait arabe en Égypte.

Les ânes, ça fait arabe.

– *Fernandel, il fait pas tellement arabe, dans* Ali Baba.
– *On a pas d'acteur arabe dans le cinéma français.*

– *Les zoos, c'est une prison !*
– *Oui, mais vous n'avez pas neuf éléphants par cellule.*

Pernod-Ricard, c'est coté en Bourse, et faudrait pas qu'on en boive ?

La vie de tous les jours, il en faut un jour sur deux au maximum.

– *Une Suze.*
– *Et voilà le travail !*

Les locations de plantes en pot, elles doivent devenir folles, à force.

– *La vitesse de la lumière, il paraît que Einstein s'est gouré.*
– *Quand on sait pas, on se tait !*

La montgolfière, c'est pas fait pour aller quelque part, c'est fait pour qu'on te regarde passer.

Élections ! piège à cons !

Quand on t'incinère, les cendres dans l'urne, c'est toi la clef USB.

Ça sert à quoi, les Grecs ?

Les ruines grecques, ça fait pas grec non plus, ça fait ruines, à Rome vous avez des ruines, elles font ruines, elles pourraient même faire grecques d'ailleurs.

Rome, c'est le bordel, un parking, une ruine, un parking, une ruine, au final, tout le monde se gare dans les ruines.

Y'a des ruches sur l'Opéra de Paris, ils servent les fleurs à l'assiette.

La crémation, c'est deux fois moins cher que l'enterrement, pour le prix d'un enterrement, tu peux te faire cramer deux fois.

Tout le monde est servi ? Y'a pas de retardataire ?

Si t'enlèves les montagnes, on est un pays plat.

Y'a une confrérie pour tout, le pâté de tête, le pruneau d'Agen, la coquille Saint-Jacques, y'en a une pour la sole, avec une sole brodée sur la cape.

Tout ce qui est poisson plat, on dirait que c'est né dans l'assiette.

– Dans son lycée, à quatorze ans, elles s'habillent comme des putes.
– En Afrique, elles ont déjà dix gosses à cet âge.
– C'est pas pareil, à quatorze ans, en Afrique, t'es déjà une vieille.

Finalement, l'Europe se portait mieux quand c'était la guerre.

Internet, avec les nazis, je te raconte pas comment le site de la Kommandantur il va être sursaturé !

Si la mère elle fume en donnant le sein à son enfant, c'est comme si tout le nichon devient un mégot pour le bébé.

Les vaches, elles regardent passer les trains et elles vont à l'abattoir en camion.

Dès que tu meurs, tout de suite l'âme quitte le corps, elle attend même pas l'enterrement.

Elle lui donne un rein pour une greffe, tu sais ce qu'il fait le mec une fois qu'il est sauvé avec le rein de la femme ? Il va faire du golf !

L'aiguille des heures, elle est plus petite que l'aiguille des minutes, et l'aiguille des années elle est encore plus petite que l'aiguille des mois.

Vingt-quatre heures par jour, tu m'en mettrais que vingt-deux, je me rendrais compte de rien.

Le problème en France, c'est qu'on nous prend pour des cons !

Toi, t'es qu'une pine d'alouette !

— *Dis-moi un chiffre.*
— *Tu te le fais tout seul ton Loto, je suis pas les restos du chiffre !*

Il réfléchit comme un drone, y'a pas de pilote.

L'élevage industriel, faut pas exagérer, les poules sortent pas d'une usine de bagnoles.

C'est la glaciation qui a fait disparaître les dinosaures, faudrait pas qu'avec le réchauffement climatique, ils reviennent.

Zorro, c'était bien, et déjà, c'était un bon sujet.

Moi j'en veux pas du petit coin de paradis, je veux toute la plaine.

Je bois dans un café, je vais pisser dans un autre, pour disperser mes graines.

Français, ça veut plus rien dire, alors que Breton, ça veut toujours dire quelque chose.

Je sais pas comment ils vont faire l'Europe avec vingt-sept pays alors que nous on arrive même pas à faire la France avec la Corse.

– Y'avait cinq cent mille cafés en France, y'en a plus que trente-cinq mille.
– Trente-cinq mille, moi ça me suffit.

On partait le matin, on arrivait le soir, le départ en vacances, chez nous, c'était toujours comme ça.

Poséidon, il était dieu de la mer, l'année d'après, il passait pas à l'Éducation nationale !

La gauche, la droite, le centre, et finalement, c'est toujours derrière qu'ils sont.

Neuf mois de grossesse, le gosse il naît, il a déjà un an.

Faut jamais agir dans la précipitation, dans la précipitation, je bois un coup avant d'agir.

Les dents, elles mâchent tout le temps mais elles mangent jamais.

C'est à la fin de sa vie que Fellini était le plus fellinien.

Hollande, il a perdu vingt kilos pour se faire élire, moi, si Bouddha perd vingt kilos, je crois plus en Bouddha.

Lino Ventura aurait jamais accepté de jouer Obélix.

Les gens qui sont morts quelques minutes et qui sont revenus à la vie, tout juste si ils ont commencé à monter au ciel qu'il a fallu qu'ils redescendent.

– *T'as rasé ta moustache ?*
– *Non, elle est toujours là.*

L'amour, faut le touiller, sinon ça fige.

Un footballeur qui a cinq bagnoles, pour moi, c'est plus un sportif.

Le gosse à Sarkozy il est né, Kadhafi, il est mort, avec le système de la réincarnation, si ça se trouve, il est dedans.

– *Les races, ça existe pas.*
– *Si y'avait pas de races, y'aurait qu'une langue.*

La vache normande, elle est noire et blanche, ça fait deux races dans la même vache.

Les abeilles, elles bouffent que du sucre, et elles pèsent pas cent kilos.

Y'a pas plus cureton qu'un nazi.

Vaut mieux être pas croyant, et que Dieu existe, plutôt que être croyant, et que Dieu existe pas.

– *J'élimine mal.*
– *Vous buvez quoi ?*
– *De l'eau.*
– *Pourquoi vous voulez éliminer de l'eau ?*

Il a son œil droit tout rouge, c'est son clignotant pour rentrer dans tous les bars à droite en sortant de chez lui.

– *La mauvaise haleine, ça vient des bactéries.*
– *Ça m'étonnerait, j'en mange jamais.*

Toute ma mémoire, je l'ai dans ma tête sur du papier recyclé.

Je suis vieux... le temps c'est de l'argent... je suis à découvert...

– *Viens pas ici pour foutre ton cafard à tout le monde !*
– *J'ai plus de place chez moi.*

Pas la peine d'être écolo pour faire le retour à la terre, suffit d'attendre de mourir pour le faire tous.

Je m'en fous des écolos, je mange le melon au porto !

T'es con ou c'est moi qui comprends pas ?

Il est mort d'un arrêt cardiaque devant la poste, comme si il s'est garé sur le parking et qu'il a coupé son moteur.

Vous m'en direz tant !

C'est pas parce que je vous regarde que je vous écoute, j'ai pas les oreilles dans les yeux.

La vulgarité, ça marche avec la circulation sanguine, plus t'en as, plus t'es.

Vous verriez comment il est habillé de toutes les couleurs, un clown portugais !

C'est psychologique, l'été, on achète des affaires d'été, et l'hiver, on achète des bottes.

Neuf mois dans le ventre de sa mère, le bébé s'ennuie pas, il a pas besoin de jouets, il s'amuse avec les boyaux, ça suffit.

Quand ma mère elle laissait du rouge à lèvres sur le bord de son verre, mon père il lui disait qu'elle buvait des rouges-gorges...

— *Ils sont tout collants tes dés.*
— *C'est hier, on a fait une piste avec Marmite.*

Van Gogh, il s'est coupé une oreille, on s'en fout, il fait pas de la musique.

Un milliard de spermatozoïdes, y'en a qu'un qui rentre dans l'ovule, les autres ils restent dehors, ils se battent sur le parking.

— *Je suis pas ton oreiller !*
— *Je dors pas.*
— *Tu ronfles sur mon épaule !*
— *Moi ça m'étonnerait, je ronfle jamais.*

Même si je me réincarne en souris, je veux pas d'enfants.

Je vais plus vite que la lumière, j'étais devant la porte du bistrot que le bistrot était pas encore allumé.

Les frères Bogdanov, t'as vu la tête ? Je pourrais pas les servir.

Avec les grosses télés, on devenait gros, faudrait pas qu'avec les télés plates, on devienne plats.

Le crayon à papier, la pince à linge, le sac à dos, c'est des mots qui ont été mariés et qui n'ont jamais divorcé.

Les femmes qui veulent être l'égal de l'homme, elles voudront quoi après comme autre lubie ?

Être l'égal de l'homme, faut pas être tellement ambitieux.

L'argent qu'on donne aux Africains d'Afrique, on le donnerait aux Africains qu'on a en France, au moins l'argent sortirait pas de chez nous.

Les Indignés, ça veut rien dire ! Indigné de quoi ? Tout le monde est indigné ! même Hitler, il l'était !

– *C'est les Chinois qui vont diriger la planète.*
– *Moi ça me gêne pas, j'aime bien manger chinois.*

Les faignants, c'est ceux qui parlent le plus !

J'ai jamais travaillé, alors la retraite à soixante-sept ans, ça me fera que dix ans de plus à pas travailler.

On devrait avoir une couille dans le dos, comme la roue de secours sur les 4 × 4.

J'ai rien bu pendant un an, hier j'ai bu du vin, j'ai senti le bouchon, je suis encore ému, j'ai l'automatisme des gestes qui revient vite.

Quand j'ai mal aux dents, je serre les fesses, quand j'ai mal aux fesses, je serre les dents.

T'as bu du cheval toi !

– *Quand je mange, j'aime pas qu'un oiseau me regarde.*
– *Dans ce cas, faut pas manger dehors.*

Aux États-Unis, tout le monde est obèse, si vous êtes maigre, on vous sert pas.

Tout le monde se met sous le soleil quand y'en a, même la terre, elle s'est mise là.

Le cubisme, y'a pas de ronds ?

Si Céline il est que écrivain et pas nazi, alors Hitler, il est que moustachu.

Les gens ont tendance à négliger les portes.

Les pygmées sont pas nains, ils sont petits, nous, nos nains, ils sont nains, ils sont pas petits, et ils sont pas pygmées.

Un accident nucléaire, souvent on voit rien, c'est invisible dans l'air, c'est mille fois moins spectaculaire qu'une vieille renversée par un bus.

Déjà qu'il y a l'euro partout, si en plus au boulot on parle anglais et qu'on bouffe chinois, je vois pas l'intérêt de rester en France.

Comme fleur, la pensée pense pas plus que la marguerite, c'est des inventions idiotes de jardiniers.

Des fois les jardiniers, ce qu'ils racontent sur les fleurs, ils sont pires que les journalistes.

La racine des cheveux, c'est une façon de parler, t'as pas la terre qui vient quand t'en arraches.

Avant, le pognon, c'était une sorte de boussole, mais maintenant avec l'euro on sait plus dans quel pays on est.

Les pyramides, ça fait longtemps qu'elles sont éteintes, comme les volcans d'Auvergne.

L'info, à force de changer tout le temps, ça finit par être toujours pareil.

– *Pourquoi tu m'effaces pas ma dette à moi ?*
– *T'es pas grec.*

C'est pas bon d'être un oiseau en Libye, ils arrêtent pas de tirer en l'air.

La politique, ça sert à rien.

Pour envoyer sur un président de la République, l'œuf c'est plus vexant que la tomate mais c'est moins méchant que le purin, sauf que le purin faut l'envoyer avec une machine alors que l'œuf tu l'envoies à la main, tu peux envoyer des bouses à la main mais après tu peux plus défiler, l'œuf, c'est facile, ça éclate sur la tête et ça fait des taches d'œuf alors que la tomate fait pas de tache de tomate, c'est que du jus, ou alors ce qui est bien c'est la tarte à la crème, mais se mettre en pâtisserie pour envoyer, faut quand même pas exagérer.

– *C'est le vin rouge qui te fait le nez rouge.*
– *Ça a rien à voir ! Le rouge-gorge boit pas de vin rouge, comme exemple.*

Avec la bière, je suis jamais saoul au point d'être bourré.

Depuis qu'elle est triste, elle a l'air moins con, Ségolène Royal.

L'heure d'été, l'heure d'hiver, je vois pas pourquoi on a pas fait l'heure de printemps et l'heure d'automne, pendant qu'on y était ?

– *On passe à l'heure d'hiver, on recule d'une heure, à trois heures, il est deux heures, on gagne une heure de sommeil, à trois heures, on revient à deux heures, et on redort de deux à trois pour la deuxième fois.*
– *J'aime pas trop ça, moi, qu'on manipule le temps.*

Vous avez tous mis la veste en velours ? C'est bien, vous allez m'astiquer le comptoir.

— Tu regardes quoi par terre ?

— Rien, ça repose de poser l'œil où y'a pas d'humains.

Le premier écologiste, c'était Hitler, alors y'a pas de quoi se vanter !

Déjà que je suis myope, c'est pas moi qui irai voir un film muet.

— Le matin, vous buvez du déca, et le midi, vous êtes au blanc.

— Oui, parce que à midi, je suis sorti d'affaire.

— Je lis surtout pendant les vacances.

— Et encore, si il pleut.

— Je reste dedans et je lis.

— Et encore, si y'a rien à la télé.

— Je lis le soir au lit.

— Et encore, si tu t'endors pas comme une masse.

— Ah oui, l'air de la mer, moi je me couche et hop, je dors.

— Et en plus, tu fais la sieste.

— C'est sacré... je prends un bon livre et je me mets sur le canapé.

— Et encore, souvent tu t'endors dans le fauteuil.

— C'est le livre qui me réveille quand il tombe par terre.

— Et encore, souvent, tu te réveilles même pas, la télé, elle marche toute seule.

— On va pas se plaindre de dormir !

— Le reste de l'année, il lit jamais.

— Pas en ville.

Les bobos, ils ont racheté les chambres de bonnes et les bonnes, elles sont repoussées dans les nids de pigeons.

– *Depuis aujourd'hui, on est sept milliards d'humains sur la Terre.*
– *Aujourd'hui ?*
– *C'est dans le journal.*
– *Pourquoi aujourd'hui ?*
– *Hier on était combien ?*
– *Sept milliards moins un.*
– *Il est pas né que un bébé dans la nuit ! Déjà en Inde, il naît un million de gens par jour.*
– *Sept milliards, c'est pas énorme, sur toute la Terre, y'a la moitié des régions qui sont pas habitées.*
– *Le Larzac, c'est le moins habité je crois, au kilomètre carré.*
– *C'est les grandes villes qui sont habitées, la campagne, y'a personne.*
– *Le Brésil, à part Rio.*
– *Si t'as des bébés qui naissent au fond de la jungle, ils seront pas comptés.*
– *Salut tout le monde ! C'est le colloque ?*
– *Café ?*
– *Il s'est passé quoi ?*
– *On est sept milliards sur la Terre depuis aujourd'hui.*
– *Des Chinois ?*

Sept milliards de vivants le jour de la Toussaint, c'est pas logique.

– *C'est une petite Philippine qui est née hier qui est la septième milliardième habitante de la Terre.*
– *Et nous, on est de la merde ?!*

Le coq-à-l'âne, c'est quand on parle à la campagne, en ville, c'est le pigeon-à-chien.

Même en famille, on ne se voit plus, mon fils, il est invisible comme le nez au milieu de la figure.

Le mieux pour draguer une vieille, c'est au cimetière pour animaux.

J'ai jamais vu ça de ma vie, une goutte d'eau qui fait déborder un vase.

On est combien de morts sur terre depuis aujourd'hui ?

Elles ont eu dix-neuf sur vingt au bac roses mes fleurs !

Le boa étouffe sa proie, et il l'avale, comme nous quand on écrase une patate.

Sept milliards d'humains sur terre, on pourrait en mettre le double, facile, déjà ici on pourrait être cinq fois plus.

Au bal musette, l'ouvrier s'emballait une fiancée dans sa musette !

Moi à force j'écoute plus.

Quand on boit des alcools sucrés, on voit mieux les détails, comme si on était devenu un insecte...

Le monde, il a plus changé depuis ces dix dernières années que depuis le début de l'humanité.

C'est bizarre de balayer la rue... comme si tu passes la serpillière sur les toits...

Le bébé de Carla Bruni, c'est un mongolien, c'est pour ça qu'on le voit pas dans *Paris Match*.

Le secret de la jeunesse éternelle c'est d'être vieux tout de suite.

— *Dans cent ans, l'eau sera plus chère que le pétrole.*
— *Évidemment, si tu mets de la menthe dedans !*

T'as une boussole sur ton portable ? t'habites à quelle heure ?

Encore heureux que le fœtus humain agrandisse pas son terrier.

Tous les animaux se mangent entre eux, y'a que l'homme qui a pas le droit, on a même pas le droit de rayer une bagnole !

C'est le débit de l'univers depuis le début de boissons !

Les Grecs, ils ont rien fait depuis les ruines.

— *Le monde est devenu fou.*
— *Ta gueule Jésus !*

Les courses de vélo sur piste, ce qui manque, c'est les maisons au bord.

– Si tu bois de l'eau de mer, tu meurs.
– Moi à la mer, je bois du blanc.

Il lui lance une tarte à la crème et il s'assoit à côté de la chaise, c'est ça que t'appelles « les arts de la piste » ?!

Si la Grèce est plus dans l'euro, c'est bien, quand on partira en vacances en Grèce, au moins on sortira de l'Europe.

On peut plus partir à l'étranger maintenant si on part que en Europe.

Il fait doux ce matin, trop doux, on respire du coton.

Le PSG, ils se payent toutes les vedettes, bientôt y'aura Depardieu dans les buts.

Hélène et Florence, soit c'est des coiffeuses, soit c'est des UV, j'ai pas raison ? Moi les prénoms, j'ai un sixième sens.

– C'est les Arabes qui s'achètent le PSG.
– Ils feraient mieux de s'acheter l'OM.

Le SDF qui vit l'été sur la plage, il a beau être en maillot de bain, moi je le reconnais, il a ses pieds sales.

Le homard, il est quasiment articulé comme un semi-remorque.

Moi j'ai une mentalité de sardine, je picole en banc.

Vous avez vu cette pièce de théâtre où le vieux fait caca sur la figure du Christ ? Eh bien, c'est un théâtre qui ne donne pas envie d'aller manger des huîtres après.

— *Sur le iBook, t'as pas l'odeur de l'encre.*
— *Tant mieux, l'encre, ça pue.*

Moi, j'ai la connerie responsable.

Je suis pas à cheval sur ce que je bois, je peux boire autre chose.

La loi autorise l'homoparentalité à condition que tu sois pédé, t'es obligé d'être pédé, si tu veux adopter un gosse avec un copain, tu n'as pas le droit si t'es pas pédé, t'es forcé d'être pédé par la loi.

— *On boit un coup ?*
— *T'es pire que la nappe phréatique toi, tu picoles toute la journée et t'es tout le temps vide !*

Tu bois un verre de blanc en Espagne, un verre de blanc en Allemagne, c'est la même monnaie, et le pire, c'est que c'est le même vin blanc !

Le champagne monte au cerveau, c'est le vin rouge qui va dans le sang.

Dénoncer les juifs aux Allemands, c'était facile, les Allemands, c'est presque des Français, dénoncer les juifs aux Arabes, c'est pas pareil, les Arabes, c'est pas des Blancs.

Neuf heures d'attente aux urgences, même une vache à l'abattoir, elle attend pas ça.

– Ma mère, elle était concierge.
– Ah ! c'est pour ça que vous dites souvent que vous êtes fils de concierge, je comprenais pas.

La France, c'est un pays rural, les vaches, elles font partie du peuple.

– Si on revient au franc, ça va nous rajeunir !
– Ça rajeunit jamais de revenir en arrière, ça vieillit.

Je sais pas comment tu fais, tu es toujours de dos.

– Il est parti ? Il a pas fini son verre ?
– En France, on fait rien à fond.

C'est pas facile de trouver des chaussettes françaises par les temps qui courent.

Y'avait pas le mont Blanc à l'époque des dinosaures, en plus, comment tu veux qu'ils montent là-haut ?

L'orthographe, je l'ai apprise en prison, avant, je mettais un *z* à prison.

Il a perdu dix kilos François Hollande, tous ses autres kilos qui vont être président avec lui ils vont bouffer à l'Élysée, moi ça me ferait bien chier si j'étais les dix kilos virés de pas être du gras présidentiel.

Faudrait pouvoir apprendre l'orthographe avec une piqûre.

Moi d'abord, je suis pas français, je suis marseillais, et pas de Marseille, je suis du Panier.

Une femme avec plus de dix gosses, ça devient une sorte de femelle humaine.

Les hirondelles, on les accepte en France parce qu'elles repartent.

– *Qu'est-ce que t'es bavard !*
– *J'ai rien dit.*
– *Tu grognes.*
– *Je me parle dedans.*

Le bleu de travail, c'est du tissu social.

– *Le bistrot dans un village, c'est le dernier refuge.*
– *Un jour, on a trouvé un sanglier !*

Les spermatozoïdes ont pas de cerveau, sinon, la course, y'aurait que des magouilles.

L'homme est plus adapté que la femme pour la vie sur la Terre en général.

Faut savoir dire stop !

– *Un jour, l'essence, ça sera cher comme le Ricard !*
– *Ça va te faire cher les deux pleins.*

Une voix très aiguë, ça casse les verres, une voix très grave, ça fait bouillir l'eau.

– *T'es tout froissé de partout.*
– *Je me suis pas couché, je me suis froissé debout.*

Le Jour du Seigneur, c'est sur la 2, si Dieu existait vraiment, ça passerait sur toutes les chaînes.

– *Le rugby, ça date de la nuit des temps.*
– *La nuit des temps ? Ils vont pas jouer à la bougie les mecs.*

Les Chinois, ils photographient tout ce qu'ils voient, sinon les autres Chinois les croient pas.

– *Le muscat, ça me faisait mal à la tête, ça me fait plus rien.*
– *Ah ! c'est un signe positif.*

Roubaix décadent sera jamais Berlin.

Tous ceux qui sont morts, à un moment, ils ont été à dix minutes de la fin.

– *Ils ont réussi à augmenter la vie des souris d'un tiers, en laboratoire.*
– *Et nous, on se fait chier à s'en débarrasser...*

Se faire élire pour être président de la République, c'est une arnaque, y'a même pas de diplôme.

La Grèce, elle a rien à foutre dans l'Europe, elle est mieux avec les Romains.

Le pétrole, ça pollue, mais aussi ça fait des bons bonbons.

– *La conquête de Mars, on la verra pas.*
– *Vous perdez rien, moi je vous le dis.*

On a bien fait de lécher le cul aux Allemands pendant la guerre, c'est eux qui vont nous sauver l'Europe aujourd'hui.

Les gens ont plus besoin d'être taillés que les arbres.

On crucifie le Christ, Dieu bouge pas, alors on peut lui chier dessus à son fils, il dira rien non plus.

– *Ils veulent que tous les pays soient pareils, c'est pour ça que l'Europe marche pas, les États-Unis, ça marche, parce que y'a pas un État qui a les mêmes lois.*
– *Même la peine de mort, y'a encore des États qui fusillent.*
– *Ça, je sais pas.*
– *Y'en a c'est la piqûre, d'autres encore c'est la pendaison.*
– *Ça, je sais pas.*
– *Chaque État choisit, c'est pas que la chaise électrique pour tous.*
– *Oui, c'est pour ça que ça marche.*

Le dépanneur en panne, c'est le genre d'histoire que ma grand-mère elle aimait bien quand j'étais petit.

Il faudrait un entracte dans la vie pour pouvoir sortir fumer une cigarette.

– Il est tombé deux cent cinquante millimètres de pluie sur l'Ardèche !
– Tant que c'est que des millimètres.

S'ils veulent s'en sortir les Grecs, faudrait peut-être qu'ils arrêtent d'éclairer leurs ruines !

Les plus beaux personnages chez Giono, c'est les cailloux.

La comédie, la tragédie, la connerie, l'alcoolisme, ça englobe toutes les disciplines.

Chez les jumeaux, faudrait pas garder celui qui naît en deuxième.

La saucisse, c'est quoi comme muscle ?

– Simenon, il a écrit des centaines de livres mais franchement, vous pouvez en jeter la moitié.
– Vous avez tout lu ?
– Certainement pas !

Le café, ça énerve, c'est pour ça que le calva dedans, ça fait le calmant.

L'homme africain est apparu le premier sur la Terre, le Chinois est apparu en dernier, c'est pour ça qu'il est dynamique et que l'Africain il est vieux, il est foutu.

Il faut aller au bord des idées qui sont normales et sauter.

— *Le problème, c'est que les marchés sont mondiaux.*

— *On s'en fout, on a qu'à plus en manger des bananes.*

Les dents, ça sert quand on mange, on devrait pas les voir quand on parle.

Les grands écrivains, c'est ceux qu'on apprend à l'école, les autres, vous savez, c'est pas la peine de les apprendre.

J'en ai marre, moi ! y'a des mots partout !

Les chrysanthèmes, si tu les as pas vendus à la Toussaint, ils te restent sur les bras, pourtant, les gens meurent tous les jours.

La main gauche, la main droite, le pied gauche, le pied droit, eh ben, c'est des idées que franchement, une idée à gauche, une idée à droite, en fait...

— *J'ai pété.*

— *Raconte pas ta vie !*

La Grèce, dans l'Europe ou pas dans l'Europe, elle sera toujours en Grèce.

— *C'est un art, le tango argentin.*

— *Surtout, l'Argentine, ils ont de la bonne viande.*

C'est la mode des analyses d'urine, on vous en fait même quand vous rigolez trop.

À la limite, je m'en fous.

– Il l'a poignardée la gamine, elle a même pas été violée.

– C'est encore plus pire d'être tuée pour rien.

On mange, on chie, ça donne du grain à moudre.

La Martinique, c'est paradisiaque, ils boivent du rhum toute la journée, ils dansent, ils sont tous au chômage.

La littérature d'aujourd'hui, ça veut rien dire, c'est des livres qui ont été écrits il y a six mois !

C'est beau l'Auvergne, et les volcans, ça fait la petite touche en plus.

– De toute ma vie, j'ai vu que des gens au café.

– Faut sortir un peu !

– Dans la rue pareil, je rencontre que des gens que j'ai croisés au bistrot.

Je me sens moins seul à la maison quand y'a personne.

– Pour aller sur Mars, faut six mois de voyage.

– Moi j'ai onze mois de boulot pour aller un mois en Bretagne, c'est pas mieux.

Quand le cœur bat plus vite ou plus lentement, t'avais pas prévu, finalement, t'improvises.

– Encore une gamine de huit ans qui a été assassinée, elle allait chez des copines, elle a été enlevée.

– Huit ans, c'est l'âge qui attire.

Peindre trois yeux à une bonne femme, à l'époque, c'était pas légal.

Un destin par personne, ça fait beaucoup de destins pour pas grand-chose.

Toute la vie on sait qu'on va mourir, y'a que quand on est mort qu'on le sait pas.

– *On se demande où va la Terre ?!*
– *La Terre, elle est ronde, les ronds, ça va jamais nulle part.*

– *La vie c'est dur, faut jamais lâcher, faut garder le sourire, moi j'ai pas de travail, c'est la galère, je vis dehors, je suis malade, on m'a enlevé la moitié de l'estomac, j'ai plus mes dents, faut s'accrocher dans la vie, j'ai eu cinq fractures à ma jambe droite, elle a jamais été remise droite, faut s'accrocher, faut garder le sourire, mon œil là, j'ai pris un éclat de verre, la zone, les bagarres, c'est dur la vie, faut s'accrocher, faut garder le sourire, j'ai toujours de l'eau bénite sur moi, je crois en Dieu, il m'aide.*
– *C'est pas de l'eau bénite, ça, c'est du rosé.*
– *On me l'a volée mon eau bénite, la vie c'est dur, faut s'accrocher.*

Le retour des socialistes, c'est pas tellement hollywoodien comme scénario.

Le plus superflu de tout, c'est l'Opéra, je sais même pas pourquoi ça existe encore...

– *Et pas la salade ?*
– *Non, elles me mangent le lierre et les courgettes et pas la salade, je les comprends pas ces limaces.*

Yves Montand, c'est lui qu'on arrêtait pas de déterrer toutes les cinq minutes ?

... si ma mémoire est bonne...

Au début de la peine de mort, après l'exécution, y'avait un casse-croûte pour tous ceux qui ont coupé la tête.

Rembrandt, c'est dix fois le prix d'une autre peinture.

Le facteur passe à dix heures, comme je me lève à six heures, de six à dix, à part mon café, il ne se passe rien, après à onze heures je viens ici, à midi je rentre manger, l'après-midi, il ne se passe rien, après je viens ici, je rentre manger à sept heures, je regarde la télé, je me couche à dix heures, de dix heures du soir à six heures du matin, il ne se passe rien, je bois le café, j'attends le courrier, je viens ici, alors si vous mettez la clef sous la porte, j'ai plus qu'à mettre ma tête sous le paillasson.

Soit ils bloquent la rue avec les camions poubelles, soit c'est avec les prières de rue !

– *Bonsoir tout le monde !*
– *À cette heure-là, c'est bonjour, monsieur.*

L'Europe ça pourrait marcher si les pays devenaient des départements.

Tu peux m'en faire des prélèvements ADN à moi, j'en ai pas.

— *Toute notre génétique tient dans un cheveu.*
— *Faut être Einstein pour être coiffeur maintenant !*

L'évolution humaine, tu parles ! c'est pour faire plaisir à la galerie !

Je ne suis pas passéiste, et d'ailleurs, vous ne me verrez jamais prendre une photo.

Le navet, c'est autiste comme radis.

Aujourd'hui, ils ont le respect du chômage bien fait et le plaisir de l'arrêt maladie accompli !

Il faut être philosophe, quelque part.

L'os à moelle, fallait le trouver, moi vous me montrez un bœuf, je devine pas toutes les possibilités.

On est dans quel café ?

La porte ! la pooooooooorte ! je paye pas le mazout pour chauffer la rue !

Les seuls qui se droguent pas à la télé, c'est ceux qui picolent dans les émissions de cuisine.

C'est pas le pot d'être réincarné dans un bébé qui meurt à la naissance.

– La guerre de 14-18, j'ai encore un casque à la maison.

– Ils sont pas morts pour rien.

– Normalement, le pape a pas le droit de garder sa croix quand il est sur un lieu public, au Vatican il s'habille comme il veut, mais pas dans la rue.

– Le pape, à Lourdes, il est habillé comme il veut.

– Oui, mais Lourdes, c'est privé.

– Faut que j'aille au cimetière.

– Mais arrête de faire chier les morts !

Dites-moi une seule chose qui serait logique dans ce qui se passe !

Le paysan aurait jamais dû se séparer de son cheval.

– C'est pas normal ces inondations dans le Sud.

– Dans le Sud, rien n'est jamais normal.

Il a pas laissé une enveloppe pour moi, planche pourrie ?

Les gens en Alsace sont plutôt réservés, c'est une caractéristique.

Le cancer du côlon, faut manger de la betterave, c'est le petit truc en plus.

L'Europe ne peut pas fonctionner avec à moitié des Allemands et moitié les autres.

Quand tu vois avec des lunettes, c'est comme si tu touches avec un bâton.

Quand t'as été nazi une fois, après, ça remonte, et tu verras que pour les pays communistes, ça fera pareil.

– *Le fil de la toile d'araignée, c'est plus solide que l'acier !*
– *Pas étonnant que les aciéries se cassent la gueule.*

– *Mes géraniums, je les mets en avril, en novembre, ils sont toujours là.*
– *J'ai des clients qui sont comme ça.*

J'ai failli mourir... tout ce que je bois depuis mon accident cardiaque, c'est du plus.

La télé, c'est pas fait pour qu'on voie des vieilles.

J'aurai une vie de rêve quand j'arriverai à dormir.

L'épanouissement au travail, faut pas déconner, le boulot, c'est pas une serre tropicale !

On marche sur la tête.

Je vois pas pourquoi il faut respecter la Noël qui est une invention américaine avec un Jésus israélien !

J'aime pas le bruit du balai, ça fait comme un serpent qui se faufile.

Les milliards d'étoiles dans le ciel, c'est joli, mais y'en a trois qui servent.

Pas le droit de téléphoner au volant, dans ce cas on a même pas le droit de penser, moi quand je pense, c'est comme si je téléphone en parlant.

J'aime pas Céline comme c'est écrit à la va-vite.

Je sais pas comment la palourde peut vivre quatre cents ans alors que ça se mange.

– T'en as bu combien ?
– Je suis pas ta secrétaire !

J'arrêterai de boire quand t'arrêteras de me servir.

Plutôt qu'augmenter le prix des livres, ils feraient mieux de retirer des pages, de toute façon, on lit jamais tout.

Même si on trouve des cèpes sur Mars, quel intérêt ?

Le niveau de la mer qui monte, ça fait tomber le prix des maisons qui sont au bord, ça augmente le prix des terrains qui se rapprochent, avec le réchauffement climatique, faut vendre ta maison quand tu commences à voir la mer, faut pas attendre d'être sur la plage, même à la limite, dès que tu entends le bruit des vagues, faut vendre.

Un jour tu bois, un jour tu bois pas, t'es un intermittent du spectacle toi !

Le lièvre, ça a un goût de coureur cycliste.

C'est pas la peine d'aller sur Mars pour découvrir des paysages lunaires.

J'ai jamais vu un Martiniquais chercher du travail !

C'est quand on travaille qu'on s'aperçoit qu'il sert le pouce.

— J'ai que des copains qui boivent comme des vaches.
— Moi aussi, et alors, ça me gêne pas.

Vous y allez pas au marché de la Saint-Maurice ? Moi j'y vais tous les ans, c'est une vraie foire de péquenots, ils vendent des gros pulls, des tracteurs et des matelas.

— Ça sert à rien les mots, il faut des actes.
— Vous buvez quelque chose ?

Nicolas Hulot, il est pas resté cinq minutes chez les Verts tellement y'a que des bonnes femmes.

Je sais pas où elle est la pollution, mais nous, à la maison, c'est propre.

Je m'en fous de léguer une Terre propre aux générations futures, ils nettoieront, ça les occupera !

Quand t'es une vedette planétaire et que tu dis une connerie, la Terre entière sait que t'es con.

— Une fois sur deux, il fait dans son pantalon.
— Il peut pas aller jusqu'aux cabinets ?!
— Il est vieux.
— Et alors ! il a l'anus à mobilité réduite ?!

Les films français aux États-Unis ils les projettent sur des nappes à carreaux.

Tu passes la visite médicale du permis ? tu bois plùs ? depuis quand ? à quelle heure t'y vas ? tu prends le car ? houlà ! l'alcool, c'est inscrit dans le sang ! attention ! le foie, c'est la clef USB des gammas GT !

Faudrait que le vote soit interdit pour qu'on ait envie de voter.

– *Elle est morte Danielle Mitterrand ?*
– *Cette nuit, mais elle était déjà dans le coma.*
– *Ah bon... elle est pas morte vivante alors.*

Quatre-vingt-sept ans, c'est vieux pour une socialiste.

Mitterrand il est mort, sa femme elle est morte, il paraît que même son chapeau, il a été vendu.

Chaque chose à sa place, on regarde la télé dans le salon et on lit aux cabinets.

Une bombe atomique, ça se garde pas cent ans, y'a un moment, c'est plus bon.

– *Personne aime les Chinois.*
– *Ça plaît à personne des gens qui pensent qu'à bosser.*

C'est les pauvres qui ont le plus de gosses, c'est eux qui boivent le plus, c'est eux qui sont les plus gros, de quoi ils se plaignent.

Si vous voulez faire partir les rides de la figure, il faut manger de la joue de cochon.

L'espèce humaine est trop fragile, on saute un repas, on a faim.

C'est tout petit qu'il faut apprendre à pas détruire la planète, pour nous, c'est trop tard.

L'architecture d'une ville, c'est pas les maisons, c'est les gens qui habitent dedans.

— *Vous avez vu mon porte-monnaie ? C'est une petite souris.*
— *Eh ben, il est pas gros votre temple de la finance !*

Avec des lunettes de vision nocturne, tu vois rien, tous les commerçants sont fermés.

Moi ce que je préfère, c'est les vieilles chansons en noir et blanc.

Y'a rien dans la chaleur alors que dans l'humide, y'a de l'eau.

En Afghanistan, ils utilisent des drones en forme de mouches, les Arabes font pas attention aux mouches.

L'amour, c'est du jus de raisin, faut voir comment ça fermente !

J'ai commencé au chômage partiel, j'ai monté en grade, je suis au chômage total.

L'orthographe, on s'en fout, les mots, c'est pas fait pour être écrit de toute façon.

On a commencé à distribuer des emplois quand y'avait plus assez de boulot.

Mais si !

L'huître perlière, c'est un palace sous la mer.

L'inconscient, c'est encore une bonne combine ça !

L'Espagne, c'est devenu plus rien, même les Arabes se barrent pour venir en France.

Mais non !

Le bon exemple de la cuisine 3 D, c'est la crêpe à l'œuf.

– *Je l'aime pas le charcutier, il est tout le temps saoul.*
– *Vous auriez pas acheté une toile à Van Gogh, vous.*

Pas du tout !

Faudrait baguer les ragots, on verrait qu'ils retournent toujours au même nid !

Suivez mon regard...

– *J'ai des trous de mémoire, je sais jamais où j'ai posé mes lunettes.*
– *C'est pas un gros trou, c'est un trou de souris.*

Ben tiens...

« Les dix commandements », ça fait pas beaucoup de commandements, par rapport au code de la route.

L'entretien d'un diesel, c'est de la folie !

Pour réduire le chômage, faudrait pas remplacer un vivant sur deux.

Moi, même si j'écrivais un livre, je le lirais pas, je lis jamais.

Le tapis persan, c'est trop tarabiscoté pour chez nous.

– Ils lui ont sauté dessus et ils lui ont volé son vélo !
– Un vélo, ça se prend pas à l'abordage.

Dès que je rentre dans ma cuisine, j'ai l'impression d'être en province.

Tous les bons vivants que je connais, ils sont morts.

Il va aux Restos du cœur et après il vient ici se faire payer à boire... je suis pas les bistrots du foie...

Lui, il se saoule qu'ici, c'est un poivrot endémique.

Maintenant, c'est les pauvres en bagnole et les riches à vélo, va comprendre.

Tu peux mettre trois mille livres sur la tablette, mais si t'oublies ta tablette dans le train, t'oublies trois mille livres.

Comme vous dites !

– *Le matin le réveil sonne, il fait encore nuit.*
– *En hiver, le son va plus vite que la lumière.*

Moi, sur une île déserte, ça me manquerait pas le langage parlé.

Deux poumons, deux reins, deux bras, deux jambes, et un seul cœur ! Alors que y'a que ça qui sert.

Tous les jours on a midi pile alors que minuit pile c'est que le jour du premier de l'an.

– *J'ai du mal à imaginer qu'il est au cimetière et qu'on le reverra plus.*
– *On peut pas être partout.*

Le vin blanc, c'est pas une race de vin !

– *La compote de pommes, on a le droit d'en manger, mais en France, on écrit des livres dessus !*
– *C'est pas Proust qui avait écrit un livre sur un gâteau ?*

Toutes les photos des gens vivants qu'on met sur les tombes, ça fait un peu faux papiers.

– Je peux pas lire un livre, tout de suite je m'endors.

– Vous plaignez pas, c'est mieux que des cachets.

Le téléphone, ça rapproche les hommes, mais si c'est pour dire qu'on viendra pas, c'est pas la peine.

Bouddha, il a pas de fils, Allah non plus, y'a que chez nous que Dieu a de la famille.

Vous parlez à un sourd, ça lui rentre par un trou de nez, ça lui ressort par l'autre !

J'aime bien la réalité quand on a l'impression d'être dans un film.

Napoléon, il a pas eu besoin de la télé pour qu'on se rappelle de son chapeau.

Le prématuré, plus vite il est sorti, plus vite il est au lit !

– L'orthographe, vous savez... l'essentiel, c'est d'arriver à se comprendre.

– Y'a des mots des fois tellement l'orthographe est compliquée qu'on arrive plus à le comprendre, et des double m, *et des* h *partout, et des* x *!*

– Vous enlevez tous les doubles m, n, t, r, *d'un livre, vous gagnez vingt pages de papier.*

Je comprends pas comment le chômage baisse pas en France avec trois mille morts par an sur les routes.

– *L'orthographe, c'est important quand vous faites des mots croisés.*
– *Bien sûr, si vous passez la journée au café à faire des mots croisés, vous en avez besoin de l'orthographe !*

C'est en Europe qu'il y a eu le plus de guerres mondiales.

Quand c'est pour une carte postale de Bretagne, je mets l'orthographe bretonne.

– *Y'a pas pire que l'euro comme monnaie.*
– *On aurait moins d'ennuis avec le haricot.*

Une femme qui fait des prothèses mammaires, tu peux aussi refaire le nez, parce que souvent avec les nouvelles prothèses le nez va plus.

Le cinéma, avant, j'y allais, mais avec des lunettes, c'est pas pratique.

La moitié des Français votent pas, c'est pas pour que les étrangers aient le droit de vote !

Je parle moins aux petites cuillères en ce moment.

– *Plus ils sont handicapés, plus ils veulent travailler.*
– *Oui mais ça c'est normal, c'est une anomalie connue du cerveau.*

Le mien, quatorze ans, à part les jeux vidéo toute la journée, il fait rien, le fossé entre les générations, c'est pas lui qui prendra la pelle !

Moi je suis jeune, je rigole de tout.

Je marchais dans la rue derrière Catherine Deneuve, eh bien, de dos, vous ne la reconnaissez pas.

– *C'est quoi ce bordel les travaux ?*
– *Ils vont élargir de trottoir devant la gare.*
– *Après si on a des Yougos, faudra pas se plaindre !*
– *C'est pour mettre des arbres.*
– *Pour glisser sur les feuilles, y'a pas mieux.*
– *Des arbres, et après c'est les Yougos qui se mettent.*
– *Vous courez pour attraper votre train, vous glissez sur une feuille pourrie...*
– *On a peur de tout en ce moment en France.*
– *Ils font la manche avec des bébés malades.*
– *Au milieu des feuilles mortes, ça promet.*
– *Si en plus c'est grève !*
– *Y'aura encore plus de Yougos.*
– *Les grèves, les feuilles mortes, les Yougos, on dirait du Prévert.*
– *Aragon !*
– *Arago.*
– *C'est le boulevard.*
– *Qu'il retourne à Cuba celui-là !*

Rien foutre, c'est un métier.

Moi je refuse tout, comme ça j'accepte rien.

Je me suis rendu compte que je commençais à vieillir quand je me suis mise à manger les croûtes du fromage.

C'est horrible d'aller aux cabinets ! Normalement, c'est que les animaux qui devraient aller aux cabinets !

L'amitié, c'est grenu, comme le granit, vous voyez ?

– *Je viens qu'ici !*
– *Ah oui, moi je suis témoin, il est pas polybar.*

C'est quoi c't'oiseau qui gueule ?

Même si la piscine est grande, t'auras pas le vent de la mer.

– *Un philosophe qui est né au seizième siècle et qui est mort au dix-septième, c'est un philosophe du seizième ou du dix-septième ?*
– *À cheval.*
– *À cheval ?*

L'humiliation, c'est solitaire.

Je vois pas pourquoi les immigrés voteraient en France, on vote pas au Maroc nous.

Je suis pas alcoolique, et pourtant, je suis pas contre.

Si y'avait pas les trous pour mettre les yeux on verrait rien puisqu'ils seraient derrière l'os, à la place on pourrait très bien avoir les yeux sur la figure sans les trous comme les langoustes, au bout des tiges.

Le corps humain, il est fait comme il est fait, on choisit pas les membres à la carte.

– *Le frelon asiatique.*
– *Oui.*
– *Y'a pas que le frelon qui est asiatique.*
– *Oui, eh ben ?*
– *Y'a les gens qui sont aussi asiatiques.*
– *Oui, et alors ?*
– *C'est tout.*
– *Ah bon.*
– *Je me comprends.*

Si on donne le droit de vote aux étrangers, le problème, c'est que y'a qu'eux qui iront voter.

Une fuite radioactive, c'est pire, ça sent même pas le gaz.

Le réchauffement de la planète, nous on est pas les pires, on fait jamais de grillades.

L'arrêt du cœur, ça équivaut à une condamnation à mort.

Picasso pour moi est une peinture humoristique.

– *Plus on est pauvre, plus on bouffe des saloperies qui font grossir !*
– *En Afrique, c'est pas ça.*

Y'a qu'en France qu'on voit des maigres qui sont gros.

– *Quand tu les vois ceux qui vont aux Restos du cœur, ils sont pas maigres ceux-là non plus !*
– *Il faudrait un poids maximum où on te sert pas.*

– Avec ma petite retraite, comment vous voulez que je m'en sorte...
– En buvant moins.
– Petit con !

Si tu manges de la viande en buvant du vin, tu seras moins saoul que si tu manges des légumes, parce que le beefsteak va le boire.

Je pourrais pas vendre un organe, j'en ai quasiment plus.

Montebourg, il arrête pas de suçoter ses branches de lunettes, il doit aimer le goût de ses oreilles.

Les poules en batterie, elles rêveraient d'accoucher à la maison.

– Combien je te dois ?
– Dix demis... tu veux la note pour la Sécurité sociale ?

Un vin de 2000 sera jamais un vieux vin, même en 3000, ça sera un vin de 2000, t'auras pas de la poussière dessus comme un vin de 1945.

Moi je pourrais te faire un zoom sur le genévrier si tu veux.

2000 sera toujours une vieille date moderne.

Moi, je parle le vin rouge couramment.

Le poisson était sur terre avant la viande.

Moi je le sais quand je conduis bourré, j'ai pas besoin d'un éthylotest !

– *Babar, il a quatre-vingts ans.*
– *Babar, je l'encule !*

Noël, ça date pas d'hier, c'était déjà dans la Bible.

Dans le square hier matin, un bébé qui regardait un pigeon et le père dans la lune, vous auriez vu, un vrai film !

Les photos numériques, ça représente plus la vie puisque ça se garde pas.

Une viande qui sèche la bouche, c'est le chameau.

On est pas bipèdes toute la journée non plus.

– *Ce matin, avec ma femme, on est allés au marché acheter un saucisson.*
– *Y'en a qui ont de la chance d'être à la retraite.*

Le Salon du livre avec trois cent cinquante auteurs, même la fête du cochon, on en met pas autant sur la place.

Coincé dans l'espace-temps, si en plus, c'est en province...

Quand c'est bon, c'est toujours un Mozart de la cuisine, un Picasso, personne en mangerait.

Un Picasso du boudin, c'est horrible.

Un Mozart du jambon, c'est super bon.

Sur la Lune, tu peux manger dehors, y'a pas de mouches.

– Les trois gosses et le père tués net au passage à niveau, y'a que la mère qui s'en est sortie.
– Deux jours avant la grève de train.

Plus la Terre se réchauffe et plus y'a des déserts, on devrait trouver de plus en plus de pétrole, si c'est logique.

Protéger la planète, c'est ma femme qui s'intéresse à ça.

Un éthylotest dans la voiture, c'est même pas la peine de monter dedans, elle démarrera plus jamais !

Ils nous prennent encore en otage à nous faire souffler dans le ballon !

Il faudrait une charte des droits de l'homme dans sa voiture.

– J'aime pas parler avec un con !
– Alors tais-toi !

L'armoire à vins en aluminium, c'est pas des vins qu'on garde, c'est comme le livre numérique.

Le pays du soleil levant, ça dépend de l'heure.

– Delarue, il a le cancer.
– C'est bien que ceux de la télé ils l'aient aussi.

Un routier de trente-trois ans, c'est comme si Jésus avait été routier.

Dans la vie, on passe plus de temps en voiture qu'avec sa mère, et y'a pas une fête des voitures.

Les mères, elles te donnent la vie, mais faut voir comment aussi.

Des lesbiennes qui font un gosse, moi ma mère, elle avait de la moustache, c'est pas mieux.

Un oiseau qui mange du poisson, je sais pas comment il arrive à voler.

Les décors de carte postale, on se fait toujours chier.

– À quatre ans, il veut un ordinateur.
– À quatre-vingt-quinze ans, il voudra un vélo.

L'Europe, de Paris à Marseille, ça marche déjà pas.

C'est pas la peine d'inviter Aznavour si c'est pour la fête du boudin, on a toujours eu du monde.

– Les morts servent à rien en Afrique, alors qu'ils pourraient très bien faire de l'engrais pour le maïs.
– Ils sont morts, ils sont morts.

J'ai pas honte de le dire.

Dans un million d'années on en retrouvera des clefs de bagnole fossiles.

— *La peau mate n'est pas une race !*
— *Je te parle pas de la peau mate, je te parle des Noirs !*

Je vous le dis comme je le pense.

Vous savez ce qu'il me dit ? E = CM2 ! non mais je vous jure !

— *Depuis que Sarkozy est au pouvoir, l'espérance de vie a baissé d'un an en France.*
— *Ou c'est que vous êtes allée chercher ces chiffres ?*
— *Tout le monde le dit.*

Dans la rue, ce sont presque toujours les Noirs qui sont jaune fluo.

— *Les pygmées, ça manque à qui ?*
— *...*
— *Ça te manque les pygmées ?*
— *...*
— *Et vous, ça vous manque les pygmées ?*
— *C'est pas une raison pour les tuer.*
— *Ils se tuent tout seuls, rien qu'en tombant des arbres.*

Je ne vois pas trop l'intérêt de se connaître soi-même.

À l'automne moi j'ai la tête qui tombe.

— *Ils tirent à la kalachnikov pour du saumon fumé !*
— *En plus, souvent, c'est pas très bon.*

Je sais pas ce qu'elle a ma télé en ce moment, mais y'a rien qui me plaît.

Moi j'aime bien quand la télé rend hommage à un personnage.

Valda, Bombel, Bourvil, c'était un autre monde.

Moi j'y vais souvent au bord de la rivière, y'a plus de bon vent comme avant.

– *Elle fout quoi la reine de Saba ?*
– *Elle arrive, elle est à Shopi.*

J'ai l'anorexie légumineuse, je mange que de la viande.

– *C'est une plante la salade ? on dirait pas... la salade, c'est de la salade.*
– *Le cresson, c'est une plante, c'est pas de la salade.*
– *Le cresson, c'est le cresson, c'est aquatique.*
– *L'endive, c'est quoi pour toi ?*
– *L'endive ?*
– *Ça pousse dans le noir, c'est presque plus un champignon.*
– *L'endive, c'est encore un truc à part ça.*
– *L'endive, c'est l'endive, comme le salsifis, c'est le salsifis... c'est quoi le salsifis pour toi ? c'est pas de l'asperge.*
– *C'est du salsifis... c'est même pas un légume, c'est une racine.*
– *Une racine de quelle plante ?*
– *Une racine de rien...*
– *Enfin bref... faut que j'achète une salade.*

La tour Eiffel, vu depuis la province, c'est très parisien.

– *Ça fait au moins deux siècles qu'on a la même culture en France.*
– *C'est moins pire qu'en Allemagne.*
– *Oui, quand même.*

Quarante coups de couteau sur un bébé de trois mois, je sais pas où tu trouves la place.

– *Les hommes sont des hommes.*
– *C'est ce que j'ai dit tout à l'heure avec la salade.*

Si l'Europe disparaît, ça bougera pas la Normandie de sa place.

Je comprends pas la récidive, moi si je tuais quelqu'un une fois, ça me suffirait.

Prof de maths, au moins, ça te sert quand tu fais tes courses.

Je suis debout depuis cinq heures du matin, c'est pour ça que je suis saoul.

Y'a debout et debout.

Dans une minute, c'est pas encore du futur, pour le futur, faut une semaine.

– *Tu les lis au moins les offres d'emploi ?*
– *Ben non, c'est toi qui as le journal.*

Quand tu vois le nombre de curés pédophiles, ils ont dû bien le tripoter le petit Jésus.

Avec l'euthanasie, on te fait décéder avant que tu meures.

Les secrets des Templiers, ça fait vieux comme cadeau.

Dans les westerns, y'a des vaches, mais y'a pas de cochons, les cochons, c'est dans les films sur le Moyen Âge avec les poules et les bossus.

Ça a de la valeur une assiette pétée médiévale ?

Je m'en fous de la part du lion, je bouffe pas du zèbre.

La charcuterie, ça doit avoir une âme.

– *J'ai bu un coup avec un Chinois.*
– *C'est mondialisé l'apéritif maintenant.*

Moi j'aime bien les cartes postales, mais les vraies.

Moi je reviens toujours à la pomme de terre, c'est une valeur sûre.

Sa force à la Callas, c'était sa voix élastique.

Au Loto, y'en a un qui gagne par hasard mais tous les autres ils perdent pas par hasard, c'est pas possible, ils sont trop nombreux, ça ferait trop de hasards dans le même sens, c'est combiné.

Je préfère acheter français, même si c'est un produit chinois.

– *Tu viens ? je vais au café de la Cerise.*
– *Oh non ! je me jette pas dans la gueule du loup !*

Souvent, ça sert à rien que ça s'arrête, tous les trucs.

La lumière des phares, elle va pas plus vite que la voiture.

Il est con vingt fois sans frais lui !

Deux plus deux, c'est la loi physique de base.

– *Tu bois quoi ?*
– *Je sais pas... j'ai bu un blanc et après un demi... je suis dans un entre-deux.*

On peut rien faire contre le réchauffement climatique, même si on ouvre les fenêtres, c'est encore pire.

On a des habits, mais sinon à poil l'homme a une forme de virus.

– *Tu viens ?*
– *Je suis emprisonné en moi-même, je peux pas partir.*

C'est pas en se mettant des prothèses mammaires qu'elles seront l'égal de l'homme !

– *Tu bois pas au bistrot et tu bois dans le camion !?*
– *Tu comprends rien à la psychologie.*

Shakespeare, c'est Shakespeare, point final, à genoux !

Le climat est en marche, ça, tu pourras jamais rien contre.

— *Putain ! j'ai tout le temps l'impression de picoler avec une débile mentale !*
— *T'as qu'à boire avec quelqu'un d'autre.*

C'est pas bon d'asseoir son autorité, l'autorité, faut que ça soit debout.

Le rapport entre les accidents de voiture et l'alcool n'est pas prouvé non plus !

Ce qui est con quand on est mort, c'est qu'on peut plus rien faire.

— *Tu donnerais un rein toi ?*
— *Pour quoi faire ?*

L'artisan, il regarde que la prise électrique, tu peux mettre un Rodin à côté, il l'a pas vu.

— *C'est une pièce de théâtre où ils jettent des excré-ments sur le Christ...*
— *On le cloue, on lui envoie de la merde, eh ben, faut pas qu'il sorte dans la rue celui-là...*

C'est surtout les Allemands qui ont des sanato-riums.

Cette espèce d'humour où chacun avait sa person-nalité, c'est fini ça.

– *Tu bois du rouge maintenant ?*
– *J'arrête le blanc, je m'ouvre à la concurrence.*

Le tombeau familial, ça se faisait surtout à l'époque où on se mariait.

On donne bien un rein, les filles devraient donner un sein pour faire les implants mammaires.

La vie de l'auteur, si faut lire la préface, moi je m'en fous.

Moi je suis pour une Europe à taille humaine.

C'est normal qu'on picole, le cœur c'est une pompe et le foie c'est un filtre.

Quand tu vas chez un docteur, tu lui demandes pas ses papiers au mec, si ça se trouve c'est pas lui.

Moi un gosse, c'est surtout ma femme qui en voulait, j'ai même pas fait un bras.

Mon père buvait pas, ma mère buvait pas, je suis un autodidacte.

Dans l'absolu j'aime bien le bruit de l'école mais faut pas que j'aie un gosse devant moi !

J'ai été un bébé prématuré, je suis prédestiné à sortir tôt le matin.

Il est tout petit, on le voit pas, il s'incruste, il picole et il fait chier tout le monde, c'est un nanoconnard.

C'est du délit d'initié de dire à un patron de bar la date d'anniversaire d'un alcoolique.

Vous deux vous dégagez ! toi tu te mets là ! toi tu vas t'asseoir et toi tu restes où t'es, vous me faites chier les mecs, j'ai l'impression de faire du tri de déchets !

T'as plusieurs vies, toi, saoul et pas saoul.

Le manège pour les gosses il est à deux euros cinquante et le vin chaud à cinquante centimes, c'est pour ça.

La Noël, c'est bien, même les gens sérieux boivent.

Tu peux regarder le centre de n'importe quoi, c'est toujours là où y'a le moins de trucs.

– *Je sais pas comment je me suis pas tué en tombant à la renverse dans l'escalier et que je me suis éclaté la tête contre la porte de Mme Groschâteau ?*
– *Quand on est saoul, on est mou.*

Moi, quand je dis non, c'est non.

– *Tout le monde dehors !*
– *Oui mais alors qui c'est qui reste ?*

La Terre est petite, on fait le tour du monde à la voile.

– *Je veux pas d'emmerdes ce soir les mecs.*
– *Bon ben alors on s'en va.*

La vérité avec un grand V n'existe pas !

Tu la vois la lumière toi ?

Jamais j'ai emprunté une phrase à Baudelaire.

Le samedi dimanche, on prend la voiture et on meurt en famille.

Gare de l'Est, j'ai plus de souvenirs de la brasserie d'en face que des trains.

La Terre, elle s'en fout des humains !

Les doigts, c'est bien organisé.

– *Je suis tout le temps au bistrot, c'est pour ça que tu me vois jamais ailleurs.*
– *Sors des fois.*
– *Pour aller où ?*

Les jambes, même si on aime pas ça, on a pas le choix.

À force de creuser pour prendre le charbon, le fer, le pétrole, l'intérieur de la Terre, il va finir par être vide.

– *Il a eu une attaque cérébrale.*
– *Un AVC, c'est comme ça qu'on dit.*
– *Une attaque, on sait ce que c'est au moins.*

Y'en a une femme la plus vieille du monde en ce moment ? Parce qu'on parle de tout sauf de ça...

C'est toujours une femme l'homme le plus vieux du monde.

– *Sur Mars, y'a de la vie, mais c'est sous forme de microbes.*
– *Partout, c'est ça.*

– *L'industrie, c'est fini, le textile, c'est fini, l'acier, c'est fini, les mines, c'est fini...*
– *En France, y'a plus que du tourisme et en plus, on aime pas les touristes.*

Le code de la route est trop codifié, mais si ! Après, ça veut plus rien dire.

– *Il picole pendant huit jours et après c'est bouillon de poule, bouillon de poule.*
– *Chacun son secret.*

Plus on en dit, mieux on se porte.

– *J'ai même plus la force de boire mon verre.*
– *À force, c'est trop fatigant de picoler.*

Ceux qui veulent qu'on soit tous qu'un seul peuple sur terre, c'est eux qui provoquent le racisme.

On est pas moins con avec l'ordinateur, c'est bidon leur truc.

– Les handicapés veulent tous du travail et quand vous leur en donnez ils ne foutent rien comme tout le monde et quand vous les engueulez, ils disent qu'ils sont handicapés !

– Un handicapé qui fait rien au travail, c'est encore pire qu'un autre.

– Mais oui !

– C'est sûr.

À la maison, l'animal de compagnie, souvent c'est plus moi que lui.

– Trop bon trop bon !

– Trop bon, trop con.

– Oui, c'est pareil.

Y'en a un qui a inventé le microscope et l'autre ça sera les boules de Noël, au départ, c'est une question de mentalité.

Dis-moi une connerie avant que je parte, peut-être je vais rester.

La Noël, on a pas besoin de se déplacer, alors que Lourdes, faut y aller.

On a causé autour d'un verre et à la fin on parlait dedans.

La neige en haut, souvent, ça sert qu'à redescendre.

J'ai pas pleuré, j'étais proustignée.

Le tourisme vert, c'est des vélos et des gens rouges.

Je suis un pessimiste confiant, je m'en fous et qu'ils se démerdent.

L'andouille de Vire, l'andouille de Guéménée, rien à voir, mais rien à voir ! C'est des boyaux qui sont roulés ou c'est des boyaux qui sont enfilés, moi je préfère le boyau qui est enfilé l'un dans l'autre, ça a pas le même goût, les deux sont bonnes remarque, l'andouille, chacun la voit à sa porte, même, chaque région la voit à sa porte, pour être plus juste, chaque région de France, pour être tout à fait complet...

Mais qu'est-ce qu'il nous fait chier lui ?

La charcuterie, c'est un sujet qui me passionne.

Il faut pas que je parle, parce que c'est ça qui me saoule.

— *Toi, t'es moins con que je pensais.*
— *Tu me connais pas.*

Au bistrot je me fais engueuler, à la maison je me fais engueuler, à la limite, je préfère au bistrot.

Ça ou autre chose, c'est pareil.

Rabelais, il a gagné du pognon rien qu'en chiant.

... où même des fois.

— *T'appelles à trois heures du mat et tu laisses pas de message ?*
— *Qui ?*
— *Toi, t'appelles, tu dis rien.*
— *Moi ?*

Moi je suis célèbre pour mon chien, ça me suffit.

Des heures à rien penser, et en plus elle est pas con, c'est l'âge.

Les arêtes de poisson, je me souviens qu'on en parlait à table mais j'étais petit, on en parlait avant, pendant les fêtes, quand on avait des gens.

L'actualité, j'en saute en général un jour sur deux.

— *On a bouffé ensemble hier soir ?*
— *Toi et Christian.*
— *Où ?*
— *Sur la place.*
— *Ah bon ?*

C'est un bouquin qui m'a pas plu, même la fin je l'ai pas finie.

Plus t'es maigre et faible, plus ça m'arrange.

C'est fait en quoi une huître ? C'est même pas de la moule et encore moins de la crevette.

Un manège, ça tourne pas la nuit !

Le président de la France, c'est comme si il est déjà maire de Paris.

La musique noire, je sais pas comment vous reconnaissez la couleur vous ?

— *Dix minutes de retard au boulot par jour pendant toute la vie, ça en fait du retard au boulot !*
— *À la fin de la vie, le retard au boulot, on s'en fout pas mal.*

Tout ça, c'est à cause du retour des choses.

Le cinéma français, ou ça marche trop, ou ça marche pas assez.

La banane porte une sorte d'uniforme.

Chirac, il est gaga, en plus c'est pas moi qui le dis, c'est partout.

Je sers dehors, je sers dedans, j'ai pas de routine.

Du matin au soir il dit que des conneries, et encore on a de la chance, il fait nuit tôt !

— *T'es plus malade ?*
— *Je suis le phœnix qui renaît de ses mégots !*

Même pas ça de neige en deux heures... moins épais que le temps qui passe.

— *À l'hôpital, ils lui ont posé un drain.*
— *Hein ?!*
— *Un drain.*
— *Ah ! je préfère ! j'avais compris un train.*
— *C'est le bruit du lave-vaisselle, drain train, ça va vite.*
— *Drain train, si on se trompe, vous le sentez.*
— *Pour se tromper, franchement, y'a pas de lave-vaisselle dans les chambres... faut le faire exprès !*

Le jambon, c'est personnel, chacun mange sa part.

Le cyclisme, c'est pas loin d'être un handisport, ils ont des roues.

– *Pour moi, le vingt et unième siècle, ça a rien changé, on aurait très bien pu rester au vingtième, ah oui, c'est sûr.*
– *Même le dix-neuvième*
– *Je sais pas.*
– *À part se laver les dents.*

Ma mère, je ne l'ai jamais vue assise, mon père, je l'ai jamais vu debout.

C'est pas demain la veille que personne roulera en voiture sur la neige.

– *Nulle part j'ai vu que la connerie était un sentiment.*
– *Dans Molière.*
– *Même là.*

La France, encore dix ans comme ça et on sera un pays pauvre, l'Inde, ils seront tous milliardaires, heureusement encore, l'Afrique, ça bouge pas.

Qui c'est qui écrivait en vers encore, à part Molière ?

Piccoli, il a fait un bon film, le reste, c'est des merdes pour les impôts... non... ah non pardon ! c'est Galabru !

L'alexandrin, c'est douze pieds, qui c'est qui parle en alexandrins sur la Terre, on a pas douze langues.

À la campagne, tous les jours se ressemblent, même des fois, tous les gens aussi.

Il le sait quand ça va neiger, il se met sur le bord de la fenêtre, c'est un chat climatologue.

– *Il aura blanchi des cheveux en une nuit !*
– *C'est pas ce qu'il aura fait de pire.*

Climatologue, tabacologue, et pourtant, ça a rien à voir.

Un mec qui a tort, c'est même pas la peine qu'il s'excuse !

– *Y'en a que ça arrange bien ce changement climatique.*
– *Qui ?*
– *Les défaitistes !*

Si tu légalises les drogues douces, après t'en verras des jeunes qui roulent avec quatre grammes de drogue dans le sang.

– *Le théâtre des Amandiers.*
– *Avec un nom comme ça, ça doit pas être facile à trouver.*
– *À Nanterre.*
– *Nanterre, je sais, de toute façon, Nanterre, c'est marqué.*

La France ne peut pas accueillir toute la misère du monde ! C'est Malraux qui l'a dit.

La course contre la montre, je gagnais toujours quand c'était les aiguilles.

Moi le matin quand je lis le journal, c'est pas pour savoir ce qui se passe, c'est pour attendre Albert.

– *T'es en arrêt maladie ? t'es pas malade !*
– *Et alors ? je la paye ma Sécu !*

Y'a jamais d'impôt juste, puisqu'à chaque fois, on te prend tes sous qu' t' as.

– *Toutes les routes bloquées autour des stations.*
– *Y'a qu'en France que la neige empêche d'aller au ski !*

Même question de l'esturgeon sauvage, la nature est pas encore bien faite, on est obligés de faire de la captivité.

Tenez ! Vous savez qui vous me rappelez ? Théophraste Épistolier.

Au Tibet, ça les fait rire quand ils voient nos déneigeuses.

– *Vous savez, celui qui avait eu son bébé juste le jour de l'an 2000, il arrêtait pas de raconter l'accouchement, il était pas content que c'était un bébé pas français qui avait été choisi comme bébé 2000, il buvait que du kir été comme hiver n'importe quelle heure, il habitait sur le plateau, vous vous souvenez ? Il est devenu quoi ?*
– *Il a déménagé.*
– *En ben... c'était bien la peine de nous faire chier avec ça.*

Je sais que le père Noël c'est américain, mais le sapin et les boules, je suis pas sûr que ça soit pas nous.

– *J'ai rêvé de papillons.*
– *Y'en a pas en cette saison, si ? Dans les maisons ?*

La pensée, elle est au milieu du cerveau, sur les bords, c'est tout ce qui concerne les bras les jambes, ils l'ont montré à la télé, avec les électrodes, ils tirent l'oreille, ça s'allume là, ils disent, vous allez manger du chocolat, ça s'allume là, y'a un endroit qui s'allume pour tout dans le cerveau, et les lumières des bords, c'est les lumières des membres, en fait, si j'ai bien compris, les souvenirs c'est là, c'est extrêmement complexe quand on écoute, et là c'est autre chose encore, parce que ce genre d'émissions, au bout d'une demi-heure faut déjà la suivre, quand vous êtes ignorant, y'a plus rien qui s'allume dans le cerveau, sauf la lumière pour aller se coucher ! c'est une plaisanterie... moi je suis un ancien sportif, je me suis toujours couché tôt, j'aime bien regarder mais pas trop tard, j'adore me lever tôt le matin, y'en a qui n'aiment pas, moi j'aime, c'est le corps qui décide... de tout... ou presque tout... vous faites du sport vous faites quoi ? moi c'était l'escalade et le vélo...

Vous rêvez de ce que vous voulez.

Pour moi, c'est l'ail qui fait la persillade.

– *Les chansons paillardes, vous voyez ?*
– *Les chansons de cul, ce qu'on appelait.*
– *Oui, ça n'est plus tellement à la mode.*
– *Oui, remarquez, moi, je ne sors plus.*
– *C'est rare aujourd'hui d'entendre des gens chanter des chansons de cul.*
– *C'est vrai... c'est vrai...*

Des directions, vous savez, en partant d'ici, y'en a pas cinquante.

Franchement, c'est pas la peine d'aller en Bretagne si vous allez pas au bistrot.

La pluie, c'est la douche, la neige, c'est la mousse du bain.

Vous avez l'énergie durable chez vous, j'ai vu hier, c'était allumé toute la nuit !

Je sais plus pourquoi je vous parle de la Camargue... ah oui ! on parlait des moustiques...

– *Pourquoi on se marie pas ?*
– *Hein ?!*
– *C'est pas à vous que je parle, c'est au chien.*

À la mairie, ils mettent des sapins de Noël, ils les décorent, ils les allument pas, comment vous voulez que les enfants, ils voient la magie ?

– *Vous avez des jolies mains qui vous vont comme des gants !*
– *Eh ben... c'est la Noël.*

Curieusement, depuis que je suis à la retraite, j'ai plus le temps de rien faire.

Marcher dessus est un insecticide naturel.

À la maison j'ai une sonnette et tout le monde frappe, je sais que c'est pas grave, mais bon...

Les chiffres, ça va, mais je suis trop audacieux en lettres.

Ils l'ont dit l'autre jour combien on était sur terre, sept milliards, neuf milliards, je sais plus... on est tellement nombreux qu'on sait même plus.

On est un pays ankylosé, un an de paperasse pour changer une tuile au château de Versailles.

Grève des avions, vols d'huîtres, ils pourraient faire un effort pour être plus gais dans le journal.

Les grandes puissances deviennent des puissances moyennes, les moyennes des petites, jusqu'aux pays de merde qui deviennent des puissances moyennes et après des grands puissances, tout est inversé... le cycle des puissances.

Le quart monde, eux encore on les nourrit, le pire, c'est les pays de l'Est.

J'aime pas ça, c'est trop long, à tous ça leur plaît de rester à table à manger des heures, et en plus, on fait que boire.

— *T'attends quoi ?*
— *Rien.*
— *À force d'attendre rien, ça va finir par t'arriver.*

La critique est facile !

Toutes ces émissions de cuisine à la télé, qui c'est qui fait les courses ?

Plus y'a de monde, plus y'a de la solitude, c'est pour ça que moi je préfère rester tout seul.

Pourquoi ils veulent toujours modifier les lois de la physique, pour faire parler d'eux ?

Je sais que c'est bête à dire, mais il est con comme chou !

Les affaires marchent pas fort, avant c'était les repas d'affaire, maintenant, ils font les petits déjeuners.

Soit vous en avez trop bu, soit pas assez.

J'ai fouillé dans le sac à linge, c'était pas des slips et des chaussettes, c'était sept petits chats !

La France c'est un petit pays, c'est pour ça qu'on boit vite des petits verres.

J'aime pas les fous, ça fout une mauvaise ambiance.

– *La peur n'évite pas le danger.*
– *Je sais, j'ai pas peur en voiture.*

Tout est question d'appréciation.

Le seul vrai produit de la Communauté européenne avant que ça merde a été le vin de table, en son époque...

C'est un restaurant au bord de la route où on mange bien, mais il est triste gai.

Bagdad, c'est le nouveau Vietnam afghan.

Si la Grèce sort de l'Europe elle redeviendra un pays, vous verrez.

Les antiquités grecques valent rien, si elles sont des antiquités européennes.

J'ai pas raison ?

Vous m'arrêtez si je dis une bêtise.

C'est le simple bon sens.

En tout cas, ça a l'avantage d'être cartésien.

C'est un gros buveur de Ricard, quand il tourne au vin, ça me rassure, c'est sa planche de salut.

Les écologistes qui défendent les plantes, j'en entends pas beaucoup défendre les plantes du Ricard.

Y'en a neuf plantes dans le Ricard, c'est une forêt.

— *Y'a même un boucher dans la Lozère qui vend ses côtes de bœuf sur Internet, il a un site, y'a des photos vous choisissez, vous commandez, vous payez avec la carte et ça arrive directement chez vous, un peu comme avant, le boucher qui passait en camionnette, il s'arrêtait devant la porte, il klaxonnait, fallait sortir, là, vous recevez un mail que ça arrive, c'est quasiment aussi bien, pareil.*
— *Rien ne s'invente, rien ne se crée, au fond.*

En période de fête, les bourriches, c'est aussi important que les huîtres.

On sort dans la ville, on se fait avaler sa carte, pire que de la science-fiction.

C'est des pays où le démocrate a autant d'emmerdements que le dictateur, alors à la fin, c'est pas la peine de se faire chier, pourquoi le mec y va se faire chier ? dis-moi non mais dis-moi ! toi qui parles politique, quand je t'entends, avec ta grande gueule, dis-le-moi en face, maintenant que je suis là !

Le canal a cent ans, c'est les arrière-arrière-arrière-arrière-arrière-arrière-arrière-arrière-petits-enfants des premiers gardons qu'on y pêche maintenant.

Tu vas voir où je vais lui mettre sa philosophie.

Ne me dites pas que les tours de la Défense sont nos châteaux modernes !

En Amérique, le racisme, c'est la coutume.

Moi j'vous le dis, on se prépare des siècles qui déchantent !

– C'est quoi ?
– De la mimolette.
– Je peux ?

Nous, à huit heures on est au lit, on boit comme les poules.

– Dans cette rue, y'a toujours eu des gens.
– Pourtant elle est pas exceptionnelle, elle est droite.

Moi ce que j'aime bien lire dans le journal c'est le regard des médias.

T'es emblématique toi, comme mec.

Deux bras, deux jambes, heureusement que pour les idées on est moins tous faits pareils.

Quand on voit la grosseur de certains Arabes dans Paris, on ne peut pas appeler ça l'immigration de la misère !

Je vois aucune différence entre les bananes que je mange l'été et les bananes que je mange l'hiver, c'est le même goût, c'est pas une question d'être insensible.

Vous pouvez leur prendre, c'est un calendrier normal même si les pompiers sont bénévoles.

– *Il avait tellement peur de mourir qu'il s'est suicidé.*
– *Il en parlait tout le temps.*
– *Plus on a peur de la mort, plus on meurt tôt.*
– *C'est des déblatérations de cons vos conneries.*
– *On parle d'autre chose.*
– *C'est pas parce qu'on parle de lui que ça le fera revenir.*
– *Fallait le faire revenir avant.*

La France a une âme rurale, même sur les Champs-Élysées, ce sont les arbres qui sont décorés.

C'est un couteau de chasse ? avec un tire-bouchon ? vous chassez quoi ?

Il faut boire du vin tous les jours si vous voulez faire votre vinaigre à vous avec les fonds de verre, un vinaigrier, ça s'alimente, moi j'en ai eu un vinaigrier à une époque, mais j'avais la cave en dessous.

L'enfance qui meurt en nous faut s'en débarrasser, sinon ça pourrit d'dans !

Une gamelle de dix litres de vin chaud, elle la porte toute seule depuis le comptoir jusqu'à la place, tous les ans, elle nous fait la démonstration de force.

– *J'ai jamais vu une patronne comme Irène.*
– *Jojo, elle était bien aussi.*
– *C'était pas pareil.*

Le cafard de Noël, il est gros, il est rouge.

Faut arrêter le vin chaud hallucinogène !

Le vin chaud place Saint-Sulpice, ça n'existait pas du temps de Perec, il ne s'en souviendrait pas.

Je me souviens de l'alzheimer.

– *Vous dites Perec ?*
– *Perec.*
– *Moi je dis, Georges Perec, jamais Perec, comme Georges Brassens.*
– *Moi je dis Brassens, jamais Georges Brassens.*
– *Georges Pompidou.*
– *Pompidou.*
– *À chaque fois vous dites Georges.*
– *Chaque fois.*
– *Ça rallonge.*
– *J'ai le temps.*

À Paris, je crois qu'il ne reste que deux éditeurs qui ont encore des étagères qui penchent, je crois que c'est rue de Condé et rue du Cherche-Midi.

– *Vous aimez qui vous en littérature ?*
– *En littérature ? je ne sais pas qui j'aime... par contre, je vis avec Sagan.*

– *La Noël, ça veut plus rien dire.*
– *Et le premier de l'an, vous croyez que c'est mieux ?*

– *Il paraît que c'est le plus grand poète polonais du vingtième siècle.*
– *C'est pas difficile d'être poète polonais non plus.*

Goûte, c'est du jambon que j'ai tué.

– *Tous les cerveaux français partent à l'étranger.*
– *Qu'ils y restent ! on s'en fout des cerveaux !*

Le principe est le même à chaque fois.

C'est pas parce qu'on est plus petits que les autres que les autres sont plus grands.

Avant, c'était toute une époque !

Vous nous faites chier à tirer vos gueules de Noël !

– *Il est saoul depuis ce matin.*
– *Évidemment, il picole depuis hier.*

C'était pas chargé en actus, ce matin.

Toi c'est pareil t'es pas mieux.

– C'est le libraire qui me conseille.
– Moi c'est pas mon boucher qui va me dire ce que
je mange.

Le ciel, la mer, la falaise, les nuages, le bateau, la tempête, les oiseaux, c'est déjà fini, t'as rien à faire, t'as plus qu'à peindre.

Je sais pas si tu te souviens tu m'avais ramenée en bus porte de Choisy et j'avais du muguet prévu pour offrir à ma mère et c'est là qu'on est tombés amoureux on se connaissait pas.

– Qui ?
– À Douai.

Ta gueule.

Quand on donne la vie, ça fait un gros ventre, mais ça n'a pas tellement de rapport, au fond.

Vous me faites tous chier !

Toi t'es master con.

– C'est insupportable de ressembler qu'à soi-même.
– Moi je crois rien.

Il neigeait, il pleuvait, il neigeait, il pleuvait, et ça c'est pas du changement climatique.

Il est con, et alors ? Il va faire quoi à la place ?!

– Moi je sors plus de chez moi... sortir pour aller où ?
– Moi c'est le contraire, je rentre plus chez moi...
rentrer pour quoi faire ?

On est rien sur la Terre, et dans l'univers, c'est pire.

Sur toutes les photos tout le temps il fait la gueule,
y'a que sur la photo sur sa tombe où il a un sourire,
je sais pas où ils sont allés la chercher celle-là...

On est bien cons de payer pour les Grecs, ils nous
donnent quoi eux ? Ils rigolent et ils vont se baigner.

– Tu rebois un coup ?
– Je peux pas, j'ai les crabes dans le camion.
– Fous-les nager dans la fontaine.

– Ça a gelé ce matin, ça glisse.
– Allez pas vous casser une jambe devant le café,
c'est encore moi qui serai responsable, même un
client saoul qui a un accident de voiture, c'est le café
qui est responsable, je les force pas à se saouler chez
moi, je vais pas vous forcer à tomber devant ma porte.

Je vois pas le rapport entre les huîtres et Jésus.

Des milliards d'euros pour faire des pistes cyclables, et ça, que pour les vélos.

Il a eu une belle queue votre chien pour la Noël.

Toute la route à eux, ils se prennent pour des vaches
sacrées les cyclistes !

Elle aime lire ? Achetez-lui le Goncourt, ils le vendent à Carrefour.

Tout fait grossir, à partir du moment où vous avez la propension.

– *Moi je maigris en buvant.*
– *Bravo pour vous.*

– *La cuisine japonaise est la meilleure du monde !*
– *En attendant, ça les a pas empêchés Hiroshima.*

J'ai mis des boules de gras, aucun y a touché, c'est de plus en plus difficile de faire plaisir aux oiseaux.

– *C'est nous qui sommes les microbes, on détruit la Terre, pire que les chenilles.*
– *Elles bouffent tout, elles laissent rien, vous avez raison, pire que nous.*

– *Si c'est trop long, je lis pas.*
– *De toute façon si un livre est trop long, c'est qu'il y a des choses en trop.*

Je peux manger du sucre parce que moi, je fais du diabète salé.

Tous les Simenon les uns après les autres, on voit que c'est écrit comme du déroulant.

Les Égyptiens, mon gosse il fait les mêmes tas qu'eux avec des sucres.

– *Le gamin va pas sortir dans la rue pour montrer son jeu vidéo, alors qu'avec les panoplies, les gamins sortaient dans la rue le jour de Noël pour faire voir les cadeaux.*

– *C'est mon père qu'il m'amenait au café pour que je montre mes cadeaux et il buvait des coups.*

– *L'arc et les flèches avec les ventouses au bout.*

– *En patins à roulettes une fois, dans le bistrot !*

– *Son boudin blanc, il est comme ça ! On va toujours chez lui, même si ça nous fait loin, on regrette jamais.*

– *Y'en a bien qui ont fait le tour de la Terre pour chercher des épices.*

On y revient toujours, à la volaille.

Dans les boîtes de chocolats, c'est souvent le deuxième étage qui crée la déception.

On voit bien qu'il y a la France d'avant et la France d'aujourd'hui, rien que quand vous regardez la charcuterie à côté de la boutique SFR, c'est plein d'enseignements.

La charcuterie existait bien avant le téléphone !

À neuf ans, il a reçu un abonnement à un journal... eh ben... des cadeaux comme ça...

– *En Syrie, ça a continué à tirer dans les rues, ils ont même pas eu la trêve de Noël.*

– *Ils ont qu'à être chrétiens s'ils la veulent !*

Mettre quelqu'un en prison, à la limite, je sais même pas si c'est légal.

– *La Noël, c'est une angoisse pour les plus pauvres.*
– *De toute façon, ceux-là, ils sont tout le temps angoissés.*

On devrait pas payer ceux qui aiment leur boulot, et ceux qui se font chier, les payer double.

– *Les livres, souvent, je lis que le début et j'abandonne.*
– *Oui... alors c'est pas la peine d'acheter une liseuse électronique si c'est pour lire que le début.*

Si c'est déjà mondialisé, je vois pas l'intérêt de faire l'Europe.

Je suis fatigué d'un monde sans monde.

Toi qui es cartésien, tu boirais quoi comme vin avec un clafoutis ?

Les fêtes, c'est le seul moment où on passe inaperçus nous les alcooliques, parce que tout le monde boit un coup.

Il est polycrotte votre chien !

Qu'est-ce que vous voulez que je vous dise ?

Ça lui passera d'être suicidaire.

Tuer, c'est quoi ?

On a beau parler, ça change rien, je vois pas pourquoi on se tairait.

Moi mes pieds sont trop loin.

La peine de mort, ça fait surtout peur quand le mec est innocent, tout le monde s'en fout si on tue un coupable, c'est plus dissuasif si on décapite des innocents, en fait.

Jamais tu rotes toi ?

En voiture, on est comme dans le ventre maternel, c'est pour ça qu'on aime rouler.

Lui c'est rien, c'est mon mari.

— *Ça vous dérange pas de touiller le sang à la main ?*
— *Ah non, c'est le charme du métier.*

Les yeux, c'est pas fait pour loucher.

C'est pas la peine de faire du 3D, le cinéma français, en 1D, ça suffit bien, et souvent, c'est un Noir.

Tout fait plus de mal que de bien.

Chaque fois qu'on vote, ça change quoi ?! On a un président, et après ?!

Les bébés qui vont payer nos retraites, moi ça m'intéresse plus, je serai mort.

– Elles sont minuscules vos toilettes !
– Exprès, faut pas théâtraliser.

*– L'argent du Téléthon, ils le mettent dans l'immo-
bilier.*
*– Là tout d'un coup ils sont plus génétiques les
immeubles !*

Toute la France qui se rue pour acheter son boudin
blanc, vous appelez ça un grand pays ?

Son risotto est une mascarade !

Le gaz n'est pas un service public, même au
contraire, ça explose.

Le prix Goncourt au premier venu, c'est comme ça
que ça marche maintenant... des écrivains ni d'Ève
ni d'Adam !

Le musée d'Art moderne, ça fait très amateur.

– Cinq douzaines !
– Un pompier bénévole ?
– Non.
*– Parce qu'en Bourgogne, c'était un pompier béné-
vole qui mangeait quatre cents escargots.*

Les commandements, c'est dix ou c'est cent ?

Le diabète, le cholestérol, l'alcool dans le sang, la
circulation sanguine, c'est l'égout.

Ils nous disent que la vie s'allonge mais moi, j'ai pas l'impression.

Soixante millions de Français, si tout le monde prend trois kilos, calcule, ça te fait cent quatre-vingts millions de kilos de Français en plus, c'est comme si t'avais trois millions de Français en plus, juste avec les repas de fête.

– *En littérature, je me suis arrêté à Zola, en peinture, je me suis arrêté à Van Gogh.*
– *Vous êtes descendu vite du bus !*

Le jambon et les coquillettes, ça va ensemble, alors que ça n'a rien à voir.

Les vacances rapportent plus à l'économie que quand on travaille, en vacances, on achète plein de conneries.

On prend de l'essence, on paie, on achète du pain, on paie, on boit un coup, on paie, c'est toujours les mêmes qui paient !

Le musée de l'Homme, tu parles, c'est que des bestioles !

– *Elle est où la page tiercé ?*
– *C'est pas ça ?*
– *Non, ça c'est rien, c'est un truc sur l'Europe.*

Sur les îles, c'est plus le dollar qui marche que l'euro.

– J'aime pas le temps qui passe.
– Le temps qui passe pas, c'est pas mieux.

– Je lis pas, je sais, c'est un défaut, je lis pas.
– Vous savez, y'a pire comme défaut.

Les vieux, ça restait assis près de la cheminée et ça entretenait le feu, aujourd'hui, ça reste devant la télé et ça change les chaînes.

L'an 2000, soi-disant ça devait être la fin du monde, ça a rien changé, alors c'est pas des petites élections qui vont changer quelque chose.

– Meilleurs vœux.
– De ?
– Bonheur.
– Les vœux, faut finir ses phrases.

J'ai vieilli en une seule fois, je me garais avec la voiture, je suis descendu, j'avais vieilli, en une seule fois, je revenais d'Agen.

La famine, si ils refont des gosses, ça risque pas de s'arranger.

Boire du beaujolais nouveau à Noël, je sais pas comment vous faites.

C'est comme Christophe Colomb, tous les hommes qui ont marché sur la Lune, on se souvient que du premier.

J'allais dans un café qui portait un nom d'oiseau.

– *Il est bien fleuri le cimetière.*
– *C'est du gâchis ! Qui c'est qui en profite de ces fleurs, pas les morts !*
– *Et le respect des morts.*
– *Les morts, ils s'en foutent du respect !*
– *Vous aimez pas les morts, vous.*
– *Les morts, je m'en fous, j'en connais pas.*
– *Tout le monde en connaît !*
– *J'ai pas de famille.*
– *Des amis décédés.*
– *Oui, j'en connais, mais ça va pas loin, c'est bonjour au revoir.*

Dans mille ans, on se souviendra de rien, vous en savez beaucoup des choses qui se sont passées en 1012 ?

Il faut relativiser.

Y'a dix fois plus de fleurs au cimetière que dans une école maternelle.

Tous les ans, ils trouvent des nouvelles espèces au fond des mers, qu'on connaissait pas, alors les espèces, on risque pas d'en manquer.

Y'a pas que le nucléaire qui fait de l'électricité, y'a tout ce qui est dynamique.

Me dites pas que oui et non c'est la même chose !

– *Des Noirs au cinéma, on en a qu'un, c'est comme les naines à la télé, on en a qu'une.*
– *On va pas avoir trois cents naines non plus !*
– *Deux.*
– *Deux naines ? Pour quoi faire ?*

Je dois pas vivre sur la même planète parce que le réchauffement climatique, moi, j'ai tout le temps froid.

– *T'as des gosses ?*
– *J'aime pas la foule.*

Il faut attendre 2222 pour avoir une date intéressante.

À l'automne, les végétaux s'endorment, c'est le vent qui les fait bouger, sinon eux, ils ne bougent pas.

L'an 2000, il aura fait plus vite à s'éloigner qu'à s'approcher.

Ça fait mille ans que j'ai pas bu un calva.

Le temps, j'aime pas en parler, même si je sais qu'il en faut.

Beethoven, on disait Bite au Vent, mais c'est le seul.

– *L'alcool, c'est une fuite en avant !*
– *Fuir en avant, déjà, c'est bien.*

Même si on trouve une planète habitée, c'est pas pour ça qu'on baissera la musique.

La banquise fond, ils nous disent ça maintenant, mais la glace, ça a toujours fondu.

Bientôt, les footballeurs, ils joueront le match en roulant sur l'herbe sans descendre de la Porsche.

Du dom pérignon, même Einstein il le boit, il compte pas les bulles.

Un bébé dans le ventre, ça serait plus propre dans les poumons.

Moi je trouve que le vingt et unième siècle passe plus vite que l'autre.

– *Avec le portable, on peut toujours savoir où t'es.*
– *Moi je suis toujours ici.*

Un décès à la Noël, vous passez devant les charcuteries pour aller acheter un cercueil, tout s'embrouille.

L'arbre, tu le plantes dans le jardin, il reste là, il grandit avec toi, il est fidèle, il se barre pas avec un autre arbre plus jeune.

Le Mozambique, c'est pas la famine, eux, c'est le café.

Même quand je suis seul, je prends toujours une baguette, une demi-baguette, ça fait encore plus seul.

D'une manière générale, j'aime pas parler dans l'absolu.

Une chanteuse qui meurt, c'est pas la première fois qu'on voit ça.

– L'ouvrier, maintenant, c'est lui la matière der-
nière.
– Houlà !

Je sais pas pourquoi, toutes les matières premières,
elles sont toujours dans des pays loin.

Relever la TVA sur les bistrots, c'est dégueulasse,
ça va toucher qui ? Les plus pauvres qui travaillent pas.

Et d'une, c'est vrai, et de deux, je sais plus ce que
je voulais dire.

C'est pas la vieille Bettencourt qui passe ses journées au bistrot.

Un verre d'eau tiède avec du jus de citron, moi c'est
mon remède après les agapes.

– On avait perdu face aux All Blacks, mais en fait
on avait gagné.
– Y'a que la France qui gagne quand elle perd.

Des milliards de milliards de milliards d'euros qui
sont partis en fumée, on a pas vu de fumée, en plus.

L'Afrique, ils ont toujours mal quelque part ceux-
là !

L'année 2011, j'ai rien foutu.

– Vous donnez votre sang et à la place on vous fait
manger du jambon.
– Quel rapport ?
– C'est ce que je vous dis !

Si ma mémoire est bonne, t'es un con, toi ?

On en entend jamais parler de la grippe des Esquimaux.

Une boîte, ça sert toujours.

Tout ce qui concerne l'islam, vaut mieux que je me taise.

Je préfère être sanctionné par un gendarme que par une machine stupide !

– *C'est quoi votre résolution pour cette année ?*
– *Crever !*

Si le verre est mal lavé, tu te récupères tous les gènes.

– *Elle est où la petite ?*
– *Je l'ai remise dans le berceau, j'y ai fait aussi attention que si c'était la mienne.*

Il a plu de la neige toute la nuit.

La chanteuse française qui vend le plus de disques, elle chante en breton, c'est pour dire.

– *Je m'excuse pour hier... j'étais énervé... je pourrais avoir un demi ?*
– *Non non non ! je la connais l'opération séduction !*

Jamais on a vu un escargot qui habite dans la coquille de ses parents.

À l'époque, les écolos, ils nous auraient fait chier pour garder les dinosaures.

Les Restos du cœur, moi je veux bien distribuer de la bouffe, mais je veux pas qu'ils me fassent chier à me raconter leurs malheurs !

Je préfère un pot de fleurs sur la fenêtre qu'une parabole, mais c'est mon avis.

Y'a qu'une grotte de Lascaux, mais des tours Eiffel, y'en a pas cinquante non plus.

Les humoristes, faut pas les payer, pour voir combien de temps ils rigolent.

– *Les ardoises qui brillaient sur les maisons des pêcheurs, on aurait dit des bancs de poissons sur les toits, franchement.*
– *Franchement quoi ?*
– *Franchement.*

La citronnade c'est pas du citron, d'ailleurs la preuve, on en met pas dans les huîtres.

Même Picasso qui était un génie est pas enterré à plus de deux mètres.

– *Jeanne d'Arc, c'est un homme.*
– *Arrêtez de dire des bêtises, tout ça, c'est du* Voici *!*

Je suis de Nancy mais j'habite à Tours, je vis entre deux mondes.

— C'est un pitbull ta femme !
— Elle t'a envoyé chier.
— T'as vu ce qu'elle m'a dit ?
— Que t'es une sous-merde.
— C'est un pitbull ta femme !

T'as bu quoi hier pour boire un galop à c't'heure-là ?

Au moins la Lune éclaire la campagne, alors que Mars éclaire rien.

— Une bombe, soixante-quatre morts !
— C'est facile de faire des attentats là-bas, ils ont le marché tous les jours.

Le poulet rôti, c'est parfait comme odeur.

— Quelle heure il est ?
— T'as pas de montre ?
— J'ai pas de montre et je vous emmerde tous !
— Quand on emmerde tout le monde, on demande pas l'heure.

On est un pays riche, on pleurniche, on est tout mous, on est des biscuits dans le champagne.

Les douze huîtres, elles savent pas qu'elles sont douze.

C'est pas n'importe qui qui peut être Jeanne d'Arc.

L'eau était gelée dans les tuyaux, on a fait les pâtes à la gnole.

— *Hollande, il a maigri, c'est avec ça qu'il veut être élu.*
— *De Gaulle, il a pas maigri, il a fait la guerre, lui !*

Le pire, c'est manger de la mayonnaise avec une moustache.

— *Tu téléphones au volant, six points !*
— *Bientôt, tu parleras à ta femme, on te retirera le permis.*

Tu devais être efficace toi à Air France, surtout quand y'avait des grèves !

Les vieux, ça a toujours existé.

— *Y'en a un que je hais, c'est le moustachu en hélicoptère qui fait des photos.*
— *C'est celui que son fils chante ?*
— *Non, ça c'est l'autre con avec des dents de lapin qui écrit des bouquins à la con sur les pommes.*

Souvent dans ce qu'on jette y'a la moitié encore qui est bonne à manger, on devrait remanger ce qu'on jette, au moins la moitié, et remanger encore la moitié de ce qu'on a jeté jusqu'à ce qu'on ait tout mangé de ce qu'on jette, ça ferait moins de gâchis.

Je connais que des poèmes que j'ai appris à l'école, y'a que là que y'en avait.

Moi je dis ça mais je m'en fous.

C'est pas moi qui le dis, c'est ma sœur.

— Je lave, ils resalissent, je relave, ils resalissent.
— Ah oui vous avez raison, la saleté, c'est sans fin.

Juste à la seconde où tu meurs, y'a plus personne, c'est sans intermédiaire.

— Chaud devant !
— Y'a personne.
— Je parle aux mouches.

Je fais de la moto, j'aime pas la voiture, ça roule à quatre pattes.

— Les boules à oiseaux, ils y touchent pas.
— Faudra les envoyer en Afrique, qu'ils comprennent ce que c'est la faim, les oiseaux !

On y voyait pas à cent mètres mais à cent mètres c'est pareil, c'est de la route.

Le vaccin, c'est comme si vous lui retirez son permis, au microbe.

Môme, j'aurais préféré qu'on me mette à la SPA plutôt qu'à la DASS, avec des chiens et des chats comme moi.

J'ai rien contre les rides, mais ça dépend où.

À New York, y'a de quoi se poser pour un oiseau.

C'est le troisième chat qui se jette par la fenêtre quand je passe l'aspirateur.

Vous en connaissez des femmes clowns ? C'est un métier d'homme ! Vous avez vu comme ils s'assoient à côté de la chaise ?! Et puis n'empêche la trompette faut souffler dedans.

Les grandes plaines, on voit loin, mais souvent, y'a rien à voir.

– *C'est qui ?*
– *Rien, c'est le chien qui s'est mis sur la place du chauffeur, c'est lui qui klaxonne.*

Les chats voient la nuit mais le mien ça lui sert à rien, il dort.

– *Un café ? Un blanc ?*
– *Je suis pas réveillé... je vais prendre le blanc, je boirai le café après.*

Le taureau de combat, ça se mange, mais vous avez intérêt à bien le faire cuire.

Cinq cents pages ?! qui c'est qui lit ça, aujourd'hui ? à part des malades.

Les Le Pen, on a eu le père, la fille, un jour on aura les chiens.

C'est pas en cherchant midi à quatorze heures que vous serez à l'heure au travail !

Un fils de Dieu qui se fait buter à trente-trois ans, c'est pas vraiment une pointure.

On a pas le droit de pêcher le thon rouge, mais c'est après qu'il est coupé en deux qu'on sait qu'il est rouge.

— Le cinéma, pour un film qui marche, vous avez vingt films qui partent à la poubelle !
— L'école en France, c'est pas mieux.
— Et les coquilles Saint-Jacques ?!

Le cinéma est devenu parlant, la radio finira en images.

C'est pas moi qui dirais le contraire ! Au contraire.

J'aime bien regarder les conneries à la télé, j'ai les yeux pas fiers.

C'est dangereux une voiture familiale, on met tous les œufs dans le même panier.

— Les déchets nucléaires, ça reste dangereux des milliers d'années, on sera tous morts qu'ils seront encore là !
— Alors qu'est-ce qu'on s'en fout ?

À part le rond, les autres formes, c'est copié sur le carré.

J'ai jamais voté, et c'est autant le bordel que si je l'avais fait.

Pour moi, Paris, c'est la gare d'Austerlitz, même avec un nom comme ça.

J'ai pas besoin de courir dans la montagne pour être vivant, je bouge le petit doigt, ça me suffit.

– C'était mieux avant.
– Avant quoi ? Avant-hier ?

La poésie, je la survole.

Y'en a plus des triperies, les tripes, elles restent à la maison.

Faut parler, faut écouter, je peux pas être partout à la fois !

– Quand j'étais petit, dans la rue, juste là que vous voyez la camionnette avec le poisson qui rigole, devant la poissonnerie, y'avait une chanteuse.
– Elle chantait quoi ?
– Oh vous savez, des chansons.

J'y comprends rien.

Do, ré, mi, fa, sol, la, si, do, ce qui est bien, c'est que y'a pas une note qui ressemble à une autre.

– Ta gueule !
– Tu fais ce que tu veux.

Ça fait longtemps qu'on en voit plus des poissons rouges sur les comptoirs.

Vous buvez plus vite que votre verre vous !

Goethe, qui c'est qui connaît ?

L'histoire j'aimais pas, la géo non plus, remarque c'est normal, si t'aimes pas l'un, t'aimes pas l'autre.

– *C'est vous qui habitez la maison grise ?*
– *Oui, mais avant, elle était jaune.*
– *Avec les volets rouges ?*
– *Oui, ils l'ont toujours été.*
– *On la voit de loin.*
– *On laissait allumé dehors, c'est comme ça que mon père rentrait le soir du Café de la gare.*
– *Il était cheminot ?*
– *Avec une pension d'invalidité, c'est pour ça que je suis pupille de la Nation.*
– *Ah, très bien, très bien, c'est quoi que vous buvez ?*
– *Du rouge avec de la limonade.*
– *Tiens ?*
– *Plus personne en boit, je suis le dernier.*
– *Ah, très bien, très bien.*
– *Des Mohicans !*
– *Ah, très bien, très bien.*

Ça n'arrange rien que la France ne soit pas une île.

L'Europe, ça marche pour personne, et l'Euromillions, ça marche que pour un.

J'y joue pas à l'Euromillions, je vais pas plus loin que le Super Loto.

— T'étais où ?
— Là.
— Je t'avais pas vu.
— Je suis pas grand, mais quand même !
— Je regardais dehors.
— Si tu regardes dehors, c'est sûr, tu me verras pas dedans, c'est une lapalissade !
— J'attends le maire.
— Il est là ! Faut mettre des lunettes !
— C'est pas ça, je regardais dehors.
— Y'a quoi dehors ?
— Je sais pas, rien, je regarde si il pleut.
— Il pleut ?
— Je sais pas.

Je vois pas pourquoi il faudrait tout expliquer.

C'est pas un apollon, son chien.

— On a perdu le triple A.
— Si tu crois que tu l'avais encore !

Pour moi, parler avec quelqu'un, c'est une marche d'escalier.

J'aime bien débattre, plutôt que boire idiot.

Globalement, c'est quoi la durée du travail ?

On va tous mourir un jour, faut pas se mentir !

J'avais une obligation de sang-froid, avec ma femme et les deux gosses dans la voiture quand il s'est mis à neiger sur la route après le vin chaud.

– Pour pas pleurer, vous épluchez les oignons sous l'eau.
– Pour pas pleurer, faudrait tout faire sous l'eau.

On est dans le troisième millénaire ? Ça se voit pas !

La tour Eiffel, ça sert qu'à monter dessus.

Un blanc, je suis en codes, deux blancs, je suis en phares.

On me retire mon permis, je m'en fous, je roule sans permis ! On me retire ma bagnole, je m'en fous, j'y vais à pied ! Faut pas me faire chier !

Hollande il a maigri, mais si il est élu, vous allez voir comment il va regrossir !

La France, t'as des châteaux partout comme avec les rois, président de la République, mon œil !

Tu meurs quand le cœur arrête de battre, c'est le capitaine qui quitte le navire en premier.

– Il me reste vingt secondes !
– Un kir ?

Les fleurs, c'est une forme d'autisme.

– J'ai des fourmis plein le bras.
– Vous mettez trop de sucre dans le café !

Si tu veux arrêter de boire, avec eux tu peux pas, ils te font la tactique de guérilla.

J'ai toujours connu l'escalier de la tour Eiffel en panne.

– *Ce qui me fait chier, c'est le monde réel.*
– *Tu voudrais faire quoi ?*
– *Pâtissier.*

Ça fait vieux moi je trouve un jeune qui est tout le temps au téléphone.

Elle sait pas plier une serviette, alors c'est pas pour lui demander la béchamel !

J'aime bien Europe 1 à cause des publicités, ça me fait sortir.

Ils tirent à la kalachnikov pour du poisson surgelé !

J'ai un alibi pour la merde ici hier soir, j'étais au Saint-Jean.

Les lois de l'apesanteur, faut pas non plus trop tirer dessus.

Le téléphone arabe, faut pas répondre.

Ça fait longtemps que j'ai pas vu douze œufs ensemble.

Mon grand chêne, il a mis douze ans à mourir, et sans se plaindre !

– *J'imagine pas un catholique avec une bombe autour du ventre.*
– *Un catholique, c'est plein de coq au vin.*

– Quand vous arrivez de la porte d'Italie et que vous entrez dans le Kremlin-Bicêtre, c'est la première à droite, c'est là que je suis tout le temps.

– Vous êtes précis comme l'armée américaine.

Ségolène Royal, elle m'a dégoûté des femmes qui rigolent.

– J'aime bien les gestes, quand vous passez la lavette, je regarde.

– Y'a mieux comme geste !

– Quand vous beurrez une tartine... aussi, les sandwichs.

– Regardez votre verre !

– Moi je tremble, c'est pas jojo.

– C'est le monde à l'envers !

– Pourquoi ? Quelle heure il est ?

À l'époque, dans le village, y'avait dix bistrots, et en plus on allait boire les uns chez les autres, c'était pas possible de pas boire un coup, c'était un village piège carnivore !

Il met son clignotant et il tourne pas, c'est du bavardage inutile !

Le vent, ça rend fou, à cause des cheveux qui tourbillonnent.

Les rouges-gorges, ils sont tout le temps en train de se pencher sur les flaques, c'est le seul endroit où ils peuvent se voir la gorge.

– *Jamais mis les pieds dans une église.*
– *C'est le cœur qui faut mettre, pas les pieds.*

C'est quand on vieillit qu'on devient raciste, ça a rien à voir avec les idées.

Si je suis mort, je préfère qu'on me le dise.

Je rentre dans l'agence, le mec me reçoit pour mon prêt, il avait de la sauce tomate ici, ah je vous jure, y'a des livres à écrire !

C'est mieux d'être racistes plutôt que de s'ignorer.

Quand le film est trop long, à la fin je me rappelle plus le début.

– *Un blanc ?*
– *Comme d'HABITUUUUUUUUUUDEUUUUU !*

À la limite je préférerais mourir un mardi, c'est un jour de marché.

– *Je sais pas pourquoi, vous me donnez envie de manger du poisson.*
– *C'est le caban.*

T'incinères un menuisier, ça prend tout de suite !

J'aime pas aller manger chez les gens, ça me rappelle quand j'étais petit, on peut pas se lever de table.

Ils ont enlevé tous les animaux du zoo pour les travaux mais ils ont laissé les girafes parce que ça passe pas.

Avec ses calculs rénaux, plus il pisse, plus il a la bite qui s'allonge comme une stalactite.

Partout les villages où le temps s'arrête, c'est plus que des vieux qui vivent, dommage que le temps s'arrête jamais sur les jeunes.

C'est pas du masochisme, mais le premier demi c'est cul sec !

Moi je me souviens que l'enfance à la campagne, on voyait à travers.

Y'a plus que Pierre Bellemare qui dit « rocambolesque ».

– *Elle en est où ma balance des paiements ?*
– *T'es la Grèce !*

C'est bizarre parce que Picasso était le moins picoleur de tous.

La France dégradée avec Sarkozy, c'est pas pire qu'avec Pétain.

Les rayons X, ça voit à travers les murs, ils s'en foutent de ton slip.

Depuis Marie Curie, citez-moi une bonne femme ?

La bosse du bossu, faut la compter dans le poids ?

Le sida, on connaît la forme, mais le cancer, vous l'avez déjà vu dessiné vous ?

Même si elle est blonde Catherine Deneuve, je préfère Bourvil.

Je vais toujours au même bistrot, je vois toujours les mêmes gens, je bois toujours la même chose, comme ça, je sais où je suis quand il faut que je rentre.

Le chef d'orchestre, il fait moins de kilomètres qu'un serveur mais c'est les bras qui font du chemin.

– *À Auchan, elles ont encore des varices toutes celles qui restent debout dans le froid.*
– *Et ils appellent ça des magasins modernes !*

Elle est bien tuée votre viande ?

Le poisson attend plus rien de Bruxelles.

J'aime bien l'humour absurde par rapport à l'humour qu'on comprend.

J'espère qu'ils ne vont pas l'incinérer Rosy Varte, avec ses beaux cheveux.

Si tu crois que j'ai envie de vivre mille ans !

– C'est une Allemande.
– Je vois pas.
– Avec un chien.
– Allemand ?
– Non, un caniche.
– Elle parle allemand.
– Non.
– Je vois pas.
– Elle vient le samedi, elle a la tête toute rouge, elle boit du blanc, elle est marrante.
– Je vois pas.
– On a souvent bu des verres avec.
– Une Allemande ?
– Avec un bonnet rouge.
– Je vois pas.
– Dis donc, pendant la guerre, t'aurais été un bon résistant !
– Je vois pas le rapport.
– Tu bois avec les Allemands et tu te rappelles pas !
– Elle parle pas allemand.
– Tout le monde sait qu'elle est allemande !
– D'où ?
– D'ici, elle a une maison ici.
– Et je la connais ?
– Bien sûr, son chien il a un pull avec des sapins.

Le réchauffement climatique, à part les écolos, tout le monde est pour, si il fait plus chaud c'est pas un mal, moi j'allume le chauffage en octobre, si je peux l'allumer qu'en décembre, on s'en fiche que la banquise elle fonde, pas que nous, les Esquimaux ça les arrange aussi de chauffer plus tard.

– Tu parles sans réfléchir !
– Pour parler avec un mec comme toi, je vais pas réfléchir en plus !

Les courses à Monoprix, ça me plaît, ça me coupe du monde.

Un homme qui devient une femme, on lui met les seins, on lui enlève la bite, c'est impossible qu'on lui rapetisse les pieds.

Les infos du journal, plus la radio, plus toutes les chaînes de télé, Internet, au final on écoute plus, ça radote.

– La France a été dégradée.
– C'est pas la première fois et c'est pas la dernière !

Y'a quoi dans le nez ?

– Plus ils sont pauvres, plus ils ont des gosses !
– Moi je me rappelle ma grand-mère elle avait rien à bouffer à la maison, elle avait vingt chats.

J'aurais pas parié sur le retour de la soupe.

Personne aime se garer.

Les poumons, ça sert à respirer, mais à part ça, ça pousse les côtes, sinon on serait creux.

C'est pas la peine d'aller à la piscine si c'est que pour flotter, il faut faire les mouvements, il faut nager, que flotter, vous pouvez le faire ici, à la limite.

Je suis toujours surpris par la monotonie.

Ça sert à rien le tissu social si tu fais pas un vêtement avec.

Les grandes migrations, vous avez souvent des gros oiseaux qui meurent d'épuisement en vol et qui tombent mais c'est dans les océans, comme les morceaux de navettes.

C'est votre coude ou le mien ?

– *C'est quoi un centaure ?*
– *Un demi-panaché.*

Quand la drogue sera légalisée, ils seront obligés de rendre tout ce qu'ils ont pris aux trafiquants, mais si, vous verrez !

– *Faut pas dormir, monsieur !*
– *Je somnole.*

La bière c'est des bulles, on respire plus qu'on boit quand on avale ça.

Tout le monde se ressemble, aujourd'hui.

– *Ils vous ont coûté combien vos rosiers ?*
– *Je parle jamais d'argent avec mes fleurs.*

Toutes les écoles où je suis allé, chaque fois par terre c'était du carrelage, je me souviens, en cours, je regardais tout le temps mes pieds, c'est pour ça, quand je te dis qu'au Lion d'Or c'est du carrelage, je le sais, j'ai pas changé, au comptoir je regarde mes pieds.

Il est au Panthéon, Napoléon ? Y'a un cimetière là-bas ?

Un kir et un demi ! Comme ça c'est fait !

– *Ils m'opèrent du rein, normalement c'était rien, ils me l'enlèvent pendant que je dors.*
– *C'est du cambriolage !*

La presse gratuite, vaudrait mieux qu'on nous donne le pain.

Quitter l'Alsace, si c'est pour se retrouver ailleurs.

– *Il est bien voilé le soleil aujourd'hui.*
– *C'est musulman comme temps.*

C'est pas la peine de me regarder comme ça avec tes yeux, je n'ai pas de sucre !

– *Ça fait quatre fois que tu nettoies tes lunettes.*
– *J'aime bien l'action.*

Il est gigantesque l'Opéra-Bastille, franchement, les chanteurs ont pas besoin de tout ça.

– *Elles sont où tes lunettes ?*
– *Ça je m'en fous, je trouve plus ma bagnole.*

On se parle plus depuis le premier de l'an.

– *La vodka, ça fait pisser loin.*
– *C'est russe.*

La Bretagne, tu peux la mettre sur n'importe quel pays, on la reconnaît tout de suite.

– *Il est tout paralysé partout comme un légume ?*
– *Non, que le bas en légume, avec les feuilles du haut qui bougent.*

– *C'est dans* Ubu roi.
– *Foutre ! je crois pas.*

Pour moi, une intrigue ne fait pas un mystère.

Là où les gens dansent le plus, c'est après les guerres.

Les poupées russes, c'est une idée qui vient soit d'un problème de chauffage, soit d'un problème de logement.

Moi j'y crois pas au code de la route.

Qui ? Où ? Moi ? Ça m'étonnerait, j'ai pas de vélo.

– *Vous lavez toujours vos verres à la main ?*
– *Vous buvez à la machine, vous ?!*

C'est jamais de la faute à personne !

– C'est un cadeau de la nature, les truffes.
– À six cents euros le kilo, ben merde !

Les prothèses mammaires qui fuient, c'est pas étonnant, quand vous voyez les nez qu'ils font.

Tu sais ce qu'il me dit, qu'il va m'emmener au
commissariat de police ! quand on sait pas parler français, on se tait je lui ai dit ! le commissariat de police !
et moi je suis boucher de la boucherie de viande !
pauvre con !

Pourquoi ils vont pas chercher directement un
nichon sur une morte ?

Le corps, j'en ai pas tellement besoin, je suis tout
le temps assis.

D'un clocher, vous voyez un autre clocher, c'est le
principe des clochers communicants.

On est peut-être des gros cons, mais on fait du
bon jambon !

Y'aurait moins de curés pédophiles si ils étaient en pantalon.

Le jour des attentats du 11 Septembre, j'étais au
café, et le jour de l'assassinat de Kennedy, mon père,
il était au café... D'ailleurs, quand l'homme a marché
sur la Lune, il était encore à Loustalet.

Le prix Goncourt ? Moi j'attends le DVD.

Les voitures évoluent plus vite que nous.

Quand on ressuscite, faut rechercher du boulot ?

– *Pendant qu'on mange, lui il va dormir debout contre le mur dans la remise.*
– *C'est les Hindous.*

Moi, quand j'ai des rapports, je mets toujours une capote, je respecte la charte de qualité.

J'espère que je serai mort le jour où on gardera les troupeaux avec des caméras de surveillance !

– *Vous l'avez vu le film sur le handicapé ?*
– *Le handicapé, on le regardera à la télé.*

Je suis Lion, c'est pour ça que j'aime le barbecue.

Ils nous font chier avec leurs élections !

On a qu'à faire l'Europe avec que l'Allemagne et la France, on l'avait déjà fait pendant la guerre.

Ça vous intéresse Clermont-Ferrand ?

– *Il est où mon verre ?!*
– *T'as qu'à lancer une alerte enlèvement !*

Deux euros le litre d'essence, la Toyota, elle boira plus que des bocks.

Tu verras jamais un globule rouge qui prend la circulation sanguine à contresens.

Manquerait plus que la terre elle s'infecte !

T'as mis ton gros nez pour la journée du patrimoine ?

L'Île-de-France, pour moi, c'est Ouessant.

– Je suis passionnée de généalogie.
– Ah bon, vous avez des ancêtres, vous ?

Avec cent soixante millions d'euros gagnés au Loto, si tu deviens fou, tu peux t'acheter l'HP.

L'alcoolisme, c'est la seule maladie où tu passes pas la journée au lit mais au bistrot.

Moi je dirais, il y a con et con.

Une tête de Berlioz en plâtre qu'elle a achetée dans *Télé 7 jours* ! Après elle se plaint qu'elle a pas d'argent pour s'acheter de la viande ! Elle a qu'à manger Berlioz !

C'est quel signe, Taureau ?

Quand vous voyez la rétrospective, c'est tout un univers !

Moi je dirais que c'est plus une pâquerette qu'une rosace leur vitrail de l'église là-haut.

Qui c'est qui est allé aux cabinets ?! La balayette, c'est pas fait pour les chiens !

Il allume jamais, il fait noir chez lui, c'est pas que de l'ombre, c'est de la nuit qui reste.

Je vote toujours à vingt heures moins une, c'est quasiment moi qui fais basculer.

La moitié du comptoir, ils posent des tartes, l'autre moitié, c'est pour nous les cons.

Il était à l'envers dans le lit, on aurait dit qu'il ronflait des pieds.

Quand c'est des camionneurs, vaut mieux une patronne, pour des employés de bureau, un patron, ça suffit.

L'insémination artificielle, vous mangez pas au restaurant avant et vous buvez pas le dernier à la maison.

Huit notes de musique, c'est pareil dans tous les pays ?

Vous avez déjà vu une bite de cheval ?

– *C'est pas un but d'être fonctionnaire à vie.*
– *De toute façon, des buts, y'en a plus.*

– *Vous légalisez la drogue douce, ils s'habituent, après ils prennent de la drogue dure.*
– *Moi regardez je bois du blanc, je pourrais boire du whisky.*
– *Oui mais vous, vous savez vous tenir.*

– Les nouveaux compteurs électriques, ils sont dehors, les receveurs rentrent même plus dans la maison pour prendre les chiffres.

– Ils font tout pour que personne nous trouve si on meurt !

Évidemment, un poisson risque pas d'aller vadrouiller sur les toits.

– Elle apprend deux langues vivantes, anglais et espagnol.

– Attention ! c'est pas pareil.

Tant qu'il sera pas viré du Café de la Poste on le reverra plus ici.

En 2012 on est que dans la cinquième République, on a eu même pas trois républiques par mille ans.

– Ça, c'est des pastilles que normalement on donne aux sportifs de haut niveau.

– Et tu prends ça toi ? t'es un branleur de haut niveau ?

La télé nous on l'allume dans la salle à manger surtout parce que ça éclaire.

Le ministre de la Santé, c'est lui le vrai responsable des nichons qui fuient.

– Il a payé sa tournée le maire ?

– Non.

– Putain, c'est toujours le peuple qui paye !

Les tulipes c'est fidèle, tous les ans ça revient.

Pourquoi il le boit à la machine son café ? il aime pas les humains ?

Au bistrot, je pense à des choses que dehors je pense pas, mon chien c'est le contraire, ici il moufte pas, dehors il arrête pas de gueuler.

Jésus, je le vois pas bien redébouler.

Les musulmans, soi-disant qu'ils sont pas catholiques, n'empêche, ils ont l'euro.

On a pas tous la même monnaie, moi les billets de cinq cents, je les ai jamais vus.

Encore hier à la télé c'était les pygmées, c'est des peuples reculés qui sont en tournage toute l'année.

Le génocide arménien, y'a un moment, faut arrêter de se plaindre tout le temps.

— *Pourquoi vous proposez pas un apéritif spécial crise ?*
— *J'ai le verre d'eau.*

Le dieu de la mer, la déesse de la chasse, au moins, c'est des dieux qu'on voyait.

— *Ils viennent jamais boire ici les faignants des bureaux !*
— *Faut descendre.*

T'as qu'à dire que t'as la gastro.

Tout le monde passe à la télé, bientôt le plus célèbre, c'est celui qui y passera pas.

Un gros chat persan, avant de le prendre, je savais pas, il pète en cati-mini.

Y'avait même une laiterie !

Un autiste en Ariège, c'est pire, il n'est pas sollicité par l'extérieur.

Un lit qui serait fait en odeur du pain chaud, je me lève plus.

J'ai pas connu ma mère, mon nom-bril, je sais même pas à qui il est.

Un impôt sur le parfum, plus tu pues, plus tu payes.

La traçabilité de la viande, une fois que le boucher l'a vendue, on ne sait plus.

– *Y'a pas de moineaux devant chez Poilâne.*
– *Le trottoir est pas large non plus.*

Le vote des femmes ?! Elles voudraient pas des bul-letins parfumés non plus ?!

Comment vous voulez que ça tienne l'Europe, même l'Union soviétique a explosé, on est pas plus forts que les Russes pour faire des empires !

Le Chinois, il descend de quel peuple ?

C'est rien les gaz d'échappement ! Si les voitures faisaient du crottin, c'est des milliards de tonnes par an rien qu'à Paris !

Je vais me faire greffer un répondeur dans la gorge, pour quand ça me fait chier de répondre.

T'as fait l'enquête sur mon étui à lunettes ?

– *Vous n'avez pas de bière à la pompe ?*
– *Que des bières bouteilles, monsieur, ici, on est encore à la bougie !*

Les écologistes, qu'est-ce qu'ils nous font chier à Paris ?

La croûte, c'est le meilleur.

– *Même les fabriques de soutiens-gorge sont délocalisées !*
– *En Chine ?*
– *En Tunisie.*
– *C'est le Printemps arabe !*

Depuis le temps que l'électricité a été inventée, on devrait plus la payer.

Si vous regardez que une chaîne de télé, les quatre cents autres vous bouffent quand même de l'électricité puisqu'elles sont allumées pour au cas si vous zappez.

– *Ils se bénissent, les musulmans ?*
– *Ils risquent pas d'avoir de l'eau bénite, ils ont pas d'eau.*

Léonard de Vinci, on parle encore de lui mais en général c'est pour dire pas grand-chose.

L'air conditionné, c'est de l'air recyclé, il est jamais changé, le vendredi on respire l'air du lundi.

– *Maintenant quand je picole, le lendemain, je me souviens plus ce que j'ai fait.*
– *C'est des frais pour rien !*

Si on veut revoir des chevaux dans les prés, faudra qu'on en remange.

– *Fais gaffe, y'a les gendarmes en haut de la côte.*
– *La peur évite pas le pastis.*

La viande de serpent c'est du poisson.

Je l'aime pas François Bayrou, il est gélatineux.

La promenade, c'est une notion humaine, je crois pas qu'un animal se promène, la poule elle se promène ? Je crois pas.

La dérive des continents, ça ira quand même pas loin.

Carla Bruni, un cheval président, elle coucherait avec !

Au téléphone, je comprends pas ce qu'on me dit, moi, faut que je voie la figure.

— Vous êtes trop partial.
— La cuisine française, c'est la meilleure, la chinoise, c'est de la merde !
— C'est ce que je dis.

La peau, c'est encore plus important que le reste, c'est ça qui tient tout.

Entre Miss Oignons et Miss Univers, y'a pas tellement de différences, y'en a une qui est moche, et l'autre qui est belle.

La peinture abstraite a donné un peu de liberté, sinon avant c'était une tête deux bras deux jambes !

Le Chinois, c'est haut comme ça, même si des fois t'as des Chinois qui arrivent là, en général ils arrivent là.

Dieu a une barbe, mais il s'est peut-être rasé depuis.

À la maison, c'est le chat qui fait les visites guidées.

L'enfant qui naît mongolien, il garde les séquelles à vie.

Les pigeons vivent à nos dépens, vous avez déjà vu un pigeon qui travaille ?

Un flocon de neige, au microscope, c'est un lustre, une tempête de neige au microscope, c'est une tempête de lustres.

– *Les bonobos, ça baise tout le temps.*
– *Vous mettez ça dans un zoo, plus personne va aux autruches.*

Le blé, ça lui plaît d'avoir des coquelicots dans son champ.

Génération sida, y'a pas de quoi se vanter non plus d'être la génération maladie.

– *Elle sait pas ce qu'elle veut comme livre.*
– *Un sportif, c'est moins chiant !*

On sait rien, finalement.

– *Le sida, on peut l'avoir et ça se voit pas.*
– *C'est bien la peine !*

L'avortement, t'as même plus à te déplacer, ils te le font avec une décharge électrique par Internet.

– *Dans les hospices de vieux, ils enlèvent l'heure.*
– *Ils ont raison, c'est pas la peine d'en rajouter non plus.*

– *La dette de la France, c'est cent trente milliards d'euros !*
– *Je sais pas où ils le mettent le pognon, on a même pas changé de drapeau.*

J'ai horreur de l'injustice ! Je vous dis que c'est pas le mien qui a fait caca !

Le rouge-gorge, c'est que de la vitamine C.

Je vais là, après je vais là, l'après-midi je vais là, je reviens là, j'ai vraiment des journées parallélépipédiques !

Le maquereau, un poisson gras, c'est une façon de parler, c'est pas Depardieu.

Non, je ne fonctionne pas en permanence.

C'est quoi le rapport bénéfice risque en mangeant du gras cuit ?

Dans un iceberg géant, on pourrait sculpter Venise en glace.

Le Ricard, tu te mets la dose d'eau que tu veux, plein d'eau ou pas beaucoup d'eau, c'est de la cuisine presque déjà, avec le système des proportions... Ah oui ! Moi ça m'est arrivé de me rater un Ricard ! Pourtant c'est pas dur ! L'œuf à la coque, c'est pas dur non plus et souvent il est dur l'œuf coque... Un Ricard, c'est pas dur à faire, et des fois, il est trop dur ton Ricard ou trop coque aussi... Pareil... Déjà, faut pas parler quand tu sers un Ricard, faut regarder ce que tu fais, comme des fois les nouilles, tu téléphones et c'est trop cuit, le Ricard, tu sers en téléphonant, t'es pas sûr de le réussir comme tu l'aimes, juste pile l'eau la bonne dose la bonne couleur, le Ricard d'or.

La charcuterie, faut faire attention, ça contient du cochon saturé.

Y'a même plus d'asticots maintenant dans le monde moderne !

Il faudrait maigrir en se taisant.

Dans les bureaux, ils parlent de quoi, de rien, sauf ceux qui boivent en cachette, ils parlent picole, éventuellement.

La malbouffe, c'est pas si mauvais que ça, même, c'est ce que je préfère si c'est bien fait.

Un livre de trois pages, il lit même pas une page !

Le clodo, ses os, c'est ses meubles, il habite dedans.

Où on va, mais où on va, avec cette société on sait plus où on va !?

Habiter au rez-de-chaussée d'un bâtiment de vingt étages, moi j'ai la tête qui rentre dans le cou.

— *On est cinquante-six millions de Français.*
— *Moins quatre, avec les soldats tués.*

Renaud, Mistral gagnant, Ricard perdant.

— *T'as retrouvé tes clefs ?*
— *Oh ! une histoire de fous !*

*– Je vais pas au bistrot pour boire, c'est pour être
avec des gens.*
– Hier, t'étais bien bourré !
– Oui mais hier, y'avait personne.

C'est à contre-courant de faire un gosse dans une
France qui vieillit.

La neige étend son blanc linceul, on apprenait ça à
la petite école, maintenant, la neige, je fais du ski, le
linceul il est sous terre avec l'institutrice.

Je serais femme de chirurgien, je saurais pas quoi
lui faire à manger à mon mari quand il rentre.

Le film qui m'a le plus plu quand j'étais petit, c'est
les haricots qui poussent en accéléré.

Dans le chêne, j'ai toujours eu la même famille de
corbeaux, ils se repassent la branche de père en fils.

*– François Hollande, il a perdu treize kilos en
deux mois.*
– Pour moi, un mec qui perd peut pas gagner.

Elles sont pas faites pour les longues marches, c'est
des chaussettes de l'armée de l'air.

*– Un verre de vin par jour, c'est très bon pour
l'artère.*
– Moi l'artère, j'en ai pas qu'une.

Autour de midi, j'ai le cœur qui bat douze fois,
autour de minuit, pareil.

– Je te sers plus.
– Enculé !
– C'est pour ton bien.
– Enculé !
– Aidez les gens, on vous dira jamais merci.
– Enculé !

Le comptoir est à tout le monde !

– Ils prient dans la rue parce qu'il y a pas de mosquée.
– Moi, quand l'église est fermée, je prie pas dans la rue, je vais au bistrot.

Vous êtes bourguignonne ? Quel cépage ?

On peut avoir de l'affection, même pour une bête de race à viande.

Moi, je peux pas aimer l'entrecôte et aimer l'animal.

Avant qu'on me greffe un foie, je ferais une enquête de voisinage !

C'est à partir de quel âge qu'on a peur de pas se réveiller un matin ?

– C'était quoi le prénom de Toulouse-Lautrec ?
– Toulouse.

– C'est difficile d'arrêter de fumer si t'es entouré de fumeurs.
– C'est comme la connerie si t'es avec des cons.

Il fait jour, les herbes sont gelées toutes droites, c'est la terre qui bande le matin.

Quand la Seine passe à Paris, elle se fait son plein de reflets.

Je suis pas douée en calculs de tête, vous me direz combien qu'y manque ?!

– *Bon courage !*
– *Pour ?*

Deux œufs coquille ! Une recharge 16 !

Je vois pas comment la France peut avoir un destin alors que nous on a pas d'avenir !

Un rosé pour santé mentale !

Alors moi tu vois, Calder, ça me donne le tournis.

C'est mon ex, y me dit que je me respecte pas, c'est pour ça que j'aime pas les gens, pauvre merde ! Redonne-moi un Ricard !

– *On a passé la journée à boire du beaujolais.*
– *Bonne continuation.*

Moi je picole pas tout seul, ou alors c'est rare, je préfère picoler avec un mec qui picole, comme ça on picole et c'est bien.

T'es jeune, t'auras bien le temps de lire quand tu seras vieux.

Tu volerais un Pissarro, toi ?

– Faut pas fumer au comptoir, monsieur, vous gênez les autres clients !
– Vous avez raison, on est un écosystème fragile.

Quand j'étais petit j'habitais Argenteuil, y'avait des Arabes partout, t'avais besoin de sel, de poivre, tu sonnais, on t'en donnait, c'était formidable, je passais devant le bistrot j'entendais clac ! clac ! clac ! les mecs t'sais jouaient aux dominos en tapant sur la table, le dimanche ma mère elle mettait un poulet dans un grand plat avec les patates autour et les oignons, je descendais à la boulangerie, le boulanger le faisait cuire, gratuit, et à l'époque, tout le monde travaillait !

Elle a eu un cancer du sein, ça a guéri, ça a recommencé, après ça a été le cancer du côlon, après encore le sein, c'est le sparadrap du capitaine Haddock.

Il est encore sur scène Galabru ? Eh ben, il a pas envie de mourir celui-là !

– Il a tourné beaucoup de navets.
– Pour les impôts ! C'est les impôts qui font le cinéma en France !

Si j'étais milliardaire, je construirais une maison en tôle pour me mettre en dessous quand y'a de la pluie.

Quand tu vois comment les virages ils tournent, des fois c'est exagéré, c'est juste un con qui a pas voulu vendre un bout de terrain pour que ça tourne moins et du coup nous on arrive et on a pas vu.

Tu reveux un calva ou ça ira ?

Le mieux dans l'inspecteur Derrick, c'est quand ils dansent en boîte de nuit.

www.lasetec.com, c'est nous, les experts de la propreté !

C'est qui le vrai responsable, c'est Dieu !

Le chapeau n'est plus à la mode, mais de toute façon, la tête non plus.

Une fois mon père il m'a mis un coup de poing dans la gueule mais c'était un pied au cul.

Nettoyer les océans, les poissons, ils ont qu'à le faire !

Yvan, je l'ai connu tout petit, j'ai bien connu son père qui est mort dans sa camionnette, il a raté le virage juste devant chez nous, pensez que je le connais.

Ça donne de la gaieté l'amusement.

Si tu regardes bien la télé tranquille, ça te vide la tête, tu lis un bon livre sympa, ça te vide la tête, tu fais une bonne promenade, ça te vide la tête, c'est plus la peine d'avoir une tête.

– *Toi maintenant tu sors !*
– *J'ai rien dit.*
– *Oui mais c'est pareil !*
– *C'est moi qui vais prendre, j'ai rien dit.*
– *Oui mais c'est pareil !*

Une diarrhée peut bouleverser l'harmonie de votre corps !

Je suis un pinceau usé.

Les bouffées de chaleur, j'ouvre les fenêtres, j'arrête le chauffage, c'est bon pour le fuel.

– *Moi, un bébé, rien qu'à le regarder dans les yeux, il s'endort... ferme tes yeux, ferme tes yeux...*
– *Et toi ferme ta gueule !*

La ménopause, j'ai pas attendu d'être au pied du mur, j'ai bu des plantes avant et j'ai arrêté les légumes secs.

C'est qui qu'est mort ?

– *Attention au pouvoir des images.*
– *Houlà !*

– *Il cherchait son père, son père il fait que deux bistrots ici et à côté, il était pas non plus à la maison, il était inquiet le gamin.*
– *Il était où ?*
– *Dans un autre bistrot.*

Partout où je vais, je me souviens de la place des portes.

Si tu passes dans la région, tu nous remets ça ?!

Je suis @ point com ce matin.

– *J'ai acheté du mimosa, il vient de Hollande.*
– *C'est bien la peine d'avoir Nice.*
– *Pour une fois que ça vient pas de Chine !*

La casquette, c'est pas un couvre-chef, c'est un couvre-sous-chef.

L'art abstrait, comment tu peux copier sur de l'autre art abstrait, je comprends pas.

Il a plu toute la matinée, après il a fait un soleil du diable, c'était autoportrait du beau temps dans une flaque.

L'Europe centrale, maintenant avec tous les pays qui sont dans l'Europe, plus personne sera au centre.

– *Tu veux aller manger une crêpe ?*
– *Avec des frites.*
– *Ça existe pas les crêpes avec des frites !*
– *Une crêpe avec des frites.*
– *Si tu continues à faire chier papa, il va prendre un Ricard-Pastis !*

Un livre de la bibliothèque, il passe de main en main, tout le monde le lit, je sais pas comment il continue à y avoir des lettres dedans.

Moi c'est Van Gogh, Picasso, Balzac, Mozart, les autres, je m'en fous.

Moi quand je lis un livre j'aime pas qu'un autre l'ait lu avant moi, j'ai l'impression que ça a changé des trucs.

Le mec mesure deux mètres quarante, c'est le gosier le plus haut de France !

Les rêves, c'est des images en quoi ? C'est en eau ?

Un bar dans la montagne avec des crabes au mur, toi tu dois connaître.

Vous dites de faire A, les gens ils font B, moi je leur dirais rien, et ils feraient encore le contraire !

Y'a plus de blanc !

Les gens, vous savez, c'est tous du pareil au même.

Le cœur est vivant tant qu'on est vivant, quand on meurt il meurt, il a tout intérêt à ce qu'on reste vivant.

Le cœur qui bat toute une vie, moi des fois juste planter un clou sur le mur j'ai mal au bras.

Le cœur, c'est un con !

Donne-moi un kir, parce que toute façon j'ai l'impression qu'aujourd'hui ça va finir au kir alors c'est pas la peine non plus de faire semblant !

Personne m'a jamais dit merci, et faudrait que je dise pardon ?!

– Les plus gros buveurs, c'est dans le bâtiment, ils l'ont dit à la télé.

– Qu'ils nous fassent pas chier la télé ! Quand tu vois Claire Chazal comment elle est bouffie !

C'est quoi l'alcool roi en Mongolie ?

– C'est en période d'après-guerre que le peuple est le plus content.

– Oui, mais pendant la guerre !

– Il faudrait des après-guerres sans avoir la guerre.

– Oui mais là...

Les Américains, ils sont trash dans le gore trop !

– Vous les prenez par deux ?

– Non mais comme hier je suis pas allé le chercher, elle me les garde.

– Vous lisez les deux journaux le même jour ?

– Oh vous savez, c'est toujours pareil ce qui se passe.

Pour moi, quand c'est des ananas qui poussent, c'est plus la France.

– C'est un mouroir cet hôpital !

– À la limite, c'est mieux là qu'à l'épicerie.

Ça nous aura servi à quoi d'aller sur la Lune ? Dépenser des sous pour ramener des cailloux ?

Le progrès, c'est souvent pas celui qu'on pense.

Le vrai progrès ne se voit pas, pour moi.

C'est pas le moment de bâtir des châteaux en Espagne, quand vous voyez le bordel là-bas.

Le tour du monde, par où vous passez vous maintenant sans vous faire engueuler par quelqu'un ?

– *Vous me parlez ou vous parlez tout seul ?*
– *Tout seul !*
– *Oh la tête à claques !*

Même les vaches en Inde, elles ont pas une piste cyclable à elle.

– *Il faut vous reprendre !*
– *Je suis pas du gâteau.*

La vanille et la fraise, c'est du pareil au même, alors que pas le chocolat.

Comme je travaille pas, j'emprunte des sous, je les bois, comme je bois je cherche pas du travail, alors j'emprunte des sous, je les bois, c'est le cercle vicieux.

Les X, les Y, les Z, on les traite pas comme les autres lettres, on les a mis au bout de l'alphabet, c'est le ghetto.

– *Y'en a de plus en plus des femmes voilées au marché !*
– *Mais elles font ce qu'elles veulent.*
– *Faire le marché voilées, elles voient même pas les légumes !*

C'est pas une raison de grossir parce qu'on mange !

– *Ça s'opère un goitre ?*
– *C'est pas ici qu'y faut demander ça.*

Pourquoi l'air il flétrit pas comme nous, passé un certain âge ?

– *La buée sur les lunettes, quand je rentre, elle se met dessus, je vois plus rien.*
– *Le froid chaud sur le verre, c'est le fléau !*

La révolution, ils brûlent les châteaux, et après, ils réclament des logements !

– *Oh ! du mimosa !*
– *Plastique.*
– *Eh ben ! il est mieux fait que le vrai.*

Je supporte pas le tabouret de bar parce que j'aime pas avoir les pieds en l'air quand je picole.

– *L'histoire de France s'écrit à Paris.*
– *Et Marignan ? et les tranchées de Verdun ?*
– *Là, les tranchées, bien sûr, loin de Paris, vous êtes obligé.*

Un pédé qui se tape des mecs, pourquoi il s'habille en femme si il aime pas les filles ?

Étretat, c'est les plus belles falaises de France, c'est du calcium.

L'alcoolisme en France est pas plus héréditaire que les Américains qui ont tous des gros culs, si on va par là.

J'ai pas envie d'aller à l'hôtel pour me sentir comme chez moi !

– *Dans la vie, faut savoir ce qu'on veut.*
– *Un demi !*

Pour moi, même les juifs, c'est des Arabes.

– *C'est la France qui fait le plus de bébés.*
– *Ça, dans cinquante ans, c'est un truc qui va nous revenir en pleine figure.*

Trois fois j'ai marché dans la merde ce matin, j'ai un triple destin.

Je l'ai vu passer une fois en montant une fois en descendant, alors peut-être qu'il est allé boire un coup en haut et un coup en bas.

Toute la peau disparaît dans la tombe sauf là où t'as des tatouages, les couleurs ça reste, ça fait comme des fleurs séchées.

– *Les présidents africains, ils viennent en visite en France et Sarkozy les met dans les châteaux pour qu'ils chassent le cerf.*
– *Quel intérêt pour nous d'avoir des Noirs qui chassent ?*

Même deux cents ans après, la musique classique reste de la musique classique, c'est une musique qui n'évolue jamais.

– *Le 22 janvier, c'est le nouvel an chinois.*
– *Ils ont eu la Noël quand ?*

La mélancolie, c'est dans l'eau qu'elle est.

— *Vous l'avez vu le film avec le handicapé ?*
— *Écoutez, j'en ai déjà un à la maison, c'est pas pour aller en voir un autre au cinéma !*

Sous les mers y'a des baleines mais il pourrait y'en avoir aussi sous les montagnes.

Vingt heures, vingt et une heures, si on abandonne l'euro et qu'on revient au franc, alors qu'on revienne aussi aux horaires d'avant, huit heures, neuf heures.

Le plus gros responsable des implants mammaires, c'est Cetelem.

Vous approchez pas ! J'ai le nez effervescent tellement j'ai le rhume !

Avec moins quinze degrés la nuit, même morts, les SFD, ils puent plus.

— *C'est quoi la langue de Molière ?*
— *Le français.*
— *Pourquoi on dit que c'est la langue de Molière ?*
— *Il est français.*
— *C'est pas le seul qui est français !*
— *J'en sais rien moi.*
— *C'est pas sa langue à ce mec !*
— *Mais je m'en fous moi !*
— *L'autre racaille !*

À vingt ans, j'étais vieux, comme ça, après, je me suis plus emmerdé avec ça.

– Moi je la regarde jamais la tour Eiffel.
– On est pas obligés.

C'est pas parce qu'on est le plus grand acteur du cinéma français qu'il faut faire caca la porte ouverte !

La liberté d'expression, moi je m'en fous, je parle jamais.

Moi le ménage ça me dérange pas de le faire, mais faut que ce soit sale, sinon j'ai l'impression de perdre mon temps.

Je préférerais tuer ma fille que manger mon chien !

Ils lui font la poussière au chiffon, l'aspirateur sur la *Joconde*, t'es malade, ils retrouvent plus de peinture.

Elles sont pas très conviviales vos toilettes !

Je trouve que depuis Delanoë, Paris est mal rangé.

– Plus je lis le journal, plus c'est pire ce qui se passe !
– Arrêtez de le lire, peut-être ça va s'arranger.

Je suis sûr que si ils baissaient les impôts, les gens tricheraient moins et ça rapporterait plus à l'État, mais plus ils les augmentent et plus les gens trichent, c'est scientifique.

Même à pied je ralentis quand y'a du brouillard tellement je suis prudent.

J'aime pas parler d'impôts, ça porte malheur.

De toute façon, moi je le dis, c'est tous des cons !

... et je l'ai toujours dit !

Le sol dégèle et les maisons s'enfoncent, c'est Venise sur la terre, ce permafrost.

Ça m'aurait pas plu de faire du cinéma, j'aime pas me voir.

... surtout aujourd'hui, avec tout ce vent.

— *Vous êtes coiffée comme une broussaille.*
— *Occupez-vous de vos fesses !*

On devrait avoir une réduction d'impôts pour don d'organe.

— *Un euro trente pour un café ?! au comptoir ?! et la baisse de la TVA ? vous avez même pas embauché du personnel !*
— *J'ai pris un chat.*

Ce qui est intéressant à étudier, c'est la psychologie du philosophe.

J'ai une chambre pour ma fille mais ma fille ne vient pas, je m'en sers comme chambre d'amis, mais les amis ne viennent pas, alors j'ai décidé que c'est la chambre du chat mais il y va pas, il dort sur mon lit.

L'ascenseur en panne, le vide-ordures en panne, tout ce qui monte qui descend est en panne, dans le bâtiment, on a plus de gravité.

– *Tous les matins, elles s'engueulent pour des broutilles.*
– *C'est ça que j'aime dans le matin.*

Moi j'achète mes slips moi-même, c'est pas une tierce personne qui les achète, même ma femme elle achète pas mes slips, c'est une tierce personne pareil.

– *Soi-disant que la Terre se réchauffe, ils ont eu moins vingt à Nancy ! les scientifiques, tu parles ! déjà, faut voir comment c'est décoré chez eux !*
– *Vous en connaissez des scientifiques ?*
– *Non, mais déjà le prof de maths de ma fille, vous verriez comment il est fagoté !*

Mitterrand, il avait le cancer et en plus il avait Mazarine, personne disait rien, alors que Sarko il va au Fouquet's et tout le monde gueule.

Une autre planète habitable, si c'est pour avoir des loyers comme ici !

Ce qui me plaît pas dans le cheval, c'est que ça se mange.

– *Y'avait pas le citron, y'avait pas le rince-doigts, les palourdes c'étaient des coques !*
– *Ça a pas le même goût.*
– *Ça, on s'en fout, mais ça a pas la même taille !*

Aucun grand poète a parlé de la bite en fleur.

– *Deux fois que ça lui arrive, juste la tête du bébé elle sort, il meurt.*

– *Pire qu'une tranchée de Verdun le ventre de cette femme.*

C'est la patience le plus efficace quand on se fait chier à attendre.

– *Il est comment ?*
– *C'est un Corse, mais plus petit.*

Si je lui dis que le lait ça sort des vaches, elle me croira jamais.

Dans l'œuf, c'est de l'ADN d'œuf ou c'est de l'ADN de poule ?

– *Moins vingt degrés ce matin à Montluçon !*
– *Ça tue les microbes, ils vont pouvoir fermer les hôpitaux.*

– *Oh le chien !*
– *Ouais.*
– *Il est assis.*
– *Ouais.*
– *Il est gentil.*
– *Ouais... tu me donnes un demi et un diabolo pour le petit.*
– *Le chien.*
– *Ouais.*
– *Il est content.*
– *Ouais.*
– *Pourquoi on a pas un chien ?*
– *Tu demanderas à ta pute de mère.*

Sarkozy, il est pas français, c'est pour ça qu'il aime les Allemands.

Il fait chier tout le monde tout le temps, c'est un con biliaire.

– *Quelle heure il est ?*
– *Oh vous ! avec vos questions !*

Toute la chaleur sort par la tête, avec mon bonnet, la chaleur reste dans le cerveau.

– *Un petit bout de saucisson ?*
– *Non non ! pas de saucisson, après, je partirai plus.*

Moi quand je réfléchis, je m'endors, faut pas que je sois assis.

Les offrandes aux dieux, je saurais pas quoi mettre, un coup de blanc.

Les vieux à la campagne et les jeunes à la ville, moi je vois ça comme ça pour qu'on ait des logements.

– *Moins vingt-deux à Montbéliard en 56.*
– *Qu'est-ce qu'on en a à foutre !*
– *Je suis né en 56.*
– *À Montbéliard ?*
– *Non.*
– *Alors qu'est-ce que t'en as à foutre ?!*
– *C'est un record.*
– *Il entend une connerie à TF1, il nous fait chier toute la journée avec ça.*

Juliette Gréco, elle bonifie comme du bon vin, sauf son nez que j'aime pas.

Maintenant les gens sont plus habitués à mourir, moi je suis habitué, mes enfants je les habitue à mourir, la petite elle a cinq ans, je lui dis qu'elle va mourir, elle écoute pas, elle est trop petite, mais à six sept ans, vous allez voir si je vais pas l'habituer à mourir la gamine !

– *C'est pas moi qui me suiciderais au boulot !*
– *Faudrait déjà que t'y ailles.*

Le soleil éclaire pendant la journée, la nuit, la lumière est à notre charge.

En Afrique, ils vivent au ralenti.

Non non non ! Si vous lui racontez une histoire le soir pour qu'il s'endorme, après vous allez voir tous les soirs ça sera rebelotte la corvée.

Le vin chaud, ça me ramollit.

– *Il sert toujours en premier ceux qui sont bourrés pour punir ceux qui ne boivent pas assez.*
– *C'est de la discrimination positive.*
– *Ah bon vous trouvez ?!*

Il avait pris une Noire dans le gouvernement, résultat, il a été obligé de la virer.

La première fois, c'est les dinosaures qui ont disparu, la prochaine, c'est les éléphants qui vont prendre.

C'est des religions de riches, la crèche, les boules du sapin, ça ne sert qu'une fois dans l'année.

– *Vous venez d'où ?*
– *Le Mali.*
– *Au moins vous êtes franc.*

– *Pas de tabac, pas d'alcool, pas de charcuterie, il reste quoi ?*
– *C'est pas l'opéra qui remplace.*

La Callas, moi je trouve qu'elle hurle.

Je pourrais pas vivre handicapé... déjà j'ai pas droit aux sucreries et je suis malheureux comme les pierres.

C'est parce qu'elle est bête Brigitte Bardot qu'elle arrive à vivre vieille.

– *Lundi, mardi, mercredi, ça fait trois jours.*
– *C'était pas la peine de compter, je vous l'aurais dit.*

Vous en avez déjà vu en vrai des baleines ? Même si elles disparaissent, ça changera quoi ? tant qu'il y en aura à la télé, elles auront pas disparu ! John Wayne, vous l'avez déjà vu en vrai ?

Je peux mourir aujourd'hui, j'ai rien à perdre, je sais que si je gagne au Loto, j'aurai tellement peur de mourir !

Les baleines, ça fait plaisir à trois cons, sinon...

– *C'est magnifique toute cette glace dans les arbres.*
– *Vous êtes violette.*

Si Venise s'était pas enfoncé, ça serait le Mont-Saint-Michel.

Ma mère, elle était super raciste, quand y'avait un Noir qui chantait à la télé, elle faisait le singe devant le poste.

Les photos de famille, quand c'est des vivants, c'est moche, quand c'est des morts, c'est triste.

C'est scandaleux qu'on ait encore froid à notre époque !

Le Café de la Poste ? Il est en face de la gare ! Ah oui mais ici, vous êtes chez les fous !

– *L'accouchement sans douleur, ça a été un sacré progrès.*
– *Tout est sans douleur maintenant, même apprendre l'orthographe.*

Assis dans le jardin, je me fais chier, je suis pas une herbe !

Si l'alcoolisme c'est une maladie, pourquoi la Sécu nous rembourse pas ce qu'on boit ?

Le cinéma muet, ça parlait pas, mais au moins on avait le droit de fumer dans la salle.

– *On reste pas au comptoir jusqu'à la veille de l'accouchement !*
– *Elle a accouché ?*
– *Ben oui, sinon elle serait encore là.*

Je sais pas combien de fois il m'a sauvé la vie sur l'autoroute ce chien, il aboie quand je m'endors.

– *Le cerveau, ça marche avec des impulsions électriques.*
– *Ça s'entend pas en tous cas.*

Ils sont énormes les nids de cigogne, limite permis de construire.

Je suis SDF, sans direction finale !

– *Mon fils, il fait deux fois le poids de sa mère.*
– *C'est une belle revanche.*

J'aime plus rien, je traîne dans les rues avec les gens en me demandant ce qui se passe.

Vous le faites pour le rosé, le forfait illimité ?

En Afrique, elles vont accoucher dans la savane, à peine c'est fait la femme elle revient au village avec le gosse, ni vu ni connu, personne l'accueille, y'a même pas un repas.

Avec ce temps-là, vous pouvez récupérer aucun organe sur un mort de la route, en deux minutes c'est congelé.

– *On a mal au dos mais des fois, ça peut venir des dents.*
– *Moi mes dents, elles restent dans ma bouche.*

Les fraises des bois sont cultivées dans des serres, ils leur mettent un chiffon sur la tête pour qu'elles croient.

La chirurgie esthétique, ça les défigure, avec les grosses lèvres on les reconnaît plus ces femmes, faudrait interdire ça comme la burqa puisque c'est pareil, ça les masque, Emmanuelle Béart, sur les caméras de surveillance, on dirait Donald !

À la maison, on a mon mari qui est un Lion, ma fille elle est Poisson, le gamin il est Cancer et moi Sagittaire, comment vous voulez qu'on se comprenne ?

– *Vous avez changé de conversation ?*
– *Non, on parle de la même chose.*
– *Comme j'étais parti au pain.*
– *Non non, pareil, vous pouvez revenir, on parle arachides.*

– *Le téléphone portable, c'est devenu une drogue, pareil que l'alcool et le tabac.*
– *Mais non... mais non... d'ailleurs, aucun des trois n'est une drogue.*

La fleur de pommier, même invitée chez les plus grands de ce monde, elle ira pas !

La nuit l'hiver quand ça gèle et que y a pas de nuages, c'est là qu'on le voit le mieux l'horoscope.

– *Il est mort vingt secondes, et il est ressuscité.*
– *Mort vingt secondes, t'as le temps de rien visiter.*

Mon mari et moi, ça ne marche plus sur nous de faire pitié à la télé.

Une chanteuse avec les yeux verts qui avait été violée, ça ne vous dit rien ? elle avait fait une émission à la télé qu'elle avait été violée, mais si ! non ? peu importe, elle y est, dans le retour des « Années âge tendre ».

L'été, en France, vous trouvez quoi à vendre sur les plages ? Des masques africains ! Allez sur une plage en Afrique et dites-moi si vous en trouvez des tours Eiffel ?!

... même pas chères.

Les enfants qui meurent de faim, ils ont le même gros ventre que nous quand on bouffe trop.

– *Le dernier, et je m'en vais.*
– *Déjà ?! Moi c'est mon premier !*

La Lune, j'irai si on me force, sinon, pourquoi j'irais ?

Tuer une baleine pour faire de l'huile de lampe, tuer un éléphant pour faire une boule de billard, tuer un crocodile pour faire un sac à main, moi j'appelle ça faire des grosses épluchures !

L'euro, on a changé de culture, vous pouvez toujours calculer, ça ne fait pas des additions romaines.

– Il est mort à quelle heure ?
– Ça, y'a que lui qui sait.

Je sais pas comment les curés arrivent à bander dans les églises où c'est tout froid ?

Depardieu, avec tout ce qu'il boit, y'a que une fois où il a pissé dans un avion.

Tout le monde sait que l'Europe ça marche pas, même l'Afrique, ils rigolent.

On peut pas être courageux dans la vie en lisant que des livres.

– Il a pissé le long du comptoir !
– Je bois pour marquer mon territoire, et mon chien pisse pour le remarquer.

Pas étonnant que l'islam gagne partout, on a un dieu qui ressemble à un prof de travaux manuels.

– Le pôle Nord, le pôle Sud, ce sont des énormes réserves de pétrole.
– C'est là où c'est le plus froid qu'on trouve le fuel.

Quand j'entre dans la cuisine, je crie, ça fait partir les blattes.

– Il y a dix mille ans, toute la région était recouverte de glaciers, tout a fondu.
– Il reste que les glaçons !

Le nouveau millénaire, moi j'attends la suite pour juger.

– *La gamine sortait de l'école, il l'a étranglée.*
– *L'occasion fait le larron.*

Quelqu'un qui a plus ses cheveux, c'est difficile de lui donner un âge.

– *Celui qui a le cancer du ventre, il a arrêté son émission, c'est la blonde du matin avec le cou ridé qui le remplace, moi je l'aime bien.*
– *De qui vous parlez ?*
– *Le drogué, qui allait dans les écoles en camionnette pour s'excuser.*
– *Ah oui je vois ! Ça va me revenir.*
– *Il est pas mort qu'on l'a déjà oublié lui.*
– *Vous en savez rien si il est pas mort.*
– *Il avait un restaurant, il faisait du poulet au Coca, il l'a pas volé son cancer du ventre ! Vous voyez qui je veux dire ?*
– *Nagui ?*
– *Non, un Français.*

Les obèses, ils sont gros, et en plus, faudrait les plaindre ?!

– *J'avais les doigts tellement gelés, je pouvais même pas soulever mon verre !*
– *Vous, vous avez toujours la vis et pas le bon tournevis.*

Ils sont malades les pigeons de Paris, c'est des dégénérés, ceux que vous avez au marché d'Aligre, je suis même pas sûr qu'ils savent où est Pantin.

Les Esquimaux, c'est comme des Chinois mais plus froids.

Au cimetière, avec toute cette neige, c'est facile de se tromper, ça m'ennuierait de prier sur la tombe du voisin.

– *Vous avez pas l'air dans votre assiette.*
– *Non, je suis ratatiné dans le bol.*

C'est déjà un progrès pour les femmes de pleurer dans un mouchoir, ma mère, c'était dans le torchon.

– *Faut jamais se retourner dans la vie.*
– *Pour aller où ?*

– *Les vieilles, à la campagne, elles avaient des rides, la figure labourée pareil que les champs.*
– *Les vieux marins aussi, fallait voir les trognes plissées.*
– *La figure en vaguelettes !*
– *Les connasses toutes lisses, c'est les vitrines des magasins qu'elles ont sur la figure.*
– *Elle est toute défigurée avec les piqûres pour pas vieillir, vous avez vu sa grosse bouche, moi je peux plus la regarder dans un film.*
– *Celles qui veulent pas vieillir devraient pas avoir le droit de faire du cinéma puisque leur tête, c'est pas elles.*

J'adore le foot à la télé, je fais pas de sport, je suis croyant non pratiquant.

– *Neuf milliards d'hommes, si on pèse en moyenne cinquante kilos, ça fait quatre cent cinquante milliards de kilos d'hommes sur la Terre.*
– *Ça se comprend qu'on ait pas le droit de marcher sur les pelouses !*

C'est du Simenon comment tu bois ta bière.

Y'a plus de bourreau en France, il est au chômage, n'empêche, le mec, quand il lit un crime dans le journal, il doit y repenser.

– *On vient de Corbeil pour voir la tour Eiffel.*
– *C'est la preuve qu'on la voit pas de loin.*

Un aveugle, faut tout lui raconter ce qui se passe, ça mérite la carte de presse.

Un alcool après manger, ça fait digérer, mais ça dépend ce que tu as mangé, des fois, il en faut deux.

Je vais acheter le pain, après je vais chercher le journal, les cigarettes, je fais mon jeu, je vais à la pharmacie et je viens boire un coup, tous les jours je fais mon périple, toujours la même heure, toujours le même chemin, qu'il pleuve, qu'il vente, si vous me voyez plus c'est que je serai morte, je serai partie au cimetière à pied.

Il faut vous mettre la tête sous la pleine lune si vous voulez vous faire pousser les cheveux.

– *Il rentre chez lui une fois par an, il est dans la marine.*
– *On est tous dans la marine alors.*

Depuis que l'abbé Pierre est mort, on a jamais eu aussi froid dans les rues !

Je pourrais faire les courses pour les abeilles tellement j'oublie rien.

On apprenait le français pour parler aux Français, maintenant, faut apprendre l'anglais pour parler aux Chinois !

Il est pas très marrant le nouveau patron, il rigole quand il tombe un œil.

– *Il ne faut pas exagérer.*
– *J'exagère pas ! vous votez pas ? deux points en moins au permis !*

Julien Clerc, il vieillira d'un coup, comme quand on cuit de la viande.

Le temps, c'est de l'argent, avant oui c'était ça peut-être, mais maintenant, avec le temps, vous en perdez.

Le temps, je voudrais bien l'avoir en face de moi çui-là !

Ça ne suffit pas des simples notions pour faire des bons macarons.

– *Il nous font tous sortir sur les trottoirs pour fumer, chez Monoprix ils sortent dehors, dans les bureaux, ils sortent dehors.*
– *Sur les trottoirs on peut cloper, y'a que des SDF.*

– *Il refuse de faire caca, c'est une maladie psychiatrique.*
– *À la limite, c'est une maladie qui se comprend.*

Le moment le plus intéressant de la vie d'une poule, c'est quand on la bouffe.

Quand tout le monde parlera anglais, on gardera le français pour le parler à la maison avec les parents, c'est ça qu'ils font les Arabes chez eux.

– Plus le temps passe et plus les gens meurent.
– Heureusement, il y en a qui naissent.
– Ah bon ? Vous trouvez que ça remplace ?!

C'est pas non plus la panacée le fil dentaire.

Personne me croit quand je dis que j'ai perdu mon permis au festival de la magie de Quimper.

Je me nettoie les ongles tous les jours, c'est quasi militaire chez moi.

J'ai été élevé avec Pif le Chien.

– C'est pas la carte Vitale, c'est la carte Lopette que je leur donnerais à tous ces feignants qui sont tout le temps malades !
– Vous êtes jamais malade vous ?
– Jamais de charcuterie !

Il paraîtrait que la Saint-Valentin, ça vient des oiseaux ?

Ma prothèse dentaire, je l'ai faite dans le Puy-de-Dôme, mais c'était avant le désert médical.

Dans le gospel, ils pèsent pas dix grammes.

On a des terroirs à fromages, les Allemands, ils ont des terroirs à bagnoles.

C'est la Sibérie du corps humain les doigts de pied.

— *Tu mets le bonnet ?!*
— *J'ai froid à la tête.*
— *Pas la peine de te chauffer le crâne, c'est pas habité.*

Tout le programme spatial américain a été arrêté, à cause de la crise, ils y vont plus sur Mars les cosmonautes, ils resteront chez eux, comme tout le monde.

— *On est une civilisation gréco-romaine.*
— *Avant, peut-être, mais maintenant, c'est fini.*

Il aime pas lire, il a pas la patience, même un livre en morse pour lui ça sera trop long.

Moi ma femme elle lit quand elle fait la gueule, ça lui sert à ça.

— *J'ai rêvé que t'étais mort.*
— *Ça doit pas être moi.*

Le plus grand nombre d'accidents à Paris c'est avec des vélos, et c'est de bonne guerre.

— *Moins quinze sur la fenêtre ce matin.*
— *Qu'est-ce que tu foutais sur ta fenêtre ?*

Je l'ai sous mes fenêtres le cimetière ! On fait des milliers de kilomètres pour partir se reposer un mois en vacances, et quand c'est pour le repos éternel, on nous enterre au milieu de la ville !

La parole, pour moi, elle fait partie du corps.

– *Soit t'es au chômage, soit t'as un boulot de merde.*
– *C'est le verre à moitié vide, complètement vide.*

Le handicap du chômage, faut pas exagérer, on marche quand même pour aller au bistrot !

– *C'est jusqu'à vendredi pour échanger les francs si vous en avez encore.*
– *Moi j'en ai, je les garde, de toute façon, on va y revenir.*

Moi je pense toujours en francs, c'est pas à mon âge que je vais changer de monnaie.

– *Je vis la nuit.*
– *Et vous dormez le jour ?*
– *Non, le jour, je vis aussi.*

La mémoire, ça se travaille, il faut se forcer à se rappeler si on veut se souvenir.

– *Dix centimètres, ça fait à peu près ça, un mètre, ça fait ça.*
– *Avec sa femme, ils occupent le comptoir de là à là !*
– *Deux mètres.*

– Vous avez une adresse mail ?
– @ quelque chose point machin.
– Vous savez plus l'adresse ?
– J'y vais jamais.

Ils ont pas la Noël les Chinois, et Pâques non plus, ils ont rien.

La voiture intelligente, elle conduit, on lui demande pas de savoir l'histoire de France !

Le nez, ça fait office de balcon pour que la tête elle sorte respirer.

J'étais en voiture, j'ai vu arriver le camion de Pascal, on s'est croisés juste dans le virage du château, j'ai eu peur, on s'était bourré la gueule ensemble à midi !

Tu sais à qui tu parles ?! je suis encarté au PC tout de même !

Le jaune de la poste a disparu, le rouge de la boucherie aussi, on a plus le vert de la pharmacie, comment vous voulez qu'on aime encore le bleu blanc rouge ?

Pour moi, le progrès n'est pas un progrès.

C'est une génération, ils ont toujours connu que l'euro et ils ont jamais entendu un tic tac.

– Un demi ?
– Je bois pas le matin.
– Onze heures, c'est plus près de l'après-midi que du matin.

Quand il est bourré je comprends rien à ce qu'il dit, il savonne, faudrait passer avec la saleuse avant qu'il parle.

Nous on mange du couscous, ils pourraient se forcer à manger du boudin.

Un jour, on sera bien obligés de sortir de l'Europe pour rerentrer dans la France.

— *Même la soupe, j'attends qu'elle refroidisse.*
— *Oui, mais boire le vin chaud froid, j'ai jamais vu ça.*

La Sainte Vierge elle est bien mais Jésus c'est un con !

— *Elle a reçu une crotte d'hirondelle dans l'œil avec un microbe très rare, ça lui a paralysé la moitié de la figure.*
— *Je croyais qu'elle avait eu une attaque.*
— *Une merde d'hirondelle.*
— *Cet hiver ?*
— *Bien sûr que non ! Au printemps.*

Neuf mois pour faire un bébé, c'est pas énorme, un bébé, c'est pas qu'un squelette à monter.

— *Un défaut que j'ai pas, c'est la jalousie.*
— *Vous avez de la chance, vous !*

À Hiroshima, ils étaient tous ceinture noire de karaté.

– *Vous avez vu le tableau qu'ils ont montré, une deuxième* Joconde *?!*
– *Plus vous aurez des touristes, plus vous aurez des* Joconde.

Je laisse traîner le journal dans la maison, l'actualité, c'est le lendemain que je la préfère.

Je peux pas rester, je vais étudier mes chevaux pour dimanche.

En déplacement, les présidents de la République font caca dans une poche qu'ils donnent aux services secrets, pour que les pays ennemis puissent pas découvrir les maladies que le président il a en lui analysant ses résidus intimes, comme j'appelle.

La vache folle, il ont fait tout un ramdam, on en parle plus ! Le sida, pareil, le foin qu'ils ont fait, silence radio, y'a que les ravages de l'alcool où ils nous font encore chier.

Jamais tu le verras dévisser du comptoir, il a des coudes d'alpiniste.

– *Je sais pas ce que j'ai, je suis tout essoufflé.*
– *Asseyez-vous.*
– *Ah non, c'est pire, ça m'écrase les soufflets.*

Ça sent pas mauvais un bébé asticot, c'est sa chambre qui pue.

La *Joconde*, c'est une peinture d'accord peut-être mais avant tout, c'est une photo de bonne femme de l'époque.

Les écrits restent pas, et les paroles ne s'envolent plus !

À « 30 millions d'amis », la plupart du temps, c'est des trucs qui se bouffent pas.

Le bœuf est pas toujours le plus fort, dans le bœuf aux carottes, c'est la carotte qui gagne.

Eurosceptique, déjà, moi, j'étais Françaisceptique.

... même de plus en plus quand tu vois les Chinois, je suis Bellevillesceptique !

Une boulangerie, c'est un iceberg, t'en as trois fois plus en dessous qu'au-dessus.

On dit qu'il y a pas de travail pour les jeunes, je suis passée devant le lycée, les poubelles étaient pas ramassées.

On lave les trottoirs à l'eau potable, dans ce bled, les merdes de chien, elles sont en cure thermale !

Le bon jazz, le mauvais jazz, franchement, dites-moi la différence ?

– *Il arrive plus à dormir depuis qu'il est chômeur.*
– *Manquerait plus que ça !*

Le trou de la pupille, il est pas gros, et on voit tout quand même.

– *Tu vas pas en terrasse, avec tout ce soleil ?*
– *Je suis pas un Tahitien.*

J'ai pas été battu, mais ma mère m'aimait pas, j'ai pas été à plaindre.

L'Africain, c'est pas une race, mais le Noir, oui, c'est la race noire, le Chinois c'est la race jaune, nous, c'est la race blanche, les Arabes c'est autre chose, à la base, dans l'histoire, c'était une ethnie.

Les slips des présidents, qui c'est qui les lave ? tu sais ? y'a le secret professionnel ? parce que moi, le slip de la veille, ça serait directement dans le journal !

Avec toi, c'est connerie à volonté.

– *Pour le halal, il faut que l'animal soit tué en direction de La Mecque, ça change le goût.*
– *Une direction, ça a jamais donné du goût.*

Le poulet, tu peux pas lui donner une direction vu qu'il est pendu par les pattes.

Question traçabilité, c'est la viande humaine qui est la plus suivie depuis qu'on est petits.

Ils ont qu'à y retourner à La Mecque, si ils aiment tellement ça comme direction !

– *Le baobab, ça vit mille ans.*
– *Il en a vu défiler des rois et des reines !*
– *Là où ça pousse, ça m'étonnerait.*

Même dans les cimetières vous ne retrouvez plus l'ambiance de l'ancien temps.

Je sais même pas si c'est légal de dire que le franc vaut plus rien et qu'il faut des euros, c'est comme si ils disent que l'or c'est fini et qu'à la place c'est de l'alu !

Je bois l'apéro et je mange des chips, je suis un café épicerie à moi tout seul.

Y'a pas que du faux dans les mensonges.

Moi, ça serait moi, je serrerais les boulons !

Vous mangez du bourguignon, le lendemain vous donnez votre sang, c'est comme si vous donnez votre bourguignon.

... ni plus ni moins !

La Grèce, ils seraient noirs, ça serait l'Afrique.

Les ruines grecques, dans un pays pauvre, ça fait encore plus pauvre.

Il est con comme ses pieds, et il chausse du cinquante !

Le dernier poilu de la Grande Guerre, il est mort, alors que des nazis, vous en aurez toujours des vivants.

– *Le vin, c'est plus un aliment qu'un alcool.*
– *Un alcooliment !*

Ce qu'elle essaie de faire Marine Le Pen, c'est positionner l'extrême droite au centre.

– *Il est à vous le stylo ?*
– *Non.*
– *Il est à qui ce stylo ? à personne ? un mystère,*
dès le matin ?

Marseille, c'est une ville qui est bien placée là où elle est.

Le livre numérique, c'est du bouquin qu'on te sert à la pompe !

Ça donne pas envie de travailler avec tout ce chômage ambiant.

– *Vous buvez quoi ?*
– *Comme d'habitude.*
– *Vous changez jamais ?*
– *Jamais d'impro !*

Ça sert à rien d'apprendre l'orthographe si plus personne voit les fautes.

– *Il est ébréché mon verre.*
– *Attention à la bête blessée !*

Il est tout le temps gai le marchand de journaux, il doit pas lire ce qu'il vend.

– *Un euro soixante le litre et y'a des embouteillages partout !*
– *On accoucherait d'un cactus qu'on continuerait à faire des gosses.*

La vérité aussi, c'est culturel.

... si tu vas par là...

La conquête de l'espace, ça passionne pas les foules, on tue pas les Indiens.

Œufs pondus en France, si c'est à dix centimètres de la frontière espagnole, ça sert à quoi ? Il faut que ça soit des œufs pondus à minimum cent kilomètres de la frontière, sinon ça sert à quoi ?

– On vous voyait plus !
– C'est ma rotule qui me coupait du monde.

Je sais que ça intéresse personne, mais j'ai toujours mangé ma banane avec du pain.

– C'est énervant, depuis ce matin, j'ai une musique dans la tête !
– Pour arrêter la musique, faut faire boire l'orchestre.

Un facteur, il est pas égal d'un ouvrier métallo ! Même les boîtes aux lettres elles sont en plastique !

– Les temps sont durs !
– Les gens sont mous.

Dans les tablettes numériques, vous avez les textes, mais vous n'avez pas les livres.

– Moins cinq, ça te fait moins dix en froid ressenti.
– Cinq litres, ça te fait dix litres en vin ressenti !

Les volcans d'Auvergne, c'étaient des sortes de hauts-fourneaux naturels, eux aussi, éteints, en France, tout s'éteint.

- *Il a maigri pour se faire élire président.*
- *C'est pas en maigrissant qu'on pèse plus !*

Moi faut que je sorte, j'aime pas boire en autarcie.

Les mètres, les centimètres, c'est la vieille école.

Photographier des insectes, tu peux pas leur demander de sourire.

T'as des Algériens qui font des gosses à Colmar, on a même pas le droit de faire du saint-émilion à Strasbourg !

Un accident de la route, même bourré, c'est quand même moins grave qu'un accident d'avion avec zéro gramme.

Les grands peintres ne mettent pas beaucoup de couleurs, pas besoin.

Quand vous voyez ce qu'il se passe en Grèce, les Grecs, ils se sont bien fait enculer chez les Grecs.

Un chêne de trois cents ans, il a aucun chêne qui pousse autour de lui, moi pareil, je suis vieux et j'ai pas de gosses !

- *Ça s'est radouci.*
- *Et dans pas longtemps on aura trop chaud !*
- *Franchement, déjà je trouve que c'est trop doux.*
- *La France, c'est ça.*

Les plus jeunes, en France, c'est les Arabes.

Quand tu vois toutes les formes différentes de canards, la nature a déjà tout écrit.

— *Tous les matins, je suis réveillé par les éboueurs.*
— *Le soir quand vous descendez vos poubelles, c'est comme si vous remontez le réveil.*

La plus belle assiette de charcuterie, elle est déjà dans la nature.

Mauvaise herbe, arrache-toi !

— *On est en démocratie, et vous ne votez pas ?*
— *Comme les mômes à la cantine, la présidentielle, tout le monde veut des frites.*

Je vois pas qui a pu s'intéresser à la guerre de Cent Ans pendant cent ans ?

François Bayrou, j'aime pas quand il parle, il fait des créneaux.

C'est normal votre gros ventre, vous êtes trop ventilée.

Y'a plein de choses qu'on ne sait pas.

— *Tu fais quoi ?*
— *Rien... ça m'occupe... pour ce que j'ai à faire.*

Ricard, c'est un génie de l'alcool.

En train, au moins, le temps passe pour quelque chose.

La marquise de Sévigné ? le beurre ?

— Une jeune actrice qui a été jeune et qui vieillit, ça doit être terrible à vivre.

— Quand on est jeune, faut surtout pas se montrer, parce qu'après, tout le monde voit la différence.

Les grèves de la faim, ça ne marche jamais, ils ne maigrissent pas assez vite.

— Juliette Gréco, elle y va plus à Saint-Germain, elle peut quasiment plus marcher.

— C'est pas grave, à Saint-Germain, y'a que des bagnoles.

On ne pourra plus jamais s'en passer des Noirs, vu que ce sont eux qui font les enfants.

On est trop nombreux sur la Terre pour que l'individu, il soit unique.

— En France, on a un seul acteur noir.

— Il joue très bien.

— Il ne joue pas, c'est naturel chez lui.

On s'en fout de la politique extérieure !

Les pédés se marient, après ils adoptent un gosse, y'en a un qui se fait opérer pour devenir une femme, ça avance à quoi tout ça ?

— La Noël, c'est la naissance de Jésus,

— Et la Saint-Valentin, c'est quand il s'est marié !

Les oscars, c'est important pour le cinéma, les césars, c'est de la merde, c'est français.

– *Des week-ends œnologiques, vous dégustez des vins, vous apprenez le travail.*
– *Et qui c'est qui nous ramène ?*

C'est fatigant d'avoir peur de mourir jusqu'à sa mort.

Moi je me mets dans le fauteuil devant la télé, parce que c'est le plus pratique pour savoir où s'asseoir.

Le poisson, c'est de la viande pleine d'eau.

– *Je passais l'aspirateur quand j'ai appris sa mort.*
– *Oui...*
– *Eh oui... j'arrivais pas à le croire...*
– *Oui... c'est triste.*
– *Oui... j'ai fini mon ménage...*
– *C'est pas en laissant la poussière que ça va le ramener... non plus...*

C'est ouvert Métro de midi à deux ?

Moi j'ai une vie intérieure même quand je suis dehors.

Je préviens, je bois un coup mais je picole pas.

– *Tu nous remets un verre.*
– *Pas moi ! je botte en touche !*
– *Tu nous remets un verre en touche.*

Les hommes préhistoriques, on connaît aucun nom, les noms historiques commencent à Jeanne d'Arc.

... à peu près.

J'aime rien, ça dépend quoi.

— *Les machines à laver la vaisselle, ça sèche,*
alors pourquoi ?
— *Partout vous allez chercher des mystères vous !*

Crevé... quatre jours pour se remettre d'une cuite
de deux jours...

— *On serait deux pour boire un verre, c'est possible ?*
— *C'est qui le deuxième ?*
— *C'est moi.*

Le genou, ça se plie dans un sens et pas dans l'autre, ça explique les lois.

T'es moins saoule qu'hier.

L'égalité de l'homme et de la femme, vous verrez
qu'un jour elles demanderont le contraire.

Jean Ferrat, je l'aimais beaucoup, il est mort tout
de suite après mon mari.

— *833 000 euros par mois, Ribéry ! Ça fait*
27 000 euros par jour, 14 000 rien que pour le matin,
plus de 1 000 euros de l'heure !
— *Rien que le changement d'heure, il gagne*
1 000 euros en plus.

Les législatives, c'est les maires ?

C'est pas en tirant sur les feuilles qu'on fait pousser
les arbres !

– *Soi-disant que la démographie en France elle est bonne à cause de la natalité, qu'on a pas besoin des immigrés, mais c'est eux qui nous font la natalité quand ils viennent ! C'est pas le Français qui fait des gosses, qu'est-ce que tu crois !*
– *J'en fais des gosses moi !*
– *À qui ?*
– *À ma femme !*
– *Elle est quoi ?*
– *Italienne.*
– *Alors tu vois !*

Moi je perds plus mon temps à parler avec des cons, je préfère parler tout seul, à la limite.

– *Du papier, des ciseaux, c'est pas pour ça que tu seras Matisse !*
– *Mais je veux pas être Matisse !*

L'œil du cyclope, c'est le trou du cul ! ah si ! chez nous, mon père disait ça !

– *On en dit des choses dans une vie !*
– *Pas tout le monde.*

Les traces du yéti dans la neige, c'est une arnaque, c'est des grands pieds que tu peux faire même avec des pieds de clown.

La patte ! donne la patte ! la patte ! faut répéter vingt fois la même chose ! j'en ai marre de m'époumoner dans le désert pour un chien débile !

Con de chien !

Chien de con !

– *Le nombre de gens qui boitent...*
– *C'est le verglas.*
– *Non, c'est la France.*

Les genoux, ça rend tellement de services !

C'est la journée de la femme aujourd'hui ? Ça a commencé quand ?

– *Moi je m'y perds.*
– *Moi pire, je m'y retrouve jamais.*

C'est des bêtises cette journée de la femme ! on ferait mieux de s'occuper de choses un peu plus importantes !

– *L'Inde, soi-disant qu'ils étaient pauvres, en deux minutes, ils sont plus riches que nous !*
– *Il en reste quand même des centaines de millions dans la misère.*
– *Oui, j'espère.*

De chez moi, j'ai un œil sur le café, du café, je vois chez moi, moi deux yeux, ça me suffit.

Il faut un œil pour chaque chose dans la vie.

– *Griller le feu rouge, le refus de priorité, rater le stop, faut pas pardonner, mais l'alcool, franchement...*
– *Ralentir devant les écoles, je freine.*
– *Les sens interdits.*
– *Tout dépend, moi y'en a un derrière chez moi, y'a jamais personne.*
– *L'autoroute limitée, en Allemagne, c'est pas limité, y'a moins d'accidents qu'en France !*
– *Les passages à niveau.*
– *Ça dépend, la nuit y'a pas de trains, mais l'alcool, franchement...*

En France, on est des cons.

– Le platane, il naît sur la place, il va rester deux cents ans sur la place.
– Et nous, on a pas le droit de se garer !

Le muguet, faut pas le mettre à côté d'un trèfle à quatre feuilles, ça s'annule.

La charcutière avant elle remplissait la moitié de la charcuterie, maintenant dans les grandes surfaces tu la vois même plus, elle est au fond.

– La fête de la femme, et en plus, la fête des mères !
– Toutes les femmes sont pas mères.
– Elles ont qu'à faire des gosses !

René, il a plusieurs cordes à son arc mais il a pas de flèches.

Je crois que ce que je bois !

Que les hommes soient plus payés que les femmes, ça a rien à voir avec le sexe, l'homme est plus fort, puisqu'il est le mâle.

J'ai une plante qui ronfle la nuit, je descends au jardin avec une lampe, jamais trouvée.

Les élections humaines, moi je vote blanc.

— *J'ai mal aux reins, mal aux reins !*
— *Il est comment votre pipi, clair ou foncé ?*
— *Ho ! vous pouvez pas parler d'autre chose ! on boit nous !*

Sur le drapeau français, y'a que le bleu qui se boit pas.

— *L'autisme, tu es enfermé à l'intérieur de toi, et les autres, c'est des cons.*
— *C'est tout ?*

Le plus d'inégalités dans le corps humain, c'est les cinq doigts de la main.

Tous les microbes de la viande hachée, elle va pourrir, mais elle attrapera pas le rhume.

— *Même si on vote, ça changera rien, c'est comme si on pisse dans un violon.*
— *Quand on pisse dans un violon, ça change ! demande au violoniste !*

Si on les écoute, il faudrait embaucher que les handicapés et les femmes, et ceux qui savent bosser, on les prendra pas...

— *Faut bien faire bouillir, à cause des microbes.*
— *Les microbes s'adaptent, ils cuisent à dix mille.*

Il vous a fait la fête ? il remue la queue devant tout le monde ! c'est un chien qui fait de l'humanitaire !

Sous les mers c'est autant le bordel que sur la Terre mais on voit rien.

Ils savent pas faire des films les Afghans.

– *Des milliards de milliards de milliards d'euros pour sauver les Grecs et ils sont toujours autant dans la merde ! Il va où tout cet argent ?!*
– *Pas dans le jardin, à la banque.*

Y'a pas que la beauté dans la vie.

– *Vous avez de la bière sans alcool ?*
– *Non monsieur, ici, ça ne se vend pas.*

À Marseille, on a pas besoin d'attendre le printemps pour qu'il soit là.

– *La Mosquée de Paris, les barbus sur le trottoir, ils discutent, c'est pas rassurant.*
– *En plus, je vois pas ce que Mahomet fout à Paris !*

Il ne faut pas donner du pain aux canards, c'est salé, et après ils boivent trop d'eau.

– *Dis une connerie !*
– *Laquelle ?*

Personne couche avec personne chez les abeilles.

– *Plus la Terre se réchauffe, plus j'ai froid aux pieds.*
– *Vous êtes martienne, vous.*

Depuis le paléolithique, on régresse.

– *Le premier anarchiste, c'était Jésus.*
– *Quand on est anarchiste, on est pas le fils de Dieu !*

L'heure, c'est pas obligé !

Souvent, quand un artiste a du succès dans le monde entier, il meurt dans un accident d'avion.

C'est pas parce qu'on pense pas pareil qu'il faut pas qu'on soit d'accord.

Moi, mon enfance m'a jamais servi.

L'éducation de l'enfant commence quand il est dans le ventre de la mère, après, c'est presque trop tard.

Quand je descends à Marseille, je monte, c'est quand je monte à Paris que je descends !

Avec tous les travaux qui se font sur la Terre, pas étonnant qu'on ait des tremblements.

Un kir, un demi, un Ricard, je bois les trois, je fais du tricot.

L'essence à deux euros le litre, c'est plus cher que le vin d'avant !

C'est la faute à l'amour maternel si la femme elle laisse crever le gosse du voisin.

Tu vivrais, toi, dans un pot de fleurs ?!

Les chauffeurs de car, soit ils sont saouls, soient ils s'endorment, les routiers s'endorment mais ils sont pas saouls, ils ont pas le droit encore moins que les chauffeurs de car qui attendent les gosses au restaurant en face pendant qu'ils sont à la kermesse.

Je parle tout le temps d'une manière générale.

— *Elles sont belles vos tables, c'est des antiquités.*
— *Elles ont toujours été là, elles font partie des meubles.*

C'est l'Espagne qui est la honte de l'Europe en matière de cheveux.

— *On est cinq cents millions d'habitants en Europe.*
— *Si c'est comme leurs sondages, tu peux en enlever la moitié !*

De toute façon, celui qui gagnera les élections sera président et moi j'aime pas les présidents, alors les élections, je m'en fous.

— *Pourquoi tu lis la bouche ouverte ?*
— *Faut bien que ça rentre par quelque part.*

T'es rien toi ! va ! factotum à roulettes !

Moi je m'en fous de l'euro, ce que je veux, c'est des sous.

358

– *Tu bois quelque chose ?*
– *J'ai jamais été heureux que depuis tout de suite !*

– *Mandela, il a passé la moitié de sa vie en prison et aujourd'hui, il a sa gueule sur un billet de banque !*
– *Ils finissent tous dans la magouille de fric, ces mecs.*

La liberté de la presse, c'est des grands mots, moi je lis le journal, le reste, je m'en fous.

Dès que je bois un pastis, tout de suite je demande des olives, ah moi c'est mon leitmotiv.

La dignité des femmes ? oui, d'accord, ça mange pas de pain.

C'est impossible de gouverner la France, en France, c'est chaque Français qui gouverne.

La dernière fois que j'ai voté, j'y suis pas allé, alors c'est pas aujourd'hui que je vais y retourner.

– *Quelle heure il est ?*
– *Ho ! ça suffit les milliards de questions !*

Brigitte Bardot qui est devenue con, elle s'en est mieux sortie que Marilyn Monroe qui est devenue folle.

J'ai plus l'âge de voter, moi.

Mais toutes les nouvelles lois sur la pêche les pêcheurs peuvent plus pêcher ! Tu sors les morues du filet t'as les avocats au milieu !

Un blanc, et après, quatre demis, ça fait l'escorte !

La crevette de Madagascar, tu parles, y'a même pas de mer là-bas !

Les yeux verts, c'est fait en quelle couleur en fait ?

C'est trop compliqué l'orthographe, les deux *n*, deux *m*, deux *l*, deux *s*, les *sc*, les *s* ou le *x*, l'anglais s'emmerde pas, *you*, t'as pas de *x*, *you are*, t'as qu'un *r*, l'anglais gagne contre le français, c'est plus photénique.

– *Le* Journal du dimanche, *je l'achetais à une vieille dame sur le trottoir rue des Martyrs, je le lis plus.*
– *Ils ont une nouvelle formule.*
– *La nouvelle formule, ça serait qu'ils remettent la vieille dame.*

Tout était fermé, j'aime pas boire à la maison mais du coup, j'étais obligé.

Je dois avoir une image coincée dans le nerf optique, j'arrête pas de voir mon ancienne bagnole.

La France c'est pas un pays, c'est la France, un pays, c'est toujours à l'étranger.

La durée de vie augmente, on aura encore plus longtemps peur de mourir !

– *Le chômage explose.*
– *Vaudrait mieux que ça soient les chômeurs qui explosent, ça en ferait moins.*

On a cinq doigts, j'aurais fait des semaines de cinq jours, pour compter les jours sur les doigts.

Moi la France je m'en fous, ce que j'aime, c'est les arbres.

Cinq cents signatures de maires pour se présenter aux élections ? c'est qui qui a inventé ça ? un marchand de stylos ?

Ma sœur elle a eu trois gosses, les trois c'est une catastrophe, elle s'en est jamais occupée, elle en fait un quatrième ! Moi les cinq cents signatures de maires, je les obligerais pour faire des gosses !

Tu sais, moi, ce que j'en dis ou rien...

J'ai fait tomber les clefs de la voiture depuis le bateau, elles sont au fond de l'eau, comme m'a dit ma femme, c'est une chanson pour Gréco !

T'allumes la télé, ils savent tout, c'est pour ça qu'on s'en fout de connaître.

C'est plus facile de truquer le Loto où t'as des boules de vingt grammes qui tournent que le tiercé où t'as des chevaux de cinq cents kilos qui courent !

— *Il y a des peuplades, ils se font enterrer droit debout.*
— *Oui mais nous, à quatorze ans, on est déjà avachis contre les murs.*

Le vrai Claude François était peut-être déjà le sosie d'un vieux Claude François d'avant lui qu'on connaît pas.

Les ongles des bébés ont un esprit japonais.

T'as du vin rouge entre les dents.

Franchement, je préfère parler avec un mec comme toi qui connaît rien qu'avec un connard qui sait tout.

Je te sers plus ! Et plus personne te servira dans la rue ! T'as un mandat d'arrêt de boire international dans le quartier !

Vous écartez pas les coudes comme ça sur le comptoir, c'est pas un aéroport !

À mon âge, elle m'écoute plus, j'ai la bite trop indépendante.

Elle va traverser dix mille charcuteries sa prière au musulman de Paris avant d'arriver à La Mecque.

... déjà quand tu pars de Paris, faut traverser Troyes, c'est l'andouillette.

Sur la plage, ils regardent même pas la mer, ils bouquinent ! Et au cinéma, il leur faut des lunettes 3D pour regarder les vagues !

– *Alcoolisme sur la voie publique ? la voie ? une voie ? c'est quoi la voie ? la voie romaine ? on est pas chez les Romains !*
– *T'étais bourré dans la rue.*
– *Déjà, première, qu'on parle français !*

Je m'en fous des leçons de l'histoire, ils sont tous morts.

Les oiseaux sont pas plus libres que nous, ils couchent dans leur nid et ils sortent pour aller manger.

Une transplantation anale ? Ça se fait ça ?

C'est le culturel qui nous fout dans la merde.

Les grandes migrations des oiseaux, si t'arrives pas à voler, crois pas que les autres vont te porter !

Il faut tuer le bœuf face à La Mecque, et les patates, tu les épluches face à La Mecque pour faire les frites ?

Les gens lisent dans le métro parce qu'il n'y a pas de télé.

Tout ce qui est à travers une fenêtre fait un beau tableau.

L'aquarelle pour Venise, Paris au couteau.

Je supporte pas quand un mec lit à haute voix un livre que j'adore, il va baiser ma femme devant moi pendant qu'il y est !

– *T'es saoul.*
– *Même pas.*

Le journal, des fois je lis celui de la semaine d'avant, je m'en rends même pas compte.

– C'est où le don du sang ?

– À la mairie... vous avez pas vu la banderole sur la façade ? Liberté Égalité Fraternité Don du Sang... on se croirait en guerre...

Les Chinois de Belleville viennent pas de Chine, ils naissent dans les caves du XIIIe et quand ils sont sevrés, on les monte.

– La Syrie, ça bombarde, des milliers de morts, tout le monde s'en fout, y'a pas de pétrole.

– Au prix où c'est, y'en aurait du pétrole, qu'ils se le gardent et qu'ils crèvent.

Tu mériterais une AOC tellement t'es con !

– Si ça peut servir à quelqu'un ma moelle osseuse, je veux bien la donner.

– Et après ? Quand vous l'aurez donnée votre moelle, ça vous rapportera quoi à vous ?

– C'est pas la question.

– Et si ça s'infecte ? Si vous êtes malade, qui c'est qui va s'occuper de vous ? Celui qui a votre moelle, il va venir vous monter les courses, quand vous pourrez plus marcher ? Le nombre de microbes qu'on attrape quand c'est ouvert, des fois ils en parlent mais pas trop souvent.

– C'est surveillé quand même.

– Vous êtes trop gentille ! Si ils vous demandent vôt' tête, vous la donnerez !

C'est une sorte de secte, les donneurs d'organes.

Rabelais ! un mot ! un kilo de fumier ! un mot ! un kilo de fumier ! ça fait des livres qui poussent énormes !

Laissez passer le vétéran de la pantoufle !

J'ai toujours voté à gauche, même si je suis presque jamais d'accord.

J'aime que le vin jeune, je suis pas un gérontophile de cave !

— *Donne ta chaise au monsieur.*
— *Non laissez-le, je reste debout.*
— *Donne ta chaise au monsieur je te dis !*
— *Mais non madame, laissez, je bois debout.*
— *C'est la moindre des politesses que le petit vous laisse la chaise !*
— *Quand j'étais petit je buvais assis, mon père, toujours debout.*
— *Ah bon, alors si c'est une tradition ici !*

C'est pas des salopes mes vaches !

Sarkozy, Le Pen, Hollande, Mélenchon, Bayrou, tu fais une botte, tu fais cuire à l'eau salée, ils ont tous le même goût.

Sarkozy, il fait du vélo, pas étonnant qu'il prenne de la coke.

— *La pire barbarie, c'est tuer des enfants !*
— *Un, encore, mais là, t'en as trois.*

Sarkozy, on risque pas de lui tuer ses gosses à lui, ils sont à l'Élysée dans un lit en or !

La politique, ça fait longtemps que nous on vit sans.

Autoportrait en viande hachée !

— *On peut pas mettre un flic derrière chaque Français !*
— *Si tu me mets un flic derrière moi, il va passer sa vie au bistrot.*

Je suis un vieux punk, je gagne jamais au Loto.

— *On est allés sur la Lune, mais en fait, c'est pour aller sur Mars.*
— *Moi c'est pareil, je vais à la boulangerie pour aller au bistrot.*

C'est pas mon style de voir des pédés partout.

Faudrait les foutre au rugby tous les hommes politiques, pour leur faire un peu de la mentalité !

— *T'es qu'une grosse merde !*
— *Tu juges sans savoir.*

Le rose pour les filles et le bleu pour les garçons, ça marchera toujours, puisque c'est naturel, même chez les insectes.

Travail au black, moi je dis travail au noir, j'ai pas honte !

Mes mains elles sont comme moi, elles bougent tout le temps.

Quand on voit ce qui se passe à la télé, moi je préfère aller en prison que rester dehors.

Changer les plaques d'immatriculation de la voiture, on a pas le droit, par contre se refaire le nez, la bouche, les oreilles tout, on a le droit !

L'arbre centenaire, il pousse plus, c'est le vent qui lui fait sa gymnastique.

On veut tellement croire en Dieu, même si on avait pas fait les religions, on aurait inventé autre chose.

– *Tu bouges jamais ?*
– *J'aime pas les gestes.*

– *Depuis qu'il perd la tête, il met plus son slip.*
– *C'est compliqué le cerveau.*

Le diable qui sort de sa boîte, je sais pas en quoi elle est la boîte, mais faut que ça soit solide.

Moi je te dis ça, mais en fait, j'en sais rien.

Les photos de mon père, on voit jamais la tête, il s'en foutait, ce qu'il voulait, c'est qu'on voit ses bottes.

Dieu vous protège madame ! Vidéo Gag ! Dieu vous protège Vidéo Gag !

Attention ! y'a islam et islam.

– *Avec mes yeux, je peux plus lire.*
– *Personne vient vous faire la lecture ?*
– *Ah non ! pour vider mon bar !*

– *Le mec qui a tué les enfants juifs dans l'école, il avait le RSA !*
– *On se croirait sous Pétain.*

Avec moi, ils auraient même pas le droit de jouer au Loto les Arabes !

C'est pas parce que c'est des œufs que les parents sont moins impliqués.

Le tueur au scooter ! le tueur au scooter ! bientôt ça va être la faute au scooter !

Deux cents flics, trente heures pour tuer un Arabe ! Deux cents chasseurs le jour de l'ouverture, ils font plus de dégâts que ça.

Les chevilles, ça porte autant que les genoux et c'est plus petit, ça non plus, c'est pas normal.

Tuer des petits enfants juifs... en plus ils y sont pour rien d'être juifs les enfants.

– *Ils vont en Afghanistan, ils reviennent fanatisés.*
– *Il faudrait interdire à ceux qui sont pas français d'aller à l'étranger.*

Tout l'engrais qu'on met dans la terre pour faire pousser les légumes, c'est de l'esclavagisme.

Les gosses lui prennent les feuilles pour les dessiner, c'est un marronnier, tous les ans, il rentre en classe avec les petits.

Je vais aller pisser avant qu'on remette une tournée, je profite du creux de la vague.

– *Le Sahel, ils continuent à crever de faim.*
– *Ça fait cinquante ans que ça dure, ils doivent bien trouver à bouffer quelque part pour continuer à mourir.*

– *Vous avalez pas la fumée ?*
– *Je fume no kill.*

Tu as mis du rouge à tes yeux et du bleu à tes lèvres ?

– *Au revoir bonne journée !*
– *Au revoir bonne journée à vous à bientôt salut merci au plaisir portez-vous bien !...*

... c'est le printemps.

... temps temps...

... c'est le printemps...

– *Salut Martine !*
– *Salut José !*

C'est le printemps !

Le serpent dort enroulé, il se passe quatre fois sous le nez pendant la sieste.

– *On pourrait en supprimer la moitié, y'a plein de pays sur terre qui servent à rien.*
– *Les planètes, c'est pas mieux.*

Faut pas que je picole, je suis exponentiel en ce moment.

L'histoire s'écrit en direct mais nous on le sait que le lendemain.

La sécurité, l'immigration, c'est lié, mon beau-père il est noir et il est gendarme.

– *J'ai eu cinquante ans hier.*
– *Et vous buvez de la grenadine ?*

La mienne, elle vient juste d'avoir quatorze ans, si je pouvais encore avorter, je le ferais !

– *Il filmait les gosses avec une petite caméra pendant qu'il leur tirait une balle dans la tête !*
– *Les Américains font ça aussi, les jeunes adorent ces films.*

Quand j'aurai plus une tune pour mettre l'essence dans la voiture, je la laisserai sur le parking, de toute façon c'est pas grave, comme je pourrai plus payer le loyer j'habiterai dedans !

Mon père c'est un beau-père et même le chien qu'on a il est pas le père des chiots qu'on a, c'est un beau-chien.

– *Les termites attaquent !*
– *Fais pas chier.*

Le minotaure, c'est grec, ils peuvent même pas le bouffer.

– Il travaille bien mon Roger !
– On s'appelle pas Roger si on aime pas travailler.

Ils ont tué six millions de juifs, personne en France a rien dit et là, trois enfants, ça crie de partout !

Moi je vais toujours au bout du cohérent.

Les Vietnamiens, ça pense qu'à faire des soupes.

– L'homme peut boire jusqu'à soixante-dix ans.
– C'est déjà pas mal.

Le foie est un organe à part, c'est pas du poumon mais presque.

– Il a quatre cents photos de canards, pas une seule de ses gosses.
– Pour les couleurs, c'est mieux, quand t'aimes la photo.

Il faut laisser minimum dix mètres entre les platanes pour qu'on puisse avoir des accidents pas graves.

– Les poules pondent tout le temps, c'est pour ça qu'elles volent pas, elles ont toujours un œuf dans le ventre.
– Ma mère, sept enfants, elle descendait même plus faire les courses.

Y'a pas d'âge pour être vivant.

Les écoles juives, ils sont pas obligés non plus de le marquer dessus !

L'odeur de la rose, ça sert combien de fois par an ? trois fois ?

– *Quand t'es mort, ça change tout.*
– *Ça dépend de ce que tu faisais avant.*

Pas étonnant qu'on ait des Noirs en France, avec une météo pareille.

Faut pas que les maîtres-chiens aient des enfants.

– *C'était un déca !*
– *J'avais compris un Ricard.*
– *Tant pis, laissez.*

C'est la journée du sida ? Pas vu.

Le sida, quand tu l'as plus, tu l'as encore.

Il a quatre-vingt-quatre ans Mickey, y'a des gosses qui meurent à dix ans.

– *Ils ont retrouvé des kalachnikovs chez des inté-gristes.*
– *Ça veut rien dire, des kalachnikovs, tout le monde en a.*

Avec l'ADN d'une crotte de mammouth, on peut refaire une crotte d'éléphant.

La TVA c'est l'impôt le plus injuste parce que les riches et pauvres payent pareil sur... par exemple... le vin.

Quand est-ce qu'on va mourir tranquille ?

Le réchauffement de la planète, c'est bien pour ceux qui ont froid mais pour ceux qui ont déjà trop chaud, c'est pas une bonne nouvelle.

Rien n'est logique, en fait.

Soit c'est vrai, soit c'est faux, en fait.

Sinon, c'est vrai.

Les sondages, si tu dis pas la vérité, comment tu veux qu'ils sachent ce qu'on va voter, ou alors on répond à l'envers et ils mettent le contraire, là, on sait.

En Chine, c'était le président qui élisait le peuple.

C'est une sorte d'uniforme ce qu'on boit quand on boit pareil.

– La critique est facile, c'est... le truc machin chose... qui est difficile.
– L'art.
– Admettons.

De l'eau ? du vin ? tu veux quoi ? t'es du Modem ?

Trop de sécurité fait grossir l'humain.

Moi, Internet, je vais voir la SNCF et je ressors.

Vous vous en rappelez beaucoup vous des choses que vous vous souvenez ?

Le beaujolais nouveau, c'est fini, même si j'en bois, j'ose plus le dire.

Tu vas voir comment ça va finir en mâchoire cassée parce que moi j'aime pas qu'on m'appelle Astérix !

Ça dure combien de temps pour de vrai une heure ?

Con comme ça, c'est à la limite du gênant.

– *Vous en avez entendu parler des phéromones ?*
– *Les ?*
– *Phéromones.*
– *C'est où ça comme îles ?*

Les chiffres, on leur fait dire ce qu'on veut, deux plus deux égale douze, si tu veux.

Dans tous les cons que je connais, y'en a quand même beaucoup de méchants.

– *Trop d'eau, c'est aussi mauvais que trop de bière.*
– *C'est pas mieux en tout cas.*

J'ai pas eu de père, en voiture, j'ai horreur de monter devant.

Les élections, faut voter, sinon c'est les autres qui le font.

Rien n'est vrai.

Je sais pas si le muguet ça porte bonheur, moi j'achète un brin, je perds mon porte-monnaie !

– *L'orientation est dans le bec du pigeon.*
– *Plus maintenant, ils l'ont dit à la télé.*

Le vrai muguet, c'est le 1er Mai, avant et après c'est du muguet mais pas le vrai, le vrai muguet du 3 mai, jamais vu ça.

On le saurait.

Un président de la République maintenant ça sert à rien, en plus, ils sont tout le temps avec leur bonne femme.

– *Tu t'y es arrêté au bistrot ?*
– *Bien sûr, je suis obligé, je passe devant.*

Moi j'arrive pas à être moi-même si je suis tout seul.

Il faut mettre l'humain au service de l'humain et non l'inverse.

C'est même plus l'Europe qui décide, c'est le monde, et encore, pas tous.

– *J'ai jamais été fatigué comme en ce moment.*
– *C'est parce que tu fous rien.*

C'est pas tellement malin de faire confiance à quelqu'un pour qui tout le monde vote.

Le massage cardiaque s'apprend sur un mannequin mais même à la limite ça marche sur un nounours.

On mange, on grossit, on mange pas, on maigrit, c'est le jeu du chat et de la souris.

– *Dalida, elle était belle mais elle louchait.*
– *Un peu.*
– *Des fois vaut mieux avoir des longs cils que des longs cheveux.*

Droite, gauche, c'est les mêmes, le patron, c'est la banque d'en face.

– *Les résultats sont à chier !*
– *Bien sûr, chacun vote ce qu'il veut.*

Même si on trouve de la vie sur une autre planète, on en fera quoi, on en a déjà trop sur terre qui sert pas.

– *La politique, c'est une vision du monde !*
– *Pour voir quoi ?*

Faut quitter la Terre pendant qu'elle est encore belle, quand elle sera pourrie, ça sera trop tard pour aller dans l'univers, on sera pleins de maladies.

T'aimes les mots ? alors va te faire enculer !

Supprimer la peine de mort, ça a changé la vie des criminels, mais ça a changé quoi pour les honnêtes gens ?!

La *Joconde* a pas de prix, mais c'est moins cher que le mont Blanc.

– *T'as voté ?*
– *J'y vais jamais à l'urinoir !*

Je sais pas comment ils font les pauvres, ils manquent de pain, jamais de vin.

Il partait livrer le matin le camion plein et lui vide et il rentrait le soir le camion vide et lui plein.

– *Je l'aime bien moi Herbert Léonard.*
– *Tu fais ce que tu veux.*

Dans un pays moderne, t'aurais pas vingt personnes qui se présentent aux élections présidentielles, t'en aurais une ou deux maxi.

J'aurais bien aimé être dictateur africain, mais ça me fait chier d'être noir.

– *C'est pas en faisant chier les riches qu'on va aider les pauvres, c'est le contraire, plus les riches sont riches et plus les pauvres ont envie de devenir riches, sinon les pauvres ils s'en foutent de pas être riches puisqu'il y a pas d'exemples.*
– *Moi c'est en voyant les pauvres que ça me donne envie d'être riche, plus y'a de pauvres, en fait, plus on a envie d'être riche.*
– *Ah bon ? ça vous fait ça, vous ?*

Le zoo, c'est de la vulgarisation de la vie sur terre.

Un socialiste au pouvoir, vous allez voir qu'il va pas le rester longtemps socialiste, déjà qu'il a regrossi.

La dérive sécuritaire, moi ça dérive pas du tout, ça va droit !

Ça a été ensoleillé de la fontaine à la boulangerie et après il a plu du café à la poste, un drôle de temps.

– *Il a un petit crocodile dans sa baignoire.*
– *Pour bouffer ?*
– *Non, pour le regarder !*
– *Eh ben ?*
– *Ça sert à quoi de regarder un crocodile ? Il est même pas dans la rivière !*
– *Dans la baignoire, j'ai compris ! Tu commences à me faire chier, on va pas faire une réunion de cinq heures pour cette merde-là !*
– *Je te raconte un truc.*
– *Depuis hier tu m'emmerdes alors ça va pas commencer à mal se passer cette histoire de cons ! attention !*
– *Il lui donne des cous de poulet.*
– *Ta gueule !*
– *Dans la baignoire.*

J'ai pas d'amis Facebook, j'ai que des amis face à face.

Griotte ! viens ici Griotte ! sois sage ou papa remet la laisse !

Espèce de face de bock !

– *Le dernier et j'y vais.*
– *T'as le foie qui tourne en boucle ?*

La fête du Travail ? je vois pas pourquoi le travail ça se fête !

Mon mari tout le temps il me fait le tortilli mental.

– *La France a perdu l'AOC du gruyère,*
– *Bientôt on perdra le Mont-Saint-Michel.*

Demain, ça existe pas, c'est férié.

– *T'as pété ?*
– *C'est rien, c'est de l'art éphémère.*

Stella Artois, c'est Stella d'Artois, ça vient des *Rois maudits.*

Faut que la presse soit en papier, c'est ça qu'on tourne.

– *C'est qui qui a été élu, j'étais au lit ?*
– *François Hollande.*
– *C'est qui ?*
– *Retournez vous coucher mémé.*

Il fait pas caca parce qu'il aime pas sa mère, moi je vois pas le rapport.

Faut pas mettre de la peinture de façade quand c'est un mur de derrière, t'es con ou quoi ?!

– *Plein de pinard quand t'es jeune ça va mais y'a un âge où faut faire attention parce que ça se voit.*
– *Je m'en fous que ça se voie.*
– *Je parle des femmes.*

Les oiseaux reçoivent toutes les ondes des radios qui passent, c'est comme ça qu'ils chantent.

C'est pas un président socialiste qui va me déstabiliser !

En sport t'es obligé de t'arrêter quand t'es vieux alors que si tu fais rien y'a pas de limite.

– *C'est quoi votre parfum ?*
– *Ça vous regarde pas ! je suis pas un diffuseur de senteur !*

Le quai de la gare, c'est un territoire à part.

– *Tu bois un coup ?*
– *Ça fait deux heures qu'on picole !*
– *C'est quoi deux heures dans une vie ?*

Hollande, il a fait croire qu'il était con, c'est comme ça qu'il a été élu.

Même si je change d'avis, j'ai les mêmes idées.

– *C'est les premiers pas du nouveau président.*
– *Et après ça sera la première dent ?*

Moi je donne jamais mon avis, et comme ça, personne sait.

Si t'as pas la croissance, t'as pas la croissance... c'est pas vrai ce que je dis ?

Dès que tu gagnes de l'argent, les socialistes te prennent tout pour donner à ceux qui foutent rien, à la limite je préfère rien foutre pour qu'on me redonne mon fric.

J'ai été prématuré, ça m'est resté, d'ailleurs.

Même si on vote pas y'a quand même des présidents élus, ils se foutent de nous.

Dans les églises, c'est le silence qui fait la clé de voûte.

Allez-vous-en les jeunes ! ici on sert que les vieux !

Les artistes, c'est tous des cons !

L'orthographe, ça sert beaucoup plus pour faire des fautes que pour pas en faire.

– Auxerre s'enfonce.
– C'est pas la première fois.

Ça sert à rien que l'univers soit infini, tu peux aller nulle part quand c'est infini.

Me fais pas ton sourire enjoliveur, je te sers plus !

Une lumière que les aveugles savent quand c'est allumé, c'est les bougies parfumées.

— *Internet, c'est que du sexe et des nazis !*
— *Et Gedimat, ça y est.*

Le calendrier des postes, tu demandes au facteur quel jour on est, il sait pas !

Oui mais lui... bon... sans dire du mal... il a du rosé dans la casquette...

Les présidents servent plus à rien, c'est la finance qui dirige, faudrait élire une banque !

— *Hollande, il va détruire en deux jours ce que l'autre il a construit en cinq ans !*
— *Eh bé c'est bien.*

Ils veulent que je cherche du boulot à Pôle emploi, mais ça, c'est leur boulot à eux !

La Terre est mondiale, ça se voit de l'espace.

Jambon beurre ! Martini ! Jean qui pleure ! Jean qui rit !

L'Allemand, c'est de la bête à viande.

La Grèce, ils s'en sortent pas, on va pas encore leur donner des milliards, on a qu'à supprimer la Grèce, c'est pas la première fois qu'un pays disparaît, surtout la Grèce en plus, c'est pas non plus un pays qui sert beaucoup, en fait.

Un camion d'œufs ? c'est *Le Salaire de la peur* !

– *Allô ? je ne vous entends pas.*
– *C'est normal, je ne vous parle pas.*

– *Le porno, c'est du cinéma comme un autre cinéma, ça dépend comment c'est filmé, si c'est bien éclairé.*
– *Éclairer une bite, c'est pas du cinéma.*

À New York, dans le quartier chinois, t'en as pas un qui parle français.

Si tu crois qu'ils savent où elle est la France, les Grecs.

– *Salut mon Nounours !*
– *Salut mon Zouzou itou !*

La viande hallal, c'est religieux, mais si tu fais bien cuire, ça s'en va.

Je suis camionneur, je sais ce que c'est un bruit de camion.

T'es amoureux, tu te maries, t'as un gosse, tu bosses, t'achètes une maison, faudrait vivre que la bande-annonce.

Sarkozy il faisait tout, Hollande il va rien foutre, à la limite, c'est mieux.

La campagne électorale, nous à la campagne, on a rien vu.

L'Europe à vingt-sept ?! même une équipe de foot, on est pas vingt-sept.

L'hostie, c'est la chair du Christ, mais en fait, ça n'a pas goût de viande.

Le mariage homosexuel, ils font ce qu'ils veulent, ils peuvent même s'enculer si ils veulent !

L'argent ne fait pas le bonheur, c'est pour ça que j'ai pas pris mes sous.

— *T'en as bu combien ?*
— *Je sais pas, je suis pas un pluviomètre !*

Les pieds, c'est la zone érogène la plus loin.

— *La Sainte Vierge, elle apparaît, le Christ, jamais !*
— *C'est elle qui sort pour les courses.*

C'est pas aussi horrible que tu imagines le camembert pané.

— *Le vrai, le faux, souvent c'est la même chose.*
— *Tout dépend comment tu te places par rapport au vrai.*
— *Même, en tout cas.*
— *Dans un sens.*
— *...*
— *...*
— *Hein ?*
— *Elle cogne sa prune.*

Les femmes s'intéressent à la politique, du coup les mecs sont obligés de faire autant de bises qu'ils serrent de mains.

On est apparus sur terre après les animaux pour pouvoir les bouffer dès qu'on arrive.

On a le droit d'être pauvre, mais ça empêche pas d'être honnête.

C'est vous le camion « Créateur d'Univers » qui est garé comme une merde ?

Ça laisse plus de chance au gars si tu tires dans le dos vu que le cœur est devant.

Dieu, avant de devenir Dieu, il était quoi ?

– *Les quatre jeunes qui ont tué l'autre, c'était des gens ordinaires, sans histoire.*
– *Les ordinaires sans histoire, c'est ceux qui ont le plus d'histoires à la con.*

Si t'es huître numéro deux, je crois pas que tu peux devenir huître numéro trois.

Je peux pas boire du café en lisant le journal, ça tangue, y me faut un coup de blanc pour coller la ligne.

La jeunesse passe et y'a encore de la jeunesse qui arrive derrière, ça vient d'où tout ça ?

La merde bionique genre en mousse carbonique, ça serait pas pire en tout cas comme progrès.

On chie comme des animaux.

– *Je lui dis, ça me fait mal quand j'appuie là, il me dit, arrêtez d'appuyer.*
– *Il t'a fait ton arrêt maladie ?*
– *Pas du tout !*

Je peux pas vivre en ville, je pisse toujours contre les arbres.

– *Elle me fait chier mais je reste quand même.*
– *T'as le syndrome de Stockholm avec ta femme.*

Le racisme, ça permet de savoir en présence de qui t'es.

– *J'ai rêvé que j'étais entortillé de lierre.*
– *Faut pas dormir avec les chaussettes.*

Il a une valvuloplastie cardiaque, il est vivant, mais assis.

On voit bien que l'homme et la femme sont pas faits pareil, elles arrêtent pas de parler.

Les trous de nez, c'est pas très poli comme trous quand tu parles à quelqu'un.

J'ai jamais mis le saucisson à l'ail sur un piédestal.

– *La France est au pied du mur.*
– *Soixante millions de Français, y'a pas un con qu'a une échelle ?*

Sortir de l'euro, moi je m'en fous, j'y suis jamais rentré.

Avec Rodrigo, c'est l'anus aux manettes.

Heureusement que t'as pas la bite cotée en Bourse, t'aurais perdu la moitié en un an.

Dans les caves de l'Élysée, il paraît qu'il n'y a pas de rosé.

La philosophie de comptoir, dans les bureaux, c'est pas mieux !

Il se lèche les fesses et après il va lécher les gens, c'est une abeille à pollen de cul votre chien.

J'ai une giroflée qui fait la gueule.

– *Je te respecte alors tu me respectes !*
– *Je te respecterai quand tu seras respectable, connard.*

La flamme du soldat inconnu à l'Arc de triomphe, elle serait mieux à la tour Eiffel, vu tout le monde qui visite.

– *Chaque seconde, dans le monde, y'a un bébé qui meurt.*
– *Encore heureux ! parce que sinon tu vois le nombre de bébés ?!*

Dans le tiers monde, les gosses travaillent à neuf ans, mais comme ils sont morts à trente, ça fait à peine trente ans de boulot.

J'aime pas boire assis en terrasse, je suis pas une voiture !

T'es con CDI toi !

Elles ont pas le vertige toutes vos fleurs au balcon ?

Y'a un maire de Bordeaux, alors qu'il y a pas un maire de Bourgogne.

Tu fais le clown, tu te fais payer à boire, t'es un intermittent du spectacle toi !

Pour moi le jour le plus long c'est jusqu'à midi maxi.

Je viens pour ma prise de fonction de buveur.

Carla Bruni, elle était première dame de France, elle va redevenir dix millième chanteuse.

— *Un demi !*
— *Une seconde monsieur, je change le fût.*
— *Un verre de vin alors pour patienter.*

Il a eu une opération du côlon, avec un nom compliqué, dès qu'il est sorti de l'hôpital, il a envoyé la question au jeu des mille euros.

L'exposition au musée, c'était... tiens-toi bien... des trucs horizontaux !

– *Les hors-d'œuvre à volonté, on en voit plus.*
– *Même les hors-d'œuvre en général, maintenant, on dit, les entrées.*
– *Les entrées, c'est pas joli, ça vaut pas les hors-d'œuvre.*
– *Pour le dessert, on dit pas sortie.*
– *Sortie, c'est l'armagnac.*

Tous les écologistes, un an à la campagne, ça va les calmer !

J'ai même pas la clef de chez moi, je laisse toujours ouvert, j'ai rien à voler, même on me rajoute des choses, un jour j'avais une chaise en plus, une fois j'ai trouvé un chat.

Le Festival de Cannes, t'as pas des clowns qui viennent te casser les couilles quand tu manges ta salade.

– *Quand tout le monde est saoul, j'autorise qu'on fume, je suis pas un ogre.*
– *Ah bon alors un autre demi...*

Le pou, c'est préhistorique, comme le cheveu.

Le fromage, c'est relativement biblique.

Y'a pas que les riches qui ont de l'argent dans les banques, le mien il est rangé au fond dans le tiroir du bas.

J'ai jamais quitté la Butte-aux-Cailles, alors moi, la géographie.

J'ai un très bon bordeaux de San Francisco si vous voulez goûter.

Je vais le chercher le matin, le soir c'est toi qui le ramènes, des fois le midi c'est encore moi qui le conduis, c'est un poly-transporté.

Quatorze clients à deux heures c'est pas comme deux clients à quatorze heures !

Quand je m'en fous de ce qui se passe je regarde les infos de la une mais quand y'a quelque chose d'important je regarde la 2.

Sur France 3, c'est le mercredi qu'ils font la pensée pour les otages.

Il est des Ponts et Chaussées ! il habite sous les ponts et il dort sur la chaussée.

Douze euros parce que c'est vous !

— *Le permis de conduire à l'école, c'est un peu plus utile que la géographie !*
— *De toute façon, t'iras pas en Chine en bagnole.*

L'égalité homme femme, je suis d'accord, si ça leur fait plaisir à ces connasses.

Tu travailles, on te prend tout, tu travailles pas, on te donne tout !

Ah lui, quand on lui paye à boire, c'est un bon client, il se met le foie en quatre !

– T'es fermé demain ?!
*– T'as pas encore bu aujourd'hui que t'as déjà
peur de pas picoler demain !?*

Y'en a une de la météo, elle a des gros seins et
l'autre elle a un gros cul mais je me rappelle plus
les chaînes.

C'est quand même un mode de pensée lent la
réflexion.

– Comment ça va ?
*– Ça va-ça va-ça vacille ! un jour en haut, un jour
en bas.*

Je sais pas comment ils font leurs comptes, on parle
des juifs que quand y'a des morts.

Un président de la République normal, même les
yaourts sont pas normaux maintenant.

... bifidus machin.

Ce que j'aime bien avec le livre en papier, c'est que
je peux le poser sur la table.

– Quinquennat, ça me fait penser au Quinquina.
– T'es pas compliqué comme mec toi.

Le jeudi de l'Ascension, c'est Jésus qui monte au
ciel, pour le voir faut des lunettes spéciales.

Moi je suis moi-même, comme ça au moins c'est
clair.

Freud, il s'intéressait qu'aux rêves, quand t'étais réveillé, il s'en foutait.

Les actualités, moins j'en sais, mieux je me porte.

C'est jamais les pauvres qui font la révolution, les pauvres, ils font la queue.

— *Y'a plus que des handicapés dans les films fran-*
çais.
— *Brigitte Bardot, elle avait ses jambes.*

Ça sert à rien de mettre un flic à côté de chaque personne, faut le mettre dedans.

— *Obama, il a déjà des cheveux blancs.*
— *Il sera pas resté noir longtemps celui-là.*

Avec mon portable, personne m'appelle jamais partout où je suis.

Picoler tout seul, c'est un coup d'épée dans l'eau.

— *J'ai bu un bon coup de blanc en regardant le*
mont Blanc.
— *C'est fait pour ça le mont Blanc.*

Rien qu'en se regardant dans la glace pendant vingt ans elle s'est fait un cancer de la peau.

— *Houlà !*
— *Vous tenez pas debout ? vous avez pris qu'un*
pied ce matin ?

Moi quand je suis bourrée, j'embrasse les garçons.

– *Elle est morte dans d'atroces souffrances.*
– *Faut bien mourir de quelque chose.*

Une époque je buvais que du vin rouge, après que du vin blanc, maintenant je bois que de la bière, j'en aurai fait des pérégrinations.

Mort à la naissance, il est sorti par la porte d'entrée le petit.

La parité homme femme, après ça va être les chiens les chats, les pommes les poires...

Je suis une minorité à moi tout seul.

Une femme président de la République, Hollande, c'est presque déjà ça.

La première dame de France, dès que son mec est élu elle arrête de travailler, elle reste à l'Élysée, en général elle s'occupe d'une connerie genre sida.

Des tartines beurrées à quatre heures de l'après-midi, on est vraiment un pays de faignants !

– *Vous avez quoi comme bière ?*
– *Vous voulez l'ADN ?*

Le changement d'heure, ça m'a jamais rien fait, pour moi, le midi, c'est le midi.

Tu veux pas me servir ? je m'en fous ! je vais boire ailleurs, j'ai pas le nez coincé dans la porte !

Je me suis pas coiffée ce matin, c'est l'esprit bord de mer.

Les gendarmes, c'est des militaires, ils ont rien à foutre sur la route, on est pas en guerre !

En vacances, je m'ennuie, à la limite, je préfère rien faire au boulot.

– *On a deux bras, c'est pour ça qu'on a deux mains.*
– *Si on avait qu'un bras, on aurait qu'une main.*
– *C'est ce que je dis.*

Les estampes japonaises, c'est pas si loin des bols bretons.

La vie c'est chiant, tous les jours faut faire quelque chose.

– *Je parle pas anglais.*
– *C'est ce que tu crois, tout le monde parle anglais.*

En Afrique, va trouver un centre-ville.

Je bouge pas beaucoup plus qu'un handicapé, je mériterais une pension.

Les Grecs de l'Antiquité, ils étaient pas dans l'euro et ça allait très bien pour eux.

Quand elle fait ses œufs mollets, elle est penchée sur la casserole, faut pas lui parler, c'est digne d'Hitchcock.

Ça c'est un truc que j'ai jamais réussi à comprendre, les chefs d'orchestre.

– *J'ai payé ma tournée, il a même pas remis la sienne !*
– *C'est l'arroseur pas arrosé.*

J'ai pris le forfait « vivant jusqu'à ce qu'il meure. »

L'éthylotest, c'est fabriqué en Chine, c'est pas les mêmes normes, le Chinois il est tout petit et il est saoul tout de suite.

Le drapeau français, ça se lave sur blanc ou sur couleurs ?

Vingt heures, je sais pas ce que c'est ! Moi huit heures du soir c'est huit heures du soir ! On est pas dans *Star Trek* !

– *Il est mort à soixante ans, il avait le cancer depuis trois ans.*
– *Se faire tuer par un cancer qui a que trois ans.*

Le RMI, c'est revenu minimum d'insertion, t'es bien inséré à la pompe toi !

Au Louvre, tous les tableaux sont éclairés, alors qu'en fait y'en a les trois quarts qu'on regarde pas.

Il ne faut pas idéaliser la viande de canard.

On ne peut plus peindre un nu, à notre époque, il faut peindre quelqu'un qui est à poil.

La Lune est pas très loin, chez nous, elle est dans l'arbre.

Tout le temps qu'on perd et personne ramasse !

Ce matin, y'avait un gros corbeau qui marchait sur la place avec les ailes dans le dos, on aurait dit le maire.

C'est un site de location d'appartement à la semaine, « Eurydice », un truc comme ça ?

Ça doit encore exister des mecs comme Apollinaire, mais on va pas faire tous les rades pour les trouver.

T'as qu'à passer une annonce, « cherche Apollinaire ».

La contrainte dans la liberté c'est que t'es obligé de faire ce que tu veux.

Quand on marche on est collé par terre, quand on pense c'est pas mieux.

Elle mériterait de picoler tellement elle a une tronche typique.

J'ai mis les pensées dans une jardinière toute seule, qu'elles soient pas à côté d'un gros rosier qui leur fout des complexes.

Les alcooliques anonymes, ils sont pas tellement courageux ces gens-là.

Luc Besson, il a ouvert une société rue de la Faisanderie, on dirait qu'ils font exprès les mecs.

La pire menace pour la démocratie, c'est le vote.

Les grandes surfaces, c'est grâce aux caddies qu'elles marchent, les épiceries pareil, grâce aux cabas.

Rien sera jamais différent d'avant.

Tous les verres de rouge qui ont été renversés en Bretagne en cent ans, c'est pire que l'Erika !

J'aime bien les métiers quand on a la peau qui sent l'odeur de son travail.

— *Si ils me virent le permis, je conduirai sans permis !*
— *Tu conduiras sans bagnole toi tellement t'es con.*

Il est super con, quand il parle, il parle pas, il dégaze.

Moi le fromage blanc, ça me fait tomber les cheveux.

— Ça va ton gosse ?
— M'en parle pas, la pluie lui a fait pousser les dents.

Dans mon petit village, pour les baptêmes des gosses et pour les morts les fleurs venaient toutes du même jardin.

Avec la patate tu fais ce que tu veux mais avec le brocoli t'as pas tellement de marge de manœuvre.

Mon grand-père a jamais connu la rue, c'était que la route.

En France on a la première dame de France, c'est qui la dernière ?

J'ai pas signé le traité de non-alcoolisation !

C'est toxique le muguet, en mettez pas dans la salade ma pauvre !

— Ah non !
— Ah si !

Compter, c'est pas des mathématiques, c'est du calcul.

— Ah bon ?
— Mais oui.

Des vacances en Turquie ? venez pas vous plaindre après !

Sa mobylette, l'été ça fait la guêpe, l'hiver, ça fait la mouche.

La liberté d'expression, c'est pas fait pour dire n'importe quoi !

« Prout », c'est le seul son que tu peux faire avec la bouche et le cul.

Les mains peintes dans les grottes, on dit que c'est des peintures, si ça se trouve les mecs s'appuyaient pour pisser un coup.

– *C'est une chanteuse énorme, elle pèse cent kilos, une extraterrestre !*
– *Cent kilos, elle est surtout super terrestre.*

La calligraphie, c'est pas le sens qui compte, c'est la forme du mot qui compte, comme « plouf ».

La rose du magasin, devant une fleur de pissenlit, elle pleure sa mère !

Le périphérique, c'était plein de petits jardins ouvriers, maintenant c'est plein d'ouvriers qui ont une bagnole et plus de jardin.

Le Français moyen, souvent, c'est un étranger moyen.

– *T'y vas à l'apéro festif ?*
– *C'est des conneries.*
– *À la salle des fêtes.*
– *Un apéro festif à la salle des fêtes, trop gai pour moi.*

Je ne rentre dans aucune statistique.

– *On croit qu'on est différents mais on vit tous pareil.*
– *Tu dis ça parce qu'on a acheté le même pain ?*

C'est l'émission du gaz de serre qui nous envoie dans le mur.

– *Ça me fascine les papillons.*
– *Ah bon ? tout ce qui est fascinant moi ça me fait chier.*

C'est le verre à moitié vide à moitié plein ton demi-saucisson.

Ma femme elle m'a viré, halte aux plans sociaux !

C'est une question de bon sens.

Moi j'aime bien les époques.

– *Des petits farcis à table au soleil.*
– *Eh ben, vous vous faites pas chier !*

Quand j'y étais, on buvait beaucoup dans la police, mais maintenant, c'est des cons.

– *Un rassemblement sur la voie publique, c'est à partir de trois individus.*
– *Moi la femme et le gosse, ça fait pas tellement rassemblement, je trouve.*

Le garde républicain à cheval mange de la viande comme n'importe quel garde.

– *Pendant que nous on bosse, toi tu fous rien !*
– *C'est le bon équilibre.*

Si tout le monde bosse, qui c'est qui fout rien ?

– *Je parle, mais c'est histoire de causer.*
– *Moi j'écoute pas, je vais pas tarder à me barrer.*

On est pas forcément d'accord sur tout.

– *Y'a beaucoup de « Marie » qui sont célèbres.*
– *Pas plus que les « Napoléon ».*
– *Non, les prénoms.*
– *Jules César, c'est deux prénoms.*

L'idéal, c'est pas d'idéaux.

– *C'est une philosophe qui est morte à trente-quatre ans.*
– *Comme ma cousine, tiens.*

L'épée de Damoclès, si en plus t'as le talon d'Achille, c'est même pas la peine d'y aller.

... pourtant je l'aime bien ton frère.

Oui mais non.

Quand je mastique, j'entends tout dans mes oreilles, ça me coupe l'appétit.

– Debout les morts !
– Moi j'me lève pas.

Chanchan, elle a bu cinquante petits blancs.

– C'est un écrivain du silence.
– Ah...

Le Monténégro, ça existe, ça ?

Les atrocités en Syrie, de toute façon, si c'est pas
là, c'est ailleurs.

C'est comme ma sœur, si elle a pas mal là, elle a
mal là.

C'est qu'un enculé ce président ! Je dis pas du mal
de la personne, je dis du mal de la fonction.

– Si il bat sa femme, c'est que c'est lui le plus faible.
– Elle, elle dit pas ça !

L'Eurovision, t'as cinquante chanteurs, alors que
l'Europe, y'a que vingt-sept pays !

À Cannes, c'était le film de Claude Miller, tu sais,
le mec qui est mort.

– En plus, je bois plus, j'ai été opéré du foie.
– T'as qu'à boire avec la rate.

Faudrait un cimetière sur Internet, comme ça la
famille se connecte sur la tombe et avec un clic elle
met des fleurs.

Je pense comme un phare, à faire tout le tour tout le temps.

La mer, c'est trop instable.

– *On est à J moins quinze.*
– *Moins quinze quoi ?*

Cinq heures le film ! C'est un kilomètre métrage.

Schizopétasse !

– *T'as cent millions de cons qui regardent l'Eurovision à la télé.*
– *Moi j'ai regardé.*

– *Ségolène Royal, c'est elle qui sera présidente de l'Assemblée.*
– *Habemus pétassam !*

Moi quand je comprends pas, c'est clair et net, je suis pas une idiote !

Le temps des cerises, on aura les noyaux.

– *Y'a pas que les droits de l'homme, y'a aussi les droits des animaux.*
– *Je vois pas pourquoi on donne des droits à ce qui se bouffe.*

Le temps passe, tu ressuscites, il repasse.

L'ascenseur social en panne, de toute façon, il monte qu'au premier.

Le filet de hareng fait plus hareng que la côte de porc qui fait pas porc du tout.

Le sida, ça se soigne, si tu veux te faire plaindre, faut attraper autre chose.

– *De la pluie, de la pluie, de la pluie.*
– *Vaudrait mieux voter pour la météo que pour la politique.*

T'épouses une Japonaise ? Tu mangeras plus jamais pareil.

Deux mâles avec un enfant, ça marche même pas chez les têtards.

Une voix intérieure, une voix extérieure, un silence intérieur, un silence extérieur.

Jacques Brel, il avait les dents de devant qui tremblaient tout le temps.

Si il faut se mettre à la place du narrateur, lui il fait quoi pendant ce temps-là ?

Le crâne, c'est qu'un os à moelle.

– *Même avec les gens, je suis un solitaire.*
– *C'est pour ça que tu paies jamais un coup ?*

Le romarin, c'est une herbe qui sait quoi faire de sa vie.

L'histoire, c'est le passé, alors que la géographie, c'est le présent.

– *L'Iran, c'est une culture millénaire, trois mille ans.*
– *Trois mille ans, c'est pas tellement beaucoup millénaire.*

Moi je ne louche pas sur le fatalisme asiatique.

Si les animaux pouvaient porter plainte, t'aurais des avocats plein les abattoirs.

Faut payer pour boire, c'est du chantage !

Aucune jeune fille veut se marier avec un grossiste en viande, pourtant, ils sont tous mariés.

Il ne faut pas pleurer sur un quinquagénaire qui meurt noyé dans sa piscine.

Le ciel de l'Atlantique, c'est un autre Atlantique en l'air.

C'est un pigeon picoleur, il a le sens de l'orientation que pour aller au bistrot.

Un festival de danse ? ils dansent ? c'est tout ? et nous on regarde ? on peut boire un coup au moins ?

– *Si on devait voter pour tout, on arrêterait pas de voter.*
– *Tu nous fais taire pour dire ça ?*

Je bois le point d'orgue et je me casse.

— Je comprends jamais ce qu'il dit.
— Moi je comprends, je suis traducteur de saoul en pas saoul.

Un islamiste peut pas rester modéré, la fièvre, soit elle monte, soit elle disparaît.

Plus y'a des lois, plus y'a des mecs en prison, ça devrait être le contraire.

Dès midi il est dans le brouillard, c'est pas lui qui verra un après-midi ensoleillé.

La réforme des retraites, on ira plus à la pêche, on ira au cimetière.

Je sais pas ce que j'ai mangé mais c'est ressorti pareil.

— Je pourrais avoir un Coca ?
— Virginie ! on ne coupe pas la parole aux adultes !

Une cane, pour le canard, c'est une femme, tu crois ?

Elle dit qu'elle prédit l'avenir, elle connaît même pas les dates du passé.

J'ai les cheveux qui poussent comme des champignons.

– La femme, ça existe pas, c'est la société qui fait que tu es une femme.
– C'est pas le préfet de région qui fait pousser les nichons !

Il est vieux, il s'oublie, c'est l'antichambre de la mort son slip.

– Moi, c'est moi !
– Oui, on a vu.

Un journal comme *Libération*, libération de quoi ? *Le Figaro* c'est pas mieux, ça veut rien dire.

Quelle heure il est ? neuf heures quarante-neuf ? c'est pas beau comme heure, neuf heures quarante-neuf.

On veut protéger l'environnement alors que déjà ça serait bien de s'occuper des environs !

Y'a rien sur la Lune, elle serait sur la Terre, on irait pas.

Il gratte une heure pour enterrer sa crotte, on l'appelle « l'archéologue ».

La Lune, c'est la banlieue de la Terre, elle finira comme toutes les banlieues.

T'as des racines bretonnes dans la musique arabe.

– Le beaujolais nouveau me donne la colique.
– Moi de même.

Moi j'analyse tout.

C'est Sarkozy qui a désigné Strauss-Kahn pour être le patron du FMI, il savait que c'était un violeur, c'est malin comme combine, le moment venu il l'a fait tomber, il a perdu quand même, c'est bien la preuve qu'il est con Sarkozy, et maintenant c'est lui qui va tomber, parce que Sarkozy lui c'est la coke, avec les truands du Carlton, ça devait dealer à mort, moi je dis ça, ça me regarde pas, je vote pas, que aux municipales, et encore c'est pas sûr, quand tu vois le maire comment il se fait refaire le toit par les employés municipaux, c'est pas mieux que Sarkozy avec la came, peut-être je vais plus voter d'ailleurs, comme ça, hop, voilà.

– *La porte !*
– *Je l'ouvre ou je la ferme ?*
– *Elle est fermée, tu l'ouvres.*
– *On peut pas savoir.*

L'Amérique du Sud, c'est pas plus américain que le Pérou.

– *On s'en remet jamais d'un viol.*
– *C'est marqué à vie sur ton casier.*

L'exode rural, t'as même des pissenlits dans Paris.

Là ou ailleurs, c'est quoi la différence si t'y es ?

Hollande prend pas le train pour faire des économies, c'est parce qu'il a peur en avion.

Le tabac c'est rien, c'est l'association avec l'air chaud qui est mauvaise.

Je peux pas m'empêcher de réfléchir.

T'en as déjà vu des chats qui puent ?

C'est tout un processus.

Ma mère elle jardinait quand j'ai commencé à naître, elle avait de la terre sur le ventre plein le tablier, comme si je suis sorti d'un terrier.

Pendant la journée la Lune est de l'autre côté de la Terre, c'est pour ça que je dis que la distance Terre-Lune est plus grande le jour que la nuit parce qu'en plus faut faire le tour.

— *Je t'ai attendu au bar, t'es pas venu !*
— *T'es pas gravé dans le marbre.*

Quand on a compris ça on a tout compris.

La banque alimentaire, crois pas que t'auras du homard, c'est comme une banque normale pareil.

Si t'es paralysé qu'on veut te faire l'euthanasie, tu peux même pas dire que tu veux pas, même si tu clignes l'œil, on croit que t'es content, quand on cligne de l'œil c'est qu'on est content.

Nous nous aimions le temps d'une boisson.

Je suis pas spécialiste de l'opéra mais les chanteurs souvent mangent un bifteck avant de chanter.

Joe Dassin, Dalida, tout le monde louchait à l'époque.

Ça serait plus possible maintenant que les chanteurs louchent.

– J'ai plus de porto.
– Ah... ça change la donne.

Goldman, tu le verras plus sur scène, avec tous les cheveux qu'il a perdus.

L'euthanasie, un jour qu'il pleut tu veux mourir, un jour qu'il fait beau tu veux plus, même en légume t'es aussi con qu'avant.

La Loire a jamais traversé Paris, même pas une fois.

Ça sert à rien un film sur la vieillesse, fallait le faire avant.

La vieillesse, ça sert à mourir.

Mes plantes, elles boivent pire que moi.

Le miel, je peux pas résister, pourtant, je suis pas une abeille.

Rendez-nous la lumière !
Rendez-nous la beauté !

Remy, ta gueule !

C'est souvent le contraire de ce qu'on pense ce qu'on dit, quand je dis souvent, c'est des fois.

Ça tombe quand, le 2 juillet ?

Des femmes, même au Festival de Cannes y'en avait pas dans la sélection alors que le cinéma c'est de la merde, alors je vois pas pourquoi y'en aurait dans la politique.

— *Trente kilomètres de bouchons !*
— *C'est normal dans le Beaujolais.*

Des fois j'ai une grosse tache sur les lunettes, j'aime pas ça, ce qu'on voit, c'est pas la vraie vie.

Le matin je ramasse les poubelles des autres, ça me laisse tout l'après-midi libre pour remplir les miennes.

Vous êtes musicien ? Je l'ai vu tout de suite, j'ai l'œil musical.

— *Les cloches à sept heures, si tu te lèves à six heures c'est trop tard pour te réveiller, si tu te lèves à huit heures ça te réveille trop tôt.*
— *Faudrait que ça sonne à six heures aussi.*
— *Si tu te lèves à cinq heures, ça sert à rien.*
— *Faudrait que ça sonne à partir de cinq heures.*
— *Le mec qui se lève à huit heures, il est réveillé à cinq !*
— *Qui c'est qui se lève à huit heures ici ?*
— *Le pharmacien.*
— *Qu'y crève.*

Une femme à la place d'Hitler, ça aurait été pire.

— Vous êtes garagiste ?
— En retraite.
— Je suis en panne.
— Fallait tomber en panne y'a dix ans.

Y'a que mon chien qui a le droit de m'engueuler.

Si c'est des tomates farcies à midi, je reste, je vais pas bosser.

On peut plus donner sa langue au chat, ils bouffent que des croquettes.

Je supprimerais les places des villages, c'est là qu'on attend.

Il se passe plus de choses dans ses os à la petite vieille que dans sa vie.

Je voudrais bien acheter une belle robe à une femme, mais pas la mienne.

Je sais pas si on est retournés à Sancerre depuis que tu bois la bière sans alcool.

Woody Allen, je vais jamais le voir, je me dis toujours, j'attends le prochain.

Je connais un gars qui chauffait pas son château, il vivait dans sa cuisine et il mangeait des petits bouts de pain.

Peigne-cul !

– *Comment elle s'appelle l'autre là que j'appelle Bas du Cul ?*
– *Bas du Cul ?*
– *Oui, comment elle s'appelle ?*
– *Bas du Cul ?*
– *Oui, Bas du Cul.*
– *C'est qui ?*
– *L'autre là que j'appelle Bas du Cul, c'est quoi son nom ?*
– *Bas du Cul ?*
– *Oui, c'est quoi son nom ?*
– *Bas du Cul.*
– *Non mais son nom.*
– *Josette ?*
– *Non, elle c'est Picaillon.*

Je veux rien laisser derrière moi quand je vais crever, même mes cendres j'en veux pas.

T'en connais un restaurant qui fait des pâtes avec des pieds de porc ? Moi j'en connais pas.

– *La facilité de paiement vous donne la facilité d'achat.*
– *J'ai pas besoin de matelas.*
– *Tout le monde a besoin d'un matelas, ça se voit que vous dormez mal, vous vous tenez pas droit, vous avez mal au dos.*
– *Je vais pas vous acheter un matelas pour me tenir droit quand je bois un coup !*

Les soldes toute l'année, on s'y retrouve plus, va falloir inventer le jour des trucs chers.

– Tu bois un coup avec moi ?
– Pas le temps.
– C'est non-assistance à personne qui se fait chier.

Babar, c'est une icône aussi.

– Avant la Bourse c'était place de la Bourse, comme les rois c'était à Versailles, maintenant on sait plus où c'est, on sait même pas si Hollande il habite à l'Élysée, même Sarkozy il habitait pas là mais chez sa bonne femme, va les retrouver les mecs, une fois sur les girolles au marché c'était marqué qu'elles venaient des bois, les bois où ? on saura jamais, comme Hollande, il habite dans les bois, c'est comme ça maintenant, même moi avant j'allais boire un coup au Balto chez René, maintenant, je bois un coup au bistrot, je sais même pas votre nom...
– Adrien.
– Comme l'empereur ?

Où c'est qu'ils payent leurs impôts à Médecins sans frontières ?

C'est toujours à chier la magie quand c'est un magicien.

Mon problème, c'est que je suis trop exigeant.

Le sida ça s'accroche avec les gros piquants, c'est comme une sorte de pollen si tu veux.

La fessée ça fait du bruit mais ça fait moins mal qu'une gifle, y'a moins de nerfs dans les fesses que dans les joues.

414

En France, y'a trop de vacances pour qu'on s'intéresse à l'actu.

Moi je vis direct au propre et jamais au brouillon !

Dans les prisons françaises, vous n'avez même pas la corvée de pommes de terre !

Les connasses de journalistes qui sont mariées avec des ministres, faut pas les garder à la télé, et les connards de ministres qui sont mariés à des pouffiasses de journalistes, faut pas les garder non plus !

Un hectomètre, c'est combien de litres de mètres ?

Ségolène Royal, elle a perdu les élections le jour où elle a changé de coiffure.

Me dites pas que je suis raciste, les juifs, je les reconnais même pas !

– *Le vélo, ça donne la diarrhée.*
– *C'est le pollen que vous avalez par la selle.*

L'Angleterre c'est une île parce qu'on le sait.

La Solitaire du Figaro, c'est bidon, ils passent toute la journée au téléphone.

J'aime pas partir, c'est pendant les vacances que je me vois.

– *On bouffait avec un pédé, en plus, y'avait un mec qui jouait du violon !*
– *Quand ça s'y met.*

Les scientifiques ont eu tout faux depuis le début !

Obligés de manger du poisson le vendredi, c'est une sorte de charia.

Souvent c'est les moches qui se plaignent le plus de harcèlement.

Toutes ces guerres, c'est pour le pétrole, vous verrez qu'avec le solaire on aura des guerres pour le soleil !

La mondialisation, elle a bon dos.

Y'a pas de poules dans la Bible ? parce qu'ils mangent pas tellement des œufs.

Le plus de suicides, c'est chez Disneyland, à cause des costumes.

Je l'aime pas cette femme qui fait la météo à « Télématin », elle est cartilagineuse.

Le sida, c'est guéri depuis longtemps, mais ils continuent de faire croire pour continuer à vendre les médicaments.

Le coureur qui se dope pas, c'est qu'il a pas vraiment envie de gagner.

– *Tu crois en Dieu ?*
– *Ben oui, quand tu meurs, faut bien aller quelque part.*

Faut pas donner trop de fer aux enfants quand le cerveau se développe parce qu'après ils écoutent plus.

Les deux jambes de la même taille, avec deux c'est déjà pas facile, alors si t'en as quatre.

Les gens font pas des fleurs mais les bras ça fait le feuillage.

Le coureur dopé qui a été arrêté, il était cinquantième, je te raconte pas ce que prennent les quarante-neuf qui sont arrivés avant lui.

Quand je conduis, je regarde la route, et les panneaux, c'est ma femme qui me dit.

— *Si Hitler a existé, c'est que Dieu, il l'a voulu !*
— *On va pas refaire l'histoire.*

Ça passe vite, y'a des bébés qui sont nés en l'an 2000 et qui ont déjà douze ans.

C'est pas tellement logique de se foutre tout le temps au soleil pour bouffer de la glace.

— *Le nouveau roman a fait beaucoup de mal au roman.*
— *C'est comme le beaujolais nouveau avec le beaujolais.*

La sieste les yeux fermés je reconnais si c'est une mouche ou un moustique, rien qu'à l'accent.

Bernard, ça fait plus un prénom pour un poisson que pour un chien.

Les atrocités de la guerre, on les ferait en temps de paix, ça serait encore pire.

On en voit des Noirs sur la plage qui se bronzent, ils attendent quoi ?

La lavande, ça te fait des agriculteurs qui puent la savonnette.

Ils arrêtent pas de nous faire chier avec l'éthylotest et après ils s'étonnent qu'on achète plus de bagnoles !

Je sais pas pourquoi y'a autant de monde aux Restos du cœur alors qu'on voit des sangliers sur le périphérique.

Le Tour de France, ça me fait penser à la sieste.

– *C'est idiot le racisme, les races existent pas.*
– *Moi je m'en fous des races, je suis pas raciste, c'est les Arabes que j'aime pas.*

Un jour, je me suis retrouvé devant un bar tabac figé dans le temps.

Le langage, c'est surtout des fioritures par rapport à la langue.

– *Moi je la paie pas la dette !*
– *Vous la laissez pour les générations futures.*
– *Ils ont qu'à pas payer et la laisser pour les générations futures !*

... et ta connerie, elle est éternelle ?!

Le 14 Juillet, c'est la Révolution française, et le 13, c'est la Française des jeux.

T'as jamais travaillé toi, Pôle emploi ! Pôle emploi ! Pôle emploi ! c'est un vrai chômage de Sisyphe !

On a pas le droit de vendre ses organes ! et alors ! on aurait des pinces de homard, on les jette ?!

Il faut que la pâte et la sauce tomate fassent le corps à corps.

Les chômeurs, y'a beaucoup de faignants, moi mon voisin quand je le vois à la boulangerie faut lui lire les annonces d'emploi qui sont scotchées sur le mur !

– *Un demi !*
– *Il veut un demi.*
– *Vous pourriez être porte-parole du gouvernement vous !*

Hollande, il est normal, mais Obama il est noir et c'est normal là-bas.

– *Ils augmentent le SMIC d'une baguette de pain par semaine et de l'autre côté ils suppriment huit mille emplois !*
– *Il doit s'arracher les cheveux le boulanger.*

Une tombe individuelle à côté d'une fosse commune, c'est sûr vous aurez des morts qui viennent frapper.

– Le Vél' d'Hiv, qui c'est qui connaît ça aujourd'hui ?
– À part le Tour de France.

Aujourd'hui, toutes les guerres c'est pour le pétrole, mais à l'époque, 14-18, 39-45, c'était pour rien.

En haut de la tour Eiffel, vous êtes quasiment au bord de la mer.

Brigitte Bardot, elle avait des intestins comme tout le monde !

Même à la boulangerie j'ai pas une baguette pas payée, alors qu'ils viennent pas me faire chier à dire qu'on doit des milliards !

Ça va rester dans les annales ce mois de juillet, on a pas mangé une seule fois dehors.

Vous verrez qu'on les regrettera tous ces enfants qu'on fait en ce moment quand ils seront des vieux.

Ils en font plus des défilés militaires en Russie à cause du réchauffement de la planète, le sol sous le goudron c'est devenu tout de la boue molle.

Les ruches, on dirait des usines occupées.

– Neuf milliards, ça se trouve pas sous les sabots d'un cheval !
– On trouve rien sous les sabots d'un cheval.

Y'en a quasiment plus des pays occidentaux, tout est orientaux.

La Vache qui rit c'est un design mais c'est surtout un marketing.

Si on les écoute, c'est jamais la faute de l'islam.

Besançon, c'est en France depuis quand ?

– J'étais sûr que c'était toi, j'ai reconnu ton rire.
– Ça m'étonnerait, je viens de perdre mon père.

– Sur la Terre, y'a deux fois plus de chaussures que d'êtres humains.
– Tu finis ton verre et on y va ?

Depardieu, faut pas qu'il donne son corps à la science, faut qu'il le donne aux ours.

Pompidou... je sais pas à qui comparer.

Des pays, pour l'anniversaire du gosse, ils lui entaillent la peau de la bite, y'a pas de gâteau.

Je suis comme saint Thomas, je bois ce que je vois.

Là-bas, c'est un nom pour tout le village alors qu'en France on adore les noms, y'en a un par boîte aux lettres.

Le Premier ministre, c'est un peu comme le commis du boucher.

Les pères, quand ça se pend, c'est dans le garage.

Me dis pas que Cohen c'est un nom grec !

De cent ans à cent dix ans, c'est de la vie supplémentaire, mais c'est pas payé double !

C'est fini l'époque où tu faisais le même travail toute ta vie dans la même boîte du même quartier, aujourd'hui, tu seras chômeur à droite à gauche.

– Vous avez remis votre vieux blouson ?
– Vous avez les yeux de l'INA vous !

C'est pas bon signe si Dodu s'arrête.

Allez le dernier ! mets-moi le Ricard palliatif !

– C'est pas pour dire du mal, mais chaque fois qu'on le voit Mandela, il a une petite fille sur les genoux et il lui tripote ses genoux.
– Mais non !
– Regardez sur la télé, ça se voit bien.

Le monde est fini puisqu'il dure cent ans.

Moscou c'est tout petit, en fait ce qu'on appelle Moscou c'est la banlieue de Moscou.

Je lis jamais en vacances, c'est le seul moment où j'ai du temps libre.

– Vous avez pas la chienne ?
– Elle est en chaleur, je la prends pas, elle va payer
des coups à tout le monde.

On est une génération qui a pas connu la guerre, et finalement, on est en train de la payer.

Le bulbe rachidien, ça dépend des chaussures que vous avez.

Le poisson, il boit comme il respire !

On s'en fout d'autoriser l'euthanasie, faut interdire la mort.

Un livre, c'est un sandwich, faut pas que ça soit trop gros pour le manger en une fois.

Pendant Auschwitz, l'État d'Israël existait pas, mais c'était tout comme.

Un enfant qui meurt à cinq ans, de toute façon, c'est qu'il était pas fait pour vivre tard.

Charles Trenet, ah non je n'aime pas du tout, un nazi pédophile !

Tu nais avec ta mort qui est dans les gènes, je connais un mec il est né avec un accident de voiture, il en parlait tout le temps...

L'enfant qui naît, c'est ni merci maman ! ni rien ! ni bonjour ni merde ! pas un mot jusqu'à ce qu'il parle !

Le dollar, c'est le billet vert, l'euro, on connaît même pas la couleur.

L'humour sur les Belges, c'est pas de l'humour sur les Blancs, alors que l'humour sur les Gabonais, c'est de l'humour sur les Noirs.

— *Y'a un journaliste que j'aime pas à la télé, il a des énormes trous de nez.*
— *Sur quelle chaîne ? vous avez combien de chaînes ?*
— *Je sais pas... trente ! allez retrouver des trous de nez...*

Me demandez pas ce que je regarde à la télé, je regarde tout, alors pour me souvenir...

— *Une plante qui pousse tu passes le film en accéléré c'est la vérité mais c'est pas la réalité.*
— *Houlà ! tu vas pas nous faire chier comme ça au barboque !*

C'est encore le ramadan ?! ils sont encore pires que nous avec les ponts du mois de mai.

Tu bois pas ? finis ! putain, j'ai l'impression de picoler avec un poids mort !

Je conduis à l'intuition, si la route a pas tourné depuis longtemps je me doute que ça va tourner bientôt.

On ne sait pas exactement de quelle époque date la préhistoire.

– *On se rend vraiment compte si la saucisse de Morteau est bonne parce qu'on a un repère là-dessus.*
– *La Morteau, c'est pas une saucisse qui tombe du ciel.*

Les pauvres, même si ils ont rien, ils veulent le partager.

C'est facile d'être jeune à ton âge.

Plus t'es immigré, plus t'as des droits en France, quand vous voyez Noah qui paye rien comme impôts !

Déjà normalement si il est africain Noah il devrait jouer au foot.

Ils sont forts les Africains, ils jouent sans chaussures.

Manger des petits oiseaux, ça fait pédophile de la bouffe.

Celui qui a pas de papiers, reconduction directe à la frontière, celui qui a ses papiers, interdiction de quitter la France, c'est logique ou pas ?

J'aime pas les roses qu'ils vendent maintenant, on dirait des poupées Barbie.

Il était généreux Jésus quand il multipliait les poissons, mais en même temps, c'était pas à lui.

C'est facile d'être Jésus quand c'est pas à toi...

C'est con qu'il nous reste pas des journaux de l'époque de Jésus.

En tout cas c'est pas en restant assis sur notre cul qu'on trouvera des autres planètes habitables !

Je ne vais jamais par-delà un litre.

T'as du fromage de chèvre dans les cheveux !... qu'est-ce qu'elle boit notre Patty Smith ?

Trois cents bornes en voiture pour aller voir un panda ?! il peut pas se déplacer ton panda ?!

T'as beaucoup plus de morts dans le monde par l'activité physique que par l'inactivité.

La torture, c'était pas en Algérie, c'était que dans Alger.

Il était temps de réinventer la courgette.

— *Tu fais une piste ?*
— *Fous-moi la paix, j'ai du travail.*
— *C'est moi ton travail.*

La couleur des fleurs c'est fait pour attirer les insectes et au final ça attire les fleuristes.

— *Il est mort dans la maison où il est né.*
— *L'escargot pareil, il meurt dans la maison où il est né.*

Les mathématiques, tu vas en Allemagne, c'est déjà plus les mêmes.

Sans la frontière espagnole, tu sais pas quand t'arrives en Espagne, faut rouler une heure encore pour se rendre compte, nous, quand on est allés en Espagne, on y était depuis trente bornes, on savait pas.

— *Bibi, il allait dans un café à Villeneuve-Saint-Georges, il rentrait dedans avec son cheval.*
— *Y'a des bistrots maintenant, tu viens même avec un chien, ça râle.*

Eugène Poubelle, c'est les poubelles, et Décibel, c'est un préfet qui parlait fort.

Tu me remets ça, ça me fera la paire de chaussettes.

Moi j'aime tout dans la vie, je trie pas les déchets.

La douleur, ça sert à savoir où on a mal, sinon on saurait pas où soigner l'endroit qui va pas.

Moi quand j'étais petit, j'étais cahier à grands carreaux.

Le Noir fait plus jeune parce qu'il est coloré, c'est comme nous quand on se teint les cheveux.

— *Plus personne sait ce que c'est que le Vél' d'Hiv !*
— *Oui, mais aussi c'est à force de trop en parler que les gens ne savent plus.*

Lui pour le retrouver quand il est parti dans le pinard faut un sonar !

En deux roues c'est dangereux, mais à pied pareil, c'est toi ton casque.

Le seul truc qu'on a trouvé pour sentir la vie, c'est l'odeur de cuisine.

Les livres que lisait ma grand-mère, c'est les mêmes que ceux que ma mère lisait et que ceux que je lis, c'est Balzac.

Une tournée... et une autre tournée... c'est connexe.

Faut cinq semaines pour avoir un camembert, c'est rien par rapport au bébé de l'homme.

Les Japonaises marchent mais elles glissent, comme si elles avaient les pieds en roues.

Si ça continue le changement climatique et que toute la neige elle fond, les montagnes, elles vont faire un centimètre de haut !

Un nain en vélo, il doit avoir l'impression qu'il fait du quatre cents !

T'as vu la ministre ? la robe qu'elle a mis ?! à l'Assemblée nationale ! avec les fleurs ! un jour elle viendra à poil !

Une bougie même améliorée te donnera jamais de l'électricité.

Le vin, c'est le sang de la Terre, ça devrait pas se voir dans le sang des Terriens.

Le réchauffement climatique date des congés payés.

Moi je m'en méfie des gens normaux.

Dieu a rien à voir avec les mathématiques puisque Dieu c'est la physique.

– *Il a toujours des mouches sur les mains.*
– *Bien sûr, il est diabétique.*

– *C'est un oiseau qui fait tit tit tit quand on s'approche.*
– *Ah non, c'est un camion qui recule.*
– *Je sais de quoi je parle !*

Devenir internaute, c'est pas un rêve d'enfant.

Mets pas toi là, y'a Frankie qu'arrive !

– *T'aurais un livre à me conseiller ?*
– *Je lis rien moi.*
– *Ah bon...*
– *Pourquoi tu me demandes à moi ?*
– *T'as des lunettes.*

Dommage que quand on se rase, ça sent pas l'herbe coupée.

Le racisme, pour la victime, c'est une façon d'exister.

Je lis que les auteurs morts, et encore, il faut qu'ils soient bien pourris !

– *Je connais un juif qui est nazi.*
– *Ça, ça ne m'étonne pas.*

– *Te mets pas là.*
– *Mets pas toi là.*
– *On dit, te mets pas là, mets pas toi là, c'est pas français.*
– *Mets pas toi là, c'est pas français, mais au moins on comprend.*

Moi j'ai pas d'avis sur le viol, comme ça, je ne risque pas de dire une bêtise.

Je préfère faire des heures supplémentaires que y'aller pour les heures normales.

Des gens qui meurent de faim, à la limite ils l'ont cherché.

– *C'est pas que j'aime pas le vin blanc, je le supporte pas.*
– *Attention ! c'est pas pareil, attention !*

Le sida, vous ne l'attraperez pas au travail, c'est toujours dans les bamboulas !

Neuf par voiture, vous pouvez être sûr que c'est des Algériens.

Il faudrait supprimer les contrôles d'alcoolémie quand c'est une fête du calendrier.

Montebourg, il fait semblant d'être marié avec une Noire à lunettes mais en fait, c'est un bourgeois.

Moi mon mari sortait jamais du garage, quand je repense à lui, je vais pas regarder vers le ciel !

Le beaujolais nouveau n'est pas une fête du calendrier, mais ça pourrait.

Cinq sushis thon, cinq sushis crevette, j'aime bien quand ça respecte la parité.

La Noël, c'est une fête du calendrier et on boit encore plus que pour le beaujolais nouveau, alors les deux pourraient être sanctifiés, je trouve.

Si les murs pouvaient parler, ils parleraient et ils écouteraient plus.

— *Je connais aucun boulanger qui est devenu boucher par contre je connais un boucher qui est devenu taxi.*
— *Transport de viande.*

Quand on se fait incinérer, il paraît que c'est magnifique, j'ai vraiment hâte d'y être !

Mieux vaut avoir une voiture étrangère quand on roule sur les routes françaises.

— *Un autre blanc !*
— *Dites donc, vous battez votre plein.*

Les fourmis des fois je les regarde à la campagne en vacances, mais à Paris si y'en a franchement, j'ai autre chose à foutre.

– *Dès que la voiture s'arrête, le moteur s'arrête, pour économiser du carburant.*
– *On ferait ça avec notre cœur, on vivrait plus longtemps.*

Les prisons, les parkings, c'est le même problème, à peine t'as fini de construire que c'est déjà plein.

Au prix où ça se vend la drogue, je comprends pas pourquoi on continue à faire du chou-fleur !

Je vois pas Hollande faire un discours au monde avant que un astéroïde détruise la Terre.

Même le chat qui fait sa crotte dans son gravier paie la TVA.

Il pleut, tout de suite le parapluie ! du soleil, vite les lunettes ! on aime pas ce qui se passe finalement.

Les nudistes, ils sont encore plus prisonniers de leurs vêtements que ceux qui en mettent.

– *Les Américains, le nombre de films qu'ils ont fait sur le Vietnam, et nous, la guerre d'Algérie, combien ?*
– *En même temps un film sur les Arabes, qui c'est qui va aller voir ça ?*

En Syrie, c'est la guerre et en même temps c'est le ramadan, le mec qui maigrit pas, il est vite repéré.

Le présent, ça sèche tout de suite, le lendemain il est déjà tout dur.

J'inventationne des mots sinon je m'ennuie quand je parluche !

On arrête pas de créer des nouvelles races de poules et on garde toujours la même race d'œuf.

Ça fait longtemps qu'on est plus un pays occidental !

— *Catherine Deneuve, tous les jours elle est chez le coiffeur.*
— *C'est comme les vieux châteaux, tout le pognon passe dans le toit.*

Le nain est plus malin.

Tous les violons sont assis, le violon solo joue debout mais il est payé comme un pianiste assis qui gagne mieux sa vie que le violon assis, en gros le soliste debout est payé pareil que le soliste assis et plus que les autres violons assis, et personne se plaint, déjà avoir une place de violon assis c'est rare alors personne fait la fine bouche.

— *De quoi on parlait ?*
— *De rien.*

Elle s'appelle Monique et elle habite sur la Côte d'Azur, tu vois le genre...

Moi à la maison je fais du profilage, si il est en retard, tout rouge et qu'il gueule, c'est qu'il est saoul.

Le violon c'est du crin de cheval, la raquette c'est du boyau de chat, moi je verrais plus de chat sur le violon et du cheval dans le tennis.

– *Venise s'enfonce.*
– *Évidemment, fallait pas le construire là !*

Vous parlez de quelle époque quand vous parlez de l'époque d'avant ?

Location de véhicule sans chauffeur... il risque pas d'aller loin...

Plus on est nombreux à picoler dans plein de bistrots et plus y'aura des bistrots, parce qu'on pollinise !

– C'est quoi la Chartreuse de Parme ?
– Poivrons tomates jambon.

Les paysans servent plus à rien depuis le surgelé.

Les conneries qu'on dit, franchement des fois, on devrait les noter.

Sept fruits et légumes par jour, en plus du reste, je sais pas où ils trouvent la place.

– *Ça sent la pluie.*
– *Je me suis lavé les cheveux.*

Dans le même wagon y'avait un chat et une aveugle, mais je m'en fous, j'ai dormi.

Ils interdisent le foie gras en Californie, c'est là qu'il y a le plus de condamnés à mort !

Avec ce soleil, c'est bien les arbres dans les cimetières parce que sinon, les tombes, c'est des fours.

– *L'Occident a mangé son pain blanc.*
– *Et l'Orient va boire notre vin blanc !*

C'est pas la peine de pleurnicher quand tout va bien, t'as mangé des frites, t'as eu ta glace, t'as tes palmes, papa y t'a grondé, c'est rien, il est saoul, c'est les vacances pour tout le monde !

Ils ont eu les congés payés, nous c'est les boulots payés qu'on a plus !

– *J'ai l'impression que le nazisme revient en Europe.*
– *Ah je ne sais pas qui vous a dit ça.*

J'ai toujours aimé avoir des cheveux.

Y'a pas de Français en Corse, y'a que des Corses.

La peau noire protège du soleil, mais dans les pays où il fait pas beau, ça sert à quoi la peau noire ?

Tu vois une fleur, tu vois une merde, à mon avis, Dieu, ils sont deux.

– *Y'en a une qui est vieille qu'on voit plus, c'est Jeanne Moreau.*
– *C'est mieux de pas voir la décrépitude, on garde une image d'avant.*
– *Elle avait fait un film avec Brigitte Bardot.*
– *Ah non, c'est Robert Hossein... vous savez, le sourd.*

L'amitié, c'est une chose, le reste, c'est autre chose...

... mais si mais si !

– *Quand un renard s'approche tout près des maisons, c'est qu'il a une maladie.*
– *Vous avez vu les Yougos sur le parking de la gare ? eh ben ceux-là...*

Moi je sais pas par où il faut partir quand il faut s'enfuir.

Ils filment la gorge des chanteuses avec une petite caméra qu'ils font rentrer, c'est exactement pareil qu'un intestin sauf que ça chante.

– *C'est la mort qui donne un sens à la vie.*
– *Moi mon voisin il est mort, ça m'a rien fait.*

Pasteur je m'en rappelle bien de lui parce qu'il a la tête de Victor Hugo.

La bière ça parfume les habits, mais ça ne tache pas.

Avant, il suffisait de trouver une boucherie pour être pas loin d'un café.

Tous les super-héros ont des habits de pédés, même Hulk, il a son slip tout déchiré.

Immobile au comptoir, pour moi, c'est du mouvement.

En bateau, c'est pas de la balade, c'est plus le bateau qui se promène que vous.

Le terrain de foot c'est tout petit par rapport à un terrain de marche.

On maigrit en mangeant du poisson parce que le poisson peut pas se transformer en gras de viande.

À l'époque c'était l'Union soviétique la plus forte pour les gymnastes, les militaires cherchaient dans la campagne des gamines avec les os mous.

Je maigris plus en picolant qu'en faisant du sport.

Les ruches du jardin du Luxembourg, c'est l'alvéole la plus chère de Paris !

Fais pas ton gourou, avec moi ça marche pas !

Vous allez en Irlande ? amenez de la laque !

– Tous les jours une chute dans le peloton.
*– C'est souvent après cent kilomètres, j'ai jamais
la patience d'attendre jusque-là.*

T'as mis la cravate ? t'attends Sylvie Vartan ?

Sur les calendriers, t'as les jours qui sont marqués
mais t'as pas les nuits.

– Le silence total existe pas.
– Ils en refont en laboratoire, à l'Ircam.
*– En laboratoire, comment ça jacasse les pouf-
fiasses en blouse.*

Une plage pleine de papiers, c'est moins pire
qu'une plage pleine de poubelles !

– Sur les portables, ils ont remis les vieilles sonneries.
– Déjà qu'il y avait les vieilles paroles !

C'est un copain à moi qui a ouvert ça, c'est cher
comme restaurant, mais tu peux prendre un café.

– Deux express !
– Un chacun ?

Hollande, c'est pas parce qu'il est normal qu'il
sera différent.

Une rue Bonaparte, je sais pas si Napoléon aurait
accepté.

*– Rien qu'avec le prix d'un char, on pourrait
construire cinq écoles !*
– Surtout, on peut en détruire vingt.

Ça se couche à quelle heure un athlète ?

Ça coûte des milliards le défilé du 14 Juillet sur les Champs-Élysées mais les militaires boulevard Sébastopol, ça serait pas moins cher.

La clef sous le paillasson, c'est ce qui a remplacé la clef dans le pot de fleurs.

C'est toujours le poisson qui te choisit quand tu le pêches.

Le problème de l'Espagne, c'est loin de tout.

Des fois Prévert se mettait en short, si si des fois.

L' interactif, c'est souvent du interpasactif.

Quand le gène déconne ! houlà quand le gène déconne !

Une diarrhée peut bouleverser l'harmonie d'une journée !

Avec la photo en noir et blanc, vous pouvez faire tout le tour de la Terre, vous n'aurez en photo que des Noirs ou des Blancs.

Les Arabes veulent toujours venger leur frère, les Italiens, c'est leur sœur.

– *J'ai la grippe.*
– *C'est pas un comptoir ici, c'est le Mur des lamentations.*

– Y'a un milliard de téléspectateurs qui vont regarder la cérémonie d'ouverture des jeux Olympiques !
– Moins un.

– Il est parti à Cannes et moi je vais dans le Cantal.
– C'est la fracture touristique !

– Un filigrane !
– C'est quoi ?
– Un pastis, dix volumes d'eau !

Toujours debout au comptoir, jusqu'à soixante-dix ans, il s'est assis en salle à soixante et onze, il est mort à soixante-douze.

Il a eu une greffe de cœur Pierre Bellemare, c'est pas lui qui parle à la télé mais c'est un autre qui est vivant.

– C'est l'être humain le plus évolué dans la chaîne.
– Et le poulpe.
– Le poulpe, il paraît seulement.

Dans la nature, la poussière n'existe pas, il faut des meubles.

Moi si je nais en Algérie je suis pas arabe, alors je vois pas pourquoi un Arabe qui naît en France il est français ?

Médaille d'or, médaille d'argent, on se croirait à la Bourse !

La médaille de bronze, c'est de la merde, le bronze, c'est un mélange de cailloux et de fer.

Ton ADN, c'est la moitié celui de ta mère et la moitié celui de ton père, si tes parents c'est deux gouines, comment tu feras pour ton ADN ? Hein ?

— *Des crabes magnifiques !*
— *Ah bon ? et moi la coiffure la robe ça va jamais !*

Ça fait un an qu'il parle plus au chien.

— *Plutôt que tourner, il est allé tout droit dans le mur !*
— *La cuite est mauvaise conseillère.*

— *Qui c'est qui t'a dit que je passerais boire un coup ?*
— *J'ai un sixième foie.*

Y'a plus que les services qui marchent, vaut mieux livrer des pizzas chez Renault que construire des voitures !

Mange ta merde, et là tu seras un rebelle !

On en voit pas des Chinois dans les grandes courses cyclistes, ils sont plats de la figure, ils sont pas aérodynamiques.

Le soleil est haut dans le ciel, ça veut dire qu'il va pleuvoir.

La Syrie, la Libye, c'est quasiment les mêmes pays, si t'es pas spécialiste.

De face, c'est mari et femme, mais de profil, c'est des frères jumeaux.

Les oiseaux n'ont rien à faire en ville.

La France multiraciale ! Pourquoi nous, qu'ils le fassent déjà chez eux !

Le centaure, c'est moitié homme moitié cheval, le minotaure, moitié homme moitié taureau, c'est pas la même boucherie.

– *Ah non ! les gens, pour que ça soient les gens, faut pas les connaître, les gens qu'on connaît, c'est plus les gens.*
– *Moi je connais des gens.*
– *C'est impossible ! c'est pas des gens.*

L'eau a plus de liberté que nous.

– *Un sans domicile qui a un matelas, pour les autres, c'est un bourgeois.*
– *Ça va vite.*
– *Oh oui, ça va vite !*

Pour être mère, il ne faut pas avoir peur d'être distendue.

On peut pas dire que je perds mes cheveux, chaque fois je les retrouve.

Deux bombes atomiques ils ont reçu les Japonais, chaque fois ils ont rebondi.

Égalité homme femme, déjà moi je trouve que le problème est mal posé.

Dès qu'elle a été première dame de France, elle a été enceinte, comme quoi les femmes on peut pas leur faire confiance.

Vous tombez du toit, même si c'est des travaux pour la mairie, n'espérez pas être sur le monument aux morts.

– *Ils entrent dans la maison !*
– *Si vous les laissez faire les moineaux, vous ne serez plus chez vous.*

Toutes les questions qui existent je me les suis posées... t'en rebois un ?

– *Elle s'en sort bien dans la vie la petite Vanessa Paradis.*
– *Ça a pas dû être facile au début avec un père comme Serge Gainsbourg.*

Une attaque cérébrale, t'as une minute pour agir avant que le cerveau se bouche.

– *Tu fais quoi en ce moment ?*
– *Je vais, je vin.*

Vacances de l'art, Mozart fait des sérénades et Picasso fait des assiettes.

Rien que pas avoir le sida, ils sont de bonne humeur les homos.

Si les Noirs c'est pas une race, alors les Antillais, c'est encore moins.

Les Antillais, c'est pas une race, mais à la place, ils sont français.

Je le reconnais même si il est retourné, il a un visage de dos ce mec.

Elle s'appelle Anna Weill, et en plus, née Dreyfus.

Le racisme primaire, c'est pas le pire, c'est pas réfléchi.

Le cimetière ferme à huit heures, même si t'es mort, faut partir.

Y'a pas mieux que la France d'après guerre.

Pas avoir le sida, c'est pas une raison pour se marier.

Vous régularisez des sans-papiers, ils les revendent et ils en redemandent !

– *Ils se marient pour être comme tout le monde.*
– *Des pédés qui se marient, ça sera jamais comme tout le monde.*

C'est inimaginable sur cette place qui est normale comment la fontaine est pas grande.

Une plante grimpante, évidemment, si vous la mettez dans une chambre près d'un lit, elle grimpera pas !

Tout ce que j'ai vu du Tour de France, pour moi, la France monte plus qu'elle descend.

— *T'étais au boulot ?*
— *Oui, non mais oui.*
— *T'es pas allé ?*
— *Non, oui mais si.*

À force de rester assis sur le banc, j'ai le cul qui fait de la mousse.

Je vais te donner un pouilly-fuissé, c'est fruité mais sec, ah oui oui oui, avec moi c'est comme ça !

Plus rien n'est entretenu en Grèce, même les ruines, elles s'effondrent.

Je m'en fous du temps, je regarde pas la météo et je prends pas la montre.

Dans le monde, plus personne parle français, même ici hier y'avait des Anglais.

Je te vire dix fois, tu reviens dix fois ! t'es une bactérie résistante toi !

Il ne faut pas se tromper avec le premier livre qu'on lit parce que ça peut vous dégoûter de la lecture à vie !

C'est pas forcément un avantage les grandes jambes.

— *Avec le ramadan, ils n'ont plus de force, sur le chantier, on le voit bien.*
— *Il ne faut payer que ceux qui mangent.*

Les gens se décident au dernier moment, ils partent sur un coup de tête, comme des gouttes d'eau.

Feignant comme il est, c'est pas lui qui montera le ciment en neige !

Je comprends pas comment les atomes ça arrête pas de tourner et nous on se casse pas la gueule.

Panneaux solaires, récupérateur d'eau de pluie, je bouffe à tous les râteliers.

On est devenus une société de mendiants à récupérer même l'eau de pluie !

– *C'est quoi seize mètres ? ça va d'où à où ?*
– *Seize mètres ? de là à en face au moins.*
– *Une baleine, elle irait de là à en face.*
– *Dans l'armoire du fond, celle en fer !*
– *On s'en fout.*
– *C'est à la télé, ils parlaient de ça, la taille des baleines.*
– *Les baleines au bistrot ?!*
– *Dans la mer.*
– *Sur l'étagère du haut !*
– *Les baleines, y'en a presque plus.*
– *Les bistrots, c'est pas mieux.*
– *T'as trouvé ?*
– *La prochaine fois ta baleine, elle restera dehors !*
– *Comment ça l'étui y est pas ?!*
– *Hè ! tu peux pas arrêter de téléphoner quand on parle baleines !*

La monnaie unique, tu parles ! on a même pas la même heure !

– *C'était l'anniversaire d'Hiroshima aujourd'hui.*
– *En plein mois d'août ?*

Ne croyez pas que la fourchette aime manger !

C'est l'Europe qui nous entraîne vers le fond.

Au niveau digestif, l'alcool zéro n'existe pas.

Sur terre y'a que des crevards, on sera bien avancés si on trouve de la vie ailleurs et qu'ils sont tous malades !

La vie, ça meurt, ça sert à quoi de rechercher ça ?

Rien que si tu supprimes les allocations familiales aux étrangers, on pourrait doubler notre chômage.

– *Vous avez maigri ?*
– *Non.*
– *Vous êtes sûr ?*
– *Certain.*
– *C'est quoi qui a changé ?*
– *Rien.*
– *Eh ben... la journée commence mal.*

J'ai qu'un seul patron, c'est le bon Dieu.

Vous aussi vous attirez les moustiques ?

– *Chaque fois qu'un mec fait un exploit sportif, dans les journaux, c'est un extraterrestre !*
– *Nous, les terrestres, on est de la merde pour eux.*

Il a flotté toute la journée... on est allés au Louvre, c'est la *Joconde* qui a fait parapluie !

– *Plus ça va, plus j'ai du mal à me souvenir.*
– *Bien sûr, la mémoire n'est pas adaptée au cerveau.*

Que ça soit la droite au pouvoir ou la gauche, on a toujours mangé dans la cuisine.

L'étranger, il faut qu'il soit heureux chez lui, heureux en France, c'est un échec.

– *Le coureur amputé, avec les jambes en fer, il est arrivé second en demi-finale du quatre cents mètres !*
– *Un jour, tout le monde en voudra.*

C'est pas la peine d'avoir des frontières si c'est pour qu'elle soient ouvertes !

Il ne faut pas encourager les gens à être handicapés.

L'artichaut, c'est son nom scientifique.

Y'a pas de travail, et en plus j'ai entendu qu'ils veulent nous faire manger des insectes !

Les prothèses mammaires sont moins contrôlées à la sortie de l'usine que tout ce qui se mange.

– *Ils vont chercher de la vie sur Mars, ils arrivent, ils disent qu'il y en avait avant et que ça a disparu.*
– *Ben tiens... le boulot sur Terre, c'est pareil.*

Faut que je me gendarme, sinon je deviens vite dictateur.

– *Y'a de l'eau sur Mars.*
– *En France aussi, et alors ?*

Quand elle est contente, elle fait pipi, c'est son langage corporel.

– *Ils arrachent les colliers en or pour les revendre.*
– *Le monde change pas, avant, c'était les dents.*

Un Chinois tout seul, ça veut dire que les autres vont arriver.

J'aime pas la natation, c'est pas naturel.

– *Elle est morte y'a cinquante ans, Marilyn Monroe.*
– *Quand on voit ses photos, ça se voit pas.*

Les femmes sont déjà pas égales entre elles, je vois pas pourquoi elles seraient égales avec les hommes.

Personne comprend ce qu'il y a dedans, c'est un cocktail mystère qui se boit comme un roman policier.

Avec tous ces millions de gens couchés sur les plages, dommage que la crème solaire fabrique pas de l'électricité.

Les accidents de voiture, on dit toujours combien ça coûte à la société, jamais combien ça rapporte !

Il a envoyé chier le Malien, après c'est le Turc qui a pris, il a engueulé le Grec, hier c'était le tribunal pénal international au comptoir !

Les supermarchés sont nos cathédrales modernes !

Hein ?

Je répète pas.

Si on veut coloniser Mars, faut envoyer des phoques, il fait moins soixante.

Moi j'hésiterais pas à tuer ma famille si c'est pour la protéger.

— *Il m'a dit bonjour, mais comme j'ai pas bougé, il est parti.*
— *Il a dû vous prendre pour une statue.*

L'ombre, c'est toujours l'ombre de quelque chose, alors que le soleil c'est le soleil de rien.

Un Asiatique, faut pas le laisser en mouvement.

— *C'est vous qui parliez d'Hiroshima hier ?*
— *Ah non, ici, on fait pas de politique.*

Moi c'est la nature qui me stresse plus que la ville, se paumer dans les bois c'est un peu plus stressant qu'aux Galeries Lafayette !

On a jamais déménagé, on aura vécu sur terre tout le temps dans la même région.

Pour Dieu, on est que du menu fretin.

– Il s'est coupé le doigt à la machine à jambon.
– Il avait bu, c'est un signe qui ne trompe pas.

On ne viole pas un bébé pour se faire plaisir, ça n'est pas une excuse !

La Croatie, c'était la guerre y'a pas si longtemps, maintenant tout le monde va en vacances là-bas, alors la Syrie, vous pouvez déjà réserver l'hôtel, l'avantage des pays qui ont été en guerre, déjà c'est reconstruit neuf, ils ont envie de travailler, c'est pas comme aux Antilles où on vous reçoit ni bonjour ni rien pas un sourire, vous les dérangez, alors que vous leur amenez votre argent ! Pour les vacances, c'est toujours mieux d'aller chez des gens qui ont souffert.

Un drame familial ne devrait pas être dans les journaux, ça ne regarde personne.

Ce que j'aime dans Paris c'est que t'es dans le centre et en une demi-heure de temps t'es plus dans Paris.

Mao, il était tout ce qu'on veut mais certainement pas pleurnichard !

C'est idiot de se noyer en piscine, pareil qu'un accident de voiture dans le garage.

Faut pas que le sculpteur se trompe dans le choix des habits parce qu'une statue de femme en bronze, elle va pas changer de robes tous les jours.

Souvent, l'homme est plus féministe que la femme, ah oui souvent.

– *Je suis bien coiffée ?*
– *Me demandez pas à moi, je suis une glace déformante.*

L'Esquimau qui a quarante de fièvre, il peut reconstruire son igloo.

Elle aime bien faire la bouffe parce que pendant ce temps-là elle pense pas à la vie.

– *Il a eu une crise cardiaque, Bellemare.*
– *Ah bon, quand même, c'est pas un surhomme !*

Ces pays, y'a pas à manger, y'a pas à boire, si tu les nourris avec des sauterelles le problème c'est que les insectes grillés ça donne soif.

– *J'ai été le plus jeune au comptoir, maintenant, je suis le plus vieux.*
– *Ici ?*
– *Non, j'en ai pas fait qu'un.*

Il faudrait inventer un alcool qui ne va pas dans le sang.

... il a rien à y faire de toute façon.

– *Y'a plus de rouleau.*
– *Encore ?! j'ai que des énergivores en papier ici.*

Mao, il a écrit un seul livre et il est plus connu que Simenon.

François Hollande, on sait jamais ce qu'il pense, il a la peau du front monotone.

Pour forniquer, il faut être plusieurs, ça vient du mot fourmi.

Attention au soleil, le cerveau est une matière grasse.

– *Il est à vous le journal ?! oh pardon ! il voulait se faire une longue-vue !*
– *Qu'il en profite, bientôt ça sera numérique.*

– *Bientôt on sera tous incinérés, y'a qu'en Afrique qu'on retrouvera des os humains.*
– *Comme toujours.*

C'est le yaourt qui fixe le mieux le calcium.

Une poule c'est un animal, qu'on le veuille ou non !

Si vous êtes trop nerveux, il ne faut pas faire de l'équitation, vos ennuis passent dans le cheval.

J'chuis pas bourré moi !

Elle le bourre de sucrerie, après elle tape dessus, elle le colle devant la télé, elle l'embrasse, elle crie après, il faut s'arrêter ! un chien, c'est pas un enfant !

– *Le Festival de Cannes, j'ai pas regardé, le Tour de France, j'ai pas regardé, les jeux Olympiques, je regarde pas...*
– *Qu'est-ce que vous faites devant la télé alors ?*
– *Je sais pas.*

Le soleil, c'est bon, c'est plein de vitamines.

On peut pas dire qu'en avion c'est des virages, les roues touchent pas.

J'avais perdu mon accent, il est revenu tout de suite, c'est comme un chien qui te reconnaît.

– *C'est pas possible que t'aies bu tout ça !*
– *J'étais pas tout seul, j'étais avec ma femme.*

La tuberculose n'a peut-être pas disparu en France, mais elle a disparu des Français !

Avec une vision nocturne, moi je verrais le plafond, je dors sur le dos.

Aller sur Mars, pourquoi ? y'a pas de bananes, y'a pas d'épices.

« Même le plus grand homme il est petit quand il fait caca »... c'est Talleyrand qui a dit ça.

En Afrique, on leur envoie du lait en poudre et des capotes, mais si ils ont besoin de lait en poudre, c'est qu'ils mettent pas les capotes.

Le veau élevé sous la mère, la viande est bonne mais ça donne des bêtes efféminées.

— On ne boit pas quand on a pas d'argent, monsieur !
— Fallait le dire avant.

Pète un coup, t'es tout rouge.

T'es con ou quoi ?!

Dans le marc de café, c'est le marc qui a le moins
d'avenir.

Pour moi, le papier de jambon fait partie du jambon.

— Il est passé mon père ?
— Il m'a dit de te dire que tu pouvais aller te
faire foutre !
— On se parle par comptoir interposé avec lui.

Ça a servi à quoi d'aller sur la Lune ? elle éclaire
pas plus !

Même si je gagne au Loto je resterai au chômage.

Moi, franchement, la vie ailleurs dans l'univers, ça
me manque pas !

Un alcool de trente degrés à l'ombre, ça fait combien au soleil ?

Mars est un soufflé qui retombera vite.

C'est pas tellement pratique les seins pour le boulot.

C'est un modèle de voiture qui se conduit toute
seule, t'as rien à faire, tu te fais chier comme en train.

Mon chien, il fait le tri des déchets, il fait pipi contre un arbre et caca dans le gravier !

Lire sur les lèvres, ça oblige à lire entre les dents.

La poule naine est une perte de temps.

Des Arabes qui se battent entre eux, faut jamais se mêler.

La moustache, ça sert à rien, c'est comme les longs cils, c'est des trucs de bonne femme.

Les cacahuètes au comptoir, c'est le pire pour les microbes parce que les gens vont aux cabinets et quand ils reviennent ils plongent les mains dedans et ça transmet à tous les clients, l'apéricube lui est emballé dans du papier alu, comme une sorte de capote en fait.

C'est pas logique de protéger des animaux sauvages, si t'es sauvage, tu te démerdes !

Elle est bien la peau du serpent, ils ont jamais de boutons.

Le nudisme, ça te regarde, alors que le naturisme, il faut être à la fédération.

On entend tout chez nos voisins, des fois on dirait que c'est mon mari et moi qu'on parle tellement on dit pareil.

– *Les femmes ont moins peur qu'avant de picoler en public.*
– *Vous dites ça pour moi ?*

Les Antilles, Tahiti, la Réunion, c'est magnifique et c'est les dernières colonies qui nous restent.

Il est pudique, pour lui, pas de chaussettes, il fait du naturisme.

Si le travail vous plaît, vous devriez avoir le droit de continuer après l'âge de la retraite, et si ça vous plaît pas, de partir quand vous voulez.

Ça a bien roulé, à midi, on buvait le kir à Sens, à six heures, on buvait le pastis à Marseille.

Pour l'âge du chien, je multiplie par cinq, pour les rosiers, je fais rien.

Plus il vieillit, plus il se tasse, il fait de la décroissance.

La déesse Shiva, elle a six bras, comme le bonhomme Nicolas, mais je vois pas Nicolas copier Shiva.

J'ai pris trois kilos pendant les jeux Olympiques.

Une vache qui voit du steak haché, c'est impossible qu'elle devine ce que c'est.

Les acteurs porno, on te maquille un peu le nez, c'est pas important si la bite elle brille.

Je vais boire vite parce que je peux pas rester long-temps.

— *Les Arthur, c'est des gens qui aiment les voitures !*
— *S'il vous plaît monsieur, n'embêtez pas les clients.*

Temps mort !

Je vous hais tous !

Merkel, elle gouverne comme un homme, elle va pas passer cinq heures à se choisir une robe.

La *Joconde*, c'est plus une technique de peinture de l'époque que de l'art.

— *Tu sais, la connasse blonde, la maigre, avec une grosse bouche, elle chante des merdes, elle a pas de nichons, tu sais, qui est mariée avec l'autre connard à la chemise, il a reçu des tartes à la crème, il est coiffé comme un pédé.*
— *Ah oui, Arielle Dombasle et Bernard-Henri Lévy... faut te suivre toi...*

La côte s'effondre à cause du sel de mer qui fait des sortes de caries dans les falaises.

Le château de Versailles est en ville, c'est la mairie qui est responsable, si il veut le maire de Versailles il entre comme il veut là-dedans, et il couche dans les lits.

La Syrie, c'est pas vraiment une guerre, c'est que des tirs.

La machine remplace l'homme, au début elle est toute neuve et après vingt ans pareil, elle a des pinces tordues de travailleur manuel.

– *Vous regardez jamais les étiquettes des produits ?*
– *Vous savez, je lis déjà pas le journal...*

C'est de la merde ces bagnoles, je le sais, c'est la troisième que j'ai.

– *« Apostrophes », je me souviens que de l'émission avec Bukowski bourré, et « Droit de réponse », je me souviens que de l'émission avec Choron bourré.*
– *De toute façon, le reste, c'était du bla-bla.*

L'or, l'argent, ça vaut le coup, la médaille de bronze c'est même pas revendable.

C'est des félins ces Hindous.

Là, je tombe des nues.

– *La plupart des comiques sont laids, comme Roumanoff, un monstre ! Elle peut se moquer des autres, celle-là, ah oui...*
– *C'est pour se venger de la nature.*
– *Mais oui, bien sûr, bien sûr...*

Si les Arabes ils sont prêts à rentrer chez eux moi à la limite je suis prêt à rentrer chez moi en Bourgogne.

En général, un enfant heureux sera jamais pédé.

Les gens sont jaloux, mais c'est ça aussi.

Avec leur voile sur la figure, c'est pas elles qui feront un sourire aux commerçants !

C'est incohérent un Arabe qui a la nationalité française.

— *On a rien gagné au tir aux flèches.*
— *La France n'est pas une nation de tireurs à l'arc.*

J'aime bien le cerisier, c'est un arbre qui fait des bonnes ondes.

Tu bois cul sec ?! Tu respectes pas les paliers toi.

— *Étouffé par un bout de pomme coincé !*
— *Évidemment, on nous les vend pas mûres.*

J'aime bien les Anglais, comme ça j'entends pas si ils disent des conneries.

Y'avait un bistrot tous les cinquante mètres, on faisait dix litres à l'hectare.

— *Ça sera quoi ?*
— *Un demi pêche et un demi normal.*
— *Un pêche et un François Hollande !*

La mort, c'est la liberté.

Les animaux aussi ils peuvent être juifs ?

À table, il faut mettre la fourchette à gauche, le couteau à droite, la main gauche à gauche et la main droite à droite.

Le père travaille pas, le frère travaille pas, ce sont des jeunes qui n'ont jamais entendu un bruit de truelle.

– *Vous comprenez ?*
– *Quoi ?*

C'est facile de critiquer un chat, il peut pas répondre.

Le passé, moi, ça m'a rien fait.

Quand vous voyez certains couchers de soleil, le ciel serait en tissu, le rouge partirait jamais.

Les jeunes araignées qu'on a dans le garage, elles font des toiles, c'est ni fait ni à faire !

La Syrie, la Libye, les Arabes, ils préfèrent toujours se battre que aller travailler.

Les papes, on voit que la tête.

Méfiez-vous, ça fait gonfler les myrtilles !

Ça sert à rien les choses si quand tu meurs elles sont encore là.

Même chez Pixar, ils oseraient plus tuer la mère à Bambi.

Ils ont mis la tour Eiffel sur le Champ-de-Mars parce qu'avant, là-bas, c'était la campagne.

Elle voulait une fille, elle a fait une fille, on est jamais mieux servi que par soi-même !

La croix gammée et l'étoile juive se valent, je te parle au niveau du graphisme.

– Douze milliards ça a coûté les jeux Olympiques.
– C'est rien, c'est le prix de quatre footballeurs.

Moi j'aurais pas pu naître en ville.

C'est bien simple, tout ce qui vit, ça se bouffe.

Moi je dis toujours les choses en face, et si la personne est pas là quand je parle d'elle, je lui répète quand elle est là.

Faudrait pas faire des élections avant l'été, dès qu'ils sont élus, ils partent en vacances.

Le changement, c'est maintenant... moi je préférerais que ça soit tout de suite.

– Vous les mettez plus vos lunettes ?
– Pour voir quoi ?

Elle a une bouche de canard ! Mais pourquoi personne lui a dit d'arrêter la chirurgie, elle a une bouche de canard !

– *Elles sont belles vos fleurs.*
– *Vous voulez sentir ?*
– *Non, merci, après, j'en suis à mon café.*

Tant que la bête est pas morte, la viande est pas périmée.

On ne peut pas aimer plus de trois enfants.

Tant que vous êtes inscrit sur la liste du chômage, vous êtes encore quelqu'un.

Il a une tête de con, vous l'envoyez chier, il dit rien, il sourit comme un accordéoniste.

Ils se lavent en Afrique, et après, ils disent qu'ils ont plus d'eau...

À la météo, ils ont qu'à regarder par la fenêtre, ils y arrivent même pas !

C'est pas demain que la France aura un avenir.

– *J'avais mis mon vélo juste là, il a disparu !*
– *Je m'en fous, je suis pas venu ici pour voir de la magie.*

Il est pas à fleurs mon tissu familial.

L'œuf en gelée, à travers la gelée, avec son petit bout de tomate, on dirait qu'il crie et que personne entend.

C'est le gosse de huit ans qui achète la voiture de son père maintenant !

Il faut qu'il arrête le pastis lui !

Jamais j'aurais voulu d'un chat qui est gaucher.

Le mien, dès dix ans, je l'ai mis au Loto.

J'ai pas eu de père, et ça m'empêche pas de boire.

La course à pied, c'est le sport le plus pauvre, t'as même pas besoin de ballon.

Le gosse vit neuf mois dans le ventre de la mère, il fera pas neuf mois de vélo avec le père.

C'est pas pareil quelqu'un qui ferme les volets et quelqu'un qui baisse les stores.

Ils apprennent à se couper les ongles en sixième et à se laver les dents en prison.

Adjani, même si elle devient une grosse vache, elle sera pas Signoret.

– *Vous avez vu son bébé, un œil là, un œil là !*
– *Ah oui, elle l'a mal prononcé çui-là.*

Le racisme, c'est un peu une émulation entre races aussi.

Personne sait la durée de sa vie, quand t'es vivant tu sais pas quand tu vas mourir, et quand t'es mort tu sais pas combien de temps t'as vécu, c'est les autres qui savent combien de temps ta vie elle a duré, le seul qui sait pas c'est celui qui vit, même Napoléon sait pas combien de temps il a vécu alors que nous on l'apprend à l'école.

Quand je mets les phares, la vitesse de la lumière, c'est pas plus vite que la vitesse de la voiture.

Des régions entières de Russie où ils n'ont rien à manger, moi je trouve que c'est un peu tiré par les cheveux cette famine.

On s'en fout qu'il baisse sa paye Hollande, faut qu'il augmente la nôtre !

Les églises sonnent l'heure mais dans un pays laïque ça devrait être les mairies.

– *T'es tout vert !*
– *Je sais pas ce que j'ai bouffé, je suis tout maréca-geux.*

Moins y'a de bistrots, moins je marche, je vais pas traverser la ville pour aller boire un coup, je suis pas un Touareg.

Tu bosses jamais, tu rêvasses tout le temps, t'es chômeur sur la lune toi !

Y'a que des alcoolos chez Tony, on a pas le droit d'y toucher, c'est une réserve naturelle.

– *Il boit jusqu'à tomber !*
– *Ça fait moins mal qu'à vélo.*

Le silence ça crépite, comme de la paille qui brûle.

Elle est toujours allumée dans la cuisine la radio, j'écoute pas, je la mets pour que ça bourdonne.

À la fin de sa vie, Mozart, il avait plus que ses oreilles pour pleurer !

Un kilomètre de queue devant la grotte de Lourdes, si vous venez pour guérir le cancer, vous avez dix fois le temps de mourir !

La grotte de Lourdes n'appartient pas au monde, la grotte est en France, elle paye des impôts locaux en France.

Viens voir à papa ! viens ici voir à papa ! fais la bise à papa !

– *C'est quoi cette merde qu'il embrasse ?*
– *Un furet.*

Le pire dans les raviolis chinois c'est les microbes chinois.

– *La nappe à carreaux, c'est une certaine cuisine.*
– *Comme les tire-bouchons fantaisie, c'est des certains vins.*

En trois mois, un poulet, tu peux déjà le bouffer, il a fait quoi Hollande en trois mois ?

– Tu viens te balader avec nous ?
– Non, je suis pas corporel.

Les voitures françaises s'intéressent pas à la route, ça leur plaît pas de rouler.

Les écoles que la France construit en Afrique, on entend pas beaucoup parler des notes !

– Tu bois un coup de blanc ?
– Je peux pas boire le ventre vide... je vais prendre une bière avant.

La crise mondiale... moi vous savez je m'intéresse pas beaucoup de ce qui se passe alentour.

– Il est radin comme tout, il a des oursins dans les poches.
– Il aurait des oursins, il les aurait vendus.

Les gens ils croient que le bouchon il est né bouchon ? Il faut le fabriquer le bouchon... les gens ils y pensent pas à ça.

Ça fait combien de décibels les rillettes ?

– On a un modèle arbre, un modèle meuble, et on regarde si le modèle arbre correspond au modèle meuble.
– Et vous mangez le midi ?

Un chien, ça meurt à douze ans, vaut mieux un enfant.

– C'est pas du blanc, ça ?
– C'est du rouge, c'est pareil.

C'est les Suédois qui ont le taux de mortalité le plus bas.

– T'es arrivé à quelle heure ?
– À pastis.

Moïse, pour moi, c'est un peu style Ben-Hur.

L'Europe, l'Afrique, l'Asie, mais dans le détail, c'est pas comme ça que ça marche.

Y'a des têtes de toutes les couleurs dans sa classe, faut être paysagiste pour être prof.

Il est en quoi le Pain de Sucre ?

Il faut que l'arbre souffre pour donner des fruits, sinon il fait que des feuilles, il se fait le printemps de la mode.

J'apprécie le bon café, je ne suis pas de la génération jus de chaussettes !

La photo du cancer sur le paquet de cigarettes, c'est pas ça qui va me faire arrêter, mon frère est mort de ça, je fume encore.

– Il faudrait d'autres couleurs dans la nature.
– Vous trouvez qu'y en a pas assez ?!
– Oui, mais c'est toujours les mêmes.

468

Neuf mois enfermé dans le ventre de la mère, c'est de la maltraitance !

En cinquante ans, on est passés du cheval qui pète à la radio dans le tracteur.

— C'est quoi le 15 Août ?
— C'est la Vierge qui monte au ciel.
— Personne descend, elle aura pas grand monde sur la route.

J'ai regardé les jeux Olympiques vautré dans le fauteuil, les paralympiques, je vais les regarder debout.

Le mariage homo, pour moi, ça sera toujours que des pédés qui se marient.

C'est en me lavant que j'ai su que ça avait flotté cette nuit, j'ai mon eau du robinet qui sent la pluie.

Ce mariage des homosexuels n'est qu'une victoire des traiteurs.

Le chien, c'est l'animal qui nous ressemble le plus.

Je ne vais à l'étranger que si je peux rencontrer des Français.

Les pédés qui se marient, faudra pas qu'ils nous fassent chier avec les klaxons !

Si on trouve de la vie sur une autre planète et que ça se bouffe, qui c'est qui commencera à en bouffer ?

– *À partir d'un certain âge, il faut remplacer la baignoire par une douche.*
– *Mais non !*
– *C'est mieux, c'est difficile d'enjamber la baignoire, passé un certain âge.*
– *Mais non !*
– *Passé un certain âge, on peut rester coincé dedans.*
– *Passé un certain âge, je me laverai plus !*

J'ai un meilleur regard par l'oreille.

– *Ils font tirer la carriole des poubelles par des chevaux.*
– *Y'a pas de boulot, c'est pas le moment de faire travailler des animaux.*

Une heure pour acheter des chaussures à la gosse, maintenant c'est pire que si ils achètent une voiture.

Dieu fait quasiment rien par rapport aux bactéries.

Il est capable de picoler douze heures d'affilée mais huit heures au boulot il tombe par terre !

Avec la canicule, les vieux vieillissent à toute vitesse, c'est pour ça qu'ils meurent.

Les gens n'ont plus d'argent.

Les asticots vont pas sur les morts centenaires, c'est les vers à bois qui y vont.

– Ils ont mis le feu à tous les containers !
– On ne laisse pas les poubelles dehors quand il y
a des jeunes.

J'aurais pas pu avoir un destin à la Beatles.

Vous aurez pas raison avec moi quand j'ai décidé
d'être con !

– Même si la poste existe plus, on ira toujours au
Café de la poste.
– On va bien au Napoléon.

La musique celtique, vous avez quatre notes,
comme les crêpes.

Bientôt ils vont rajouter du poison dans les cigarettes pour plus qu'on fume !

– J'ai tout le temps l'impression que tout le monde
va bien et que moi je suis une merde !
– Parce que c'est vrai.

Vous avez vu les sportifs français qui reviennent de
Londres, ils ont tous une valise à roulettes !

Faignants !

Dix fois moins de médailles que les Chinois, dix
fois plus de valises à roulettes !

Tu peux quand même te payer un connard qui porte
ta valise quand t'es une superstar.

J'ai horreur de « lire un bon livre » et de « manger un bon petit plat » !

– Ils veulent me foutre dehors soi-disant que je suis jamais là et quand je suis là je fous rien !
– Oui mais t'inquiète pas, ça veut rien dire.

Les vieux, c'est mieux qu'ils meurent déshydratés que mouillés.

Rimbaud, il a été poète dix minutes et il est vite rentré dans le rang !

Victor Hugo, c'était d'abord un politique.

C'est pas la peine que je l'appelle pour qu'elle s'hydrate, chaque fois que j'appelle, elle est bourrée.

– Vous les avez vus les jeunes sur la plage qui ramassent les papiers avec une pince articulée ?
– Bioman.
– Biojailaflemmedemebaisser, oui !

La nature, faut pas trop non plus qu'elle soit la reine.

Pas étonnant qu'en Afrique ils crèvent de faim, quand tu vois déjà l'état de la pelouse après deux jours.

La télé, je la super regarde pas.

– Je peux pas lire au soleil.
– Faut pas regarder le blanc, faut regarder que le noir où c'est écrit.

Quand je me balade au Luxembourg, les gens, je les regarde plus, alors qu'un petit canard, je le vois de loin.

À l'échelle de l'univers, une année c'est rien, même pas une seconde, y'a que pour l'homme que le temps dure.

Il aboie, mais les voitures écoutent pas, je vais mettre un klaxon sur le chien.

C'est même pas la peine qu'ils aillent à l'école si c'est pour être renvoyés en sixième !

— *Qu'est-ce qu'il fait chaud ! Ça serait bien que ça se rafraîchisse.*
— *C'est exactement ce que m'a dit le monsieur qui était là avant vous.*

C'est pas normal quelqu'un en slip dans la zone piétonne.

Le ramadan, c'est dur, déjà, faut être arabe.

Les cent jours d'Hollande ? Encore quarante jours, et t'auras les cent quarante voleurs !

— *Super intelligent ce mec, grosse tronche.*
— *Ah oui, on peut dire qu'il a une grande salle au premier étage.*

Je débouche pas un souvenir avant cinq ans de bouteille.

– Tu fais la gueule ?
– Non, méditation de comptoir...

On réagit pas tous pareil, moi le réchauffement de la planète, ça me fait rien, c'est l'ère glaciaire que j'aime pas.

Tu vas finir par habiter rue de la Rue toi...

On a pas l'habitude de marcher sur un glacier en région parisienne.

La carte orange cinq zones, plus t'as de zones, plus c'est la zone.

– Qu'est-ce que t'as foutu hier ?
– J'ai branlé le chien pour pas qu'y gueule !

– Vous vous ressemblez vachement ton frère et toi.
– Qu'esse t'en sais ?! t'es jumeaulogue ?!

– Il est tard ?
– Non.
– Alors c'est moi.

À ce prix-là, je vais boire l'essence et mettre le Ricard dans la bagnole !

– Le Chinois, il a tué toute sa famille à coups de marteau, un Peugeot.
– Cocorico !

Si t'es foudroyé, t'as le portable rechargé pour un milliard d'années.

Je me parle tout seul et en plus je réponds pas.

Un endroit est bien quand tu sais que tu peux aller ailleurs.

– *On a perdu dix degrés depuis hier.*
– *C'est le refroidissement climatique.*

Les enfants ne savent plus ce que c'est les animaux.

Nous on sait ce que c'est les éléphants parce qu'on a été élevés à la campagne.

– *Vous savez où je pourrais acheter des boutons ?*
– *Des boutons ? dans Paris ?*

La Grèce a un passé trop riche, c'est ça qui bloque son avenir.

– *Les femmes vivent plus vieilles.*
– *Oui, d'ailleurs à la télé, quand c'est la canicule, dans les maisons de retraite, on hydrate que des vieilles.*

Si tu meurs au mois d'août, dans la mort, tu seras Lion.

Faut jamais aller chez les gens, c'est toujours moche.

C'est bidon Notre-Dame, y'a jamais une apparition là-dedans.

Le patrimoine mondial de l'Unesco, ils y mettent les terrils du Nord, un jour on aura les poubelles de Marseille !

– *C'est des Chinois qui on racheté Gevrey-Chambertin...*
– *C'est mieux que si c'est Depardieu.*

Ça sert à quoi Le Havre ?

On est dans la mondialisation, maintenant, tout est en même temps partout.

Ils ont trouvé des moustiques chinois sur les framboises qui viennent en France dans les valises !

– *Merci au revoir !*
– *Au revoir merci !*

Moi j'avais des parents que si tu faisais une connerie, tu prenais une trempe ! Maintenant faut plus y toucher, faut pas le traumatiser, même si vous le tripotez de rien ça fait tout un scandale aujourd'hui !

Les gens de couleur, pour moi ils sont à gauche, en temps que anciens esclaves d'avant.

L'Orient a eu son heure de gloire avec la grande époque des tapis.

On les entend pas beaucoup les bouddhistes.

Si le Front national est pas démocratique, ils ont qu'à l'interdire, ils font comme le tabac, ils le vendent et ils marquent « Voter tue ».

C'est un couteau corse, ça se conduit d'une main.

Chaque fois qu'ils disent que c'est un exploit sportif digne d'un extraterrestre, tu peux être sûr que le mec est dopé.

Encore une chance que les Chinois sont pas juifs.

Une maison c'est une vraie maison quand y'a un chat qui dort et une vieille qui meurt.

L'air qu'on expire devrait ressortir par l'anus, on inspire en haut, on expire en bas.

– *Le coup de vent, ça leur a emporté toute la grange !*
– *À force de dire du mal des gens ceux-là, fallait bien qu'y leur arrive quelque chose.*

Ils ont refait la route toute belle, je l'ai prise ce matin, c'est un régal pour les pneus.

L'environnement, quand il est à mille bornes, il environne rien du tout pour nous.

L'homme qui marche sur la Lune, on a que des images, comme la Vache qui rit.

– *Le bistrot, c'est ma deuxième maison !*
– *Dis pas deuxième, t'en as pas de première.*

Pousse ton cul de là ! barre-toi ! tu fais chier ! va bosser ! ils recrutent dans la chaudronnerie !

— *Les hommes qui sont allés sur la Lune, ils sont tous devenus alcoolos.*
— *Partout où on va, ça finit pareil.*

Je vois pas comment il a pu exploser la porte du garage avec que du vin doux sucré ?

— *Elle date de combien votre église ?*
— *Quatorzième siècle, il paraît que Jésus est venu.*

Les grandes occasions, on se saoule avec des grands vins, les petites occasions, on se saoule avec des petits vins.

Elle sont comme les gens les plantes, tout le temps à se plaindre, gnagni gnagna, j'ai trop chaud j'ai trop froid !

J'ai soif !

— *Le monde bouge, mais moi cet arbre, je l'ai toujours vu là.*
— *Bonne raison pour se barrer !*

C'est pas normal que la figure de profil ressemble pas du tout à la figure de face.

— *Armstrong est mort.*
— *Le coureur cycliste ?!*
— *Non, celui qui a marché sur la Lune.*
— *Ah bon, tu m'as fait peur.*

– Rien n'est à craindre, tout est à comprendre, c'est Marie Curie qui a dit ça.

– Quand est-ce qu'on mange ? C'est Pierre Curie qui a dit ça.

Neil Armstrong, il naît sur la Terre, il marche sur la Lune, il meurt sur la Terre, c'est une vie de piaf !

Comme il a marché sur la Lune, il est Terrien et Lunien, il a la double planétarité.

Un avion qui tombe, d'accord, un bateau qui coule, mais un train qui déraille, c'est pas normal.

Le mec qui a marché sur la Lune, après, sur Terre, quand il marche dans le sable, il ferme les yeux le mec, ça fait pareil.

C'est pas la peine d'aller dans une clinique pour voler un bébé à Marseille, t'en as plein par terre là-bas.

La crèche pleine de petits Noirs, ça veut dire que t'as forcément des grands Noirs pas loin.

C'est plus la peine de préciser « de type maghrébin », c'est quasiment tout le monde maintenant.

L'avantage du boulot c'est qu'on pouvait dire vivement la retraite !

Ils ont annulé les victoires d'Armstrong au Tour de France, comme le second est dopé, le troisième aussi, le quatrième pareil, le cinquième, le douzième ! celui qui va gagner les Tours de France, c'est le dernier !

*– Je suis allé boire un coup avec Cricri, après y'a
Frankie qui m'attendait au Sporting et maintenant j'ai
rendez-vous ici avec Bob.*
– Tu fais du sport sans t'en rendre compte !

Alerte enlèvement ! il est où mon verre ?!

– Jusqu'au bout il a été lucide, il s'est vu mourir.
– C'est pas de la lucidité, c'est de la connerie.

Sept mille euros le mètre carré de terrain construc-
tible, j'ose même pas pisser par terre !

– Il est mort Delarue.
– Celui de la télé qui se droguait ?
– Cancer de l'estomac.
– L'estomac, c'est pas la drogue, c'est la télé.

Il est mort juste avant de payer les nouveaux impôts
de Hollande.

En Inde, ils vivent sur les décharges, et ils vivent très bien.

En une seconde je vois si on m'a volé des fruits,
c'est une Formule 1 mon œil droit.

Quand on a pas beaucoup de sous, on peut pas faire
n'importe quoi, c'est ça le problème.

*– Deux milliards d'euros ils vont mettre pour aider
à l'emploi des sous-qualifiés des quartiers sensibles.*
*– C'est ceux qui ont rien branlé à l'école et qui
habitent un quartier pourri !*

On pourrait le filmer en noir et blanc François Hollande tellement il fait pas moderne.

Ça existera un jour le nucléaire bio.

– *Je crois que votre copain est parti sans payer.*
– *C'est pas mon copain.*

Tout est mauvais pour le cerveau, même si t'es trop intelligent, c'est mauvais pour le cerveau, c'est même ça le pire.

Des fois je parle comme à la radio parce que je fais antenne.

– *Cent jours, il a toujours rien fait Hollande !*
– *Cent jours, c'est rien.*
– *Cent nuits à avoir peur de perdre son boulot !*

Mourir et se faire enterrer, c'est un bon moyen pour découvrir la nature.

La Belgique moi je suis désolée mais c'est un grand dégoût maintenant, la femme Dutroux qui est libérée alors que les petites elles sont mortes enfermées dans la cave, elle le savait, elle a rien dit à la police, non moi je dis cette femme elle doit rester en prison à vie, sans fenêtres, dans le noir, comme les petites dans la cave, violée tous les jours, comme les petites dans la cave !

Dutroux, c'est la pure école belge des monstres ce genre de pédophile.

La mondialisation, à Londres, c'est déjà pas la même heure qu'ici.

— Il a aucun charisme, il a pas de cheveux, il est mollasson, il a été élu du premier coup !
— C'est plus facile de devenir président de la République que de trouver un boulot maintenant.

Des fois, je suis dans la salle derrière, y'a un parfum qui m'arrive, je me déplace même pas pour servir tellement je sais que c'est poufiasse de chez poufiasse qui veut un thé !

— Un autre ?
— Cent fois sur le métier remettez votre ouvrage !

Il faudrait les élire pour cinq jours !

Le premier, il l'a traité de crotte et l'autre il lui a répondu, c'est toi qui es une crotte, c'est la plus petite escalade verbale que j'ai jamais entendue !

Ça sert à rien d'aller sur Mars, c'est quasiment lunaire.

— J'ai vu un clodo couché sur le trottoir, exactement mon père !
— Si ça se trouve, c'est lui, vu la famille !
— Il est mort mon père.
— Il était couché le mec, si ça se trouve c'est lui le mort par terre, vu la famille !

Avec le cannabis, quand ton cerveau est détruit, c'est fini, alors qu'avec le tabac, il suffit d'arrêter de fumer et le cerveau revient.

En cent jours, Hollande, il a pas bossé trois mois.

Tu visites un chantier aujourd'hui, un Espagnol, un Grec, un Turc, un Coréen, un Chinois, un Yougo, on dirait la légion.

La femme qui boit pendant la grossesse, comme ça, le môme, il est prévenu.

Les cartes postales, c'est des souvenirs qui sont pratiques à transporter, ça se casse pas.

Avec toutes les préventions qu'il y a, ceux qui attrapent encore le sida, c'est que vraiment ils le veulent !

Des pédés qui se marient perdent beaucoup de leur caractère homosexuel.

– *Je peux pas boire, ils m'ont enlevé la moitié de l'estomac.*
– *T'as qu'à t'inscrire aux comptoirs paralympiques.*

C'est pas la peine de créer des emplois si y'a pas de boulot.

J'aime bien la sieste, c'est le petit bain de sommeil.

– *Y'a plus beaucoup de monde qui se noie dans le canal Saint-Martin.*
– *Les gens ne savent plus vivre !*

Le cerveau, c'est de la graisse avec des mots.

Les Jeux paralympiques, c'est plus histoire de sortir de chez eux que de faire une vraie compétition.

On est dans le légume depuis quatre générations, mon arbre généalogique, c'est un poireau !

– *Elle est mariée à un Noir, la petite fille, elle est blanche.*
– *C'est du Photoshop.*

Mickey, c'est pas une souris, quand tu vois les habits, c'est plus un rat.

– *En Inde, les filles sont mariées à neuf ans, ça se passe très bien.*
– *C'est des mariages forcés, elles se révoltent.*
– *De toute façon à neuf ans on est jamais contente !*

Le blues, c'était le chant des esclaves, le rap, c'est la musique des chômeurs.

– *Quelle heure il est ?*
– *Platon posait la même question.*

Tu devrais descendre, elles sont pleines d'ADN tes chiottes.

T'adores manger de la langue alors que moi je trouve que c'est pas bon, c'est très compliqué le goût, à partir du moment où c'est un jugement humain.

N'importe quel château pourri du Bordelais ils ont un vin, et Versailles, rien !

... Chambord, y'a pas de pinard non plus, pourtant c'est un château de la Loire.

Y'a trop de choses qui se passent dans le monde et pas assez ici.

– *J'ai planté des pommes de terre sur le balcon.*
– *En ville ?*
– *Les patates le savent pas.*

Son bébé il est tordu, c'est que des os de récupération.

C'est Christophe Colomb qui a ramené les œufs.

– *Depuis ce matin, ça fait quatre fois qu'on m'appelle Kiwi !*
– *Faut pas vous mettre là, c'est la place du chien.*

La mondialisation, ça permet d'avoir tous le même universel.

Une météo pourrie, l'agence te rembourse le voyage, moi c'est toute ma vie qu'il faudrait me rembourser !

C'est fini, mais y'a quinze jours, tout le monde s'arrêtait pour le regarder, le cerisier, c'était son heure de gloire !

Tout ce que je sais je l'ai appris par transmission orale, j'ai pas un bout de papier dans la tête.

L'affaire Grégory, c'est énorme ce que ça a rapporté comme fric à tout le monde, la presse, les livres, les heures de télé, le gamin en mourant à quatre ans il a fait gagner plus de fric à la France que si il avait vécu mille ans !

– *Même plus une rondelle !*
– *J'arrive toujours après la bataille.*

Le monde, c'est un village global, dommage qu'on a pas une salle des fêtes globale !

Les plaisirs simples, je me fais chier.

– *Vous le voulez votre café ou pas ?*
– *C'est ça que j'ai demandé ?*
– *Oui, avant vous avez demandé un whisky mais je ne sers pas d'alcool le matin.*
– *On est le matin ?*
– *Il est huit heures monsieur.*
– *Une vodka.*

Les joies simples, ça me fout le cafard.

– *Le père, la mère, deux enfants, c'est une famille normale, trois femmes, douze enfants, c'est de la folie.*
– *C'est une autre culture.*
– *Faire des gosses, c'est pas une culture !*

Je m'en fous de la raréfaction du poisson, je vis pas sous l'eau !

J'ai un quatrième sens.

La poésie, il en faut dessous, il en faut pas dessus.

S'appeler Hollande, moi, franchement, j'aurais changé de nom.

Ça a jamais décollé le féminisme.

– Ça recommence l'affaire Grégory.
*– C'est les parents qui ont envie de se remonter à
la télé, ça fait combien de temps qu'on les a pas vus ?
c'était leur heure de gloire ! vous vous souvenez comment elle se maquillait la mère ? ça va y aller le coiffeur et la Mireille Dumas qui est déjà pendue à son
téléphone !*

Un bébé qui meurt, c'est triste et en plus y'a pas
d'héritage.

*– Les bébés morts, on les enterre dans des petits
cercueils blancs.*
*– C'est les pompes funèbres qui imposent ça, mais
vous avez d'autres couleurs.*
– C'est triste le blanc.
– Vous allez pas faire des Mickeys !

Je fume deux paquets par jour, c'est mon choix, si
j'attrape le cancer, c'est mon problème, si ça me fait
plaisir, faut pas déranger ce qui marche bien !

Tant que j'ai envie d'acheter, c'est que ça va.

La réincarnation, c'est tout de suite le lendemain de
la mort ou y'a quand même un petit moment peinard
à rien foutre ?

– On montre pas du doigt !
– C'est pas un doigt, c'est une carotte.

La nuit, on vit très bien sans le soleil, on ferait pareil le jour qu'on pourrait s'en passer.

Hein ?

Je ne supporte les discussions d'ivrognes qu'avec les gens que je connais.

Qui ?

C'est bien la mondialisation, autant que la Terre serve à quelque chose.

Que ?

En accéléré, la bite grandit pas tellement vite.

Vous avez plus de plantes dans une dose de Ricard que dans une grosse salade !

– *Ici, c'était des vignes à l'époque, là où vous êtes, c'était un cèpe.*
– *Alors ça n'a pas tellement changé...*

C'est un receveur des postes qui ne sait pas recevoir !

– *Il paraît qu'il y a des grottes préhistoriques dans la région ?*
– *Vous y êtes !*

La mauvaise haleine est un signal de dysfonctionnement du produit avalé.

– *Pauvre gourdin !*
– *Vos insultes ne sont même pas dans le dictionnaire !*

On est mieux là qu'à la plage...

Les maisons, j'aime le dehors, j'aime pas le dedans.

En cent ans, on est passés du village à l'Europe, ça peut pas marcher, ça va trop vite, on a l'affection qui suit pas.

Les champions cyclistes, c'est des sortes de paysans qui pédalent sous la pluie.

Quand j'étais petit, après le cinéma, je voulais toujours attendre les acteurs sur le trottoir.

Allez à la Goutte d'or, si vous avez un passeport français, vous passerez pas !

– *Il fait toujours ses courses avec son chapeau.*
– *Je vois pas le rapport.*

Ils commencent les vendanges alors qu'on a pas encore bu celui-là.

– *C'est laid les varices.*
– *Les trapézistes, ils en ont aux bras.*

Tout le monde est fiché ! Même quand vous achetez un simple camembert, ça y est, vous êtes marqué dans les sphères !

J'avais un cochon qui savait que j'allais le manger, il n'en parlait pas.

Elle ne sort que les jours de marché, elle a le même emploi du temps que les fruits et légumes.

– *Un autre blanc ? un Ricard ?*
– *J'hésite... je suis à la croisée des chemins...*

Si si si ! Aux Restos du cœur, on en voit des gros obèses dans la queue !

– *C'est Schwarzenegger qui a fait interdire le foie gras.*
– *Il s'est pas vu !*

Je préférerais mendier que jouer dans une publicité pour les fuites urinaires.

– *Cinq heures tous les matins les oiseaux me réveillent !*
– *Chassez-les.*
– *Pas moyen.*
– *Tous les matins vous devriez vous lever à trois heures et réveiller les oiseaux.*

Le seul truc bien avec l'Europe c'est l'Euromillions.

*– Ça fait au moins dix fois que j'éternue depuis
ce matin.*
– Eh ben... il vous en arrive des choses !

Les crottes des yeux c'est pas pareil que les crottes
de nez alors pourquoi les ongles des pieds ça serait
pareil que les ongles des mains ?

*– Allez en Inde, tout le monde mendie, alors qu'il
paraît que c'est un des pays les plus riches du monde !*
– Ils mendient devant la caméra.

Chaque fois, on s'engueule pour des conneries.

Quand on le voit à la télé, le dauphin a pas l'air de
sentir le poisson.

Ma fille est née en 2000, pour elle, je suis une 1900.

Ils sont deux cents, ils prient dans la rue, au moins
nous les catholiques on fait ça dans la chambre.

C'est pas normal de passer sa vie à noircir sa peau
au soleil si c'est pour finir au Front national comme
Brigitte Bardot !

Elle est chiante ma mère, même quand tout va bien,
elle fait le nuage qui pleut.

Sur la une ils disent huit morts, sur la deux ils disent
onze morts, sur la six ils disent quatre morts, pour le
même accident vous avez jamais le même menu.

Moi à force dans le camion le camembert devient
un copain.

Les glaciers fondent, les mers montent, bientôt dans les océans on trouvera plus d'eau de montagne que d'eau de mer.

On est pas plus évolués avec nos volets en bois qu'un hibou dans l'arbre.

Les télés sont rectangulaires pour respecter notre vision humaine qui est toujours rectangulaire, quand on regarde, c'est plus large que haut.

Le borgne voit carré.

– *L'augmentation du smic, c'est à peine une baguette de pain par semaine !*
– *C'est drôle que pour les pauvres, on compte toujours en pain.*

Au Pakistan, tu brûles le Coran tu vas en prison à vie, en France, tu te torches le cul avec la Bible tu fais un spectacle au Point-Virgule !

Les Jeux paralympiques, t'as autant de contrôles du matériel que si c'est des courses de bagnoles.

Ils sont défoncés à mort, ils sentent même pas si la drogue est avariée.

Déjà, si on interdit les arrêts maladie aux fonctionnaires, on aura plus besoin d'embaucher d'autres fonctionnaires, on en aura même trop, y'aura plus assez de chaises !

Vous verrez !

— *Ma femme, elle a commencé à avoir ses contractions en mangeant du fromage.*
— *C'est pas une femme ta femme, c'est une mouche.*

On lisait pas Balzac à l'époque comme on lit Balzac aujourd'hui, aujourd'hui Balzac c'est Balzac de l'école alors qu'à l'époque Balzac c'était quoi ? Un mec qui écrit des bouquins, point barre.

La puce, elle saute cent fois sa taille, l'homme, il reste assis deux fois son poids.

C'est des Roumains l'accident de car sur l'autoroute ? Je demande pas ça parce que c'est des Roumains.

— *L'année dernière, il allait à Prévert, ils en veulent plus, alors cette année on le met à Youri-Gagarine.*
— *Mettez-le directement à Paul-Ricard.*

J'ai une ardoise à l'église, des fois je mets un cierge mais j'ai pas de sous, alors je repasse payer le lendemain.

Mitterrand, c'était un loup, Hollande, c'est un petit cochon.

Trois millions de chômeurs ! Si ça continue, vaudra mieux compter ceux qui bossent.

Y'a une chose dont j'ai horreur, c'est les biscuits mous le matin.

– Changez de métier.
– Toute ma vie j'ai tué des poulets, je vais pas garder des gosses !

Il est là depuis trois mois François Hollande, on est déjà à trois millions de chômeurs !

Faut pas rajouter des profs, faut virer des élèves.

Si tu parles anglais on sait pas où t'habites alors qu'avec le français on sait que t'es d'ici.

Le Tour de France au moins on voit des villages, le foot on voit que de l'herbe.

Le Tour de France, je regarde toujours les gens au bord de la route des fois que je connaisse quelqu'un, j'ai de la famille partout.

De toute façon, la famille, c'est de la merde, si tes parents c'est des pédés ou des gouines, ça sera pas pire.

C'est payé combien quand tu filmes une méduse pour la télé ?

Un an et un jour après la mort, le mort appartient plus à la famille, il appartient aux autres morts.

Jean Vilar a choisi Avignon parce que c'est là qu'il faisait du naturisme.

Tout le monde peut s'exprimer dans la salade de fruits.

L'islam a rien à faire en France, c'est comme l'ananas, y'en a pas partout.

À la mer, on pêche du poisson qu'on pêche pas en ville.

Y'a qu'à l'école et à l'armée où on se met en rang, et aux Restos du cœur.

– *Ça tourne pas mal ce matin les hirondelles.*
– *Elles partent en Afrique.*
– *Qu'est-ce qu'elles vont faire en Afrique ? y'a pas de rebords de toits.*

Y'a pas d'égalité à l'école, déjà à midi y'en a qui auront des frites et d'autres des épinards.

– *L'école, tu passes ta journée assis et enfermé.*
– *Comme ici !*
– *Ici, on est debout.*

L'école, le premier jour, fallait écrire son nom, Erthazboulian, va écrire ça toi.

Le cheval de bataille, c'est la pomme de terre.

– *C'est le premier jour d'école de ma petite.*
– *Alors ?*
– *Elle a arraché une mèche à sa mère.*

Tout ce qui est alimentaire, je le mange.

Le premier jour d'école, je me cachais dans le garage sous une bâche pour pas y aller, j'ai fini plombier à quatre pattes, ça vient de là !

Dans l'espace, la terre est pas grande, à l'échelle locale, c'est même pas sur une carte Michelin.

Je me mets pas au comptoir pour faire des tables rondes !

L'acteur joue soi-disant deux semaines pour faire un film d'une heure et demie, y'a quelque chose qui va pas.

Je préfère le chien, c'est un animal de parole.

– *Y'a plus de monde pour voir les jeux Olympiques des handicapés que les jeux normaux.*
– *Les handicapés, tout le monde s'y retrouve.*

Six mille morts de la grippe l'année dernière, pire qu'Auschwitz !

Le jour du vote tu deviens tout de suite président de la République, moi je trouve qu'il faudrait un mois minimum de formation.

– *Je bois de la bière et je maigris.*
– *Oui mais toi t'es spécial.*
– *Quinze demis je perds deux kilos.*
– *On a jamais vu ça !*
– *Oui, mais il faut les boire au bistrot, et s'énerver.*

Tu le verrais quand il passe l'aspirateur dans sa voiture, ça m'étonnerait qu'il fasse pareil à la maison !

L'islam, faut pas chercher à comprendre.

Le harcèlement sexuel au travail, c'est rien à côté du harcèlement sexuel au chômage !

Douze millions d'élèves qui rentrent à l'école, en Chine, ça te fait une classe.

Moi, c'est mon conscient qui me fait une influence inconsciente sur ce que je fais.

T'es encore bourré toi ?

Balzac, Flaubert, je les confonds tout le temps, y'a que Victor Hugo que je me souviens avec la barbe.

Je me permets de discuter avec vous parce que vous êtes de Tournus comme ma fille.

C'est quoi la pitance du jour ?

C'est un mode de vie traditionnel aussi l'apéro-digo.

Paraît qu'on apprend pas les mêmes choses dans l'école publique et dans l'école privée, ils font quoi ? ils changent les dates ?

Rien n'a changé depuis le Moyen Âge.

François Hollande, c'est un monsieur Tout-le-Monde qui va vite finir monsieur Personne !

Qui c'est qui a fait l'école ici ? personne ? ça nous empêche d'être ici.

Il fallait les entendre les quolibets quand j'allais au bureau avec du rhum dans le cartable !

Obama, il pèse moins que l'Américain moyen, alors que les présidents africains pèsent dix fois le poids des Africains moyens.

Les gouines, c'est des femmes qui allaitent, elles sont plus proches des femmes que les hommes.

– *Vous verrez si j'ai pas raison !*
– *Je verrai rien, je pars à Lyon.*

Deux gouines qui élèvent un gosse, à la limite, ça va, souvent le père est jamais là et la mère parle avec une voisine.

Paris des fois ça sent la campagne alors que la campagne sentira jamais Paris.

– *Hollande, il est pas gros.*
– *Le seul président maigre qu'on a eu, c'est Giscard ! Parlez de ce que vous savez !*

Des parents pédés, ils sont même pas capables de lui porter le cartable au gamin.

Moi ma mère était une femme et mon père un homme, je me plains pas.

Il faut le coq et la poule si vous voulez l'œuf, c'est ça que je veux dire.

– *Si l'homosexualité était naturelle, ils s'en vante-raient pas comme ça, vous vous vantez vous d'avoir des pieds ?*
– *Vous êtes de mauvaise foi.*
– *Moi j'ai des pieds, j'en parle pas.*

Ils se marient, ils s'enculent, ils achètent un môme, mais niet le HLM !

Moi tout ça, ça me passe au-dessus.

Les homosexuels qui se marient entre eux, c'est logique, les Noirs pareil.

– *T'es allé bouffer chez Bidonville ?!*
– *Oui, et j'irai plus !*

– *Il faut que la société évolue.*
– *En s'enculant devant les gosses !?*

Tant que c'est pas moi qui me marie avec un pédé, les autres font ce qu'ils veulent.

Trop stylé !

C'est impossible de parler pédés avec toi, tu foca-lises.

– *Tous ces chômeurs qu'on laisse au bord du chemin !*
– *Moi le bord du chemin, ça me va.*

J'en ai marre ! vivement la guerre mondiale !

– *Les paralympiques vont finir avec plus de médailles que les autres.*
– *En France y'a jamais d'accès comme il faut, ça leur fait faire du sport.*

Ça va jamais en France, tout le monde chiale tout le temps, faudrait des larmomètres dans tous les villages !

– *Tu payes un coup ?*
– *Je peux pas, je diminue mes dépenses publiques.*

C'est pas parce que c'est mon petit-fils mais il est magnifique !

– *On peut jamais prévoir quand un vieux va mourir.*
– *En général ça tombe mal, un week-end ou un pont.*

Quand j'explique à ma petite-fille qu'il y a deux mille ans il n'y avait pas d'hommes, elle a du mal à le croire.

– *Sur la photo on voit bien la personnalité.*
– *Ceux au fond, on les voit pas.*
– *On s'en fout, c'est des cons.*

De toute façon, un président de la République faut pas que ça se marie, et la première dame de France, faut que ça soit le premier ministre !

– *J'ai presque fini.*
– *Prenez votre temps... avec tout ce qui se passe dans le monde.*
– *Je m'en fous de ça, je lis l'article sur Maya l'abeille qui revient sur TF1.*
– *Prenez votre temps !*

Faut gagner cinq fois le smic pour manger cinq fruits et légumes par jour !

Avec trois millions de chômeurs, je sais pas comment il trouve le temps de se faire emmerder pas sa bonne femme, Hollande.

Hollande, il défend ni les pauvres ni les riches, alors que Sarko au moins il défendait les riches.

Les sportifs français, ils ont l'air costauds, mais quand tu les vois à la gare, ils ont tous des valises à roulettes !

– *Ils veulent se marier et adopter des enfants !*
– *C'est bien d'être fils de pédé, les pédés, ça a plein de pognon.*

Ce que j'aimais bien chez Sarkozy c'est sa face cachée elle était visible.

– *Deux hommes en couple, ça fait pas un couple, ça fait deux pédés.*
– *Dit comme ça...*

T'as des petits canards chez toi ? t'es pédé ?

Moi si je meurs un jeudi, je serai déçu.

Malheureusement, les gens, on sait pas qui c'est, ça peut être n'importe qui ?

La connerie, c'est un rapport de force.

C'est ma copine de toujours, je la vois jamais.

– *Ils vont autoriser le mariage gay.*
– *Y'a pas de boulot !*
– *C'est un droit.*
– *Ils feraient mieux de réduire le chômage !*
– *C'est un progrès social.*
– *Des pédés chômeurs qui se marient, je vois pas le progrès !*

Elle est morte y'a longtemps ma mère, même dans mes rêves elle a toujours une parole méchante.

Tous les gens qui sont morts depuis des millions d'années, finalement, on voit pas beaucoup de cimetières.

Bois pas trop vite, tu vas te faire un point de côté !

Simenon, il a brûlé comme du papier, ils l'ont dispersé dans le jardin.

– *Il est charmant ce monsieur.*
– *Comme tous les Vietnamiens.*

Ça c'est bien un exemple qui démontre !

– C'est une particule qui est à la base de la matière, c'est ça qu'ils ont trouvé à Genève.
– À Genève des particules pour en trouver faut bien chercher, t'as pas un papier par terre.

C'est plus ce que c'était les Chinetoques, ils sont devenus faignants à vivre en France.

Y'a des millions d'années les animaux étaient plus gros, mais la Terre était plus grosse aussi.

Tu sais, moi, ma porte de l'inquiétude a jamais été aussi ouverte.

– Je sais pas combien on en a bu...
– Ah oui j'ai vu quand je suis passé, c'était comptoir luxuriant !

– J'aimerais bien retourner à l'école.
– T'auras un cartable pour aller au cimetière !

– La Terre peut très bien vivre sans l'homme !
– Les légumes ont pas besoin de nous.

– Je prends le TGV le premier jour de la rentrée scolaire ; grève dans le bar !
– Après on se demande pourquoi la France va mal.

Y'a des protestants dans l'islam ?

– Un demi plein de mousse !
– Non ! un demi bien moussant !

Moi ce que je rêve pour les vacances c'est une chaise pliante avec le godet dans l'accoudoir pour le pastis.

– *À la droite* side *ou à la gauche* side, *le tabouret !*
attention vos jambes, sit up.
– *Remy, fais pas chier les Anglais.*

C'est en Inde qu'il y a le plus de chirurgie esthétique parce qu'ils récupèrent de la chair où ils veulent,
t'as des nez de mômes pour rien.

– *Juste un verre d'eau pour prendre un cachet.*
– *Eh ben...*

Les arêtes, c'est plus épuré que les os.

Son beurre salé, avec le champagne, moi franchement son mariage il était bizarre.

Moi l'apéro ça me fait une action antigrignotage.

Bon retour à Pont-Audemer qu'il lui dit, alors qu'il
a perdu aux Jeux paralympiques et qu'il a pas de bras !

Pour moi Marine Le Pen c'est pas une femme,
sinon je voterais pas pour elle.

Pour avoir du succès faut dire aux moches qu'elles
sont belles, comme Julien Clerc.

Les gens croient qu'ils sont intelligents parce
qu'ils réfléchissent.

Il porte bien son nom le travail au noir !

Moi la dette de la France je la laisse à mes enfants et à mes petits-enfants ils se démerdent !

Pour l'anniversaire de mon frère, on s'est bourré la gueule et on est rentrés en tracteur, la tradition est respectée avec du matériel en plus.

Pourquoi moi ?

Je paye pas de loyer, j'achète jamais de fringues, la bouffe, je me fais inviter, je me pose pas de questions, je me squatte moi-même.

Un sans-papiers qui bosse au noir, tu lui donnes des papiers, tout de suite il s'inscrit au chômage.

Croire en Dieu, on est jamais sûr du résultat.

C'est un chat, il vit la nuit, jamais je l'ai vu faire une crotte, pire que Mata Hari.

On s'en fout de l'histoire de France, y'a que les Chinois qui comptent.

L'éveil de l'enfant, il ne faut pas trop se presser, il aura bien le temps.

Je bois de la bière et du bordeaux, mais c'est le vin blanc qui me fait le fil rouge.

Il doit avoir un beau-frère dans le gravier Delanoë, avec son Paris Plages.

– *Il est minuscule ton verre.*
– *Je bois pas, je musarde.*

L'argent sale, c'est pas pire que le travail sale.

– *C'est vous l'aut' con ?!*
– *Je ne sais pas, si vous pouviez être plus précis ?*

Augmenter les impôts, tout le monde triche, c'est en baissant les impôts que les gens paieraient plus.

– *C'est quoi pour les Lions aujourd'hui ?*
– *Nuageux avec des petites pluies.*

Si le niveau de la mer monte trop, on aura plus qu'à aller chercher de la terre sur la Lune.

Tu téléphones aux renseignements, c'est en Tunisie, ça s'entend, ils ont chaud.

– *Il avait le nez rouge, mais rouge !*
– *Il a picolé toute la journée, il a eu une averse sur le relief.*

Dans tous les morts sur les routes, t'en as un tiers qui ont le cancer, on peut pas les compter dans les morts sur les routes, faut les compter dans les morts multi-décédés.

– *Le mariage des pédés, ils en ont encore parlé ce matin.*
– *Le matin, moi je pense pas à ça.*

Pour la Fête de la musique, on jouait sur la place, on a eu des grillons dans l'herbe, du coup, ils ont joué avec nous.

– *Une vache, ça pollue plus qu'un voiture.*
– *En plus, ça roule pas.*

Hollande, il avait dit qu'il serait un président normal, mais finalement il fait comme tout le monde.

Y'a plus de boulot, je les ai ici qui picolent toute la journée, je fais garderie.

Le foie gras de canard, c'est pas pire que nous quand on donne un rein.

J'aime pas le boulot, j'aime pas les vacances, ce que je préfère, c'est rien faire au boulot.

Si le mort veut qu'on le tue, la société a pas à contredire la famille.

Les rythmes scolaires, c'est pas fatigant, c'est le prof malade ! le prof en stage ! le prof malade ! le prof en stage !

À l'hôpital psychiatrique, le coton avec l'éther, on te le met dans le cerveau.

– *Les chaussures, vaut mieux qu'elles soient trop grandes que trop petites.*
– *Tu parles comme un sage hindou.*

Des Lady Di, t'en as une tous les mille ans.

La bonne distance entre deux personnes, c'est cinquante centilitres.

Depuis que Hollande est président, j'ai même pas racheté des chaussures, et pourtant, je suis de gauche !

Monsieur, la France entière est un volcan éteint, oui monsieur !

Si le but dans la vie c'est d'être normal alors moi c'est fait.

Voler comme un oiseau, oui, manger comme un oiseau, non.

La nuit je fais des cauchemars mais je me réveille pas, c'est encore pire réveillé.

Dans une vie, on change quatre fois de bonne femme, on peut changer quatre fois de boulot.

Que des garçons, on est une famille où le sexe masculin est héréditaire.

Les petits piafs volent pas haut pour pas se noyer dans les nuages.

Un embouteillage de voitures électriques, faut pas qu'en plus y'ait un orage !

Dans leur pays ils mangent du chien, mais sur les Champs-Élysées, ils prennent des glaces.

Le bébé éprouvette, il est même pas né qu'il y a déjà de la vaisselle.

Quatre-vingts ans, il pense toujours comme un jeune, lui, c'est vingt heures qui est resté huit heures !

Pâté de tête, pâté de foie, pâté de campagne, ça fait un menu varié.

Ça dépend de ta corpulence, un gros qui mange deux kilos de viande ça lui fera rien, alors qu'un maigre, tout de suite, il va grossir.

L'homme et la femme ne digèrent pas pareil.

Il fait quoi Jésus de ses journées ? Il regarde par la fenêtre ?

Le lavage de cerveau, y'en a, ça leur ferait pas de mal !

« Rien ne faire que peut s'en faut », comme disait ma grand-mère.

C'est les insectes qui vont remplacer la viande, par contre, le poisson, ça va rester.

Quand on parle ça s'évapore pas pour faire des nuages parce que sinon ça ferait des drôles de pluies.

Moi je lis pas, très peu, voire pas, jamais, ma femme non plus, voire jamais, très peu, pas un.

On est fait pour vivre sur la Terre, même sur un toit l'homme n'est pas tellement dans son élément.

Je vais jamais au théâtre, je dis ça pour l'anecdote.

On dirait que le temps s'est arrêté dans ce pays tellement c'est plat.

Moi quand je pars, c'est juste pour arriver.

J'aime bien l'humour mais pas trop quand même, plutôt l'humour classe.

Le mariage homosexuel, faut que le maire soit pédé aussi pendant qu'on y est !

Y'a rien de facile à la pétanque.

Trois heures du matin, on s'est fait une soupe à l'oignon pour limiter la casse.

Y'a pas une pendule qui soit un témoignage du futur.

– *Mazarin, c'était le fils caché de Mitterrand !*
– *Eh ben...*

T'aimes vraiment ça le Cointreau ?

La France, c'est bien à regarder pendant le Tour de France, on voit les villages et on a pas les ragots.

C'est un nounours bio, le bébé peut lui avaler un œil, ça fait pas de mal.

J'ai repoussé du mur les bacs à fleurs que j'ai devant la porte pour qu'elles aient du soleil le matin, huit heures, huit heures et demie, y'a le soleil qui vient là, je les fais glisser, d'un coup je vois ça grouillait partout des millions de fourmis en dessous, avec des œufs partout, blancs, je vais à la poste, je reviens, elles avaient tout déménagé les œufs, y'avait plus une seule fourmi, elles s'étaient remises en dessous les bacs le temps que j'aille chercher le courrier, des petites fourmis grises, comment elles ont protégé leurs œufs, elles ont tout porté le temps que je revienne, c'est là qu'on voit la différence avec l'homme.

C'est pas bon pour l'esprit que la Terre soit ronde.

Ceux qui disent « l'espace salle à manger », tu peux être sûr qu'ils ont des livres aux chiottes.

– *T'as vu les battoirs ?*
– *Faudrait les mettre au musée Grévin tes mains de boucher.*

Avant l'homme, l'Allemagne était un monde aquatique.

Si c'était que moi, y'aurait jamais de travaux, ça resterait tout comme au Moyen Âge.

Le lézard qui perd sa queue, ça repousse tout seul, il a pas besoin d'une ordonnance !

La plus grosse différence entre le chien et le phoque, c'est les arêtes, sinon c'est des cousins.

– Tu bois quelque chose ?
– Je bois plus.
– Bois quelque chose.
– Je bois plus.
– Oui j'ai compris mais qu'est-ce que tu bois ?

Plus de la moitié des insectes est encore inconnue des scientifiques, on en trouve tous les jours des fourmis pas marquées.

C'est fini le café du coin, tous les coins, c'est des banques.

Si y'a une vie après la mort, faudrait pas qu'à la fin de l'autre vie on remeure.

La météo, les profs, c'est des bons boulots tout ça !

Quand tu vois tous ces gens qui vieillissent, c'est de l'enfance maltraitée.

Les Grecs foutent rien, c'est nous qu'on envoie les milliards, c'est pas européens qu'y faut qu'on devienne, c'est grecs !

Il fait la vaisselle, on dit plongeur, il fait les vitres en montant sur une chaise, on dit pas escaladeur.

Je dis pas que le sida c'est un champignon mais ça va partout où c'est humide et chaud, c'est pareil.

Le bébé, c'est du fait main dans le ventre.

Les animaux ont rien à foutre sur terre !

La poule faisait partie des dinosaures, avant, plus maintenant, aujourd'hui plus rien fait partie des dinosaures, sauf les fougères géantes, les légionnaires, ils en mangent.

Dix pour cent du cerveau, pour ce que je fais, moi ça me suffit.

Pareil que les bactéries qui sentent fort, dans le moût de raisin, c'est une forme de plancton.

Dieu, ça va, c'est Jésus que j'aime pas.

Un renard écrasé sur la route, après c'était un chat, une belette, y'en avait partout ce matin, hier soir c'était la fête de la musique des bêtes ou quoi, ils étaient tous saouls ?

Tout ce qu'il a plu sur les vaches, va y avoir de l'eau dans le lait.

– *La Charogne, c'est Baudelaire ?*
– *Pas du tout ! faut pas dire ça !*

Vous poussez pas monsieur, il me faut juste la place pour passer le bras.

La cloche sonne toutes les heures, même la nuit, on le sait que le temps passe avec ces enculés de curés !

– Un papier par terre, je lui dis, je lui montre, elle le ramasse, un autre papier à côté elle le voit pas, faut que je lui dise ! regarde là le papier ! où, elle me dit ? à côté de l'autre papier !

– À quatorze ans, on s'en fiche des papiers par terre.

– Quinze !

Le pare-brise va pas remplacer l'œil humain.

– Guillaume le Conquérant, c'est un gâteau sablé.
– C'était bien la peine de conquérir !

Un Allemand peut boire trois fois son poids de naissance.

C'est normal que votre bras gauche soit plus court si vous êtes droitier, vous vous en servez moins, il pousse moins.

Tu le télécharges ton kir qu'on se barre !

La moustache ça change la voix, quand tu vois Brel et Brassens.

Qui c'est qui va les faire les boulots pourris si y'a pas d'immigrés, pas d'Arabes, bonjour les dégâts !

Bientôt on paiera un impôt pour rentrer dans ses chaussures !

Le moineau, il volait autour du handicapé, ils sont culottés ces moineaux, c'est de la provocation.

Les petits points sur les œufs, comment ils arrivent à faire ça avec leur cul ?

Les esclaves qui cultivaient le café, dans le champ à côté, t'avais les esclaves à tartines.

– *Vaut quand même mieux voler que d'être à la rue et sale.*
– *Y'en a qui font les trois.*
– *Alors là non !*

J'aime bien discuter avec lui, il est gai de l'œil.

Moi j'irais pas pondre toujours au même endroit si j'avais des ailes.

– *Et quand les abeilles auront disparu, qui c'est qui va polliniser ?!*
– *Comme d'habitude, les Chinois.*

Trois cent mille kilomètres-seconde, le soleil a pas le temps de bronzer !

Jusqu'à maintenant, les chiffres romains ont mieux tenu que les bâtiments.

Comment on peut savoir que la viande elle est anglaise vu que la bête elle est morte ?

Le meilleur réseau social que je connaisse c'est deux verres et deux coudes.

Ils sont courageux les petits vieux qui continuent à marcher alors qu'ils sont au bout du plongeoir.

Si chaque semaine tous les chômeurs donnent un euro à un chômeur, le gars va avoir trois millions d'euros, si on fait ça chaque semaine, t'auras cinquante-deux chômeurs qui auront trois millions d'euros, si l'année d'après ça continue et que les chômeurs qui ont trois millions d'euros donnent cent mille euros à dix chômeurs, t'auras vite que des chômeurs pleins de fric.

Des fois les vieux qui se saluent, on dirait des motards qui se croisent.

La lave se déverse du volcan et rentre dans les maisons, ça refroidit et ça prend la forme, c'est un peu le système des gaufres.

Vous en connaissez beaucoup des mères de famille qui dessalent encore la morue ?

On avait rien, et on ne se plaignait pas !

Jamais vous verrez un mariage gay dans ma salle derrière !

De mon vivant, jamais !

– *Vous l'avez vu Crapaud ?*
– *Il est au tabac, il revient.*

C'est guéri ou c'est pas guéri le sida ? faudrait savoir !

La journée nationale du don d'organe, tu vas donner quoi ?

Ça fait préhistorique le tiercé par rapport aux boules du Loto.

Les poches, on met plus les mains, c'est un changement d'époque.

Ah oui mais c'était ça à l'époque ! avec mon père c'était un bon pied au cul ! ça discutait pas ! et il chaussait du quarante-cinq ! ça filait droit ! fallait pas se plaindre ! mon frère s'est suicidé et ma mère est partie ! c'était comme ça ! et on se plaignait pas !

Une bise quand je partais à l'école, pas plus et rien d'autre, c'était le SMIG du câlin chez moi.

Les couples de pédés, pour la vaisselle ça ira, mais pour bêcher le jardin, vous verrez...

C'est les vivants qui pensent aux morts, les morts existent à cause des vivants, sinon y'aurait pas de morts.

C'est vrai, ou pas ?

Tu bois cul sec mais tu bois pas longtemps, t'es sprinter, je suis marathonien.

Ils te font voter pour un président, après c'est les députés, et après ça va être quoi encore ?!

Jean-Jacques Rousseau, c'est que des geignardises.

C'est les alcooliques qui savent le mieux arrêter de boire.

Je sais qu'il est mort, n'empêche hier rue de Buci j'ai vu passer Thierry Roland.

Moi le contraire, je pourrais pas montrer ma bite à un docteur que je connais.

T'es chaman ? Un vrai chaman dit jamais qu'il est chaman !

– *Avis ! monsieur Marc Moissa a été remplacé par Jean Caisse !*
– *Je comprends pas.*
– *Monsieur Marc Moissa a été remplacé par Jean Caisse !*
– *Je comprends rien à tes conneries.*
– *Évidemment, toi, à part Shakespeare !*

À la kermesse même peut-être je picole plus qu'à la foire, je sais pas pourquoi.

Dès qu'un mec tue sa femme et ses gosses ou même qu'il les bouffe, on dit que le mec il est fou, ça, c'est occidental comme vision.

Houlà ! eh ben ! c'était moins une le pantalon !

– *J'ai bien dormi.*
– *On peut pas tout faire.*

Bon réflexe !

Si le prix du gaz continue à monter, faudra se suicider à autre chose.

– *Vous allez aux toilettes ?*
– *Non.*
– *Comme vous allez par là.*
– *Je cherche le journal, des fois, c'est suspendu au mur.*
– *Il est sur la table, là.*
– *Je l'avais pas vu.*
– *Normal, c'est celui d'hier.*

Quand tu fais des jeux de mots, ça veut dire que t'as été tripoté quand t'étais petit.

Pédophile, on connaît, mais c'est quel nom si c'est un gosse qui viole son père ?

La terre est trop sèche, la pluie pénètre pas, il pleut direct ça ruisselle, ça inonde, comme si tu bois pas pendant un an et tu repicoles tu dégueules tout partout.

C'est le calcaire des larmes qui rend myope.

Mon boucher, il a des ongles des pieds aux mains.

Faudrait un cimetière derrière les hôpitaux, ça éviterait de revenir.

On est passé à vélo tout près de l'arc-en-ciel, j'ai failli mettre la capuche.

Même les Chinois sont fabriqués en Chine !

Une Auvergnate sans jambon ! une bière sans bulles !

Elle s'est fait refaire les seins et les bras tout en même temps, comme au garage.

J'habitais un pays de marais, alors la sensualité, je connais bien, avec la vase.

La bouchot, ça reprend fin juin, c'est une moule qui a drôlement ses lois !

Tout ce qui est transmis génétiquement, faudrait aussi qu'on puisse donner notre avis.

Ce que j'aime pas dans la génétique, c'est le fait accompli.

Cinq doigts d'un côté, cinq doigts de l'autre, c'est comme deux fourchettes à table.

– *Mahomet n'a pas d'image.*
– *Avec les caméras partout, c'est pas facile !*

La question musulmane, faut une réponse chrétienne.

J'ai perdu quatre kilos... et je pèse mes mots !

Auschwitz et la corrida, c'est trop épineux.

Aujourd'hui, plus rien n'est fait pour les jeunes, ils ont les mêmes yaourts que les vieux.

Moi ce que je dis quand je parle, je l'écoute pas.

Romulus et Rémus, ça fait un peu mariage de pédés ça aussi.

Vous iriez vous dans les confins ?

T'as vu ça les fermes perlières, et nous comme des cons on fait du lait !

C'est les plumes qui font la différence parce que le bec par rapport au nez y'a pas mille lieues.

– *J'ai vu, t'as des belles tomates sur ton balcon.*
– *Je fais ma révolution verte.*

Y'a pas beaucoup d'animaux qui vivent aussi long-temps que le monstre du Loch Ness.

Des AOCP, nous on est des Appellations d'Origine qu'on Contrôle Pas !

Napoléon dormait deux heures par nuit, ça lui faisait vingt-deux heures par jour pour mettre son chapeau.

– *On a cueilli des champignons mortels, on les a mangés et ça nous a rien fait parce que finalement, ils étaient comestibles.*
– *Eh ben, tu reviens de loin !*

La fin du monde, notre génération, on est pas telle-ment concernés

Je t'avais pas vu ! t'as une discrétion de violette !

Je bois jamais avant midi, avec le changement d'heure, c'est le piège à éviter.

– *Et mon café ?*
– *Me fous pas le stress !*
– *Un demi !*
– *Tout de suite !*

J'achète une caisse pour le goûter et si il est bon, j'achète une autre caisse.

– *Les truffes, vous en avez toute l'année sur Internet.*
– *Moi c'est mon chien qui les trouve et il sait pas se servir de ça.*

Avant c'était pas organisé comme maintenant.

Je t'ai dit sale nègre ? moi ? ça m'étonnerait ! quand ? hier ? je suis même pas venu ! moi ? bourré comme un con ? c'est pas possible, je bois plus ! aujourd'hui si mais hier non !

Que du vin bio ! pas de bière ! pas de merguez ! je vois pas l'intérêt de faire chier les gens comme ça.

Venise, c'est un égout.

En Afrique, la chaise pour l'enfant, c'est le cul de sa mère.

Je m'éclairerai à la bougie quand elles feront cent watts.

Le chauve, la pluie tape directement presque juste
à un doigt du cerveau !

Il fait pas tellement plus grand assis que debout,
Hollande.

*— Je sais pas ce que t'as en ce moment, tu dis plus
jamais de conneries.*
— Moi ? Ça m'étonnerait.

Avec eux, t'as pas intérêt à lire le Coran aux cabinets !

Je l'aime pas Aubry, elle est menteuse, elle mange
de l'échalote et elle sent l'ail.

C'est de la série Z ses saucisses.

L'Europe à Bruxelles, quand tu vois la merde, elle
va finir à Lamalou-les-Bains.

— Tu rebois un verre ?
— Pourquoi pas...
— Même chose ?
— Même chose.
— On se prend des olives ?
— Bonne idée.
*— On pourrait nous envoyer dans une fusée nous,
on s'engueulerait pas.*

Al-Quaïda, ils picolent pas, même en cachette, pas
eux, non, pas al-Quaïda, c'est des fous.

— Le problème, c'est les mauvaises habitudes ali-
mentaires.
— Un jour je bouffe de la pizza, un jour un gros
bout de pâté, un autre jour je bouffe pas je picole, on
peut pas dire que j'ai des habitudes.

Ça va Damien ? Prêt à mourir c't'hiver ?

L'avenir proche de l'œuf en France est sombre,
monsieur !

— On sait pas de quoi demain sera fait.
— Surtout un samedi !

La dose de Ricard est incompressible, c'est la loi
qui définit ça, jusqu'à mon doigt.

Une chaise, c'est quatre pieds, elle est où l'inven-
tivité ?

— Tu la manges pas ta croûte de fromage ?
— Je suis pas l'abbé Pierre !

Tu bois l'été, tu bois pas l'hiver, t'es un alcoolique
à foie caduc.

Ils ont pas à bouffer et ils font des gosses ! ils ont
la bite en quoi ?

Un film sur les Arabes, faudrait que les paysages.

Si l'homme déménage sur Mars, ça va en faire des
cartons !

– Y'a quoi dans le journal ?
– Rien... les pays arabes en feu mais c'est tout.

Les Arabes, les juifs, c'est kif-kif, comme les Nigérians et les Congolais.

C'est chiant le nez.

Je mange que le cœur, les feuilles de l'artichaut, c'est la bande-annonce.

Le beaujolais nouveau, normalement, ça dure pas dix jours !

– Avec ta femme, vous parlez de quoi ?
– De rien, on fait des bruits d'animaux.

Tous les riches vont en Belgique, en plus avec le réchauffement de la planète, dans cent ans ça sera plein de palmiers !

Les Noirs dans les films c'est des vrais Noirs, les Arabes souvent c'est des Blancs maquillés.

Elle réclame le sein, je bouge pas, si à un mois ça commence à réclamer !

L'accouchement de la femme, c'était sacré, maintenant c'est filmé pour la télé et souvent ça passe tard.

L'avenir, ça dure rien du tout.

Pour savoir les saisons, je regarde pas les arbres, je regarde les verres.

C'est trop cher le restaurant, en plus, c'est que pour bouffer.

Y'a pas que moi qui dis ça, tout le monde te le dira !

– Le riz, ça me fait ballonner.
– D'où ?

La démocratie c'est bidon, même si y'en a dix mille qui se présentent, y'en a qu'un qu'est élu !

C'est comme la Terre qui tourne, ça mène où ?

– Il reviendra Sarkozy !
– Même Jésus, il a pris une rouste, il est jamais revenu.

C'est le plus petit kir qu'on a jamais vu depuis la Seconde Guerre mondiale !

La graisse de canard ça marche bien dans les tracteurs.

Si les profs étaient un peu plus violents, les élèves le seraient moins !

– Je pourrai voter en 2014.
– Non, pas toi, t'es allemand, y'a que les Arabes qui peuvent.

L'homoparentalité, qu'ils se payent un chien !

Des milliards pour aller sur Mars ! ils ont trouvé quoi ? rien ! ce matin j'ai pris le chemin, même pas cent mètres, un cèpe !

C'est un ciel à la Rodin ce matin.

— *Ta gueule !*
— *Pauvre con ! de toute façon, j'aime pas débattre.*

Tu bois du rouge le matin ? tu fais ta crise spirituelle ?

— *Le plat préféré des Français, c'est le couscous.*
— *On s'est fait baiser par la bouffe, comme pendant
la guerre avec la bière.*

Même si la date est dépassée, je le mange quand
même, jamais été malade, c'est des fausses dates pour
que tu jettes la nourriture avant qu'elle soit pourrie,
des fois c'est pourri je le mange quand même, ça me
fait rien, c'est du faux pourri pour qu'on jette la nourriture avant qu'elle soit mortelle, mais c'est pas
mortel, ça a plus de goût en bouche même.

Au Brésil, soixante-dix pour cent des hommes, ce sont des femmes.

— *Tous les jours j'arrive à midi, je repars à quatre
heures, c'est la tradition, quand je serai plus là, la
tradition s'éteindra.*
— *Mais non faut pas dire ça, y'en a d'autres qui
arriveront à midi.*

Les vieux, ça chante tout le temps, parce qu'ils
ont peur.

La télé je regarde la une, la bouffe j'achète toujours
la même chose, je mets toujours les mêmes fringues,
j'ai horreur d'avoir le choix.

Les cheveux, ça veut dire quelque chose.

Vous appuyez pas trop, j'ai mon frigo qui déconne, ça donne des coups de jus dans le comptoir !

La vie après la mort, ça fait un gros déménagement.

Ça sert à rien de vivre sur terre, d'ailleurs, je sors plus de chez moi !

Quand tu meurs, tu vois un grand couloir sombre avec une porte éclairée au fond, eh ben, bravo le décorateur...

T'es à la croisée des connards du monde entier toi !

– *Y'a une nouvelle loi qui oblige à fermer à minuit.*
– *Chaque fois qu'ils annoncent « une nouvelle loi », c'est pour faire chier le monde.*

Le château de Versailles, c'est vieux, mais tout ce qui est plomberie, c'est moderne.

Les bouteilles de saké sont étudiées pour résister aux tremblements de terre.

Tout le vieux quartier a été démoli, ils ont construit ces merdes à la place, avant c'était pourri génial ici, c'était un dédale, y reste plus une seule petite rue, y'a plus que l'avenue, même un aveugle bourré rentre pas en retard chez lui !

Barcelone, c'est une ville incroyable, t'es ailleurs.

– *Que de l'eau, c'est pas terrible, que de l'alcool, c'est pas bien, y'a un équilibre à trouver.*
– *Moi je fais un jour avec trop d'eau, un jour avec trop d'alcool.*

C'est comme si moi je connaissais pas Zidane !

Si dès la naissance on mangeait du dur on aurait moins tendance à boire plus tard.

Quand on voit les numéros gagnants du Loto, le 6, le 7, le 38, 39, 44, c'est débile comme numéros ! Pourquoi on les trouve pas ?

– *Je pète en dormant.*
– *T'es somnambule.*

Les étoiles du drapeau européen, y'en a pas mal là-dedans qui sont déjà éteintes.

– *T'es tout penché sur ton verre !*
– *Je commence à basculer vers l'automne.*

– *Est-ce que tu m'imagines président de la République moi ?*
– *T'es tout le temps bourré !*
– *Non mais à part ça ?*
– *Tu fais une faute par mot !*
– *Oui mais ça on s'en fout.*
– *Tu sais même pas où c'est le Liban !*
– *Oui mais ça on s'en branle ! à part ça ?*

Faut pas trop aimer vivre parce que c'est comme ça qu'on meurt.

C'est pas normal d'avoir des jumeaux, t'as deux chapeaux pareils toi ?

La plus belle ligne de vie, c'est la raie des fesses !

– *Salut Toutatix.*
– *Salut Gorbatchev.*

Moi je parle pas avec des mecs qui mangent pas de cochon.

En province on peut chier sur les Arabes, les bombes, ils les foutent à Paris.

C'est le bordel l'Éducation nationale, dans la même école t'as des Arabes qui parlent pas le français et des Français qui apprennent le chinois !

J'aime pas quand les enfants ressemblent trop aux parents, faut que la signature soit juste au coin de la toile.

Le malade d'alzheimer, faut le buter tout de suite, de toute façon il se rappellera pas.

– *Ils sont tout peints en blanc debout dans la rue, ils font rien que immobiles, on leur donne des sous que pour pas bouger !*
– *J'en connais d'autres.*

Ça y est, t'es trois millions, Dédé !

Mahomet, faut jamais qu'on voie son visage, il est recherché par la police.

– *L'OGM, ça donne des tumeurs.*
– *Évidemment, si tu le bouffes cru.*

Y'a pas de remède pour l'alzheimer, si on vous demande de l'argent pour la recherche, donnez pas, c'est des menteurs, ils ont rien !

Une vie c'est une vie, tuer un taureau, c'est comme bouffer douze escargots.

– *Merci beaucoup !*
– *Au revoir beaucoup !*

La grosse pierre, elle est tombée à dix mètres derrière moi, je saurai jamais pourquoi je suis pas mort.

– *Elle arrête pas de faire la fiérote parce qu'elle a accouché, on dirait qu'elle a gagné au Loto !*
– *C'est son premier.*
– *Accoucher, je sais ce que c'est, y'a pas de quoi se vanter !*

Vas-y, pose-moi une question sur les os.

– *Chaud devant !*
– *Hein ?*
– *Chaud devant !*
– *Quoi ?*
– *Con devant !*

– On est pas tellement serrés en France, on pourrait mettre trois fois plus de monde.
– Oui mais aujourd'hui y'a personne dans les rues, parce qu'il pleut.
– Soixante millions de Français, on les voit pas.
– Oui ! mais c'est ce que je dis, il pleut !

Le raisin, faut qu'y souffre.

Tu dis, Mahomet connard ! ils mettent le feu aux ambassades ! moi tu me dis, Jésus pédé, je réponds même pas.

... si ça se trouve, c'est vrai en plus.

On a même pas le droit de faire un dessin de Mahomet, alors que nous le nôtre il est en slip cloué sur des bouts de bois !

On vit dans un monde global, partout où tu vas y'a des pays partout.

Le nazisme, en tout cas, ça laisse personne indifférent.

– Un grand chocolat.
– Tout de suite ou maintenant ?

Un Chinois avec un nœud papillon qui jouait du violoncelle, souvent sur Arte c'est des trucs comme ça.

Faut pas avoir faim pour élever des poules naines.

Les jeunes filles en fleur, moi à seize ans j'étais déjà en fruit, même en compote !

S'ils veulent garder Auschwitz pour qu'on le visite pendant mille ans, faudra bien y faire des travaux.

La France pour moi c'est la France métropolitaine, là où y'a des villes avec des métros.

Après plusieurs années de mariage, c'est plus l'amour, c'est le générique.

Pas la peine de se préparer aux métiers de demain, vaut mieux se préparer au chômage de demain !

Je m'en fous de la littérature, moi j'aime bien la lecture.

On peut pas maigrir des os, c'est souvent ça qui pèse plus que le gras.

Le RMI c'est le RMI, j'aime pas le RSA, j'ai trop l'habitude de l'autre.

Je m'en fous que les pédés se marient, ce qui m'énerve, c'est les voitures qui klaxonnent.

— Je peux pas venir au pot demain, j'ai la chienne qui met bas.
— Moi quand ma femme elle accouche, je picole quand même.

Il a pas vécu, il est mort à trois semaines... il s'est fait tous ses arrêts maladie en une seule fois !

– Le drapeau français n'est pas un bout de tissu !
– Si ! et j'emmerde le drapeau en tissu, je suis
naturiste !

– Avec !
– Même qu'il fait froid ?
– Imperturbable... j'ai un contrat avec le glaçon !

Excusez-moi, je vous ai donné toute ma mitraille.

– C'est pour une vieille connasse qui aime les
roses.
– Prends des Charles de Gaulle.

Y'a trois cents ans, avenue Foch, c'était que des
vaches, c'est à ce moment-là qu'il fallait acheter.

Moi c'est les retraités que j'aime pas, et ma femme
c'est les clowns.

Mozart, c'est tout public, même les nazis adoraient.

– Comment ça s'appelle le rhinocéros avec des
grandes oreilles ?
– L'hippopotame.

La confiture Bonne Maman, la confiture Grand-
Mère, on y va droit à la confiture Vieille Pédale !

Ils sont pas tellement musclés des bras les oiseaux.

Le mariage gay, le divorce gay, la mort gay, les
caveaux de famille pédés, tant qu'on y est !

J'écris STOP sur les boîtes de thon, c'est une façon de tirer la sonnette d'alarme.

Pour les journées du patrimoine, trois millions de chômeurs, ça se visite !

Avec les pigeons, je serais pire qu'Hitler !

La constipation, aucune étude vraiment sérieuse a été faite.

On a pas besoin d'être connecté pour voir des images, l'œil c'est du wifi naturel.

– *Un café !*
– *Déjà et d'une tu dis bonjour !*
– *Bonjour... un café !*
– *Déjà et de deux tu dis, s'il te plaît !*
– *Un café... s'il te plaît !*
– *S'il te plaît qui ? mon chien ?*
– *Houlà ! c'est compliqué d'avoir un café ! donne-moi un demi !*

C'est à partir de quel âge qu'on meurt ?

J'ai plus confiance dans le simple homosexuel de base que dans le pédé.

Je sais pas pourquoi.

On ferait bien de les apprendre par cœur les choses qu'on pense parce que souvent on les oublie.

Moi, les homosexuels, les pédés, tous dans le même sac !

Je ne fais jamais caca dans un bistrot, je ramène chez César ce qui est à César.

Les petits pédés qui courent partout et qui regardent pas le cul des gonzesses, c'est ce qu'il y a de mieux pour le service.

Quand on regarde quelqu'un dans les yeux c'est pas les yeux qu'on regarde, parce que sinon on verrait les globes oculaires.

On sait bien où ça va l'argent de l'Europe, quand vous voyez tous les restaurants autour des bureaux.

– *Une heure bloqués à la gare Mâcon-Loché-TGV avec des Anglais.*
– *C'est pas des retards qui font honneur à la France.*

Trop de citron tue les gènes.

Je règle jamais ma montre, je reçois l'heure directement de ceux qui la font.

– *Ta gueule !*
– *C'est pas toi qui m'empêcheras de réfléchir !*

J'aimerais pas être un chien finalement tellement elles me grattent mes oreilles.

Un avocat qui défend un violeur, c'est que lui-même a déjà violé.

Le souverain pontife !? alors moi je suis le facteur pontife !

– La France manque de bras.
– Moi je sais où ils sont les coudes !

C'est bien si les pédés se marient, ils resteront à la maison, on les aura plus sur la voie publique.

Le meilleur moyen d'avoir des pédophiles, c'est avec le père et la mère pédés.

Rue Denis-Papin ? C'est une rue de cons ça !

C'est pas naturel d'être pédé, c'est pas scientifique.

Les gays qui se marient, même un animal je leur confierais pas !

La Fête de l'Humanité, c'est un grand mot, ils sont quatre.

Tant mieux si le niveau des mers monte, ça va faire chier les riches !

– Je creuse dans la tranchée, les Chinois s'arrêtent et ils me photographient !
– Tu es notre vedette boueuse.

Tout le monde a eu du cidre, je suis le seul à avoir eu du vin, je me sens miraculé.

– Je vous vois toujours assis à la table au fond contre le mur.
– Si j'ai des petits boutons derrière les oreilles, au moins, ça se voit pas.

Les onomatopées, faut une bouche, c'est pas possible avec un bec.

Elle avait des jolis yeux quand elle était jeune mais pour pas mourir ça a pas suffi.

Ils ont pas besoin de la Sécu les Africains, ils meurent, ils sont pas malades.

C'est très bon la fraise Tagada ! t'aimes rien ! de toute façon quand t'as bu t'es con !

Morue !

Connard !

– Ça va les amoureux ?
– On s'engueule.

Ça sert à rien la silhouette de dos.

– T'es déjà au rouge à cette heure-là ?
– C'est parce que j'ai déjà bu du blanc tout à l'heure.

Soi-disant qu'il faut de l'eau liquide sur une planète pour que la vie existe ? Ça dépend des organismes, moi je dis.

– Faut me dire stop.
– Je dis jamais stop.

C'est pas parce que tu téléphones avec un mobile qu'il faut tourner en rond !

Tu peux pas savoir si un bébé va devenir un con, une noix, ça se voit pas de l'extérieur.

Ils l'auraient crucifié sans son slip, on aurait pas pu le mettre dans les églises.

C'est pas tellement charismatique le diabolo menthe.

– Qui ?
– Quette !
– Tu devrais pas avoir le droit de boire tellement t'es con !

Dans l'Antiquité c'était important, mais aujourd'hui ça sert plus à rien la Grèce.

Tu fais pas tourner un pays avec l'huile d'olive et le fromage de chèvre.

– Les grands carreaux, ça grossit.
– Pas sur les fenêtres.

On s'en fout des bombes en Syrie ! Moi je vois toujours les choses positivement.

– Il est victime d'un ralentissement cérébral m'a dit le docteur.
– C'est rien, à son âge, c'est bien de ralentir.

Un AVC, c'est une bonne mort, t'as la figure tordue mais tu te vides pas.

Ça aurait été moins con d'avoir le mark comme monnaie de l'Europe et pas l'euro.

On nous dit pas ça à l'école, travaille à la DDE, t'es dehors, t'as pas de chef sur le dos, tu fous rien, t'es avec tes potes, tu manges au restau le midi, le Ricard tomate, le museau vinaigrette, steak frites avec le pieu !

Il a la bite débonnaire ton chien.

J'écris de gauche à droite, de toute façon, c'est comme ça que je pense.

Tout le monde est au chômage maintenant, je vois pas pourquoi faudrait que je travaille moi !

C'est à la fin du mois qu'on passe en octobre ?

– Je voulais un café, je commande un blanc !
– C'est un acte manqué vachement réussi.

Une république laïque, ça impose aussi de manger du porc.

Moi, je trouve.

– Le Noir, même si il est français, il a quand même
du sang noir.
– Oui d'accord le sang noir, mais si le gars paye
ses impôts, on doit accepter le sang.

Je le dis comme je le pense.

Ségolène Royal, physiquement, il lui reste quoi ?
Dix ans devant elle.

Le bœuf il a eu le courage de faire la viande, la
moindre des politesses c'est de finir son bifteck !

C'est pas la peine d'acheter une voiture étrangère
si c'est pour rouler dans Bordeaux.

Elle a rien à foutre à la télé avec ses grandes dents !

J'ai pas peur de le dire.

Ils remboursent l'avortement, et pourquoi pas le
restaurant d'avant la coucherie pendant qu'on y est !

J'ai le courage de mes opinions, moi !

– On a six otages en Afrique.
– J'ai rien moi.

L'islam, c'est ni fait ni à faire.

Je me suis jamais tu de ma vie, je vais pas commencer aujourd'hui !

– Chacun peut faire bouger la sculpture et ça recrée sa propre sculpture.

– Moi j'aime pas quand on voit pas tous la même chose alors que c'est le même truc.

Je ne mets pas des fleurs séchées entre les pages, après le livre sent le triste.

Ça sert à rien d'habiter à deux kilomètres de Lille.

– J'y allais plus au Quincy, j'y retourne.
– T'as repris ton foie de pèlerin.

Jamais je dis vingt heures, je dis huit heures ! et l'euro, je dis le franc !

J'y crois pas, la religion, c'est une goutte d'eau dans un verre ça.

– Ils ont trouvé une nouvelle Mona Lisa.
– C'est qui cette connasse ?

Des *Joconde*, y'en a partout maintenant.

C'est à la mode le clash ethnique.

– Ça pue ici !
– Je viens de mettre un bouquet !
– Ça pue le chou.
– T'as un nez de chien, tu sens le pipi mais tu sens pas les fleurs.

Après huit cents kilomètres de route, quand t'as lu tous les panneaux, t'as plus envie de lire après !

C'est moi qui te le dis !

Le nerf de la guerre, c'est la viande.

— T'as enlevé la pendule ?
— Je l'ai mise dans la salle du restaurant.
— Et nous on a pas droit à l'heure ?!
— Tu bois un demi à la minute, t'as qu'à compter.

Vous achetez votre pain dans le quartier homosexuel ?

Moi, je bois plus avec des gens que je connais pas qu'avec des gens que je connais.

Je te vire ou tu fais un départ volontaire ?!

C'est pas avec son cerveau que l'homme est devenu le maître du monde, c'est grâce à ses articulations.

Je sais pas comment le corps humain s'y retrouve quand on mange du foie et que ça se met dans l'estomac.

— Vous allez où ?
— Nulle part.
— Alors restez.
— Je partais pas.

C'est grâce à la bombe que les touristes vont à Hiroshima, sinon là-bas y'a rien.

La France peut pas recueillir toute la misère du monde, elle peut même pas recueillir la misère française !

On a tué tous les loups, on en remet, un jour on remettra de la variole !

— Y'a plus qu'eux qui veulent !
— Quand la cloche sonne, on sait que c'est des pédés qui se marient.

J'ai pris six kilos en un an, si je les perds, ça me fait un an de nourriture jeté par les fenêtres.

Le meilleur moyen de savoir si un candidat est menteur c'est de voter pour lui.

Même s'ils trouvent des magasins ouverts sur Mars, ça changera quoi ?

— Vous pourriez vous pousser ?
— Huuuuu !
— Je vous ai pas dit de tomber !

La pieuvre, c'est l'animal qui a le plus de dessous de bras.

— La fille Le Pen, elle a mis de l'eau dans son vin.
— On dirait de l'eau, c'est du schnaps !

Plus y'a de féministes, plus y'a de cancers du sein, c'est pas moi qui le dis !

— Même les habits qu'on porte, ils sont pas français !
— Moi mes chaussettes ça va, je les prends sur le marché.

Chaque arbre, c'est lourd, et une forêt, ça paraît léger.

La torture en Algérie, qu'y'en ai eu ou pas, ça change quoi ? t'as vu l'Algérie, où y z'en sont ? y z'ont manqué de coups de pied au cul, moi je dis.

Qui aime bien châtie bien, même si on les aime pas.

L'autopsie de Marilyn Monroe, moi j'aurais piqué un bout.

– *Je le mets plus sur le balcon, il se plaît pas.*
– *Le lierre tient pas spécialement à bronzer !*

2011, 2012, plus on rajoute des années derrière 2000 et plus ça fait vieux comme date.

Dans mon dernier rêve, je faisais le ménage.

– *Chez nous, le chat, c'est le patron.*
– *Un patron qui chie dans le gravier, tu parles d'un patron !*

Ouf ! encore un jour de fait !

On est peut-être le dernier maillon de la chaîne, après l'homme y'aura quoi ? on sait pas.

Y'a encore de la famine dans le monde ? Depuis le temps qu'ils bouffent pas, ils devraient être tous morts !

Moi je déconne tout le temps mais ma femme qui est morte elle avait le côté sérieux qui équilibre.

C'est moins triste quand la mort sépare les gens que quand c'est la vie.

Je peux boire deux litres de vin et avoir rien et des fois je bois un verre et je suis saoul, y'a pas de routine.

La belote sera jamais démodée, le golf oui ça c'est de la merde.

Une fraise au soleil, c'est déjà une fraise au vin !

Bon je vous préviens les jeunes on encaisse tout de suite !

– T'as assez bu !
– T'aurais un chien, tu lui interdirais de renifler toi !

– Ce qu'on laisse sur le bord de l'assiette, ça ferait manger des millions de gens !
– Elle est grande ton assiette !
– Tous les os déjà rien que ça dans l'eau ça fait de la soupe... je rigole pas !
– J'ai rien dit.
– Tu te marres.
– Pas du tout.
– Tous les os déjà rien que ça dans l'eau ça fait de la soupe, ah oui.
– Je rigole pas.
– Ah oui, elle est grande ton assiette !

... elle est grande son assiette.

Bien sûr qu'ils sont racistes les Arabes, c'est des gens normaux.

... ah oui elle est grande son assiette.

J'ai le pied universel, toutes les pointures de chaussures me vont.

– Vous vous êtes acheté un livre ?
– Non ça c'est rien, c'est du jambon.

Pour un sourd, un silence de rien que personne entend, lui, il entend, ça lui fait du bruit.

– Le Journal de Jules Renard reste encore alors que les journaux de l'époque ont disparu.
– Quand c'est des journalistes, ça reste pas, c'est de l'actualité à manger dehors.

Je dis que des conneries, c'est pour ça que tout le monde est d'accord avec moi.

Non, « tu pues » n'est pas un gros mot.

Y'a que la tour Eiffel qui rapporte de l'argent en France, il en faudrait une par ville.

C'est pas moi qui conduis, c'est la voiture qui me ramène.

– L'homme descend du singe, c'est Darwin qui a mis ça dans un bouquin mais ça a jamais été prouvé, c'est des suppositions scientifiques, d'ailleurs la plupart des découvertes scientifiques sont à l'état latent, si j'ose m'exprimer ainsi.
– Eh ben, il a l'air en forme notre professeur !

La science, souvent, c'est tout et son contraire.

Du vin blanc avec du Viandox, c'est la belle et la bête !

Si tu veux chasser des pauvres, faut pas envoyer les flics, faut envoyer d'autres pauvres.

T'es monoparental toi, t'es pas obligé de rentrer.

Tu nous remettras deux marées hautes !

C'est plus la bagnole que la marche debout qui nous différencie des autres mammifères.

Il a regretté ce qu'il a fait Hitler ? Je crois pas, sa femme peut-être, mais pas lui.

C'est pas du racisme de dire qu'il y a trop d'étrangers en France, c'est du bon sens racial.

– *Le ministre qui est marié avec la Noire, c'est lui qui s'occupe du chômage.*
– *Eh ben, ça promet !*

Le racisme, c'est une sorte de globule blanc.

Ils taxent la bière pour combler le déficit de la France et après ils veulent pas qu'on boive ?

Se faire dépister le cancer, pour qu'on te dise que t'as le cancer, ah non alors !

Il était saoul, il avait fumé, il regardait un porno tout ça en conduisant le camion sur l'autoroute, alors faut pas me dire qu'empêcher les chauffeurs de boire ça va changer quelque chose !

Médecins sans frontières, si t'es malade mais que t'es blanc, c'est même pas la peine de téléphoner !

Le homard, la sardine, dans la nature, y'a pas de différence de classe sociale, c'est nous qui foutons la merde en mettant des prix dessus, le champignon de Paris et la truffe, encore pire, la truffe regarde pas le champignon de Paris comme si c'était une merde, c'est l'homme qui les sépare, sinon la truffe et la sardine, c'est des frères.

Il est à vous le petit bonhomme en mie de pain ?

Ce qui changera jamais, c'est les anciennes vérités.

Tu parles ou tu bois ?

La porte ! je paie pas pour chauffer la rue !

— *On choisit pas ses parents.*
— *Et les gosses, tu crois qu'on les choisit ?!*

Dans la vie, on choisit rien, en fait c'est des faux choix, des petits choix à la con de rien genre un café ou un thé ou sa bonne femme, mais le reste...

C'est pas parce qu'on a perdu cinq kilos qu'on sait diriger la France !

Tu peux jamais savoir comment va réagir un Africain.

Il taille toutes les haies, même si c'est pas chez lui, la glycine ça fait quatre fois qu'il coupe tout, c'est pour ça qu'elle pousse pas, je l'ai déjà vu à la boulangerie, déjà, il va jamais au café ! le genre pépé en short qui se prend pour le maître du monde !

C'est quoi que vous regardez en premier sur un chou ?

Ça sert à quoi d'être grand ? un mec qui mesure deux mètres, je lui dis pas bravo.

Il va jamais au bistrot, je sais pas si tu vois le genre.

T'arrêtes le blanc pour boire que du vin rouge, tu déshabilles Paul pour habiller Paul.

– *Je me souviens d'un jour où je me suis caché dans un tiroir.*
– *Et puis ?*
– *J'étais petit.*
– *Et puis ?*
– *Un tiroir à chaussettes.*
– *Et puis ?*
– *Les chaussettes de mon père.*
– *Et puis ?*
– *Je l'ai fait qu'une fois.*
– *Faut vous tirer les vers du nez vous !*

C'est facile de créer de l'activité ! tiens, passe-moi le journal !

En fait on s'en fout de ce qui se passe dans le monde.

La grosse info du jour, souvent le lendemain on s'en fout parce que c'était une info de la veille.

Un énorme cochon on en fait de la charcuterie et avec une fleur on sait pas faire du miel ?

La maternité, c'est pour les riches, moi j'ai été enceinte et j'ai eu un gosse.

Direct du café au Ricard, tu picoles à vol d'oiseau !

– *Ça bombarde encore en Syrie.*
– *C'est des pays où y'a rien, c'est des gens, c'est la guerre qui les occupe.*

Si on payait les lettres c'est sûr le E serait mieux payé que le Z, c'est normal.

T'as rallumé le four ?

Quand ils disent que Paris veut imposer sa voix à l'ONU, nous à Limoges on est de la merde alors ?

Ils les ont tués de vingt coups de couteau au moins ! même les vaches on les tue plus proprement !

Ça leur apprend la vie d'être tués à coups de couteau.

– *C'est un rosier qui a été perturbé dès son jeune âge.*
– *Faudrait pas qu'il nous foute le feu aux bagnoles !*

Chaque fois que c'est grève à la radio, ils mettent de la musique, à croire que la musique c'est pas de la radio !

Y'a des gens qui meurent de faim et nous notre société on balance les restes ! c'est pour ça que nous à la maison on se force à tout finir, même si on a pas faim pour qu'il reste rien.

Tu feras jamais mieux que le pied de porc avec un pied de cochon.

– On est cons quand on est saouls !
– Moi je picole pas pour être intelligent.

Le chômage, c'est surtout le nom qui est pas bien.

L'emploi a tué le travail, et le travail a tué le boulot !

Le pire ennemi du comptoir, c'est la tarte au citron.

– Tu cherches pas un serveur ?
– Pour servir qui ? pour te servir toi ?

Pas la peine de faire des trucs utiles, la tour Eiffel ça sert à rien et c'est ça qui rapporte le plus de fric.

Moi ce que j'aime bien en Suède, c'est le pragmatisme.

Ici, c'est le seul endroit où je suis tout le temps content d'être ici.

Moi je digère le fer.

Si tu autorises l'euthanasie, après, ça va être la vieillesse que tu vas vouloir supprimer parce que ça coûte cher à la Sécu, et après, tu voudras tuer tous les jeunes qui ont pas de travail !

Les jeunes, c'est des cons !

– *Il a blanchi, Obama.*
– *Un Noir qui travaille blanchit, c'est le Noir qui fout rien au soleil qui noircit.*

T'as mangé des rillettes ? alors t'as bien mérité de boire un coup !

Il est juif, mais tu lui parles cuisses de grenouilles, il devient fou, il les boufferait sur la tête d'Hitler !

Les romans sur la pédophilie, c'est les pédophiles qui les lisent.

– *Ils meurent de faim, le seul truc qu'on sait faire, c'est parler d'eux.*
– *C'est déjà bien ! y'en a qui n'ont pas ça !*

Danseuse étoile, avec son gros cul, c'est plus une danseuse planète.

Climatosceptique ? pas moi.

Croissance zéro en France ! bientôt, même les mômes grandiront plus !

Tous les problèmes d'emploi qu'on a aujourd'hui, ça a commencé avec les femmes en pantalon.

Sur un CV, huit ans de rue, ça s'efface pas, ça.

Si il t'a dit que t'avais bu six Ricard, tu peux lui faire confiance, c'est un ancien prof de maths.

Si y'avait pas de soleil y'aurait pas de système solaire ! mais oui ! je sais ce que je dis !

Qu'il pleuve, qu'il neige ou qu'il vente, le ciel pleut, neige ou vente !

Ta gueule Manu !

– *T'aurais pas oublié ton pain ?*
– *Quel pain ?*

Les rochers aussi ce sont des êtres vivants plein de vibrations.

Elle me prédit mon avenir par téléphone, c'est bien, j'ai pas besoin de prendre le car.

Un lit, jamais la tête au sud !

Moi j'utilise le vin pour m'enlever les ondes négatives du cerveau.

C'est très pathogène le côlon.

– *Une heure d'attente chez le coiffeur !*
– *Moi quand j'étais petite y'avait un gâteau qui ressemblait à ça.*

En tant qu'ancien pompier je connais bien l'harmonie des fonctions vitales.

Des fois moi je trouve qu'il ne faudrait pas laisser les vieux dans la rue quand on a des touristes qui visitent.

Les animaux, ça ressent encore ce que nos anciens ancêtres ressentaient.

— Tu viens, je vais au bistrot.
— On y est !
— Non, un autre.

Pour raisonner, il faut toujours partir d'une entité.

— Elle fait romantique votre robe.
— Vous trouvez pas que ça boudine ?
— Même, c'est romantique.

De nos jours Napoléon c'est plus tellement un personnage très important, c'est Christian Clavier qui le joue, c'est comme si Jésus c'est Palmade.

Si tu regardes la nature différemment, après, c'est l'homme que tu regardes différemment.

Janine ! je trouve pas le torchon !

Je sais pas si ça existe le racisme anti-Blanc, en tout cas moi j'ai jamais entendu personne traiter un Blanc de sale nègre !

Mon grand-père, il avait le pouvoir de déplacer les lignes telluriques.

Le voile islamique masque souvent des imperfections du cheveu.

— Le voile qu'elles mettent sur la tête est même pas béni.
— Ils bénissent pas les Arabes, ils tuent une chèvre.

Je le dis, même si ça plaît pas au bon peuple !

*– C'est des vagues de chaleur qui arrivent
d'Afrique du Nord, à Marseille, t'es comme à Alger.*
– C'est le regroupement climatique !

Le bol tibétain émet la note *si*, c'est pas des bols
comme nous.

– Dans l'eau on flotte, on est bien.
– Moi flotter c'est pas mon truc.

C'est son chien qui le ramène chez lui, c'est sa
mémoire externe.

Ils remboursent l'avortement, ils taxent la bière, y'en a pour toute la famille !

*– Les roses que tu trouves chez le fleuriste, elles
viennent toutes d'Afrique.*
– Ah bon ? Jamais on en voit sur les fils.

Les paroles s'envolent et les écrits ne restent plus.

À la ville, t'auras jamais un squelette de lapin par
terre.

Faut qu'il aille à Lourdes, c'est pas en restant chez
lui devant la télé à rien faire que l'handicapé sera
miraculé.

C'est quoi l'intérêt pour Dieu que tous les miracles se passent à Lourdes, il est pas le maire !

François Hollande, c'est la goutte d'eau qui fait rien dans le vase.

Pourquoi ça s'appelle un jardin d'enfants ? C'est là qu'on les enterre ?

Les accidents de voiture aident à la rotation des locataires en HLM.

C'est pas moi qui le dis, c'est les chiffres.

Je suis un alcoolique de dieu, n'importe quel dieu me va du moment qu'il y en a.

J'ai eu plein d'effets secondaires après la cuite au rhum.

À sept heures du matin il est au blanc, à dix heures il est au pastis, résultat, à midi, il sait plus quoi boire.

Moi tout ce que je demande, c'est rentrer dans le commun des mortels.

J'aurais jamais eu d'enfants si moi-même j'avais pas été petit.

– *Je te sers plus !*
– *C'est pourquoi, la fatwa ?*

L'alcool, il a bon dos !

Les éoliennes, ça défigure tout le paysage, déjà que le vent ça lui fait pas du bien.

Je préfère encore pas manger que pas fumer, la cigarette, c'est ma seule distraction.

557

Y'a un enfant qui a trouvé un mammouth... en Russie... un mammouth qui dépassait... le mien il est tout le temps dans sa chambre... c'est pas le mien qui trouverait un mammouth... c'est pas comme ça qu'on trouve les mammouths... il était même pas en vélo le Russe... c'est en se baladant à pied... trente mille ans... ah c'est sûr faut se bouger un peu pour trouver un mammouth de trente mille ans... c'est pas demain qu'on sera dans le journal avec le petit qui trouve un mammouth... « c'est une incroyable découverte dotée d'un intérêt scientifique exceptionnel »... « le jeune garçon a tout d'abord senti une odeur désagréable... » ah oui mais ça aussi c'est sûr un mammouth faut avoir un peu de courage...

Ce qui est pas bien avec la mondialisation, c'est qu'on va tous avoir les mêmes souvenirs.

– *La différence entre les gens, c'est que c'est pas la même heure quand tu les vois, je te vois à midi, ton frère, je le vois à midi et demi, c'est le même espace, c'est pas le même temps.*
– *Moi à la demie je suis parti, je te préviens, je picole pas toute la journée !*
– *Le dernier et moi aussi pareil j'y vais.*
– *Tu m'as déjà dit ça hier, on s'est bourré la gueule toute la journée !*
– *Oui, mais c'était pas le même temps, c'était un autre jour.*
– *Avec toi, c'est toujours pareil !*
– *Pas dans le même temps.*
– *Tu me fais chier avec ton temps !*

Moi si je vais au bistrot, c'est pas pour moi, c'est pour les autres.

Je supporte plus de boire avec les mecs bourrés !

À mon point de vue, faudrait que je demande.

– J'ai un air de Dave dans la tête, j'arrive pas à m'en débarrasser.
– Moi c'est pire, j'ai des renvois de concombre.

Pour pas être malade, faut suivre la nature, l'hiver par exemple, je bois moins.

– Il a quarante ans le Front national.
– C'est tout ? Je croyais que c'était préhistorique comme parti.

La drogue est en vente libre à tous les coins de rue, alors que l'alcool, t'en as même plus dans les stations-service.

Les jeunes qui ont lynché les deux autres à coups de couteau, si ça se trouve, c'était la seule activité de la journée, le reste du temps, ils ne font rien !

Un bar à soupe, c'est pas un bar, le vrai bar c'est les mecs qui sont en retard pour la soupe !

Grossir en mangeant des navets, y'a de quoi se flinguer !

Crème de noisette, crème de banane, Izarra verte, Izarra jaune, Ambassadeur, Cinzano, quinquina... on en boit plus maintenant, c'est le premier apéritif que j'ai bu avec maman en vacances à Briançon parce qu'on rentrait jamais dans un bistrot à Paris, l'Ambassadeur...

Le crâne, ça sert surtout en moto.

– J'ai arrêté de fumer mais du coup, je bois deux fois plus.
– C'est rien ça, le corps il élimine.

T'étais chiant hier, tu nous as fait la crise du quarantième !

Il penche ton comptoir ou je suis bourré de l'optique ?

Les mecs écrivent ce qu'ils veulent, comment tu veux vérifier ce qui est marqué, le mec s'engueule avec sa femme ou il a mal aux dents, il te met une guerre dans le journal !

Le secret du Stradivarius, c'est son vernis, tu mets le même vernis sur un tambour, ça joue du violon.

Tu t'y connais en microbes ?

Vu le prix du mètre carré dans Paris, y'a que les riches qui ont la place de secouer la salade !

Je serais handicapé, je ferais pas du sport, je ferais du comptoir à roulettes.

Les gosses de pédés qui divorcent, ils iront une semaine chez leur père, l'autre semaine chez leur père.

Il faudrait que les mecs votent pour le président de la République et les femmes pour la première dame de France.

Un cancer de la gorge, un cancer du côlon, il peut plus se barrer le mec, il est cerné.

— *Fuck la bière !*
— *Le plus vieux punk de France, c'est nous qu'on l'a.*
— *Fuck le jambon !*

Les gosses, y'a pas de surprise, ils ont un an, deux ans, trois ans...

En peinture, l'éminence grise du blanc c'est le noir.

Le vin chaud, ça tient bien compagnie.

À la limite, je préfère le tabagisme passif, on paie pas les cigarettes !

Tout le pognon qui part dans la Ligue de protection des oiseaux, ils ont qu'à pas se poser, ces cons-là !

Tu me vois avec un bec ?

Les oiseaux, ça se plaint tout le temps.

J'aime pas lire, souvent dans les trains c'est mieux ce qui se passe dans la fenêtre que ce qui se passe dans le livre.

La montée du niveau des océans, si t'habites Annemasse, tu vas pas reculer ta serviette.

La pluie, elle sait jamais vraiment dans quel pays elle tombe.

– À partir de cinquante ans, on vaut plus rien sur le marché du travail.
– Moi ça a commencé à trente ans de rien valoir.

Les moins fouteurs de merde c'est le Chinois, ils vivent dans leur coin, les morts ils les enterrent chez eux, les bébés ils accouchent on les voit jamais c'est la vieille Chinoise qui s'en occupe dans la chambre, ils sont malades ils se font rien rembourser, les médicaments, c'est fait avec des serpents à eux, les Japonais, par contre, c'est plus risqué, c'est une race à emmerdes, ils se mélangent.

Nous on se plaint quand y'a deux *m*, deux *l*, mais quand tu vois le chinois.

Le chinois, c'est que des branches d'arbre.

Les hiéroglyphes, c'était vraiment une écriture pour faire chier le monde.

– Tu le bois où ton blanc ?
– À la table au fond ! avec moi faut que ça bouge !

Un chat qui perd ses poils, ça lui fait pas la tonsure comme à nous.

On vit comme des merdes, par contre pour mourir dignement, y'a tout ce que tu veux !

Le gosse il joue avec une crotte de chien et sa mère elle applaudit, c'est comme ça aujourd'hui !

– *Quoi de neuf ?*
– *Rien de nouveau sous le soleil sauf qu'il pleut.*

Les gens veulent manger toute l'année, c'est pour ça qu'on manque.

Moi si je pouvais je tuerais tout le monde.

– *On sert pas d'alcool le matin !*
– *Et lui ?*
– *Lui, c'est pas de l'alcool, c'est du vin.*
– *Je peux avoir du vin ?*
– *On sert pas de vin le matin !*
– *Et lui ?*
– *Lui, il boit pas, il déguste.*
– *Moi aussi je déguste.*
– *Si tu continues à me faire chier, ça c'est sûr !*

Moi les îles, je les compte pas dans les continents, le Japon fait pas partie du continent asiatique, pour moi, je parle.

Qui n'ose rien est super peinard !

C'est haut comme trois pommes la vie des gens.

Avant, c'était un litre de vin par travailleur, aujourd'hui, c'est dix litres par chômeur !

Ils viennent en France, il violent, ils tuent, en plus ils volent les champignons !

Le Chinois a beau articuler on croit qu'il articule pas.

– Moi j'ai un copain boulanger qui fait son pain.
– Pousse-toi Bébert, laisse passer les gens.

T'en fais quoi des pneus pluie quand il pleuviasse ?

Si c'est pas les Arabes, c'est les juifs ! pour qu'on parle d'eux, ils s'entendent bien ceux-là, tiens !

– Il pleut, il pleut, il pleut.
– Il en faut de la pluie.
– Ça dépend où !

L'abus d'alcool, ça dépend combien tu pèses ?

Une balle dans la gueule, j'appelle pas ça un coup de filet !

Ni dieu ni maître ! ni droite ni gauche ! ni vin ni eau ! un demi !

Mère au foyer, avec les mômes à l'école et le mari au boulot, c'est mère feignasse !

Je le sais très bien quand je suis bourré, je suis mon propre éthylotest.

Les Dupont c'est des pédés et Tintin y se tape son chien.

Mon point G, c'est le PSG !

La cuisine, c'est visuel, mais faut quand même que ça soit bon.

– *Plus on va vite, plus la Terre est petite.*
– *C'est pas la peine d'aller loin si c'est tout près.*

Faut te muscler les fesses si tu veux être un pétomane qui articule.

– *C'est un vrai phénomène de société l'alcoolisme des jeunes.*
– *Oui, ça plaît à toutes les générations.*

Si tu meurs dans ton sommeil, tu te laves les dents dans l'aut' monde !

– *Pourquoi il est con comme ça ?*
– *La connerie, ça s'explique pas.*

Je comprends pas ce que tu dis mais va te faire enculer !

Faudrait que les devoirs soient faits en classe, t'amènes à boire à la maison toi ?

J'ai tellement fait la rue, toutes mes pensées sont éclairées au lampadaire.

Donner un organe, déjà qu'on en a pas dix mille !

Faut tout donner maintenant, les vieilles fringues, les meubles, les organes !

Ton foie, tu le retrouves chez Emmaüs.

Tu donnes un rein, il te reste qu'un rein, si t'es malade du rein et qu'on te l'enlève, t'as plus de reins, faudrait pouvoir récupérer le rein que t'as donné si jamais un jour t'en as besoin, même s'il est dans quelqu'un d'autre, c'est ton rein, comme si tu donnes ton gosse à garder, c'est pas le gosse de celui qui garde à ce que je sache !

Le neurologue, il s'occupe du cerveau et en plus de tous les nerfs, c'est un cervologue plus.

Les grands mathématiciens, pour le reste, ils sont nuls.

Faire avancer la France qu'il dit Hollande ! la France, c'est pas une brouette !

– *Hier, y'avait un héron dans mon jardin.*
– *Eh bé c'est bien, ça vous fait de la compagnie !*

Moi si je me fais pas casser la gueule, je m'emmerde.

Y'a quasiment plus d'eau dans un demi de bière que dans un Perrier tout simple.

Je suis comme les écureuils, je planque des bouteilles dans les buissons et après je me rappelle plus où je les mets.

Moi, j'ai cinquante ans, mais les jeunes, ils ont quel âge ?

– *Elle a sauté du septième étage, elle est tombée sur une bagnole, ça l'a sauvée.*
– *Un truc comme ça, t'es pas près d'être remboursé par l'assurance.*

Il ne faut pas s'autocensurer !

Avec le soleil on dirait que j'ai mis de l'eau dedans, mais c'est du beaujolais à la lumière !

Il faudrait se réincarner juste quelques secondes avant de décéder, ça éviterait de mourir et puis aussi les enterrements.

– *Et dix qui font trente.*
– *C'est bon, l'erreur est juste !*

Une église qui devient une mosquée, non non, tu peux pas faire une poissonnerie après une charcuterie.

Ce qui est bien avec le vin chaud, c'est que tu peux en boire du froid.

C'est un château de cartes l'hospice avec tous les vieux qu'y'a dedans.

– *Tu nous remets deux bières.*
– *La nature a horreur du vide !*
– *Elle adore le bide.*

La musique bretonne, le pastis marseillais, j'ai les deux polarités en moi.

Si je m'écoutais quand je parle, je sais que c'est pas ça que je voulais dire.

– *Vaut mieux perdre son argent que sa vie.*
– *C'est pas ton pognon !*

T'es d'accord avec tout le monde, c'est pour ça que personne est d'accord avec toi !

Les gosses de quatorze ans sont plus tellement jeunes, ils sont nés dans le siècle d'avant, alors que nous, on a changé de siècle on avait cinquante balais, c'est plus normal.

Il mange jamais, il boit tout le temps, il a pas ses dents bien musclées !

Ça m'énerve les araignées qui font pas des belles toiles.

– *Tu payes un coup ?!*
– *Je t'avais pas vu derrière ton poteau, tu chasses à l'affût ?*

On m'a toujours dit que j'avais des grands pieds comme Dalida.

L'adoption, pas d'accord, déjà, quand vous voyez comment les homosexuels nourrissent trop leur chat !

Je suis pour la corrida no kill, on remet le taureau à l'eau.

On se voit bien dans un miroir que si on se regarde pas, faut passer par hasard devant le miroir, et là, on se voit comme si c'était quelqu'un d'autre qui voit, et c'est comme ça que tu te vois en vrai.

– Prix Nobel de littérature à un Chinois.
– Ils rachètent tout, même le pinard.

Pourquoi ils font des lois pour protéger les insectes ? ils paient des impôts, les scarabées ?

– Personne en veut de Ségolène Royal.
– Vous savez, c'est difficile la politique quand on n'est pas de Paris.

Il habite à côté du Rex et il a la moustache de Charlot, c'est toute l'histoire du cinéma ce gars-là.

– Je vieillis pas, j'évolue.
– T'évolues en vieux.

Vous savez, souvent, les choses qui doivent arriver, elles arrivent pas.

C'est à cause de l'imaginaire qu'on se fait chier dans la vie.

Un pédé avec un enfant, j'aurais pas confiance, c'est comme une poule avec un ver.

– Je t'ai toujours vu avec un verre à la main.
– Évidemment, si tu me regardes que les doigts !

Un livre écrit par un Arabe, qui tu veux qui lise ça en France, à part les Arabes ?

– Elle est arrivée enceinte au mariage.
– Et alors ? t'arrives bien bourré au bistrot !

Cent ans c'est rien pas rapport à un siècle.

Jésus a pas toujours été cloué, à une époque de sa vie, ça allait bien.

La musique a pas besoin des musiciens, elle s'en fout !

— On ne dit pas, fontaine, je machin truc.
— Boirai plus de ton machin chose.
— Oui, c'est ça, boirai la bidouille.

T'as pris racine ?

Le mieux, c'est quand on dort, tout le reste du temps, on se fait chier.

Je serais peintre, je ferais des salades de tomates, personne peint ça.

Un cancer des poumons et en plus il s'est tué en voiture, c'est un gars qui avait de la mort en rabe.

Merde la vie !

Si tu roules sans permis et que t'as pas d'accident pendant dix ans, on devrait te le donner gratis.

Moi je préfère l'anglais comme langue sauf pour la bouffe.

— Il a tué son chien, alors qu'il a son permis de chasse !
— Le permis, ça veut rien dire.

Mourir pendant son sommeil, ça doit faire drôle de pas se réveiller.

– *Vous allez bien monsieur le marquis ?*
– *Certes !*
– *Vous avez bien picolé hier !*
– *Nous avons bu avec des bottes de sept lieues...*

L'Allemagne, ça a pas de forme.

Les gens croient qu'ils ont raison parce qu'ils donnent leur avis.

Quand j'ai bouffé je suis triste, y'a que quand j'ai faim que je suis heureux.

Le mariage homo tombe à l'eau si c'est un pédé qui se marie avec une gouine.

Je m'éloigne pas de l'emploi, je bouge pas, c'est l'emploi qui s'éloigne de moi !

On peut pas lui parler, c'est un connard fortifié.

C'est pas la peine d'être pédé si c'est pour rentrer à la maison garder les gosses.

Tu leur guéris le sida, le lendemain ils veulent se marier ces cons-là !

– *Vous croyez en Dieu ?*
– *Pas spécialement.*

On sait même plus où elle est l'Europe à force de rajouter des pays.

– C'est nul, c'est de la merde ce livre.
– Oui, mais si ça peut contribuer à faire lire.

Le mariage homo et la légalisation du cannabis, ça va nous faire des gosses avec des parents drogués pédés !

Ça serait mieux des poils en plumes.

Je me sens hyper français, et pourtant, je suis né qu'à Pau.

Une heure sur la Chine à la télé, j'en ai déjà marre, alors c'est pas pour aller habiter là-bas !

Je sais très bien où je suis garé, j'ai pas besoin de disque dur !

Pourquoi il est enterré à Limoges ? Y'a de la bonne terre là-bas ?

Pour moi, l'Afrique, c'est plus le pays des lions que celui des Noirs.

C'est bien de garder un café dans le village, nous, on peut aller boire en voiture, mais les personnes âgées peuvent pas aller se saouler très loin.

– C'est plus souvent les femmes qui lisent.
– Encore une fois, elles tombent dans le panneau !

Tu t'en souviens du Martini ? Ça rongeait les pièces de monnaie.

Aujourd'hui, c'est plus facile de poursuivre les gens honnêtes que les vrais voyous !

Pareil que les vaches qui font plus de lait, moi les chômeurs je les enverrais à la boucherie !

Une main droite, une main gauche, c'est déjà une double personnalité.

Moi les pédés je respecte, sauf que j'aime pas quand ils se tortillent.

C'est instinctif le choix des vis.

— Vous êtes tout trempé.
— Vous avez vu cette pluie ?! de la goutte molle.

Ministre, c'est pas un boulot de femme.

Napoléon, on peut raconter tout ce qu'on veut, y'a plus de témoins vivants.

Même Hitler sa femme elle l'emmerdait, alors tu parles que Hollande.

Ça sert à rien le château de Versailles, y'a que les gardiens qui y habitent.

Les femmes veulent plus accoucher à la maison, résultat, les bébés meurent dans les voitures !

La porte de Versailles, ça fait pas tellement porte de château !

En politique, les femmes sont plus arrivistes que les hommes.

C'est toujours plus facile pour une femme, elle peut coucher pour y arriver, alors que pas les hommes.

– Quand j'étais petite, je haïssais tout le monde.
– T'as gardé ton âme d'enfant !

Mon chien je lui donne des os et des croquettes, je lui donne pas du pâté mou comme pour les petits pédés de chiens blancs !

Moi j'aime pas les Noirs et pourtant je suis pas raciste.

– C'est dangereux d'habiter à plus de vingt minutes d'un hôpital.
– Le bistrot à vingt minutes de chez soi, c'est encore plus dangereux.

Le Marseillais il est marseillais, le Breton il est breton, le Corse c'est encore pire, en France, y'a pas de Français.

– Toutes les violées passent pas à la télé maintenant !
– Faut être violée, mais surtout faut connaître du monde.

L'alcool, c'est du fruit, alors que la drogue, c'est de la feuille.

Elles font de la chirurgie esthétique et après elles s'étonnent qu'on leur saute dessus.

La tour Eiffel, elle t'aurait coûté dix fois plus cher à construire à Marseille !

Un homme qui veut devenir une femme, après il voudra devenir quoi ? un chien ! et après quoi encore ? une chienne !

Certains fruits ont réagi, par exemple, la fraise a fait sa révolution.

– J'étais ce week-end dans la Beauce, c'est toujours aussi plat.
– La géographie bégaye.

Journée du refus de la misère, ça s'arrange pas, bientôt, on va nous demander de refuser la peste !

– Qu'est-ce que tu veux révolutionner à notre époque...
– T'as qu'à chercher !
– Non mais j'ai pas trouvé.

Moi y me faut un peu plus qu'une religion pour aimer mon voisin !

C'est moi qui te le dis !

Tu tires un coup de fusil à Bonifacio, tu tues un mec à Bastia, tellement la Corse c'est petit.

Moi j'aime bien un livre si ça m'endort.

Un bon comédien, faut pas qu'il ait sa personnalité.

– René t'a payé un verre.
– J'ai encore le mien, je le boirai tout à l'heure.
– Tu bois en direct et tu bois en différé toi !

La musique classique à l'hôpital, ça aide à la guérison, ça endort les microbes.

Il saute de trente-quatre kilomètres, il tombe en chute libre, il passe le mur du son, il ouvre son parachute pour atterrir et le premier truc qu'il fait en bas le mec, c'est embrasser sa femme... eh ben... c'était bien la peine...

– Tout le monde dit qu'il est vachement bon le bourru.
– T'es une fashion victim.

– Merde à l'islam !
– Occupe-toi de tes fesses.

– On est quel jour ?
– Je sais pas... un jour de la semaine.

– C'est quoi la télé ce soir ?
– Un film sur Geronimo.
– Eh ben... ça nous rajeunit pas.

– C'est quoi la météo ?
– Il pleut sur la place.
– Non, la vraie dans le journal.

En dix ans, la Grèce est devenue l'Afrique de l'Europe.

Avant, ça me gênait pas, c'est mon âge qui fait ça, quand on vieillit, on aime pas les Noirs.

C'était pas la peine d'abandonner les colonies si c'était pour devenir une colonie de l'Europe !

Avec moi, les hommes politiques, c'est une balle dans la tronche !

Le problème c'est qu'on est trop civilisés.

Des salles de shoot pour les camés ?! et pourquoi pas un comptoir avec aussi !

Tous les médecins te diront.

– *Hollande, on dirait encore plus un cochon rose quand il est en Afrique qu'en France.*
– *Moi je trouve pas que Hollande ressemble à un cochon.*
– *Évidemment, t'as voté pour lui !*

En Corse, tout est accroché à la montagne, même la mer.

– *Hier, je me suis fait offrir à boire, je sais même pas par qui.*
– *Tout le monde ! t'étais raide !*
– *Pour mon anniversaire.*
– *T'as vu ta tronche ? t'as six cents ans !*

Ils ouvrent les salles de shoot et ils ferment les maternités ! tu vas te piquouser à l'hôpital et t'accouches dans ta bagnole, avant, c'était le contraire !

– *Vous sentez bon l'amande.*
– *C'est mon soin des pieds.*

Les juifs, les Arabes, j'en prendrais un pour taper sur l'autre !

– *Ils font fumer un singe pour savoir ce que le tabac ça fait sur l'homme !*
– *On s'en branle.*
– *Tu vas le prendre mon poing dans ta gueule pour savoir ce que ça fait sur les singes !*

L'accouchement, faut agrandir le trou pour que ça sorte, me dites pas que la femme est faite pour ça !

Le vent a jamais évolué, c'est une sorte de fossile vivant.

Une femme qui fait un gosse à soixante ans, son bébé il en a déjà vingt dans l'âge de ses cellules.

Les enfants, pour le merci qu'on en retire !

– *Le bistrot, t'es pas obligé d'y rester toute la journée !*
– *Où tu veux que j'aille ? l'autre, il est fermé.*

Mon corps m'appartient ! c'est le slogan ! tu parles ! qu'elles se les gardent leurs intestins !

Fumer ça sert à rien, alors que picoler, on se saoule.

Les Noirs en fait sont marrons, sauf certains Noirs qui sont noirs mais alors eux c'est vraiment des Noirs, c'est rare, tu changes de trottoir.

Un Arabe qui mange du porc, c'est moins grave qu'un curé qui se tape un gosse !

Toutes les races sont des mélanges, il paraît même qu'on aurait des gènes de mouche.

Ça m'intéresse pas l'humain ! le jour où y'aura plus d'humains, ça ira un peu mieux pour les autres.

Moi je trouve que c'est pas normal que les Arabes ils aient un dieu.

L'humain le plus célèbre, c'est Hitler, alors moi, les humains...

— *La taille de la crotte dépend de la taille du chien.*
— *Ça, c'est un raisonnement de comptable.*

J'adore la chasse, mais si je peux tuer autre chose, ça me va aussi.

— *Il a foutu un beau bordel votre copain hier soir !*
— *C'est mon compagnon à quatre pattes, comme je dis quand il est saoul.*

Delon a joué César, Gabin aurait jamais joué Obélix.

Pisse pas là, on va avoir les médias.

Il grimpe sur qui il veut, la vie privée de mon chien regarde personne !

Moi j'aime que les poules, et encore, pas les naines.

Ses légumes, on dirait de la viande tellement il fout de l'engrais.

Je vois pas pourquoi avec le Ricard on serait des connards et avec l'absinthe on serait des génies !

Il avait la moitié de la gueule toute violette, il a dormi la tête dans la neige, on avait fait des pâtes à la gnôle.

Manuel Valls, c'est Sarkozy, en moins moche.

On arrête pas de nous augmenter les impôts pour pas faire payer les générations futures, on s'en fout des générations futures, on a qu'à dire qu'ils paieront, de toute façon ils sont même pas nés ! Moi je m'achète une voiture et ça sera payé dans cent ans par un connard que je connais même pas !

Le Ricard plein d'eau était au début un apéritif de disette.

J'aime rien de ce qui est nain.

La soupe à l'ortie, c'est une conversation qui me sert à me faire des amis.

La bête sauvage, à partir du moment où elle est passée à la télé, c'est fini, c'est une bête normale.

– *Après qui le quoi ?*
– *Nous, le déluge.*

L'homme était dans l'espace sous forme de graine, bien avant la Terre, qui est apparue pour qu'on se plante.

– *C'est ma deuxième famille, le bistrot.*
– *Tu peux même dire ta première !*

Ça va la famille sac à crottes ?

– *Il pisse dans la rue et il bat sa femme.*
– *C'est des histoires de vie.*

Avec les nouvelles machines, faut être ingénieur pour tricoter une chaussette.

– *Tu boudes ? on te voit plus ?*
– *C'est pas de ma faute, j'étais beaucoup absent au bistrot à cause de mon travail.*

Moi personnellement je suis pour le fondamental.

On est un pays fatigué, la femme française accouche directement d'enfants vieux.

Le caviar, c'est le gratin du panier du pays des œufs.

Tu pourrais lapider une femme avec les poires qu'il vend tellement elles sont dures.

On habite quasiment à dix kilomètres du berceau de la chaussette.

– *Mais si, c'est une espèce de connasse, une blonde.*
– *Je vois pas.*
– *Mais si, elle remplace l'autre con qui est mort.*
– *Ah ! Sophie Davant.*

Quatre-vingt-seize pour cent des chaussettes sont pas françaises, et les pieds qui les portent, c'est pas mieux !

Je suis toulousain, je suis né à Toulouse, j'habite à Toulouse, je suis marié à une Toulousaine, tu pourrais pas me coincer sur ce terrain-là.

C'est de la faute des parents si les enfants vieillissent.

La confiance en soi, moi je préfère avoir confiance dans les autres qui sont plus nombreux.

On l'entend venir à deux kilomètres avec tout le parfum qu'elle met.

Le bébé, il est fait pour être père de famille, pas pour devenir pédé !

C'est vieux comme le monde les moutons sous le lit.

Pour moi le Coran c'est de la pisse de violon !

Je conseille toujours aux gens d'aller voir les environs, de toute façon, y'a que ça à faire dans le coin que de visiter les alentours.

Toujours la mort ça commence du côté gauche.

Ça, les jours, j'aime bien ça, moi, les jours.

Avant, ici, y'avait un enterrement par semaine, ça mettait de la vie.

Jean-François Copé, il a des asticots dans la bouche ce mec.

Ça nous pend au nez de finir tous voilés.

Avec les nouveaux paysans écolos qu'ont pas de bagnole, ça arrivera de plus en plus que la femme accouche à l'étable.

Moi je suis un garçon tout simple, je m'habille quand j'ai envie.

Y'a des microbes qui arrivent d'Afrique et nous on veut pas faire cent bornes pour aller à l'hôpital !

Moi, avec ma peur des araignées, j'ai fini par perdre des amis.

Maintenant ça existe plus les yeux plus grands que le ventre, on a toujours le ventre plus grand que les yeux.

C'est impossible une grève de la faim en Allemagne avec tout ce qu'il y a à bouffer, d'ailleurs, y'en a jamais.

L'ennui est un légume d'hiver !

Faut plus y aller, il a la leucémie son boudin.

À force de vouloir faire l'Europe, on va finir par être l'Afrique.

Crottre ! comme disait Ubu Roi.

— Est-ce que je me suis bien fait comprendre ?!
— Je sais pas, t'as dit quoi ?

Les immigrés qui prennent tout le travail, en même temps ils ont des familles à nourrir les mecs, mais les bonnes femmes, elles ont pas besoin de ça, c'est nous qu'on les nourrit normalement.

Dans une société civilisée, les femmes ont pas besoin de travailler.

Le travail des femmes, c'est le même scandale que le travail des enfants.

Les robes à fleurs sont des tissus de mensonges !

Le marché du travail, y'a pas assez de radis et trop de melons.

Les feuilles de géranium c'est pas du vrai parfum mais si je pouvais j'en mettrais partout sous mes bras.

À partir de quel âge le nain devient petit ?

— Je me suis barré, ils étaient quatre au comptoir, ils parlaient de la mémoire des chrétiens d'Égypte, vous parlez de quoi vous ?
— Rien.
— Je préfère... un demi !

En ville, t'as la zone vivant et la zone non vivant, si tu comptes le cimetière.

Ça pue la guerre taxer la bière !

Ce sont des hurluberlus ces al-Quaïda.

– *T'es encore bourré ?*
– *Évidemment, tu viens le soir.*

Un livre sera toujours moins fort qu'un litre de vin pour modifier ce que tu penses.

La jeunesse sera l'avenir quand la jeunesse arrêtera de vieillir !

Ça s'appelle plate-forme parce que ça a une forme plate, c'est tout ?

– *Ils vont à Venise avec les grands-parents.*
– *Y'a quoi à Venise ?*

À Venise, tout ce qui y'a à voir, c'est dehors.

Tu pourrais prévenir quand tu payes un coup à tout le monde !

Bonsoir merci !

Tu crois que tu vois mais tu vois pas, à cent trente sur l'autoroute faut pas regarder en face, de nuit faut regarder sur les côtés, comme si tu te mets les crayons sur les côtés de la tête t'as essayé, l'angle de vision, l'œil voit sur le bord mais l'autoroute les lignes, tu crois que tu les vois, mais les lignes pour les voir faut regarder là où on met les crayons.

Elle a dû picoler pendant la grossesse, son bébé, il a une tête de charcutier.

— *Toi t'as ta vie, moi j'ai la mienne !*
— *Toi t'as ton verre, moi j'ai le mien !*
— *Exact ! pareil !*

Faut faire attention au moment de la naissance mais après ça grandit tout seul.

Rien n'empêche les Chinois de créer une ville qui s'appelle Bordeaux et faire du vin de Bordeaux, comme si ils font les provinces du Beaujolais, t'aurais du beaujolais chinois, et tu pourras rien dire, tu le boiras !

— *Ils ont pris un mois de pluie en une heure !*
— *Un mois de pluie ça veut rien dire, parce que des fois, pendant un mois, il pleut pas.*

Taxer la bière, sur une journée, c'est rien, mais sur une vie !

J'aime bien boire avec les jeunes pousses.

Moi si je pouvais être une moto, je préférerais.

Je vais pas donner mon corps à la science pour que ça soit les élèves infirmières qui s'entraînent dessus à torcher les culs.

Moi je suis de Béziers et c'est fou le nombre d'Espagnols qu'il y a à Paris.

Un jour du vin, un jour de l'eau, je bois en zigzag, comme les lièvres !

C'est aux jeunes de bouger, moi c'est pas à trente-cinq ans que je vais faire la révolution.

– *Ils vont boire quoi les petits écureuils de la poste ?*
– *Deux noisettes.*

Tu deviens quoi ? on te voit plus, t'es troglodyte ?

Le cœur, le foie, les reins, j'ai les mêmes depuis la naissance, tout est d'origine !

– *Et mes clefs de voiture, j'ai mises où ?*
– *Dans ton cul, Père Ubu !*

On se marche pas sur les pieds avec les Lapons.

Soit on est enterré, soit on est incinéré, y'a pas tellement le choix finalement.

La terrasse, c'est dehors, la salle, c'est dedans, le comptoir, c'est dehors dedans.

Son slip, c'est vraiment de l'habitat traditionnel.

T'as peur, c'est pour ça que t'es con.

Les personnes âgées, on leur fourgue n'importe quoi, ils achèteraient les chapeaux du Christ.

Pourquoi je rentre jamais chez moi ?

Tu m'emmerdes, je t'égorge !

– *Je voulais mourir et je suis pas mort.*
– *Ça, c'est pas nouveau.*

En Afrique, ils luttent pour leurs frères et ils chient sur leurs sœurs !

– *Vaut mieux que tu rentres chez toi.*
– *J'ai rien dit.*
– *Vaut mieux que tu rentres chez toi.*

Je t'égorge !

Vaut mieux que tu rentres chez toi.

Je serais pédé, j'irais me faire enculer en boîte, je me marierais pas avec un gros con !

Les Miettes, ça veut presque dire plus de choses que *La Mouette* comme pièce de théâtre.

On avait rendez-vous devant la poste et il est pas venu, exactement un film de Chabrol.

– *J'ai toujours un sous-bock sur moi, dans les cafés y'a pas de sous-bocks.*
– *Faut penser à tout !*
– *Le cerveau c'est fait pour s'en servir.*

Le pissenlit c'est sauvage, et en même temps, ça aime l'homme.

On peut même pas savoir ce qu'on sait pas !

Je ferai de la muscu quand la bite sera un muscle.

J'ai envie d'un baba au rhum avec un verre de bordeaux, tu crois que ça le fait ?

Si l'Iran fout une bombe atomique sur Israël, avec le vent, c'est encore tous ceux qu'ont rien fait qui vont prendre.

Il peut plus sortir un mot quand il s'énerve, ça lui fait des congères dans le cerveau.

On aurait mieux fait de respecter les desiderata des animaux sauvages !

– Moi je te dis que Tapie, c'est un enculé.
– Moi je dis pas mon avis quand la personne est absente.

Avant t'avais un fils pédé bon admettons c'est pas de chance il se marie en plus faut aller au mariage, non, quand même non.

La vie après la mort, tu regardes par-dessus le mur, c'est moche comme chez le voisin.

Faire des toiles de quatre mètres pour attraper une mouche, ça leur sert à quoi leurs huit yeux ?

J'aime pas les discussions, ça finit toujours de la merde.

Si je suis dans la merde, je me suicide pas, c'est des trucs de gonzesses, moi je me tue.

Je serais incapable de prendre le métro après bouffer.

Je le dis calmement, mais bon...

— *J'ai un moineau, il arrête pas de se foutre la gueule dans mon carreau.*
— *C'est pour ça, faut pas qu'on vole.*

Des gens qui sont gros parce qu'ils sont pauvres ? faudra m'expliquer !

Obama, si il est noir deux fois à la tête des États-Unis, c'est qu'il est fort.

Des heures et des heures et des heures et en plus pour quoi ?

— *Voilà ce que je voulais dire !*
— *Fallait le dire avant, monsieur, vos amis sont partis.*
— *Hein ?*
— *Vos amis sont partis.*

C'est de Gaulle qui aimait les chaussures qui brillent.

Je veux pas faire mon martyr, mais j'ai pas été servi.

L'homme s'est toujours cru le roi du monde, c'est pour ça qu'il a les deux yeux devant.

Des gouines avec des gosses, c'est normal, puisque c'est des bonnes femmes.

— La route elle est droite et la semaine d'après y'a un rond-point !
— Le conduite, c'est pas une science exacte.

Hein Roger ! c'est bien toi le plus heureux !

Ils pourront pas retirer le permis à tout le monde, faudra bien que les gendarmes évoluent leur comportement par rapport à l'alcool au volant.

Les États-Unis, c'est bien pour le travail, la France, c'est bien pour être malade.

Toi t'as de la chance, t'es boucher, si tu veux mourir, tu sais comment on fait.

Les pédés veulent se marier, d'accord, mais faut les taxer, c'est tout.

— Deux verres, t'étais bourré !
— Ah oui, j'ai pas joué mon meilleur match.

Le jour, la nuit, ça durera pas, y'a des pays qui auront que des jours, et d'autres pays qui auront que des nuits.

— Il est passé Monoxyde de carbone ?
— Pas vu Monoxyde.

Ça leur coûte plus de sous à nous faire travailler qu'à nous payer à rien faire, moi je veux bien continuer à rien faire si ça rend service.

– *Ici, nous ne resservons pas les gens saouls !*
– *Mettez ça sur la porte, vous aurez personne.*

Avec un chien comme celui-là, on a pas besoin de chat.

Y'a que l'homme qui a un nom et aussi un prénom, sauf Moby Dick.

Les gens qui sont au chômage et qui touchent des sous depuis plusieurs années, moi je dirais OK, mais je prendrais des organes.

– *Une actualité chasse l'autre.*
– *Encore heureux ! on en foutrait quoi, de toutes ces actualités ?*

Le mariage entre deux hommes, ça sera pas pire qu'avec une connasse.

On a aucune étude scientifique sur les pédés.

Une femme président, de toute façon, ça peut pas être pire que Hollande.

J'ai mon nom sur la boîte, ils mettent le courrier dans l'autre boîte, le problème à la poste, ils ne réfléchissent pas.

Ils sont forts les Allemands, ils sont travailleurs, d'ailleurs, pendant la guerre, ça a pas été les pires.

Moi la mer, je pourrais la regarder pendant vingt minutes.

Avec leur connerie d'Europe on va devenir la Grèce, déjà qu'on était l'Algérie, en plus on s'habille chinois !

Toujours un verre pas loin, j'ai le pinard limitrophe.

– *J'ai perdu mon frère dans un accident de voiture.*
– *Oh oui, c'est pour ça que je dis à mes clients de faire attention !*
– *Pas du tout ! il était à jeun ! c'est un con bourré qui lui est rentré dedans.*

Si un jour on va vivre sur Mars, la fusée partira de Paris, pas de Sarcelles.

– *Avec mon chien, on a deux ans d'écart.*
– *C'est qui le plus vieux ?*

Il fait la vaisselle quand c'est du jambon !

– *On leur donne l'Algérie, ils viennent vivre en France, les juifs, on leur donne un pays, ils viennent en France, les Noirs, on leur laisse l'Afrique, ils viennent en France !*
– *Ils veulent leur pays plus prendre le nôtre, c'est tout.*

Ils veulent l'argent et le beurre de l'argent.

– *Un beau livre de photos sur l'Afrique.*
– *Moi ça me fait de la peine les enfants maigres.*
– *Non pas ceux-là, ils sont bien photographiés.*

C'est bien le gâteau au chocolat sur le comptoir, ça fait viennois.

Je peux pas lire dans le train, je suis malade, au lit couché je peux pas ça tourne, assis longtemps je peux pas avec mon mal au dos, même le journal, c'est interdit avec mon allergie à l'encre, mais vous savez la crise des ventes c'est pas que moi, même les valides ne lisent plus.

Je préfère mourir en ville que grignoté par des rongeurs !

Les valides vont pas rester assis à lire, quand on est valide on marche, comme son nom l'indique.

La bouche, les dents, l'estomac, l'intestin, les reins, j'ai tout le confort moderne !

– *J'ai pas trop foutu la merde ?*
– *T'as atteint ton niveau historique !*

Même si vous avez mille chaînes de télé, de toute façon au départ, c'est le même bureau.

La décadence, on s'amuse, faudrait pas que Hollande nous fasse une décadence où on se fait chier.

Moi c'est quand je suis dehors que je suis dedans.

Encore heureux qu'on a le salon du timbre.

Je suis de gauche depuis l'âge de huit ans !

Le mariage des pédés, l'Empire romain, à la fin, c'était ça aussi.

– Le mariage des pédés, c'est pas bien pour le gosse d'avoir deux pères mais plus tard c'est bien d'avoir deux grands-pères.
– Deux grands-mères gouines c'est encore mieux.

Les bonnes femmes veulent travailler et les pédés veulent se marier, voilà où on en est aujourd'hui.

Au volant du camion, je somnole, tu veux que je fasse quoi pendant dix heures ?

– On a de la chance d'avoir le beau temps.
– Quel temps ?
– Dehors.
– Ah ! je comprenais pas.

Le seizième siècle, c'est là où y'avait tous les riches ?

Je lui dis, vas-y, y'a du travail dans les pompes funèbres, il me rit au nez ! Même si c'est moi il m'enterrera pas tellement il est faignant mon fils.

Je bouge jamais d'ici, je suis hyper super performant énergétique.

– La pluie, la pluie, la pluie, la pluie.
– Et le vent !
– Ah oui ! le vent, le vent, le vent, le vent.

Un chanteur, faut pas qu'il s'écoute, sinon, il se voit pas.

– Je t'ai acheté des chaussettes, une fois je l'ai mise la chaussette, tout de suite un trou !
– Bien sûr, t'as été gitan.

C'est une recette que j'ai trouvée sur saucisse.com.

– Vous avez un vin du jour ?
– J'en ai quinze.

La choucroute, c'est jarret !

La moitié du monde, c'est des placards.

On l'appelle Fermeture Éclair, il fait l'ouverture et la fermeture.

– Y'avait un Noir à la télé, on le voit plus.
– Y'en a déjà un au cinéma, y'a jamais deux Noirs célèbres en même temps.
– Quand c'était Noah, c'était le seul Noir.
– Il est pas noir, sa mère est blanche.
– Ouais, t'as raison, à l'époque de Noah, y'avait même pas un Noir célèbre.

Obama, c'est un faux Noir, il a les voix des Noirs et les voix des Blancs.

– Qui c'est qui vous a dit que j'étais au bistrot ?
– Tout le monde.

Les Allemands, ils ont fait des conneries pendant la guerre, mais n'empêche heureusement que aujourd'hui, ils sont là pour sauver l'Europe, on peut pas en dire autant des autres !

La Terre, ça peut accueillir de deux personnes à dix milliards.

Quatre-vingt-dix-neuf pour cent de mes amis, c'est lui.

Ils l'ont largement payé cette histoire de camps de concentration avec le mur de Berlin qui empêchait d'aller faire ses courses.

– *On ne sait pas ce qui se passe après la mort.*
– *Si, on enterre le mec.*

L'avenir, ça améliore le quotidien.

Entre un Noir et un Blanc, tu as moins de différence de race qu'entre une femme et un homme.

– *Tous les gens qui sont enterrés au cimetière sont marqués quelque part où au bout d'un moment ça disparaît ?*
– *Vous cherchez quelqu'un ?*
– *Non, c'est pour savoir.*
– *Pour savoir quoi ?*

Le beaujolais, tous les ans, je tombe dans le panneau.

– *Je suis maître-chien.*
– *Il est con ton chien, t'es maître-con !*

Ça commence le mariage homosexuel, après ça sera la polygamie, et après la polygamie homosexuelle.

Même chez les rats, le couple, c'est un homme une femme.

Toute la journée, on se fait agresser à la caisse que le tabac est trop cher, qu'ils gardent leur souffle pour quand ils auront le cancer !

– *T'es encore bourré !*
– *Ben ! hé ! ho ! c'est vendredi soir !*
– *On est mardi midi.*

De toute façon, la famille, c'est un phénomène qui touche à sa fin.

– *C'est tranquille le café en face du cimetière.*
– *Tous ceux que vous avez de l'autre côté, ils sont passé ici avant.*

Jamais vu un cochon pédé.

C'est les deux mêmes chiens, le même âge, sauf que y'en a un qui est plus avancé au niveau du parler et du comprendre.

Le plus de contacts humains que j'ai, c'est avec les animaux.

Dans la rue, les gens parlent à mon chien, *bonjour t'es beau ça va !* et c'est moi qui réponds.

– *J'aime bien être triste.*
– *T'as raison, de toute façon, c'est le mieux.*

Obama, il est noir quand ça l'arrange !

– *Tu vois Issoudun ?*
– *Oui.*
– *Par rapport à Issoudun, c'est à côté.*

Le mariage gay, c'est pas ça qui va rendre les pédés heureux.

– *Chez lui, il promène son bébé dans le bar roulant pour faire marrer ses potes.*
– *Faut qu'il se calme un peu lui.*

Personne est heureux sur terre.

– *Devant ce que je vois c'est net, et au fond c'est net aussi.*
– *C'est pas possible, quand on voit, devant, c'est net, mais au fond c'est toujours flou.*
– *C'est net partout.*
– *Alors tu vois comme dans un rêve.*

L'âge d'or de l'âge c'est cinq ans.

Je m'en bats les couilles qu'il tue toute sa famille en bagnole parce qu'il est saoul, moi par contre, je perds ma licence !

J'ai toujours connu des Arabes qui boivent, le thé, c'est une légende.

– *Un connard peut être un génie et un génie peut être un connard.*
– *Mais oui.*
– *Faut aller au-delà des apparences.*
– *Mais oui.*

Y'en aurait qu'en France des Arabes, mais t'en as dans toute l'Europe !

– *T'aurais été violé par ton père, t'écrirais un livre là-dessus ?*
– *Non, parce que déjà, j'aime pas lire.*

Le Louvre, c'est bien, on découvre plein d'artistes.

La viande, j'en mange, mais me demandez pas en quoi c'est fait !

Le boa digère en trois semaines, c'est pas lui qui va boire de la Badoit pour digérer plus vite.

T'as déjà découpé un ananas devant les clients ?! alors me dis pas ta morale que je bois trop ! découpe un ananas devant les clients et après tu reviens me voir, charlot va !

– *Les élections américaines, soit tu votes pour un Noir, soit pour un mormon.*
– *C'est pas facile, d'un côté c'est une race, de l'autre, c'est une religion.*

T'en manges pas du boudin ? t'en manges pas du bifteck ?! t'en manges pas du foie gras à la Noël ! si ! et les huîtres ! alors me fais pas chier avec la corrida !

Vous en vendez des bonbons à la menthe pour garder le permis ?

Je bouffe en cinq minutes et après j'ai une heure de vaisselle.

— Jamais de glaçon dans le porto.
— Là, on voit le chimiste !

Un mec qui est en taule, c'est qu'il est con, si en plus il est innocent, c'est qu'il est encore plus con !

Quand j'étais petit garçon, j'espérais devenir une fille, j'ai été exaucé, je suis devenu une grosse pouf-fiasse !

Jésus, c'est une vie d'extraterrestre qu'il a eue.

C'est normal qu'il soit réélu Obama, quatre-vingt-dix-neuf pour cent des Américains sont noirs maintenant.

Lui, il est con mais dans le bon sens.

Dès que la mère accouche, le gosse devient sans domicile fixe.

— Y'a la grosse Martine Aubry qui est mise en examen pour homicide.
— Déjà avec le sang contaminé, Fabius avait fait je sais pas combien de morts !
— Six cents !
— Et ça se balade dans des voitures de ministres ! une balle dans la tête à tout ce monde-là !

C'est une bonne école d'observation, l'école du champignon.

En général, les présidents de la République sont avec des connasses qui ont du pognon.

On est obligés de passer par la connaissance si on veut savoir quelque chose.

Payer quand t'achètes, c'est injuste, parce que ça touche tout le monde.

– Je voulais aller me coucher, j'ai rincé mon verre à l'eau chaude, et je vois, il en restait dans la bouteille, j'ai rincé à l'eau froide, j'ai fini la bouteille.
– Moi après je sais plus où j'ai fini.

– La lotte, on lui enlève la tête pour la vendre tellement elle a une bouche laide.
– Ah parce que le foie de porc c'est beau ?

– Je picole, je sais pas pourquoi.
– Oui mais un mec qui picole pas se pose même pas la question, c'est pas mieux du coup.

Ça fait vingt fois qu'y se tranche les veines, il est toujours vivant, il bouffe trop de légumes.

On mourira quand on sera mort !

Commencez pas à m'emmerder toute la bande de cons que vous êtes.

Moi aussi c'est pareil.

J'aime pas m'asseoir, parce que si jamais j'ai envie de partir, je préfère être debout.

— *Moi je m'intéresse à tout !*
— *À tout ?*
— *Ah oui, moi oui, tout ce qu'y a.*

Si vous cherchez, vous êtes pas sortis de l'auberge.

— *Vous faites du vin à emporter ?*
— *Oui, mais vous le buvez ici.*

Le Luxembourg, c'est en Belgique ?

Un mammouth en Seine-et-Marne, la Seine-et-Marne je connais, je vois pas comment on peut trouver du mammouth là-bas.

— *En Espagne, les pédés ont le droit de se marier.*
— *T'es espagnol ?*
— *Je suis pas pédé.*
— *Pourquoi tu te maries en Espagne ?*
— *Les pédés !*
— *T'es pédé toi ?*
— *Mais non !*
— *Pourquoi t'es espagnol si tu te maries ?*

Qu'est-ce tu fais tout seul à boire au bout ? t'es insulaire ?

Les résultats de l'élection américaine, c'est plus important pour la France que les résultats des élections françaises.

– *Qu'est-ce qui t'est arrivé ?*
– *Soirée tango à Argenteuil.*

Il m'a dit ça le mec, elle est irresponsable et elle fait exprès, tu vois les deux niveaux, là et là, c'est le psychiatre qui dit ça, il est bien ce mec, elle fume sur le berceau de la petite, y'a la cendre qui tombe dedans, à quatre heures du matin elle se lève et me regarde elle hurle, t'es un tueur, et elle part voir le berceau, au fait tu viens le vingt, ah si, viens, merde, viens, c'est une soirée avec tous les bureaux de tabac, t'as tous les beaufs de province qui montent porte Champerret, j'ai un copain qui bosse au Balto à Vierzon qui m'a eu des places, je vais t'envoyer le texto pour entrer, y'a pas de carton, au fait, je t'ai raconté l'histoire de la gamine, sa mère elle est morte, son père il est parti, la grand-mère elle a plus sa tête, elle pleure au bord de la route, y'a un camion qui s'arrête, remarque, elle est pas drôle cette histoire, ça va toi avec ta femme parce que moi j'ai des problèmes avec la mienne, j'y vais là, faut que je dorme, ce soir je bosse, tu me téléphones à seize heures pour me réveiller, je compte sur toi pour la soirée, si, viens, si, j'y vais, j'aime pas qu'elle est toute seule avec le bébé, passe-moi mon casque, s'te plaît...

– *On vieillit ensemble avec Johnny Hallyday.*
– *Y'en a plein qui sont morts ensemble avec Édith Piaf.*

Les Restos du cœur, ça fait disparaître le respect humain !

Ils vont effacer la dette grecque ! Pourquoi ils m'effacent pas ma dette à moi ?

– Je sais pas si je prends un café ou une flûte...

– Du raisin au petit déjeuner... nous, en Normandie, c'est le calva.

– Vous mangez quoi avec ? du camembert ?

– Non, le café et le calva.

– Du poisson fumé et un coup de blanc, si je m'écoutais... vous mettez combien de temps pour aller là-bas ?

– Quarante minutes, avec l'intercités, Gare du Nord, c'est pas loin.

– On pourrait presque aller boire le calva là-bas et revenir pour midi !

– Le mieux avec ce genre de transports, c'est qu'on peut aller vite pas loin.

– On irait boire quoi, en Australie ?

– Et on serait pas de retour pour midi.

Je suis marin, de gauche, extrême bâbord !

– Elle est jolie la terrasse avec les grands pots de chrysanthèmes.

– Oui, j'ai mis l'écologie à l'honneur.

Il a fallu qu'il maigrisse Depardieu pour jouer Obélix !

Il est venu Mentalist ?

Angel my heart !

Les esclaves, c'est ceux qui sont président des États-Unis maintenant.

– Un autre, dans le même verre !

– Avec toi je fais des économies de vaisselle, je te sors un verre le matin et je le lave que le soir !

Un président de la République est obligé de faire des gestes qui sont gestuels.

On est allés voir la Vierge de Chantollier Rollin, un triptyque, ça te fait trois panneaux comme ça, par contre, on a mal bouffé.

— *Comment tu l'as chopée ton intoxication ?*
— *Une montbéliard sur Internet.*

À la fin du mois, je pèserais les ouvriers, et ceux qui ont grossi, virés ! c'est eux qui ont rien foutu !

Ça va leur donner quoi aux enfants les pédés qui se marient ? un mère et une père ?

Moi je dis ça mais je m'en fous, je pourrais dire le contraire, et même ça je m'en fous, je pourrais dire le contraire.

— *Ça a combien de vies un chat ?*
— *Le mien, il en a une.*

Clac ! clac ! clac ! c'est quoi qui fait ce bruit-là ? clac ! clac ! clac !

Pour moi, la femme appartient à une autre espèce.

Je suis bourré dès le matin, oui d'accord, peut-être, mais c'est ma différence à moi.

— *Un doudou tombé dans le caniveau, on le redonne pas au bébé comme ça, on le lave !*
— *Remarquez, le doudou dans le caniveau, ça immunise.*

Je rentre, y faut faire montrer chez moi que je suis encore vivant.

– *Il est passé en courant comme une bombe pour aller pisser !*
– *Trente demis dans la vessie, il t'a fait un go fast.*

C'est du vin français, le docteur a droit de rien dire.

Le foie gras, le caviar, c'est quand même que de la bouffe ! À la fin, ça te reste que l'assiette sale et l'idée que t'as encore trop bouffé.

Les Américains, tu verrais comment ils foutent le mec par terre, ils le menottent, et nous, on a des fli-quettes !

– *Alors ?*
– *On a discuté de choses et d'autres.*
– *Il a dit quoi ?*
– *Des trucs et des machins.*
– *Il a toujours été comme ça, il dit ça, ça, ça, et résultat ?*
– *On a bu un coup.*
– *Et puis.*
– *Il a redit ce qu'il avait dit.*
– *Ben tiens.*

Le matin, j'aime pas parler, je me coupe volontaire-ment du reste du monde.

« Appeler », on sait jamais si il faut mettre deux *p*, un *p*, deux *l*, c'est un mot qui a tout le temps des ava-ries.

Vouloir rajeunir les choses, c'est une idée de vieux.

Le roi, on pouvait lui couper la tête, alors que le président, même une petite amende, il la paiera pas.

Ta gueule !

Les juifs, les Noirs, c'est pareil, quand on parle avec, on s'en rend bien compte.

Personne oblige les pauvres à grossir en buvant du Coca !

Le mariage, ça dégoûte de tout, ça les dégoûtera aussi d'être pédés.

Tu verras si j'ai pas raison.

C'est l'évidence faite sur terre.

T'es con ! mais je dis ça ! attention ! c'est peut-être moi !

Ça sert à rien Pôle emploi, je reste chez moi et je me bourre la gueule devant « Trente millions d'amis ».

— Y'en a qui sont obligés de vendre leurs organes pour pouvoir se loger !
— Vends ta bite, t'auras déjà la poignée de la porte.

De toute façon, c'est pas nous qu'on sauvera la Terre.

C'est plus un pays la France, c'est devenu une province.

Les fleurs, c'est surtout pour le plaisir de l'œil, surtout pour nous à la maison qu'on fait souvent des frites.

C'est facile d'être maire de Paris, les rues, elles sont déjà là.

Mais oui.

Le cerveau des bébés, ça fait fromage frais.

On m'a enlevé tout l'estomac, sinon, j'y serais allé à la fête de la coquille.

Ta gueule !

À la banque, des connards partout long comme le bras !

– *Elle a dit qu'elle m'aime et elle me jette comme une merde !*
– *Ah oui, mais parce qu'après y'a la vérité du terrain, monsieur.*

Moi ma femme elle est morte et moi je suis vivant, on est diversifiés.

Je suis en formation pour une reconversion, et juste après, j'ai un stage avec un projet, moi le beaujolais nouveau cette année, ça va être l'homme invisible.

– *Il pleut.*
– *Dès le matin tu me fais chier !?*

Il est né à moitié meublé, il lui manquait un rein.

– *Je viens tous les jours, tu me traites comme si je venais jamais !*

– *Tu viendrais jamais, je te traiterais mieux que quand tu me fais chier tous les jours !*

C'est pas tellement moral que les médecins prennent du fric pendant que nous on est malades.

– *Il va neiger samedi matin.*

– *Les journaux, on sait jamais quand ils sont livrés mais la neige, tout le monde sait quand elle arrive !*

– *Ici, c'est mon bureau.*

– *Toi, t'as que des copains de bureau.*

La femme à Hollande, c'est de la pute reconvertie, ça !

Gueulez pas ! on s'entend plus boire.

– *T'étais chauffeur routier ?*

– *Vingt ans, tous mes cheveux, je les ai perdus dans le camion.*

Tout est bidonné dans le porno, c'est de la couille.

Le plus nouveau dans le beaujolais, c'est le bouchon plastique.

C'est même plus de l'impolitesse, c'est de la malpolitesse, il est même pas sale ce monsieur, il est malpropre.

Ils sont défoncés, y'a pas d'oxygène, les mecs voient des trucs, mais le Christ, c'était en bas.

Mets-toi sur les pattes de derrière si tu veux voir loin.

– *T'as déjà vu des corbeaux ?*
– *Ben oui.*
– *Eh ben, regarde.*
– *Oui, je connais.*
– *T'as déjà vu des corbeaux ?*
– *Ben oui.*
– *Dis pas que t'as vu des corbeaux si t'as pas vu des corbeaux.*
– *Si.*
– *Pas à moi.*

« Le beaujolais nouveau va arriver », ils savent plus quoi inventer, avant il était arrivé on le buvait maintenant faut l'attendre.

En Chine, c'est l'orange qui symbolise, moins le rouge.

Ça fait cinquante-six ans que je perds de l'argent !

On croit le contraire et en fait non.

La femelle de c't'oiseau, elle incube et basta.

Moi quand je regarde ce que je vois, c'est bien filmé.

Tiens, donne-lui un coup au gamin, qu'on remette l'église au milieu du village.

Ils sont milliardaires les SDF ! avant, ils te demandaient vingt centimes ou une petite pièce d'un franc ! maintenant, c'est, vous auriez pas un euro ou deux ?!

Popo ! Frigo ! ici ! embêtez pas les gens ! j'ai horreur de ça quand ils vont sentir les fesses !

Ce qui est important, c'est les Français, pas la France.

C'est pas pour l'alcool que je bois l'apéro, c'est l'habitude.

Madame de Fontenay ! mais si ! la vieille, tout le monde la connaît ! la connasse des miss France qui a reçu du pinard !

— *Vous arrivez à entendre avec votre bonnet ?*
— *Et vous, vous buvez avec votre cagoule ?*

Les grenouilles ça pond des milliards d'œufs et ça se plaint pas.

— *Il nous empuantit avec sa moto.*
— *Ces motos-là, c'est du bon gaz.*

Bien vu l'aveugle !

Pourquoi tu veux qu'il y ait un casse-croûte si tu donnes ton corps à la science ?

Toi tu sais pas si tu sais pas ou si tu sais plus !

– *On en boit plus du beaujolais nouveau, ça marche pas.*
– *Ils ont qu'à faire passer une loi.*

Merde ou quoi ? ou qui ?

– *Moi, j'ai bu que du touraine primeur.*
– *Monsieur le roi d'Égypte !*

Moi je veux être jugé, le moment venu, comme François Hollande.

Même si c'est la même maladie que tout le monde c'est quand même que la tienne.

Il vient plus, il est dans un moment personnel.

Le clodo tu lui donnais un balle pour qu'il s'achète un calendos, maintenant le camembert c'est quatre euros soixante !

Qui c'est qui l'écoute le thon rouge ?

Aussi c'est ça aussi qu'y faut voir.

La Terre est pas plate mais elle est pas non plus ronde.

C'est l'Atlantique et la Méditerranée dans ce bar, c'est pour ça qu'il y a autant de poissons !

Faudra que je te la montre ma pharmacienne pleine de boutons.

À la Palette, je me suis fait prendre ma place au comptoir par une tarte au citron !

– J'ai quoi comme solutions ?! je fous la clef sous la porte et je me bute !
– Laisse ouvert si tu te butes.

Un rouge pas frais, je suis en trêve hivernale !

Les gens du voyage, de Cachan à Arcueil, de Arcueil à Choisy, de Choisy à Meaux, je vois pas où est le voyage ?!

Toi, tu commences à me faire chier, je vais te mettre en vigilance orange !

Elle avait rien demandé à personne et, du jour au lendemain, elle meurt écrasée par un bus.

Je fais pas du vélo pour sauver la planète, c'est pour aller acheter le pain.

Avec moi ça va être vite fait, deux temps trois mouvements !

Qui c'est qui m'a fait tomber le tonneau ?!

Y'a pas de boulot et plus que des vieux, c'est pas la France qui se lève tôt, c'est la France qui meurt tard !

Les Corses, au moins, ils s'aplatissent pas comme les Bretons !

– J'ai reçu les résultats ce matin.
– Alors ?
– Pas bons.
– Eh oui.
– Eh oui.
– Eh bé c'est bien.

À Bourg-en-Bresse, je suis facile à trouver, je suis au Mississippi.

– T'as goûté le beaujolais ?
– Non.
– T'as les yeux bordés de jambon.

– Ils disent dans le journal qu'il pleut, il pleut pas.
– Oh vous savez, les journaux...

On est pas plus qu'une espèce, en fait.

– On le voit plus votre mari.
– Oh là là depuis qu'il a son Internet !

Moi j'ai un point d'avance sur vous, je sais que je suis con.

T'as qu'à fermer ta gueule si tu veux qu'on t'écoute !

La forme de vie la plus élaborée, c'est la graine.

– J'ai horreur de servir les clodos.
– C'est pour nous que tu dis ça ?

C'est pas dans le ventre le foie, c'est à côté, contre, en fait.

– Je préfère être con comme moi que con comme toi !
– Ho les deux pingouins là ! c'est fini la maternelle !

Même les maths c'est pas tellement précis.

Moi ce que je préfère chez les gens, c'est quand j'en vois pas.

La vie, l'espace, tout est infini, y'a que nous qu'on est des cons.

La morille me fait peur, je mange de tout, mais la morille me fait peur.

T'es pour le mariage homo ? tu votes Delanoë ? ah d'accord !

En général on dit « bref » quand on fait déjà chier le monde depuis une heure.

Mon père est mort j'ai pu le dire, ma mère quand elle est morte, je l'ai dit, mais quand mon chien est mort, j'ai rien dit, je l'avais trouvé au bord de la route, abandonné, ses yeux j'ai vu tout de suite, bleus, et très intelligent, Jean Marais parlait bien de son chien, Obama, il a un chien qu'il n'aime pas, ça se voit, et d'ailleurs, son chien l'aime pas, ça se voit, il se montre jamais, j'avais envie d'écrire un livre sur mon chien, et puis vous savez, ça va ça vient, j'en ai un autre, il est con, ça m'a dégoûté des chiens.

Aucune religion m'obligera à ressusciter si je veux pas.

Ils veulent taxer le Loto ces enfoirés, qu'ils taxent le boulot et fassent pas chier ceux qui bossent pas !

Les présidents peuvent plus rien faire, Dieu c'est pas mieux, les inondations, les tremblements de terre, il y peut rien, c'est des épreuves pour l'homme...

Moi je suis pas très fort pour regarder parce que je préfère les odeurs.

La lumière de Dieu, nous, c'est en veilleuse, les Arabes, c'est en phare !

T'es sale et tu te parfumes, t'es trop compliqué pour moi !

– *Quand t'as été élevé dans la guerre, ton grand-père, ton père, ton frère, tu sais rien faire d'autre que la guerre.*
– *Comme nous le chômage.*

Avant dans ce quartier t'avais au moins quinze bistrots, c'était rien qu'une vaste étendue humide !

Le maire qui mariera des pédés, c'est que lui-même, il est pédé.

Ce que nous, on a su garder, c'est la conviabilité.

Si le maire veut pas marier des pédés dans sa commune pour sa conscience, il devrait avoir le droit de pas marier des Noirs dans sa commune aussi pareil pour la conscience, si tu penses que c'est mauvais pour la population.

Ils sont gentils les Américains, mais ils sont superficiels.

La vie est arrivée sur Terre dans une météorite, comme l'eau, le pain, tout.

Marier des pédés, ça mène à quoi ?

Y'avait pas plus pauvres que les Hindous, ils ont cinq bagnoles !

– *Tu marierais des pédés toi ?*
– *Ah non !*
– *Alors pourquoi un maire, il le ferait ?*

Ils se marient pour que la boulangère les respecte, eh ben, ils sont bien cons ces pédés !

Même marié, le pédé reste un pédé, c'est plus fort que lui.

On les marie les mongoliens ? non, alors ? y'a pas tout qui se marie non plus !

Entre 15, 16, 17, 18, même 19, 20, voire 21, même 22, à la limite 23, je buvais pas, c'est à partir de 24, un peu 25, 26 ans plus, 27 aussi, c'est à 28 que j'ai commencé à picoler.

Le pâté de tête et les cornichons, ça fait bien la symbiose.

Je peux pas réfléchir si je suis assis.

– *Le beauté du voyage, c'est pas là où tu vas, c'est le voyage lui-même.*
– *Moi quand je vais acheter du pain je vais acheter du pain !*

Qu'ils aillent se marier à Las Vegas les pédés !

J'en ai tellement entendu des conneries que une de plus une de moins...

Moi je sors de la DASS, mon inné je me le suis acquis.

Shakespeare en opéra c'est des combats de boxe taillés dans la pierre.

– *Toutes les huit minutes, en France, t'as une femme qui est violée.*
– *Pourquoi toutes les huit minutes ?*

Je peins des papillons sur des vieilles boîtes à fromage, j'adore faire rêver parce que j'adore rêver moi-même.

On finira tous fous dans ce monde de fous.

– *On y est déjà dans le monde de demain.*
– *Tu rebois la même ?*

Fillon, Copé, moi, c'est Fillon, lui, il a des cheveux.

Même si je les vois à la télé les hommes politiques, je les écoute pas, pendant qu'ils parlent, je chante !

Lali lali lala lali !

On a compris !

Pour retrouver une gauche et une droite il faudrait des banques de gauche et des banques de droite.

– Plus ça va, plus y'a du monde aux Restos du cœur.

– C'est sûr, tu vas pas supprimer la misère en lui donnant à manger !

On croit qu'on sait tout.

Avant, on manquait pas de lacunes.

La vie reprend jamais ses droits, la vie a aucun droit !

Les oiseaux volent, ils vont pas mettre des cierges à l'église pour autant.

– Les riches donnent des sous mais c'est les pauvres qui s'occupent des pauvres.

– Tu veux pas qu'il te lavent les pieds en plus non ?!

Cyril, il est où le camion ?!

Il laisse tomber les haricots verts dans le plat, ça fait comme une chorégraphie.

Le TGV, tu te fais moins chier pendant le trajet mais tu te fais plus chier à destination puisque t'arrives plus vite.

– Philosof, c'est la poule qui fit lo zof !

– Arrête, merde, on y va.

Balzac, c'est le café, Zola, c'est le calva !

– *Je suis marié avec mon atelier, ma connasse de femme, elle vaut même pas un boulon à côté de mes machines !*

– *Alors vas-y à ton atelier et emmerde pas le monde !*

– *Un dernier.*

– *Va te marier !*

La Bête humaine, j'ai rien compris, y'a que des trains.

T'es anorexique de la tronche toi !

– *La première dame de France, c'est une ancienne connasse de* Paris Match.

– *Ah bon... je savais qu'elle travaillait, mais je savais pas où.*

Tapie en faisant de la taule, il a été presque plus honnête que tous les autres politiques qui y sont pas allés.

À la Sainte-Catherine, tout ce qu'on boit prend racine.

– *Les plantes grasses ont pas d'artères.*

– *Elles seraient vite bouchées !*

– *Vous êtes bête.*

– *Et vous alors !*

– *On rigole bien quand même.*

– *C'est le grog.*

Ça va, le clan des veuves ?!

Avec deux hommes comme parents, ça voudrait dire qu'on serait l'enfant que du sperme.

– *Faut profiter de la vie tant qu'on est vivant.*

– *Faut profiter de la mort tant qu'on est mort !*

Le plancton, gardien du climat...

– *Ça fait quinze ans qu'elle est morte Barbara.*
– *Déjà qu'elle était pas grosse.*

Un aéroport à Nantes, faut être con, Nantes, c'est la mer.

– *Le monde est trop triste.*
– *C'est vous qui êtes triste !*
– *C'est pareil.*

Ma mère, elle disait que les Noirs c'est des singes, et pourtant, elle est née à Alger.

– *Toi qu'es spécialiste de la Chine, c'est quoi la soupe qu'on bouffe là-bas ?*
– *La soupe chinoise.*

Je suis d'autant plus content que je te demande un demi que d'autant plus tu me le sers tout de suite.

... d'autant plus.

Y'a que les cons qui ont un avis !

Tu meurs, tu peux te réincarner en cheval, en chien, t'es chien, tu meurs, tu seras encore réincarné en chat ou en rat, en oiseau, quand tu mourras en oiseau tu pourras revenir en homme, c'est les bouddhistes qui disent ça, pas étonnant qu'on naisse déjà à moitié taré.

C'est dégueulasse d'enterrer les gens au milieu des vieilles tombes avec les vieux cadavres, dans tous les cimetières, faudrait le carré des morts frais.

Ça me ferait plus rêver si Obama avait l'accent de Marseille parce que moi je suis né là-bas.

On est obligés de rien, en fait, si, c'est le contraire, même, on est obligés de tout, alors vous savez, une chose ou une autre, on est bien forcés.

Tintin au Congo n'est pas plus raciste que *Tartine*, c'est la même époque.

Je le reconnais quand il aboie, il a une diction particulière.

– *Blanc pamplemousse, c'est quoi ça ?*
– *Du vin blanc avec du pamplemousse.*
– *Ah bon ?*
– *Eh oui.*
– *Vous pouvez m'en servir un dans un verre comme ça ?*
– *Dans le verre rond là ?*
– *À côté.*
– *Le verre vert ? c'est pour l'Alsace.*
– *J'aime bien ces verres.*
– *Un blanc pamplemousse dans un verre à Alsace, du moment que les gens sont contents, si c'est pas nous qu'on se fait des plaisirs, qui c'est qui nous les fera ?*

Une belle femme, ouvre-lui le ventre, tu verras comme c'est dégueulasse une belle femme !

– *C'est quoi ce bruit ?*
– *C'est le tuyau d'eau chaude qui râle tout le temps.*

C'est plus facile à lire quand c'est pas écrit, les mots.

Ça peut marcher que si la moitié de la planète a tout, et l'autre a rien, si tout le monde a tout, plus personne aura quelque chose.

C'est quand elle est avec moi qu'elle parle toute seule, sinon elle dit rien.

Quand elle tombe sur ton toit elle vient pas d'au-dessus ta maison, elle vient de loin, la neige.

La radio, je la mets pour que ça fasse une présence dans la maison.

J'en avais un que j'aimais beaucoup mais ce chat-là, il veut pas me parler.

Moi j'aurais été violée par mon père, je me vanterais pas à la télévision !

Je croyais que c'était un animal mort, c'était un tas de cailloux.

– C'est pas moi qui sens le poisson, c'est le chien qui a sauté dans l'eau.
– Vous avez de la boue sur le nez.
– De la vase.
– Un blanc ?
– Pas une touche !
– Et le chien ?
– Un blanc.
– Pas trop frais.
– Un sucre.
– Pouilly !
– Demi.
– Une bière ?
– Moitié le sucre.

Les vôtres sont petites, vous avez raison, toute la chaleur du corps part par les oreilles.

– *Tu t'auto-détruis.*
– *Tu m'auto-fais chier !*
– *C'est con, tu t'auto-flagelles.*
– *Je t'auto-encule !*

J'ai plus un rond, financièrement parlant.

C'est pas parce qu'on a des gros yeux qu'on voit mieux.

– *C'est normal de boire quand on est triste.*
– *Hier, t'étais super gai !*
– *Oui, c'est normal de boire quand on est gai.*

Reste au Quincy mon petit !

On serait pas obligés de respirer, je le ferais pas.

J'ai même pas fini mes bières vous êtes au Ricard ! surtout m'attendez pas les mecs !

Le mariage des pédés, le divorce des pédés, la vieillesse des pédés, la mort des pédés, l'enterrement des pédés, c'est pas tellement révolutionnaire.

C'est bien pour les traiteurs ce mariage des pédés, ils vont pouvoir faire des petits pédés en gelée.

Le mariage des pédés, dans ce cas, tu respectes plus le réel.

– *Ils vont déterrer Arafat.*
– *Pour ce qu'il en reste, à part le torchon.*

Le gosse tu le remets dans le ventre de la mère, la mère tu la fous dans le ventre du mari, le mari tu le refous dans son camion, le camion dans un arbre, et basta !

– *Il a toujours sa femme derrière son cul Sarkozy.*
– *La vache donne pas de lait sans son veau.*

Si chaque génération dit que c'était mieux avant, y'a cinq cents ans, c'était le paradis sur Terre.

– *Quel vent !*
– *Toutes les haies ont été bombardées, on a rien replanté, c'est du vent hérité de la Seconde Guerre mondiale.*

Y'a encore cinq ans, je les servais pas les pédés, alors c'est pas pour les marier.

Ma maison elle est sur la pente juste à la limite où la hauteur ça devient de l'altitude.

Je passe pour blanc mais je suis pas entièrement blanc, j'ai du sang espagnol.

Bientôt tout le monde sera en âge de procréer avec les nouvelles lois sur le congelé.

Le soleil, il vit à l'air libre.

Y'a quasiment plus de scientifiques puisque maintenant c'est les ordinateurs.

T'es habillé pour le bal des SDF ?

La première recherche du scientifique c'est de chercher l'argent de la recherche.

Il sait plus ce qu'il boit, il est le jouet de son verre.

Le mot le plus français de la langue, c'est « saucisson ».

Chaque fois que quelqu'un est amoureux, il dit que le temps s'arrête, on a qu'à suivre les gens amoureux si on veut pas vieillir.

Faudra bientôt mettre un chômeur sur les billets de cinq euros.

C'est facile à trouver la recette, elle est sur harengfumé.com

La première condition de travail c'est d'avoir un boulot !

– *Des fois, j'ai l'impression que j'ai plus de bras.*
– *Faut que t'arrêtes de picoler si t'as plus de bras.*

Tous les pays arabes, c'est qu'un bloc, pour nous qui regardons tout ça de haut.

Le progrès souvent c'est des avancées qui vont à reculons.

Un quart de vin n'est pas le quart monde, le quart monde, c'est dix litres de vin.

Dès que je parle ça explose, je suis chimiste des mots !

Faut pas qu'il soit trop proche le Proche-Orient.

Mais ta gueule !

Les vieilles vignes pissent pas au lit, elles donnent du vin !

Je crois que votre chien est mort.

— *Pousse-toi, c'est ma place.*
— *Fais pas chier.*
— *C'est ma place.*
— *Fais pas chier.*
— *C'est ma place.*
— *Fais pas chier, y'a de la place partout !*
— *Là, c'est ma place.*
— *Tu fais chier Franck !*
— *Une place, c'est une place, c'est ma place.*
— *T'es pas encore au cimetière.*
— *Pas loin.*

On donne quarante milliards, ils redemandent cinquante milliards, on les donne, ils redemandent cent milliards, je vois pas pourquoi les Grecs se feraient chier à bosser, y'a qu'à demander ! moi ma banque je vais aller lui demander quarante milliards, on va voir comment ça va se passer, peut-être ça sera non parce que je suis pas grec ! faut être grec maintenant ! les mecs bossent jamais, ils se dorent au soleil, ils bouffent du poisson avec de l'huile d'olive et ils attendent qu'on envoie le pognon ! personne paie d'impôts là-bas, t'as même pas d'impôts locaux vu que t'as pas de cadastre, ils construisent où ils veulent comme ils veulent, la mairie sait même pas combien y'a de maisons dans le village, je sais pas comment ils se sont démerdés, mais ils sont moins cons que nous, on bosse comme des cons, on donne tout aux impôts et en plus, il pleut.

Elles sont emperlousées vos huîtres ?

Ça se voit pas que t'aimes Mozart.

– *Y disent quoi ?*
– *Neige à mille cinq cents mètres.*
– *Elle est bien courageuse de monter jusque là-haut.*

Il a poussé son coup de colère contre le beaujolais nouveau et il s'est jeté sur le touraine primeur, c'est un comédien.

Bordeaux ! le vin est plus connu que la ville ! qui c'est qui connaît la ville ? à part le vin ? et Morteau ! si t'as pas la saucisse personne sait ce que c'est pareil, Strasbourg non, c'est plus la ville que la saucisse mais Kronenbourg, à part la bière, personne sait que la ville existe, ou le village, ou je sais pas quoi, c'est comme Camembert, franchement, je connais personne qui habite Camembert alors que tout le monde mange du camembert, Guérande c'est pas pareil c'est un marais, c'est pas une ville, Francfort, c'est quasiment égal la ville et la saucisse.

– *On est mari et femme dans la vie.*
– *Et autrement vous êtes quoi ?*
– *On est tourangeaux.*
– *Et vous aussi ?*
– *Non, tourangelle.*

Ils déterrent Arafat ? ils vont lui trouver des gosses, comme Yves Montand ?

– *Faut pas confondre le plancher des vaches et les vaches en planches !*
– *T'es rentré à quelle heure ?*

Il est passé Bite de lutin ?

Il se lève pour aller bosser pendant que l'autre il dort, il lui fout des coups de pied, je le sais, il est jaloux du chat !

Je me sens brésilien aujourd'hui.

C'est un travail à la chaîne, les poussins passent devant les femmes et avec les ongles, elles leur enlèvent la bite pour faire des poules.

– Ils déterrent Arafat, ils le ré-enterrent avec les honneurs militaires !
– Enterrer, déterrer, enterrer, déterrer, les renards font ça.

Pour guérir d'un cancer faut de l'amour, ça fait moins dégueuler que la chimio.

Trois euros, un jour, on dira, c'est une somme !

Je n'aime pas Vichy, plus pour l'eau que pour les nazis que je n'ai pas connus, alors que l'eau je connais, elle est trop salée, pour moi je parle, pour moi.

Je vous signale que Pétain a été meilleur ouvrier de France !

Elle a du plomb dans l'aile, la Lune.

C'est la mode des handicapés en ce moment.

J'aime pas l'islam ! même si ça fait pas plaisir à certains... suivez mon regard !

Le Gers, c'est les plus forts pour faire de la graisse d'homme avec de la graisse d'oie.

– J'ai dégueulé partout.
– Ça m'étonne, le produit est de qualité et il plaît au public.

Vous êtes comte ? vous avez un château ? vous avez pas tellement un physique de comte.

– Ils faisaient du savon avec les juifs.
– Qui c'est qui se lavait avec ça ?

Une femme qui a des enfants et qui travaille, moi je sucre les allocs !

Direct !

La bande dessinée ? attends, je suis pas un débile !

Je n'aime pas quand il y a des intellectuels autour de la table.

Je pense vraiment que c'est mon avis.

Je suis jamais parti d'ici ! pour moi y'a plus de face cachée de la Terre que de face cachée de la Lune !

J'ai peur de mourir parce que ma mère elle est morte et elle me cherche.

Toi t'es autiste, tu sais commander à boire mais t'es pas capable de payer !

– *Vous avez vu la crise !? le bordel en Grèce, le chômage, toute la merde ! ça va finir en guerre et les merdes là les Fillon Copé ils font quoi ces enculés ?! tout ce qu'ils veulent c'est le pouvoir, c'est des ordures, pendant la guerre ces mecs-là, tu les aurais vus lécher le cul des Allemands, pendant les rafles dans les magasins juifs, ils se seraient battus pour une casquette !*
– *Vous énervez pas comme ça, ça sert à rien.*
– *Oui, bon... c'est quand même des enculés.*
– *Moins fort.*
– *Le Front national ! ils se régalent à mort avec des cons comme ça ! d'ailleurs si ça continue je vais prendre la carte !*

Trop, c'est trop trop trop de trop ! c'est trop !

On va finir par sortir les calibres.

Chez les pauvres, tous les trois enfants, faudrait que la femme accouche d'un jambon.

T'as acheté un réveil ? pourquoi çui-là ?

Les *Nymphéas*, c'est le nom des tableaux, c'est des nénuphars, je sais pas moi ! pourquoi il a pas appelé ça les *Nénuphars*.

Y'a au moins dix mille livres sur les fromages de France, si là-dedans, tu trouves pas ton bonheur...

Vous aussi vous l'avez le réchauffement climatique en Belgique ?

La plaque africaine passe sous la plaque européenne, un jour on aura l'Afrique en dessous.

« La violence faite aux femmes »... déjà, la phrase, elle veut rien dire.

Tout de suite les Arabes quand ils parlent ils ont l'air super énervés.

Moi c'est BP 1, comme le président des États-Unis, boîte aux lettres one.

C'est le cœur de la différence entre l'artichaut et le navet, son milieu.

Dialo, c'est un nom noir qui fait durite.

Jusqu'à la mort on peut se marier, deux mourants peuvent se marier, à une minute de la mort les deux vieux peuvent se marier, quand ils meurent, ils sont mariés depuis vingt secondes, ça fait les plus jeunes mariés et les plus jeunes morts, si y'a une vie après la mort, ils arrivent jeunes mariés, ça klaxonne !

Dans les cimetières, tout est dessous, comme le métro.

Moi je trouve pas logique de mourir pendant qu'on est encore vivant.

La majorité des gens, ils font un mètre soixante-douze.

– *Chirac, dès qu'il a quitté le pouvoir, il est devenu un petit vieux.*
– *J'avais un chien comme ça, dès qu'il a plus pu chasser, il est devenu une serpillière.*

Ils répètent deux cent mille fois la même information, ils nous donnent une info sur la une à huit heures le soir mais on le sait déjà depuis le matin, à la limite je pourrais les faire moi les scoops aux infos rien qu'en relisant le *Dauphiné* du matin, ils sont payés pour ça ? c'est les pigeons qui font le pain chez eux !

Les pédés, ça me fait rien, par contre, montrez-moi pas une araignée !

Picole, putain, et fais pas chier !

C'est dommage à dire, mais c'est pendant les guerres qu'on est le plus heureux.

– *Je te sers, tu bois, c'est comme si je te manipule, en fait.*

– *Je te demande de me servir, tu me sers, pareil, je te manipule.*

– *Ah non ! ça a rien à voir parce que moi je suis d'accord pour te servir alors que tu peux pas refuser quand je te sers, c'est là que je te manipule !*

– *Si je le bois pas le verre que tu m'as servi, c'est moi qui te manipule puisque c'est moi qui ai le dernier mot.*

– *Je te sers pas, le dernier mot c'est moi qui l'ai et qui manipule.*

– *Le boulanger qui fait pas de pain, je vois pas pourquoi il manipule ?*

– *Le boulanger c'est pas pareil, il fait le pain, le vin je le fais pas.*

Quand vous regardez les Palestiniens, on voit bien qu'ils préfèrent se battre qu'aller à l'usine.

La drogue, c'est une drogue, alors que le vin en plus si tu bois en mangeant c'est rien, mange une entrecôte avec de la drogue, là tu verras que la drogue c'est pas le vin et le vin c'est pas de la drogue, la cocaïne avec du fromage, tu verras si c'est de la drogue le vin par rapport à un verre de vin avec du camembert.

– *T'as pété ?*
– *Ah non ! c'est pas moi !*
– *Si c'est toi !*
– *Non je te dis.*
– *Fais pas ta princesse !*
– *Non je te dis, et c'est pas de la fausse modestie.*

Tout le pognon qu'on a donné au tiers monde, résultat, ils sont plus riches que nous !

Soyons sérieux une fois.

– *Il est tordu votre échafaudage.*
– *Moi je m'en fous, je monte pas*
dessus.

La Nasa, croyez pas qu'ils s'amusent, ils sont assis toute la journée.

Avec un euro tu peux même plus te payer un ananas tellement on s'est fait baiser par les nègres.

– Le mariage des pédés, c'est la fin de la famille.
– Déjà qu'on rentre jamais.

C'est aux Chinois de nettoyer Paris, c'est eux qui salissent.

Vous y comprenez quequ' chose vous aux pages jaunes ?

– Y'en a qui téléphonent en conduisant, qui mangent, qui regardent du porno sur la télé, même qui lisent !
– Des routiers ?
– Des routiers !
– Le porno oui, mais je crois pas qu'ils lisent, les routiers.

La France est un vieux pays, vous avez vu les petits chemins ?

Je respire par le nez parce que comme ça, l'air va directement au cerveau.

– C'est triste les maisons de retraite, moi je préfère vieillir à la maison.
– En plus, c'est ce que vous avez toujours fait.

Le cerveau, des fois, je préférerais pas en avoir.

En dix ans d'Afghanistan on a perdu quatre-vingts soldats, moins qu'à Marseille en un an !

– T'aimes lire toi ?
– Bien sûr que j'aime ça !
– Moi j'aime pas ça, je lis jamais.
– Moi pas tellement en fait.

J'ai gardé mon âme d'enfant, je hais mes parents !

Un ! deux ! trois ! soleil !

Ça existe déjà la fiscalité verte, tu pisses contre un arbre, t'as une amende.

La couleur de la peau, c'est aussi une question d'éducation, si tu vis dans un château, t'auras forcément moins de pigments.

Depuis le temps qu'elles tiennent debout les ruines en Grèce, c'est pas normal.

Avec le mariage des pédés, ça va être facile la Noël des gosses, des poupées pour tout le monde !

C'est pas moi qui le dis, c'est le journal.

Tout le pognon qu'ils mettent dans le sida et pendant ce temps là t'as des malades innocents qui souffrent du cancer !

Tout est à vendre, un jour t'auras Bouddha dans la grotte de Lourdes.

Pour le Téléthon, on va manger des moules.

C'est pas parce que c'est tactile qu'il faut taper dessus !

On est pas plus intelligent qu'avant, le mec qui invente le feu il avait pas fait d'études, alors que nous pour inventer une ampoule, attention les écoles !

Depuis la préhistoire, les bagnoles ont plus évolué que les hommes.

Tu parles pas, t'es tout rouge, tu fais ta cocotte-minute ?

Le contrôle du sphincter, c'est un peu plus important que le permis de conduire !

L'homme va avec la femme, c'est la nature, même si la femme est moche le mec doit pas aller avec un mec qui est beau, même si un coq est beau le mec va pas se taper le coq, c'est la nature, il va avec une femme, même si elle est moins belle que le coq.

J'ai une très bonne réputation numérique !

Le mariage des pédés, il faut au moins un pédé homme et un pédé femme et pas que tous les deux ils aient des bites et des nichons.

Dans le couple, il y a obligation que au moins un des deux soit biologique.

Tiens, v'la les irréductibles !

C'est pas tellement ragoûtant le fœtus.

— C'est pas pour me saouler, c'est pour discuter.
— Tu picoles comme Coubertin, ou bien ?

Y'en a un qui sent le cow-boy et l'autre qui pue le renard !

Tu picoles et t'es chômeur, tu cumules les mandats.

L'égalité homme femme, c'est une hypocrisie, elles dirigent déjà tout.

— Vous avez vu ça Hollande qui prend le train ?
— Ils sont pas à une connerie près.
— C'est bien de prendre le train.
— Il a pas besoin d'être président pour prendre le train.

En train on voit mieux la France, mais en avion on voit mieux le monde.

Moi je prends le train et je suis pas président.

Dans les tribus cannibales, fallait pas que la femme accouche à midi quand y'avait des amis.

C'est naturel, les garçons vont tout de suite vers les jouets de garçons et les filles vers les jouets de filles, même en fœtus par rapport au sucré salé.

Un gramme huit en voiture ça fait deux grammes quarante en scooter.

– *Tu notes pas l'adresse du garage ?*
– *Je m'en souviendrai.*
– *Redis-la.*
– *Ris-Orangis.*
– *La rue.*
– *Je sais plus.*
– *Tu cherches du boulot ou tu cherches pas du boulot ?!*
– *Bien sûr je cherche !*
– *Alors note.*
– *J'ai pas de papier.*
– *Tiens.*
– *T'as un stylo ?*
– *Voilà.*
– *Je vais pisser, je reviens.*
– *Tu te fous de ma gueule ?*
– *C'est le café.*
– *T'es à la bière !*
– *De ce matin.*
– *Dépêche !*
– *Tu me remettras une lichette par-dessus s'te plaît.*
– *T'as pas fini celui-là !*
– *Il est chaud.*
– *Va pisser, je t'attends.*
– *Ton stylo.*
– *Mais non, garde-le !*
– *Je vais pisser.*
– *Bon, donne... t'y vas ou quoi ?*
– *Je bois le gorgeon, j'y vais.*
– *Je vais me barrer...*
– *Ah mais alors comment je fais moi pour le boulot ?*

La France qui gagne...

Les verres sont ronds pour pas que le diable se cache dans les coins.

On s'en souvient toujours de sa première paire de skis.

– *Il est à qui le manteau ?*

– *C'est Chardin qui a peint ça, tous morts.*

– *C'est à qui ? je le fous à la benne moi !*

– *En peinture, un lapin mort est plus beau qu'un lapin vivant, parce que sinon c'est un lapin peint, un lapin en peinture, on s'en fout, c'est qu'un lapin.*

– *En général, c'est pas les lapins qu'on peint.*

– *Il est à qui le manteau par terre ?*

– *Dans un lapin mort y'a plus de mort peinte que de lapin peint, la mort en peinture c'est impressionnant, un lapin, c'est du lapin, c'est un lapin, c'est rien un lapin, rien !*

– *Surtout les petits.*

– *Par contre en sculpture le lapin vivant est mieux que le lapin mort, le lapin mort est couché, ça bouge pas, alors que le lapin vivant, il bouge. La sculpture, on lui voit ses oreilles qui bougent, on dirait qu'il va se sauver.*

– *Les lapins nains.*

– *Les poules, c'est joli.*

– *Je vous remets le godet ?*

– *La vie en peinture est morte, c'est la mort qui est plus vivante, alors qu'en sculpture la mort est morte et la vie est vivante.*

– *Oui, je sais pas.*

– *La sculpture est moins tordue dans sa tête que la peinture, en tout cas pour le lapin.*

– *Oui, ça se discute.*

– *Dernier appel ! il est à qui le manteau ?*

– *Et après j'y vais.*

– *Attends, y'a Alain qui vient !*

Quand je suis saoul, je suis pas le même.

En ville, je veux bien marcher dans une merde de chien mais je veux pas glisser sur une feuille.

C'est pas la peine de nous mettre un Louvre à Lens si la *Joconde* elle reste à Paris.

— *Jamais je serai à la rue, j'ai ma dignité !*
— *T'as dormi où cette nuit ? dans ta voiture ?*
— *C'est pas la rue !*

La descente aux enfers, souvent, c'est des gars qui ont déjà la descente.

C'est surtout des immigrés qui ont envie d'être célèbres au cinéma, ils veulent s'en sortir de leur nationalité, on a moins envie d'être célèbre quand on est français.

On sera la dernière génération à avoir un cercle polaire.

T'es le quarantième rougissant !

Poussés par les feuillus les résineux remontent...

— *J'aime pas ça, il se met dans la salle du fond et il dort.*
— *Il est pas méchant.*
— *C'est pas un centre d'accueil ici.*
— *Je le connais, il était carreleur.*
— *Eh ben, il s'est bien carrelé.*

Si le désert continue d'avancer et que la mer continue de monter, ça finira qu'on aura des poissons dans le désert !

On a déjà eu une glaciation, faut pas se plaindre d'avoir un réchauffement.

Je veux pas faire celui qui dit que c'était mieux avant, mais on avait des souris dans les maisons.

Michel-Ange, fallait une tonne de marbre chaque fois qu'il faisait une photo !

— *Brrrrrrrrrr !*
— *La porte !*
— *Oui, ça vient ! brrrrrrrrrrrrr ! une heure pour démarrer la bagnole, il a fallu que je gratte le pare-brise ! brrrrrrrrrrrrr !*
— *Eh ben !*
— *Ah oui ! brrrrrrrrrrrrrrr ! un café s'te plaît... on oublie ce que c'est.*
— *L'été il fait chaud, l'hiver il fait froid.*
— *Comme avant.*

Tout le monde meurt, alors que tout le monde ne naît pas.

C'est pas le Louvre à Lens qui va donner du boulot, on va pas refaire les peintures !

Ils ont trouvé du camembert dans son sang, ils lui ont dit qu'il mange trop de camembert, c'est pas moi qui le dis, c'est le labo qui lui a dit.

Univers infini et manque de logements ! faut être cons !

De nos jours, les pédés, c'est normal, mais c'est pas une raison.

– *Si tu fous rien, on te prend rien, si tu bosses comme un dingue, on te prend soixante-quinze !*
– *C'est sûr que toi, on va pas te prendre...*
– *On lui donne même à ce con...*

C'est un vautour ArcelorMittal, sauf qu'il bouffe de la viande vivante !

Je vais demander la nationalité grecque, les mecs empruntent du pognon, ils remboursent jamais !

Je lis mon horoscope mais après je fais ce que je veux.

La mort, c'est rien, tout le monde y passe.

– *Il a fait de la boxe ?*
– *Il s'est fait péter le nez à la fête du boudin.*

Le Louvre de Lens, ça durera pas, en face, c'est une friterie.

– *Le cerveau a besoin de matière grasse.*
– *C'est bien les frites ?*

Jésus, de nos jours, tout ce qu'il risquerait, c'est une amende, et encore, c'est même pas sûr.

C'est bien de donner son corps à la science, même mort, tu continues à voir du monde.

— *Moins six à Metz ce matin.*
— *Qu'est-ce que t'es allé foutre à Metz ?*
— *À la radio !*

Le SDF qui se saigne pour faire du boudin ça lui fait un repas chaud, c'est bon le boudin ça lui refait du sang et le lendemain il peut se refaire du boudin avec son nouveau sang et ainsi de suite le mec qui bouffe son boudin tous les jours il peut grossir rien qu'en se bouffant son sang lui-même.

Tu nous saoules, ducon !

Dieu parle toutes les langues, c'est con qu'il parle jamais.

Pour une fois qu'il fait quelque chose de positif, manque de pot, c'est séropo !

— *Elle est enceinte l'Anglaise, la fille, vous savez, la royale, qui est mariée avec le gars de la famille anglaise, le prince.*
— *C'est des lapins les rois les reines.*

Ça coûte cher les illuminations de Noël, de toute façon ça fout le cafard, ça fait chier tout le monde, faut suspendre des tripes !

Ils baisent, les gens applaudissent quand elle est enceinte, comme le paysan qui attend un veau.

Le côlon ! attention ! corrosion !

C'est un slip moulant qui refait les couilles de vos vingt ans.

Dès que y'a un mort, Valls il y va, il finira gardien de cimetière !

La guerre, ça donne du travail après pour reconstruire, ce qui est bien aussi, c'est les typhons.

T'es hétéro violent ?

Quand quelqu'un est mort, t'es bien obligé de faire quelque chose avec le corps, c'est presque de la vente forcée.

Je me méfie des cafés qui font des bons sandwichs, c'est pour virer ceux qui bouffent jamais.

C'est pas orgueilleux la sardine.

J'essaie de plus trop penser.

Ça marche pas le rap à la campagne.

– *Faut pas se moquer du pape, des handicapés, des juifs, des Arabes !*
– *C'est con, c'est le mieux.*

Je l'adore ce boucher, sa viande, elle est super sympa.

Je fais plus les courses, de toute façon, j'achetais que du vin.

Tu me feras pas visiter le Louvre après avoir bu la bière en face.

– *T'as pété ?*
– *Ça n'arrive pas qu'aux autres.*

Tu peux entrer dans la vie que par ta mère et tu rentres dans personne pour ressortir, c'est le mystère de la chambre jaune.

J'ai un arbre qui a été planté trop près de la maison, je dis pas que c'est la faute de l'arbre, mais bon.

La conquête spatiale, c'est pas demain qu'on va ramener des épices !

Moi ma bite elle a une trogne !

Il a un trou du cul à l'ancienne.

– *L'année dernière, c'est un père Noël devant Le Bon Marché qui m'avait donné la gastro.*
– *Mais non maman.*
– *Mais si !*

Si elle veut être aussi célèbre que l'ancienne la nouvelle Anglaise faut qu'elle se tue en moto.

– *Un gamin qui fume du tabac à treize ans, tu peux être sûr qu'il fumera du haschich un jour.*
– *De toute façon, tu veux faire quoi de la vie ?*

T'as vu ça le journal ? les spermatozoïdes des Français en perte de vitesse ? d'abord comment ils savent que c'est des Français ?

Va en Iran déguisé en Père Noël, tu vas voir, pour eux la Noël c'est pire que le cochon.

Ah moi la musique lente je meurs.

Tu peux réfléchir autant que tu veux, le cerveau grossira pas.

Y'a des boulots, vaut mieux être complètement con pour bien les faire.

Le président de la République, le Premier ministre, tout ça c'est enculé premier et enculé en second !

– *C'est quoi le stigmate ?*
– *C'est une bosse en descendant à la cave.*

Plus tu les vois à la télé les hommes politiques, plus c'est des mecs qui foutent rien.

Le chêne casse et tu peux faire des meubles, le roseau plie et tu peux rien foutre avec.

Femme de ménage au Lido, tu vas pas te faire un tour de rein, c'est que des plumes à balayer.

Quand t'es riche, t'es prisonnier de Noël, quand t'es pauvre, c'est encore pire.

C'est plus facile de faire médecine que véto maintenant !

– *Quarante euros pour faire soigner son chat.*
– *En plus les chats c'est jamais malade, c'est des
comédiens.*

– *Je mange pas beaucoup le midi parce que le soir
je bouffe comme une vache.*
– *Moi je bois pas beaucoup le midi parce que le
soir je picole comme une outre.*

Faut toujours profiter des guerres parce que la paix,
après, on sait pas.

J'arrête de fumer le 1er janvier, pas celui qui vient
mais celui d'après.

Même si je suis pas allé beaucoup à l'école je
continue à passer devant.

En voiture soit tu freines, soit t'accélères, t'as pas
le choix.

Je vais toujours pisser derrière l'église, je suis res-
pectueux des traditions.

– *T'as mangé du lion !*
– *Du jambon.*
– *Je blague !*

Au prix où c'est la montre Cartier, faut du temps
pour amortir !

Johnny, s'il se tape une femme de son âge, il est avec madame de Fontenay.

– *C'est des centaines de millions de repas qu'ils distribuent les Restos du cœur.*
– *Qu'est-ce que ça bouffe, les pauvres !*

Cent dix kilomètres sur autoroute, attends, on est plus à l'âge des cavernes !

– *Plus de huit millions de pauvres en France !*
– *Rien qu'ici, on est que deux et moi déjà j'ai pas de sous.*

Rendre la liberté de conscience, comme si la conscience avait perdu sa liberté !

Il ne faut pas manger les anciens chevaux de course, est-ce qu'on mange les coureurs cyclistes ?

– *Tu ne me croiras pas, un Chinois qui parlait portugais !*
– *On a pas fini d'en voir avec eux.*

Même les oiseaux, ils copient la nature quand ils construisent leur nid.

C'est le désert médical à Garches, t'as que des bédouins à l'hôpital !

Six millions de dollars elle a touché la femme de ménage pour le viol de Strauss-Kahn, dans ces grands hôtels y'a des centaines de femmes de ménage, c'est tombé sur elle, elle a gagné au Loto la fille.

– T'as donné au Téléthon ?
– Ils sont pleins de pognon, c'est à eux à nous donner !

Faut jamais aller aux enterrements, c'est comme ça que tu l'attrapes et après c'est toi qui y passes.

Moi je me méfie des nouveaux venus dans le bouddhisme !

Elle ont le visage tout refait ces vieilles comédiennes, comme les vieux arbres, t'arraches le lierre, en dessous c'est que de la sciure et des vers à bois.

Si ça avait pas été Miss Bourgogne qui gagnait, ça aurait été un trucage.

C'est bien le Louvre-Lens, mais ils auraient pu le mettre ailleurs !

Les femmes picolent plus quand elles ont passé la cinquantaine parce que elles ont la peau qui sèche et ça les sale, les femmes.

La fourmilière que j'ai dans le jardin, je vois bien le dimanche elles foutent rien les fourmis.

Bientôt, t'auras plus que les pédés qui voudront se marier et que les étrangers qui voudront voter !

Moi j'ai rien à apprendre des fourmis.

– J'ai rêvé que je volais.
– C'est sexuel.
– Ah bon ? eh ben tant mieux ça c'est une bonne nouvelle !

Justement non, t'as plus ton cerveau reptilien, tu cogites, tu cogites, tu penses frontal, t'as plus la pensée réflexe, ta pensée va plus à la moelle épinière.

En Irlande, tu meurs pendant le happy hour, on te remet une nouvelle vie !

Les enculés de la météo, t'as vu le temps pourri qu'il fait ?!

Il est con à son comble !

Je suis tout seul, mais y'en a un autre qui va arriver et en fait on sera trois.

Le beurre c'est pas pour le cul, c'est pour les tartines.

Ah non ! sur la tête de mon fils de ma femme, la tête de ma mère qu'elle meure tout suite maintenant si je mens, sur l'île de Sein, y'a pas de coiffeur.

T'as passé l'audition pour le beaujolais ?

C'est un alpiniste qui avait la confiance du général de Gaulle !

Moi je suis con parce que je veux pas être intelligent, ça m'intéresse pas.

Écoute ce que tu dis des fois ! écoute ce que tu dis !

Le commandant Cousteau, il foutait rien sur le bateau, il était tout le temps à se bourrer la gueule avec sa femme à Monaco, me dis pas que le commandant Cousteau c'était un héros, il a jamais trempé dans l'eau !

Tu te coiffes jamais toi ? t'as peur de te rayer le cerveau ?

On a fini en garde à vue, alors que c'était que un apéro récréatif.

Montebourg, c'est pas lui qui va sauver des emplois, même sa femme qui est noire elle s'est barrée, t'as qu'à voir l'autorité du ministre !

Ministre de mes deux.

Moi, l'histoire de France, je la réadapte à ma sauce à moi.

– *C'est le 22 décembre la fin du monde.*
– *Juste avant la Noël, ça m'étonnerait qu'ils fassent ça.*

Rodin, c'est pas tellement genre aquarelle.

C'est mon opinion en tant qu'être vivant ce que je dis.

C'est au niveau du toucher que j'ai de l'oreille.

— *T'as vu ça la fusillades dans l'école ? vingt-huit morts, vingt mômes !*

— *Ils sont tous armés aux États-Unis, y'en a des millions, faut interdire les armes.*

— *Ou armer les gens normaux comme nous, l'insti- tutrice elle aurait un flingue, ça se serait pas passé comme ça.*

— *Contre un mec comme ça ?*

— *Elle aurait pu se défendre, si on les entraîne les profs, c'est toujours dans les écoles que ça tire.*

— *C'est des fous les tireurs.*

— *Sauf si tout le monde a une arme ! moi mon fils tirait avec un .22, il avait pas onze ans !*

Vingt gosses, c'est triste, mais en même temps, ils sont deux cents millions les Américains.

— *T'as vu le mec qui a tiré dans l'école ?*

— *Ils sont tarés les Américains, faudrait tous les buter.*

Franchement, des fois, je sais plus.

— *Un mec qui tue vingt gosses, tu le fous à la chaise électrique, c'est rien à côté !*

— *Faut lui faire bouffer les vingt.*

— *C'est pour manger ?*

— *Pour boire un verre.*

— *Soit vous restez au comptoir, soit vous pouvez vous asseoir en salle sur les petits tonneaux.*

L'autre jour je me disais heureusement que Jésus est né parce que sinon les Arabes y'en aurait que pour eux...

... heureusement...

... c'est ce que je me disais...

– *Ça fait deux jours que je te vois à boire du champagne ?*
– *Je déambulle.*

L'inattendu peut l'être.

Tu verras qu'un jour on aura la blanquette avec de la semoule, et on pourra rien dire !

Vous savez les gens qui tuent les enfants aux États-Unis, ça nous arrivera aussi avec l'Europe.

– *Vous avez pas de virus, parce que les enfants, si on les touche, on joue avec, on les embrasse...*
– *J'aime pas les enfants.*
– *Même en tapant dessus, le virus il passe.*

Si c'est le mariage homosexuel autorisé, alors moi je pisse chez les filles.

Mon chien, par sa beauté, déjà il est plus beau.

Les gosses tués, il ont eu la fin du monde en avance de dix jours.

– *J'ai du mal à vous expliquer ce que je comprends pas.*
– *Non, c'est rien ça.*

Comme ça, c'est fait, si on réfléchit.

– *Tous les garages fermés !*
– *T'as vu ça la tuerie dans l'école ?!*
– *Tu me diras ça demain, là, c'est pas le jour.*

Le plus nazi de tous, c'était pas Hitler, c'était les Allemands.

– *C'est terrible cette tuerie aux États-Unis.*
– *On les critique, mais ils ont moins de chômage que nous.*

Ma mère aime pas les bêtes, pour elle, un chien, c'est un homme.

Ce matin, je me suis réconciliée avec mon chat.

Un animal, ça ressemble à rien !

Un Noir dans un film, ça va, mais deux, t'es obligé de faire le scénario exprès.

Il se frotte à tout le monde, désolé, mais un sexe, ça s'élève les manières aussi.

Le Dakota du Nord, de toute façon, y'a pas de Dakota du Sud.

Que voulez-vous dire face à un drame pareil, je me souviens, Dreyfus, ma grand-mère disait, qu'il crève !

– *Vous avez vu la tuerie qui s'est passée dans l'école ?*
– *Quand ?*
– *Hier.*
– *Hier non j'étais chez le docteur.*

Tout ça est très mélangé.

Ça fait pas plaisir de perdre un enfant, et puis on en refait.

Ce que je dis à mon mari moi, c'est pas de fusil à la maison.

En même temps, les choses étant ce qu'elles sont.

– *T'auras fait quoi de ta vie, toi ?*
– *Hier ?*
– *Ta vie ?*
– *Hier je suis pas venu.*
– *Ta vie, en général ? t'en as fait quoi ?*
– *Quand ?*
– *Tout le temps !*
– *Hier je suis pas venu.*

Je serai bien content quand le cosmos et toute la merde, ça sera fini.

– *Tu bois un coup ?*
– *Je suis déjà en multiplex.*

Un gendarme sur deux n'a plus son permis, si monsieur ! si monsieur !

– *Quatre-vingt-un ans, un gramme, ils lui ont retiré le permis !*
– *Même les anciennes, elles s'y mettent.*

– *Je propose mon sexe à masturber, j'habite Cergy !*
– *Dehors ! monsieur ! dehors !*

Un verre de brouilly Marcel !

J'ai acheté le pain et je suis allé au journal, pire qu'un marathon !

Une race qui embrasse une autre race, c'est pas propre.

– *Je digère pas le céleri.*
– *C'est de la fainéantise !*

Et j'ai des pommard ! des montrachet en cave ! des lafitte ! blabli blablo ! ce mec, c'est un m'as-tu-bu !

J'ai horreur qu'on m'offre un cadeau, parce qu'après, t'es obligé de dire que ça te plaît.

J'ai jamais eu un cadeau qui me plaît.

– *Je vais prendre un Coca en apéro.*
– *?*
– *?*
– *!*
– *?!*
– *??*
– *!!*
– *?*
– *??*
– *!*

– J'ai vu Tapie à la gare de Lyon, un petit vieux !
– À la télé, il a l'air en forme.
– La télé, ça veut rien dire, l'autre jour, c'était Yves Montand qui chantait.

– Il a quel âge ?
– Dix-neuf mois.
– Les enfants, on multiplie par combien pour l'âge ?

Je suis content d'en voir, parce que c'est rare les bébés là où je vis, dans la Creuse.

Ils sont tous devenus alcooliques ceux qui ont marché sur la Lune, ça leur a fait pareil que quand on marche sur la Terre.

Le secret du Stradivarius, c'est son vernis, tu mets le vernis sur un piano, ça joue du violon.

C'est pas la peine d'avoir un vrai Vuitton, tous les vrais Vuitton on dirait des faux.

Crier, c'est la sortie de secours pour les mots qu'on a dans la tête.

Hein ?

Hein ?

Non ?

Tu sais à qui il me fait penser Raffarin ? à Denisot.

J'ai plus rien à perdre, j'ai même plus de porte-monnaie.

Mais si ! tu le connais ce bar ! y'a le métro qui passe dans le comptoir !

Carottes râpées, betteraves rouges, lentilles vinaigrette, poireaux vinaigrette, œuf mayonnaise, museau, céleri rémoulade, macédoine, on avait la biodiversité dans les menus routiers.

... si on va par là.

Avec tout ce qu'ils picolent en Russie, ils sont obligés de rester des ouvriers.

C'est bien le mariage homo, et même si ils veulent pas se marier, c'est bien aussi, ils font ce qu'ils veulent, ils sont pédés, ils sont plus pédés, c'est pareil, ils font ce qu'ils veulent, ils veulent se marier avec une bonne femme et faire des chiards, c'est eux, ils sont pédés ils veulent adopter des chiards, ils font ce qu'ils veulent, avoir des voitures, tout ça, des apparts, après tout pourquoi pas...

Ça va donner pas trop de boulot au maire, des pédés dans le département, y'en a quasiment pas.

– *C'est quand la fin du monde ?*
– *Le 21.*
– *On est le combien ?*
– *Le 16.*
– *Je croyais que c'était demain.*
– *Samedi.*
– *Tu seras ouvert toi ?*

C'est incas cette fois la fin du monde.

Si c'est pas les Arabes qui foutent des bombes, c'est les Incas !

Ils sont pas morts ceux-là ?

– *Vous avez vu vos toilettes ? c'est infect ! y'a pas de mots !*
– *C'est des toilettes muettes, madame.*

– *Des Hector, j'en ai connu qu'un.*
– *Moi j'ai connu un Hector aussi.*
– *Oui mais ça on s'en fout, je te parle de Hector, le tien Hector c'est pas le même Hector.*
– *À Reims.*
– *C'est ce que je dis, ton Hector de Reims, excuse-moi mais c'est pas Hector que j'ai connu, j'ai connu qu'un Hector.*
– *Moi aussi.*
– *Ton Hector, il est à vérifier !*

Il est connu Luchini, tu le connais, c'est celui qui parle.

– *Le gendarme lui avait dit, madame, ne délaissez pas vos bijoux dans la salle de bains, résultat, zouik !*
– *Ils sont passés par où ?*
– *Par la porte, c'était ouvert, elle ferme jamais devant, le gendarme lui avait dit, madame, fermez à clef quand vous partez aux courses, résultat, zouik !*

Le Louvre à Lens, si ils se font gauler des trucs, qu'ils viennent pas pleurer.

– Aller mettre le Louvre à Lens !
– La tour Eiffel au début, c'était dans les champs.

La langue scientifique, c'est l'anglais, dans les laboratoires, même les microbes parlent anglais.

Jules Verne, les idées sont bien sinon c'est écrit comme dans *Nous deux*.

Des bulots sur Internet ? comment ça passe ?

– Il faudrait capter la chaleur dans les bistrots et la remettre dans des tuyaux qui vont dans les maisons.
– Qu'ils se plaignent plus qu'on picole si c'est nous qu'on chauffe les gens !

Brassens, il est à Sète, Dalida, elle est à Montmartre, Gainsbourg, il est à Montparnasse, pas plus d'un chanteur par cimetière.

Dans le trafic de drogue, t'auras toujours du boulot, on te fera jamais chier pour un contrat de travail, que t'es comorien, chinois, que t'as des papiers ou pas de papiers !

– Dans dix ans, on aura tous dix ans de plus.
– Pas sûr, ça dépend de l'hémisphère.

La fin du monde, nous ça va, c'est les huîtres qu'ont pris les ondes !

– Le bébé enlevé, ça s'est bien fini, ils l'ont retrouvé.
– Y'en aura de plus en plus des enlèvements, avec les pédés qui se marient, ils veulent tous des gosses les pédés.

À l'époque de la vitesse, faut du courage pour vendre des chaussons.

Le chapon, vous lui coupez les couilles, il grossit, le poulet tout maigre que vous avez sur le marché, c'en est un qui a encore ses couilles, le chat, vous lui coupez les couilles, il grossit, le taureau, vous coupez les couilles, il devient un gros bœuf, les couilles font maigrir et ça je ne sais pas pourquoi.

Mireille Mathieu, c'est la dernière représentante d'une qualité France.

Un frère, c'est un frère, c'est mon sang, il est tombé dans la drogue, il a fait des conneries, je suis pas d'accord mais c'est mon frère, même Hitler qui a fait des conneries si il vient sonner à la maison que c'est mon frère, je lui ouvre, si c'est mon frère, c'est mon sang, je suis pas d'accord, mais je suis obligé s'il a besoin, je le couche, c'est mon sang.

La culture maya, comme si on avait besoin de ça !

Pour ceux qui vivaient en l'an 1000, ça a marché la fin du monde, y'en a plus un qui est debout !

La fille, l'humoriste, la laide, habillée en rouge, mais si, celle qui boit du vin à la télé, vous voyez qui ? mais si, la laide ! vous voyez pas ? mais si ! la laide, avec la bouche !

Je serais pédé, je me ferais pas chier avec un bébé, c'est pour les bonnes femmes les mômes.

C'était hier la fin du monde ? rien vu... remarquez, je suis pas sortie.

Les gens s'ennuient, au moins la fin du monde, ça les occupe.

En short à taper dans un ballon, franchement, la connerie, comme le ski, glisser sur des bouts de bois, les cons, en plus c'est mauvais pour le corps, vous les voyez couchés par terre qui crient en se tenant le genou !

C'est en regardant ma mère cuisiner le dimanche que j'ai eu envie de la tuer.

– Je pose la casserole bien au milieu du gaz, faut que ça soit symétrique.
– Faut deux casseroles pour que ça soit symétrique.
– Elle est symétrique au milieu.
– Non ! ta bite elle est pas symétrique ! faut deux bites ! ou les couilles !
– J'aime pas te parler, tu t'énerves tout de suite.

C'est pas la fin du monde qui me fera acheter le journal !

Un cheval qui s'appelle Boulette, tout le monde voudra le bouffer.

Si tu conduis sans permis c'est tant, et c'est pas en buvant rien que t'auras moins d'emmerdes.

En ce moment je prends un kilo par jour, et sans faire d'excès.

Ici la Kronenbourg, c'est la céréale locale.

– Les portes de l'enfer, c'est grossier comme image.
– Porte des Lilas, c'est pareil aussi.

Partout, l'influence chinoise saute aux yeux.

Oui mais non.

Depuis l'Angleterre là-haut jusqu'à la Corse en bas de la carte, en vélo, ça descend tout le temps.

Presque tous les pays méditerranéens sont des îles, pas tous mais presque, presque pas tous mais presque beaucoup, pas tous mais beaucoup, presque.

Le chat est un félin très agile, vous aurez des crottes sur le toit.

Obligé d'être libre, c'est pire que pas libre pas obligé.

J'ai ma montre qui fuit, je perds une minute par jour !

Tu sais ce qu'y me dit, l'étoile de mer fait de sa vie une œuvre d'art ! alors lui, y se branle la tête.

J'aurais bien voulu que ça soit la fin du monde pour faire chier l'autre enculé qui a gagné cent millions au Loto !

Je veux bien y aller dans des endroits mais chaque fois c'est des endroits qui mènent à rien.

Avec ses grands pieds, même si il marche debout c'est comme si il dort par terre.

Il est tout gros, ça me lance, j'ai été piquée par un escargot.

– *Une coupe !*
– *Tu fais d'jà la montée ?*

Zéro alcool au volant, c'est pas possible, même un café avec un sucre ça se transforme en zéro zéro quelque chose.

Zéro alcool n'existe pas dans la nature, c'est pas possible.

T'as pas de métabolisme si t'as zéro.

Si vous mangez une cerise et que vous avez zéro alcool, c'est que votre estomac ne fonctionne pas.

Noël, c'est la date fatidique.

Avec ma femme on se demandait, depuis combien de temps on a pas mangé des escargots ?

– *Tous les Allemands étaient nazis pendant la guerre.*
– *Hitler était pas le pire.*

Je préférerais donner mon gras que mon sang !

La nuit qui tombe me fait une délivrance.

– *Une pipette à vinaigre, mon mari il a eu un bonnet, ma fille une tortue pour son pyjama, le petit une anguille qui s'allume et qui s'éteint.*
– *Eh ben, vous avez été gâtés.*

Des nichons en papier bulle ?

Jésus sur la croix, il fait plus poisson que viande.

Trois jours après la fin du monde, on était chez mon frère pour le réveillon, faut le raconter pour le croire.

Enceinte à Noël, je sais pas comment elle a la place.

– *Bouge de là !*
– *Il entend pas, c'est un chien qui est sourd.*

Le confit, ça me tombe dans les fesses.

C'est pas Jésus qui a inventé le sapin !

Ça nous ferait pas de mal une nouvelle forme de pieds.

Vous avez vu les Champs-Élysées ? même la Pologne est mieux illuminée.

Il a rien fait, je vois pas pourquoi ils l'ont foutu aux Baumettes.

Moi tout ce que je pense, je l'avais déjà dit.

T'as déjà dormi par terre et tu te réveilles il commence à faire jour t'as rien à boire, t'as fait la rue, t'as pas fait la rue, moi j'avais un trou du cul et un autre sur chaque fesse tellement j'étais pourri, vous savez la personne qui m'a sauvé la vie moi, c'est pas le gouvernement, c'est l'actrice la blonde qui donne des sous, elle est connue, elle met des jupes, on voit en dessous quand elle approche.

La pensée personnelle, je me méfie d'un champignon que je connais pas.

La gendarmerie, c'est l'armée, on conduit bourrés, pour eux ça y est on est des rebelles afghans !

Le mari pédé qui picole qui fout une branlée à sa femme pédé devant les gosses, c'est pire que si c'est un mari bourré qui bat sa femme, là c'est quand même des pédés qui se battent devant les gosses, un pédé bourré qui frappe un autre pédé, mon père il picolait des fois à la maison ça partait en vrille, c'était quand même mon père bourré et ma mère, pas une tantouse et une tarlouse où le gosse a plus aucun repère, c'est même pas un homme bourré et une femme, c'est deux fiotes à table, t'es loin de la famille qu'on a toujours connue, surtout à la campagne, nous à Reims, fallait voir, la picole, t'avais pas un pédé dans les vignes, que des hommes et des femmes, un système droit, comme tout ce qui vit, à la limite deux gouines qui se battent à table, c'est pas pareil pour les gosses parce que ça pourrait être la mère avec la grand-mère, t'as toujours une vieille gousse chez les gouines qui peut faire illusion pour la psychologie de l'enfant.

Homme pas rasé, homme pas lavé !

Avec le réchauffement de la planète, ils disent que même Bordeaux va remonter.

— Il est pédé Delanoë ?
— Bien sûr, toute la France le sait.
— Moi je savais pas, et je suis pas une pygmée.

Le réchauffement de la planète, si c'est le même coup que la fin du monde des Incas...

Une diarrhée pendant les fêtes, c'est pas le top.

– J'ai soif d'apprendre.
– T'as toujours soif de quelque chose toi.

Ils font venir des petits Noirs pour les opérer, ils leur mettent un cœur, les mômes repartent chez eux avec des cœurs qui normalement sont à nous !

– Vous avez pas fait le sapin ?
– Mon mari est mort, petit à petit, l'oiseau ne fait plus son nid.

Le Français est casanier, tu serais allé en Algérie sinon ? au moins les guerres ça nous fait sortir un peu de notre trou.

Montebourg, il se prend pour un tapis persan mais c'est qu'une carpette !

– Je suis de mauvaise humeur, j'ai une recrudescence de taupes.
– Comment c'est possible ?
– Dans le jardin.
– Mais comment c'est possible ?
– Derrière la maison.
– Pendant les fêtes ? comment c'est possible ?

Tous les pédés qui existent sont les enfants d'un père et d'une mère normale, comme quoi, c'est pas mieux.

Dieu, c'est quoi son point de chute ?

Si je vais chercher des cèpes et que je trouve des cèpes je me fais chier, c'est comme si j'ai rien trouvé, si je trouve des girolles à la place des cèpes, je suis plus content, si je ramène un faisan c'est encore mieux, mais si je vais à la chasse et que je tue rien pas un faisan je m'en fous, si à la place je trouve un panier de cèpes je suis content, quand je le dis à ma femme elle me dit que je suis chiant, elle comprend rien.

Dans le Perrier, c'est du gaz, faut tout de suite respirer derrière sinon...

– *C'était la grève hier, c'est pour ça qu'il y avait pas de journal.*
– *Je l'ai lu moi le journal hier !*
– *C'était celui d'avant-hier.*
– *J'ai rien vu.*
– *Journal pas journal, c'est toujours les mêmes choses, vous savez, j'ai retrouvé un vieux journal d'il y a dix ans, c'était marqué, il neige !*

Ils veulent se marier, avoir des gosses, dans pas longtemps ils voudront plus être pédés.

Je vois pas pourquoi les Incas nous font une fin du monde, il en reste zéro des Incas.

– J'ai rien contre les pédés.
– Vous les haïssez !
– Oui mais ça c'est rien, c'est un sentiment.
– Vous rêvez de les faire enfermer !
– Oui, mais ça c'est rien, c'est une idée.

Attention ! je vous préviens, le gel tue le géranium en pot !

Ah oui ! ah oui oui oui !

Des idées, tout le monde en a, et finalement, ça ne change rien.

– Vous allez au cinéma ?
– Jamais.
– Au théâtre vous y allez ?
– Jamais.
– Vous lisez des livres ?
– Jamais.
– Je vous demande pas pour l'opéra.
– Jamais.
– La messe ?
– Jamais.
– Vous êtes déjà allé à l'étranger ?
– Jamais.
– Vous mangez chinois ?
– Jamais.
– C'est pour ça que je vous appelle, Monsieur Jamais.
– Ah, c'est ça ! je croyais que c'était une vacherie.
– Non, c'est gentil.

Une femme peut pas faire de la politique parce que c'est pas la même pensée générale, la femme pense d'abord à sa famille et les autres ils peuvent crever, c'est tout pour ses gosses à elle, à cause de la survie, alors que l'homme lui ses gosses, il s'en fout, il peut mieux réfléchir à la population que sa femme, si y'a plus de pain à la boulangerie, comment elle va les haïr les voisins, l'homme est plus ouvert, il va bouffer ailleurs, même si c'est au restau il fait des rencontres intéressantes, et il pense, la femme au restau elle se jette sur le blanc de poulet.

Ils interdisent le gaz de schiste parce que ça fracture, et un jeune au chômage, vous croyez pas que ça fracture ?!

Van Gogh aurait pu aller se couper une oreille à la Palette tellement c'est un beau bistrot.

– Des fois tu vois un Noir, il est français depuis cinq générations !
– Un arrière-grand-père noir ? en France, j'ai du mal à croire.

C'est en parlant qu'il respire, si il se tait, il meurt.

Faire neuf gosses, à notre époque où tout le monde est malheureux, faut être une tueuse en série !

Un écrivain qui devient aveugle, au moins lui, j'y crois ce qu'il dit.

Oublie pas que tous ces hommes politiques de maintenant, ils avaient des parents collabos !

Le réchauffement climatique, on est pas près de réchauffer le soleil !

Delarue, vous avez vu la vitesse qu'il a été rongé par le cancer, c'est du beurre la télé pour la maladie.

Avec tous ses milliards, il est mort plus vite qu'un pauvre.

— *Moi, quelqu'un qui est mort, je n'en parle plus.*
— *Et Édith Piaf ?*
— *Elle est vivante !*

Le poisson sans arêtes, les mandarines sans pépins, c'est une génération qui fait pas beaucoup d'efforts !

Avec deux vieux qui jouent, c'est plus du théâtre que du cinéma votre film.

— *Quand il a peur, il pète.*
— *Peur de quoi ? y'a même pas de chat.*

En art, en bouffe, en voyages, les gens veulent toujours retrouver un truc qu'ils connaissent déjà, c'est pour ça qu'ils vont y avoir droit encore aux camps de concentration !

— *C'est la fin de la cinquième République.*
— *Si c'est Hollande qui fait la sixième, vaut mieux passer direct à la septième.*

Gainsbourg, dans l'état qu'il était, il est pas mort, il est crevé.

– *En Chine, tu prends le TGV, trois cent cinquante à l'heure pendant huit heures, t'arrives, t'es encore en Chine !*
– *En France, tu marches à pied huit heures, t'es en Belgique.*

– *C'est quoi comme chien ?*
– *Antillais, j'aime les différentes cultures.*

Loin de chez lui, le Noir s'éclaircit.

– *Oh pardon !*
– *C'est pas mon pied, c'est mon pain.*

La faim dans le monde, la soif dans le monde, et la fatigue dans le monde, s'il fallait tout compter...

– *Catherine Deneuve, de près, elle est ronde.*
– *D'au-dessus.*
– *Oui, vue d'au-dessus, elle est ronde.*

Pédé, pédophile, c'est quasiment le même mot, c'est pas moi qui l'ai inventé ça !

Je sais pas comment il a fait pour avoir un accident du travail avec tout ce chômage.

– *T'as regardé la télé, hier soir, les autistes ?*
– *J'étais crevé, je suis allé me coucher.*
– *T'es encore pire qu'eux, toi !*

Le premier Arabe qui est arrivé en France, c'était caché dans une soute d'avion.

De toute façon, acteurs, c'est des métiers qui servent à rien, moi c'est pas 75 % que je prendrais, je prendrais tout.

Aujourd'hui c'est couvert, demain il fait beau, après c'est couvert, après il refait beau, le ciel se branle.

Coluche, il a fait les Restos du cœur, sinon ses blagues, ça a servi à quoi ?

La météo, une balle dans la tête quand ils se trompent, moi je suis comme ça ! la prochaine fois, ils ouvriront la fenêtre !

Les autistes jouent du piano comme des dieux mais ils arrivent pas à soulever le couvercle.

— *Le réveillon, je reçois des gens, ils se saoulent, ils se barrent en voiture, ils se tuent, je suis pas gendarme !*
— *On est une société d'assistés.*
— *Faudrait les coucher ? bourrés comme ils sont ? déjà que ça m'emmerde les réveillons, si en plus faut les supporter le lendemain matin !*
— *Et plus le lendemain ils reboivent, faudrait les garder encore.*
— *Non non, qu'ils aillent crever sur la route, on est des adultes, et ce que je dis, je sais que tout le monde le pense.*
— *Vous avez le courage de le dire.*
— *On est une société d'hypocrites ! ils picolent, ils se barrent, ils crèvent !*

Un Hindou aura toujours l'air plus sale qu'un Chinois, qui fera toujours plus poli qu'un Turc.

– *J'aime bien regarder les gens travailler, les gestes des métiers...*
– *Ça vous ferait plaisir que je nettoie la machine à café ? vous voulez que je repeigne le plafond aussi ? vous êtes culotté vous !*

Entre amis, on se saoule, en famille, on s'engueule.

– *Encore une connasse de la télé qu'a un cancer.*
– *À la télé, ils ont tous un pet de travers.*

Une femme de soixante ans, dans un film, faut vraiment que le scénario soit fort.

– *Souvent maintenant, ça se voit plus.*
– *Moi je le vois toujours !*
– *Y'a plus de différence.*
– *L'autre jour, je parlais avec un, il mangeait un gâteau, c'est quand il a replié le papier que j'ai vu que c'était un pédé.*
– *Vous avez l'œil.*
– *Toujours je le vois, j'ai un don.*

Triste con !

Quand ma femme est morte, je suis pas allé pleurnicher à la télé qu'elle s'est tuée en voiture, j'ai pas fait l'aumône, j'ai même rien dit ici, la patronne elle l'a su parce que l'accident était marqué dans le journal, elle est morte, c'est son choix, en plus, elle avait zéro gramme soixante, franchement, faut avoir envie de mourir pour se tuer avec quatre verres.

Des SDF, ils sont là dans la rue contre le mur et puis ils sont plus là, ils sont disparus, pire que des tags.

– *Il se barre en Belgique Depardieu, ça y est c'est fait.*
– *Y'a au moins un mois ! depuis y'a Afflelou qui est barré aussi.*
– *Tout le monde se barre !*
– *À force de nous faire chier avec l'Europe, ça n'existe plus, les pays.*

Depardieu, il est milliardaire, et il est gros comme un pauvre.

Anne Sinclair, c'est la grosse arnaque, elle faisait les infos à la télé alors qu'elle est milliardaire.

En France, t'as quatre-vingt mille viols par an, autant que si c'était autorisé.

Les pêcheurs, c'était la soupe de poissons, les paysans, le bouillon de poule, les employés de bureaux ont jamais inventé une soupe.

Je te l'avais dit, prête jamais du pognon à Pine d'huître.

Ils ont pas d'ADN les Corses, jamais t'en attrapes un quand y'a un meurtre.

Vous savez, les journalistes, ce ne sont que des gens qui sont à la traîne de l'actualité.

Je pourrais tomber amoureuse d'un nazi, y'a l'amour et y'a la politique, ou d'un Arabe, même d'un Arabe, même.

– *Je vais prendre un tout petit kir.*
– *T'es castra ?*

Ils ont des vélos tout-terrain, ils roulent sur la route ! Les pédés qui se marient c'est pareil.

– *Je suis prêt à étrangler mon enfant moi-même plutôt qu'il ait honte de l'endroit où il vit !*
– *T'es logé par la mairie, tu payes rien de loyer.*
– *Il le sait pas !*

Un film avec des Français dedans, des Français, on en a déjà plein les rues.

Trop bouffer, c'est un réflexe de survie qui s'est déréglé, en fait.

Vous goûtez tous les plats de votre restaurant ? eh ben ! elles ont quatre bras vos papilles !

À Strasbourg, vous avez des cartes postales avec des saucisses, c'est la fierté là-bas.

On avait nos amis, mon mari a eu le bon réflexe de fermer la porte de la cuisine, le chat avait fait caca.

Après les huîtres, ça fait comme après l'artichaut.

Y'en a plein des Noirs dans les magasins mais on voit bien que la Noël n'est pas une fête pour eux.

Gabar ! gabar ! gabardine !

Mariah Carey elle fait des trucs comme toi, mais de connasse.

Moi j'ai lu Proust, ça s'est bien passé.

Ce que j'ai dit hier, je le pense encore.

Trois heures d'attente pour le Louvre, même pour une bûche chez le pâtissier je le ferais pas.

Je vois pas pourquoi tu veux une vie normale si t'es pédé.

– *Moi j'ai jamais peur d'habitude.*
– *Comme ça c'est fait.*

On le voit pas pendant six mois, il revient, il est saoul tout de suite, avec les mêmes habits en plus.

J'ai eu du parfum, ça tombe bien, je suis odeur.

Des pédés qui se marient le jour de Noël, ça sera le pompon.

... y'en aura, vous verrez, y'en aura.

Dans leur slip, ça couve sous la cendre.

Slip, c'est un métier.

Je dis pas qu'elle est pas normale, je dis que c'est une mongolienne spéciale.

C'est idiot d'être con comme ça.

Elle a commencé à parler normalement un an avant sa mort.

J'ai mon bout de lame planté dans la tête qu'ils ont pas enlevé, ma femme elle me dit que c'est pour ça que j'ai mal aux dents, ça me tourne dedans.

Le mec qui avait tué son fils à coups de fusil, je l'ai revu, ça a l'air d'aller.

– *Toutes les deux minutes, il disait « recroque-villé », je dors recroquevillé, le papier il est tout recroquevillé.*
– *Pendant les réveillons, on dit des choses pas comme d'habitude.*

Hitler, de nos jours, si ça se trouve, on s'en foutrait.

Je déconne ou c'est moi ?

Quand tu meurs t'es mort et personne dit le contraire.

La chauve-souris, c'est pas une souris, elle est pas chauve, c'est n'importe quoi.

On a bien bouffé, j'ai grossi de la langue.

Obama, c'est fini, de toute façon, c'est un Noir qui a été monté en épingle.

– Des produits de beauté au beurre de karité équi-
tables.
– C'est des cadeaux qu'on connaissait pas avant.

Tout de suite j'ai été torchon !

Blanc sur rouge, rouge sur blanc, blanc sur blanc,
rouge sur rouge et après des alcools.

La bière c'est des plantes, alors que le vin c'est des
fruits, qui sont dangereux déjà en soi parce qu'ils ont
mûri au soleil, ils ont le germe.

Un Noir président des États-Unis, et pourquoi y
serait pas blanc pendant qu'il y est !

Tu crois qu'on s'ennuie quand on est mort ?

Qu'est-ce que vous en avez contre Obama ? mais
fichez-lui la paix à la fin !

Je ne me sens pas bien dans mon siècle.

Tu bois tout seul ? t'entames ta carrière solo ?

– Je t'écoute plus !
– Tu m'as jamais écoutée.
– Non mais là je t'entends plus même.

Bonne année mes couilles !

Hier il est tombé, il revient comme une fleur !

Des bébés, elle s'en met plein le ventre, comme des Post-it.

L'alcool raisonné, je vois pas le principe.

Si l'enfant il est avec des parents pédés séparés, ça lui fait le réveillon de Noël chez un pédé et le réveillon du nouvel an chez un autre pédé, vous imaginez, pour l'enfant ?

On l'appelait «bon pied bon œil», il est mort quand même.

Les gens ont plus des secrets de laideur que des secrets de beauté !

— Grosse merde !
— C'est pas parce que c'est le nouvel an qu'il faut être malpoli.

T'es adapté à rien ! et même à rien c'est trop !

— Vous êtes de plus en plus raciste.
— C'est pas moi, c'est la crise.

Moi c'est la dernière fois que je fais le nouvel an.

— Le réveillon de Noël, le réveillon du nouvel an, c'est trop près, mais on peut pas reculer, on tombe tout de suite sur une autre bouffe.
— En France, vous pouvez pas bouger un congé sans tomber sur un autre congé.
— Des congés à bouffe.

On passe vite pour des cons dans la vie, attention.

– Le nazi qui parle de La Fontaine.
– Non, pas lui, je te parle de Dussollier.

– Je suis tombé à plat sur le dos, le lendemain, j'avais même pas mal.
– T'es tombé mou parce que t'es super alcoolique, t'as pas résisté, tu serais tombé dur, tu te serais cassé quelque chose, t'étais mou.
– Même pas une bosse.
– T'étais mou.
– Rien.
– T'es tombé mou, tu te rappelles quand l'autre il était tombé et Franck il a mis son pied et que sa tête elle a pas rebondi.
– Oui mais Franck, c'était pas pareil.

– Il s'est pété un genou.
– En buvant un génépi, je vois pas comment il a fait.

Les cervicales, au réveillon !

On me voit jamais parce que je suis chômeur de nuit.

– On gratte le cul de la civette et avec le jus on fait du parfum.
– On se moque des Noirs, on est pas mieux !

De toute façon, en fait, si on est honnêtes, c'est du pareil au même, c'est égal, d'un certain côté et après on se plaint, logiquement, c'est une évidence, alors pourquoi ?

La veille il est en pleine forme, le lendemain il a un cancer, faut pas me prendre pour un con non plus.

... non non mais non.

... non mais ou mais non... j'ai pas raison ?

... non mais oui.

– *Bois le dernier, je te ramène si tu veux.*
– *Ah non surtout pas toi !*

Le sens n'a pas de sens.

– *Tu peux pas payer le dentiste à tes gosses et t'es tout le temps au bar !*
– *Je peux pas payer le bar non plus.*

Tout se bouffe, et même quasiment la merde se bouffe, si t'as faim.

– *Comment t'expliquer.*
– *Non mais j'ai compris.*
– *Comment t'expliquer.*
– *Non mais ça va j'ai compris me fais pas chier sinon je me casse !*
– *C'est pas ça que je voulais dire.*
– *Oui, alors ?*
– *Comment t'expliquer.*
– *Je me casse, salut !*
– *Ah non alors ça c'est pas honnête.*

Je sais pas comment ça s'est passé, mais à la fin, on mangeait la bière dans la casserole.

– *Vous étiez bien saoul hier.*
– *Vous avez d'autant plus raison que c'était mon anniversaire.*

Faut que j'arrête de boire si je veux pas être bourré tous les jours.

– *C'est qui qui est venu me chercher ?*
– *Je vous l'ai dit quatre fois, votre femme.*

Après, ça va être de ma faute aussi.

Dès qu'on picole c'est de notre faute, chaque fois c'est comme ça.

– *De ici à ici, ça fait à peu près un mètre, tu vois que un mètre, c'est pas grand.*
– *De là à là ?*
– *Non, d'ici à ici.*
– *De là à ici ?*
– *D'ici à là.*

Je mange souvent du foie, je te dis, ça change rien.

– *Si je pouvais être une fleur.*
– *Mais ta gueule !*

Franchement vous me fatiguez, je vais pas démarrer l'année comme ça !

– *Elle est avec un ministre, il se la fait ? tu crois pas ? Palmade il se la fait ?*
– *Non, il est pédé, qu'est-ce qu'il va se faire chier avec la femme de l'autre qui est même plus ministre, en plus.*

– *Cette oreille, j'entends bien, celle-là, moins.*
– *Et l'autre ?*
– *Celle-là ? c'est elle que j'entends pas bien.*
– *Et l'autre ?*
– *Oreille ?*
– *Oui, celle-là, vous entendez ?*
– *Mieux que l'autre.*
– *Oui mais vous entendez.*
– *Pas bien de celle-là.*
– *Oui, mais l'autre, là, celle-là, vous entendez !*
– *Mais tirez pas dessus !*

Le principe, on touche pas les gens.

... c'est le principe.

La bite elle est petite et après elle est grosse, c'est idiot ces conneries.

Franchement, à la limite, le ramadan c'est mieux, ils se bourrent pas la gueule.

– *J'entends des voix.*
– *Tu l'as déjà dit.*
– *La nuit.*
– *Elle disent quoi les voix ?*
– *...*
– *T'écoutes même pas quand t'as des voix ?*

Il pète, il s'évanouit, il voit des points blancs, un ancien boxer, il mange des spaghettis, tu vois qui je veux dire ? il se battait dans les halles, la fontaine des Innocents, quand y'avait du crack, c'est un Sagittaire lui aussi.

– Je me rappelle jamais le mec des dessins animés.
– Walt Disney.
– Pourtant c'est facile à se rappeler.
– Walt Disney.
– Ça nous a bercé à l'époque, l'autre, là.
– Walt Disney.

C'est moi qui pue ou c'est toi ?

On arrivera pas à se comprendre.

Moi je peux plus réfléchir avec tout le bruit.

L'esprit grossit autant que le corps, c'est pas normal.

Dans mes rêves, je crois que je porte pas mes lunettes.

C'est un insecte archi-puissant, il roule une boule de merde, elle est grosse comme un immeuble.

... par rapport.

– Il y a des choses que je ne faisais pas quand j'étais enfant et que je fais maintenant volontiers.
– Comme ?
– Comme tenir la porte de l'ascenseur... par exemple.

Il a fait toute la rue en marche arrière avec le camion de bières ! Déjà moi, en scooter, je tiens pas.

Le Café de la Poste, le Café Tabac, le Café Presse, le Café Épicerie, il me manque que le Café Boulangerie pour que le périple, il soit bouclé.

– T'as vachement changé depuis hier !
– J'ai bu du calva, y m'en faut pas.

Quand il va être russe Depardieu, crois pas que Poutine va le laisser partir en Belgique comme nous on accepte.

Un livre, c'est pas comme une assiette, je finis jamais.

– *Oh ! Lulu ! Tu bois un coup ?!*

– *Pas le temps !*

– *Un !*

– *Pas le temps.*

– *Lulu ! pas dix, que un !*

– *Pas le temps !*

– *T'es ministre ?!*

– *Pas le temps !*

– *Un verre ! un ! juré !*

– *Pas le temps.*

– *Que un !*

– *Une autre fois !*

– *Bon... j'ai plus qu'à me saouler tout seul... oh ! Didier ! tu bois un coup ?!*

– *Que un.*

– *Oui, vite ! ah... t'as vu l'autre con de Lulu, à peine si il dit bonjour, il se prend pour un ministre ! tu bois quoi ?*

– *Et toi ?*

– *Je suis au blanc depuis ce matin, je vais reprendre un blanc.*

– *Que un je t'ai dit !*

– *Oui, j'ai compris, tu l'as dit !*

– *Je vais pas passer la journée là.*

– *T'as rendez-vous avec Hollande ?*

– *Un, et basta ! deux blancs.*

– *Des grands !*

– *Non, moi un petit.*

– *Y'a plus que des ministres dans ce bled.*

– Ça fait trois jours, j'ai l'impression que tout le monde est bourré.

– C'est une ambiance bizarre qu'il y a en France en ce moment.

– Je te parle de là.

– Moi aussi, de là, là.

Bonne année !

La fourchette lui est passée à ça de l'œil.

Bonne santé !

Allez trouver un médecin un soir de réveillon.

La boîte de chocolats tout écrasée, avec Picasso dessus, ça ne m'étonne pas !

Un bonnet pour le ski et des chaussettes avec des sapins.

Au boulot ? là ? maintenant ? tout de suite ?

Y'a pas treize mois, sinon ça aurait fait le 13-13-2013, pour le Loto.

J'ai eu une lumière laser, que quand on la pose par terre, le chat devient fou.

Il s'est assis devant le sapin qui clignote, à surveiller les ampoules, il a plus bougé, comme un gardien de phare.

... c'est pas ce que sa femme elle a dit.

– L'an 2000, ça fait déjà treize ans.

– L'an 1000, ça fait mille treize ans, ça fait presque moins vieux que l'an 2000.

– Tu trouves ?

– Euh... non.

– Il a fait une crise, il a tout pété.

– Je connais personne qui peut tenir jusqu'à cinq heures du matin de mardi à samedi, en picolant ce qu'on picole, je parle pas d'un mec qui est gardien de nuit.

– T'es pas obligé te tout péter parce que t'es ivre mort non plus !

– Oui, c'est vrai.

– Mais non !

– Oui, mais en même temps.

Les huîtres des fois à ouvrir c'est pire qu'une porte.

– Je m'en fous d'être un homme ou une femme, je suis un humain !

– Mais oui, mais oui.

– Un humain qui vit sur la Terre !

– C'est ça... bonne année.

– C'est honteux les animaux de cirque !

– Mais oui.

– Un animal, c'est dans la jungle qu'il est.

– C'est ça.

– Le gala des artistes de merde !

– Bon, ça va maintenant, on va commencer l'année que je te sers plus !

– Gloup... c'est fini...

Moi j'y vais pas à la galette ! non, j'en peux plus ! c'est demain la galette ?! non j'y vais pas, je peux plus.

La crotte de nez, c'est de la poussière, avec une sorte de liant.

La galette avec la couronne et tout le bordel ? hu ! moi l'année dernière on a fini on dormait chez quelqu'un qu'on sait pas où c'est.

Hu !

– *On boit quoi ?*
– *C'est toi qui dis.*
– *Comme toi.*
– *Et toi ?*
– *Je sais pas, et toi ?*
– *Comme toi.*
– *Dis.*
– *Deux demis alors.*
– *Un coup de blanc plutôt ?*
– *Alors dis !*
– *Non bon comme toi.*
– *Mais non, aie des couilles pour une fois !*
– *Un demi.*

Il lave pas ses slips Depardieu, il les jette au fur à mesure et il rachète des neufs.

La Belgique, c'est une grosse boîte aux lettres pour le fric des exilés, c'est pas eux qui vont recevoir des lettres d'amour.

Ça vaut quoi le passeport français, tous les Arabes ils l'ont !

Le boucher a que la viande pour faire beau, la charcuterie, c'est tout des déguisements.

... du pâté en belle robe.

Moi, avec ma paye, je vais toujours au même endroit, c'est quand t'es riche que tu sais plus où aller.

J'aime bien regarder les reportages sur les obèses, j'ai l'impression que je suis pas grosse.

– *Le 25 décembre, tout le monde s'aime, le 25 janvier, c'est plus pareil.*
– *Le 25 novembre, pire !*

Avec la mondialisation, tout est trop petit.

– *On t'a volé tes chiottes !*
– *T'es sûr que t'es pas rentré dans le placard ?*

Le Louvre-Lens, tu verras ! d'ici deux ans, rien qu'avec la boue des chaussures l'état des salles !

La Belgique, c'est le Monaco des ch'tis.

– *Il est parti en Russie Depardieu.*
– *Et la Belgique ?*
– *Trop petit, il a pas pu s'asseoir.*

La Russie, ils ont bien fait de récupérer Depardieu, leur cinéma, ils avaient plus personne.

Il a chié en Belgique et il est reparti.

C'est trop petit comme pays pour un mec comme ça.

Depardieu, c'est Gargantua, et dans Rabelais, ils payent pas d'impôts !

T'as été coiffé par un poulpe ?

Il est mort y'a cinq ans, y'a le temps pour qu'il devienne un os préhistorique.

Trop de brouillard tue le brouillard.

– *On voit même plus le bas de la tour Eiffel avec le brouillard.*
– *Pour ce que je la regarde ! je suis pas chinois.*

Je crois pas qu'on existe plus après la mort, ça serait trop facile.

– *Le vin blanc, j'ai des cauchemars.*
– *Bois de la bière.*
– *La bière, je pisse au lit.*

En voiture Simone !

– *Je suis pas encore allé sur Montparnasse, mais tous les restaus du quartier, c'est saucisse aligot, saucisse aligot, vous avez vu ?*
– *Vous vous promenez tout le temps à tout sentir, on dirait que vous êtes un chien !*

À la revoyure !

– *Bonheur à tous !*
– *Et moi ? j'ai pas la bise ?*
– *Je vous avais pas vue.*
– *Bien sûr, je nettoie !*
– *C'est qui qu'a fait ça ?*
– *Jean-Marc.*
– *Eh ben... je lui ferai pas la bise !*

Il faudrait une boîte noire dans la tête des gens.

– *Vous rentrez normal, vous ressortez tout beau habillé en blanc !*
– *Manque de vestiaire, avant je me changeais dans le local poubelle mais comme ça n'est pas conforme je me mets en cuistot dans les chiottes.*

À partir du moment où c'est compliqué, c'est pour moi, j'aime la complication, c'est pour ça que je fais la pâte feuilletée, c'est pour moi.

– *Moi j'en ai marre d'être con, pareil que toi.*
– *J'ai pas dit ça.*

T'es pas un battant, même quand tu fais un Millionnaire, t'as pas envie de gagner.

On les prend pour des connes les abeilles ! c'est elles qui font tout le boulot et sur le pot, c'est toujours signé, miel de fleurs !

694

J'ai plus d'alcooliques que sur Internet, mais j'ai moins de racistes.

C'est le Moyen Âge, l'économie d'un pays qui s'arrête à cause de la gastro ! on arrête de fabriquer des bagnoles parce qu'on a la chiasse !

Pourquoi c'est l'auteur et pas l'éditeur qui parle des livres ? L'abeille va pas à la télé pour vendre son miel, c'est l'apiculteur qui parle !

Souvent, le quartier le plus pourri, c'est la pensée.

Il a fait semblant d'être mort pour pas payer.

– *Elle me dit que dans cinq ans elle est morte.*
– *Ta femme ?*
– *On est pas mariés.*

Cinq ans, c'est un an, de nos jours.

Donne-moi un Ricard pur, j'ai la crève.

Un dictionnaire, t'oses pas le foutre à la poubelle, alors que le Goncourt, tu peux le jeter.

On te voit arriver à un kilomètre, avec ta grande gueule !

Le seul truc qui a changé en France depuis que je suis petit, on mange plus de cervelle.

L'abeille, elle pique une fois et elle meurt, en plus, elle pique toujours pour une connerie, la connasse.

– *Y'a forêt et forêt, chêne ou châtaignier, domaniale ou pas, t'as forêt organisée ou pas, t'as le taillis, les coupes.*
– *Même quand on te parle d'une promenade dans les bois, t'es chiant.*
– *Fontainebleau, c'est pas les Landes, quoique, c'est de l'artificiel.*

Une journée à parler pommes, une fois.

Le pédé qui se marie, c'est le nègre qui joue du musette.

L'amour profond, il finit au fond.

Pour moi, des pédés qui s'enculent, ça fait pas un sujet de société !

Le poisson-chat, il a des moustaches, Hitler aussi, c'est pas pour ça qu'on dit un nazi-chat !

J'ai une épine d'oursin dans le cul qui me reste de Noël.

– *C'est la grève à la radio depuis trois jours.*
– *Au moins comme ça, on les entend pas.*

Quand le boucher te conseille, pour moi, il fait un travail de libraire.

– Enculé !
– On parle pas comme ça à son père !
– T'es pas mon père !
– Ça promet, quand les gosses vont avoir deux pères pédés.

Je picole en avant-première, je picole en avant-dernière !

On bouffe encore plus depuis que les petits commerces ont disparu, alors je vois pas le problème !

– Avant-hier, il faisait des vœux, hier il faisait des vœux, ce midi aux infos il faisait des vœux !
– Hollande, pendant six mois, il va faire des vœux maintenant.

Moi ça m'irait d'acheter la viande sur Amazon.

Toutes mes salades poussent à la même vitesse, pourtant j'ai pas de syndicat dans le jardin.

– Moi, ça va mieux.
– Bien sûr, t'as dégueulé.

C'est l'adrénaline qui fait tenir les ponts.

– Je suis crevé en ce moment.
– T'es tout le temps bourré !
– Non non, c'est une fatigue qui vient d'autre chose.

Le Français boit moins qu'avant, mais y'a moins de vrais Français qu'avant.

– *Si tu crois qu'on t'écoute !*
– *J'ai rien dit moi, c'est Yves.*
– *J'ai rien dit moi !*
– *T'écoutes des gens qui parlent pas ?*
– *C'est pas moi qui ai dit ça, c'est Yannick.*
– *Moi, j'étais aux chiottes.*
– *Personne a rien dit.*
– *T'écoutes personne qui dit rien ?*
– *J'écoute pas personne, c'est lui.*
– *J'ai rien dit moi !*
– *Faut arrêter le vin chaud les mecs.*
– *Moi je suis au blanc.*
– *Moi je suis au demi.*
– *Personne boit du vin chaud !*
– *Personne parle, personne écoute, personne boit du vin chaud.*
– *Eh ben.*
– *Hula !*

Pédé, c'est naturel, c'est se marier qui est pas naturel.

Dans le bâtiment, doit y en avoir, mais ils la ramènent moins que dans la restauration.

On leur met des nichons ! après ils se font enlever la bite ! ils veulent se marier ! ils veulent des gosses ! c'est tout oui !

Les drogués en bas, les pédés mariés en haut, ça promet les HLM.

Personne n'y pense aux animaux qui ont servi la France !

Avec les six gosses, ma femme, moi, c'est un maire qu'il nous faudrait au bout de la table !

698

La France est un pays pauvre, du ciel on voit l'os.

L'autotransfusion, c'est comme un virement de compte à compte.

On s'en fout des livres, la bibliothèque ferait mieux de prêter de la viande !

Brouillard dehors, brouillard dedans !

Tout ce qu'il pense, il le dit, c'est un connard à ciel ouvert.

Un pédé qui fait la vaisselle, c'est quand même pas pareil qu'une maman.

On s'engueule devant tout le monde, on picole, on va pisser, c'est comme de la téléréalité, mais au bistrot.

Un mec qui dirige, ça fait pas un chef d'État.

Les gens sont cons mais en plus maintenant y'a les femmes qui s'y mettent !

– *On est en guerre, contre des Noirs islamistes en plus.*
– *Des Noirs arabes, on est pas sortis de la merde.*

Toutes les conneries que je sais, je l'ai appris dans la vie, j'ai pas besoin des livres !

Une guerre contre mille nègres, Hollande, c'est pas Napoléon !

Le mariage des pédés, la guerre, c'est en vrac son programme.

– Grosse merde !
– Ça aura pas duré longtemps la bonne année !

Je me vois bien inventer la dizaine, mais la douzaine, j'aurais pas eu l'idée.

– C'est un film américain, le mec fait tomber une boîte d'allumettes et son frère qui est autiste compte les allumettes par terre.
– Un autiste qui compte des allumettes, ça fait plus français, comme film.

L'heure, c'est des tranches, la minute, c'est des tranches plus petites, on passe des tranches quand on passe le temps, la seconde, c'est encore plus petit comme tranche, en dessous, c'est des tranches intranchables pour l'œil humain.

C'est facile d'avoir un maire pédé à Paris, fais pareil dans un village de vingt habitants !

On est tous un peu fou quelque part, moi par exemple, je peins des noix.

J'ai la mémoire des visages, un mec avec qui j'ai picolé je m'en souviens toute ma vie, par contre les noms je sais pas, ni les dates, ni les noms des rues, ni les endroits, moi faut me ramener.

Une fois sur deux, c'est pas au chauffeur qu'il faudrait retirer le permis, c'est à la bonne femme à côté !

Pourquoi ils foutent le Louvre à Lens si c'est Marseille capitale de la culture ?

À Carrefour, j'ai le sens de l'orientation, chez Leclerc, je me paume tout le temps.

Ma vie a commencé à déconner quand je suis né.

Il est tombé aveugle à cinquante ans, il se déplaçait à l'oreille, comme il est devenu sourd, c'est la deuxième fois qu'il tombe aveugle.

Les pédés, je les mettrais tous au centre de la France, puisqu'ils aiment ça le milieu.

L'anus, déjà, n'est pas ragoûtant en soi.

L'anus, il est bien là où il est.

Il est mieux là qu'ailleurs.

On le mettrait où si on avait le choix ? on laisserait l'anus à sa place.

– *T'es homophobe.*
– *Pas du tout ! même les juifs, j'ai rien contre.*

Un gâteau de mariage, c'est un gâteau de mariage, le pâtissier n'a pas à savoir si c'est des pédés qui se marient, les mariés en haut du gâteau, à la limite, il a qu'à mettre deux petits animaux en plastique.

Le canard est pédé si y'a pas de cane, mais si y'a une cane sur l'eau, y'a pas de raison que le canard soit pédé.

Les oiseaux, il faut un mâle et une femelle, sinon l'œuf n'a pas de poussin, c'est un œuf pour décorer le nid, et on croit qu'on est plus forts que la nature, qu'on va faire des œufs entre hommes ?

Si c'est comme avec les chauffeurs de taxi, elle ira pas loin sa guerre à Hollande.

Les curés se tapent des gosses mais ils ne vont pas jusqu'à demander le mariage pédophile !

Le bébé garçon qui sort du ventre de sa mère, tu auras déjà les deux sexes qui entrent en contact, naturellement le garçon s'accouplera avec une fille, peut-être que la petite fille aura envie d'aller avec une fille puisqu'elle sort du ventre d'une femme avec qui elle a eu contact en naissant, c'est une explication, mais c'est la mienne, je dis pas que tout le monde pense ça.

Je connaissais un pédé, tous les jours il venait au café demander si on avait pas vu son chien, alors un gosse...

Du beurre zéro matière grasse ne devrait pas porter le nom de beurre, n'importe quel autre nom, du teurre, une plaquette de teurre zéro matière grasse, sinon où on va ? et comment l'expliquer à nos enfants ?

C'étaient les trois mousquetaires, ils disent qu'ils viennent manger à trois, ils étaient neuf !

La bite elle pense qu'à faire la fête alors que les couilles elles pensent à l'avenir.

C'est la cigale et la fourmi la bite et la couille.

Si je gagne au Loto, déjà, je me fais soigner mon dos, c'est pas la peine d'aller en Inde pour rester coincé sur un éléphant.

Maison ossature bois montée par charpentier ossature os.

– *La France est devenue une coquille vide.*
– *On a quand même nos vins et nos fromages !*
– *Une coquille vide pleine de vin et de fromage !*

Il a craché sur son chien !

Internet à l'école doit pas empêcher le haricot qui germe.

Il est encore aux chiottes ? il fait une opération escargot ?

Avec Hollande, en une journée, on a déjà deux soldats tués ! faut pas lui faire essuyer la vaisselle à ce mec-là !

Le bord va aussi loin que la route !

Tu tues un Kurde, les autres manifestent, là tu vois qu'il y en a des milliers dans Paris.

Il faudrait des pneus bière et des pneus vin blanc, pour rouler selon ce que t'as bu.

C'est la maison du bon Dieu chez lui, il est jamais là.

— Tu bouffes ton poisson ?
— Tout ce que je pêche, je le mange, même un noyé.

Des gars du Front national, des chasseurs, un garde-pêche, c'est multi, comment on dit ? culturaliste, ici.

Une mère porteuse, c'est un seul bébé à la fois, dans une vache porteuse on pourrait mettre dix bébés en même temps.

Les pédés mariés, ça fera pareil que les femmes mariées, des pédés battus.

C'est comme une seconde femme ma charcuterie, quand je suis tout seul dans le magasin, je lui parle.

Souvent les pédés c'est un petit gros plus vieux que l'autre qui est plus jeune et moins gros, y'a pas de quoi se marier.

Depardieu aurait pu construire une ville comme New York rien qu'avec ses cacas.

Le cheval Ourasi était comme de Gaulle à une certaine époque.

Tout ce qu'on fait, ça vient du latin.

En position debout, il s'allonge, mais assis, le foie s'étale, c'est pour ça que t'as mal quand t'es assis.

– *Partout en France où tu vas, tu retrouves les mêmes cons !*
– *Ça dépend où tu vas.*

Je parlais, ma dent est partie, comme la chanteuse des Rita Mitsuko.

– *On est mal barrés !*
– *On est même pas barrés du tout.*

Quand je sors un beau poisson de l'eau, j'appelle ça un accouchement.

Mes hémorroïdes, j'ai tout essayé, même les pastilles Rennie.

– *Je me souviens des choses anciennes, mais souvent les choses récentes, je les oublie.*
– *Vous vous en souviendrez quand elles seront devenues anciennes, ce que vous avez fait hier, dans dix ans, vous vous en souviendrez, vous avez fait quoi hier ?*
– *Pas grand-chose.*
– *Dans dix ans, vous vous en souviendrez.*

La grande évolution en art, c'est quand on a arrêté de peindre directement sur le mur.

La philosophie de comptoir, je connais le terme, mais je ne sais pas ce que c'est, ou alors, dites que je suis hermétique !

L'exposition Hopper, n'y allez pas, les tableaux sont moins bien qu'en vrai.

En vrai n'est souvent jamais le mieux.

Le Radeau de la Méduse, en vrai, c'est tout petit comme ça !

De près, la Vénus de Milo est une statue, pas plus.

De près, rien n'est bien, et les gens, c'est pareil.

Contre les lèvres gercées, je mange des rillettes.

La mort après la vie, c'est un mal pour un bien.

Vous n'aurez jamais un Facteur Cheval à la Sécurité sociale.

Quatre litres par jour, je me fais la camisole vigneronne.

Quand il sale trop, il rajoute du sucre, et s'il a mis trop de sucre, il remet du sel, soi-disant, c'est un grand cuisinier !

Un jour la Nasa sera obligée de recruter une équipe genre Christophe Colomb.

— *Tu poses jamais ton coude ?*
— *Je suis trop grand, faut que je me plie, je peux poser le coude que si je suis assis sur un tabouret, je m'y fais.*
— *Je te vois, des fois, tu marches de long en large.*
— *Je peux pas m'accouder, ou alors, je suis à l'équerre.*
— *Il faudrait le comptoir qui se règle, mais tout le monde ferait le con avec le bouton.*

Les abeilles parlent, les fourmis aussi, le jour où les abeilles vont parler aux fourmis, on pourra faire la valise !

Le mariage gay, ils tombent dans tous les panneaux, les pédés.

Dès que ça touche à la bite, c'est un sujet sensible.

Un pédé normal et un travelo ne sont pas pour moi des pédés du même sexe.

Faire des gosses pour que les curés se les tapent, non merci !

C'est une question d'habitude, il pleuvrait du vin, la nature s'habituerait.

Un homme avec un homme, même chez les bactéries, ça ne marche pas.

Faut pas être normal pour être obèse !

Le mariage, ça doit être un homme avec une femelle, point barre.

À la télé, c'est que des émissions sur la bouffe, comme avant une guerre.

Lire un livre aujourd'hui, c'est comme si on écrit encore à la plume d'oie.

Cinq cents mètres limite pluie neige, midi trente limite vin chaud vin froid.

– *J'ose plus lire un livre devant ma fille, elle trouve que ça me vieillit !*

– *Évidemment, si vous mettez les lunettes.*

– *Non, c'est le fauteuil.*

Le blanc de poulet sera toujours blanc, enfin, j'espère !

Moins y'a de rapports humains, plus je suis content.

Les gens au-dessus de cent kilos, avec moi, ça serait direct la taule !

Moi je voudrais que tout le monde meure.

Si tout le monde a le droit de se marier, alors une chaise avec un oignon !

Tout le monde se fout d'un grand écrivain qui peut plus écrire, par rapport à un footballeur qui s'est blessé.

Le neurone est gélatineux.

Comme à la légion, tes abeilles, il faut tout le temps les occuper, sinon elles se mettent à déconner.

Les secrets de père en fils obligent les filles à découvrir les secrets toute seules.

La guerre au Mali n'est pas une vraie guerre, les grandes guerres se font entre Blancs.

L'homme l'homme et la femme la femme, c'est deux fois de l'huile ou deux fois du vinaigre...

..., pour moi, c'est ça.

La neige, t'as le gros flocon un, le flocon deux qui est plus petit, t'as le trois de Chamonix plus laiteux, le quatre du Grand-Bornand plus ferme, le cinq de Courchevel plus sapiné, comme les huîtres.

Avec toute la bière qu'il boit, on dirait un bœuf de Kobe.

J'ai rien contre les pédés, mais il faut respecter la nature.

— J'avais le bonnet tout blanc, elle a tout de suite fondu.
— Tu réfléchis trop, tu risques pas d'avoir la neige qui tient !

On nous fait trier les poubelles et eux, ils se marient entre eux !

Quand on monte les Français les uns contre les autres, à la fin, c'est les juifs qui prennent.

C'est encore les pédés qui foutent la merde, comme à la chute de Rome.

Je connais un pédé, je l'ai jamais vu avec un mec, il fait ça chez lui, entre quatre murs.

Même un chien élevé par deux hommes sera plus agressif.

La location de l'utérus pour les pédés, ça va être Vélib.

Les hommes entre eux, les femmes entre elles, ça sera la fin de la nature.

Mon père picolait, il battait ma mère, je crois pas que les pédés ça sera mieux, parce que en plus deux hommes qui boivent qui se battent, pour les enfants, c'est pire.

Un autiste qui fait le pendule, c'est pour que le temps passe plus vite ou pour que le temps s'arrête ?

J'ai mes papilles qui ont grossi, j'ai plus de goût qu'avant.

Les pédés sont souvent plus intelligents.

C'est au moment de faire prendre le bain au petit que ça peut poser des problèmes, parce que ils sont fous de ça, il paraît, ils ne peuvent pas se retenir, en boîte de nuit, dans les cabinets, faut voir, ils sont plus sensibles que nous, c'est pour ça que le sida est arrivé chez eux, ils ne peuvent pas se retenir, c'est des pulsions, le bain, moi je serais pas rassurée si j'étais une assistante sociale ou la mère qui a loué son ventre, elle doit bien savoir qu'en leur vendant un bébé, il finirait entre leurs mains, je dis pas tous, mais il y a les statistiques qui sont là, je sais plus où j'ai lu ça, pour l'activité sexuelle, ils sont à la limite de la maladie, c'est leur vie, ça ne regarde personne, tant que ça ne touche pas un bébé innocent.

J'ai pas une once d'homophobie !

On finira chômeurs, et on mangera des insectes.

Elle veut pas passer l'aspirateur ! alors sois présidente de la République ma petite chérie, je lui dis ! seize ans, les ongles violets, ah moi je vous dis, vaut mieux une otarie de cirque à la maison, ça fait plus de choses !

Les guerres à la télé, si vous avez pas la télé, vous avez pas la guerre.

Avec tous vos épices, vous ferez du pot-au-feu une cuisine arabisante.

– *C'est nos soldats !*
– *J'ai pas de soldat, moi.*

Blanc sur blanc, rien ne bouge, c'est avec les Arabes et les Noirs que tout de suite ça bouge.

Le mariage des pédés, vous l'avez en Angleterre, en Espagne, vous l'aurez pas en Allemagne !

Si la mère a mangé trop sucré, ou si elle a eu peur, ça fragilise le fœtus et l'homosexualité entre dedans, l'enfant naît déjà contaminé par un défaut du sexe.

Les OGM, c'est du même ressort.

Moi je crois qu'on naît pédé.

Pédé, c'est pas anormal, mais c'est pas complètement normal non plus, par rapport à mongolien, y'a pas photo non plus, évidemment.

On s'habillait propre, on allait à la messe, après on allait au café boire l'apéritif, on se parlait, ah oui, on se parlait ! on allait acheter le pain, on allait chercher les bouchées à la reine, on mettait les belles assiettes, on mangeait en famille, on buvait le mousseux avec la tarte, la grand-mère s'endormait dans le fauteuil, aujourd'hui vous avez quoi le dimanche ? les gens restent chez eux, vous n'avez plus rien, les villages sont morts ! et on nous reproche qu'on fricotait avec les Allemands ! faut pas regretter le passé mais quand on voit tout fermé comme aujourd'hui, on a même plus une boucherie, on y repense, c'est normal.

— *On est dans une société qui coule, et pendant ce temps-là, Hollande, il est avec sa chanteuse !*
— *C'était l'autre.*

Le facteur n'est pas là pour livrer des ovules !

Même pas un bureau de tabac digne de ce nom.

Les pédés qui se marient, la guerre, ça va ensemble, je vous dis !

La sexualité, c'est midi à sa porte.

— *Ils leur scient les défenses pour que les braconniers les volent pas.*
— *C'est bien, je vais tuer ma femme pour qu'elle vieillisse pas.*

T'arrives de chez toi ou tu t'es ravitaillé en vol ?

La famille est la cellule de base de la société, les pingouins, ils sont ensemble à vie, j'ai vu ça dans un dessin animé.

> *– Les avions décollent de France et ils vont bombarder direct là-bas.*
> *– Vous voulez des pommes ? j'ai ma cave qui a descendu, faut que j'en donne avant que ça gèle.*

Un blanc, un rouge, un blanc, un rouge, ça a fait la spirale !

Il faut regarder la réalité en face, sauf en voiture, faut regarder la route.

À la limite, j'aurais pu être pédé à l'armée, mais c'est fini.

Le vasistas, après c'est le Velux, la baie vitrée, la fenêtre de la cuisine, la fenêtre sur la parc, et après c'est le mur du cimetière.

Dès qu'un con entre, il vient me parler, je dois faire paratonnerre.

> *– Donne-moi un seul prénom qui commence par P !*
> *– Pierre, Pascal, Patrick, Paul, Patrice...*
> *– Oui, bon, ça, c'était facile... par R !*
> *– René, Rémy, Raymond, Raoul, Rose...*
> *– Oui, bon, ça, c'était pas dur... par D !*
> *– Didier, Dimitri, Damien... Donald...*
> *– Non mais là t'es trop fort !*

Je porte pas de lunettes, au contraire.

Opération « Mosquées portes ouvertes », le problème, c'est de ressortir.

Ils viennent une première fois pour demander de l'argent, ils regardent dedans, ils reviennent dans la nuit, ils vous égorgent, ils prennent trois statues qu'ils vont revendre deux euros, non non ! les Yougos ! je n'ouvre pas !

Tout l'argent passe dans les fringues, vous aurez des enfants sous-alimentés avec les armoires des parents pleines de fringues de pédés !

Le grand froid tue les microbes, ce qui peut soulager certains SDF.

Ça sert à quoi la banlieue ?

C'est à cinq ans que ça commence l'âge mental.

– *L'Allemagne, la moitié, c'est des Turcs.*
– *Le Turc, c'est un Arabe qui fait plus allemand que l'Algérien, dans son port.*

De toute façon, toutes les idées sont reçues.

L'homosexualité dans l'armée américaine date du Vietnam, du coup chaque fois maintenant ils se prennent des raclées.

Ils m'ont opéré, ça s'est infecté, il a fallu qu'ils réouvrent, ils ont refermé, je réinfecte encore, je dois me faire réopérer, ils m'auraient mis une bactérie en posant la plaque sur l'os, même au garage, c'est plus propre !

L'hôpital est une fourmilière à microbes !

Vous aurez tous les microbes de la terre si vous soignez toutes les nationalités.

Ils prennent un genou pour faire une hanche, ils prennent un doigt de pied pour remplacer le pouce, faut pas s'étonner après !

— *Je lis pas dans le marc de café !*
— *Tu lis dans le Marc.*

La poésie, ça pèse pas lourd dans le cartable.

Ils ont perdu la guerre les Allemands, mais en fait ils avaient gagné, quand tu vois les bagnoles qu'ils construisent, c'est pas étonnant.

Avant on se couchait avec les poules mais maintenant les poules on leur laisse la lumière toute la nuit.

Le programme télé, on s'en fout, ce qu'on aime, c'est les images qui bougent.

J'aime bien avoir le journal sur la table, même si souvent, je ne le lis pas.

Au bistrot je parle, à la maison, je ne bois pas.

On voit jamais de morts, on nous fait sortir de la vie par-derrière.

— *Les vieux, c'est l'or gris.*
— *Trois mille euros par mois des fois pour une maison de retraite.*
— *Faut pas qu'ils meurent, avec les cendres, tu fais pas des lingots.*

Si tu parles en mâchant du chewing-gum, ça se grave dedans, comme un disque.

La moitié du code de la route, c'est des vieilles lois qui datent de Napoléon.

Les tonnes de sel qu'ils mettent sur les routes, plus besoin de faire dégorger les escargots.

Lourdes, t'as un miracle sur cent millions de visiteurs, comme à l'Euro Millions.

— Tu me remets un blanc ?
— Je vais te servir tout ce que tu veux mais dis-moi d'abord que tu m'aimes.

Un pédé avec une gouine, t'as un mariage homo qui se voit pas !

Le mieux, c'est pas de parents du tout ! je le sais, j'en ai eu.

Quand je lis un livre, je suis un marin, je me barre, je veux jamais revenir !

Sur TF1, le mille-pattes aura trois mille pattes, sur la deux, il aura huit cents pattes, avec les journalistes, on peut jamais savoir !

On boit moins de vin, y'a plus d'accidents de la route, ça prouve bien que ça a pas de rapport.

Quand tu peins une fleur, le tableau c'est pas une vraie fleur, c'est une copie, quand tu joues de la musique, c'était quoi la vraie fleur du début que tu copies en musique ?

Hein ?

La pluie tombe direct par terre, alors que la neige se balade avant.

Je ne suis pas Elvis Presley, même si tout le monde le croit.

Quand tu vois le prix des bananes chez l'Arabe, toutes noires en plus, c'est le jihad !

La guerre au Mali ? Déjà, le Mali, ça existe pas.

Je vois pas pourquoi on va faire la guerre en Afrique alors que des Noirs on en a déjà trop.

On fait des gosses, on vend pas de bagnoles, avec moi si tu veux un gosse, t'achètes d'abord une bagnole.

– *On est soixante-cinq millions d'habitants.*
– *Où ?*
– *En France.*
– *Quand tu vois la rue, on se demande où ils sont.*

Soixante-six millions d'habitants, ça veut pas dire soixante-six millions de Français.

C'est mauvais signe de faire des gosses parce que ça veut dire que tu comptes sur eux pour toucher de l'argent.

En Afrique c'est ça, ils font des enfants pour qu'on envoie de la bouffe !

Je ne donne pas aux Restos du cœur mais je mets des boules à oiseaux.

— Le mariage homo, si t'es pas homo, tu peux pas le faire ?
— Ben non.
— Y'en a que pour eux !

Avec toutes leurs conneries de régime, c'est une preuve de courage de céder à la tentation.

Au moins, la chienne ne m'emmerde pas avec son régime.

Ça coûterait combien le chemin de Compostelle en taxi ?

Le débile mental, c'est une sorte d'état de méditation.

Un jour j'ai vu un merle se reculer pour laisser manger les petits moineaux, ça arriverait pas à l'homme ! dommage que je connaisse pas son nom.

La musique, tu peux plus toucher le disque, tu peux plus tripoter la pochette, c'est du sexe par téléphone.

Bernard Kouchner, il bouffe à tous les râteliers, c'est pognon sans frontières ce mec !

La mort dans la dignité, déjà la vie c'est pas possible.

Comment il vide ses poulets le boucher, c'est du Tarantino !

– *Marseille, capitale de la culture, ils avaient un seul écrivain, en plus il est mort.*
– *Et Lille, c'était pas mieux comme capitale de la culture, avec les moules et les frites.*

Les ch'tis, ça a été consanguin jusqu'à la guerre, après, ils se sont mélangés avec d'autres troupes.

– *Le froid est un dysfonctionnement du chaud.*
– *T'es prêt à dire n'importe quoi pour continuer à picoler toi !*

On est pas propriétaire de son corps, même la digestion, ça nous regarde pas.

Déjà, sur dix doigts, y'en a huit qui servent à rien.

Les coques pleines de sable, de la bouffe de maçon !

Dans un travelo, y'en a pour tous les goûts.

La guerre aux islamistes, c'est comme si tu te bats contre des insectes.

– Je vais faire une association de réparation de vélos, comme ça les gens qui ont le vélo en panne viennent le réparer, on s'échange des pièces et comme ça on se parle...
– Mais ta gueule !

Oiseux ? quand ça oiseux ?

Renault, c'est vieux comme voitures, mon grand-père roulait déjà en Renault.

La Vache qui rit, ça se vend toujours, mais c'est pas une voiture.

L'écriture chinoise est proche de l'arabe qui utilise des sortes de hiéroglyphes.

– Céline, c'est un nazi !
– C'est un génie !
– Hitler aussi, n'empêche que c'est un nazi !

Je suis né à Béziers, quand j'étais petit pour moi BP c'était Béziers Pétrole.

L'alcool de tomate n'existe pas... et pourquoi au fait ?

Tous les Maliens qui habitent en France, je les renverrais se battre chez eux !

La Libye, la Syrie, tous ces *y*, ça fait langues de serpents.

— *Partout c'est des poudrières !*
— *À Saint-Ferréol, ça va.*

C'est pas normal que le ministère de l'Agriculture soit à Paris !

Ils viennent en France faire des gosses pour toucher les allocs et nous faut qu'on aille chez eux défendre leur pays, c'est n'importe quoi !

On voit plus que des voitures étrangères sur les routes, on roule plus chez nous.

— *Y'a rien dans ces pays.*
— *Si, une fois à Huit à Huit, j'ai acheté des haricots verts du Mali, sur le paquet y'avait un zèbre.*
— *C'est pas pour ça qu'on fait une guerre !*

Le mariage, avec deux personnes t'en fais qu'une, c'est de la réduction de tête.

Les gens qui sont malheureux, souvent ils le veulent bien !

Un kir, après un blanc, après c'est René qui a payé la coupette, j'ai bu un vin chaud, Claude est arrivé, Guillaume est venu, la poste, ça arrivait de partout, ça a été la guérilla !

Le chaud, le froid, le vin chaud, le calva, on est des bombes humaines !

– Ils sont cassés tes feux arrière.
– Les feux arrière c'est pour ceux qui me suivent et ceux qui me suivent je les emmerde !

Avec tout le sel qu'on met sur les routes, on va avoir du hareng dans les ruisseaux.

– Je suis l'ange aux ailes noires !
– Qui paye jamais sa tournée avec ses doigts en plumes.

Un jour, on changera le foie comme on change une roue.

– C'est difficile d'imaginer qu'on est en guerre.
– Vous savez, entre ce qui se dit à la télé et la vérité.

Vous avez vu le verglas... va y avoir de la vieille qui tombe sur le dos toute la journée.

– Combien j'ai de doigts ? et là, combien j'ai de doigts ?
– Mais va faire chier quelqu'un d'autre !

On est en guerre en Afrique et en France on a les pédés qui se marient, c'est deux poids deux mesures !

Faut être jeune pour être pédé.

– Je ne sais pas si la suppression du service militaire n'a pas augmenté le nombre de pédés.
– Logiquement, si.

Les mots restent pas longtemps dans la bouche, c'est des oiseaux qui se barrent vite du nid !

Si on parlait pas, on dirait quoi ?

– *Qu'est-ce que j'ai fait ?*
– *Rien.*
– *Pourquoi vous me regardez comme ça ?*
– *T'es con.*
– *Qu'est-ce que j'ai dit ?*
– *Rien.*
– *T'es pas net.*
– *T'es con.*
– *Bon, moi j'y vais.*
– *T'es con... toi t'es beau.*
– *Pardon ?*
– *Toi t'es beau.*
– *Oui, bon...*
– *T'es beau.*
– *Bon...*
– *Toi t'es beau... toi ta gueule.*

Rémy, arrête d'embêter les gens ! Il est pas méchant, c'est un gentil.

– *Ta gueule !*
– *Oui mais bon...*
– *Toi tu pues.*
– *Bon...*

Je dis pas que c'est les pires, mais c'est pas les mieux, les Berbères.

Un proverbe que j'ai jamais compris, c'est « bon pied, bon œuf ».

Dalí peignait ses rêves, c'est pour ça qu'il y a des montres.

– *Gaffe, y'a les gendarmes qui sont passés.*
– *J'ai bu que du vin, et en plus j'ai mangé.*

Depardieu, il vit son chant du cochon !

La porte ! une porte, ça s'ouvre et ça se ferme ! comme une bouche !

– *Les pneus étaient mal gonflés, c'est ça qui a fait déraper la voiture.*
– *Comme on fait son lit on se couche.*

T'es tombé ? t'as roulé ? l'apéritif a fait boule de neige ?

Les mots résonnent dans la bouche, c'est la langue qui entend le mieux ce qu'on dit.

Quatre-vingt-quinze pour cent des pommes de terre, c'est de l'eau, moi les frites ça me fait pisser.

J'ai ma vie qui évolue d'heure en heure, j'ai le temps de dormir !

La guerre dans le désert, t'as pas besoin de faire sauter les ponts.

Ils parlent de la guerre et après c'est des publicités pour Fleury Michon, c'est qui qui a raison ?

La guerre dans le désert, ça donnera du travail à personne, on va pas reconstruire les dunes après les bombardements.

Noir et islamiste, c'est le cumul des mandats !

Par exemple on mange de l'estomac, comment on se digère pas son estomac en même temps que l'autre qu'on a mangé ?

Ils sont tout le temps à faire la prière à genoux, nous dans les églises on a que des vieux qui peuvent pas se baisser.

Tu craches sur une vache, avec les sucs, ça devrait faire un trou digéré.

Je sais pas si j'ai la grippe ou si j'ai la flemme.

Tu vas pas pisser ? t'as avalé ta bite ?

– *Moins vingt à Aurillac ce matin !*
– *Et la banquise elle fond ?*

– *La Bourse monte, une guerre qui fait monter la Bourse, pourvu que ça dure.*
– *Souvent c'est les guerres qui sortent l'économie de la merde.*

L'Algérie algérienne, c'est pas mieux que la France aux Français.

Le vague à l'âme, en montagne on dit, j'ai la poudreuse.

Y'a une drogue dans le lait maternel pour que le bébé reste avec la mère.

Les otages français, après tout, qu'est-ce qu'ils foutaient en Algérie ?

Je suis mon propre otage, si je respecte pas mes revendications, je me tue !

C'est combien la peau de la banane ? trente pour cent de la banane ? ça serait la bonne proportion pour les impôts, la peau de la banane ! soixante-quinze pour cent d'impôts, c'est trop, tu donnes toute la banane et tu gardes que la peau !

Tu connais pas Platon ? la théorie du plus du mieux ?

Tu vis, tu meurs, c'est le tarif syndical.

— *Même les plaques d'égout qu'on a en France sont fabriquées en Chine !*
— *En plus tu soulèves la plaque, ils sont dans l'égout en train de coudre des fringues.*

J'ai ma vie qu'a un goût de planche.

Les non-dits, je les écoute pas.

Tous les riches Français veulent devenir étrangers et tous les étrangers pauvres veulent devenir français !

Paris n'est pas la ville d'Hemingway, mon grand-père était là avant !

Les opinions sont héréditaires, même si tu penses exactement le contraire de ton père, du coup, c'est pareil.

– *C'est grand comme deux fois la France, pour retrouver deux mille islamistes là-dedans !*
– *À Marseille, tu les as dans la même rue.*

T'inventes rien si tu fais le contraire.

Pour moi, un vrai Parisien, c'est quelqu'un qui est jamais monté sur la tour Eiffel.

Quand il neige, tout de suite elle regarde la météo dans le journal pour savoir si c'est vrai.

J'aime pas quand la pensée est trop sèche, j'aime bien l'humidité de la pensée.

C'est depuis qu'on naît dans les maternités qu'on meurt dans les hôpitaux.

Il est chez lui en train de bricoler, il a une vie normale, tu l'appelles, ça le réactive, tout de suite il vient au bar ! c'est un « buveur dormant ».

Y'a des croix sur le slip du pape ?

Il quitte jamais le fauteuil, c'est un chat super autochtone.

Voir Venise et mourir... on est allés à Lille, on a mangé des moules.

Un gramme trente d'après les organisateurs, deux grammes quarante d'après la préfecture !

Le radis, c'est de la carotte fin de race.

Ils ont jamais vu une vache en vrai, jamais un facteur ! je parle même pas de la casquette !

Il triche sur son âge, mais sur sa taille, c'est débile ! il dit qu'il mesure un mètre quatre-vingts ! il est plus petit que moi ! il m'arrive là !

Tu perds tes chaussures, après c'est les pieds, après c'est les dents, c'est la peste.

Du vin à emporter dans un verre en plastique ? non non ! on boit sur place ! c'est pas les Restos du cœur ici !

— *Toi, tu serais pire qu'Hitler si t'étais maire !*
— *Pas sûr, en tout cas, je ferais empoisonner les corneilles.*
— *Tu vois !*
— *T'as vu le nombre de merdes sur les voitures ?*
— *Pire !*
— *Déjà, les voitures, j'interdirais le stationnement dans le village.*
— *Tu serais pire !*

Il a quatre-vingts ans Bedos ! vous avez vu son fils ? il perd déjà ses cheveux !

Un tiers de la nourriture qu'on achète part à la poubelle, alors me dites pas que les livres sont lus !

Tout le monde a les dix ongles qui poussent à la même vitesse ?

Avec Baudelaire, on est tous les deux du mois d'avril.

Il est tellement vieux son comptoir, il s'accoude sur le client !

– *T'es trop jeune, t'as pas connu Chauve-souris, il se pendait à la poutre dans sa grange et il picolait à l'envers ! il est tombé sur la tête, il le fait plus, d'ailleurs, on le voit plus, Didier ! il est devenu quoi Chauve-souris ?*
– *Hosto.*

Ils sont pas normaux les Maliens, ils appellent leurs bébés François Hollande !

– *Le temps passe, les gens qu'on connaît meurent les uns après les autres.*
– *Il y a quand même des naissances !*
– *Je m'en fous, je picole pas avec les bébés.*

L'Allemagne a été française, au temps de Louis XIV.

Le ventre, c'est pas ce qu'il y a de plus propre pour mettre un bébé.

*– J'ai un gros merle noir qui me vole les boules
à oiseaux !*
– Va le dire à Marine Le Pen !

Quand tu vois la gueule des royalistes en France,
Loràrt Deutsch et compagnie, alors Roumanoff, elle
est princesse !

Les gens qui s'habillent en rouge, c'est qu'ils ont
un problème sexuel.

On était pas « poussières » avant la naissance, je
vois pas pourquoi après la mort, on le « redevient ».

On est en guerre contre les Arabes, on a des épiceries arabes, quand on était en guerre contre les Allemands, on avait des épiceries allemandes !

– Elle vieillit pas Carole Bouquet.
– Elle vieillira d'un coup, comme les pommes.

Une mère, c'est une mère, un père sera jamais une
mère, surtout si c'est un pédé.

T'as vu les trottoirs ? t'iras pas loin avec tes chaussures ! vaut mieux encore que tu tombes ici !

L'Afghanistan, c'est que des montagnes et des val-
lées, si tu fais partie des forces spéciales, t'as pas
intérêt à éternuer !

La mémoire, souvent, y'a que trois ou quatre trucs utiles.

Peugeot, Renault, t'as l'impression de rouler dans du chocolat Poulain.

Les prisons sont pleines ? et alors ? le bagne de Cayenne, c'est pas fait pour les chiens !

La France n'est pas un hexagone, rien qu'en Bretagne, vous avez déjà dix côtés.

Neuf mois dans le ventre de ta mère, quinze ans d'école, un an pour avoir le permis, tout est long sur terre.

Habiter sur la Lune un soir de pleine lune, je pourrais pas !

La vie humaine vaut rien, on prend des gens en otages et on les tue, on ferait pas ça avec une vache !

Je connais moins de cons que j'en ai l'air !

Au moins trois voitures dans les fossés, on pensait qu'on te verrait...

Les paysans avaient des vers ? des vers de quoi ?

Ma mère l'a acheté, elle l'a pas lu, ma sœur l'a acheté, elle l'a pas lu, la patronne du café près de l'église elle m'a dit qu'elle l'a acheté, elle l'a pas lu, quatre-vingts pour cent des livres achetés sont pas lus, alors pourquoi on les achète ?

– La fin de la vie se gagne au début de la vie.
– T'as raison, ce qu'on boit le matin décide comment on finit le soir.

La France est un pays de faux culs !

Dans le cinéma, t'es remplaçable, parce que déjà c'est pas toi qui joues, c'est ton image.

C'est Flaubert qui a inventé les idées reçues.

Le visage, c'est la façade, tu peux savoir dedans comment c'est meublé en regardant par les yeux.

Personne tient debout, avec ça de verglas, on devient vite des phoques.

Il faut contrebraquer en débrayant dans l'autre sens que la voiture dérape sans regarder l'obstacle par rapport à la route.

Le bon sens, c'est latin, mais la logique, c'est grec.

Qu'ils aillent se faire enculer avec leur logique !

À partir du moment où les cloches sonnent pas, c'est pas la guerre.

– Il s'est jeté par la fenêtre !
– Mais non, un chien se suicide pas, surtout un caniche.

Il suffit d'une petite plaque de verglas dans un virage et c'est le verre de trop.

Errate humanus este.

– *Dès que c'est la guerre, ils violent les femmes.*
– *On doit être tout le temps en guerre, parce qu'en France, y'a quatre-vingt mille viols par an !*

C'est Verveine ou Verlaine, je me demande, tout d'un coup ?

Élise Lucet, elle a l'air gentille, elle doit bouffer du flan.

Premier mandat, il est noir, deuxième mandat, il a les cheveux blancs, avec un troisième mandat il serait tout blanc, Obama !

Comme Mickael Jackson, quand le Noir travaille, il devient blanc.

À l'époque, on avait les yeux rouges en écoutant Mozart parce que les musiciens se lavaient pas.

– *Toi t'es comme ta mère, t'es folle !*
– *Toi t'es comme ton père, tout le temps saoul !*

J'ai une intelligence rapide, je peux pas réfléchir longtemps.

L'alzheimer est plutôt un progrès, t'es vieux, tu penses pas à la mort.

Dieu n'a même pas laissé un mot pour expliquer comment ça marche.

C'est les doigts qui gèlent en premier, ça devrait être les yeux.

— *Avec cinq notes de musique, tu peux faire pleurer quelqu'un, alors qu'avec un livre, il faut plus de cinq mots.*
— *Tu peux pas faire pleurer avec cinq mots, mais avec cinq mots, tu peux faire rire !*

Faut pas pleurer sur un mort, ça fait du verglas.

Ce que j'en dis, c'est histoire de causer.

— *Tu bois un coup ?*
— *Pas le temps.*
— *Le temps c'est pas de l'argent, ceux qui ont de l'argent, ils ont jamais le temps !*

Molière c'est des comédies, pourquoi ils nous font chier à faire du théâtre avec et pas du cinéma ?

— *J'ai fait vingt fois le tour, j'ai rien trouvé.*
— *Vous avez partout des grands panneaux, avec l'emplacement des tombes.*
— *Les noms des morts, moi j'aime pas trop lire ça.*

Une tombe, ça mord pas !

La France paralysée par deux centimètres de neige ! on dirait une vieille bloquée au lit avec le drap dessus !

Son fils il est bien, mais lui il est trop con ! y'a mise en danger de l'intelligence d'autrui !

Le pédé qui se marie, c'est le handicapé qui fait du sport, ça change quoi ?

Le chêne fait rien de son bois, vous verrez jamais un meuble dans les branches !

Les jeunes veulent plus travailler, bientôt on fera plus la soupe à cause de la peau de l'oignon.

– *J'aurais pas supporté que toute ma vie on dise que j'ai des couilles.*
– *Qui ?*
– *Sheila.*
– *Bien sûr qu'elle a des couilles, c'est prouvé.*

Il pue tellement son chien, on voit l'odeur !

Je prends toujours le canard laqué, je regarde toujours la une, je vais toujours en Bretagne, au cinéma je vais voir que *Astérix* avec ma fille, je lis que *L'Équipe*, c'est pas la peine de faire du choix si c'est pour moi !

Quand je lis, c'est trois pages par trois pages, pas plus, comme l'œuf coque.

Dans la cuisine, j'ai mis une ampoule spéciale qui ralentit la vitesse de la lumière, ça éclaire pas vite mais ça suffit.

T'aurais été con d'arrêter le chômage, tout le monde y est maintenant.

– *Vous les avez vus les événements dramatiques ?*
– *En ce moment, j'ai pas trop le temps.*

C'est quoi l'Europe à part l'Allemagne ? les enfoirés de Roumains, les connards d'Espingouins, les enculés de Grecs, les cons de Belges, les autres pédés de Danois, en plus avec les Anglais qui bouffent de la merde, c'est complet ! en plus moi je suis pour, j'ai voté oui à leur connerie de Maastricht.

Noah c'était le plus grand champion, aussi il a appris à jouer en Afrique où c'est le bordel par terre pour les rebonds.

Sous les ongles des assassins, il y a toujours de la peau de victime.

N'importe quelle route que je prends, au bout, ça rentre dans un bistrot.

Ils foutent rien à l'école, ils ont les doubles décimètres qui font dix-huit !

Les Indiens sont pauvres, mais ils sont fiers, il y a plein d'autres pays pauvres que je ne vous conseillerais pas !

L'âme d'enfant, faut diviser l'âme par sept.

Avec les oreilles sur les côtés j'entends pas devant, et avec les yeux devant je vois pas sur les côtés.

— *C'est une secte, ils se coupent jamais les ongles.*
— *Ils doivent pas beaucoup travailler ceux-là non plus !*

En Inde, ils aiment pas les individus, faut être cent pour qu'on te regarde !

Britannique, par rapport aux Anglais, c'est comme nous quand on dit Gaulois par rapport aux Français.

T'as vu tes chiottes ? t'as une aurore boréale !

Les huîtres de Bouzigues, les Marennes-Oléron, la Gillardeau, la plate de Cancale, je veux devenir inventeur de noms d'huîtres !

Si on veut sauver les librairies, il faut qu'elles arrêtent de vendre des livres.

— *Je suis monté sur le toit pour l'antenne, t'as pas intérêt à picoler.*
— *J'ai installé la Livebox l'autre jour, les fils les branchements, t'as pas intérêt à picoler !*
— *L'autre jour ma femme tombe malade, il a fallu que j'aille chercher la gosse à l'école, heureusement que j'avais pas picolé !*
— *Un dentiste, il peut pas picoler.*
— *Je suis allé voir ma mère à l'hôpital, j'avais picolé, mais là, ça va, elle est contente que je vienne, elle voit pas si j'ai picolé*
— *À la limite si ça se voit pas que t'as picolé et que tu vas chercher la gosse à l'école.*
— *Sur un toit, j'en connais plein qui picolent et qui tombent jamais.*
— *Cela dit, la Livebox, c'est deux fils un bouton, même si t'as picolé.*
— *Le dentiste, faut pas qu'il picole.*
— *Sauf s'il tient.*

T'as vu comment elle sourit Florence Cassez ? Sept ans de prison au Mexique, tu parles, elle a même pas un chicot !

Le cancer, souvent c'est dans les recoins.

Elle a les cheveux longs, jusque-là, vous avez vu, tout ondulés, tout brillants, même moi qui ai pas fait de prison les miens j'arrive même pas à me coiffer !

Le matin, elle est soi-disant en prison au Mexique, le soir, elle est aux infos de TF1, c'est un peu gros !

Elle sort pas de prison, elle sort de chez le coiffeur !

On parle que d'elle ! et comme par hasard, le jour où elle est libérée, le chômage augmente !

Une connasse qui sort de prison, je vois pas pourquoi c'est une héroïne !

Des mecs en prison pour rien, t'en as des centaines en France ! faudrait les envoyer au Mexique pour les faire libérer !

Tu me mets un verre vite fait, j'ai du boulot, tiens, t'encaisses, je vais au boulot, merci, alors un dernier, un seul, j'ai du boulot.

Les tennismen français, ils sont heureux quand ils perdent, ils risquent pas de gagner !

— *Elle les vend combien les fleurs la dame devant chez vous ?*
— *Ça dépend, c'est pour le cimetière ou c'est pour vous ?*

Le meilleur tennisman français qu'on a, c'est un gros qui bouffe du chocolat.

Ce XXIᵉ siècle, je le vois pas passer.

— *Le chien de la reine d'Angleterre sait pas que c'est une reine.*
— *Si, même les animaux le sentent.*

Quelqu'un qui est gros en France peut être maigre ailleurs, c'est culturel.

— *Dominique Lavement ! la moche des* Bronzés, *qui est vieille maintenant.*
— *Ah non ! moi je n'aime pas quand on se moque des noms !*

Le peuple juif, on dirait pas ça pour les catholiques.

Tout le monde veut être islamiste, si ça se trouve c'est bien.

Vous en avez des prises de terre sur les bateaux ?

– *Il le sort tous les jours au parc.*
– *Un mongolien, c'est pas un chien de race, il a pas besoin de courir.*

Ricard, c'est le nom d'un mec, comme de Gaulle, si tu veux.

– *Tu feras pas baisser le chômage en claquant des doigts !*
– *Je sais ! quand on claque des doigts, il augmente.*

Mon poisson rouge, je lui fais de l'asticot écrasé.

– *L'eau de source, c'est un mensonge, quand elle est dans la bouteille ton eau, elle est loin de la source !*
– *Le lait maternel en poudre, le nichon, il est encore plus loin.*

Même maître Collard il a l'air honnête à côté du médecin de Johnny !

Le journal, c'est du papier avec des mots dessus, c'est vieux comme système.

Tu passeras cent fois plus à la télé si t'es otage que si t'es prix Nobel !

– *Les films, les livres, c'est devenu un produit, comme la lessive.*
– *Sauf que la lessive, ça sert à quelque chose.*

Avec l'alzheimer, si mon mari me reconnaît pas, au moins il me fera plus chier !

J'oublie un truc, à la place je me rappelle d'autre chose, ça me fait de la place.

Si t'oublies rien, tu peux te rappeler de rien.

Moi j'oublie normal.

– *Pourquoi il est mort ?*
– *Ça, faut lui demander.*

Le froid m'est rentré dedans, il est plus jamais ressorti.

Le Mali, c'est même pas la Corse en plat.

Avec les Italiens, neuf fois sur dix, c'est deux fois sur cinq.

Le pire avec le mariage homosexuel, c'est que les invités ça va être les mêmes pareil !

– *Pourquoi tu m'enlèves mon verre ? c'est pas fini !*
– *Si, t'as fini !*

C'est les médicaments qui rendent malade, comme quand ta mère elle te bat.

Tu vois, tu parles, tu regardes la télé, t'as ta tronche qui fait Livebox !

Jusqu'à présent, il est pas long le XXIe siècle, ça fait que treize ans.

Les islamistes sont des combattants, nous nos curés tout ce qu'ils savent faire, c'est tripoter les gosses.

La banquise fond, et du coup, il pleut.

Le vin c'est toujours bon, même s'il est plus bon, c'est du vinaigre, et le vinaigre c'est bon.

Entre les mers, les montagnes, les villes, les déserts, la glace, y'a quasiment pas de terre sur la Terre.

J'écris pas de livre, moi c'est ma fille, mon petit livre.

– *Hemingway...*
– *Ernest !*
– *Attends, laisse-moi finir.*

La viande que tu manges, c'est pas de l'animal, c'est du mort !

Marseille capitale de la culture ?! mais qu'est-ce qu'ils vont se faire chier avec la culture ?

Y'a des moments je me demande si c'est moi qui suis con !

– *La viande morte c'est autre chose qu'un animal,
c'est de la viande d'animal.*

– *C'est ce que je dis !*

– *Non, tu dis que c'est pas de l'animal.*

– *Ben oui !*

– *Ben non ! la purée de patates, c'est des patates !*

– *Non ! là, c'est pas pareil, la patate, ça vit pas.*

– *Ça vit, pareil qu'un cheval.*

– *C'est un légume !*

– *Un tubercule.*

– *Ça respire pas.*

– *La viande non plus.*

– *Bon.*

– *Bref.*

– *On se comprend pas.*

– *Si, j'ai compris, t'as tort.*

– *C'est pas de l'animal, c'est du mort.*

– *En plus la viande ça respire... certaines
viandes... le poulet.*

– *Quand c'est dans l'assiette c'est mort et quand
c'est mort c'est pas un animal.*

– *C'est un animal mort !*

– *Non, c'est de la viande ! putain de merde !*

– *La patate écrasée, c'est de la purée de patate.*

– *Non, c'est de la purée, la patate elle est morte
depuis longtemps !*

– *Une patate ça vit pas !*

– *Si ! ça pousse.*

– *Et les cheveux ! ça pousse et c'est pas vivant !*

– *Si ! c'est vivant à cause du bulbe à la base !*

– *Bon... alors, d'accord, dis c'est quoi qu'on mangerait et qui serait pas vivant ?*

– *Le riz... les nouilles... les frites.*

– *Moi le riz j'en mange pas.*

– *T'aimes pas le riz ? ah bon ?*

Ce qui est pas normal c'est d'aller aux cabinets et cinq minutes après bénir la foule du balcon !

– *La vieille est morte de froid dans le parc de l'hôpital, elle avait l'alzheimer.*
– *C'est les infirmières qu'ont l'alzheimer, c'est pas la vieille !*

Jésus a jamais eu de chou.

C'est les piquets de grève de la CGT qui ont popularisé la merguez.

Otage, moi ça m'irait, quitte à être assis toute la journée, autant ça.

C'est *le* jihad ou *la* jihad ? je sais plus... pourtant, on l'entend souvent.

– *J'ai pas d'avis.*
– *C'est pas possible ! manger de la cervelle, tout le monde a un avis.*

T'écris pas un livre pour le plaisir du lecteur, Picasso va pas peindre pour le plaisir du regardeur !

– *Y'en a qu'ont deux boulots ! et d'autres qui en ont pas !*
– *T'en as bu trois, j'en ai bu qu'un, j'te signale.*

Si j'ai bu, j'accepte, à la limite elle gueule elle me fout dehors tellement je suis con, mais là ! elle fait une crise pour me virer j'étais même pas bourré ! j'étais que con normal !

Il pète, il boit, il pleure, il rit, l'homme orchestre !

– *L'euro est trop fort.*
– *Avec ce que je gagne, je m'en suis pas rendu compte !*

La Terre aurait été plate, ça aurait changé quoi ? au fond...

Je pourrais pas être gynécologue, surtout pas le matin ! après le petit déjeuner.

– *On a foncé dans le mur en repartant le soir, mais c'était en marche arrière.*
– *Ah bon, c'est rien, ça.*

Bouse, c'est presque bonze, qui est presque bronze, qui est presque bouse, des fois ça tourne en rond.

Anorexique, boulimique, alcoolique, il sait tout faire, et en plus, il a plus son permis.

La salle de shoot, t'as la came, la seringue, y'a pas les olives non plus ?!

Ils ont des salles de shoot pour se camer et nous faut qu'on sorte sur le trottoir pour fumer !

Un œil de souris fait que en lumière, c'est comme ça que le bébé me regardait dans le bus.

Tu t'en souviens des poulets de Loué ?

– *Le plus grand amoureux de la nature c'est le chasseur ! Moi des fois je préfère tirer sur une voiture que sur chevreuil !*
– *Véridique ! je l'ai vu faire.*

Je me fais chier... même si j'étais pas là, ça change-
rait rien.

Le sanglier, je le tue, je le dépèce, je le vide, mais
je peux pas en manger, quand t'as vu tout ça, t'as plus
envie, t'as plus faim.

Je me couche, je repasse dans ma tête toute ma
journée, mon lit, c'est mon lieu de mémoire.

   — Il dit connasse à tout bout de champ.
   — Et morue.
   — Ça, il le dit qu'à moi.

De là à là, et pour le retour pareil, c'est de là à là.

À force de faire des guerres, il finira comme Napoléon, cloué sur la croix.

   *— Un jour en sueur, un jour à dormir sur le canapé,
un jour à tout casser, un jour presque normal, après
ça va, quand je m'arrête de boire j'ai mes quatre
jours pas bien avant de pouvoir me remettre droit
dans le bain normal.*
   — Alors pourquoi t'arrêtes ?

Je bois un café, je fais pipi cinq fois, comme une
horloge !

Depuis de Gaulle, y'en a que deux qui sont morts,
Pompidou et Mitterrand, en combien, quarante ans ?
y'a pas beaucoup de morts dans ce métier.

Crève avec ton fric salope !

Au Casino, à Vitry, on se mettait au balcon et pendant le film on jetait les instincteurs sur les gens d'en bas, mais maintenant, le cinéma, j'y vais plus.

Bruce Lee... Terence Hill...

La neige qui tombe n'est pas à nous !

— *Ah j'y touche pas, c'est naturel.*
— *Vous en avez de la chance d'onduler sans fer.*

« Bof », c'est comme « plouf » dans l'eau, mais « bof » c'est un « plouf » dans la vie.

Si si ! le thé du Mali est un thé qui contient de la caféine ! si si !

Goûtez, non mais goûtez ! ne dites pas que c'est pas bas bon avant d'avoir goûté ? alors ? c'est dégueulasse ?! n'importe quoi ! ah non alors là je ne suis pas d'accord ! vous avec goûté sans goûter juste pour me faire de la peine ! regoûtez bien, allez, goûtez bien, alors ? infect ?! alors là vous le faites exprès ! ma moussaka va très bien, c'est votre bouche qui va pas !

Le Louvre-Lens, dans un an, vous aurez des appuyés contre les murs !

Mais oui !

Dans le nord, y'en a pas un qui travaille, vous les aurez assis dans les coins des tableaux.

Quatre heures de queue pour aller au musée ! moi si je traîne pour servir un chocolat je me fais insulter ! par les mêmes !

On l'appelle Trinita, j'aimais bien, et les *Millions de dollars*, sinon...

Les plus proches de la nature, c'est pas les animaux, c'est les légumes.

– Le contraire de 1, c'est 0.
– Non, c'est 2 !

Je crie plus, ça sert plus à rien, je la prive de dessert, mais à quatre-vingts ans, elle s'en fout !

Le microbe de la grippe sera pas plus petit chez un bébé que chez un adulte, le microbe il entre et basta ! il envoie pas son fils dans le même !

Le microbe prendra pas de gants !

T'ouvres une salle de shoot, t'attires tous les camés, comme nous ici le matin quand ça ouvre, normal.

Déjà, à mon avis, c'est ce que je pense, mais c'est mon point de vue !

Si y'a plus de journaux en papier, c'est pas avec une tablette numérique que tu vas allumer ta cheminée !

Ce que j'aime c'est aller acheter le journal et après aller boire un café avec mon journal sous le bras, même si je le lis pas, je l'achète toujours et toujours au même endroit, d'ailleurs si c'est pas le même endroit, je ne l'achète pas !

Moi le *Journal du Dimanche*, je l'achetais à une vieille rue des Martyrs, quand c'était plus la vieille, je l'ai plus acheté le journal.

Je suis comme Caligula, c'est ma femme qui commande.

La presse ne fait plus de jus... j'aurais été journaliste, j'aurais écrit ça, la presse ne fait plus de jus...

Je peux bouffer de tout, j'ai l'immunité parlementaire.

Je lirai des livres au lit quand d'Ormesson mangera des tripes au comptoir !

Nous on déconne le jour du beaujolais nouveau, les salles de shoot avec l'héro nouvelle, tu vas voir le bordel la journée !

Et on dit que c'est nous les drogués !

On met pas le pastis dans la seringue !

L'apéritif on parle, la drogue on se tait.

Napoléon avait souhaité être enterré à côté de la tombe de Bonaparte, ça lui a été refusé !

– *Qui ne dit mot consent.*
– *Je sais, on avait ça sur un torchon dans la cuisine.*

La météo, je la crois que si je la vois.

– *Moi, la normalité, je m'en tape ! vous avez vu la casquette que je porte ?*
– *Elle est normale.*
– *Oui pas celle-là, mais l'autre.*
– *Je la connais pas.*
– *Je l'ai à la maison, je la mets jamais.*

Molière, c'est pas possible qu'il ait fait ça tout seul, Corneille, il a dû l'aider.

On est passé du franc à l'euro, on passera de l'euro au dollar ! t'y pourras rien, c'est l'évolution naturelle, comme on est passé du labour au tracteur.

Tu crois qu'il est gentil mais en fait, c'est un bidon, c'est de l'aspartame ce mec.

– *Tout le monde te prend pour un con !*
– *Tant que ça s'arrête là, ça va.*

Tu devrais jeter un œil sur Dostoïevski.

Si t'arrives à passer entre les gouttes, t'y arriveras pas avec la neige !

Faut supprimer les banques et faire que des banques alimentaires, de toute façon le fric c'est fait pour manger !

– *Qui ? lui ? ah oui ! sûr ! en plus ! là ! lui !*
l'autre ! tiens ! houlà !
– *Tu parles toujours en petite monnaie ?!*

Bien sûr que les Romains c'était en même temps
que Jésus !

Il est con lui.

– *La neige c'est des cristaux.*
– *On sait.*
– *Des cristaux de glace.*
– *On sait.*
– *En forme d'étoile.*
– *Bon, René, mets-lui un verre, c'est ça qu'y veut.*

C'est ça, ou bien ?

Le bruit de l'eau, je le connais comme ma poche.

Marre d'être con !

Un astéroïde va frôler la Terre, mais c'est pas dans
la région.

L'ADN du père, l'ADN de la mère, t'as le gosse !
avec l'ADN du père et l'ADN de l'autre homme, t'as
quoi ? t'as rien, t'as de l'ADN en veux-tu en voilà
mais t'auras pas un bébé !

Le temps n'est pas fait en même matière quand
c'est l'heure de dix heures du matin ou quand c'est
l'heure de dix heures du soir.

L'heure du soir est plus vieille que l'heure du matin, forcément.

Là où t'es, c'est la place de mon coude !

– *T'as plus ton portable ?*
– *Je le prends plus, il est sur la table à la maison, c'est un portable fixe.*

Je ne supporte pas de voir les oiseaux mourir de froid, alors que souvent les SDF l'ont mérité.

Je l'oubliais tout le temps au bistrot, je partais, il restait, c'était un chien collé par terre.

Un bébé, c'est fait en quoi ? c'est que de l'eau, presque.

Si tu travailles de nuit, tu te lèves le soir et tu te couches le matin, comme le soleil en Afrique.

J'ai pas peur de mourir, mais ça me fait chier de crever.

Depuis le Moyen Âge, on a grandi de trois centimètres, et encore, pas tout le monde.

Une greffe d'utérus ?! quelle horreur ! et pour le mettre où ?

Deux pieds, quatre pneus, il tombe sur le cul, il finit sur le toit !

Ça fait longtemps que dans Paris t'as plus une nouvelle rue.

On est des merdes sur terre et des poussières dans l'univers.

Ce qui fout la trouille, c'est qu'on peut faire le tour de la Terre à pied.

Son cancer à Delarue, c'était une forme de cirrhose de la drogue.

La naissance n'est pas le meilleur départ dans la vie.

– *C'est à qui le chien perdu sur l'affiche ?*
– *C'est un mec que tu connais pas, il boit que des cafés.*

La Libye, c'est à deux mètres de l'Égypte, déjà, t'as plus de pyramides.

L'estomac c'est fragile mais au final pas tant que ça, en plus le foie c'est un organe qui se régénère super vite, y'a le cœur, ça peut déconner, mais si tu marches un peu le cœur ça va, ce qu'y faut pas faire, c'est du vélo, c'est pas bon pour le cœur, pour l'estomac c'est pas terrible, même pour le foie !

– *Ils te bouffent le sandwich dans la bouche les piafs gare de Lyon !*
– *À la gare de Marseille, ils te bouffent un œil !*

Le cœur, c'est une pompe, le foie, c'est quoi, comme un bout de je sais pas quoi, tu sais, sur la plage, des fois.

Elle sont à quoi tes lunettes ? à la myopie ?

– Il avait une tumeur comme ça ! il sentait rien.
– Ça sert à quoi d'être malade si tu sens rien ?

Si tous nos organes qu'on a dedans ils étaient cuits, y'en aurait du clébard qui nous suivrait dans la rue !

Mourir en voiture, c'est devenu une mort naturelle.

Les conneries, j'écoute plus, j'ai la tête en croûte.

– Le livre qui s'est le plus vendu, c'est quoi, à ton avis ?
– La Grande Vadrouille *!*

Le gros intestin, l'intestin grêle, et en plus avant on avait une queue qui sort.

La France, l'Europe, moi j'ai pas vu la différence.

Les os, c'est du Lego, et clic et clac ! les os.

On a qu'à dire que la Corse c'est comme la Belgique et les riches resteront chez nous.

Les oies c'est des connes, tu montres un éléphant, elles croient que c'est la maman.

À part ici, je sais jamais où aller.

C'est pas moi qui irai à Strasbourg pour manger une choucroute, déjà que je rentre jamais bouffer à la maison !

Déjà du cheval dans les lasagnes c'est pas normal, ça fait science-fiction.

T'as pas un Français pur français, t'auras pas du bœuf pur bœuf.

La mauvaise haleine, c'est des petites bêtes en suspension.

Quand tu vois du hachis, faut être fort pour reconnaître l'animal !

J'arrive à tout imaginer sauf ses pieds, à Depardieu.

— Le cheval, le bœuf, pour confondre, ça a pas le même goût !
— De toute façon les lasagnes ça a goût de mâché.

Pour reconnaître le cheval et le bœuf, faut laisser les cornes sur la moussaka.

Les pédés qui se marient qui vont avoir des gosses, va t'y retrouver dans la traçabilité des mômes.

Je vois pas comment l'alcoolisme peut être une maladie alors que l'alcool n'est pas un microbe.

Il rigole tout le temps, il est tout content de faire la guerre, Hollande est un président africain !

Le beaujolais nouveau, j'y vais plus, c'est pas pour aller à la journée du sida.

On oublie que Mickey c'est une souris, il est juif Jésus pour toi ?

– Quelle heure ?
– Neuf heures... six.
– Ça fait combien ça ?
– Neuf heures six.

Les mômes sont assis huit heures en classe, alors que c'est en marchant qu'on réfléchit.

Même dans la religion judéo-chrétienne, les juifs sont là.

On y est dans le futur, on y est !

Un jour, on aura de l'enfant roumain dans la viande de bœuf.

... vous verrez...

Je savais pas que c'était possible d'avoir du blizzard en ville.

Tu payes pour accoucher, c'est un droit de douane !

– Il a combien Hollande ?
– Cinquante-sept ans.
– Comme mon frère ! sauf que lui il a pas été élu, il est devenu taxi tout seul !

Je suis pas triste triste, je suis triste normal.

– J'ai pas peur de mourir, ce qui me fait peur, c'est la vieillesse.

– La vieillesse, c'est rien, mais la maladie.

– La maladie, si t'as du pognon pour te soigner, mais la pauvreté.

– Être pauvre c'est rien, par contre la solitude.

– C'est rien la solitude, si t'aimes bien être peinard.

– Être peinard, si c'est pour passer la journée dans le fauteuil !

– Le fauteuil, c'est pas le pire, rester au lit, c'est la fin.

– La fin, si c'est toi qui choisis.

– Le choix, déjà naître, on a pas le choix !

– Naître, c'est plus pour la mère que c'est bien que pour le bébé.

– Bébé, on sait rien.

– Rien savoir, c'est un avantage.

– Les avantages, vous savez, souvent, c'est des embêtements.

– Dans ce cas-là, c'est même pas la peine de vivre !

– J'ai pas peur de vivre, ce qui me fait peur, c'est le reste.

J'ai trop bouffé de fondue, ça m'a fait la congère.

Tous les gens veulent faire le tour du monde, comme en cage.

Il est sourd, mais il entend le sucre.

Quand ça sonne, c'est les profs qui partent en courant maintenant.

Le piano se plaît pas à la campagne.

Tapie, c'est quatre boîtes noires qu'il faut lui mettre !

– *T'es d'Cachan ?*
– *Montreuil.*
– *T'es d'Montreuil ?*

La nuit, tous les buveurs sont gris.

Le genou, c'est le matin, le coude, c'est l'après-midi.

Les Roumains, ils te volent le portefeuille dans la gare et ils te mettent du cheval à la place du bœuf.

Quand on mangera des insectes, on aura autant de bestioles dedans que cachées sous l'assiette.

Faut les manger vite les insectes en salade, sinon c'est eux qui te la mangent ta salade !

J'ai mon chat qui perd ses cheveux.

– *Une ch'ti, elle a écrit sur le grand tableau du Louvre à Lens avec un feutre.*
– *Au moins, y'en a une qui sait écrire.*

Ça me rend les yeux vides la beauté.

Sur la tombe des papes, t'as pas la petite photo.

– *T'as vu ça, le pape qui démissionne ?*
– *Plus personne veut rien foutre maintenant.*

En tant que serveur, vous y avez droit vous à l'alcoolisme comme maladie professionnelle ?

Le pape, pire qu'un handicapé, il lui faut cinq personnes pour l'habiller.

Un pape qui démissionne en pleine guerre contre les Arabes !

Au moins, Ben Laden, il est allé jusqu'au bout.

– *Le pape vient de démissionner.*
– *Dieu, c'était l'année dernière.*

Le coccyx, c'est un os qui date de la queue.

Un grand blanc, un petit blanc, un grand blanc, un petit blanc, clopin-clopant !

La traçabilité de la viande, tu parles ! toi, déjà, je sais pas d'où tu viens.

Quand le bébé meurt dans ton ventre, tu deviens une maman cercueil.

Facile à dire qu'on est tous égaux sur terre, va en Mongolie, vas-y en Mongolie, mais vas-y, plutôt que parler, va vivre en Mongolie, tu vas voir comment les mecs te regardent, toi qui es français, vas-y en Mongolie, je te paye le train si tu veux !

– T'es tout le temps bourré toi !
– J'aime mon confort.

Si on est tous égaux sur terre, pourquoi on est pas tous papes ? hein ? pourquoi ?

Y'a autant de différence entre le cheval et le bœuf que entre les moules et les huîtres.

– Quatre mètres de neige dans les Pyrénées !
– On va en retrouver du SDF au printemps.

Ça existe pas un Noir arabe, comme ça existe pas un Arabe français.

Je préfère la vie hors saison.

– Français, t'as un ADN, comme pour tout, y'a un ADN qui est pas le même ADN que le Noir.
– Français, c'est pas une race, c'est une nationalité !
– Ça empêche pas l'ADN, au contraire !

Avec le cinéma muet, on comprenait mieux ce qu'ils disaient.

Les pneus d'avions c'était rentable quand les avions se posaient, aujourd'hui ils font vingt mille kilomètres sans se poser.

Il vient d'où le pastis, comme traçabilité ?

On pourrait être des lamas, on vit en groupe.

La vie éternelle, le pape est même pas foutu de finir celle-là !

T'inquiète pas pour le pape, va, il a du fric de côté !

Avec la vieillesse, le cerveau devient de la cervelle.

— *Du pastis l'hiver ?*
— *J'ai mis le gros pull.*

C'est de la bonne comédie, j'aime bien, c'est un cinéma qui fait rigoler les cons.

Moi j'aime bien quand c'est débile.

Je suis d'accord avec personne, c'est tous des cons, et je trouve que j'ai raison, c'est ça la démocratie.

C'est plein de vitamines, ils ont les yeux pleins de mouches, ils ont qu'à bouffer ça !

Chez les parents pédés, c'est celui qui fera la vaisselle qui sera la mère, de toute façon.

La femme elle fait un bébé, elle l'emballe propre, elle le donne au couple de pédés, elle prend l'argent, comme si elle est bouchère !

La France vue du ciel, c'est pas des gens qui aiment la France, c'est des gens qui font des photos.

Les écolos, ils vendent de l'air !

Le jour où tu auras un accident mortel, tu seras bien content de les trouver les gendarmes !

Les trajets de nuit, faut bien vérifier la vue du camion.

– Un petit ballon de rosé pas plein.
– T'es un petit actionnaire !

Faut pas penser en conduisant, même en mangeant.

Ils ont qu'à mettre un cheval à la place du pape, comme dans les lasagnes.

Beethoven entendait pas sa musique mais Picasso voyait pas sa peinture !

Limitation de vitesse à trente en ville, pareil que les vaches à la campagne.

Les faux sourds, les faux aveugles, les bébés handicapés, la viande de cheval, tout ça, ça vient de Roumanie.

Je ramasse les miettes sur la table et je les mets dans le tiroir, c'est les grands-mères qui font ça, j'ai dû être vieille dans une autre vie.

– Ça marche l'école ?
– Quand je serai grand, je veux vendre des noix.

L'Inde est pas en Asie, y'a pas Chinetoques.

Le mariage gay, pareil que le mariage normal, le maire dira « embrassez le marié ! » et le mec embrassera l'autre mec, devant le maire !

– *Ça vous intéresse vous les médias ?*
– *J'ai arrêté à la mort de la chienne qui me portait le journal.*

Pour la fête des Pères, le gosse fera un cadeau à ses deux pères pédés, bonne fête papa ! bonne fête papa ! ah ! mais oui ! on vit au Moyen Âge !

Chaque fois qu'il y a une crotte sur le trottoir, elle est pour moi, faudrait pas me faire traverser un champ de mines !

– *Une seconde, plus une seconde, plus une seconde, on finit par vieillir.*
– *Les vaches grossissent en mangeant que des brins d'herbe.*

Le vin rouge au comptoir, c'était une flamme de lampadaire.

Le Sanibroyeur, c'est pratique, le caca part dans le mur.

En Chine personne gueule si y'a du chat dans l'assiette à la place du chien.

Le mieux pour que le couple dure, c'est s'engueuler tout le temps.

Christian Dior, il avait moitié l'ADN d'un homme, moitié l'ADN d'une femme.

On en voit plus dans les rues des photos de Dois-
neau.

Elle a un gros cul, comme tous les Gémeaux.

La neige tient pas sur la mer à cause du sel !

Ils vont nous mettre du cheval dans la Vache qui rit !

Ceux qui dorment sur le trottoir des villes, avant,
ils dormaient dans la paille à la campagne.

On est même passés derrière les Grecs question
orthographe.

En trois ans et demi j'ai perdu mon père, ma mère,
mon frère, mes deux sœurs, je pourrais perdre les
parents de tout le monde tellement j'ai l'entraîne-
ment !

Muriel Robin, c'est pas elle, c'est ses os qui sont
comme ça.

– Tu sais combien ils sont payés par jour chez
EDF ?!
– En plus la journée, on allume pas.

Sur le plateau de fruits, c'est que de la bouffe para-
lympique.

Je sais pas si je préfère les pinces à linge ou les
bancs.

– Les renards entrent dans les maisons, en plein milieu de Londres !

– À Londres ils ont encore une reine, c'est normal qu'ils aient des renards.

Un ravioli chinois, attention ! dedans ça grouilla-mine !

Le cœur, il bat, il fait une pause, il bat, il fait une pause.

Le cœur a ses raisons que la raison mes couilles !

Mangez, ceci est mon corps, buvez, ceci est mon sang, en France, on pense qu'à bouffer.

Les avions, ils volent quand ils veulent maintenant !

Ça oblige à s'y prendre encore jeune, si on veut se jeter dans les laves d'un volcan.

C'est immense la Chine, dans le nord t'as quasiment des Esquimaux chinois et dans le sud des Arabes chinois.

L'année du singe, ils bouffent du singe, l'année du serpent, ils bouffent du serpent.

– Tu bois quoi ?

– T'as vu ce soleil ! un petit blanc dans le petit verre rond que j'aime bien.

– Je bois ce que le soleil te dit ?

Cent millions au Loto, je sais pas ce que j'en ferais, la moitié, c'est bien.

— Elle a perdu une dent, elle veut pas se la faire changer, par contre, elle se fait sa teinture à cheveux !
— Ça se voit pas les dents, par rapport aux cheveux.

La Lune, c'est un bout de la Terre qui veut pas qu'on l'emmerde.

Le musée de la Découverte, c'est facile à trouver.

Les roses que t'achètes viennent d'Afrique, tu te piques, direct l'hosto.

— La Tunisie, c'est toujours le bordel.
— C'est à côté de l'Algérie, aussi.

J'aime pas les déguisements, je sais bien que même habillé en poule, c'est moi dedans.

Tout ce qu'il boit ! putain ! il a un office du tourisme dans le gosier !

Le TGV, c'est une vitrine de la France qui gagne à condition qu'on soit pas dedans !

Si les pères c'est des hommes, comment le gosse va avoir le nom du père si c'est deux pédés ?

Le vent, ça peut décorner un bœuf, ça t'arrachera jamais les cheveux.

Dans un couple de pédés t'as pas deux hommes, t'as une homme et une tafiole.

S'il n'y'a plus de retenue, alors c'est le retour des singes.

T'auras toujours un qui tape sur l'autre, comme chez les gouines.

Deux chiens qui se grimpent devant l'église, je vais pas envoyer des poignées de riz !

Pour moi un pédé reste un homme.

T'es un vrai con, tu penses à tout.

— *Le jour où je mourrai, c'est comme avant la naissance.*
— *Tiens, ça tombe bien, je vais fermer, Blandine te cherche.*

Je savais pas si c'était un avion ou une perceuse, et en fait c'était un avion et une perceuse.

— *Y'a un aveugle dans le métro qui m'a demandé si c'était moi qui sentais bon le caramel.*
— *T'as dit quoi ?*
— *Rien.*
— *C'était toi ?*
— *Non.*
— *Pourquoi t'as pas dit que c'était toi ? t'es con ou quoi ?*

La Turquie dans l'Europe, pourquoi pas dans les États-Unis pendant qu'elle y est !

T'as pas dormi ? t'as les paupières, c'est des couvercles.

Un Français sur deux vote pas, c'est une demi-démocratie.

Ils ont fait des travaux chez la pochasse toute rouge, maintenant c'est triste, c'est un bistrot chic tout noir.

La Lune, c'est tous les jours qu'elle passe à ça de la Terre.

T'as la connerie intemporelle !

Quand je bois trop, ça me fait mon cerveau autonome.

– *Bonjour !*
– *Bonjour !*
– *Bonjour !*
– *Bonsoir !*

La pension alimentaire ! t'ouvres le frigo, y'a que du vin !

Ils viennent pour l'apéro, ils seront dix, déguisés en poussin, ça m'angoisse.

**En général, la mère garde l'enfant
et le père garde la bagnole.**

**L'escargot sort jamais de sa coquille,
il a ses pieds coincés dedans.**

Frais le glaçon, ou pas trop frais ?

Je sais pas ce que j'ai mangé, c'est une poudrière.

La vie est à nous, comme la sardine est à l'huile !

Les violeurs en série, putain, moi, violer une fois, ça me suffit.

C'est pas normal qu'on mette de la viande de cheval dans les gens.

Je connais pas un alcool qui soit pas potable.

— *Un vrai accident de voiture, tu vois rien, t'as pas le temps de réagir.*
— *La voiture arrivait en face, j'ai donné un coup de volant, je suis parti dans le décor !*
— *Si t'as vu la voiture, c'était pas un vrai accident.*

Ça nous fait chier nous, mais la vie elle s'en fout des maladies.

Je sais ce que je dis tout de même quand c'est moi qui parle !

On devrait un peu plus tailler les gosses et un peu moins les arbres.

— *J'ai le cœur qui bat ici !*
— *Le cœur c'est de l'autre côté, t'as une souris dans la poche.*

Quand c'est des Anglais qui parlent, ça me gâche le plaisir d'écouter.

C'est pas la peine de se lever tôt si c'est pour arriver ici et que c'est fermé.

Comment voulez-vous que les gens s'aiment avec leur cœur qui n'est qu'un abat !

Deux yeux, deux oreilles, pourquoi que un seul nez ?

Je sais pas si j'ai faim ou si j'ai soif, je bouffe que pour boire.

— *C'est un poisson qui ressemble à une femme.*
— *La lotte ?*

Oui òui, c'est le dindon qui fait comme un klaxon.

On est pas toujours le maître des animaux, des fois c'est trop cuit, des fois c'est pas cuit !

Ils ont quoi comme sang dans les veines, ceux des bureaux ?

— *Ça date de quand la vinaigrette ?*
— *Les Romains !*

L'avantage de penser à soi c'est que tu penses pas aux autres.

— *Il laisse ses deux chevaux dans le pré la nuit avec le froid qu'y fait !*
— *En tout cas, moi, j'ai rentré ma salade.*

Lui c'est le pire que je connais, c'est un débile hyperactif.

Le poisson vit très bien en appartement, mieux qu'un chien.

— *Moi je rends service.*
— *Pose cette chaise !*
— *Un jour tu me remercieras, je rends service.*
— *Va chier ! pose cette chaise.*

Vaut mieux tuer tes gosses qu'avoir un prix Nobel si tu veux passer à la télé !

La moustache, ça met en valeur les dents.

Un piano dans l'appartement, aujourd'hui, tu mets deux appartements dans le piano !

— *Je vais chier.*
— *Depuis qu'il a gagné au tiercé celui-là !*

Quand tu les vois dans la télé, on dirait déjà qu'ils sont dans le cercueil.

— *C'est quoi comme chien ?*
— *« Caca renouvelable » ? c'est un terrier.*

Le mieux pour un gosse c'est d'aller au bistrot avec son père et de monter dans le camion.

Le beaujolais, c'est un pinard qui fait tache d'huile.

Je vis dans mon camion, même quand je dors, je roule.

— Un château, c'est un lieu, une plaine, c'est pas un lieu.
— En ce lieu fut construit le château !
— Oui mais ça c'est de la merde mal écrit.

Quand j'étais petit, je mangeais de la viande de cheval pour bien travailler à l'école.

Pour chez toi c'est l'horloge interne mais pour le boulot c'est la montre externe !

J'ai que des souvenirs de bistrot.

Je lis jamais, y'a rien qui me plaît.

Y'a pas de gros chez les bourgeois.

Les Chinois, c'est des malades mentaux.

C'est pas dans les boucheries qu'on se fait des souvenirs inoubliables.

T'enlèves les vieux, les mômes, les arrêts maladie, les profs, qui c'est qui bosse en France ?

Un mec s'immole, le lendemain t'as un autre mec qui s'immole pour faire pareil, un troisième, un quatrième, tu peux avoir la douzaine dans la semaine, c'est des merguez ces mecs.

C'est bon, c'est bien, c'est pas cher, c'est en face de la morgue.

Moi si quelqu'un s'immole, je m'immole pas, ça me donne soif, même.

Les cons sont des gens !

Si l'animal était entier, on verrait ce qu'il y a dans le plat.

Le brouillard c'est un truc qui existe mais en fait, pas tellement.

Mon père était jamais loin, il était dans les cafés environnants.

L'alcool est pas plus un danger que... euh... euh... un autre danger.

C'est pas prouvé qu'on descende de l'homme préhistorique.

J'aime bien les mots, j'entends comme un photographe.

Je sais pas ce qu'ils foutent dans la viande, les Esquimaux étaient normaux en bouffant du gras de phoque, ils sont tous obèses en bouffant des hamburgers !

– *Bonjour, je voudrais une 1664, s'il vous plaît monsieur.*
– *Bravo ! quel talent !*

En Allemagne t'as toutes les races à part les Allemands qui sont du pays.

Tout ce qui nous entoure, c'est des molécules... le comptoir, nous, c'est des molécules.

Sept heures cinq, sept heures dix, sept heures et quart, ça fait que dix minutes, le sept heures compte pas.

– *Le ciel il est beau ! il est transparent !*
– *Calmez-vous mémé.*

Si on doit parler que de ce qu'on connaît, on parlera jamais.

Je n'ai jamais mis le pied sur le territoire américain, et vous, vous avez mis le pied ?

Le Cameroun, le Nigéria, le Mali, tout ça, c'est des pays genre Somalie.

J'ai une tête à chapeau et des pieds à chaussettes !

– *Si ça te dérange pas, nous allons évoquer la situation actuelle.*
– *Aïe ! je dois combien ?*

Bien sûr qu'ils connaissent Antoine, sauf que eux, ils l'appellent Stéphan.

– *Un kir ?*
– *C'est l'heure.*

Y'a un moment, c'est Héloïse qui était à la mode, nous, on l'a appelée Nadine.

Je bois du rouge, tu bois du rouge, t'es rien qu'un caméléon !

> — *Il est où le comptoir ?!*
> — *Devant vous, monsieur.*

Je préfère boire moins et de qualité, ou plus et de qualité, à la limite.

> — *Moi, Sergueï, je préfère être riche dans un pays pauvre que pauvre dans un pays riche.*
> — *Oui, mais ça, c'est la mentalité russe.*

J'avais pas donné un billet de vingt ?

La DASS, c'est de la brocante d'enfants, ils récupèrent des gosses pourris, ils les lavent, ils les décabossent, ils repassent un coup de vernis, des fois, ils changent des vis et ils les reposent sur la table.

Tu connais la chanson du petit oiseau qui mangeait du crottin ?

Je voudrais un sandwich saucisson beurre, et au niveau du vin, je vais en prendre.

La nuit je dors, comme le système solaire !

> — *J'ai un ami qui s'est suicidé.*
> — *S'il s'est suicidé, c'est pas un ami.*

T'es tout seul ? tu bois sans tes congénères ?

Souvent les enseignants, c'est des gens qu'ont rien appris.

C'est sur Internet que j'ai attrapé ma grippe.

– *Moi j'aime la vie !*
– *Ça va vous faire drôle quand vous allez mourir.*

La démocratie, n'importe quel connard peut faire des gosses et voter !

La nature grossit comme tout ce qui est domestiqué.

Marée basse !

Le bordel qu'ils font l'armée chaque fois qu'ils ont un mort ! quand nous un mec de chantier tombe d'un échafaudage, on va pas faire la cérémonie aux Invalides !

T'es quasi con.

Les crêpes c'est surtout le cidre.

Derrière la *Joconde* vous avez de la campagne, c'est un tableau qui est peint dehors.

La grève des journaux, moi ça m'arrange, je préfère quand il se passe rien.

J'ai le sens de l'orientation, je travaille à la SNCF.

Des fois on boit du blanc, on croit que c'est du rouge, c'est pour ça qu'il faut le marquer sur les étiquettes.

Mon don de voyance n'est pas un don, c'est inné !

Ils découvrent des nouveaux virus mais n'importe quelle crotte de chien est un nid.

D'habitude je prends de l'eau mais là EXCEPTIONNEL-LEMENT je vais prendre un Ricard.

Deux gosses par an, elle est remontante cette femme !

Des fois quand t'enlèves ton slip tu vois l'envers du décor.

> – *Un café ?*
> – *Non, j'en ai déjà bu un.*
> – *Un blanc ?*
> – *Oui, j'en ai déjà bu trois.*

Dans les lampions, la lumière va lent comme la musique.

C'est pas la peine de vivre tout seul si c'est pour se faire chier comme quand tu vis avec quelqu'un !

Les choses sont les choses, et tu diras pas le contraire !

Les Noirs, soi-disant qu'ils se considèrent comme inférieurs, moi j'en connais, ils se prennent pas pour de la merde.

Tu veux que j'aille chercher mon chapeau marmotte ?

La réalité, je m'en fous, je l'invente.

– Lui, il obéit à son chat !
– Pas du tout ! c'est moi qui commande.

Derrière le front, t'as même pas un centimètre, tout de suite t'as le cerveau, on le voit pas mais il est là.

Je bois un verre de vin sur deux, et une bière sur deux, comme ça je bois du vin, de la bière, du vin, de la bière.

C'est pas un livre comme un autre, c'est un livre qui est bien.

La loi de la nature, tout le monde bouffe tout le monde ! il lui faudrait aussi un code pénal à la nature !

– Il va crever à picoler comme ça !
– Il est en apéro palliatif.

Le dialogue social, déjà qu'à deux on arrête pas de s'engueuler !

Je retournerai au cinéma quand Pialat reviendra !

– Y'a du cheval dans les raviolis maintenant.
– Y'en a partout du cheval, sauf dans les prés.

L'Égypte, on a pas besoin de savoir où c'est, on y va en avion.

– Je me réveille le matin, je pense qu'à picoler.
– Te couche pas alors !

Le latin, le grec, l'anglais, le géographie, l'histoire, les maths, ça sert plus à rien maintenant !

Un gros bout de cheval dans l'assiette, c'est un peu plus dégueulasse qu'une petite mouche !

– C'est plus tellement à la mode les poux.
– Si si ! la mienne, elle continue !

C'est agréable d'être épaté.

– Le chômage a jamais été aussi haut que ce mois-ci !
– Les jours rallongent en même temps que le chômage augmente.

La Normandie ne sera jamais dans le tiers monde.

– Y'a moins de choses sur Mars que dans le Puy-de-Dôme !
– C'est de la recherche.
– On a qu'à rechercher dans le Puy-de-Dôme !

Tu bois-tu pisses, tu manges-tu chies, tu vis-tu meurs, y'a toujours la deuxième moitié qui est pas bien !

La dent mâche pour les autres et n'avale jamais pour elle.

Normalement, avec une pharmacienne, t'as pas besoin de mettre une capote !

Avec les gosses, t'attrapes des poux ! la gale ! et avec les profs, t'attrapes toutes les autres maladies !

Laliiiii ! laloooo ! je rentreeeee du boulooooot !

C'est bien, la nature, c'est coupé du monde.

– *Ils font malades !*
– *Ah non ! les sumos sont pas malades, c'est des gros tas, mais en forme.*

En deux-roues, c'est tes pieds les deux autres roues.

– *Le Mexique, c'est la plus ancienne civilisation du monde.*
– *Avec leurs chapeaux de merde ?!*

On compte les chômeurs, un jour on comptera les derniers qui bossent.

– *Tu pisses jamais toi ?*
– *Je transpire.*

Ça vaut le coup de libérer le Mali si ça devient français, sinon qu'est-ce qu'on s'en fout ?

– *Pendant que c'est la guerre au Mali, on parle pas du chômage en France !*
– *En plus les chômeurs en France, c'est des Maliens.*

Y'a pas beaucoup de morts qui donnent envie, à part l'euthanasie.

Le canard souffre pas, au contraire ! il fout rien de la journée ! il cherche pas sa nourriture ! on le gave, c'est les Restos du cœur !

– *Assise, je m'endors, couchée, je m'endors.*
– *Lisez debout.*
– *Je suis pas une zombie !*

Ça vieillit bien, Arthur Rimbaud.

Elles doivent avoir des bourdonnements dans les oreilles les abeilles.

Le corps grandit tout seul, il arrête de grandir tout seul, les dents elles poussent toute seules, les cheveux ils poussent tout seuls, ils tombent tout seuls, le cœur il bat tout seul, le foie il marche tout seul, tout ça ça marche tout seul, par contre faut qu'on se torche le cul ?! là ça marche plus tout seul ?!

Vanessa Paradis, c'est une gamine qui n'a jamais évolué, elle finira sa vie vieille femme jeune, avec une tête comme les naines.

Sylphide, c'était en Grèce la divinité des gens maigres.

C'est une bonne de l'Élysée qui lui met ses slips dans la valise à Hollande quand il part à l'étranger, les mecs sont tout le temps en déplacement, ils vont pas faire la valise, je prends ça, un pull, la chemise pour si il fait chaud, la cravate pour le dîner officiel laquelle je prends celle-là ou celle-là, tous les voyages officiels, les habits de rechange sont déjà dans la chambre quand les présidents arrivent, bien sûr, t'es Obama, t'arrives au Kremlin, ta valise avec tes habits elle est là tu la portes pas, la brosse à dents c'est la tienne apportée par les services secrets pour les empoisonnements dans les gencives.

Depardieu, pas la peine de lui faire des toilettes handicapé, il reste au comptoir et il pisse dans une bouteille.

Les asticots vont jamais sur les cadavres des autres asticots.

– *On est rentrés à vingt et une heures, vingt-deux heures, peut être vingt-trois heures...*
– *Non ! toi t'es pas rentré !*
– *À vingt-quatre heures.*
– *Ah non ! pas toi !*

Il avait oublié de mettre le frein à son fauteuil roulant !

L'argent des impôts sert à construire des routes, moi je prends toujours la même route et je paye ! elle est payée depuis longtemps ma route !

Tu fais la gueule ? tu bois monacal ?

– Aux informations, ils montraient des femmes qui tricotent.
– C'est bien, ça change des guerres.

C'est des cons à la Nasa !

Les cons, c'est pas les pires.

Tu parles en tant que citoyen ou en tant qu'homme vivant ?

C'est avec les congés payés le début des boulots pas payés.

Un vieil écrivain, pas trop vieux, soixante-cinq ans, qui joue de la guitare, il a la caisse à chats dans la cuisine, si ! vous le connaissez, il tremble des joues, mais si, vous le croiseriez, vous diriez, ah oui, c'est lui, ah d'accord, le monsieur qui empeste.

Faut pas se laisser aller ! le cerveau fait ce qu'on lui dit !

– Il a plu ça, haut comme mon verre !
– Un verre d'eau, c'est rien.

On est devenus les vingt-cinquième mondiaux sur le plan de l'Europe.

– J'ai le nez bouché.
– C'est mieux, j'ai fait brûler l'omelette.

Il ne reste plus aucun ancien combattant de 14-18, si vous voulez encore voir un ancien combattant, il faut changer de guerre.

— *Il a traîné son cancer vingt ans !*
— *Vingt ans, t'as un beau cerisier déjà.*

Moyenne d'âge en France, quatre-vingts, moyenne d'âge en Afrique, quarante, résultat, ils sont plus heureux que nous !

— *L'homme me dégoûte.*
— *Ça fait toujours plaisir à entendre !*
— *Pas vous, l'homme !*

C'est pas un progrès de la médecine d'être malade longtemps.

Tu vis, tu meurs, c'est la cause à l'effet.

On donne du poisson à manger aux vaches et de la vache aux poissons, ils se portent très bien, c'est nous que ça va pas quand on mange ça, on a qu'à pas les bouffer, après tout !

On a un estomac fait pour faire caca.

Omnivore, bièrivore !

La télé sur les animaux, souvent c'est des canards, et les émissions sur les livres, c'est pas mieux.

— *Hier, tu disais le contraire !*
— *Je suis pas venu.*
— *Pas ici, au Comptoir du XXᵉ.*
— *Ah oui mais là-bas, je pense pas pareil !*

Elle s'est déboussolée en restant toute la journée assise.

Ni eau ! ni électricité ! la femme elle a l'alzheimer et lui il est amputé à cause du diabète ! tout ça en plein Paris ! de nos jours ! aucune aide de la mairie ! c'est plus du Zola ! c'est du... le film où elle a plus de jambes, comme c'est le titre déjà ?

– *Les ascenseurs, les toilettes, la largeur des portes, la hauteur des interrupteurs !*
– *Les passages pour les crapauds, sous les autoroutes, des milliards ça coûte !*
– *Tout est pour les handicapés maintenant.*

La rétine, elle est au fond et elle regarde, comme au cinéma.

Les Restos du cœur, vous leur donnez votre argent et vous n'avez pas le droit d'aller y manger parce que vous avez de l'argent, c'est pas très honnête !

En Roumanie c'est des voitures à chevaux, c'est ça qu'on mange.

Le dauphin attaque l'homme si la baigneuse est en rut.

La SACEM défend les musiciens, sauf dans les bagarres !

Mélange alcool médicaments, soit tu meurs, soit tu vas en boîte.

Allez à Barbès, et vous me direz si les races n'existent pas !

Un refuge de montagne, ça fait haut pour aller se réfugier !

Ils vieillissent tous comme des merdes les papes.

Le dernier pape, il était allemand, le prochain ça sera un Noir, ou un juif.

La vie, la mort, ça n'a aucun rapport.

Plus riches que nous ils sont les réfugiés roumains ! vous inquiétez pas pour eux ! vous inquiétez pas ! plus riches que nous les Roumains ! vous inquiétez pas !

La quasi-totalité des symboles sont grecs.

C'est pas parce que j'ai été un ancien punk que je n'ai pas droit à une bonne retraite.

Le pain, le vin, le camembert, c'est riche en symboles.

Je marche des deux pieds, je bois des deux mains, je suis lorrain !

– *Tu la hais ta femme ?*
– *C'est elle qui me hait !*
– *C'est pareil.*

Il est pas très courageux ce pape, pour un ancien SS.

Le condamné à mort a droit à une cigarette alors que l'euthanasié n'a pas le droit de fumer.

Si t'as un chien sur tes genoux, le radar tombe en panne parce qu'un animal peut pas conduire une voiture et l'ordinateur déconnecte direct.

– *J'en bois moi du Ricard avec du vin blanc.*
– *Toi, t'es le roi de la pop !*

La Terre devient une fourmilière parce que les gens rétrécissent.

Benoît XI, c'est comme Louis XI, ça compte seize papes à la suite, ou ça compte seize rois, immatriculé 75, c'est le soixante-quinzième département, comme le 02, c'est le mois de février, 12, mois de décembre, comme Benoît XI, ou la Renault 12, comme Louis XI, Napoléon Ier, comme Jet 27, c'est vingt-sept degrés ou un rouge à 12 degrés, comme Louis XI ou la Honda 1000, c'est ça, Pie XI, Paul VI, XXIe siècle, l'autoroute A6, pareil, moitié un chiffre moitié un truc, comme pastis 51, pareil, TF1, Henri IV, t'en as mille comme ça, même plus, si tu comptes la myopie de chaque œil.

– *Le cheval à la place du bœuf, un jour on nous dira que c'est du chien et après que c'est des vieux !*
– *Moi j'en bouffe du vieux si c'est bon.*
– *Toi, t'es le roi de la pop !*

Le voyage dans le temps, si c'est la SNCF, faudra pas s'étonner si on reste bloqué mille ans en pleine campagne sans une annonce ni une bouteille d'eau rien !

On finira tous en farine animale !

... on l'est déjà !

... des fois...

– *Moi c'est les gens que j'aime bien.*
– *Moi c'est nager et après me mettre au soleil.*
– *Y'a pas grande différence, si ça va.*
– *Ça va.*
– *Eh bé c'est bien.*

... des fois...

Tu rêves que tu dors ?

J'ai entendu deux phrases au marché et les deux m'ont bien plu.

Deux blancs ! un pour maintenant un pour après !

– *C'est plus difficile de descendre que de monter.*
– *Ça dépend de quoi tu parles.*

La plus belle carte postale que tu m'as envoyée, elle était pleine de pinard.

Tu peux les remballer tes conneries quand c'est ma femme qui parle !

Jamais je vais au bistrot sans ma femme parce que c'est elle qui me ramène.

On est combien à nous six ?

– *Je deviens fou.*
– *C'est rien, moi c'est pareil.*

Allez vas-y crache ta Valda !

Quand tu dors et que t'as bu, tu vois des cristaux ?
Moi je vois des cristaux rouges et bleus qui tournent,
même des fois quand je bois et que je dors pas.

Adjani et Depardieu, ils devraient refaire un film
ensemble, ils font deux cents kilos chacun.

Je préfère encore plus la radio quand elle est en
grève.

Il est parti Crêpe au sucre ?

T'écoutes, tu parles, tu parles, tu répètes ! tout ce
que tu sais faire c'est répéter ce que je dis ! t'as une
oreille dans la bouche !

– *Moi j'ai eu un garçon et une fille et ma fille elle
a trois filles et un garçon.*
– *C'est drôle quand même ! moi ma petite-fille elle
a eu dix mois quand mon petit-fils a eu sept ans.*
– *C'est incroyable !*
– *Moi mon petit-fils on lui a dit qu'il allait être
tonton, il a dit non, je veux être bûcheron !*

**Dans toutes les grottes t'as des ter-
roristes, bientôt on va en avoir à
Lourdes !**

– *On voyait pas à trois mètres !*
– *Une route c'est une route.*

C'est le côté nature que j'aime dans les bois.

J'aime pas les enterrements, même si c'est pas moi qui suis mort.

Si la viande parlait, on saurait le pays d'où elle vient.

Le passé, plus ça passe, plus c'est du passé... c'est le seul truc qui fait ça.

Avec ma femme, on s'entend bien que quand on picole, sinon on s'engueule.

On en boit plus de la Marie Brizard, on devrait ! ça sent bon dans la bouche.

Dans la science-fiction, on mange des pilules, c'est pas dit si on chie des pilules.

La Beckhamania, ça me passe là.

C'est moins choquant quelqu'un qui meurt de faim que quelqu'un qui meurt de trop manger, pour moi c'est moins choquant, je défends pas ceux qui meurent de faim, mais si je devais plaindre quelqu'un ça serait un qui meurt de faim, le gros, il peut crever, je vais pas pleurer, déjà les crevards de faim je m'en fous, alors les gros !

Le mariage, ça marche jamais, ça serait fou qu'avec les pédés ça marche !

– *Je parle chinois ?*
– *Non ! tu parles con !*

Le temps est jamais à la bonne heure.

– *Ils prennent la graisse des fesses pour la mettre dans les nichons !*
– *C'est logique, aussi.*

Une femme c'est plus important qu'un éléphant et pourquoi les dents de la femme ça vaut moins que l'ivoire ?

La viande de cheval à la place du bœuf ! Ce sont des Frankenstein ces marchands du temple !

Un cri pas normal dans la nuit ! Soit c'était une voiture, soit un oiseau de nuit je sais pas, je me suis demandé un moment si c'était pas un cheval ?

La musique classique en prison, t'es pas en prison pour qu'on t'emmerde en plus avec ça !

Même chez l'homme, le mâle pond pas.

C'est plus dangereux d'éternuer au volant que de picoler.

– *Comprenne qui quoi, tu sais, l'adage ?*
– *Pourra.*
– *Pourra qui quoi ? c'est ça l'adage ?*
– *Comprenne qui pourra.*
– *C'est ça l'adage ? ça veut rien dire !*

Le cimetière Montparnasse, si tu ressuscites, t'es pas loin de la gare.

— *Le cœur est un muscle, il a besoin de travailler.*
— *Moi, j'ai jamais eu un muscle qui travaille !*

Je suis français et c'est la cuisine chinoise que je préfère, je suis presque déjà un immigré.

La poule sait très bien ce qu'elle fait quand elle pond, tu lui poserais la question, elle te dirait, je ponds ! Elle sait plus ce qu'elle fait que nous, des fois.

Les enfants aiment jamais l'école mais ils aiment toujours les cartables.

Fini ! j'en envoie plus des cartes postales, au moins les textos c'est pas lu par le facteur.

Un pays où y'a pas de football ça existe pas ! tu la connais l'équipe du Kosovo ? bien sûr que non ! le Kosovo existe pas !

— *Ça tombe quand le printemps ?*
— *À midi !*

Il est classé patrimoine de l'humanité par l'UNESCO l'homme ?

Les saisons sont inventées par l'homme, y'a les dates de début et de fin.

Un pêcheur qui se fait incinérer, c'est pas tellement reconnaissant pour les asticots !

La journée de la femme, je m'en fous, je travaille de nuit.

Des fois on voit passer des nuages, la forme qu'ils ont, on se doute qu'ils datent pas d'hier !

Blanc, rosé, rouge, gnole, j'ai fait le burn-out.

La démocratie, c'est bidon, ça continue même si personne vote !

Pourquoi vouloir améliorer la crêpe au sucre qui est déjà parfaite ?

Le produit financier le plus toxique, c'est le pognon !

Ça vaut rien ce qu'on explique, ce qui est bien, c'est l'envie d'expliquer.

– *La bière, ça te fait beaucoup pisser ?*
– *Ben oui ! je fais pas caca de la bière, j'en suis pas là !*

Pourquoi je te parle de ça ?

Le gras brûlé de la côte de porc est cent fois plus cancérigène que la cigarette, ils l'ont dit à la télé !

– *Le pipi aussi évolue au cours de la vie.*
– *Dans ce cas-là, entre six et soixante ans, le caca évolue plus.*

Quand tu vois l'état de Jésus, Dieu est fakir.

On a pas le droit de conduire quand on a bu soi-disant que l'alcool est mauvais pour la santé ?! je vois pas le rapport ! y'en a qui ont le cancer et qui conduisent même des camions !

Le temps qui passe, il passe partout, c'est pas un train.

Ils pleurent avec quatre soldats morts au Mali, alors que nous on fait ça par jour rien qu'avec les avalanches !

J'ai la flemme de me moucher.

Dehors il fait pas froid et quand on ouvre ça fait rentrer la température.

— *L'Europe est un tigre de papier.*
— *Une cocotte !*

La serveuse elle est sympa mais ça fait déjà deux fois qu'elle est enceinte depuis trois ans que je bois ici.

— *Pourquoi tu me parles de ça ?*
— *J'ai rien dit moi.*

Les gens qui boivent du café le matin c'est pas des flèches non plus !

La viande de cheval à la place du bœuf, moi je m'en fous, en plus dessus je mets un œuf de poule.

– *Il s'est fait opérer de là à là !*
– *Là ?*
– *Non ! là !*
– *Là ? y'a rien derrière.*

Avec une côte cassée, respirer, c'est un boulot !

– *Sans les iris, t'as pas Van Gogh !*
– *Non ! sans Van Gogh, t'as pas d'iris !*

Hollande, à part une guerre contre les Noirs, il aura fait quoi ?

Le grand public est pas grand, il est nombreux, c'est tout.

Les cheveux blancs, c'est pas du blanc, c'est du gris qui te rentre.

– *L'insecte est la nourriture du futur.*
– *On devait tous avoir des fusées, on va bouffer des cafards !*

La journée de la femme, je m'en fous, je suis pas marié.

– *Mais si !*
– *Beuh-beuh.*
– *Mais si !*
– *Ben tiens.*

Si tous les curés sont pédophiles, c'est que Dieu le veut.

– *Le temps que j'arrive, il était parti, j'ai attendu qu'il revienne, le temps qu'il arrive j'étais rerentré, je ressors, il était parti chez lui, j'attends, le temps qu'il revienne moi fallait que je parte parce que j'avais rendez-vous avec Gaston, qui est pas venu, il était au bistrot de la gare, j'y vais, trop tard il était plus là, je retourne chez moi, je reviens ici, je tombe sur toi.*

– *Oui, mais moi faut que j'y aille.*

– *Ici c'est moi le patron alors tu sors !*
– *Ici c'est moi le client alors je reste !*

Un boucher qui a des dents de cheval et la bouchère qui a un cul de bœuf, on va pas leur faire un procès sur quoi c'est quoi comme viande !

L'autre connasse, je me fais chier à l'appeler pour lui dire que c'est ma petite femme que j'aime et moi ça me rapporte quoi ? je bois un coup avec mes potes ! je suis pas obligé d'appeler non plus ! elle m'engueule !

T'as pas que les îles qui sont désertes, t'as des cafés aussi, et des maisons.

Nous on a le cerveau en haut, le cul en bas, dans le crabe, t'as l'un sur l'autre.

Faut rester debout pour bien apprendre, comme un arbre qui pousse.

– Bon... si y'a un truc, tu m'appelles.
– Tu t'appelles comment ?

Du cheval à la place du bœuf, le mariage homo, c'est pas mieux.

Le temps est une invention des services secrets !

Le français, c'est plus que des mots anglais.

J'ai fait un caca goût primeur !

Interlude !

Ça me dégoûte quand c'est un riche qui me donne, c'est pas pour donner à plus malheureux que moi !

Il faut respecter le mouvement latéral de l'huître, toujours !

Le pape, il est encore vivant et il est plus pape, même un cochon qui est encore vivant il est obligé d'être des rillettes.

– C'est à cause de toi que je suis bourré !
– Grâce à moi !

L'homme est le seul animal qui tue pour pouvoir boire une bonne bouteille en se nourrissant.

– Tout le monde est bourré ce matin ou quoi ?
– C'est pas nous, c'est les ondes qui viennent de l'espace.
– Vous me faites chier les mecs !

Sous le casque et le bouclier il ne faut pas oublier que le CRS est un travailleur.

Après ce pape on aura un autre pape, qu'est-ce que tu crois qu'on aura d'autre ? rien ! un autre pape ! tu peux jouer ta paye.

— *Le saucisson a toujours la même taille.*
— *Pas si tu prends une autre taille de saucisson.*
— *Le saucisson normal a toujours la même taille.*
— *Le saucisson normal, t'en as dix mille !*
— *Je te parle du saucisson, celui qu'on achète quand on achète du saucisson, lui, il a toujours la même taille, c'est un saucisson.*
— *Des saucissons, t'en as gros comme ça.*
— *C'est pas le saucisson normal, c'est un saucisson spécial, t'en as dix mille.*
— *Dix mille tailles de saucissons !*
— *Spéciaux ! le saucisson normal tout le monde l'a en tête, c'est un saucisson, c'est le saucisson, quand t'envoies ton gosse acheter un saucisson, il ramène un saucisson, c'est celui-là, le saucisson, y'a qu'une taille de saucisson, comme la part de tarte.*

Putain, ils sont relou ce matin !

L'activité humaine a moins d'impact sur le réchauffement de la planète que le soleil.

— *Je perds mes cheveux mais je sais pas où ?*
— *Y'en a pas dans la baignoire ?*
— *Non, je les perds, je sais pas où.*
— *Sur l'oreiller, y'en a ?*
— *Je les perds, je sais pas où.*

Chômeur à vie, c'est comme aveugle de naissance, t'es pas triste, t'as jamais vu.

– J'ai l'impression d'être au bout du monde assis dans ma cuisine éteinte la nuit.
– Pas moi, Paul.

C'est couché dans le lit qu'on attend la mort, jamais debout sur une chaise.

Le cerveau est intelligent quand il s'aperçoit que t'es con ! eh ben, il fait pas d'efforts !

– Un blanc ?
– Un Ricard.
– À cette heure-là ?
– La date du conclave est avancée !

Les écolos s'en foutent des gens, c'est des obnubilés, ils auraient fait mettre des fours solaires à Auschwitz en criant victoire !

Tu vas où comme ça, avec ton casque de Mobylettonaute ?

– Pour le même travail, la femme devrait être payée pareil que l'homme.
– Ça dépend ce qu'elle fait.

C'est pas la première dame de France, avec Hollande ils sont pas mariés, c'est sa nana, c'est la première nana de France.

On garde des tonnes de conneries dans le garage et les vieux on les fout à l'hospice parce qu'on a pas de place.

— *Je vais pas vous le répéter mille fois... bonjour !*
— *Ah pardon, bonjour.*

Une menthe glacée avec de l'eau de neige !

Un vrai personnage de Sempé ce soleil.

— *Quand je dis A, c'est A, quand je dis B, c'est B !*
— *Tu finiras au musée de la ligne droite.*

En Amazonie, ils utilisent la verrue pour en mettre sur les pointes de flèche.

On est mieux ici qu'ailleurs sauf si ailleurs c'est pareil qu'ici.

T'es malade mental de la langue !

Si chez Fernand à gauche c'est éteint, à la Treille à droite c'est allumé, la rue a toujours un œil qui brille !

Du coup j'y suis pas allé, ça m'aurait fait partir d'ici à neuf heures alors que je commence le boulot à sept heures...

— *Quatre fautes d'orthographe, ça change tout le sens d'un mot... caca... pipi...*
— *T'as que ça à foutre de tes journées ?!*

Le matin, un brouillard à couper au couteau, l'après-midi, un soleil à bouffer à la louche !

Ophtalmologiste, si t'arrives à lire ça, t'as plus besoin d'y aller !

C'est une connasse cette chienne ! tu sais ce qu'elle me dit quand je lui émiette ses croquettes ? sale pédé !

Elle a huit yeux l'araignée, et elle se voit pas ?!

Tout dimanche, on a joué aux ballons.

La mauvaise haleine est signe d'un bon fonctionnement bactérien.

Si tu veux que ça éclate pas faut un derme et un épiderme à ta peau de boudin.

Moi quand je me mets debout c'est juste pour pas rester assis.

Mère porteuse, si le môme qui sort est pas normal, crois-moi que tu te le gardes ton cabas !

Fukushima, ça les empêche pas d'inonder l'Europe avec leurs bagnoles !

Ils veulent qu'on bouffe des insectes et on nous emmerde pour du cheval dans le bœuf ?!

Mais pour quoi faire tu veux profiter de la vie ?

— *Tu pourrais tirer la chasse !*
— *J'ai pas fini mon travail de deuil.*

Je fais encore plus de conneries en voiture depuis que je picole plus.

Chaque fois qu'un café disparaît, c'est un bistrot qui meurt !

Même quand je suis saoul, je me rappelle les prix.

– *Tu sais pourquoi je joue de l'accordéon moi ?*
– *T'es accordéoniste.*
– *Comment tu le sais ?*

La merde c'est pas sale, c'est culturel ! y'a des pays, c'est vénéré.

Le café, c'est un lien entre les gens, même entre les cons des fois.

Je vais te faire un aveu, j'ai pas mis de slip.

Je vois pas du tout le progrès que ça apporte un café fermé.

Le café au comptoir ça me coûte un franc vingt, si je lis le journal du café gratuit qui coûte normalement un franc dix, le café m'aura coûté dix centimes !

Je bois en direct parce que je vis avec mon temps !

Mais comment ça se fait qu'à la mairie ils mettent jamais de rosiers ? mais comment ça se fait ? mais comment ça se fait ?

Elle a bien mérité de mourir, après tout ce qu'elle a travaillé.

– *Une coupette ?*
– *Oh là là non un kir ! je préfère mon train-train.*

Moi dans la vie la partie pas immergée de l'iceberg ça me suffit.

Les cons qui se tuent sur la route je les laisserais dans leur voiture sur le bas-côté !

Fukushima, je planterais des vignes, je ferais un petit vin blanc, atomique !

Le bracelet électronique, je leur foutrais pas à la cheville, dans le crâne direct !

– *Le terrorisme, ça lui sert bien au gouvernement socialo-facho-faignant-bobo-partouzard ! pendant ce temps-là, on parle pas des soucoupes volantes !*
– *Ho ! Dédé ! tu te calmes !*

J'ai ma langue qui parle que quand elle a bu.

L'homme croit que tout lui est dû, on est des êtres vivants pareils que les autres êtres vivants, on est pas plus que les bouteilles là.

Le mieux que je préfère chez les Romains, c'est le déclin.

Le big-bang, on saura jamais la vérité, on y était pas.

– Il bandait sur la table !
– Le prof ?!
– Mais non ! le hérisson, sur le dos, c'était pour
montrer en dessous les piquants à la classe.

Tu sais combien ça coûte à la société le social ?!

Pourquoi on serait pas reconnus comme chômeur
de montagne au même titre qu'un éleveur ?

Moi j'aime bien quand ça grouille de petits trucs.

Si tu veux reconnaître tes jumeaux, t'en tues un !
un mort ! un vivant ! ça se reconnaît !

Les connasses de la télé qu'on voit qu'elles sont
enceintes avec leur gros bide, un jour on va apprendre
que tous les fœtus sont malformés crevés à cause des
ondes des caméras et tout le merdier qu'on fout dans
les câbles, faudra pas qu'elles viennent se plaindre !
elles iront chez Mireille Dumas !

Moi je suis enceinte, je reste à la maison, même
mon mari qui est un homme va pas travailler quand il
a mal au ventre.

– Son dernier bébé qu'elle a eu il est tout tordu,
tout pointu de la tête, tout gras.
– La dernière frite du cornet !

C'est par respect pour ma femme que souvent je
rentre pas.

Tu peux pas, tu peux pas ! ça te plaît pas ! y va pas ! tu vas pas te rendre malade pour Pôle emploi !

– *C'est un chat exorciste.*
– *Le tien ?!*
– *Non ! pas le mien ! il est coupé, il sait rien foutre !*

La poussière ! des animaux ! des scorpions ! minuscules ! dans le lit ! ça grouille avec des cornes les lucanes ! sur le pain ! des pinces ! des trompes des trucs avec un machin pour trouer ! tu respires ! tu manges du pain ! tu vas te coucher ! huuuuuu !

Tu sais ce que je vais faire ? je vais plus te servir.

– *T'as dégueulé partout !*
– *Oui, j'ai été maladroit dans la finition.*

Faire un gosse pour quelqu'un d'autre ?! déjà que dans les magasins je tiens pas la porte !

Enfance, adolescence, âge adulte, vieillesse, quatre rounds !

L'œuf mimosa, on pourrait croire, en fait non.

J'aime pas quand tu fais ton sourire de con... t'as bu dans mon verre, c'est ça ?

Devant on a des dents de loup et derrière des dents de vache, c'est pour ça qu'on est omnivore.

C'est ceux qui sont en tout bas de l'échelle qui peuvent la faire tomber !

La banquise ça sert à quoi, à part marcher dessus ?

— Il y a plus de bactéries sur une éponge que sur une cuvette des WC.
— Ici j'ai que ça, des bactéries.

Un nain presbyte peut pas lire l'heure à sa montre !

Comment on sait que c'est des milliards de spermatozoïdes ? qui c'est qui les compte quand ça sort ?

Il avait froid mais il avait pas faim puisqu'il était enfermé dans le frigo le chat.

C'est des conneries de journalistes les milliards de spermatozoïdes !

— T'as pas des chips ?
— C'est l'austérité !

Le matin il mange des anchois qui donnent soif, c'est cousu de fil blanc.

— Vingt kilomètres de Fukushima, tout est contaminé.
— Vingt bornes, c'est rien, un élevage de cochons déjà ça pue à cinq bornes.

C'est la lumière sur lui qui fait chanter l'oiseau, comme n'importe quel chanteur.

T'as le lierre grimpant, le lierre rampant, le lierre retombant, comme les gens.

Lui assis tout gris au fond à pas boire, c'est un gardien de parking ?

– *Le calva le matin, ça me coupe du réel.*
– *Pas avec le café.*

Si ça continue, la Grèce va redevenir antique !

L'école, c'est plus pour donner du boulot aux profs qu'aux élèves.

Les pédés mariés vont payer moins d'impôts, c'est la niche anale !

– *T'es vraiment con !*
– *C'est le soleil qui me fait ça.*

T'étais où ? tu viens d'où ? t'as bu où ? on va te faire ta traçabilité, comme la viande !

Comme je m'attendais au froid, je meurs de chaud.

Les mères porteuses, c'est des filles pauvres, c'est le prolétariat de l'ovaire.

– *La mort donne un sens à la vie.*
– *Moi déjà pour ma chienne que j'ai perdue j'ai collé plus de cent affiches.*

Ils vont inventer un cachet pour dessaouler vite si t'es trop bourré, comme ça t'en prends un, ça permet de repicoler tout de suite.

Ils sont cons les inventeurs quand ils s'y mettent !

J'ai aucune mémoire, et ça me suffit.

C'est un parfum qui pue pas, mais enfin, ça sent.

Au moins c'est humain comme drogue l'alcool !

Pour moi, une drogue qui se picole, c'est pas de la drogue.

C'est pendant l'accouchement qu'il se passe quelque chose de pas normal pour que plus tard le gosse devienne pape.

La violette, c'est un goût que j'aime pas... sauf en liqueur, ça passe... comme la mandarine... c'est un goût que j'aime pas, sauf en liqueur, ça passe... y'a un autre goût que j'aime pas, la noix, sauf en liqueur... ça passe... tout ce qui a un goût que j'aime pas, en liqueur, ça passe... et les goûts que j'aime comme le cassis, en liqueur, ça passe bien... ça passe mieux... tout l'intérêt de la liqueur... c'est un passeur de goût qui autrement... passe pas... difficilement... quoique ça passe quand même... le kir à la violette, ça passe quand même, faut pas exagérer ! je recrache pas non plus ! comme la soupe de mandarine ou la fraise au vin, la soupe de melon au vin, c'est bon, ça passe bien aussi, l'été, le grog à la myrtille, l'hiver, ça passe bien, faut pas abuser, comme la sangria, faut pas abuser, le vin de noix, c'est bon, faut pas abuser, le vin de noix ça laxate...

– Prout ! et il est parti.
– C'était son mot de la fin.

J'ai la nostalgie de l'avenir qu'on avait quand on était petits.

Maintenant les Sioux ont tous des pavillons de banlieue, c'est papier peint de guerre dans toutes les pièces !

Plus tu voudras avoir l'air intelligent, plus tu auras l'air con, fais le contraire !

C'est dans les vieux singes qu'on fait la meilleure soupe !

– Plus tu boiras de l'alcool, plus tu auras la peau sèche.
– Alors ça ! c'est de la logique de mes deux !

Des fois, je dis, « Bof », mais souvent, je le pense pas.

– On va boire ailleurs ou on repicole ici ?
– Pour ma part, j'ai la flemme de marcher.

C'est terrible le vin doux ! t'as vu son nez ? une merde de chien en moins moche.

Colorectal, c'est quoi comme cancer ? c'est encore le côlon ? l'anus ? c'est un nid de frelons c't'anus !

Tous les pansements qu'on lui met... tous les jours... tous les jours... son trou du cul, c'est un village de tentes.

Léo Ferré, c'était Bachelet qui écrivait.

Je te le dirais pas si on me l'avait pas dit !

– *Dix-neuf mille morts, je divise une minute de silence par dix-neuf mille, ça fait zéro virgule zéro zéro secondes de silence par mort de Fukushima.*
– *Non ! donne... dix-neuf mille morts, une minute de silence par mort, ça fait... dix-neuf mille minutes de silence... trois cent seize heures de silence... divisé par vingt-quatre, ça fait treize jours de silence...*
– *C'est pas ce qu'ils ont fait ! ils ont fait une minute de silence... pour dix-neuf mille morts... ça fait...*
– *Une minute de silence...*
– *Oui, c'est ça... une minute.*
– *Soixante secondes.*
– *C'est ça... rends-moi ma machine.*

Noix ! noisette ! opéra ! opérette !

On va demander à des femmes de faire des gosses pour les donner à des couples de pédés ! La femme, c'est pas un magasin sex-shop !

Le ventre de la femme fabrique des bébés, ça sait fabriquer que ça ! par rapport à la main de l'homme.

Tu l'as vue à la télé la mère porteuse ? elle est grosse, elle est poilue, elle a les ongles sales ! les gens, ils veulent qu'elle leur fasse un bébé ?! autant qu'elle fasse caca tout de suite, ça ira plus vite et c'est moins cher !

Une femme enceinte, ça m'épate pas, c'est son boulot, en fait.

Le bébé dans le ventre, et les biberons dans le foie !

Le bus jusqu'à porte d'Italie, après le métro jusqu'à Jussieu, je change, métro jusqu'à Duroc, y'a un peu de marche, on se retrouve avec les anciens, je le fais pour le bistrot, je le ferais pas pour le boulot !

C'est pas la peine d'apprendre les langues, on s'en doute que les étrangers disent les mêmes conneries que nous !

Quand c'est un mongolien qui sort, les gens sont moins épatés par le corps de la femme !

C'est typiquement français cette façon de couper le pain.

— *Vous êtes toute décoiffée.*
— *C'est le vent ! la prochaine fois, je viens en capsule !*

L'Égypte, c'est plus de quatre mille ans, alors que Dieu, c'est que deux mille.

— *Il va falloir apprendre à mieux vieillir.*
— *Moi c'est fait, je suis assis !*

Le soleil disparaît petit à petit, plus on avancera en milliers d'années, plus ça nous coûtera cher en lumière.

Canoë-kayak, c'est jambon beurre, comme sport.

— *Je maigris, je grossis, je maigris, je grossis, je fais le yoyo !*
— *Un yoyo, ça grossit pas.*

En bas un pantalon, en haut une veste, multi-styles !

Nous c'était les gitans de Belleville, les Chineto-ques, j'y monte plus, je reste à Montreuil, y'a encore des portes en bois pour planter les couteaux, tu les connais pas ceux-là ? corses, cran d'arrêt coup de pouce... j'ai perdu mon fils... faudra que tu passes, avant que je sois oblique... et toi ta femme ? quand ? merde... cancer ?... merde... oui... comme tu dis... la merde... tu payes le café ? ça m'arrange... en ce moment... merci... t'es un ami... enfin bref...

– *La fleur de l'âge, c'est jeune, la force de l'âge, c'est plus vieux, si tu meurs dans la fleur de l'âge, c'est jeune, si tu meurs dans la force de l'âge, c'est plus vieux.*
– *Ah !... c'est ça !... la fleur et la force.*

El cuanto !... euh... la canta... la cuanta !... et quento !... l'addition Riton !

Ils écrivent des livres, moi je marche, c'est pareil.

Ceux qui ont sauvé des juifs, c'est les Justes, lui, il écrit de la poésie pour sauver la littérature, c'est un Juste en art.

Si Dieu nous regarde, on devrait voir une grosse tête.

– *Tu bois pas vite.*
– *Tu me verras jamais picoler, je biberonne.*

Il fait du télétravail, il regarde la télé en attendant du boulot !

Les premiers à sortir c'est les coucous, après les poubelles.

– *Il parle comme un môme !*
– *Il est jeune d'esprit.*
– *Je parle pas de ça, un pied sur l'autre.*

Le musée des choses qui servent, t'aurais trois trucs.

Des phares de recul ? pour aller où ?

Rien que quand je le vois tomber, je sais si il est saoul ou pas.

Les idées reçues, faut bien qu'y y'en aient qui les envoient.

– *Hot dog, c'est chien chaud.*
– *On sait !*
– *Et ice cream ?*
– *Je sais pas... chien froid ?*

L'Atlantique, c'est beau, la Méditerranée, c'est de la marinade.

Pim Pam Poum, le capitaine qui avait la goutte ! et Popeye ! Picsou ! et Pluto, tu te souviens ? on avait pas besoin de la drogue, nous !

– *Picasso, ça fait Socapi.*
– *Socapi, ça veut rien dire.*
– *Picasso non plus.*

Va, vienne, et que vont, que demeure, allez va, vous et nous !... Victor Hugo.

La neige elle fond, mais un jour, la montagne fondra aussi !

Quel intérêt le Tour de France à part que c'est du pédalage au kilomètre ?

Une femme habillée en rouge, c'est qu'elle cherche l'homme.

Une seconde, pour une fourmi, c'est une heure.

Cahier à petits carreaux et mon frère il avait les cahiers à grands carreaux, ça continue ! moi c'est le Petit-Clamart et lui il bosse à la Défense !

On voit devant et on écoute sur les côtés, comment tu veux savoir si ce que tu vois c'est ça le bruit que t'entends ?

Y bouffe que de la viande hachée, c'est pour ça qu'on l'appelle Ravioli.

— *Non mais tu t'écoutes des fois quand tu parles ?!*
— *Ah non ! moi je parle, c'est toi qu'écoutes !*

Le crayon à papier, c'est comme la bougie qui a pas besoin d'encre pour éclairer comme le crayon qui brûle sans électricité.

Non, je bois pas trop, en plus, trop, on peut pas juger, ça dépend des gens, moi si je bois trop par rapport à ce que je peux boire, je peux pas juger, c'est les autres qui me disent des fois quand ils me ramènent.

Je bois, je fume, je bouffe mal, je bouge jamais mon cul, j'ai de la chance parce que le plus important dans la vie, c'est la santé.

Même si l'homme disparaît, il y aura des moineaux.

Les jours rallongent, les nuits rétrécissent, les jours pourraient rallonger sans raccourcir les nuits !

Si t'as pas de bateau, la Bretagne, ça mène à rien.

La course à pied, c'est de la marche accélérée, comme assis sur une chaise, c'est de la course ralentie.

C'est de l'huile vierge tant que personne a mis sa bite dedans.

Isoler les maisons avec du poil d'artichaut, ça met une heure à refroidir quand on bouffe ça.

La Gorgée de bière, c'est comme un bon camembert, c'est un bon titre, on s'en souvient, *La Chartreuse de Parme*, ça se boit ou c'est un jambon, on s'en souvient, c'est des bons titres tout ça, *Les Misérables*, c'est facile à se souvenir, *Le Rouge et le Noir*, à la limite c'est un rouge et un petit noir, si tu veux t'en rappeler.

Il n'y aura jamais assez de déneigeuses !

Moi ce que je me demande, comment les gens faisaient au début du siècle pour tout ce qui est la vie ?

Je note pas sur un carnet pour me rappeler, déjà, c'est pour pas oublier.

Des heures au comptoir, je suis jamais fatigué, j'ai des godasses en pieds de chaise !

– Déjà au rouge ?
– Je te signale que moi, je suis réveillé depuis ce matin !

Le coffret Claude François ? tu l'as ? lequel ? le premier ? le vrai coffret Claude François ! tu l'as ? celui avec sa tête ?

La bombe Airwick, c'est pas fait pour se mettre sous les bras les gars !

Il faut être un avion pour voler quand il neige.

J'ai jamais vu ça ! autant peu de verres pleins !

Je sais pas ce que j'ai en ce moment, j'ai rien.

– Il est élu quand le prochain pape ?
– Quand ton verre se remplira tout seul !

– Le nom du pape, de toute façon, c'est un prénom, comme Benoît Ier.
– Albert Dupontel.

Elle sont symétriques comme mes couilles tes moustaches.

– Les lois, c'est un peu comme le code de la route.
– Oui mais ça...

Le pays ne baisse pas les bras, je te signale que le filtre à particules, c'est made in France !

Avec toutes les plantes qu'elle avalent les vaches, c'est quasiment médicinal le camembert.

– *Y'a pas assez de logements sociaux !*
– *Non, c'est les sociaux qu'y'a de trop !*

Le bébé il en a un col du fémur ou c'est que les vieux ?

Tu peux me traiter de couille molle autant que tu veux, de toute façon ça veut rien dire !

Le dentiste, il m'a dit que mes racines, elles étaient pas glamour.

– *Hollande, il s'est fait insulter à Dijon.*
– *Se faire insulter à Dijon, c'est pas pour dire, on a pas un grand président.*

Un film en noir et blanc, on entend mieux les paroles.

C'est pas une question de morale, mais on noie pas des petits chats dans l'évier.

Les nouveaux dentistes ont des formations modernes, ils disent pas « beurk » ! quand t'ouvres la bouche comme à l'époque.

– *Moi j'aime bien boire mais j'aime pas être saoul, je me rappelle plus ce que j'ai fait.*
– *Si jamais t'es allé au boulot, on te le dira !*

Un animal qui disparaît de la planète c'est qu'il avait rien à y faire.

N'importe quel boudin pour lui c'est une top model de deux mètres, il a la bite qui fait loupe !

– *Conclave... des cons en clave !*
– *Doucement !*
– *Des cons en clave !*
– *Oui, ça va.*
– *Conclave... des cons en clave !*
– *Tu fais chier, t'es bourré depuis ce matin t'emmerdes tout le monde, tu arrêtes maintenant !*
– *Conclave...*
– *Tu l'as vu ton verre ? Tu le verras plus ! Moi aussi je fais disparaître le pinard comme Jésus !*

Connard !

Président de la République, c'est comme le prix Goncourt, c'est bien pour celui qui l'a, mais ça change quoi à la vie des gens ?

Pauvre merde !

– *À part picoler, qu'est-ce que tu veux faire au bistrot ?*
– *T'es pas obligé de rester ! t'as qu'à rentrer chez toi !*
– *Qu'est-ce que je vais aller me faire chier à picoler tout seul chez moi.*

Ducon !

– *Sans la télé, on est loin de tout.*
– *C'est avec la télé que t'es loin de tout !*

Bâtard !

C'est pas bientôt fini les noms d'oiseaux ?!

Moi je trouve que l'ennui est une valeur ajoutée.

Tout ce qu'on voit dans le brouillard, ça fait peintre.

– La famille, c'est la coquille de l'œuf.
– Ah ! c'est pour ça que ça se casse !

Un frère pédé, une sœur gouine ! et c'est pas la faute de mes parents, ils sont normaux.

Hiroshima, Nagasaki, Fukushima, ils attirent la merde les Japonais, pourtant ils sont pas juifs.

On s'en rend plus compte du génie humain de l'eau chaude au robinet.

Le réchauffement de la planète, ça va faire des malheureux et des heureux, comme les guerres.

On se cure pas les dents à table ! on se cure les dents après ! ah je vous jure ! il se torcherait pendant celui-là !

– J'ai jamais vu un con pareil !
– Tu sais pas voir.

Ma maison c'est dehors, moi je rentre dehors !

Les deux bras cassés en tombant du cerisier, j'avais bouffé dix kilos de cerises, pendant trois jours c'est l'infirmière qui m'a torché, ah oui ! c'est un film !

Avec ce froid-là, un bonne bouteille de vin avec un bon repas, comme en été d'ailleurs.

– Je veux pas quitter ma maison ! je veux pas partir d'ici ! je veux mourir dans ma maison ! je veux pas aller à la maison de retraite !
– Mais vous êtes au bistrot ici mémé, vous risquez rien, ayez pas peur, on va vous garder ! même si vous voulez mourir ici, vous pouvez !

J'ai pas mes lunettes, je te vois pas en relief.

On arrête pas le nucléaire du jour au lendemain, déjà qu'arrêter de fumer faut cinq ans !

C'est con trois religions monothéistes, autant avoir une seule religion qui est polythéiste, multidieux.

Dans la religion chrétienne tu trouves un peu de l'islam, comme du cheval dans les lasagnes au bœuf.

La croix autour du cou, t'oublies ce que ça veut dire plus que la dent de requin.

Ça y est ! habemus un kir !

Les vins Nicolas, c'était plus gourou avec le petit bonhomme qui porte les bouteilles que Ricard où y'a pas d'image qu'on se souvient comme Banania, mon père, il voyait le bonhomme, il buvait !

C'est le réflexe de Pavlov, on te sert à boire, tu bois.

– Une femme glisse sur une feuille, c'est le maire responsable ! le verglas sur le trottoir, c'est toujours le maire responsable !

– Pas toujours ! c'était qui le maire de la commune d'Auschwitz ?!

Les mers, les océans, les rivières, les lacs ! les poissons ont plus de place sur terre que les hommes ! toi t'as un jardin mais tu t'es fait baiser la moitié du terrain par les poissons, t'as une mare !

Il se lève à midi ! c'est normal qu'il ait envie de picoler en se réveillant.

Ça me fait ni chaud ni froid le vin chaud.

C'est payé bonbon le pape ou c'est queufif ?

– La moitié du foie gras qu'on mange, ça vient d'Israël.

– Après ce qu'ils ont vécu, gaver des oies, c'est too much.

Ça permet de rester en contact avec le monde réel de prendre le métro à Mabillon.

– T'as pas de la famille dans le vin ?
– Ah non, c'est pas moi, pourquoi ?

Quand je sais pas dans quel ordre faire les trucs, je commence par le premier truc à faire.

– Vous ressemblez à qui ?
– Au mec du tabac, tout le monde me le dit.

Je sais même pas s'il est vivant ou s'il est mort ce mec, tellement il est con !

Y'a plus que les Allemands pour faire des téléfilms sur les juifs.

— *Tu t'es engueulé avec ta femme ?*
— *Pas le jour du bœuf ficelle !*

Sans mes lunettes, j'y vois mieux, je regarde que ce qui m'intéresse et pas toutes les conneries qui servent à rien.

Une trompette Stradivarius, c'est un con qui t'a fait une blague !

— *Il a quel âge ?*
— *Cinq ans ! mets-lui un grand verre ! il aura le temps de grandir devant !*

Il a les poumons qui se remplissent d'eau, il respire, ça fait le bruit des vagues.

On apprend à compter sur les doigts de la main, si on comptait sur les doigts de pied, on pourrait compter avec les pieds et écrire les résultats avec la main !

Même le pape, il lit l'Évangile aux cabinets.

Y'a que les marins qui ont de la place sur terre.

Elles sont pas maigres les vaches, alors fais attention à bouffer que de la salade !

Celle-là, c'est une tasse que j'ai adoptée après que j'ai cassé la mienne que j'avais depuis des années, des fois on est plus attachés aux choses qu'aux gens, j'ai gardé un joli peigne de ma mère alors que ma mère, je m'en fous.

Je suis de plus en plus sûr que l'univers, on est à l'intérieur d'une pomme, ou une connerie comme ça.

Par rapport à l'aube de l'humanité, l'homme s'est levé au crépuscule !

Plus la mère est vieille, plus l'enfant naît vieux.

Saint-Germain a perdu son âme, alors que Belleville, t'as du vaudou !

– *Cette nuit j'ai regardé par la fenêtre, le bistrot était allumé, à deux heures ?!*
– *Je fais de la luminothérapie.*

Tu croises Adjani dans la rue, tu la reconnais pas, c'est une bonbonne ! et Catherine Deneuve je l'ai vue l'autre jour à Saint-Sulpice, une bonbonne ! le cinéma américain, ça fait pas des bonbonnes... y'en a une autre, je l'ai vue rue d'Assas, la rousse, le nez comme ça, elle, c'est un fil de fer ! y'en a une autre qui est un fil de fer, la jeune qui joue mal, tu vois qui c'est ? elle a joué dans un film avec l'autre con, le fils à l'autre qui se prend pas pour de la merde ! moi j'y vais plus au cinéma, de toute façon, je les vois tous dans la rue... on dirait rien les acteurs français... on dirait des gens.

Je divorce !... il est trop con ce chat !

Le calamar, c'est beau et c'est moche en même temps, y'a des femmes comme ça.

Ça hurle dans la nuit à l'hôpital... le concert du cancer...

Si c'est une femme élue présidente de la République, son mec, ça sera le premier homme de France ?

Un mec qui s'immole par le feu c'est qu'il espère être filmé.

Faut une foi de charbonnier pour s'immoler par le feu !

La Syrie, plus on en tue, plus on s'en fout, alors qu'en France, on a un hôpital pour les hérissons !

Jean-Paul, ça fait Jean-Paul, ça fait pas pape, François, ça fait François, quand t'entends François, tu penses pas à un pape, tu penses à François Hollande à la limite, et encore... Jean-Paul, c'est Jean-Paul Huchon, Jean-Paul Gaultier, et encore, personne connaît.

Le dauphin, c'est pas parce qu'il te serre la main que ça se bouffe pas !

Une mère de cinq enfants ne peut plus être la mère de chaque enfant.

Pour moi le monde entier c'est ma rue, alors l'Europe, c'est même pas les poubelles sur le trottoir.

En Yougoslavie, les gens sont laids ! finalement, en France, on a récupéré les mieux.

– *Tu choisis pas Dieu, c'est Dieu qui te choisit.*
– *C'est moi qui choisis ! même si je veux, je prends Bouddha, si je veux ! et une bière !*

Avant Jésus-Christ, le dimanche matin, les gens faisaient ce qu'ils voulaient, y'avait pas la messe.

Je vais faire mon Loto, te me remettras d'la chance s'te plaît !

J'ai pas d'âme sœur, je suis pas pédé !

Si vous avez le voyage dans le sang, déjà, vous en aurez dans tout le corps.

La fée électricité éclaire l'Élysée, c'est Cosette électricité qui éclaire les cabinets !

Ils sont trop gâtés, à mon époque à Noël, on avait rien, et c'était déjà un beau cadeau !

– *Le café, ça me fait battre le cœur.*
– *Et alors ? c'est pas un défaut !*

Le bébé éléphant, c'est vingt et un mois dans le ventre de sa mère, le poussin, c'est vingt et un jours dans l'œuf, c'est presque pareil même si pas du tout.

Mon père était prof, avec lui, les étoiles filantes, c'étaient des météorites.

Ça fait combien de temps que vous avez pas regardé le ciel la nuit ?

Quand je fais la sieste, j'enlève le son, la télé dort avec moi.

– *Ils leur foutent du porc dans les produits halal !*
– *Moi on m'avait mis de l'eau dans le calva, je suis pas mort !*

Si le porc dit rien, tu peux pas te rendre compte s'il est là, dans la saucisse.

Des cons, j'en vois toute la journée, ça m'empêche pas d'ouvrir le dimanche !

Le maître est mort, j'ai gardé le chien, de toute façon, il était tout le temps là.

Être enterré à côté de Dalida, t'es sûr d'avoir de la visite.

Dix à Brest, neuf à Lille, douze à Marseille, onze à Bordeaux, onze à Lyon, onze à Nantes, c'est petit la France, t'as la même température partout.

– *T'es quoi comme signe ?*
– *Ça dépend, c'est quoi qu'est bien aujourd'hui ?*

Les mains, c'est première classe, les pieds, c'est seconde classe.

C'est au printemps que l'aveugle en a le plus marre d'être dans le noir.

Je suis une plante exotique, je me contente de très peu d'eau !

Tel que je me connais, j'aurais été ami de Napoléon.

Si tu veux être connu vaut mieux tuer que être tué, Mohamed Merah est plus célèbre que les gens qu'il a tués, Hitler sera toujours plus connu que les juifs.

Je bouffe chinois, des pizzas, du couscous, du grec, c'est pas pour aller bouffer français au cinéma !

Le cinéma français, t'a encore des clochers dans les films.

Un tueur en série à Dijon, ça te fait pas un film !

— *Je vais m'asseoir.*
— *T'as bien la bougeotte aujourd'hui !*

Walt Disney, c'est dessiné, et c'est mieux joué que des vrais acteurs.

Dix euros pour un film français ?! eh ben ! faut avoir faim aux yeux !

Les années qui ont suivi l'an mille, tous les hommes et tous les animaux sont morts.

Je te préviens, t'as de la sculpture rupestre dans tes cabinets !

— *Il est où mon papa ?*
— *Il est mort.*
— *Ouiiiiiiiiin !*
— *Mais non ! il est aux cabinets ! c'est con les mômes des fois.*

Les touristes vont au Maroc voir des Arabes, par contre si tu les as en France, t'as plus un touriste qui vient !

L'opticien conseil, ça n'est pas vrai ! l'opticien n'a pas le droit de donner des conseils !

– *Soixante-cinq pour cent des Français sont contre Hollande.*
– *C'est pas parce qu'il tue des Noirs en ce moment qu'il va remonter dans les sondages !*

Moi mon rythme scolaire, un jour j'y allais, un jour j'y allais pas.

L'alzheimer, il a bon dos !

– *Vous l'avez lu ?*
– *Non, pourquoi, vous le voulez ?*
– *Non non, lisez-le !*
– *Non mais si vous voulez, je vous le prête, je le lirai après.*
– *Non, lisez-le, vous me le prêterez plus tard.*
– *Non non ça ne me gêne pas, je vous le passe, j'aurai bien le temps de le lire.*
– *Non non lisez-le !*
– *Non non, lisez-le et vous me le rendrez après ! j'ai déjà écouté les infos.*
– *Moi aussi ! gardez-le.*
– *Non non, vous, je l'ai quasiment déjà lu en fait.*
– *Moi c'est pareil, vous savez, Télématin, ils disent tout.*
– *Vous le voulez plus ?*
– *Mais non je vous dis, lisez-le.*
– *Vous savez, pour ce qu'ils disent !*
– *Vous le voulez vraiment pas ?*
– *Ah non alors ! je m'en fiche !*
– *Quelqu'un veut le journal ?!*

On a des vies de con, on dirait du cinéma français.

Tous les jours je regarde Télématin, tous les jours je regarde mon mari, il vieillit vite comme mon mari William Leymergie.

Les curés pédophiles, c'est à cause de la soutane qui frotte.

Le nez violet, les yeux rouges, les joues bleues, tu nous fais la symphonie des couleurs !

La Fête du travail, c'est comme la Noël, ca veut plus rien dire.

Mon chien m'aime plus quand il me regarde que le pape quand il me bénit !

– *Il a l'air tout le temps content votre chien.*
– *C'est de la com pour le sucre !*

J'ai connu ça, les enfants qui se mettaient le doigt dans le nez, on en voit plus.

C'est bien les paupières comme matière pour des rideaux.

Il est autiste ou il est con ?

– *À cinquante ans, on se sent libre.*
– *De ?*
– *De pas être jeune.*

Si j'avais pas bu tout ce que j'ai bu, aujourd'hui je serais mort tellement je me serais fait chier.

Un petit bébé ça marche pas, les jambes pourraient pousser après la naissance, c'est autant que la mère aurait pas à faire avec son ventre.

— *J'ai connu ma femme un bal du 14 Juillet.*
— *Moi je danse jamais.*
— *Elle tenait la buvette.*
— *Ah !*

Wagner, ça nous rajeunit pas !

Picasso vaudrait un euro, personne en garderait chez lui.

— *Vous sortez pas servir les gens en terrasse ?*
— *La fleur bouge pas, c'est les abeilles qui viennent !*

Alors là non ! François Hollande, c'est pas Adonis !

Le mari de la mère porteuse devrait être payé aussi puisque c'est sa femme à lui qui est enceinte chez eux.

Ils pleurent ! ils pleurent qu'ils meurent de faim ! en attendant, ils sont toujours là !

Le plus connu c'est la *Joconde*, mais y'en a plein d'autres, si tu vas au Louvre tu verras, c'en est plein les murs.

Ça se bouffe les cigognes ?

Tous ceux qui ont été violés petits je les foutrais directement en taule, parce que c'est eux qui reviolent des gosses quand ils sont grands.

– Les insectes, c'est plein de protéines.
– C'est plein d'insecticides !

Le filet d'hareng, c'est plus une entrée qu'un poisson.

– Ça existe encore l'art précolombien ? y'a une pub sur la poubelle.
– J'en sais rien moi ! c'est la poubelle d'à côté.

Lui ? il en connaît un rayon sur Poulidor.

Il arrive ! il me pose des questions ! oh ! c'est pas Questions pour un connard ici !

La prostitution, c'est un service public, des grosses putes t'en as des pires à la poste !

L'image de la France, c'était Thierry la Fronde, c'est quoi maintenant ?

T'en es où dans ta vie, par rapport à un pain ?

La justice, c'est mafieux, ça veut dire vengeance !

Les vaches quand tu les vois, elles sont à poil dans le pré, en fait.

Les morts de la grippe, tu peux rajouter ceux qui sont morts en voiture avec la grippe.

Depuis ce matin que je suis là à ce soir que je suis là, j'ai eu une journée marathon !

– T'as mis le bonnet à pompon ?
– Opération séduction !

Le cancer de la gorge, on l'entend, le cancer du côlon, c'est pas marqué sur le front.

C'est toujours laid chez les gens.

– *Avant, je buvais partout, maintenant je bois qu'au café à côté de chez moi.*
– *Un jour, tu boiras plus que chez toi !*
– *Si je bois loin, j'ai peur de déconner.*
– *Bois au lit !*

Val-de-Marne, y'a toujours la Marne, y'a plus le val.

C'est pas sa vraie couleur de cheveux, c'est des arômes artificiels.

Je suis né en captivité à la maternité de Port-Royal !

Végétarien magazine, n'empêche qu'ils tuent des arbres pour ça !

– *Ils ont profané la tombe de Claude François !*
– *Ah bon ? il est juif lui maintenant ?*

Un tout petit chat mort sur le bord de la route, Restos du cœur pour asticots !

Un fœtus c'est minuscule, c'est tout recroquevillé, ça serait facile que les couilles poussent dans les yeux.

Partout où tu creuses, après cinq mètres, c'est à toi.

– *Vous faites des sandwichs à emporter ?*
– *Et prenez le gosse avec ! je le supporte plus !*

Un vrai volcan, t'as pas besoin de personne, Vulcania, ils sont trois cents !

Simone Signoret, elle a été belle au début, elle a été magnifique à la fin.

– *Tu rebois un verre ?*
– *T'es pas mon coach !*

La choucroute moi c'est la bière qui m'intéresse, le poisson c'est le vin blanc, j'adore les cacahuètes mais en fait c'est le Ricard, le fromage je m'en fous, c'est le rouge, remarque les enterrements c'est pareil ça finit au pinard.

Mohamed Merah, il est pire qu'Hitler, s'attaquer à des juifs d'accord, mais des mômes !

C'est Claire Chazal qui se tapait un chien ? c'est pas elle ? c'est qui alors ? je confonds avec qui ?

Moi j'ai pour principe de pas avoir d'avis.

Une crise cardiaque du foie il a eu, c'est sa femme qui m'a dit.

Les connasses qui se la pètent, les médecins de merde, Molière avait déjà tout dit.

Elle joue qu'à poil ! si ! les nichons ! l'autre, il a fait une chanson ! celui qui perd ses cheveux, sur la grosse ! le pote au métis, *Belle-Île-en-Mer*, mais si ! elle a fait des films à poil ! Marceau !

– Ça fait vingt ans qu'il a le cancer, il est toujours vivant.
– Le cancer des fois il est bien installé, il a pas envie de mourir non plus.

Faut avouer que des fois franchement honnêtement c'est vrai quoi !

Sans modération ! ma mère, c'était ça, malheureuse sans modération !

On est apparus sur terre et maintenant on a plus droit de se garer.

Les choses normales, vous m'en direz des nouvelles.

Les chiens, ça comprend bien quand on les aime, mais c'est les chats qui comprennent bien quand on les aime pas.

Je voudrais une place pour boire.

Pourquoi, toilettes, c'est WC, quel rapport ?

– J'ai pas eu d'enfance.
– T'as rien perdu !

Le mec qui va quatre fois sur la Lune, il s'ennuie, et ça, c'est l'homme !

C'est un grand explorateur, pôle Nord, pôle Sud et Pôle emploi !

– Y'a pas un écrivain vivant que j'aime, je lis que les morts.
– Les morts, c'est eux qui ont le plus vécu.

L'avenir des jeunes, on s'en fout, y'a que des vieux en France !

L'œil est sur le côté mais c'était pas facile d'expliquer à la gosse, au Vavin, ils enlèvent la tête.

Les écrivains morts sont plus vivants que les écrivains vivants qui sont morts.

Lui ? c'est pas un pédé, c'est un enculé d'hétéro !

Je suis tout le temps tout seul, comme ça le jour où je serai tout seul, c'est déjà fait.

– Dans sept ans, j'aurai cent ans !
– C'est quoi votre secret ?
– J'aime pas les gens !

Ma mère m'a dit que j'ai commencé à vieillir à six mois.

Il est super myope Luchini, il parle tout le temps pour savoir où il est.

Je sors plus de chez moi, sauf si c'est un truc extraordinaire, même le beaujolais nouveau, j'y vais plus.

Y'a du vent dans les voiles !

– Ils m'ont viré du cinéma tellement j'étais bourré.
– Qu'est-ce que tu foutais au cinéma ?
– Je me suis gouré.

Comment t'arrives à parler avec une moustache ?

C'est le téléphone portable le nouveau livre de poche.

Il y a beaucoup moins de choses spécifiques qu'avant.

Y'en a un qui parle, l'autre qui répond, vous appelez ça des dialogues, vous ?

La colombe de la paix, ça bouffe du grain, comme les poules.

Juin, ça passe vite.

Des enfants, mais des chiens mongoliens, jamais vu.

T'es un incompris toi, tu comprends rien.

Moi, je suis plus français que mon fils !

– *I am témoin de Jéhovah.*
– *Et tu parles pas français ?*

C'est pas dans le pinard que tu trouveras du cheval.

Freud connaît rien à la folie, par rapport à Dostoïevski !

– Quand tu sauras qui je suis, tu me parleras autrement !
– Pauvre merde !
– Tu me connais pas.
– Pauvre con !

C'était quoi le nom de Zorro ?

Moi j'y passe jamais devant l'Institut Pasteur, y'a la rage là-dedans !

Le réel, plus personne en veut.

Le peuplier fait pas des bonnes planches, c'est un bois qui manque de calcium.

Tu verrais comment elle range le torchon après la vaisselle, on dirait qu'elle plie un parachute !

– J'ai vu Birkin place Fürstenberg.
– T'as que ça à faire ?!

Plus c'est évident, moins on le voit ! je cherchais partout où j'étais garé, toutes les rues, même derrière la gare, en fait, j'étais venu à pied.

C'est dangereux de rouler bourré, mais à la campagne, on a pas le choix.

– Toute la journée ! toute la journée !
– C'est normal que les oiseaux, ça chante.
– Dehors ! moi les miens que j'ai à la maison, ils se taisent !

On arrive à quatre, on boit à quatre, on repart à quatre !

Quand t'es une grosse vache, ça le fait pas comme prénom, Lilou.

Quand t'adoptes un enfant, tu sais pas à qui t'as affaire, tout peut tomber sur un qui mord.

Il y a plus d'eau que de pipi dans l'urine.

Un drapeau se voit si y'a du vent, faut être le vent.

Dans le futur, on pourra rallumer une étoile qui s'éteint.

– *Les animaux sentent quand on ment.*
– *Pas le lapin.*

Étron est le nom scientifique.

Une fleur qui sent bon, j'arrive à comprendre ce qu'elle dit.

Vous lisez des livres historiques ? remarquez, vous avez raison, quand on voit tout le chômage.

Les dragées, c'est bleu, c'est rose ou c'est blanc, on peut pas se perdre.

Les grands navigateurs sont obligés de manger trop salé comme la morue d'avant.

Anus, c'est le mot poli qu'on utilise pour dire.

– T'as quatre verres de retard !
– Vous allez trop vite les gars, moi à mon âge, j'ai
le comptoir qui monte.

Moi il paraît que je suis plus globule rouge que
globule blanc.

Pour le tourisme, la grotte de Lourdes, c'est pareil
que le Loch Ness, t'as des millions de gens qui viennent mais on voit jamais le monstre !

Surtout cloué sur la croix, ça m'étonnerait qu'il ait
gardé son slip nickel Jésus.

Violer dans un parking ?! moi déjà, faire pipi entre
deux voitures, je bloque.

À part la chanson de Johnny, je connais pas d'autre Tennessee.

C'est encore plus dangereux de boire chez soi, c'est
là qu'on tue sa femme.

– Ça vous dérange pas de garder la petite, je vais
au pain.
– Non non, si vous faites vite.
– Je prends le pain, je reviens.
– Moi les bébés, j'ai peur qu'ils meurent.

Le drame de la société, c'est qu'aujourd'hui, on
obéit au corps humain.

La voiture a foncé dans l'arbre, c'est la mère qui
conduisait, il est mort encastré dans sa mère, c'est
retour à l'envoyeur !

À un doigt près, on aurait pu avoir onze doigts.

Il grave le Z de Zorro avec la pointe de l'épée, zip zip zip ! ça serait plus chiant avec le B de Bernard.

L'euro n'est pas une monnaie forte, avec un euro, t'as même pas un café !

Vous êtes coiffée tout en salade !

— Il a un drôle de goût le bordeaux.
— J'ai pas senti.
— Mais toi tu bois de la bière !
— Ah bon ?

Le matin, ça va, mais à partir de midi, c'est plus les pieds qui commandent.

— Il vous a dit quoi ?
— Sale pute !
— Où c'est qu'il a appris ça ?
— Son père.

La voiture est un lieu privé, les gendarmes n'ont aucun droit, tant que vous n'ouvrez pas les fenêtres.

— Il est mort David Bowie, et il sort un nouveau disque !
— Oui mais ça, c'est Internet.

À mon époque, quand on mourait, on était mort.

— Le monde va trop vite.
— C'est rien ça, faut pas bouger.

Les doigts de pied c'est pas pareil parce que les dents c'est proche de la tête.

– *Le temps qui passe s'essuie les pieds...*
– *C'est vraiment de la poésie de merde !*

Vous aimez le foie gras ?! c'est du pâté malade !

En Suède, on perd pas ses cheveux.

Aznavour, il sera allé à combien d'enterrements de chanteurs en tout ?

– *Il avait le cancer, il voulait faire du vélo.*
– *Normalement, c'est interdit de rouler, imaginez qu'il a plus de freins, avec son cancer.*

Ça va leur faire drôle quand elles vont fondre, les neiges éternelles !

Accoucher dans une voiture, si c'est une Toyota, l'enfant est japonais.

Moi, ce que j'aime bien, c'est discuter, après, ce que je dis, il ne faut pas non plus faire trop attention.

Ça ne serait pas possible, un nouveau Freud.

La tétine en gelée, c'est une marchandisation du corps de la femme du cochon !

Après tout...

Si on va par là...

– *Vous me faites chier les mecs !*
– *C'est pas nous, on arrive juste !*

Mars, tu mets trois Arabes dessus, tout le monde croit qu'il y a du pétrole en dessous.

Je préfère un dessert, moi le fromage n'est pas mon fort.

Le dompteur, habillé en clown, il tient pas une seconde !

– *Elles sont dégueulasses tes chiottes !*
– *Oh ! j'ai pas une baguette magique !*

Personne m'empêchera de penser et me mettra des bâtons dans mes roues !

Les allocations familiales, moi j'ai pas de gosse du coup je touche rien, c'est dégueulasse ! si je veux pas avoir de gosse alors je touche rien ! je suis un paria !

– *Tu sais que si je picole ici et que je vais pas la chercher à la garderie ils peuvent me l'enlever ma petite ces enculés !*
– *Bois ton coup, tu vas pas pleurer quand même.*

Moi, faire un gosse, j'attends qu'il y ait moins de chômage, sinon il va me faire chier.

C'est des questions que je me suis tellement posées !

– *Ça ne vous dérange pas la fumée ?*
– *Vous fumez pas.*
– *En général je parle.*
– *Pour ?*
– *De ?*
– *De qui ?*
– *Tout le monde.*
– *Franchement, je ne sais pas.*

Avec les mères porteuses, c'est encore la femme qui porte !

– *Vous êtes en arrêt maladie, et vous êtes au café ?*
– *Je guéris plus vite.*

C'est honteux le steak de poulain !

Le changement d'heure, on avance, on recule, ça se passe très bien, on pourrait même le faire avec les années !

On a mis la photo des gosses sur le frigo parce qu'on passe souvent devant.

Un petit barrage dans le cœur, chaque fois qu'on court, ça fabrique de l'électricité.

Pour un Chinois, tu passeras pour un con et pour un Grec pour un mec super intelligent, en disant la même chose ! c'est pour ça, faut dire ce que t'as à dire et les autres tu les emmerdes ! surtout les Grecs, et même les Chinois.

T'en bois un, deux, après, c'est la porte ouverte !

L'an 2000, ça fait déjà treize ans, c'est presque aussi vieux que l'an 1000 à force.

France Telecom se jette par la fenêtre, c'est Pôle emploi qui s'immole.

Il est malade Depardieu, c'est le même gras que les boules sur les arbres.

C'est une religion de oufs ! Pâques, Jésus ressuscite, on bouffe des œufs en chocolat !

Ce qu'ils veulent les écologistes, c'est que tout le monde se fasse chier en ville comme ils se font chier à la campagne !

Les vieux retournent pas en enfance, sinon ils feraient des cabanes dans les arbres !

L'alcool n'est pas une prison, j'ai la clef du bouchon.

Lève ton coude que je passe la lavette ! plus haut ! l'autre ! ça te fait faire de la gymnastique !

Tu tues un mec, ça change quoi ? le temps va pas s'arrêter à Paris si tu casses un réveil en Bourgogne.

Il ne faut pas négliger la surveillance du ganglion.

C'est pas normal d'avoir en France plus d'hommes centenaires que de chênes centenaires, chacun doit rester à sa place.

Y'a pas un braille pour les sourds, je crois pas.

– *C'est bon le cheval, c'est riche en fer.*
– *Bouffe tes clefs !*

À son âge, l'heure, c'est comme le temps qu'y fait, c'est juste pour savoir.

Le soir, il est à droite de la fenêtre, le matin, il est à gauche, je me demande si il est pas somnambule ce géranium !

Un canari, c'est joli, mais c'est de l'amour de pacotille.

J'ai pas d'enfant, j'ai même pas de chien, je vais tout léguer à ma bagnole !

– J'ai jamais entendu une connerie pareille !
– T'es jamais venu, c'est pour ça.

Qu'est-ce qu'ils foutent à Trente Millions d'amis ? on voit jamais des petits corbeaux !

Quand on marche avec les pieds écartés, ça veut dire qu'on aime les gens.

Pour les très très vieux, la mort est une meilleure idée que la musique classique.

– Il ne faut pas repousser d'un revers de la main l'émergence d'un nouveau continent !
– J'ai pas fait ça !
– Mais si ! j'ai bien vu votre geste de la main, dès qu'on parle de l'Inde, vous faites le revers !
– J'essuie le comptoir.
– Vous repoussez l'Inde !

À France Inter ce matin y'avait un Jean de Chartres qui téléphonait, j'en connais un, à Chartres, un Jean, mais ça peut pas être lui, il y est plus, il habite Rouen maintenant, ça sert à quoi que les gens téléphonent à la radio, c'est même plus lui, en plus, je crois qu'il est mort, même pas à Rouen, parce qu'il était retourné chez lui quand il est tombé malade, à Marmande, ou à côté de Marmande, à Tonneins, ou Condom, Agen, en tout cas c'est dans le coin, il travaillait à la SNCF ou la RATP, ou la Poste, quelque chose comme ça, chez Veolia ! Kubrick on l'appelait, il parlait tout le temps de cinéma, ou Fellini, un truc comme ça, un nom avec des *i*, Astérix, à cause du film, ou Hulk, il était tout maigre, Tarzan ! il avait un perroquet chez lui, ou un chat, tigré, un gris, Pompon, une petite chatte, Princesse, ou une chienne, Abricot.

On paierait rien, ça éviterait de la paperasse.

C'est la partie visible de l'iceberg le mont Blanc.

— *Je vais pas me baisser pour ramasser un turc !*
— *Un truc.*
— *C'est pareil !*

Le big-bang a surtout frappé des continents comme l'Afrique ou l'Inde.

— *On est peu de choses.*
— *Parlez pour vous !*

Avant, je me mettais au bout là, aujourd'hui, je suis à l'autre bout, c'est la dérive des apéros.

Le petit café, le petit journal, c'est sacré, même si c'est que des guerres.

– *La Chine, c'est pas bon pour la France.*
– *C'est le monde entier qui est pas bon pour la France.*

La pollution aux particules, dans l'univers, c'est l'homme la particule !

Même si on avait des parachutes dorés, on aurait pas l'avion !

Un ministre qui a de l'argent planqué à l'étranger, moi je lui confisque, et je le remets dans la cagnotte du Loto !

J'ai soif ! j'ai soif ! j'ai le gosier en crue !

On serait des niveaux à bulle, on se coucherait, le cerveau irait dans les pieds.

– *Le rire est le propre de l'homme.*
– *Quand tu ris pas, c'est sale ?*

Ça serait mieux *Zazie* de Zola que *Zazie* de Queneau.

– *Tu voulais un Perrier, tu bois un pastis ?*
– *Je suis dyslexique.*

Un bébé jeune d'esprit fera plus vieux que son âge.

Rien à foutre si les hommes politiques c'est tous des pourris, nous aussi on va être tous des pourris !

Chacun a sa morale, moi pas exemple, j'ai le contraire de la tienne.

Les camps de concentration étaient en Allemagne, mais les cendres allaient en Suisse !

Ça sert à quoi de nos jours quand le soleil se couche ?

Le goût de fraise, c'est débile !

Si le ministre du Budget planque du fric, alors le ministre de la Famille tripote ses gosses !

Même les fossiles d'aujourd'hui tiendront pas des millions d'années comme ceux d'avant.

Romain Bouteille, il est chiant comme toi quand t'es pas marrant.

Il est casse-couilles parce qu'il rentre dans les détails.

Giono, c'est comme le ragondin qui met le nez dans la terre.

Faut pas prendre pour argent comptant la parole d'Évangile.

La Normandie, à part le débarquement et le camembert...

– *Aujourd'hui, t'es là à boire un coup, et demain, tu peux être mort !*
– *Ou le contraire !*

C'est mon pied ça je te signale.

– *Crève !*
– *C'est pas l'heure de me faire chier !*

Un coup de couteau dans l'aine, c'est pas bon.

Je suis sûr que quand je serai mort je serai moins fatigué !

Faut pas que je boive avant neuf heures le matin, je me cale sur l'ouverture de la poste.

– *Je suis un chien de la nuit tapé par une bagnole.*
– *Mais ta gueule !*

Le vide-ordures, c'est un grand mot, quand c'est des petits bouts de carottes.

Moi au bistrot je refais pas le monde, je le défais !

– *Giono, c'est pas pareil.*
– *Pas pareil que qui ?*
– *Pas pareil que personne.*

Il faudrait mettre un flic derrière chaque ministre !

J'aime pas la viande rouge, et ça, c'est véridique, ça.

Le savon, c'est la figure, le cul, les pieds, pourquoi le dentifrice c'est que les dents ?

Moi, je refuse l'emprise du mental !

– T'as plus le permis ?
– Si, pourquoi ?
– Comme t'es à pied.

Déjà, la fécondation, c'est bizarre, je trouve.

On a des jambes, on a pas des pattes, c'est ce qui nous différencie des... canards, par exemple.

– La nuit, je vois pas à deux mètres.
– Tu t'en fous, c'est les phares qui conduisent.

C'est toujours propre une bulle de savon.

T'as plus à manger dans le vin que dans la viande.

Si j'ai pas mon coup de blanc le matin, je peux même pas marcher, je peux même pas penser, je peux même pas boire un verre d'eau !

Comme le soleil, je vois au jour le jour.

Le meilleur paradis fiscal, c'est encore de rien gagner.

Si ça se trouve tu crèves, t'arrives au ciel, on te demande encore du pognon pour un loyer !

– Le plus important c'est de parler, ce que tu dis c'est pas important, c'est la communication qui est importante, c'est pareil pour quand t'écoutes, tu regardes la personne en face, même si tu l'écoutes pas, c'est la communication qui est importante.
– Tu l'as d'jà dit.

Les journalistes, ils disent des trucs qu'on savait déjà en regardant les infos de la télé.

Pour moi, une forêt n'est pas en bois, l'arbre il est fait en une sorte de viande qu'on connaît pas.

C'est pas un progrès les cheveux gras et les toilettes sèches !

Quand les gosses allaient à l'école à pied, y'avait moins d'accidents de cars scolaires.

Pourquoi tu mets un bonnet si t'as des cheveux ?

Moi, j'écoute plus.

– *Si un millimètre c'était un mètre, on serait des fourmis, en fait.*
– *Des chats.*
– *Pas un mètre.*

L'Europe, c'est trop grand ou c'est trop petit ? on arrive pas à savoir.

Tous les coins devraient être réservés aux troquets !

Si si ! y'a beaucoup d'animaux qui ont des secrets.

C'est risqué de penser quand il fait nuit.

Combien ça pèse un œil de femme ? ça sent quoi ?

Y'a des mongoliens, ils sont super bien élevés, on voit à peine, on pourrait se faire avoir.

C'est une maison que m'a léguée ma mère, y'a mon nombril sur la façade.

Trois mois dans le coma, t'as le temps de visiter !

Ils sont pas tous pourris les hommes politiques, ils sont tous mafieux.

Polyglotte ! c'est polylangue ! on est en France, on parle français !

Le dopage, ça devrait être plus pour le boulot que pour le vélo.

C'est pire que nous pour la fleur, elle naît, y'a pas la mère qui est là.

– *La mort, c'est concret !*
– *Ah non ! c'est abstrait !*

À la montagne, t'as des super beaux refuges que tu trouveras pas à la mer.

La poésie, c'est pas long.

– *À choisir, je préfère un automne estival à un hiver printanier.*
– *Moi quand l'hiver est printanier, j'aime bien.*
– *Non, pas l'hiver printanier, l'été printanier, c'est bien, mieux qu'un printemps estival.*
– *Ah oui, ça, c'est trop.*

C'est pas normal que Jésus mort ait plus de pouvoir qu'un maraîcher vivant !

Moi, ce que je préfère, c'est quand c'est con que c'est bien la télé.

Vas-y à Istanbul avant de dire que c'est une belle ville ! vas-y et tu me diras !

Je suis le seigneur des pochetrons, je devine toujours où ils se cachent !

Vous avez pas fini de gueuler ?!

Je suis allé bouffer chez eux, je me suis fait chier, c'est triste, ils ont une collection de nids d'oiseaux tombés des arbres.

Putain ! c'est un poulailler d'alcoolos !

Le fumier pour les tomates, c'est le lait de la mère pour le bébé.

– *C'est qui ceux qui avaient des valises avec des ficelles ?*
– *Les Portugais.*

Dans le coma qu'on est un légume, c'est lequel de légume ?

Je t'en pose des questions moi ?!

– C'est par où ?
– Au fond à droite après l'escalier.

Une personne sur deux qui est née prématurément meurt avant l'âge normal de sa mort.

Les miracles, c'est toujours dans Lourdes intra-muros !

Si l'air gelait à zéro, on serait pas dans la merde.

À la campagne, on fait plus de bagnole que de marche à pied.

La rose noire, la perle noire, la panthère noire, le diamant noir, y'a que l'homme noir qui plaît pas !

– Comment il s'appelle celui qui est mort ?
– Des morts, y'en a plein.
– Non mais lui, lui qui est mort.
– Quand ?
– Y'a longtemps !
– Un mort d'il y a longtemps qu'on connaît ?
– Oui, un grand.
– Je vois pas.
– Mais si, tout le monde a pleuré.
– Piaf ?
– Un homme.
– Kennedy ?
– Oui ! lui ! comment elle s'appelait sa mère ?
– Elle est morte ?

Les photos sur les murs, en plus qu'on les a déjà sur nos tronches !

L'eau est trop fluide et des fois c'est pas pratique.

Le plus dur pour faire tenir la tour Montparnasse, c'est que en dessous, c'est le métro.

Dans la vie j'ai jamais fait ce que je voulais, alors mourir, ça me changera pas.

Goûte... vas-y... goûte... aie pas peur, c'est du vin.

L'aveugle dans la nuit totale, y'a des étoiles ou pas ?

Le mariage pour tous, c'est bien, moi je veux bien me marier avec tout le monde !

Moi j'aime bien la langue française pour Du Bellay et Chambellan.

Le ministre du Budget qui truande le fisc, je ferais pareil ! mets-moi ministre de la Consommation, tu vas voir comment je vais pas me servir !

Ho ! Hisse ! pour faire monter, Hisse ! Ho ! pour faire descendre.

– *Tout le monde veut rajeunir maintenant, même les jeunes !*
– *Moi je me souviens, quand j'étais jeune, je voulais vieillir.*

L'air con, c'est rien qu'un masque.

– *Je crois pas que c'est normal d'avoir mal au ventre, j'ai rien mangé.*
– *Mais non, le corps sait ce qu'il fait.*

L'abdomen c'est les insectes ou alors les femmes minces.

La papille gustative, y'a un moment, elle guste plus rien.

– *Elle est morte Sheila ?*
– *Ah bon ?*
– *Non, je te demande.*
– *Quand ?*
– *Mais non, je te demande, elle est morte ?*
– *Qui ?*
– *Sheila.*
– *Quand ?*

Bois sans soif et compagnie !

Une tombe, c'est Dalida, celle d'à côté, c'est un inconnu, si t'es un asticot, faut pas te tromper de porte !

Un asticot végétarien sur une tomate ? jamais vu ça.

La guerre de la compétitivité, moi je suis réformé !

La France était une grande puissance, c'est devenu une puissance moyenne... et encore hier t'aurais vu dans Paris, y'avait personne.

Faut pas que les gens m'invitent chez eux, ça finit toujours mal.

On devrait dire « hibernation », plutôt que « cho-medu ».

Entre la peinture et la sculpture, y'a pas photo.

Avec tout ce qu'il voit l'œil, il reste moins de trucs collés au fond que quand tu fais cuire du riz.

Je m'en fous qu'ils volent les hommes politiques, ils peuvent même tous crever, je m'en fous aussi.

La transparence en politique ! même les carreaux propres, on n'y arrive pas !

J'invente ou pas ?

C'est pas la peine d'être un nuage si c'est pour être un nuage bas.

À la base, l'homme n'est pas fait pour réfléchir.

Je ne crois pas dans les sondages, et même si vous me posiez la question, je vous le dirais.

Moi, ce que je pense, je me le garde !

Tartare œuf à cheval, ça veut bien dire qu'il y en a toujours eu du cheval dans le bœuf.

Mille euros pour un chien ?! T'as la radio dedans ?!

Avec ma prostate, je n'arrête pas d'uriner, je caresse plus ma bite que mon chien.

Les anti-mariage gay, c'est les mêmes cons qui font bénir leur bagnole !

Ça fait combien de temps qu'on boit toujours les mêmes apéritifs ? le Ricard, ça fait combien de temps que ça existe ? mon grand-père en buvait ! elle est où la créativité ? le kir, ma grand-mère en buvait ! ils sont où les gens qui cherchent ?

Ils nous vendent des médicaments qui tuent, pas étonnant qu'on soit tout le temps malades.

Si c'est Dieu qui a inventé tous les insectes qui grouillent, c'est un malade !

Moi, quand je suis tout seul, je sais pas quoi dire.

– *Avant, on était jeunes !*
– *Oui, eh ben, c'était pas mieux !*

Le mariage pour tous, c'est pas pour tous, c'est que pour les pédés !

Mon mari, c'est cinq fruits et légumes par jour, plus cinq charcuteries, plus cinq viandes, plus cinq litres !

Avec deux pères pédés, ça va y aller les poupées pour les garçons !

La langue, elle parle, elle boit, normal qu'elle bafouille !

— *Je te sers plus.*
— *C'est un abus de pouvoir !*

Une bombe pendant le marathon, c'est comme nous une grenade en plein midi.

Un oreiller dans le lit de l'eau, c'est du poème à un balle !

Aux États-Unis, y'a plus de Noirs que de Blancs, c'est pour ça qu'Obama est noir.

Ce qui est bien quand tu travailles dehors, c'est que quand tu rentres, tu t'en rends compte.

— *Des fois tu chopes un poisson, tu le remets à l'eau, dix minutes après tu repêches le même, toi, t'es comme ça !*
— *On reboit un coup ?*

Entre deux rayons de soleil, t'as même pas un millimètre, dans le sud, c'est pire.

— *Ils avaient dit qu'il ferait beau !*
— *Il va faire beau, des fois à un kilomètre près c'est nuageux, ici c'est gris, et à la tour Eiffel il fait beau.*
— *Je vais pas aller boire un blanc à la tour Eiffel !*

Le big-bang, c'est qui qu'a mis la bombe ?

En Inde, à huit ans, on est plus tout jeune.

J'habite où ?!

Tant que le gosse est dans la mère, on sait où sont les deux.

— Je sais plus si j'ai bu mon kir ou si c'était une bière...
— Alors lui, c'est foie par terre et tête en l'air !

C'est fermé chez Monique ?!

Le chien, il croit qu'il est normal, alors que nous on sait bien que c'est un chien.

Les Irlandais mettaient des bombes dans les bars mais c'est pas la tradition française.

À force d'être au comptoir, j'ai un cor au pied au coude.

C'est pas la peine d'être un oiseau si c'est pour rester gare de Lyon.

Il boit tellement ce mec, il a un système de trompe interne.

Les rêves d'habitude c'est comme un film, moi y'a pas d'images, c'est des émissions de radio.

– Moi j'ai jamais tué personne !

– Et la viande que tu manges ?

– C'est de l'élevage !

– Faut la tuer quand même !

– Elle est endormie.

– Tu bouffes du veau euthanasié ! ah ils sont beaux les écolos de mes couilles !

– M'insulte pas !

– Moi le sanglier je le tue au fusil comme un homme !

– C'est de la torture.

– Et quand tu manges des huîtres ?

– C'est pas pareil, elles ont pas de nerfs.

– T'en sais quoi ? même dans le coma les gens ils entendent !

– Compare pas.

– Les huîtres elles sont dans le coma pareil.

– Toi, tu les tuerais au fusil les huîtres !

– Ça m'est déjà arrivé, on était bourrés.

– En plus à la chasse, ça y va la picole.

– Et les infirmières qui tuent les vieux à la piqûre, elles picolent pas peut-être !

– Je vois pas le rapport.

– Pour les veaux ! moi les veaux c'est un coup de fusil aussi, ça irait plus vite que l'autre salope en blouse qui fait la piqûre.

– On les tue pas à l'hôpital !

– C'est toi qu'as dit ça.

– On les endort.

– Vous les tuez dans le lit, c'est pas mieux !

Si tu tournes beaucoup l'œil droit, tu peux voir l'œil gauche.

Les lois de la nature, t'as pas de morale de la nature !

... et d'ailleurs ça se voit.

Si je publie mon patrimoine, un confetti, ça suffit !

La boîte crânienne est ronde, un peu comme les boîtes à chapeau.

– *On en fera quoi de la vie sur Mars ?*
– *On la tuera.*

... c'te question !

Normal que le sida s'attaque à tout le monde, les pédés se marient.

– *Je sais pas comment je suis rentré.*
– *Tu veux qu'on fasse un appel à témoin ?*

On doit pouvoir faire tourner un moteur à l'urine, avec ce qu'on boit !

Je pisse à heure fixe et toujours dans le même bistrot, j'ai une clef USB dans la bite.

– *Les homosexuels ne sont pas des malades.*
– *C'est quand même pas normal !*
– *Normal, ça veut dire quoi ?*
– *Ça veut dire qu'on se tortille pas !*

C'est des gens qui couinent.

L'Italie, l'Espagne, la France, l'Allemagne, on peut dire que l'Europe de la charcuterie existe.

Cimetière Montmartre, cimetière Montparnasse, les morts sont mieux logés que les vivants !

– *Y'en a plein qui ont été crucifiés qui ne sont pas devenus Jésus.*
– *On est pas tous faits pareil.*

J'ai pas tellement envie de vivre après ma mort... pour faire quoi ?... j'ai pas envie de retourner à l'école !

Marie-Madeleine a toujours été une coquille vide.

Les jambes, c'est pas tellement bien attaché.

– *Faut que le maire ait le droit de pas marier les pédés si il veut pas.*
– *Liberté-Égalité-Fraternité, c'est écrit sur les mairies !*
– *C'est pas écrit sur les maires !*

Vous le savez, vous, ce que le dauphin cherche à nous dire ?

– *Dans un croissant, t'as autant de calories que dans un bifteck.*
– *Au goût, ça se sent pas.*

Le poivre était plus cher que le sel et l'huile plus chère que le vinaigre, eh bien, c'est fini ce temps-là !

Bilou mon chien nous a quittés, il nous a dit adieu, merci de ne pas m'en parler.

Dans l'état actuel des choses, de la manière que ça se passe en ce moment, je suis content que ça soit comme ça.

– Tu te rends compte, onze grammes !
– Moi la dernière fois que je me suis fait pincer, c'était six grammes neuf.
– Moi je me pèse plus.

Ils ont refait les peintures dans le petit café avec la grosse patronne qui a un gros cul.

Le cerveau sert à comprendre mais heureusement, pas qu'à ça !

J'ai beaucoup d'humour même à un point que c'est dangereux.

La nuit et le jour, c'est vraiment le jour et la nuit !

La grande Bretagne plus grande que la Grande-Bretagne c'est la Bretagne !

Pape, c'est original comme travail, mais pute aussi.

Y'a un oiseau super mégalo qui a fait son nid dans les magnolias.

Quand on pense, faut passer d'un balcon à l'autre.

Le saucisson à l'ail, ça a de la gouaille !

– *Je reviendrai pas en arrière à mon âge !*
– *Déjà que tu peux pas aller en avant !*

Ça serait bien que tu réduises ta dette !

– *Si le ventre de la femme pouvait donner des jambons, pour la faim dans le monde, accoucher des jambons.*
– *C'est pas intéressant neuf mois pour un jambon.*

Beaucoup de gens seraient moins malades si y'avait pas la pharmacie juste à côté.

– *Tu me mets un Ricard.*
– *Après acceptation de ton dossier !*

La France, c'est l'Hexagone, et il n'y a pas beaucoup de pays qui ont cette forme-là.

– *Au-dessus de cinquante morts, ça fait beaucoup de morts.*
– *Cent morts, c'est beaucoup de morts.*
– *Cinquante, c'est déjà pas mal de morts.*
– *Et vingt morts ? c'est pas rien vingt morts !*
– *Vingt morts, ça fait pas tellement de morts.*
– *Mille morts, c'est beaucoup de morts.*
– *Trois morts, c'est rien comme morts, jusqu'à dix morts c'est pas beaucoup, onze morts, douze morts, ça commence, au-dessus de cinquante morts c'est des morts, en dessous de cinquante morts ça fait comme cinquante vivants, c'est pas beaucoup.*
– *À partir de mille vivants, ça commence à compter.*
– *Trois vivants, c'est rien.*
– *C'est comme trois morts.*

Le mariage gay, le mariage normal, si tout le monde se marie, on va être encore plus un pays de vieux !

— *Le papier c'est léger sauf quand t'as une tonne de papier.*
— *C'est comme tout.*
— *C'est comme tout... bon ben... sur ce...*

— *Il est mort à la naissance.*
— *Ça fait pas lourd de points de retraite.*

Il paraîtrait qu'il y aurait du Coca-Cola dans les saucisses ?

— *T'as l'heure ?*
— *T'as qu'à t'amener la tienne !*

Le mariage homosexuel, on en revient aux animaux qui se marient ! pareil !

Au camping, on redevient humain.

Moi j'ai jamais eu l'impression que Gainsbourg buvait.

C'est vous la nouvelle patronne ?! J'ai bien l'honneur d'être content de vous connaître !

J'ai pété le short !

... sur ces bons mots, je m'en vais vous saluer.

866

– Hallucinant les libellules ! et les scarabées ! et les doryphores !
– Ho ! faut que t'arrêtes de picoler Frankie !

C'est des genoux de randonnée ?

Il en fait trop, la cerise sur le gâteau, il la met sur le clafoutis !

Strasbourg, je peux pas y aller, je bouffe trop.

Moi si je vais au cinéma c'est pour me vider la tête, pareil si je lis, c'est pour me vider la tête, on a tellement de soucis, moi si je regarde la télé, c'est pour me vider la tête, la radio, ça vide bien la tête, moi je mets la musique quand je fais la cuisine, la cuisine ça vide bien la tête, on a la chance d'être en bonne santé, nous avec mon mari on va marcher dans les bois, ça vide la tête, il bricole, moi je peins, je fais des paysages, ça vide la tête la peinture, quand il bricole Hervé je sais pas si ça lui vide la tête, on peut pas l'approcher.

– On te voit plus.
– J'étais en déplacement à l'Arquebuse.

Une prothèse avec du gel industriel, ça sera toujours mieux que ce qu'il y a normalement dans le nichon.

... de toute façon.

Mammaire, ça fait plus tétine que nichon, je trouve.

Je savais pas qu'on peut mettre ce qu'on veut dans un nichon.

– *Être soi-même, c'est ambitieux ou pas ?*
– *Ça dépend.*

Il est déjà grand-père ? Je l'ai jamais vu travailler.

– *Tu t'intéresses pas à la politique.*
– *Si ! moi je suis président et mon chien il est premier ministre !*

C'est un ancien banquier qui est devenu SDF, les mecs de la voirie, il dit que c'est ses employés de maison.

Les grands défis du XXIe siècle, moi j'en vois pas.

J'ai mon slip trop serré, ça me fait l'effet de serre.

Y'a combien de Prix Goncourt qu'on a oubliés alors que la Vache qui rit est encore là ?

Le cerveau c'est mou, dans la tête il a une forme de tête, dans le ventre il aurait une forme de ventre.

– *Deux demis, plus deux demis, ça fait quatre demis ! tu sais calculer ?!*

– *J'ai bu que deux.*

– *Et les deux d'hier ?*

– *Hier quand ?*

– *Hier soir ?*

– *Quand ?*

– *Quand t'es venu.*

– *Oui, eh ben ?*

– *T'as bu deux demis.*

– *C'était pas payé ?*

– *Ben non ! si tu payes pas, c'est pas payé.*

– *Je croyais que c'était payé.*

– *Par qui ?*

– *Le mec avec qui j'étais.*

– *Ah oui tiens au fait ! tu me dois ses deux demis à lui aussi ! tu fais bien de me le rappeler !*

– *Hein ?*

– *Tu lui as dit que tu payais.*

– *Hein ?*

– *Le mec avait rien sur lui, tu ramasses des clodos ! tu me dois six demis !*

– *C'était qui ce mec ?*

– *C'est toi qui l'as ramené, soi-disant, c'était ton meilleur ami du monde ! six demis.*

– *Bon... eh ben donne-moi un demi déjà.*

Lundi, mardi, mercredi, jeudi, vendredi, samedi, dimanche, lundi, c'est ce que je dis, la semaine elle fait huit jours, et pas sept, comme tous les cons y disent !

Deux ans d'HP ?! Je savais pas que t'es un ancien fou !

La neige c'est blanc tant qu'on marche pas dessus, c'est comme le reste.

— *Tu veux que je te lise le journal ?*
— *Je sais lire ! je suis pas Sarkozy !*

Dans la quatrième dimension, t'as encore quatre dimensions, c'est les poupées russes des dimensions.

Toilets only for custumers ! merde !

Garder un vieux à la maison ?! je suis pas anti-quaire !

Il est mort y'a dix-neuf ans Jean Carmet, on aurait planté une vigne sur sa tombe, on en serait à la treizième vendange !

C'est pas du gel qu'il faut mettre dans les prothèses de nichons mais de la plume d'oie.

Tu bois assis ?! t'as un cul de bureaucrate !

Y'a des robots qui coûtent moins cher que des Chinois.

— *Et tu dis que t'es banquier ?!*
— *On peut pas être et avoir pété.*

Il ne croque pas la vie à pleine dents, déjà, il mange jamais.

Picasso a trop produit.

Mon défaut, c'est que je veux toujours faire mieux.

Avant, t'avais autant de gens qui naissaient que de gens qui mouraient, mais avec l'avortement, t'as plus de gens morts que de gens nés.

En France, vous n'avez plus que des retraités, des chômeurs et des Arabes ! Et encore, heureusement qu'il y a les Arabes, parce qu'on aurait que des retraités et des chômeurs !

Le château de Versailles, à dix bornes près, il était à Villepreux.

Aux États-Unis, les Noirs sont américains, alors qu'en France, ils sont maliens.

En Amérique, il y a plus de Noirs que de Blancs, c'est fait, voilà, c'est fait !

– *Soi-disant que son chien fait des merdes d'un mètre.*
– *C'est la foire aux vanités.*

Si j'avais du pognon, j'ouvrirais un bar à saucisses.

C'est quoi la différence entre un canard ?

Teu dieu ! tu vas bien ?!

Je vois précis flou, comme sur les photos.

Ça fait huit mille ans que le Français est en France, alors qu'ils nous fassent pas chier avec l'Europe !

– Faudrait peut-être qu'on aille bosser.
– J'ai pas les bonnes chaussures.

Toi t'es mon pote ! toi je t'aime !

Il a un regard d'hominidé... Pipoune il s'appelle.

C'est par le lait de la mère que le temps passe dans le bébé.

C'est pas la peine d'avoir des émotions si ça change rien.

– T'as mis la capuche ?
– Je picole sous couvert d'anonymat !

Plus t'es grand, plus tes pieds sont grands, pour pouvoir tenir droit par terre.

– On est obligés de partager la planète avec d'autres.
– Avec des serpents et des mouches, je vois pas pourquoi.

C'est une mine de fossiles ce bistrot !

T'es médiéval comme mec, toi.

J'affirme jamais sans preuve ! c'est une tache de sauce tomate, j'ai encore la note de la pizza !

Je suis normalcéphale !

Il me faut plus que des araignées pour que j'arrête de boire.

– T'as un accent ?
– Je suis pas que français, j'ai une frontière avec
l'Espagne.

Le tonnerre fait toujours le même bruit depuis la préhistoire, alors que la pluie tombe sur les toits.

Le silence est un son du passé.

Une cuite, six virgule six sur l'échelle de Kanter !

– Si t'as un grand cœur, tu finiras par l'avoir dans
le cul.
– Si t'as un grand cul, tu finiras par l'avoir dans
le cœur !

La logique sera en ville, le bon sens est rural.

Jamais tu m'entendras dire quarante-cinq, moi je suis moins le quart.

Je ne veux pas planter des rosiers pour qu'ils vivent dans ce monde pollué !

Le design c'était les années soixante, aujourd'hui les formes on s'en fout.

S'il pouvait, il garerait la bagnole dans la chambre !

Je fous rien, comme ça je suis pas énergivore.

– Ça envahit tout, les bambous.
– Bien sûr, c'est chinois.

Ça fait au moins cinq ans que j'ai pas fait un plein entier du réservoir.

– *Moi pour caca, je force pas.*
– *C'est vos histoires, ça nous regarde pas, je vous dis pas combien je gagne moi !*

Quatre paraboles sur le balcon, c'est pas des Français.

Pas français, ça veut dire des Arabes, sinon, j'aurais dit des Noirs.

La maladie mentale, ça te fait pas des boutons sur le cerveau.

Il est séparé de sa femme, il est toujours triste, il va au bistrot avec le rat doudou de sa fille.

Le cinéma, c'est le sixième art ? eh ben ! des fois on voit de ces merdes !

– *Le gène, c'est la boîte aux lettres de l'information génétique du corps, tu comprends ?*
– *Non.*
– *Le courrier génétique va dans le gène qui fait boîte aux lettres qui donne les informations.*
– *À qui ?*
– *Au corps.*
– *C'est qui le facteur ?*

Le sel retient l'eau, c'est pour ça que la mer est pleine.

Il est où mon verre ? c'est celui-là ? c'est lui le mien ? parce que moi j'aime pas boire dans la bouche des autres !

Le centimètre ferait deux centimètres, cinquante centimètres suffiraient pour faire un mètre.

— *La tomate est un fruit !*
— *C'est un légume.*
— *C'est un fruit, comme la banane.*
— *La banane, on sait pas ce que c'est, c'est hybride.*

L'Antillais qui va au paradis, si c'est encore l'eau bleue et les langoustes...

— *Le spermatozoïde transporte toutes les informations.*
— *Dans sa tronche ?*

Le dalaï-lama, il est plus souvent au Ritz à bouffer du caviar qu'au Tibet à bouffer du beurre de yack ! Y pourrait se taper Madonna si il voulait.

La choucroute de poissons, ça fait pas allemand comme recette, ça fait presque juif.

— *C'est qui qui t'a dit que j'étais mort ?*
— *Hervé.*
— *Hervé ?! c'est lui qui est mort !*

Le zizi de Pierre Perret, ça risque de se vendre pour les mariages gay.

Ma mémoire sait que t'avais une moustache et j'arrive pas à te voir sans ta moustache, pour moi, tu auras toujours une moustache, j'ai une mémoire de maçon, quand le ciment il est sec, il est sec.

Les Chinois mangent du foie gras et nous on mange des insectes maintenant !

On voulait la jeunesse éternelle, c'est la vieillesse éternelle qu'on va se taper.

La nuit des temps, c'est combien d'heures par rapport à une nuit d'aujourd'hui ?

– *Je peux rester deux minutes sous l'eau sans respirer.*
– *Oui, on a vu ça avec la bière.*

Au Mali ils font ça, des croisillons en os humains pour faire grimper les haricots.

Le piaf, une miette, le bonheur simple.

Si en plus ils ont bouffé du couscous, la ceinture d'explosifs t'envoie de la bouffe partout.

– *Le pique-nique, si y'a pas une chaise, je peux pas manger, à cause de mon dos, je peux pas m'asseoir par terre, je suis pas une fourmi !*
– *Les fourmis non plus mangent pas par terre, souvent on les voit qui montent sur les chaises.*

Une caméra miniature sur l'asticot, on pourrait voir si le poisson va mordre ou pas.

Les plantes de soleil comprennent, elles meurent pas la nuit.

L'Église est la maison de Dieu, y'a ni cuisine ni salle de bains !

C'est devenu quoi le Boursin à l'ail ?

Le don de sperme, le don d'ovule, il est bien parti pour pas travailler le petit, on lui donne tout !

C'est quoi la réussite humaine ? Suffit que tu fasses des insomnies pour rater ta vie !

Tous les peintres, les écrivains, les grands scientifiques, la France est partie de trop haut, on est forcés de se casser la gueule !

Aux États-Unis, on ne les voit pas les étrangers étant donné que chacun vit dans son quartier, les Noirs dans le quartier noir, les Italiens dans le quartier italien, si vous voulez voir des Noirs, vous en verrez, mais ça sera voulu.

Rien est pareil.

— *Hier t'as dit que tu boirais plus jamais !*
— *Oui mais j'étais bourré.*

Le permis de conduire ! et pourquoi pas aussi le permis de marcher !

J'ai fait l'armée, après la prison, l'HP, la rue, et tu me fais chier parce que je pue ?!

... pendant qu'on y est !

... tant qu'on est !

Ça, c'est un coup de poing et ça, c'est un verre, là, je suis tombé dans une benne et la cicatrice là, c'est une vitre.

Moi je préfère parler qu'écouter.

Mon père a tué ma mère, ça m'empêche pas que je le respecte.

Pour moi le genou est aussi important que le coude puisque je conduis des voitures.

— *T'aimes personne, t'étonne pas que personne t'aime.*
— *C'est pas pareil.*

Le mariage des pédés, vous savez, moi je suis pas pédé et je suis marié, je pourrais en parler.

Quand tu travailles dans la poussière, la bière c'est bien !

Combien y'en a des pays étrangers ?

Ça sert de moins en moins les jambes.

Moi des fois je me demande si on est pas fous.

Des papiers d'identité !? je sais qui je suis tout de même !

Ta gueule !... non mais je parle pour moi !

Hier j'avais la gosse à garder, aujourd'hui c'est le chien !

C'est comme Dieu, y'a du cheval dans tout !

J'ai réponse à tout parce que je pense en bloc.

Elle est tout le temps en travaux Catherine Deneuve.

Ça va servir à quoi le boulot si tout le monde est au chômage ?

Déjà les étoiles, je connais pas les noms, alors mes voisins, je m'en tape !

Avant les gens maigres achetaient des pains maigres et les gens gros des gros pains, t'as dix fois plus de formes de pains que de formes de gens maintenant.

Hollande en Chine, si au moins il leur amenait le chômage !

– *J'ai envie de rien.*
– *Force-toi, ça va revenir.*
– *Alors un demi.*

Il se tient debout au comptoir, il dort et il boit en même temps, si si, il fait ça !

Moi j'ai connu Paulette bien avant René.

J'ai les ongles des pieds qui poussent plus vite que les ongles des mains, tout le monde a ça ?

Pour moi, le péril jaune, c'est dix Ricard le midi-dix le soir.

L'ADN, ça s'en va avec du jus de citron.

– *Va te faire enculer de ta race de merde je te chie sur ta gueule !*
– *Oui mais restez poli au moins.*

Avec le Ricard je deviens fou et finalement ça se passe bien.

On met la caisse à chat dans le bas d'un placard avec sa souris et une côtelette en plastique, c'est un ghetto !

– *Ils passent par le cul pour remonter jusqu'au cœur pour déboucher les artères.*
– *Oui mais bon ça fait un peu apprenti sorcier.*

On a perdu les colonies, plus personne parle français, même l'Algérie qui parlait français finira par parler anglais.

– *Comment ça s'appelle le truc avec les points ?*
– *Le permis.*
– *Mais non, l'insecte avec les points ?*

La connerie change rien puisque de toute façon rien marche.

Deux nez, un pour le sucré, un pour le salé.

Le nez, c'est rien, ça se répare.

– *C'est dans quel film la fée clochette ?*
– Ben-Hur.

La crise cardiaque c'est le bras gauche, si c'est le bras droit c'est que t'es tombé par terre.

Je sais pas comment je suis rentré, j'ai tout arraché la peinture avec mon blouson.

– *Il paraît que je voulais te mettre des coups de boule.*
– *Ah bon quand ?*
– *Hier, je te secouais pour te mettre des coups de boule.*
– *Hier... hier ?... ah bon...*

C'est rare qu'un porte-bonheur se mette à porter malheur.

Un brin de muguet retourne jamais sa veste !

– *C'est quoi comme yeux ça ?*
– *Bleus.*
– *Les yeux bleus, c'est un manque d'yeux, en fait.*

Un poisson mort, c'est les grenouilles qui mettent des fleurs.

Ça a été tout bombardé, ça a été reconstruit en ligne droite, c'est pour ça que le vent fait voltiger les pioches.

– *Vous me faites tellement chier ! je vais.... ah non, je me barre pas ! c'est trop facile ! je vais reboire un coup ! tiens... si tu crois... putain non... même je paie un coup tiens... tu crois quoi ?... tu me connais pas... ça fait vingt ans que je viens ici, c'est pas aujourd'hui que je vais sortir... on est quel jour ?*
– *Le jour des poubelles.*

Le bar en croûte de sel ?! non mais attends ! y'a un moment faut réfléchir.

Le jour où je serai bien bourré c'est que j'aurai vraiment bu.

Quelqu'un qui dégueule devant sa fille ? moi c'est la peine de mort.

– *Tu me connais pas !*
– *Si.*
– *Non, tu me connais pas !*
– *Si.*
– *Tu peux pas imaginer qui je suis.*
– *Si.*
– *L'intérieur.*
– *Si.*
– *Tu commences à me faire chier toi.*

On est bloqués dans trois dimensions, la hauteur, la largeur, et l'autre là, la troisième, la hauteur, la quatrième dimension, tu as la hauteur, la largeur, et l'autre, la hauteur, la profondeur ! autant pour moi, et là tu es dans ce qu'on dit, le monde fini, encadré, comme en géométrie, mais pensée.

Tu crois que c'est la gale ?

Les écolos ?! moi j'en ferais du bois de chauffage !

Trier les poubelles ?! branler les mouches ?! ça va pas bien non ?!

Quand j'étais petit je me cachais, j'y arrive plus.

– *Tu choisis pas quand tu nais, tu choisis pas quand tu meurs...*
– *On choisit pas quand on pète, alors le reste, faut pas rêver.*

Le seul truc que j'ai bien aimé à l'école c'est les conjugaisons.

Les « inséparables », c'est des oiseaux tellement inséparables qu'on les fout en cage par deux.

– *Quand je picole j'ai mal aux genoux.*
– *C'est le changement de temps.*

J'aimerais bien être heureux des fois.

Tu sais comment je me le suis cassé ce doigt ? en faisant rien.

Moi c'est pas la peine de me montrer le plat du jour, je picole et je chante Aznavour.

Le matin ça ouvre, je rentre, le soir ça ferme, ils me foutent dehors, c'est recta verso.

Pourquoi deux couilles et pas une seule qui serait plus grosse ? hein ? regarde-moi quand je te parle.

On est fait que en matière, si on y pense.

C'est la terre qui a fabriqué le pétrole, c'est pas nous, la terre est pas plus écolo que n'importe quel branleur comme nous !

– *Comment tu veux comprendre un mec comme lui, il est incompréhensible.*
– *Moi je le comprends.*
– *Oui mais toi t'es bizarre aussi.*
– *Pas du tout !*
– *Tu le comprendrais pas sinon.*
– *C'est toi qui es con.*
– *De pas le comprendre ? putain ! j'ai raison de pas le comprendre, on comprend rien.*

Tu sais, les gens sont ce qu'il sont, et nous c'est pareil.

Je sais pas si c'est sa mère ou c'est sa femme le mec qu'on a vu.

Le cerveau, c'est chiant.

La Chine, moi j'ai pas peur d'eux, c'est des cons !

Je le dis comme je le dis.

Ça peut pas plaire à tout le monde.

Que UN ici me dise que j'ai tort !

Va te faire enculer.

Évidemment ! quand tu sais plus quoi dire, tu me dis de me faire enculer ! tu parles d'un argument !

Connard.

On peut pas parler dans ces conditions.

Va te faire enculer !

Aucun dialogue.

Le Téléthon, c'est pas sérieux, ils nous font des variétés médicales !

Le crabe est considéré comme un insecte dans certains pays.

Rien qu'en faisant du vélo des insectes on en mange des kilos.

Mélancolie ! mélancolique !

Bois pas avant que je boive, putain ! on trinque ! t'as bu à l'orange !

– *Il a dit ça Obama ? qu'il était maire de Boston ? t'es sûr ?*
– *À la radio ce matin !*
– *Il était maire de Chicago, Obama !*
– *Lui, il dit pas ça, en tout cas.*

Je me réveille, un clown au plafond, c'est le Ricard.

Vous savez, il y a tellement de gens qui sont morts avant nous que ça n'est pas tellement original d'avoir une maladie mortelle !

On s'est fait un apéritif improvisé et après y'a quelqu'un qui est arrivé avec une bouteille pas prévue.

L'avion est tombé, avec deux jumeaux dedans, pareil que les Twin Towers presque.

Se sentir seul, vu le nombre de cons qu'on est, ça peut arriver aussi.

Tu me feras pas croire à un truc que j'ai pas dit.

Muet, on s'en fout, ça se voit pas dans la glace.

Faire des gosses pour qu'ils soient malheureux, c'est pas grave, tout le monde fait ça.

Le 6 juin, le 15 août, j'aime pas les dates.

Rien sert à rien, sauf des fois, d'ailleurs souvent tu fais un truc et c'est pas ça que t'as fait...

Je veux bien promener le chien, mais je ramasse pas son caca, je suis pas infirmière !

La presse c'est fini, on va recommencer à savoir ce qui se passe comme avant quand y'avait pas de journaux, ça marchait très bien les on-dit, hein, quand c'est les nouvelles du monde, que ça soit la vérité ou pas, ça change quoi ? qui c'est qui y va là-bas ?

Si tu fumes vingt cigarettes de persil par jour pendant dix ans, ça sera aussi dangereux que le tabac, même plus.

Fume de l'oignon, tu vas voir ton malheur.

Je préfère lire une ligne de temps en temps que tout un livre pendant les vacances.

Bois du rosé, ça va faire venir le soleil !

— *T'aimes rien !*
— *Tu déconnes ? pose-moi une myrtille là tu vas voir !*

Moi quand je serai mort, tout ce que je veux, c'est qu'on m'emmerde pas.

Moi quand je sais que je vais passer la journée sur Internet, je me lave pas.

Que des vieux qui jouent aux cartes, ça devrait être classé réserve naturelle ce bistrot.

Ça m'a rappelé mon enfance tellement je me suis fait chier.

La connerie, ça a ses qualités et ses défauts.

Le tube de peinture, ça a permis aux peintres de peindre dehors, comme l'invention de la gourde pour nous.

Ça commence avec le mariage gay, et après ils voudront des baptêmes gays pour les gosses !

L'intégration est faite, les Noirs sont aussi cons que nous.

Arrête de manger comme ça, on dirait un bébé ! j'en ai marre de râler tous les jours ! si tu crois que je vais t'amener chez mémé ! je vais téléphoner à ton père qu'il vienne te chercher en voiture et maman elle va rester ici ! tiens, donne-moi un kir ! j'en peux plus de cette petite ! et voilà ! paf ! je t'ai dit de la tenir à deux mains ! pif ! tu pleureras pour quelque chose ! arrête ! non ! ramasse pas ta crêpe, le monsieur a marché dedans !

J'ai appris l'anglais à Vitry, c'est pour ça que je le parle pas du tout.

Les implants mammaires, c'est fait pour attirer le gibier, pareil qu'à la chasse les faux canards en bois.

Le cœur qui bat, ça envoie du sang dans le corps par un côté, ça revient par l'autre, c'est vraiment un sketch !

J'aime pas ça comme jour le dimanche soir.

C'est bidon la démocratie, personne vote et ça continue !

Le sein, c'est la prostate de la femme.

Tu vas bosser ? t'es le dernier des Mohicans !

Je sais jamais ce que je vais boire avant de venir, j'ai pas d'idée préconçue.

C'est souvent la connerie qui fait le plus tache d'huile.

Oui oui, ils ont eu un trisomique, mais alors trisomique trisomique, plus que 21 !

– *Les hiéroglyphes des Égyptiens, y'a pas de preuve que c'est eux qui ont fait ça.*
– *C'est pas parce qu'on a trouvé ça là-bas.*
– *Mais non ! vas-y aujourd'hui, sur les murs c'est des pubs pour le Coca et c'est pas les Égyptiens qui ont fait ça.*

Tu sers à rien, t'es qu'une particule alimentaire !

Même pour les prothèses de hanches faut des normes européennes alors que les gens font pas cent mètres à pied !

Moi jamais je serai aux normes européennes !

Chaque fois qu'ils disent qu'ils veulent nous redonner le pouvoir c'est encore plus pour nous baiser.

De toute façon, je l'avais dit ça.

Les oiseaux ils volent, et après ils font quoi ces connards ?

Moi je préfère être mort, en fait.

Il vaut mieux s'énerver sur des choses qui n'existent pas.

– Où on est où là ?
– Qui ?

L'autre connasse de première dame de France alors qu'elle est même pas mariée avec l'autre con qui marie les pédés, ça va finir en éboulis tout ça.

– Elle perd ses dents.
– À notre époque, les dents ça sert à rien.

Sur Mars, avec la gravité, on ne mâchera plus.

Si c'est pour manger du pâté, les dents, franchement.

– Quand il a bu, il est con.
– Dans le civil, il est pareil.

J'ai plus mes mains.

Je l'attrapais, je voulais lui mettre des coups de boule, et pourtant c'était une bonne soirée, je sais pas, j'étais mis, en plus je sais pas, c'était une bonne soirée, je me suis excusé mais en plus il se rappelait pas, y'a que moi qui me souviens, trop bon trop con.

C'est le mot dentiste qui fait peur, tu mets « dentiste des ongles » pour manucure, personne y va !

Le vin, le fromage, ça va bien ensemble, parce que quand tu trais le lait, t'es presque vigneron de vache.

C'est une plante de rocaille ce mec, il est déjà saoul avec une goutte d'eau.

– T'es coiffé comme Pollux !
– Et alors ? ça vous gêne ?

Y'a des pays, plus on tue de pauvres, plus y'a de pauvreté, faudra m'expliquer !

Ma mère parlait, mon père parlait pas, son père à lui parlait et c'est sa mère à elle qui parlait pas, comme quoi, les chiens font des chats.

Le grec fera pas des mots latins.

Attention, c'est une eau à ganglions !

Je vote pas, je suis pour la stérilisation des politiques dans l'urne !

Proust est d'abord connu pour pas être lu.

– Qui c'est qui t'a fait ça ?
– C'est le chien qui m'a mordu le nez.

En sculpture, il faut commencer par faire les pieds si tu veux que ça tienne.

Le mec qui dit qu'il est malade parce qu'il a le cancer, c'est un mec qui a un petit cancer, le vrai cancer, c'est plus que de la maladie ! la grippe t'es malade et c'est pas un cancer ! je suis malade de la grippe, les oreillons, c'est une maladie, la rougeole, le gosse il est malade de la rougeole, la maladie c'est rien par rapport au cancer qui est... un ogre !

Une seule idée par truc, sinon tu t'y perds.

— Il parle tout le temps de maladie lui !
— En plus, il est pas malade.
— C'est qui le malade chez lui ?
— Sa femme, et les murs.

Il n'y a que Brel qui m'a tour-bichonné le bidon.

Vingt-cinq millions de chômeurs en Europe ! et la Turquie est pas encore dedans !

— J'ai déconné hier ou ça va ?
— Tout le monde.

L'accent, ça vient d'une déformation du palais, si t'es né à la mer ou à la montagne.

— Je suis mort hier.
— Toi tu meurs tout le temps de toute façon.

C'est quoi ce que je veux ?

Si je meurs pas, j'y arrive pas.

— Tu sais que lui il fait bien Gabin, fais Gabin quand tu fais bien Gabin.
— Ah oui mon p'tit gars !
— Génial.

Le plus important, c'est le voyage, c'est pas pour boire que je sors de chez moi c'est pour venir ici !

Si t'es con, oui, sinon le truc qui sert à rien quand t'es intelligent, c'est la lecture.

En quatre ans, un bras cassé, une jambe cassée, et l'autre de l'autre côté comment ça s'appelle, la rotule, pareil, tout cassé sans rien faire en plus.

    – « *Je* » *est un autre.*
    – *Toi, oui, mais pas moi.*

Je suis sorti de chez moi, je suis tombé devant la porte tellement j'avais bu pour essayer de rentrer, impossible de ressortir là où je suis tombé au même endroit, presque.

En gros, je sais rien.

Moi j'ai rencontré ma femme à la fête des Lilas, sur le plateau, à Vitry, elle arrivait de Choisy, moi je venais de la gare de Vitry, en bas, c'est notre chemin de Compostelle !

J'ai su que je vieillissais le jour où j'ai trouvé que mes thuyas, ils avaient l'air jeune.

    – *Vous êtes de quelle génération ?*
    – *La bière Dumesnil.*

Ce qui est désirable chez une femme ? ça dépend de l'heure, aussi, entre le matin et le soir, il s'en passe !

Quatre-vingt-treize ans, c'est dégoûtant !

Par ici la sortie !

Nous on a du colza et du maïs, on fout les melons à la décharge ! le tiers monde il plante de la drogue ! pourquoi nous on se fait chier avec les patates et qu'on a pas le droit de gagner du pognon avec des cultures qui se vendent ?!

– Un café ?
– Je sais pas.
– Un demi ?
– Non, je sais pas.
– Autre chose ?
– Je sais pas.
– Quand vous saurez, vous faites signe.
– De l'eau.
– Tout ça pour ça ! on croirait Hollande !

Les merguez party, je trouve pas ça mirifique.

En forêt, y'a que des arbres, moi j'y vais toujours avec quelqu'un parce que sinon, à qui parler ?

– T'as été minable !
– J'ai dit ce que je pense.
– Pendant un vin d'honneur, c'est minable !

Y'a d'autres moments pour faire chier que quand on boit un coup !

Nous, on a le chat qui dort au pied du lit, il voit pas la nuit, ça serait pour voir quoi ? nous ? quand on dort ? il nous voit pas plus que nous on le voit ! on l'entend ronronner, il nous entend ronfler !

– J'ai planté mes pensées à côté
des soucis.
– C'est bien vous !

Je dis pas qu'elle éternuait, mais elle faisait un bruit bizarre dans la fleur comme si elle était allergique au pollen cette abeille.

– Faut pas planter trop tôt, ça gèle.
– Moi mes cinq sont nés en janvier.

Si un jour on mange plus que des insectes, on sera des insectivores, je connais le français !

Tu marches sur un scarabée, tu te baisses, tu le manges, c'est ça l'avenir de la gastronomie ?

Tu peux te passer vingt couches de crème, tu seras jamais plus protégé du soleil que si tu restes au comptoir.

Des lunettes pour voir loin ? y'a quoi qu'est loin ?

Mon jardin attend plus rien du ciel, il sait que c'est moi qui arrose.

Les voisins, c'est ce qu'il y a de pire quand vous habitez quelque part.

Dès que Paris redevient un village, vous avez les ragots.

Les nazis, sans les ragots, c'est cinquante pour cent de morts en moins.

Au moins quand tu peins le plafond, personne marche avant que c'est sec !

– *Moi je veux pas un petit bout de liberté, je veux toute la liberté !*
– *Prends plusieurs petits bouts déjà.*

L'Europe aura plus défendu les abeilles que les hommes !

Moi y'a pas beaucoup de questions qui m'intéressent.

– *Champ d'honneur, champ d'horreur !*
– *Champignons, moi je suis tombé dans une ravine en allant aux champignons.*
– *Petit con !*

Les mecs, ça tombe.

Je suis maçon, plus je vieillis, plus j'ai de la force dans les bras pour compenser les jambes.

Des fois j'ai envie de mourir et des fois je sais pas.

Soit on meurt, soit on meurt pas, c'est clair et net.

Une varice c'est un mot ! mais quand on la montre, attention, c'est autre chose !

La mort c'est triste et en même temps c'est pas plus triste qu'autre chose.

Trop de soleil c'est le cancer de la peau, le cancer du côlon c'est trop d'ombre.

Moi j'aime la peinture et je n'en fais pas, par respect, vous avez des peintres qui en font et qui visiblement n'aiment pas ça, c'est d'ailleurs la grande majorité !

– *Je sais pas si je vous l'ai dit que j'ai perdu une dent, une dent toute neuve à peine posée, elle est partie.*
– *Pour que ça tienne, faut que la dent vous accepte.*

Plus on donne des arrêts maladie, plus l'homme s'arrête et plus la maladie continue ! qu'est-ce que vous voulez que je vous dise ? on dirait que la maladie le sait !

Un vélo qui est resté longtemps dans le garage, faut pas lui faire grimper des côtes tout de suite.

– *On en voit des malades qui arrêtent pas de pleurnicher alors que c'est une petite grippe !*
– *Des fois, on préfère la maladie au malade.*

Du cheval dans le bœuf, c'est la même famille, faudrait pas qu'on en trouve dans le melon !

– *C'est bien de mourir dans son lit.*
– *Pour être bouffé par les chats ? merci bien !*

La France ne peut pas être le refuge de toutes les personnes d'origine homosexuelle.

– J'ai aimé mon premier mari, mon second moins, mon troisième je m'en fous.
– On est pas des machines.

J'y vais plus au cinéma, pour voir quoi ?

– On a une perception de moi qui n'est pas la bonne.
– ?... vous êtes qui vous ?

Un village comme ici, même dans mille ans, on aura pas de boucherie.

– Pas plus haut que le bord !
– Le bord du verre ou le bord du cercueil ?

La France est fatiguée, c'est ça le problème de la France.

L'Allemagne, l'Angleterre, à la limite l'Irlande, l'Italie, non, l'Espagne, bof, à la limite, ils existeraient pas, la Grèce c'est pareil, il nous manquerait quoi ? il nous manquerait rien, la Hollande, eux au moins, ils ont des fleurs.

Si je suis pas au bord du comptoir je suis au bord de la mort.

Tout le monde est pas mécanicien.

Pourquoi on veut bouffer des grillons si ça a un goût de cacahuète ?

J'ai horreur qu'on me photographie de dos, c'est encore plus privé que de face.

T'allumes la télé, c'est que des émissions sur la bouffe ! que des gens qui bouffent ! qui bouffent ! on va faire des télés pirates avec que des gens qui dégueulent et qui chient !

Non non, y'a un moment, non !

Mais oui, l'évolution s'est cassé la gueule et le progrès s'est arrêté, mais oui !

Les maths sont pas tellement une science exacte si tu vois les erreurs.

La météo, j'y ai jamais cru non plus.

Elle fait la météo à la télé, alors que déjà sur sa figure ça se voit qu'elle sait pas faire la cuisine.

Dubaï, c'est des Arabes quasiment monégasques.

Le problème de la démocratie c'est qu'on peut pas se révolter puisqu'on a choisi.

Les musulmans, au moins, ils croient en quelque chose.

Je vais déjà boire un coup et après on verra bien, tout simplement.

Pourquoi c'est pas Dieu qui choisit le pape ?

– La coloration des cheveux commence par une décoloration.
– Pour être noir, faut être blanc d'abord ?

Elle a été cognée par une voiture, le vétérinaire n'a rien fait ! il l'a regardée mourir ! et je sais pourquoi, il voulait ses reins !

Je me réveillais en sursaut, j'allais au frigo, j'avais la bouteille de rouge au frais, je me recouchais, une heure après fallait que j'y retourne, maintenant ça va mieux, je bois pas avant sept heures le matin.

– Un kir ! un demi ! un rosé ! un blanc !
– Houlà ! procédons par ordre...

Quelqu'un aurait pas vu mes lunettes ?

La liberté n'a pas de prix ! et pourtant je m'en fous.

Ce qui est bien ici c'est que ça se voit de partout.

– Fais-moi un contrôle de police, tu vas voir comment tu vas te faire envoyer chier !
– Je suis pas flic !
– Fais-moi un contrôle, tu vas voir ta gueule, essaie ! demande-moi mes papiers.
– Je m'en fous de tes papiers !
– Je les ai pas mes papiers, et les flics, je les emmerde !

Duras et Audiard auraient pu se comprendre, au moins pour la boisson.

Une plante grimpante c't'enfant ! toujours accroché à ma jambe !

Les descendants d'esclaves, c'est les mêmes qui gueulent maintenant parce qu'ils ont pas de boulot !

Mordu par son chien, on a droit à une pension ?

Ça fait trois jours que je mange liquide.

Tout hier je suis pas descendu de mon verre, comme si j'étais dans un arbre.

Je suis pas plus perturbé que le roi Perturbe !

La catastrophe, c'est que le seul exemple pour les jeunes, c'est les parents.

Pastis, olives, pizza, belote, je mange à la carte !

Moi je travaillais dans la presse mais dans la presse alcoolique, y'a que le petit personnel qui se camait.

Tout se distille ! même l'ennui, d'ailleurs ça se dit.

Nous on pleurniche parce qu'on a tué trois Arabes, alors que les Américains, ils sont super fiers d'avoir massacré les Indiens !

— *Tu vas bien ?*
— *Le fais pas parler, y va tomber !*

Une prothèse dentaire c'est normal on peut pas s'en passer, on mange avec, mais une prothèse mammaire on mange pas avec !

Les gens, quand on connaît deux trois, on les connaît tous.

Ail !

Aille !

Ailleuuuuuuuuuuuu !

Mais lâche-le, merde !

— *Le mec de la télé qui est mort...*
— *Lequel ? tu sais, la télé, c'est mortifère.*

Là ou ailleurs, moi je suis mieux là.

Je vois pas l'intérêt de faire chier le monde avec un film triste.

— *On a le grand cahier orange à écrire et le cahier de lecture à lire !*
— *Oui, j'arrive, papa il arrive.*

L'orgelet vient quand t'es flagada.

Le calcaire, c'est ça qui durcit l'eau, sinon tu pourrais pas faire des gouttes avec.

Déjà en photo je me reconnais pas, alors si je passais à la télé, c'est sûr je saurais pas qui c'est.

La forme des bagnoles, c'est ça qui mute le plus vite sur terre.

Au moins, quand c'est du poisson nourri à la farine animale, on sait ce qu'il a bouffé.

Des inondations ! en France ! en 2013 ! on aura quoi en 3000 ?! les volcans d'Auvergne ?!

Je sais pas ce que j'ai bouffé, j'ai le trou du cul en habit de lumière.

Mourir, ça devrait pas être systématique.

– *On l'a mis à la fosse commune.*
– *Eh ben ! faut pas avoir peur des morts !*

C'est le trèfle à quatre feuilles sauvage qui porte bonheur, celui qu'on achète dans le commerce peut donner un coup de main, et encore...

Un bistrot à Theil, je regardais par la fenêtre les mecs bosser sur la baraque en face, des pros, le temps qu'on était au bistrot à se saouler, le toit était fait.

Un mauvais roman posé sur un banc se rattrapera toujours par sa poésie, c'est comme un con sous la pluie.

J'avais peur la nuit, ma mère me laissait la lumière, le soir où elle est morte, elle a voulu que je lui laisse la lumière, c'est un cycle, vous comprenez ?

Un verre de blanc, après un verre de rouge, après un verre de rosé ? tu nous fais un vitrail ?

En Allemagne, ils tuent un cochon toutes les six secondes, de jour comme de nuit, vous avez des couteaux sculptés sur les maisons à pan de bois, à Berlin, il y a un fumet, vous connaissez Berlin ?

Le grand-père, un tas de bois, le père, un tas de charbon, le fils, un tas de merde.

Quand on voit tous ces gens qui n'ont même pas un toit et qui vivent dans la rue avec des enfants en bas âge, monsieur, des bébés ! alors quand on a la chance d'avoir un balcon, on y met des fleurs.

Une maison, une femme, un enfant, un chien, une voiture, un vélo, une couille !

Il avait respiré une lentille qui s'est coincée dans le fond comment on appelle ça ? le sinus ! et ça lui a germé dans le nez, si si, véridique !

Le Petit Prince, aujourd'hui, ça serait interdit par la justice qui protège les enfants.

Une vieille, faut que ça fasse des confitures pour les enfants, faut pas que ça fasse du chameau en Égypte.

Une merde de serpent dans l'herbe ? vous avez l'œil, vous.

— Je me suis tout cramé la langue avec la gnole... t'as vu ?
— Ah oui ! t'as mis le tapis rouge !

Tu fais pas du coq à l'âne, tu fais du coq à coq tellement t'es chiant !

– *Les Américains, ils l'ont autorisé, le mariage gay !*
– *Oui mais eux ils pendent les nègres, alors...*

Un kilomètre à pied, c'est vieux, moi ça me fait penser à un kilo de patates.

Les voyous qui cassent les beaux quartiers, ça remet les Rolex à l'heure !

C'est dans le foot qu'il y a le plus de violence, c'est un sport de coups de pied.

Y'a une prostate derrière ou y'en a que une pour devant ?

– *T'es persona non grata !*
– *Ah bon ? et c'est bien, ça ?*

T'envoies de l'eau au Sahel, elle arrive jamais, les postiers se la boivent.

Faire le vide dans la tête ? même dans les pieds j'y arrive pas ! j'ai tout le temps des fourmis.

Du réel, moi j'en vois nulle part.

Je bois jusqu'à dix heures et après tu me feras penser que je téléphone pour voir si c'est la peine que j'y aille ou pas.

Les pouvoirs publics ? et nous on est quoi ? les impuissants privés ?

On a pas d'assurance travail alors qu'on a l'assurance chômage !

Mon grand-père étudiait la vase une heure avant de choisir un appât, c'était un grand professeur de la pêche !

La vie c'est chronologique, souvent.

T'aimes la chicorée ? Yolande Moreau c'est ta Catherine Deneuve !

Je vois pas l'intérêt de parler français si c'est pour dire beefsteak !

La plupart des enfants d'aujourd'hui ont jamais entendu un « tic-tac ».

C'est pas bon d'avoir besoin de quelqu'un pour te couper les ongles des pieds, surtout quand t'es un grand comédien, moi les histoires d'impôts je m'en fous, mais physiquement, il peut plus se baisser, Gabin jusqu'à la fin il a pu se baisser, et Ventura pour lui couper les ongles des pieds, fallait se lever de bonne heure ! c'est pas Ventura qui pisserait dans une bouteille ! je juge pas, je dis que le cinéma a changé.

Différent, c'est bien, mais trop différent, ça n'a plus rien à voir.

Je sais pas si ça change en bien ou en mal, je juge pas, ça change en pas pareil.

– Je préfère boire debout.
– Bien sûr, t'es mieux oxygéné.

Je sais pas comment tu fais pour avoir les lèvres sèches avec tout ce que tu bois.

L'homme invisible, faut pas qu'il parle si il veut pas qu'on le voie, faut qu'il soit muet en plus.

T'as mis les bottes de sept litres ?

Quand on dort sur le dos, ça fait travailler tous les muscles.

Les arbres se mettent pas des perruques l'hiver !

Le bébé qui est né, il avait quatre grammes d'alcool dans le sang ! à peine sorti il voudra rerentrer dans le ventre pour le dernier.

Le dernier pour la vie !

Aujourd'hui les mômes ils sont tout le temps à pianoter sur des téléphones et des tablettes, avant les doigts ça servait qu'à se curer le nez.

zinccomptoir.cuite@café.bistrot.com, si on pouvait choisir une adresse, ça serait ça.

Midi une minute, c'est la minute comme le petit poisson collé sous le gros.

L'opéra, ils chantent trop fort, et souvent, ils répètent les phrases.

J'aime bien la tristesse.

Je vais où je veux ! quand je veux ! et c'est toujours pour venir ici.

On a encore donné des milliards au Mali ! après on pleure que les pays pauvres deviennent riches ! si le Mali ils font des bagnoles pour dix centimes de l'heure, ça sera bien fait pour notre gueule ! faut jamais aider les pauvres, c'est là que ça déconne !

1886, ça correspondrait à quoi comme date aujourd'hui ?

Jamais retardataire ! toujours enavancedataire !

J'ai la papille luxuriante !

– *Je te dois combien ?*
– *T'as bu quoi ?*
– *Sept rosés.*
– *T'as pas peur du clonage toi !*

Si on va habiter sur Mars, j'espère que ça sera pas moi.

– *Le papier, c'est des arbres !*
– *Un chêne pour un Balzac, je prends.*

Le soleil dans le cœur, et la pluie dans le foie.

Quand ça arrive sur la table, il le mange, n'importe quoi dans l'assiette, tout lui va, faudrait pas que le chat saute sur la nappe !

C'est le Bangladesh qui fabrique les vêtements qu'on porte, c'est pour ça que les tailles correspondent pas.

Jésus, c'était un anarchiste, « tu ne tueras point », « tu ne voleras pas », c'est même pas sûr que c'est des idées à lui.

Un vieux qui meurt, c'est une bibliothèque qui brûle, un jeune qui meurt, c'est une tablette numérique qui se pète !

Walt Disney pédophile, c'est un secret de Polichinelle !

– *Tu bois quoi ?*
– *Un demi.*
– *Bien bien, question réponse.*

Les poussières qui tombent de l'espace, ça fait monter le niveau de la terre d'un centimètre par an.

– *Il parle le perroquet ? il dit quoi ?*
– *Coco, et bonjour.*
– *Il dit pas « ta gueule » ?*
– *Non, pas dans cet établissement, monsieur.*

Je m'en souviendrai toute ma vie quand j'ai eu mon stylo quatre couleurs, bleu, rouge, vert, noir, plus beau qu'un drapeau !

– Un physicien qui étudie les bulles de savon, avec des grandes dents.
– Jacques Brel ?
– T'écoutes pas ! un mec qui étudiait les bulles de savon comment ça tient, on le voyait à la télé, avec des grandes dents.
– Pierre Bachelet ?

Ils se collent les doigts pour nager plus vite, en fait, ils redeviennent poissons des mains.

L'hôpital psychiatrique d'Auxerre, ils font du vin, le Clos de la Chaînette, un bon blanc, et la vigne fait pas des cerises même chez les fous !

Les énormes obèses, leurs fesses sont collées, rien peut passer, comme deux voitures garées qui se touchent.

– Ils rentrent dans les écoles pour tirer sur les gosses ou se suicider !
– Le pire qui rentrait, nous, c'était les poux.

L'homme le plus rapide sur cent mètres, ou sur un mètre, pour moi c'est pareil, c'est des performances bidon.

L'arbre, il est à cent mètres, neuf secondes pour aller jusqu'à l'arbre, et après ? quand t'es à l'arbre, c'est tout ? tu reviens en marchant normal ? ramène au moins une feuille !

– Vous boitez ?
– C'est pas des pieds qui sont valables cent ans.

Bleu, blanc, rouge, ils auraient pu mettre le vert pour faire les quatre saisons, été, hiver, automne, printemps.

La nuit, je ronfle et je tremble comme une feuille, je suis mi-animal, mi-végétal.

« Le commun des mortels », on verra, pour l'instant je suis « le commun des vivants ».

C'est pas la peine d'acheter un collier de perles d'eau au pôle Nord si c'est pour le porter en Espagne.

– C'est vous qui êtes garé comme une merde sur les emplacements du marché ?!
– Possible... même probable...

Quelqu'un qui viendrait d'une autre planète et qui voit un fromage, comment il pourrait savoir que c'est du lait ?

– Incrédule Gudule je t'encule !
– Et il boira quoi Gainsbourg ?

Toujours direct dans l'œil droit, c'est mon œil à moucherons.

C'est des transports radioactifs, ils finiront par avoir des cancers du côlon sur les trains de marchandises.

Tous ceux qui ont fait l'Everest, les conquérants de l'inutile, c'est pas tellement inutile, moins inutile que ceux qui restent en bas avec des chaussures même sans chaussettes.

– *Il est incarné en quoi votre ongle ?*
– *En ongle ! vous confondez avec réincarné.*

Les intestins, c'est une drôle d'usine, c'est pas bon d'être OS là-dedans !

On fait plus toute la carrière dans la même boîte, faut bouger, on travaille en averse.

La cataracte, ça fait ni plus ni moins comme un rideau blanc à la fenêtre.

Zembla, j'aimais pas ses amis.

– *Les abeilles reconnaissent les fleurs rien qu'à l'odeur.*
– *Pas trop fatiguées, j'espère !*

– *Il faudrait que le président de la République et les ministres votent pour élire un peuple français, y'a plein de peuples qui se présenteraient et ils voteraient pour celui qu'ils veulent pour faire le peuple français, même si c'est des Touaregs qui se présentent, ils peuvent voter pour le peuple touareg et pendant cinq ans c'est eux le peuple français.*
– *Compliqué.*

Deux femmes, deux hommes, ça sera jamais comme une femme et un homme, rien qu'au niveau de la disparité des tâches.

On est tous égaux ? tous égaux tous qui de quoi ?

Deux pédés, le gosse, et le chien ! ça promet ! quand tu sais comment les pédés ils rentrent jamais !

À mon avis, Jésus, c'était un canular.

François Hollande qui veut le mariage gay ! alors il a qu'à le faire lui d'abord !

Y'a que les artistes qui fabriquent une actualité qui reste.

Soixante-dix pour cent de taxe sur un Ricard, plus on met beaucoup d'eau, moins on devrait payer de taxe !

Quand on habitera sur Mars, les Roms, on leur dira de rentrer sur leur planète !

Un bain de foule, moi après je m'essuie avec les gosses !

Deux bites pareilles, ça existe pas, on pourrait mettre un nom sur un inconnu juste avec une photo de la bite, mais faut un fichier de bites.

T'as mis du gel ? t'es coiffé comme une tuile !

– *J'aime bien picoler avec les ouvriers et boire avec les patrons.*
– *T'es social-démocrate.*

Le paradis sur terre fait pas le poids face à l'enfer sur terre.

L'ange grandit, il lui pousse des plumes au cul !

Le Barbier de Séville, *Les Parapluies de Cherbourg*, ça fait pub.

> – *T'es tout rouge.*
> – *Je vais prendre un rouge.*
> – *Qui se ressemble s'assemble !*

Je bois, je fume, de toute façon, j'ai pas l'intention de vivre jusqu'à quatre cents ans !

Il vient boire qu'ici, c'est un client endémique du « Pichet ».

> – *Tu pètes au lit ?*
> – *Faut demander au chat.*

Bien vu l'aveugle !

> – *Ils envoient des souris dans l'espace.*
> – *Si après y'en a partout, faudra pas venir pleurer.*

Tu nous remets une substance !

Quand on bouffera des insectes, on retrouvera des vers de cheval dans les mouches de vache, c'est sûr.

En Chine, l'arc-en-ciel il est rouge, rouge, rouge, et rouge.

Pour moi, le blanc limé, c'est iconique.

– On dirait une chrysalide.
– C'est une andouillette.

Je lis aucun auteur vivant, le bœuf pareil, j'attends qu'il soit mort.

Souvent l'auteur est plus con que son livre.

– Elle est morte ta mère ?
– Je crois que c'est elle, j'ai reçu un message de ma petite sœur, ou alors c'est ma grande sœur qui est morte, j'ai pas compris.
– T'as pas rappelé ?
– Bof.

Il a égorgé ses deux enfants, on l'a retrouvé dans la rue plein de sang, pour faire chier sa femme, et eux en plus c'est un couple normal, alors maintenant les pédés qui se marient !

Elle a éteint la lumière, on est restés à boire dans le bistrot éteint, comme si on dormait.

Je dors en chien de fusil, et pourtant je n'ai pas peur des cambrioleurs.

J'en ai marre de ce mec ! il allume pas la lumière des chiottes et il pisse dans le noir ! partout sur le bord ! il a une bite art et essai ou quoi ?!

L'argot des métiers aura fait place à l'argot des chômeurs !

– *Il m'a tout expliqué le chemin, j'ai rien compris !*
– *C'est tout droit et la deuxième à droite.*
– *C'est ce qu'il a dit.*
– *Et t'as pas compris ?*

Qu'est-ce qu'il y en a des films sur la guerre et les déportés ! ils peuvent dire merci à Hitler les scénaristes !

J'ai des doigts de pied minables !

Je lis beaucoup, tout ce que je vois je le lis, même le panneau Toilettes je le lis vingt fois par jour, hommes-femmes, pastis, Ricard, les bouteilles, je les lis, je lis tout ce que je vois, Café de la Place, interdit de stationner, tout, je lis tout, boulangerie, Castorama, faut que je m'occupe la tête sinon je pense à la mort.

Le meilleur garant de la propreté de l'eau c'est l'huître qui surveille, c'est l'œil du mollusque.

C'est beaucoup plus facile de trouver une aiguille qu'une paille dans une meule de foin !

Les yeux dans la tête, c'est bien, on voit tout de là-haut.

Des étrangers en France, il en faut, mais mal habillés, je ne suis pas d'accord !

L'infiniment petit, c'est le plus petit qui existe.

C'est rare de trouver des chaussures dans les boîtes à chaussures.

L'alcoolisme, c'est comme le vélo, ça s'oublie pas !

Les peintures de Lascaux n'ont pas été effacées parce que sans doute ça n'a pas changé de locataire.

Y'a pas un homme politique qui a les fesses propres !

Alexandre le bienheureux, c'est un film, mais y'a eu un livre ? je l'aurais pas lu de toute façon, mais c'est pour savoir.

Le Rouge et le Noir, c'est un titre qui ne donne pas envie je trouve, comme *Le Vert et le Marron*, par exemple.

Pour des belles fleurs, du fumier de cheval, et pour les belles gens, pareil !

Il est passé Pivoine ?

On apprend ça à l'école mais la guerre de 14-18, 39-45, c'est plus l'histoire de l'Allemagne que l'histoire de la France.

Elle est fraîche, mais après elle est bonne la bière, le plus dur c'est de rentrer dedans.

– *Il est tombé un mois de pluie en vingt-quatre heures !*
– *Moi j'ai bu un mois de vin.*

Un litre de vin avec modération le matin avant de manger c'est un coupe-faim et tu maigris.

Le soleil c'est bon, ça transforme le cafard en vitamine C !

Faut pas avoir trop de racines, parce qu'après t'as trop de branches et trop de feuilles.

J'aime la pluie, ça bouge, t'as les gouttes qui causent.

L'islam, ils ont pas d'apparitions, ils ont pas de miracles, nous la Vierge qui apparaît et Jésus qui monte au ciel, à côté c'est Hollywood !

Les rugbymen, quand ils gagnent, ils se saoulent, ils vont pas à l'opéra les mecs ! c'est encore la picole, je défends pas, mais c'est le premier truc qui vient à l'esprit.

Une poule qui pond trois œufs par jour toute sa vie mérite plus la Légion d'honneur que Stone et Charden !

– *Je veux me mettre dans le fauteuil, y'a le chien ! sur le canapé, y'a les chats !*
– *C'est une tragédie grecque.*

Le cœur c'est une pompe, les poumons c'est un soufflet, la main c'est une pince, la bite c'est un robinet, on est fabriqués à l'ancienne !

J'aime pas la cantine, c'est horrible quand tout le monde mâche en même temps.

– *L'épicerie arabe, elle était fermée samedi, et dimanche !*
– *Ça y est, ils sont français.*

J'aimais danser mais c'est fini, j'ai le tournis, j'ai trop dansé avec les verres.

J'ai fait tous les rades, je suis un pèlerin !

Ils marchent pour réfléchir, c'est le chemin de Concommelalune !

J'ai rarement vu un con pareil au mois de mai.

On est que des humains, si on réfléchit, on va pas non plus, hein, la misère de l'homme, on va pas non plus, on est pas des scorpions, les oiseaux y mangent des vers, c'est la solitude, la démerde, pour survivre, moi je dis, après tout, on peut quoi contre le danger de la présence de ceux des autres ? hein ?

Si tu sors tes couilles dans la cour de l'école c'est pas très grave parce que les enfants savent pas trop ce que c'est, mais la bite, c'est grave !

C'est normal qu'ils se marient les pédés, qu'ils divorcent, qu'ils s'engueulent à la maison, aussi qu'ils se foutent sur la gueule pour la garde du gosse, qu'ils cassent tout dans l'appart ! pourquoi ça serait que les mecs qui taperaient sur leur bonne femme et pas les pédés qui se foutraient des roustes ? pourquoi ça serait que nous dans la merde ?

Moi j'aime l'humain !

Je t'emmerde !

Ho ! Dédé ! on crache pas sur les clients !

T'es emblématique des cons toi !

Naître à l'hôpital, c'est pas étonnant qu'après on est tout le temps malade.

Je dis pas qu'ils sont tous pourris les politiques, ils sont tous blettes !

Quand tu montes au ciel, les os restent en bas ! Jésus est monté au ciel avec ses os, sinon on en aurait retrouvé.

Depuis de Gaulle, les présidents de la République ont perdu cinquante centimètres.

Tuer une femme, admettons, ça peut arriver, mais la couper en morceaux, c'est des fous ces tueurs !

J'ai pas d'opinions, par contre des avis, j'en ai.

Tout le monde voudrait voler comme un oiseau, être un poisson, moins, ça attire pas le rêve.

Y'a du vaudou à Belleville ! on peut avoir des imams en France, on est pas à ça près !

Ça fait dix ans que je me souviens pas de ce que j'ai fait la veille.

— *Elle poussent en pot mais elles font pas de fleurs.*
— *Ça me rappelle quelqu'un !*

De six heures à sept heures du matin c'est plus court que de six heures à sept heures du soir, une choucroute pour le soir paraît énorme par rapport à une choucroute pour le midi, et tout est comme ça.

Quand je suis né, c'est ma mère qu'est née, moi j'ai rien fait.

Le coma c'est ça, tu lèves pas le petit doigt pour naître et tu lèves pas le petit doigt pour mourir.

Moi les avocats je les foutrais en taule avec les criminels !

Le mieux comme coupe-faim, c'est de bouffer comme une vache.

Les pays qui bossent, c'est les pays où la mer est verte, le chômage c'est dans les pays où la mer est bleue !

Forces de l'ordre et faiblesse du désordre ! Faiblesse de l'ordre et forces du désordre !

Mais ta gueule !

— *Je te sers plus !*
— *De toute façon, tu m'as jamais servi !*
— *!!!!!!!!!!!!!!!*

L'eau, c'est plus liquide que mou, le lait c'est mou, le vin c'est liquide, le jus d'orange c'est mou, le Ricard pur c'est mou mais avec l'eau ça devient liquide, sauf si tu mets un glaçon ça redevient mou presque dur, le Perrier, c'est mi-liquide mi-mou, comme toutes les eaux à bulles, d'ailleurs, j'en parlais pas plus tard qu'hier avec mon fils qui est dans la limonade, du mou liquide.

Faudrait mettre un policier derrière chaque flic.

– *Alea jacta est !*
– *Pareil, alea la jactance.*

Les animaux sentent le sang comme nous on sent le vin.

Vouloir être heureux, c'est déjà joli.

– *C'est un printemps « entre guillemets » !*
– *Quelle erreur de mettre des guillemets au printemps.*

Faut être poli avant d'être joli !

– *Vous parlez, personne écoute ! y'en a un qui pisse dans un violon et l'autre qui pète dans le désert !*
– *Ah bon ? tout ça ?*

Échange cheveu de Napoléon jamais servi contre un poil de barbe de Moustaki avec moussaka !

Les enfants ils y connaissent plus rien à ce qu'ils mangent, ils croient que la banane c'est des nouilles !

Me dis pas que je suis un petit vieux, je suis un grand vieux.

Je vais aller acheter le pain sans la casquette ! moi, c'est un défi par jour !

Je sais pas comment on va interdire au gosse de manger ses crottes de nez si à table on mange des vers !

Moi c'est Alain, chasseur de pétoncles !

Quand je renverse un verre, j'ai l'impression que c'est une autobiographie.

Bouge de là !

C'est que de la vapeur d'eau la cigarette électronique, remarque aussi, le vin, c'est que de l'eau.

Moi à partir de dix heures je rends pas la monnaie sauf si on boit l'apéritif !

C'est assez fascinant à voir la patate sous toutes ses formes.

Dalida elle louchait et elle voyait pas double, alors que si nous on louche pour faire les cons on voit double, c'est pas la même loucherie.

... en fait.

J'avais acheté des palmes pour le gamin et finalement je les ai oubliées à Quimper, tu sais, le petit bistrot derrière.

Au moins quand t'étais petit toi t'as eu la chance que ton père est mort.

— *Je suis fatigué.*
— *Mais ça c'est rien, tout le monde.*

T'auras du mal à faire croire aux gens que t'as pas bu, même avec des lunettes de soleil.

La première couille elle est toujours attachée à l'autre couille qui est sa mère.

Avec le mariage pour tous, lui quand il vomit il dit qu'il est enceinte !

Si tu meurs pas mort-né, tu mourras vivant, c'est pas mieux !

– *Tu payes un coup ?*
– *J'ai pas ma carte de Père Noël !*

L'alcool moi ça me fait rien.

J'ai de l'eau salée dans les veines et je parle qu'aux huîtres, pourquoi j'habiterais Paris ?

Une ligne droite ! je te parle d'une ligne droite ! ça c'est pas une ligne droite ! c'est un rond-point !

– *Pauvre con !*
– *À qui tu parles ?!*
– *À toi !*
– *Ah bon, je croyais que c'était à lui, on le connaît même pas.*

Je regarde jamais le tennis, de toute façon j'aime pas être assis.

Cuisse d'œuf !

L'ère glaciaire, même tes connards d'écolos, ils auraient rien pu faire.

M'emmerde pas ! si c'est ça que tu cherches comme Hitler de rester dans les annales !

Faire chier le monde, c'est dégradation de lieu public !

— *Ce qui m'emmerde chez les animaux, c'est qu'ils parlent pas.*
— *Moi c'est le contraire, ce que j'aime chez les animaux c'est qu'ils ferment leur gueule.*

C'est tellement loin de nous les oiseaux qu'on a l'impression qu'on peut pas se comprendre alors qu'à mon avis ça doit être faisable.

— *J'ai un vague espoir.*
— *Et ça te suffit ?*

— *Putain, on s'en est mis !*
— *Qui ?*
— *Nous !*
— *Quand ?*
— *Hier !*
— *Ou ?*
— *Ici !*
— *Quand ?*
— *Hier !*
— *Hier quand ?*
— *Bois un coup, ça vaut mieux.*

La nuit tombe pas, moi je trouve qu'elle monte.

Vous devriez réintégrer votre domicile, monsieur.

Mon horizon, je le connais, j'ai le coude posé dessus.

Tous ceux qui vont pas au lycée deviennent pas forcément Tim Burton.

Moi je m'en fous et en plus ça m'intéresse pas.

— *Il fait déjà nuit ?*
— *Non, c'est toi !*

Où tu veux en venir ?

Il est où mon chien ?

Basta !

Encore à boire ! encore à entendre ! encore à parler !

Le Grand Café des Brèves de comptoir ne fermera pas ce soir, on continuera à y causer pendant que les heures ordinairement pleutres se fuient dans le sommeil, on y rira demain en buvant l'air frais d'un matin de marché, on grimacera pendant les pluies, car ici toujours la parole s'emballe, nous réchauffe et nous glace, s'éparpille sur le sol en milliers de bouts de mots, gravier sonore tombé des bouches et brillant à nos pieds. Drôles de mots devenus haïkus de comptoir dont on se souvient parfois bien longtemps après. Comme l'odeur têtue de quelque chose. Le goût qu'on croyait disparu d'une pensée à l'anis. Un gourmand du fraisier. Mon tonton disait pareil quand j'étais petite ! Machine infernale. Transparente. Belle. Sale. Absurde. Duchesse des pavés, clocharde et princesse connasse ! Machine à rire ! Machine à s'en foutre ! Battoir à viande pour les grands cons désespérés ! Balade à poil dans les orties. Suicide au vin ! La mort oui ! mais quel cépage ? Hommage au sablier des mots. Posé sur le comptoir de zinc. Que le vin tourne et tourne et retourne. Les mots glissent de haut en bas et plus souvent de bas en haut. Grains fins de poésie et de folie, de peine, de saloperie, de rêve, de peur, de joie, de soif et de connerie tiède ou crasse mêlés. Magnifique crève-la-mort. Je parle donc je suis ! ta gueule ! Tu veux que je me taise ? Alors tue-moi !

Remerciements à la rédaction du *Petit Robert* d'avoir fait entrer *Brève de comptoir* dans le dictionnaire de la langue française.

Merci Bernard
(en collaboration)
Balland, 1984

Autopsie d'un nain
roman
Ramsay, 1987

Brèves de comptoir
Michel Lafon, 1987 à 1998

Tue-tête
roman
Bernard Barrault, 1989

Palace
(en collaboration)
Actes Sud, 1989

La Carte des vins
roman
Michel Lafon, 1993

Vous me croirez si vous voulez
Flammarion, 1993

10 000 Brèves de comptoir
tome 1
Michel Lafon, 1993
et « J'ai lu », n° 3978
tome 2
Michel Lafon, 1995

Les Coccinelles de l'Etna
roman
Gallimard, 1994

Chiens de comptoir
(avec Blandine Jeanroy)
Michel Lafon, 1996
et « J'ai lu », n° 4699

Chut!

roman
Prix populiste 1998
prix Alexandre-Vialatte 1998
prix Bacchus 1998
Julliard, 1998
et « Pocket », n° 10521

L'Eau des fleurs

roman
Julliard, 1999
et « Pocket », n° 10980

Brèves de comptoir

théâtre
Grand Prix de l'humour noir
Julliard, 1999

Les Nouvelles Brèves de comptoir

théâtre
Grand Prix de l'Académie française du jeune théâtre
Grand Prix de l'humour noir
Julliard, 1999

10 000 Brèves de comptoir

tome 3
Robert Laffont, 1999

Chiens de comptoir

(avec Blandine Jeanroy)
Julliard, 2000

Chats de cuisine

(avec Blandine Jeanroy)
Robert Laffont, 2000

Brèves de comptoir

texte intégral
Robert Laffont, coll. « Bouquins », 2002

Apnée

roman
Julliard, 2006
et « Pocket », n°12826

Brèves de comptoir, l'anniversaire !
Robert Laffont, 2007
et « Pocket », n° 13695

Les Quatre Saisons des brèves de comptoir
vol. 1 : Le printemps
Pocket, n° 13631
vol. 2 : L'été
Pocket, n° 13632
vol. 3 : L'automne
Pocket, n° 13633
vol. 4 : L'hiver
Pocket, n° 13634

Les Nouvelles Brèves de comptoir
vol. 1
Robert Laffont, 2008
et « Points », n° P2512
vol. 2
Robert Laffont, 2009
et « Points », n° P2588

Brèves de comptoir
adaptation théâtrale avec Jean-Michel Ribes
vol. 1 : Une journée
vol. 2 : Une année
vol. 3 : Une semaine
Actes Sud Papiers, 2010

Un café sur la Lune
roman
Julliard, 2011
et « Points », n° P2777

Sex Toy
roman
Julliard, 2012

Brèves de comptoir
édition intégrale – vol. 3 : 2007-2009
Robert Laffont, coll. « Bouquins », 2012

RÉALISATION : ÉTIANNE COMPOSITION
IMPRESSION : CPI BUSSIÈRE À SAINT-AMAND-MONTROND (CHER)
DÉPÔT LÉGAL : SEPTEMBRE 2014. N° 118815-4. (2013877)
IMPRIMÉ EN FRANCE